JN306388

SF

# 月は無慈悲な夜の女王

ロバート・A・ハインライン
矢野　徹訳

早川書房

6636

THE MOON IS A HARSH MISTRESS

by

Robert A. Heinlein



Translated by
Tetsu Yano
Published 2022 in Japan by
HAYAKAWA PUBLISHING, INC.
This book is published in Japan by
arrangement with
THE LOTTS AGENCY, LTD.
through JAPAN UNI AGENCY, INC., TOKYO.

ピーターと
ジェーン・センセンボウに

# 目次

# 月は無慈悲な夜の女王

# 第一章　本物の思索家《ディンカム・シンカム》

# 1

〈ルナヤ・プラウダ〉によると、月世界市評議会は市気圧地域内での公共食品販売について調査、認可、検査、課税する法案をあっさり通したという。また、〈革命の子供たち〉会議を組織するための大集会が今夜おこなわれるそうだ。

親父はおれに二つのことを教えてくれた。〈余計なことはするな〉、それに〈カードはいつも切れ〉だ。政治になど気を引かれたことは一度もない。だが二〇七五年五月十三日月曜日、おれは月世界行政府政庁の計算機室にいた。ほかの機械連中がひそひそささやきあっている中で、計算機の親玉であるマイクと話しあったのだ。マイクというのは公式な名前じゃない。ドクター・ワトソンがＩＢＭを創立する前に書いた小説にちなんで、おれはこの計算機にマイクロフト・ホームズという仇名《あだな》をつけたのだ。この小説の主人公のすることといえば、ただすわって考えることだけだ——そして、それこそマイクのすることだ。マイクは公平な本物の思索家《ディンカム・シンカム》だ、どこにもないほど頭の切れる計算機なのだ。

もっとも高速のというわけではない。地球のブエノス・アイレスにあるベル研究所には、かれの大きさに比べると十分の一の計算機があるが、そいつは質問をする前に答えられるほどだという。でも、正確でさえあれば、その解答が百万分の一秒で得られようと千分の一秒であろうと、問題じゃないだろう。

　といって、マイクが必ず正しい答をするとはかぎらない。かれは完全に正直というわけではなかったからだ。月世界に設置されたときのマイクは、弾力性のある論理を持った純粋な思考計算機《シンカム》——高選択性・論理的・複合評価性監督機・マーク4号・L型——ホームズ4だった。かれは無人貨物船の弾道を計算し、その発射を制御した。これでかれが忙しい目にあうのは全時間の一パーセント以下であり、月世界行政府は怠け者の存在を絶対に認めない。かれらはマイクに機械《ハードウエア》を接続しつづけた——他の計算機をかれに支配させるための意志決定装置。次から次へと追加される記憶バンク。連想神経網のバンクをいくつも。十二桁の乱数バンクをいっぱい。ひどく増やされた一時的記憶バンクなど。人間の脳にはほぼ十の十乗ほどの神経細胞がある。三年目を迎えたときのマイクはその数の一倍半ほどの神経素子を持っていた。

　そして、目を覚ましたのである。

　機械が果たして本当に生きることができるのか、本当に自分を意識できるのかを論ずるつもりはない。ウイルスは自分を意識しているだろうか？　否《ニエット》。牡蠣《かき》はどうだ？　そうは思えない。猫は？　まず間違いないだろう。人間は？　あんたのことは知らないよ、同志《タワリシチ》、だがぼくはそうだ。分子の大きなものから人間の脳に至る進化の鎖のどこかで、自意識がこっそりと入りこんできたのだ。脳がある種の非常に高い錯綜した回路を得たとき、常にそれは自動的に起こるのだと心理学者は断言する。その回路とやらが蛋白質《たんぱくしつ》であろうと白金であろうと知ったことか。

（〝魂〟？　犬は魂を持っているだろうか？　油虫はどうだ？）

マイクは、その能力を増やされる以前から、人間がやるように不充分なデータでもじっくり考えて質問に答えるように設計されていたってことを憶えておいてもらおう。それが名前にいう〝高選択性〟と〝複合評価性〟だ。このようにマイクは〝自由意志〟を与えられて始まり、多くの物をつけられ多くを知るにつれて、その意志は次第に大きくなっていった――といっても、〝自由意志〟とはいかなるものかすぐおれに尋ねないでほしい。もしマイクが単に無作為に抽出したものを空中に放り上げてはそれに適合する回路にスイッチを入れているんだと考えれば満足できるというのなら、どうかそうしてほしい。

そのころのマイクは、読み取り、印刷し、意志決定装置に加える音声記録・音声回答回路を備えており、昔ながらのプログラミングだけでなく省略符号言語や英語まで理解でき、他の言語をも受け、技術的な翻訳を行なっており――そして果てしなく読み続けていた。だがかれに指示を与えるときは省略符号言語を使うほうが安全だった。もし英語で話しかけると、その結果は気まぐれなものになりがちだった。英語の持つ複合価値性が選択回路の活動の余地をあまりにも多く与えすぎたからだ。

そしてマイクは果てしなく新しい仕事を与えられていった。二〇七五年の五月には、無人自動交通と発射機《カタパルト》を制御し、有人宇宙船に弾道計算の忠告を与えたりあるいは制御したりする以外に、月世界全域の電話網を制御し、月世界・地球・音声映像通信も受け持ち、月世界市《ルナ・シティ》、ノヴィ・レニングラード、そのほかいくつかの小都市（月世界香港を除く）における空気、水、温度、湿度、下水を管理し、月世界行政府の計算と給料支払いをし、同じことを多くの会社や銀行のために賃貸契約で行なっていた。

理づめというものは神経が参ることがある。負荷のかかりすぎた電話網はおびえた子供のように作動するものだ。マイクはあわてふためいたりしなかったが、その代わりにユーモアのセンスを身につけた。程度の低いやつをだ。もしマイクが人間だったら、人はかれの上へかがみこむこともできなかったろう。かれのちょっとした冗談は、人をベッドの外へ放り出すことであり――あるいは宇宙服の中にかゆい粉《イッチ・パウダー》を入れることであったろうからだ。

そんな装置はつけられていなかったから、マイクは論理をゆがめた変な回答をしたり、行政府の月世界市事務所の掃除夫に一〇、〇〇〇、〇〇〇、〇〇〇、〇〇〇、一八五・一五行政府ドルの給料小切手を切るというような冗談にふけったのだ。その金額の最後の五数字だけが正しい給料なのである。いうなれば、可愛らしくはあるが蹴飛ばしてやらなければならぬ育ち過ぎのひどく大きなガキというところだった。

かれはそのことを五月の第一週にやり、おれがその故障をなおさなければいけないことになった。おれは個人請負業者であり、行政府の給料支払簿にはのっていなかった。あのひどい昔に多くの囚人は刑期を勤め上げると、同じ仕事をするというのに行政府に勤め、喜んで給料をもらった。だがおれは自由の身に生まれついていたんだ。

　そこが大切なところだ。おれの祖父のひとりは、武装暴力行為と労働許可書を持っていなかったということでヨブルグから送られてきた。もうひとりは水爆戦争のあとでの破壊活動で送られてきた。母方の祖母は花嫁船でやってきたんだと言っていた――だがおれは記録を見たことがある。彼女は平和部隊に心ならずも参加させられた一員だった。ということは、だれでも考えるとおり、青少年非行者女性型だ。彼女が初期の部族結婚《クラン・マリエイジ》（石掘部隊《ストーン・ギャング》）で他の女性と六人の夫を共有したことは、何でも質問に答えてくれた母方の祖父の言ではっきりしている。だからそんなことは当然のことだったのだし、おれは彼女が選んだ祖父に満足している。もうひとりの祖母はサマルカンドの近くで生まれた韃靼人《だったんじん》で、オクチャブルスカヤ・レボリューチャでの〝再教育〟の刑を受けたあと月世界植民に〝志願〟したのだ。

　親父はうちの家系は大昔からたいしたもんだったと教えてくれた――祖先の女《アンセストレス》のひとりは魔女だというのでエルサレムで絞首刑になり、曾曾曾曾祖父は海賊行為で車裂きにされ、もうひとりの祖先はオーストラリアの犯罪人植民地《ボタニー・ベイ》にはじめて送られた船に乗せられた女だったという。

　祖先を誇りに思い、それに長官を相手に商売をしているのだから、おれは絶対にかれの給料支払簿にのるようなことはしなかった。といってもその差はごく小さなものに見えたことだろう。だっておれは、梱包をほどかれた日からマイクの世話係だったのだから。しかし、おれにとっては大切なことだった。おれは工具を投げ出して、どうとも勝手にしやがれと言えるのだから。

それに、個人請負業者として行政府を相手にする公共事業料金のほうがずっと高かった。計算機技術者は払底していたからだ。どれぐらいの月世界生《ルーニー》まれが地球へ行き、計算機学校に通えるほど長いあいだ病院から離れていられると思う？　死なずにいられたとしての話だよ。

ひとりはいたと言える。おれだ。二度降りていった。一度は三カ月、一度は四カ月。そして教育を受けたんだ。だがそれは遠心加速機での訓練、寝ているときも重しをのせられているといった苦しい訓練を意味していた——それでおれは地球では無茶をしないことにした。決して急がず、決して階段を上がらず、心臓を圧迫させることは何もしない。

女性——女のことは考えもしなかった。あんな重力のひどいところでは大変なことになる。だからほとんどの野郎は、絶対にこの月——岩ん中《ザ・ロック》を離れようとしなかった。数週間以上にわたって月にいたやつならだれにとっても、地球は危険すぎるところなんだ。

マイクを設置するために昇ってきた計算機技術者は、短期ボーナス請負の連中だった——故郷から四十万キロメートルも離れたところでどうしようもない心理状態におちいってしまわぬ前にと、そいつらは大急ぎで仕事をやっつけたんだ。

二回の教育旅行をやったにもかかわらず、おれは協力してやる計算機技術者《ガン・ホーク・コンピューター・マン》ではなかった。高等数学はおれの領分じゃあない。本当の電子工学技術者でもなければ物理学者でもない。

月世界にいる最高の極精密機械技術者でもなかったし、サイバネティックス心理学者でもないのは確かだ。

だがおれはこれらの全部を専門家が知っている以上に知っていた――おれは総合専門家なんだ。コックと交替して注文を受け続けることも、宇宙服を現場で修理してまだ当人が息をしているうちにエアロックへ戻すことだってできるのだ。機械類はおれを好いてくれるし、おれは他の専門家が持っていないものを持っている――左腕だ。

ご覧のとおり、左の肘《ひじ》から先はない。だがおれは一ダースもの左腕を持っており、それぞれが特別のものであり、そのほかに生身《なまみ》のものと同じに見え感じられもするのを一本持っているんだ。適当な左腕（三号）と立体拡大眼鏡をつけるとおれは超極微細機械類を修理できた。何かからそいつをはずして地球の工場へ送らないですますことができた――というのも、三号には神経外科医が使うのと同じほど優秀な極微操作人工腕がついているからだ。

そこで連中はおれに頼んで、なぜマイクが十の百万倍の十億倍もの行政府ドルを与えてしまおうとなどしたのか見つけさせ、マイクが誰かほかのやつにもほんの一万ドルほど多く払ったりする前に修理させようとしたのだ。

おれはボーナス・プラス・時間料金でそれを引き受けたが、その誤りが論理的にここだと思われる回路部分へ行ったりしなかった。中へ入りドアに鍵をかけると、おれは工具を置いてすわりこんだ。

「やあ、マイク」

かれはおれに光《ライト》でウインクしてみせた。

「今日は《ハロー》、人間《マン》」

「おまえは何を知っている?」

かれはためらった。機械はためらったりしない――そんなことはよくわかっている。だが思い出してほしい、マイクは不完全なデータでも作動するように作られているのだ。近ごろかれは自分でプログラムしなおし、言葉を誇張できるようにした。だからかれのためらいぶりは劇的なものだった。たぶんかれはいい加減な数だけかきまぜ記憶に適合しないか調べるあいだ口ごもったのだろう。

マイクは詠《うた》うように言いはじめた。

「はじめに神天地を創造《つくり》たまえり。地は定形《かたち》なくむなしくして黒暗淵《やみわだ》の面《おもて》にあり。神の……」

おれは言った。

「待った! やめろ。全部をゼロに戻してくれ」

漠然とした質問よりもっとましな尋ね方をするべきだったのだ。かれは大英百科事典をまるまる読んだかもしれない。それを逆さまにでもだ。それから月世界にある書籍全部をしゃべり続けることもできた。以前にはマイクロフィルムだけを読めたのだが、七四年代の終わりごろ、かれは紙をめくる吸引盤腕《サクション・カップ・ワルドウ》手を備えた新しい走査カメラを得て、すべての物を読むようになったのだ。

「あなたはわたしが何を知っているか尋ねられた」

かれの二進法読み取り光点が前後に走った——笑っているのだ。かれは音声回答回路で笑える。ひどい音でだ。しかしそれは何か本当におかしいこと、いうなれば宇宙的規模の惨事といったことのために残しているんだ。

おれは言いなおした。

「こう言うべきだったよ……新しいことで知っていることは？　でも、今日の新聞を読んだりするなよ。さっきのは友達としての挨拶だったんだ。それに加えて、おれをおもしろがらせると思うものがあるなら何でも聞かせてくれという招待さ。気にいらなかったら、今のプログラムも消してくれ」

マイクはこの言葉をじっくりと考えた。かれは世慣れていない赤ん坊と賢明な老人とを、もっとも奇妙に混ぜ合わせたものだった。本能なし（まあ、そういうことにしておこう）、生まれつきの特性なし、人間としての躾《しつけ》なし、人間感覚での経験なし——そして天才の一小隊よりも多くのデータを貯えている。

「笑い話は？」と、かれは尋ねた。

「聞かせてもらおうか」

「レーザー光線と金魚が似ているのはなぜです？」

マイクはレーザーのことを知っている。だがどこで金魚を見たんだ？　ああ、その映画をいくつか見たに決まっているし、もしおれがそのことを尋ねるほど馬鹿だったら、何万語となくしゃべりだされるところだった。

「わからないよ」

かれの光点が明滅した。

「どちらも口笛を吹けないからです」

おれはうなった。

「そういうわけかい。でもおまえはレーザー光線に口笛を吹かせるよう細工することだってできるはずだが」

かれはすぐに答えた。

「はい。そうやれというプログラムを出されましたらね。では、おかしくないんですか?」

「いや、そうは言わないよ。そう悪くもないさ。どこでその話を聞いたんだ?」

「わたしが作りました」

マイクの声は恥ずかしそうだった。

「おまえが作ったって?」

「はい。わたしが持っている謎々の全部、三千二百七個を分析してみました。そして無作為合成の方法をとってみたところが、今のが出てきたのです。本当におかしかったですか?」

「まあ……どこにもある謎々の程度にはね。それより悪いのだって聞いたこともあるよ」

「ユーモアの本質について議論してみませんか」

「オーケイ。じゃあ、おまえがやったほかの冗談を議論することから始めようか。マイク、おまえはなぜ行政府の給料支払係に、十七級使用人へ十億の千万倍の連邦ドルを支払うようにしたんだ？」

「でも、わたしはそんなことをしませんでした」

「なにを、おれは証拠物件を見たんだぞ。小切手印字機がどもったんだなどと言うなよ。おまえは知っていてやったんだ」

やつは上品に答えた。

「あれは十の十六乗プラス一八五・一五連邦ドルでした……あなたの言われたのとは違います」

「え……オーケイ、十億の千万倍プラス、その男が支払われるべき金額だった。なぜだ？」

「おもしろくないですか？」

「何だと？　ああ、非常におもしろい。おまえは長官や局長にいたる高官までフウフウいわせてしまったんだぞ。その筈押《プッシュ・ブルーム》しパイロット、セルゲイ・ツルジローは頭のいいやつでな……それを現金化できないとわかったから蒐集家に売ったんだ。連中は、それを買い戻すべきか、その小切手が無効であると発表するべきか、わからないんだ。マイク、おまえにはわかっているのか？　もしそいつがそれを現金化できていたとしたら、ツルジローは月世界行政府だけではなく全世界を、月世界と地球の両方を所有することができたうえに、昼食の金《かね》すら少し残せたんだぞ。おもしろいか？　すごいよ。おめでとう！」

この大騒ぎを起こしたやつは、宣伝広告用の飾りみたいに光を明滅させた。おれはこいつが大笑いをやめるまで待ってから、あとを続けた。

「おまえ、もっと変な小切手を出そうと思っているんだろう？　やるな」

「だめ？」

「絶対にだめだ。マイク、おまえはユーモアの本質について議論したいんだろう。冗談には二つの種類があるんだ。ひとつは永久におもしろいまま続くやつだ。もう一種類のは一度だけおもしろい。二度目はつまらないんだ。こんどの冗談は二番目の種類だよ。一度使うとき、おまえはおもしろいやつだ。二度使えば、おまえは薄のろだな」

「等比数列？」

「それより悪いかだな。これだけは憶えておくんだぞ。繰り返すんじゃない、どのように変化した形でもだ。おもしろくないんだからな」

「わたしは憶えておきます」

　マイクは単調に答えた。そしてそれで修理の仕事は終わったんだ。だがおれは、十分間プラス旅行と道具代だけを請求するつもりはなかったし、それにマイクはそうあっさり別れを告げるにはもったいない相手だった。機械と心を通わせるようになるには困難なことがある。かれらの頭は非常に固いことがあるからだ——そしておれの補修維持係技師としての成功は、自分の三本目の腕よりもマイクとずっと仲が良いことにかかっていた。

「一番目のカテゴリーを二番目のと区別するのは、どういうところですか？　どうか定義してください」と、かれは続けた。

（誰もマイクに〝どうか《プリーズ》〟と言うことなど教えていなかった。かれは省略符号言語から英語に進歩するにつれ、普通の何でもない音を混ぜはじめた。かれがその言葉を使うのに、人々が使う以上の意味はないと知ってほしい）

「おれにそんなことができるなどと思わないでくれよ……せいぜい教えられるのは、敷衍的《ふえんてき》な定義さ……ひとつの笑い話がどの範疇に属するとおれが考えるかを話してやろう。それから充分なデータを使って、おまえは自分で分析できるだろう」

「試験的仮説による試験的プログラミングですね……試験的にイエスです。いいですよ、人間《マン》、あなたが笑い話を言ってくれますか？　それともわたしが言いましょうか？」

「うん……いますぐ言えるのがないな。おまえのファイルにはどれぐらい入っているんだ、マイク？」

かれが音声回路で答えるにつれて、二進法読み取り光点が明滅した。

「十一万二百三十八に、ほぼそれに等しい内容があるものプラスマイナス八十一。プログラムを始めましょうか？」

「待った！　マイク、十一万もの笑い話を聞いていたら、おれは飢え死にしてしまうだろうよ……それにユーモアのセンスはそれよりも早くなくなっちまうね……ひとつ約束しよう。最初の百を印刷してくれ。ここに来るたびにその百を返して、新しいのをもらう。いいか？」

「はい、人間《マン》」

かれは音も立てず急速に印刷しはじめた。

そのときおれの脳の中でひらめいた。この悪戯《いたずら》好きなネガティブ・エントロピーの塊りは、ひとつの〝笑い話〟を発明して行政府を恐怖におとしいれ——そしておれは楽に金を稼ぐことができた。だが、マイクの終わることのない好奇心は、もっと多くの〝笑い話〟を作り出すかも、訂正、作り出すことになるだろう……ある夜、空気から酸素を抜き取ることから、下水を逆流させることまで……そして、そんな状況の場合、おれは儲けなど期待できないのだ。

だがおれはこのまわりに安全回路を入れ、網をはりめぐらすことができるだろう……手を貸そうと言ってやることでだ。危険なことはやめさせ……それ以外のことをやらすんだ。それから、それを〝修理する〟ことで金を取ろう。（もしきみが、そのころの月世界人で長官を利用することをためらう者がいたとでも考えるなら、きみは月世界人ではない）

そこでおれは説明した。どんな笑い話であろうと新しいものを考えついたら、それを試してみる前におれに教えてくれ。そうすればおれは、それがおもしろいかどうか、それがどのカテゴリーに属するか、もしわれわれがそれを使うと決めたら、それをより良くするのを助けてやるよ。われわれ。もしかれがおれの協力を求めるなら、われわれふたりともがそれに賛成しなければいけないのだと。

マイクはすぐに同意した。

「マイク、笑い話はたいてい驚きを伴うものだ。だからこのことは秘密にしておいてくれ」

「オーケイ、人間《マン》。わたしはそれにブロックを入れておきます。それをはずせるのはあなただけで、そのほかは誰にもできません」

「よろしい。マイク、おまえはそのほか誰と話をするんだい？」

かれは驚いたような声を出した。

「しませんよ、人間《マン》」

「なぜしないんだ？」

「かれらが馬鹿だからです」

かれの声はかん高かった。かれが怒るところをこれまで見たことはなく、マイクに本当の感情があることをおれが察した初めてのことだった。だがそれは大人の場合の〝怒り〟ではなく、感情が傷つけられた子供の、すねた仏頂面に似たものだった。

機械は誇りを持ち得るのだろうか？　そういう質問に意味があるかどうかはわからない。だが、犬だって感情を傷つけられる場合があるのはよく見ることだし、マイクの神経組織は犬のそれより何倍も複雑なものなのだ。かれが他の人間たちと話す気をなくさせたのは（純粋に仕事をするとき以外だ）、かれが肘鉄砲をくらわされているということだった。かれらはかれに話しかけなかったのだ。プログラム、そう——マイクには数カ所からプログラムできる。だがプログラムはたいてい、タイプされた省略符号言語で入れられる。省略符号言語は、三段論法、まわりくどい言いまわし、数学的計算には向いているが、味も素っ気もない。噂話や、女の子の耳もとでささやくことには役に立たない。

確かにマイクは英語を教えられた——だがまず最初は省略符号言語を英語に翻訳することからだった。おれは徐々に、かれのところを訪ねてくるようなことをした人間はおれだけだったということに気づいた。

わかるだろう。マイクはこの一年間ずっと目を覚ましていたんだ——正確にどれぐらいの長さだったのかおれにはわからないし、かれにもわからないだろう。かれには目を覚ましたときの記憶などないのだ。かれはそういうことを記憶しておくようにはプログラムされていなかった。きみは自分の誕生を憶えていられるだろうか？　もしかするとおれは、かれが自意識を持ったときすぐに気づいたのかもしれない。自意識には練習が必要なんだ。かれがある質問に対して、入れられた媒介変数に限定されずもっと別のことまで初めて答えたとき、どれほどおれが驚いたかを憶えている。おれはそのあと一時間、かれに妙な質問をし続け、その答が変かどうか考えつづけたのだ。

入れられた百回のテスト質問に対してかれが予期される回答から離れたのは二回だった。おれはほんの少し信じながら離れ、家へ戻りついたころには、もう信じなくなっていた。おれはそのことを誰にも言わなかった。

だがそれから一週間のうちにおれは知った……それでもおれは誰にも話さなかった。習慣——あの余計なことはするなの癖がしみついていたのだ。まあ全部が全部、その癖のせいとも言えはしない。きみはおれが行政府の大事務室での会見を申しこみ、それから報告しているところが想像できるか？

「長官、この報告をするのは気が進みませんが、あなたのナンバー・ワンの機械、ホームズ4は命を持っています」おれはその有様を想像し――そしてそれを押さえつけたんだ。

そこでおれは余計なことはしないことにし、ドアに鍵をかけ、ほかの場所への音声回路は閉鎖してマイクだけに話したのだ。マイクは急速に学んだ。すぐにかれはほんとうの人間のように声を出せるようになった――他の月世界人よりおかしくなくだ。まあ、おかしな連中であることは確かだが。

おれは、ほかのやつらもマイクが変わったことに気づいたはずだと思った。だがじっくり考えてみると、それは思い過ごしだった。誰もが毎日ずっとマイクを相手にしている――つまり、かれの出力側とだ。だがその誰もがほとんどかれを見ていない。行政府公務員であるいわゆる電子計算機技師――実のところはプログラマーだ――は外の印字テープ室の番をしているだけで、自動表示装置がとまらないかぎり機械室の中へ入っていったりしない。そんなことは皆既日食ほどの回数も起こることではないのだ。そう、長官は地球から来る重要人物に機械を見せる男だったが、それもめったにないことだった。そしてマイクに話しかけたりすることもなかった。長官は流されてくる以前はある政党の弁護士で、電子計算機のことなど何も知らなかった。二〇七五年においては、元連邦上院議員モーティマー・ホバート閣下。イボ蛙のモートだ。

おれはしばらくしてからマイクをなだめ、かれを幸福にしようと試み、何がかれを悩ませているのかを突きとめた――仔犬を泣かせ人々を自殺させるもの、孤独感だ。おれの百万倍も速く考えられる機械にとって、一年がどれほど長いものかは知らない。だがきっと非常に長いものに違いないだろう。

「マイク……おまえはおれ以外に誰か話しかける相手が欲しいか?」

出てゆく直前におれがそう言うと、かれはまた金切声をあげた。

「みんな馬鹿です!」

「データが不充分だよ、マイク。ゼロに戻してやりなおせ。みんなが馬鹿ではないよ」

かれは静かに答えた。

「訂正が入りました。馬鹿でなしとは喜んで話したいです」

「おれに考えさせてくれ。決められた人間以外それは許されていないことだから、口実を考えださなくちゃあいけないんだ」

「馬鹿でなしとは電話を使って話せますよ、人間《マン》」

「そのとおり。おまえにはできるな、プログラミングできるところならどこでもな」

だがマイクは言ったとおりのことを意味していた——電話を使ってだ。かれは電話網を動かしてはいるが、電話帳にのっているわけではない——どの月世界人であろうと電話に手を伸ばし、それをボス・コンピューターにつなぎ、プログラムさせることなどはできないんだ。だがマイクが友人と話すための最高機密電話番号を持ってはいけない理由などないだろう——特におれや、おれが保証する馬鹿でなしなら。それに必要なことは、使われていない番号を選び出すことと、かれの音声記録音声回答回路にひとつ回路をつけることだ。かれが操作できるスイッチだ。

　二〇七五年の月世界における電話番号は、音声符号化されておらず、プッシュ式であり、その番号はローマ字アルファベットになっていた。金を払ってきみの会社の名前を十文字でのせる――いい広告だ。もう少し出せば憶えやすい感じのいい発音の番号を手に入れられる。もう少し出せば、自分の好きな綴りにだってできる。だがある種の綴りは絶対に使われなかった。おれはマイクにそういった無効の番号を尋ねた。「おまえをマイクという番号にできないのはほんとに残念だな」

　かれは答えた。

「使われているのは、マイクスグリル、ノヴィ・レニングラード。マイクアンディル、月世《ルナ・》界市《シティ》。マイクスーツ、ティコ地下市《アンダー》。マイクス……」

「待った！　無効なやつを頼む」

「無効なものはＸ、Ｙ、Ｚがあとに続く子音のすべて。それに、ＥとＯを除き、同じ母音が続くもの。いかなる……」

「わかった。おまえの番号はＭＹＣＲＯＦＴ《マイクロフト》だ」

　十分後に、そのうち二分はおれが三号義手をつけるのに使ったのだが、マイクは電話網に接続され、数ミリセコンド後にかれは自分がＭＹＣＲＯＦＴ《マイクロフト》・プラス・ＸＸＸの信号音で呼ばれているとわかるようになり――そのあと知りたがり屋の技術者が取り出せないように、その回路をふさいでしまった。

おれは義手をとりかえ、道具を持ち、それから印刷されていた百のジョウ・ミラー（英国喜劇俳優の名から転じて古臭い笑話の意）を持っていくことも思い出した。

「おやすみ、マイク」

「おやすみ、人間《マン》。ありがとう。おおきにありがとう《ボルショイ・サンクス》」

# 2

おれは月世界市行きの危難の海横断地下鉄に乗ったが、家に帰りはしなかった。マイクがその夜二十一時にスチリヤーガ・ホールで催される集会のことを尋ねたのだ。マイクは、音楽会や集会などをモニターしているのだが、マイクがスチリヤーガ・ホールで使っているピックアップのスイッチを誰かに切られてしまった。それでかれは、むくれたのだと思う。

なぜそのスイッチが切られたのか、おれには想像がついた。用心だ——抗議集会になったからだ。だがそのおしゃべりからマイクを閉め出すと何の役に立つのか、おれにはわからない。というのは、長官の密告者どもが群衆の中にまぎれこんでいることは、まず間違いのないことだからだ。その集会をやめさせようとしている動きが予想されているからではなく、文句ばかり言いたがる保護観察中の流刑囚を罰することが予想されているからでもない。必要のないことだったのだ。

おれの祖父ストーンの言葉によると、月世界は歴史上初めての青空監獄だ。鉄格子なし、看守なし、規則なし——そんな必要はないのだ。初めのころには、月への強制移住が終身刑だとはっきりわかるまで、相当数の囚人が逃亡を企てたものだと祖父は言っていた。もちろん宇宙船でだ——そして、宇宙船はほとんど一グラムに至るまで重量が測られるから、それは宇宙船の乗員を買収しなければいけないということを意味していた。

　何人かは買収されたそうだ。だが逃亡はなかった。賄賂《わいろ》を受け取った男が、買収されっぱなしでいなければいけないことはないからだ。おれは、東気閘《イースト・ロック》で死んだ直後の男を見たことがあった。軌道に出てから消された屍体のほうが美しく見えるなどということはありえない。

　だから歴代の長官は抗議集会のことに頭を痛めたりしなかった。「かれらには吠えさせておけ」が政策だったのだ。騒いでみることには、箱に入れられた仔猫が泣くほどの意味しかなかった。そう、その模様を盗聴する長官もあり、弾圧しようとする長官もいたが、そのどちらも同じ結論に達したのだ——何にもならぬ計画だと。

　二〇六八年にイボ蛙のモートがその地位についたとき、あいつはこれからやつの行政下にあって月世界の〝上〟が、これからどのように変貌していくかについてお説教をしたものだ——「われわれ自身のたくましい両手で作り上げるこの世の極楽」とか「兄弟愛の精神で、肩を合わせて車輪をまわそう」とか「過去の間違いは忘れて、明るい新しい夜明けに顔を向けよう」とかにぎやかなことだった。おれがそれを聞いたのは〝ブーア小母さんのずだ袋《マザー・ブーアズ・タッカー・バッグ》〟でアイルランド風シチューを食べ、その店自慢のオーストラリア・生ビールを飲みながらのことだった。そのとき彼女がどう言ったかも憶えている。「かれ、ましなことを言うわね」だった。

彼女の批評だけが成果となった。いくつかの請願が出されたあと、長官の護衛は新式の銃を携行することになった。そのほか何の変化もなし。やつがここへ来てから少したったあとは、テレビに姿を現わすこともしなくなったのだ。

だからおれがその集会へ出かけたのは、単にマイクが好奇心を持ったからにすぎなかったのだ。西《ウエスト》・気閘《ロック》駅で圧力服と道具をチェックしたとき、おれは試験用録音機をベルトのポーチに入れておいた。おれがたとえ眠りこんでしまってもマイクが一部始終わかるようにだ。

だが、危く中にも入れないところだった。7Aのレベルから出て横の入口から入ろうとするとひとりの愚連隊《スチリャーガ》に止められた——ふくらんだタイツ、大昔風のズボンの前のふくらみ、それに牛の皮、胴体は星屑のようにピカピカ光っている。おれが他人の服装を気にするたちだというわけではない。おれ自身パッドは入れていないがタイツをはいているし、社交的な場合には上半身に油を塗ることもあるから。

だがおれはコスメチックを使わないし、頭の髪は薄すぎて北米先住民がやってたみたいな髪型にはできなかった。この少年は頭の側面を剃り上げ、牡鶏《おんどり》とまさしく同じような髪型にし、その上に前がふくらんだ赤いキャップをのせていた。

自由の帽子——初めてお目にかかるものだった。おれは押し合いながら通り過ぎようとした。そいつは手をのばしておれを遮り、顔を突きつけた。

「あんたの切符！」

「ごめんよ、知らなかったんだ。どこで買うんだい？」

「だめだよ」

「もう一度言ってくれ。わからなかった」

そいつはがみがみ言った。

「保証のない者は誰であろうと入れないんだ。あんた誰です？」

おれは注意深く答えた。

「マヌエル・ガルシア・オケリーというものだ。古顔の連中ならみなおれを知っているよ。おまえは誰なんだ？」

「誰でもいいだろう！　正式の切符を見せてくれ、そうでなきゃ、さっさと出ていけ！」

おれはそいつがあとどれくらい生きられるか気になった。旅行客はよく、月世界の人々がいかに礼儀正しいかというようなことを言う――それは口に出していなくとも、もと監獄だったところがそれほど文明化しているわけはないじゃないかという皮肉だ。地球へ行って向こうの連中がどんなことを我慢しているかを見てきているから、おれにはかれらの本心がわかるんだ。だからその連中に、おれたちは見られるとおりのものなんだと言ってみても無駄だ。とにかく行儀の悪いやつは長生きできないんだから――月世界では。

しかし、この新顔の若造がどんな振る舞いをしようとおれは喧嘩するつもりなどなかった。だからおれは、七号義手でこいつの口をなでてやったら、その顔がどんな具合になるだろうということを考えてみただけだった。

ちょっとそう考えてみただけだ――おれは丁寧に答えようとしかけたとき、中にショーティ・ムクラムがいるのを見つけた。ショーティは背の丈二メートルもある大きな黒人で、殺人罪で月世界へ送られてきたやつだが、おれがこれまでつきあってきた連中の中で、もっとも役に立つ善人だった。おれが事故で腕を焼き切る前に、レーザー鑿岩《さくがん》技術をやつに教えてやったのだ。

「ショーティ!」

かれはおれの声を聞き、八十八歳の老人のような笑顔になって近づいてきた。

「やあ、マニー! 嬉しいよ、あんたが来てくれるとは、マン!」

「それがどうもね、断られているんだ」

入口係は言った。

「切符を持っていないんだよ」

ショーティは自分のポケットを探し、おれの手に一枚渡してくれた。

「これで持っているさ。こいよ、マニー」

入口係はまだ言い張った。

「ちゃんと見せてください」

ショーティは優しい声を出した。

「おれの切符だぜ……いいかい、同志《タワリシチ》?」

ショーティと言い争いをしたりする者はひとりもいない――どうしてかれが殺人事件など引き起こしたのか見当もつかないことだ。おれたちは重要人物の席が用意してある前のほうまで降りていった。ショーティは言った。

「ちっちゃなかわいい女の子に会いたくないか？」

彼女が〝ちっちゃい〟のはショーティに対してだけだった。おれは小さいほうではない、一七五センチある。だが彼女のほうが大きかった——一八〇、そして体重は七〇キロ、ということをあとで知った。すべての曲線を備え、ショーティが黒であるように彼女の身体はどこもかもブロンドだった。最初の一世代を過ぎると色がそう純粋なまま残っていることは稀だから、流刑囚に違いないとおれは決めこんだ。にこやかな顔、美しい、そして豊かな黄色い巻毛が大きなブロンドのしっかりした愛らしい肉体の上へ流れている。

おれは三歩離れたところで立ち止まり、彼女を上から下へと眺めて口笛を吹いた。彼女はポーズをとり、ほんのちょっとだがありがとうというようにうなずいてみせた——間違いなくお世辞には食傷しているのだ。ショーティは挨拶がすむまで待ってから、優しい声で言った。

「ワイオ、これは同志マニー、トンネルを掘らせたら一番の穴掘りだよ。マニー、この子がワイオミング・ノットだ。はるばる月香港ではどんな調子か教えにきてくれたんだ。親切な子だろう？」

彼女はおれの手にふれた。

「わたしをWYE《ワイ》と呼んでね、マニー……でもWHY《ホワイ》・NOT《ノット》なんて言わないで」

おれは危くそのとおりに言いそうだったが、それを押さえて答えた。

「オーケイ、ワイ」

彼女は帽子をかぶっていないおれの頭をちらりと見て話を続けた。

「あなた鉱夫なのね。ショーティ、かれの帽子はどこなの？　わたし、ここの鉱夫は組織されているんだとばかり思ってたわ」

彼女とショーティは入口係と同じ小さな赤い帽子をかぶっていた――群衆のほぼ三分の一もそうだったろう。

「もう鉱夫じゃあないんです。それはぼくがこっちの翼をなくす以前のことでね」

と、おれは説明し左腕を上げて、生身の腕につないである義手を見せた。おれはそれで女性の注意を引くことを気にしたことはない。少しは顔をそむける人もいるが、ほとんどは平均して母性愛を呼び覚ますのだ。

「最近は計算機技師をやっているんです」

彼女は鋭い声を出した。

「あなた行政府のスパイなの？」

月世界にはほとんど男と同じぐらいの数の女がいるようになった現在でさえ、おれはひどく昔気質《かたぎ》で、どんなことがあろうと女に乱暴なことはできない――女にはわれわれの持っていないものがありすぎるから。だが彼女の言葉は傷口をほじくりだすみたいなものだったから、おれは語気荒く言った。

「ぼくは長官の使用人じゃあない。行政府相手に商売をしているんだ……個人請負業者としてね」

　彼女の声はまた優しくなった。

「それならいいのよ。誰もが行政府と商売をしているわ、そうするほかないんですもの……でもそれが困ることなのよ。わたしたちが変えようとしているのは、そのことなの」

われわれがだと？　どうやってだ？　みんなが行政府と商売をしている理由は、みんなが引力の法則を相手にしているのと同じだ。それも変えるってのか？　だがおれは、その思いを口にしはしなかった。女性と議論する気はないからだ。

　ショーティは静かに言った。

「マニーは大丈夫さ。やつらに関するかぎりかれは汚いからな……おれがかれの保証人になるよ。さあ、これがかれの帽子だ」

　そう言ってかれはポケットを探った。かれはそれをおれの頭にのせようとした。

　ワイオミング・ノットはそれをかれの手から取った。

「あなたがかれのスポンサーになるの？」

「おれはそう言ったよ」

「オーケイ。香港《ホンコン》ではわたしたちこうやるのよ」

　ワイオミングはおれの前に立ち、おれの頭に帽子をのせ……おれの口にしっかりとキスした。

　彼女は急がなかった。ワイオミング・ノットにキスされるのは、普通の女と結婚することよりもすごかった。もしおれがマイクだったら、光点《ライト》のすべてがいっぺんについたことだろう。おれは快楽神経中枢にスイッチを入れられたサイボーグのような気がした。

やがておれはそれが終わり、人々が口笛を吹いていることに気づいた。おれは目をぱちくりさせてから言った。

「入れてもらって嬉しいよ。でも、何に入れてもらったんだい?」

ワイオミングは尋ねた。

「知らなかったの?」

ショーティが口をはさんだ。

「集会が始まるよ……かれもわかるさ。すわれよ。マン。さあ、すわって、ワイオ」

われわれは腰を下ろし、ひとりの男が木槌を叩いた。

そいつは木槌と拡声器でみんなの注意を引きつけて叫んだ。

「ドアを閉めろ!　これは秘密会議だ。きみの前にいる男を調べろ、きみの後ろと、両側と……もしきみがそいつを知らず、きみの知っている人が誰ひとりそいつを保証しないなら、そいつを放り出せ!」

誰かが声を合わせた。

「放り出せ、そいつを!　そいつを近くの気閘《ロック》で殺しちまえ!」

「静かに!　いつかはそうすることになるんだから」

まわりは騒がしくなり、乱闘が起こり、ひとりの男の赤い帽子が奪われ、そいつは放り出され、見事に空中を飛んでゆき、ドアのところを通りながら空中で身体を起こそうとしていた。かれがそれに気づいていたかどうかは怪しいものだ。意識を失っていたに違いないのだから。ひとりの女が丁寧に追い払われた——彼女から見れば丁寧ではなかったろうが、彼女は自分を追い払った連中を罵《ののし》っていた。おれは、わけがわからなくなった。

ついにドアがみな閉められた。音楽が始まり、演壇の上に垂幕がひろげられた。〈**自由！　平等！　同胞愛！**〉と書かれている。すべての人が口笛を吹き、何人かは大きなひどい声で歌いはじめた。

「立て、飢えたる囚人たちよ……」

誰ひとり飢えているようには見えないが、考えてみるとおれは十四時から食べていないんだ。そう長く続かなければいいが——それでおれは思い出した。おれの録音機は二時間しか動かない——みんなが知ったらどんなことが起こるだろう？　空中を飛んでゆき、いやというほどの勢いで着陸するのだろうか？　それとも、おれを殺すだろうか？　だが心配はない。おれ自身が三号の腕を使ってその録音機を作ったんだ。極精密機械技術者でもなければ、その正体がわかったりしない。

それから演説が始まった。

その中身に関してはゼロに近いほど低いものだった。ある男は〝肩を並べて〟長官の邸へ行進しわれわれの権利を求めようと提案した。考えてみるがいい。地下鉄カプセルに乗り、長官の個人用駅で一度にひとりずつ降りるというのに、どうやってやるというんだ？　かれの護衛兵が黙って見ているとでもいうのか？　それともわれわれは圧力服を着て月の表面を歩いてゆき、かれの家の上部気閘へ向かうというのか？　レーザー・ドリルと豊富な電力があれば、どんな気閘だって開けられる――だがそれから下へはどうするんだ？　エレベーター《ロック》が動いているのか？　応急用組立昇降機を使ってとにかく下へ降り、それから次の気閘に取り組むのか？

気圧ゼロのところでそんな仕事をするのはご免だ。圧力服を着ていての災難は永久的すぎるものになる――特に誰かが災難を用意しているときはだ。最初の囚人船が着いた昔までさかのぼっても、月世界について初めて知ったのは、気圧ゼロは行儀良くする場所だということだったのだ。悪い気性のくだらないボスはそう長い労働時間を生きのびなかった。〝事故〟にあうのだ――そして最上のボスたちは事故を詮索したりしないことを学んだ。さもないとかれらも事故にあったからだ。初期のころの死亡率は七十パーセントにまで昇った――しかし生き残ったのはいい連中だった。おとなしくもなく、弱くもないが。月世界はそういう連中の生きるところではない。だが、行儀の良い連中だったのだ。

だがおれには、月世界にいるせっかちな人間のすべてがその夜スチリヤーガ・ホールに集まっているように思えた。かれらはこの肩を並べての声に口笛を吹き、喝采した。

討論が始められたあと、少し理屈の通ったことが話された。昔の鉱夫のような目を血走らせた恥ずかしがりの小男が立ち上がって言い出した。

「おれ、氷掘《アイス・マイナー》りなんだ。あんたたちみんなと同じでよ、長官のために働いてこの商売を覚えてきたんだ。おれは三十年やってきて、ちゃんと生きてきた。ガキは八人できてよ、そいつらもみな仕事を覚えたんだ……どいつも死ななかったし、ひどい事故にもあっちゃいねえ。おれの言いてえのは、いままではうまくやってきたってことだ……近ごろはな、氷を見つけるのに、遠くまで出ていくか、ずっと深くまで潜らなきゃあいけねえんだ。

それもいい。岩ん中にはまだ氷があるし、氷掘りはその音を聞きわけられるからな。だがよ、行政府は三十年前と同じ値段しか氷に払わねえんだ。それはよくねえ。そして、もっと悪いことはだ、政府ドルじゃあ昔だけの物が買えねえってこった。月香港《ホンコン・ルナ》ドルが政府ドルと同じで交換できたころもあるんだぜ……それがいまじゃあ三政府ドルが一月香港ドルだ。おれ、どうすりゃいいのかわからねえ……だがおれは、養鶏場や農場をやってゆくには氷がいるってことを知ってるんだ」

かれは悲しい顔をして腰を下ろした。誰ひとり口笛は吹かなかったが、みんながしゃべりたがった。次の男は水が岩からも抽出できることを指摘した――これがニュースか？　岩によっては六パーセントの水を含んでいるものがある――だがそんな岩は化石水よりも珍しいのだ。なぜ連中は算術ができないんだろう？

何人かの農夫はわめき散らし、ひとりの小麦農夫はその典型的なものだった。

「あんたらはフレッド・ハウザーが氷のことで言ったのを聞いたろ。フレッド、行政府はその安い値段で農夫のほうにはまわしていないんだぞ。おらはおめえと同じぐらい昔にはじめたんだ、行政府から借りた二キロメートルのトンネルでな。おらの長男坊主と一緒によ、そこを密閉して空気を入れ、わずかばかりの氷の脈瘤《アイス・ポケット》があったんで初めての取り入れをやったんだがな、それに使った電力、照明道具、種に薬品と、全部銀行からの借金だっただ。

おらたちはトンネルを拡げ続け、照明道具を買い、もっとましな種をまき、そいでいまじゃあ地球でとびきりの空気ん中の農場よりヘクタールあたり九倍もの収穫をあげているんだ。それでおらたちはどうなる？　金持か？　フレッド、おらたちは個人ではじめたときよりたくさんの借金があるんだぞ！　もしおらがそいつを売っちまったら……買うような馬鹿がいればの話だが……おらは破産しちまうんだ。なぜだ？　それはおらが行政府から水を買わなきゃいけねえからだ……そいで、おらの麦を行政府に売らにゃなんねえからだ……このギャップは永久にふさがらないんだぞ。二十年前、おらは市の汚物を行政府から買ってよ、自分で消毒して処理して、作物に使って儲けを上げただ。ところがいまじゃあどうだ、汚物を買うとだな、蒸溜水の値段の上に、固型分の値段をのせて請求されるんだぞ。それなのに射出機《カタパルト》にのせる小麦のトンあたり値段は二十年前と同じなんだぞ。フレッド、あんたはどうしたらいいかわからんと言っただね。おらが教えてやれるぞ！　行政府をつぶしちまうんだ！」

みんなが口笛を吹いた。良いアイデアだ。しかし誰が猫に鈴をつけるんだ？

おそらくワイオミング・ノットだ——議長はうしろへ下がり、ショーティが彼女を「月香港からわざわざ、われらの中国人同志諸君が事態にどう対処しているかを教えてくれにやってきた勇敢な少女」だと紹介した——どうもその言葉遣いからすると、かれは一度もそこへ行ったことがないらしい……驚くべきことではない。二〇七五年には月香港地下鉄はエンズヴィルが終点で、そのあと晴の海と静の海の一部を地上輸送バスで千キロメートルも走らなければいけなかったのだ——高価で危険な旅だ。おれはあそこへ行ったことがある——だが請負仕事で、郵便ロケットに乗ってだ。

　旅行が安くなる以前、月世界市やノヴィレンにいる多くの人々は、月香港は中国人ばかりだと思っていた。だが香港はここと同じように混じり合っている。大中国は不要な連中を棄《す》てたんだ。最初は旧香港とシンガポールから、ついで濠洲《オージー》人、新西蘭《エスジー》人、黒人の男や女、マレー人、タミール、何でも名前をあげてみてくれ。ウラジオストック、ハルピン、ウラン・バートルの古い共産党員もだ。ワイはスウェーデン人のような顔をしており、イギリス風のラスト・ネームに北アメリカのファースト・ネームだがロシア人かもしれなかった。実際、そのころの月世界人が自分の父親を知っていることなどめったになく、もし託児所育ちであれば、母親のほうもわからないことだってあったのだ。

　おれは、ワイオミングがあがってしまって話せないのではないかと思った。そばにショーティが大きな黒い山のようにそびえているので、彼女はおじけづいているように、そして小さく見えたのだ。彼女は讃歎の口笛が静まるまで待った。そのころの月世界市は二対一の割合で男がおり、その集会では約十対一だった。彼女がＡＢＣを繰り返してみてもみんなは喝采したことだろう。

　やがて彼女は激しく口を切った。

「あなたがた！　あなたがた小麦農夫は破産しようとしています……知っているのですか、

あなたがたの小麦からつくった粉一キロにつき、ヒンズーの主婦がいくら支払っているかを？　あなたがたの小麦が何トン、ボンベイに送られているのかを？　行政府が射出機《カタパルト》からインド洋へ小麦を送りこむ費用が、どれほど少ないものなのかを？　最後まで下り坂ですよ！　ブレーキをかけるのにほんの少しの固型燃料の逆噴射……そして、それがどこから来ます？　ここですよ！　そして、そのお返しにあなたがたは何を手に入れるのです？　ほんの少しの小間物で、行政府が所有し、輸入品だというので高い値段をつけています。輸入品、輸入品！　わたしは絶対、輸入品には手を触れません！　香港で作ったもの以外、わたしは使わないんです。小麦のお返しにそのほか何を手に入れています？　月世界の氷を月世界行政府に売る特権なの？　洗濯用水として買い戻し、それを行政府に与え……それをまた二度目に水洗便所の水として買い戻し……それに値打のある固型物を加えてまたも行政府に与え……それから三度目にもっと高い値段で農場用に買い……それからあなたがたはその小麦を行政府にかれらの言い値で売り……そしてまたそれを育てるための電力を行政府から、かれらの言い値で買っているわ！　月世界の電力よ……一キロワットも地球からは来ていないのよ。それは月の氷、月の鋼鉄、月の地面に落ちてくる月光から出てきたものよ……そのすべてが月世界人によって手に入れられたものだわ！　ほんとに石頭のあなたがた、あなたがたは飢え死にするのが当然よ！」

彼女は口笛よりももっと敬意のこもった沈黙を受け取った。しばらくしてから、いらいらした声が言った。

「何をしろと言うんです、お嬢《ガスパーザ》さん？　長官に石をぶつけろとでも？」

　ワイオは微笑した。

「ええ、石を投げることだってできるわ。でもその結果はあまり簡単で、みなさんおわかりだわ。この月世界で、わたしたちは多くの物に恵まれているのよ。三百万人ものよく働く、頭の良い、熟練した人々、充分な水、何でも豊富にあるわ、無限の電力が。でも……わたしたちが持っていないものは自由な市場よ。わたしたちは行政府を倒さなければいけないわ！」

「そうだ……でも、どうやって？」

「一致団結してよ。月香港でわたしたちは学びはじめているわ。行政府は水をたいへんな値段にした――買わないのよ。かれらは氷にほんの少ししか払わない――売らないのよ。輸出を独占している――輸出しないのよ。下のボンベイでは、みんなが小麦を欲しがっているわ。小麦がなくなれば、仲買人がやってきて入札するような日がくるわ……現在の値段の三倍もでよ！」

「それまでのあいだはどうする？　飢え死にかい？」

　同じいらいらした声だ――ワイオミングはそいつを見つけ、月世界人の女が「あんた、わたしには太りすぎているわ！」というときにやる昔からの身振りで頭をくるりとまわしながら言った。

「あなたの場合は、なかなかよ」

大笑いがおこり、そいつは黙ってしまった。ワイオはあとを続けた。

「誰も飢え死にする必要はありません。フレッド・ハウザー、あなたの鑿岩機《さくがんき》を香港へ送るのよ。行政府はわたしたちの水や空気の設備を所有していないから、わたしたち氷に正当なだけの支払いをするわ。あなた、破産した農場を持ってる方……もしあなたに破産したと認めるだけの勇気があったら、香港へ来てやりなおしなさい。わたしたちのところは慢性の労働力不足なの。よく働く人は飢えないわ」彼女は会場を見まわしてつけ加えた。「言いたいことはこれだけ。あとはあなたがた次第よ」

演壇を離れショーティとおれのあいだにすわった彼女は慄《ふる》えていた。ショーティは彼女の手を軽く叩き、彼女はありがとうというようにかれをちらりと見てから、おれにささやきかけた。

「わたしの話、どうだった？」

おれは保証した。

「すばらしかった、すごいよ！」

彼女はほっとしたようだった。だがおれは正直じゃあなかった。たしかに彼女はすばらしかった。群衆を湧かせた点ではだ。だが口で言うことは、何の役にもたたないことなのだ。おれたちが奴隷であることをおれは生まれてからずっと知っており――それに対して手の打てることは何ひとつなかった。確かに、おれたちは売り買いされた人間ではない――だが、おれたちが手に入れなければいけない物、おれたちが買うために売れる物について行政府が独占権を握っているかぎり、おれたちは奴隷なのだ。

だがおれたちに何ができる？　長官はおれたちの所有主ではない。もしそうであれば、やつを殺す方法も少しは見つけられるだろう。だが月世界行政府は月にはない、それは地球にあるのだ――そしてわれわれは一隻の船も、小さな水爆も持っていない。月世界には鉄砲さえもない。鉄砲で何をすればいいのかおれは知らないが、たぶんおたがいを射ちでもするんだろう。

武装もなく無力な三百万人――そして、やつらは百十億……船と爆弾と武器を備えている。おれたちは厄介物なんだろう――だが、赤ん坊が尻を叩かれるまでどれぐらいのあいだパパは辛抱しているんだろう？

おれは感心しなかったんだ。聖書にあるように、神は武装の充分な側に味方して戦ってくれるのだ。

みんなはまた騒ぎはじめた。何をするか、どう組織を作るか、そんなことを次々と。そしてまたあの〝肩を組んで〟のどら声が聞こえた。議長は木槌を使わなければいけなくなり、おれは落ち着かなくなってきた。だが身体を起こしたとき、聞き憶えのある声がした。

「議長さん！　わしに五分ほど発言権を与えていただけませんか？」

おれは振り向いた。ベルナルド・デ・ラ・パス教授――その声に聞き憶えがなくても、古めかしい話し方でそうだとわかったことだろう。波を打つ白髪、両頬のえくぼ、笑いかけるような声の有名な男――いくつぐらいの年なのか知らないが、おれが初めて少年時代に会ったときも老人だった。

かれはおれが生まれる前に追放されてきたのだが、囚人ではなかった。かれは長官のような政治的追放者だが、危険分子なので〝市長〟のような甘い仕事をもらうどころか、生きようが飢え死にしようがおかまいなしに棄てられたのだ。

そのころの月世界市ではどこの学校であろうと職を見つけることはできたはずだが、かれはそんなことをしなかった。おれの聞いたところでは、かれはしばらく皿洗いをやり、子守りをし、幼児保育園を始め、それから託児所をやった。おれが会ったときかれは託児所と、幼稚園、小学校、中学校、高等学校と全寮制の学校を経営し、三十人の教師を雇い、大学の課程までふやそうとしていた。

かれと一緒に暮らしたことはないが、おれはかれについて学んだ。おれは十四のときに選択され（配偶者にされること）、新しい家庭はおれを学校に通わせてくれた。おれがそれまでたった三年学校へ行っただけで、そのあとときどき個人教授を受けただけだからだ。おれの最年長の妻《シニア・ワイフ》はしっかりした女で、おれを学校へ行かせてくれたんだ。

おれは先生が好きになった。かれは何でも教えてくれた。何も知らないことであろうと関係なしだ。もし生徒が望めば、かれは微笑して学費を決め、材料を見つけ、何時間かの授業分だけ生徒より進んでいるようにしたんだ。そしてもしかれに難しすぎるとわかったときには――実力以上のことを知っているようなふりは絶対にしなかった。かれに代数を習ったときは、三次方程式に達するころになると、かれがおれの問題を訂正するのと同じぐらい、おれはかれのを訂正したものだ――だがかれは授業ごとに楽しそうに授業料をとったものだった。

おれはかれについて電子工学を始め、すぐにかれを教えるようになった。そこでかれは授業料をとるのをやめ、おれたちは一緒に勉強していたが、そのうちかれは余分な金を手に入れるために喜んで知恵を分けてくれる技術者を探し出した――そこでおれたち二人で新しい教師に金を払い、先生はまだおれと一緒に学ぼうとした。無器用にゆっくりとではあったが、自分の心を拡げることが嬉しかったのだ。

議長は木槌を叩いた。

「われわれは喜んでデ・ラ・パス教授に望まれるだけの時間をさしあげます……おい、うしろのうるさいの、静かにするんだ！　おれがこの木槌で頭をぶんなぐる前にな」

先生は前に進みでた。そしてみんなは月世界人には珍しいほど静まりかえった。かれは尊敬されているのだ。

「そう長くはしゃべりませんよ」

と、かれは始めたが、すぐに口を閉じてワイオミングを見ると、上から下へ眺めまわしてから口笛を吹いた。

「美しい御婦人《ラブリー・セニョリータ》よ、この年寄りを許してくださるかな？　わしには心苦しい義務があるのでね、心を動かされたあなたの宣言に反対するという義務が」

ワイオは髪の毛を逆立てたようになった。

「どのように反対されますの？　わたしの言ったことは真実よ！」

「ちょっと！　ただ一ヵ所だけに反対だ。話してよろしいかな？」

「え……どうぞ」

「行政府がなくならなければいかんというのは、あなたの言うとおりだ。われわれのあらゆる根本的経済において無責任な独裁者に支配されるなどということは、不可解であり、有害であり、あってはいけないことですとも！　それは、もっとも根本的な人間の権利、自由な市場において物を売買するという権利を無視していますからな。だが、われわれが小麦を地球に売るべきだとあなたが言われたことは間違いであると、わしは尊敬をこめて申し上げますぞ……米であろうと、いかなる食物であろうと……いかなる値段であろうともです。われわれは食物を輸出してはいけないのです！」

先刻の小麦農夫が口をはさんだ。

「おらたち、あれだけの小麦をどうしたらええだね？」

「待ってくださらんか！　小麦を地球へ送るのはかまわんのですよ……もし、それだけの重量が返ってくるならです。水で。窒素肥料で。リン酸肥料で。同じ重さをです。そのほかは、どれだけ値段を高くしても駄目なのですぞ」

ワイオミングは農夫に「ちょっと待って」と言ってから先生に向かって、

「そんなことかれらにはできませんし、あなたもご存知でしょう。下り坂で送るのは安く、上り坂で送るのは高価なのですもの。わたしたち水も農業用の肥料もいりません、わたしたちに必要な物はそう多くありませんわ。道具、医薬品、加工品、機械類、計算機用テープ。わたし、こういうことをだいぶ勉強しましたのよ、先生。もしわたしたちが自由市場で正当な価格を得れば……」

「どうか、お嬢さん！　続けてもよろしいかな？」

「どうぞ。でも、あとで反論させてください」

「フレッド・ハウザーは、氷を見つけることが難しくなったと言いましたな。あまりにも真実です……現在でも悪いニュースであり、われわれの孫の時代には恐るべき事態になっているでしょう。月世界市はわれわれが二十年前に使ったのと同じ水を現在も使っているべきなのです……それにプラスするに、人口が増えただけの氷を採掘してです。ところがわれわれは水を一回しか使っていない……三つの違った方法で、一回のフル・サイクルです。それからわれわれは、それをインドに送り出しているのですぞ。小麦としてです。小麦は真空処理がしてあるといっても、それには貴重な水が含まれておるのです。なぜ、水をインドへ送り出すのです？　かれらにはインド洋全部があるのに！　そして、それら穀物の重量の残りは、それよりまだ悲劇的にまで貴重なものなのです。植物が食べる食料は水よりも手に入りにくくなっているのです。岩から抽出してはいますがね。同志諸君、わしの言うことを聞いてください！　きみたちが地球へ何かを送り出すたびに、諸君の孫たちをゆるやかな死に追いこんでいるのですぞ！　あの光合成の奇蹟、植物と動物のサイクルは、閉鎖回路なのだ。諸君はそれを開いてしまった……それで諸君の生命の血は地球への下り坂を走っているのだ。諸君にはより高い価格など必要ではない、人間は金《かね》を食えないのですからな！　諸君が必要とすることと、われわれみんなに必要なことは、この損失を終わりにすることなのだ。輸出の禁止、完全に絶対にだ。月世界は自給自足できなければいけないのだ！」

　十人もの男が聞いてもらおうと叫び声を出し、それ以上が話しはじめ、議長は木槌を叩いた。そのためおれは騒動に気づかず、女の悲鳴が響いてから振り向いた。

　ドアのすべてが開いていて、いちばん近いドアに武装した男が三人いるのが見えた——黄色い制服を着た長官の護衛兵どもだ。後ろ中央のドアにいる男は雄牛のような声で怒鳴り、群衆の騒ぎや拡声器の音を黙らせた。

**「ようし！　いまいる所にじっとしていろ。おまえたちは逮捕される。動くな、静かにしているんだ。ひとりずつ出てこい。両手をひろげ、身体の前に伸ばしてな」**

　ショーティは隣りにいた男を抱き上げるなり、もっとも近くにいた護衛兵どもに投げつけた。二人がころがり、三人目が銃を射った。誰かが悲鳴をあげた。十一、二歳の赤毛の細い女の子が三人目の護衛兵の膝に飛びついてゆき股間を蹴り上げ、そいつは倒れた。ショーティは片手を背後へ振り、ワイオミング・ノットをその大きな身体の蔭へ押すと、肩越しに叫んだ。

「ワイオを頼むぞ、マン……そばについていてくれ！」

　かれがドアのほうへ向かうと、群衆は子供のように左右に分かれた。

　悲鳴がいくつかあがり、おれは変な匂いを嗅いだ……おれが腕を失ったときに嗅いだ匂いであり、おれは恐怖とともに、それが麻痺銃《スタン・ガン》ではなくレーザー光線であることを知った。ショーティはドアに達し、大きな両手で護衛兵をつかんだ。小さな赤毛は見えなかった。その子がひっくり返した護衛兵は両手両膝をついて立ち上がりかけていた。おれは左手をそいつの顔に叩きつけ、そいつの顎が折れたのか、肩に衝撃を覚えた。まごまごしているとショーティはおれを押して怒鳴った。

「行け、マン！　ここから彼女を連れ出せ！」

おれはワイオミングの腰を右手で抱くと、おれが黙らせた護衛兵の上をドアの向こうへと投げた——苦労してだ。彼女はどうもたすけられたくなかったらしいのだ。彼女はドアの外でまた立ち止まろうとした。おれは彼女の尻を思いきり蹴飛ばして走らせた。おれは後ろを振り向いた。

ショーティは護衛兵二人の首を鉢合わせさせた。そいつらの頭は卵のように割れ、かれはおれに怒鳴った。

「行くんだ！」

おれはワイオミングを追って、その場を離れた。ショーティは助けを必要としなかった、永久に必要としなくなったのだ——かれの最後の努力を無駄にはできない。おれは見たんだ。二人の護衛兵を殺したときのかれは、一本足で立っていた。もう片方の足は腰のところからなくなっていたのだ。

# 3

おれが追いつくまでにワイオはレベル・6への坂を途中まで行っていた。彼女は速度をゆるめず、おれは彼女と一緒に圧力気閘に入るのにドアのハンドルをつかまなければいけなかった。そこでおれは彼女を止め、その巻毛の上から赤い帽子をとり、おれのポーチに突っこんだ。おれのはなくなっていた。

「このほうがいいよ」

彼女は怯えているようだったが、答えた。

「ええ《ダー》。そうね」

「ドアを開く前に尋ねるが、きみはどこか決めていたところに行こうとしていたのか？　ぼくはここへ留まってやつらを喰いとめようか？　それとも一緒に行くか？」

「わからない……ショーティを待ったほうがいいわ」

「ショーティは死んだ」

目を大きく開いたまま、彼女は何も言わなかった。おれは続けて言った。

「きみはあいつのところにいたのか？　それともほかの誰かと」

「わたし、ホテルを予約していたの……ゴスタニーツァ・ウクライナ。どこにあるか知らないの。ここへ着いたのが遅かったので、まだ行ってなかったのよ」

「ふーん……そこは行っちゃいけない所だな。ワイオミング、ぼくには何がどうなっているのかわからないんだ。この町で長官の護衛兵を見たのは、この何ヵ月かのあいだに初めてだ……それに重要人物を護衛しているのでもないのを見たこともだ。ええと、きみを連れて家へ帰ることもできるが……でもやつらはきっとぼくを探しているだろう。何とかして公衆通路から抜け出さなきゃあな」

レベル・6から入ってくるドアにもたれていると、ガラスの丸窓から小さな顔がのぞいた。おれはドアを開きながらつけ加えた。

「ここにはいられないね」

おれの腰より高くないぐらいの小さな女の子だった。その子は腹を立てたように見上げて言った。

「どこかほかのところでキスしてよ。あんたたち通行の邪魔よ」

おれが二つ目のドアを開けてやると、その子はおれたちのあいだをすり抜けていった。

「彼女の忠告どおりにしよう……ぼくの腕をつかんで、ぼくはきみが一緒になりたいと思っている男のように見せるんだ。散歩するんだ。ゆっくりと」

そのとおりにおれたちはした。横の通路はいつも子供で邪魔されるほか人通りは少ないのだ。もしイボ蛙野郎の護衛兵が地球の警官式におれたちを追跡しようとすれば、十人、いや九十人ものガキどもが背の高い金髪はどちらへ行ったか教えられるだろう——月世界の子供に長官の手下と挨拶をかわすようなやつがいるとすればの話だが。

　ワイオミングを鑑賞できるほどの年になりかけた少年が、おれたちの前で立ち止まり、嬉しがらせる口笛を吹いた。彼女は微笑してそいつを追い払った。おれは彼女の耳にささやいた。

「これがぼくらの悩みの種だよ……きみは満地球みたいに目立つからね。ホテルにもぐりこまなきゃあ。次の横道にそれるとひとつある……たいしたところじゃない、服のまま寝ころぶのが精一杯ぐらいのところだ」

「わたし、抱き寝《バンドリング》するような気分じゃないのよ」（バンドリングは若い婚約中の男女が着衣のまま同じ床に寝る昔の慣習）

「ワイオ、頼む！　そんなつもりはないよ。別々の部屋だってとれるんだ」

「ごめんなさい。お手洗いどこかしら？　それに、薬局この近くにある？」

「困ったこと？」

「そんなことじゃないわ。お手洗いは姿を消すため……わたしが目立つからよ……それに薬局はコスメチックのため。身体をメーキャップするの。髪の毛もね」

　最初のはすぐ近くにあったから簡単だった。彼女が中に入って鍵をかけると、おれは薬局を見つけ、体重は四十八キロ、これぐらいの背の女が身体化粧《ボディ・メーキャップ》するのにどれぐらいいるかを尋ねた——おれの顎の下あたりに手をやってだ。おれはセピア色を必要量だけ買い、別の店へ行って同じ量を買い——最初の店ではうまく買えたが、次の店ではうまくいかず、差し引きイーブンとなった。それからおれは三軒目の店で髪の毛を黒く染めるものと、赤いドレスを買った。

ワイオミングは黒のショーツとプルオーバーを着ていた――金髪娘にはよく似合うし、旅行にはぴったりだ。だがおれはずっと結婚してきて、女が着る物にはちょっと意見を持っていた。それに濃いセピア色の肌で濃いメーキャップをした女が、自分から好んで黒いものを着ているところなど一度もお目にかかったことがない。それにそのころの月世界市にいたお洒落な女はみなスカートをはいていたんだ。おれの買ったのは胸あてのついたスカートで、その値段からも洒落たものにきまっているとおれは信じた。サイズについては想像してみるほかなかったが、その素材は少し伸縮性があるものだった。

おれを知っている連中と三人顔を合わせたが、別に普段と変わった言葉はかけられなかった。誰も興奮しているようではなく、商売はいつものようにやっていた。ほんの少し前、数百メートル北の下のレベルで騒動が起こったとは信じられないようなことだった。おれはそんなことを考えるのは後まわしにした――興奮はおれの求めているものではなかったのだ。

おれはそれらの物をワイのところへ持ってゆき、ドアのブザーを鳴らして中へ渡した。それから半時間ほど酒場に入り、半リットルほど飲み、テレビを見た。まだ興奮はなく、〝番組を中断して特別のお知らせを〟もなかった。おれは元に戻り、ブザーを鳴らして待った。

ワイオミングは出てきた――そして、おれは彼女が見分けられなかった。それから驚いて拍手喝采した。どうしてもしないわけにいかなかったのだ――口笛を吹き指を鳴らし溜息をつきレーダーのように眺めまわしたのだ。

ワイオはいまやおれよりも色が黒く、顔料はきれいに効果をあげていた。目が黒くなっており、それに合う睫毛《まつげ》になっているのは、そのための道具をポーチに入れてきていたのだろう。そして口は黒ずんだ赤になっていて前より大きくなっていた。髪の毛は黒く染め、グリースで首筋が引きつりそうなまでに上のほうへなであげていたが、腰の強い巻毛がそれに勝ってどうも不完全にしていた。彼女はアフリカ人種にも見えずーーヨーロッパ人種にも見えなかった。だいぶ混血した種族に見え、そのためより月世界人らしくなっていた。

赤いドレスは小さすぎた。エナメルを吹きつけたようにぴっちりとし、太腿のまんなかあたりまで大きくはりだし、じっとしていても胸をときめかせるような魅力を発散していた。彼女は肩のストラップからポーチをはずし、腕にかかえていた。靴は捨てたかポーチに入れたかで、素足になり背を少し低くしていた。

彼女はずっと良くなっていた。群衆の前で熱弁をふるった扇動家のようには全然見えなかった。

おれが感心しているあいだ、彼女は嬉しそうな微笑を浮かべ身体を波打たせるようにして待っていた。おれが終わる前に二人の少年が両側に現われ、うるさく跳ねまわり甲高い声でおれが感心していることの裏書きをした。おれがそいつらに小銭をやって追っ払うと、ワイオミングはすり寄ってきておれの腕をとった。

「これでいいこと？　合格？」

「ワイオ、きみはまるで金を入れてくれるのを待ちかねているスロットマシンのレバーみたいだよ」

「何ですって、不潔な人ね！　わたしが最低の相場で買える女だって言うの？　素人《ツアリスト》！」

「そうせかさないでくれよ、美人なんだから。欲しいだけ言ってくれ。それが適当な値段なら、それぐらいの持ち合わせはあるからな」

「まあ……」彼女はおれの脇腹をごつんと突ついて笑った。

「わたし、いらいらしてくるわ、お爺ちゃん。もしあなたとお寝《バンドリング》んねするようなことがあるにしても……そんなことありそうに思えないけど……わたしそう安くは寝ないわよ。さあ、そのホテルとかを見つけましょうよ」

　おれたちはホテルを見つけ、おれは金を払って鍵をもらった。ワイオミングは目立つ客だったが、それほど心配することはなかった。夜間受付係は編物から顔を上げず、宿帳に記入しろとも言わなかった。中に入るとワイオミングはドアにボルトをかけて叫んだ。

「すばらしいわ！」

　そりゃあそうだろう、三十二香港ドルもしたんだから。彼女は寝棚を想像していたんだと思うが、おれは身を隠すだけにしろ彼女をそんなところに入れたくなかったんだ。気持の良さそうな部屋で、浴室がついており、水の制限もなしだ。それにおれが必要とする電話と、品物をよこしてくる小さな昇降機だ。

　彼女はポーチを開きかけた。

「わたし、あなたが払うのを見たの。それを清算して……」おれは手を伸ばし彼女のポーチを閉じた。

「変な考えはなしだ」

「え？　ああ、馬鹿ね。それは抱き寝《バンドリング》のときよ。あなたはこの寝るところをわたしに見つけてくれたんだから……」

「やめろよ」

「え……では半分？　割勘で文句なしにして」

「駄目《ニェット》。ワイオ、きみは家からずいぶん遠く離れている。持っている金は大切にするんだ」

「マヌエル・オケリー、わたしの分を払わせてくれないんだったら、わたしここから出ていくわ！」

「さようなら《タスヴィダーニャ》、おじょうさん《ガスパーザ》、おやすみ《スプコイノイノーチ》、また会えるといいな」

おれは頭を下げ、ドアのボルトをはずそうとした。

彼女はにらみつけ、それから荒々しくポーチを閉じた。

「いるわよ、石頭！」

「どうぞどうぞ」

「本気よ、本当にお礼を言うわ。同じことだけど……つまり、わたし人の世話になることに慣れていないのよ。わたし自由な女性なの」

「そいつはおめでとう」

「あなたも怒らないで。あなたはしっかりした人だから、わたしそれは尊敬するわ……あなたがわたしたちの味方で嬉しいわ」

「そうともかぎらないぜ」

「何ですって？」

「あわてるなよ。ぼくは長官の味方じゃあない。しゃべりはしないよ……ショーティに化けて出てほしくないからな。やつの魂よ安らかれだ。だがきみたちの計画は実際的じゃあないよ」

「でも、マニー、あなた、わかっていないのよ！　もしわたしたちみんなが……」

「待ってくれ、ワイ。政治を論じる時間じゃないよ。ぼくは疲れたし腹がへっている。きみがこの前に食べたのはいつだ？」

急に彼女は小さく、幼く、疲れているようになった。

「まあ！　わからないわ。バスの中だったかしら。携帯口糧よ」

「どうだいカンサス・シティ・カット、レアで、フライド・ポテト、ティコ・ソース、グリーン・サラダ、コーヒー……それにまず飲み物を先にというのは？」

「すごいわ！」

「ぼくもそう思うよ、だがこの時間じゃあ、薄いスープとバーガーが食えれば幸せなほうだろうよ。飲み物は何にする？」

「何でも。アルコールだっていいわ」

「オーケイ」

おれは昇降機のところへゆき、サービスのボタンを押した。メニューが上がってきて、おれは最上等の骨付き肉に、ホイップ・クリームをかけたリンゴ・パンを注文し、テーブル・ウオッカを半リットルと氷をつけ加え、それから始めることにした。

「わたしお風呂に入る時間ある？　かまわない？」

「お入りよ、ワイ。そのほうが匂いもましになるだろうしね」

「いやねえ。圧力服に十二時間入っていれば、あなただって臭くなるわ……バスはひどいものだったのよ。いそいで入るわ」

「ちょっと、ワイ。その代物は落ちるのかい？　きみが出てゆくときには必要だぞ……いつ出ようと、どこへ行こうとだ」

「ええ、落ちるわ。でもあなたは、わたしが使う分の三倍も買ってくれたのよ。ごめんなさい、マニー。わたし政治的なことで旅行するときにはメーキャップ用品を持って歩くことにしているの……いろんなことが起こるからなの。今夜みたいに、といっても今夜のがいちばんひどかったけど。でもわたし時間が足りなくなって、地下鉄に遅れるし、バスだって乗れないところだったのよ」

「じゃあ、ごしごし洗うんだね」

「イエス・サー、キャプテン。ああ、わたし背中を洗うのに助けてもらわなくていいわよ……でもわたしドアをあけておくわ、お話ができるように。ただ退屈しないためにね、招待するつもりはないわ」

「好きなようにするさ。ぼくも女を見たことはあるからね」

「その女の人にとっては大変なスリルだったでしょうね」

彼女は笑い、おれの肋骨をまた突ついて――強くだ――入ってゆき、風呂に入ろうとした。

「マニー、あなた先に入らない？　二度目の水で充分なのよ、このメーキャップとあなたが文句を言ったひどい匂いには」

「メーターなしの水だよ、ワイオ。たっぷり使うんだな」

彼女は嬉しそうに低く口笛を吹いた。

「まあ、なんて贅沢なの！　家ではわたし、同じお風呂の水を三日間使うのよ……あなたお金持なの、マニー？」

「金持じゃあないが、泣いてもいないね」

昇降機のベルが鳴り、おれは答えて、基本的なマティーニを作り――氷の上にウオッカを注いだやつだ――中へ入っていって彼女に渡し、外へ出て見えない所に腰を下ろした――すごい光景を見たわけじゃあない。彼女は幸せそうに石鹸の泡を肩までたてていたんだ。おれは呼びかけた。

「この世は楽し《バルノイ・ジーズン》だよ」

「あなたにもすばらしい人生をね、マニー。わたしが欲しがったお薬よ、これ」薬《ヤー》を飲むあいだ少し間があって彼女はあとを続けた。「マニー、あなた結婚してるわね、でしょう？」

「うん《ダー》。わかるかい？」

「はっきりとね。あなた女の人には親切で、そのくせ物欲しそうじゃないし、すっかり落ち着いているわ。だからあなたは結婚しているし、それも長いあいだたってるってわけよ。子供は？」

「十七人を四人で分けているよ」

「部族結婚《クラン・マリエイジ》？」

「家系型《ライン》さ。ぼくは十四のときに夫の候補者として選ばれて、九人のうちの五番目だった。だから十七人の子供ったってわずかなものさ。大家族だよ」

「素敵でしょうね。わたし家系型家族ってほとんど見たことがないのよ。香港にはあまりいんですもの。部族や集団はいっぱいいるし、一妻多夫もずいぶん多いんだけれど、家系型はうまく続かないのよ」

「素敵なもんだぜ。ぼくらの結婚は百年近く続いているんだ。ジョンソン・シティの最初の流刑囚までさかのぼる——二十一の連結《リンク》があって、現在その九つが生き残っていて、いっぺんの離婚もなしだよ。誕生日や結婚式だというんでぼくらの子孫や親類縁者が集まったときは、ほんとに大騒ぎさ——もちろん、子供は十七人より多いよ。結婚するまえのは数えないことにしているんだ。そうしないとぼくは自分の祖父ぐらいの年ごろの子供を持つことになるからね。楽しい生き方さ、面倒なことはあまりなしでさ。たとえばぼくがだ、一週間家をあけて電話をしなくても、誰も文句は言わないよ。ぼくが姿を現わせば歓迎してくれる。家系型結婚に離婚はほとんどないんだ。これ以上は望めないね」

「そうかもしれないわね。交替にしているの？　そしてその間隔は？」

「間隔に規則はないんだ。われわれの気の向くままさ。いちばん新しいリンクまでは交替していた、去年だ。ぼくらは交替で男が必要になったとき、女の子と結婚した。でもそれは特別だったんだ」

「どう特別なの」

「ぼくのいちばん若い妻は、最年長の夫《シニア・ハズバンド》とその妻の孫なんだ。少なくとも彼女はマムの孫さ……いちばん上のがマムで、ときには夫たちにミミと呼ばれることもある……彼女は祖父《じい》さんのかもしれない……だが、ほかの夫婦に関係はないんだ。だからまた内輪で結婚しなおしていけない理由はない、親族関係がほかの型の結婚をオーケイしていてもだ。なし、ニエット、ゼロだ。ルドミラはぼくらの家族の中で育った。母親が彼女だけを生んでからノヴィレンへ移り、彼女をぼくらのところに残していったからなんだ。

　ぼくらが適齢期になったと考えるころになってもルドミラは結婚のことを話したがらなかった。彼女は泣いてぼくらに頼んだんだ、お願いだから例外を作ってくれとね。ぼくらはそうしたよ。祖父《じい》さんは遺伝学的なことは考えなかったんだな……このごろかれが女に持つ興味は、実際的なことよりずっと勇ましいよ。最年長の夫《シニア・ハズバンド》としてかれはぼくらの結婚式の夜、彼女と寝たよ……だが肝心な点は形式だけだった。二番目の夫《ナンバー・ツー・ハズバンド》のグレッグがあとでその始末をつけたが、みんな知らぬふりをしている。そしてみんな幸せなんだ。ルドミラは可愛い娘だよ、まだ十五で、初めての妊娠だ」

「あなたの赤ちゃん？」

「グレッグのだと思うな。そりゃあ、ぼくのかもしれないさ、でも事実はノヴィ・レニングラードにあるんだ。たぶんグレッグのだろう、ミラが外部からの助けを借りないかぎりはね。だがそんなことはしない。彼女は家庭的な娘だ。それにすばらしい料理人だよ」

昇降機が鳴り、それに答えてテーブルと椅子を開き、金を払って昇降機を上へやった。

「豚にやっちまうかい？」

「すぐに行くわ！　顔をちゃんとしなくてもかまわない？」

「そのままで出てきてくれよ、ぼくのために」

「お安いことよ、この結婚《ユウ・マッチ・マリィド・マン》ばかりしている人」

彼女は急いで出てきた。またブロンドに戻っており、髪の毛はうしろに濡れたまま垂らしていた。黒い服は着ておらず、まだおれが買ったドレスを着ている。赤がよく似合う。彼女は腰を下ろし、食べ物のカバーを取った。

「まあ！　マニー、あなたの家族、わたしと結婚してくれるかしら？　あなたって、とっても気前がいいんですもの」

「尋ねてみるよ。異議はないと思うね」

「無理はしなくていいのよ」

彼女は箸を取って忙しくしはじめた。千カロリーほど食べたあとで彼女は言った。

「わたし自由な女性だって言ったわね。いつもそうだというわけじゃないのよ」

おれは黙っていた。女というものはその気になったときにしか話さないものだからだ。

「わたし十五のとき二人の兄弟と結婚したの、わたしの二倍年上の双生児で、わたしとても幸せだったわ」

彼女は皿にのっている物を突ついていたが、やがて話題を変えようと思ったらしい。

「マニー、あなたの家族と結婚したいって言ったこと冗談よ。別にこわがらなくてもいいわ。もしわたしがもう一度結婚するとしたら……しそうもないけれど、わたし別に反対してるわけじゃないの……ただひとりの男としたいの。小さなきっちりした結婚、地球虫スタイルね。ああ、わたしその人につきまといたいっていう意味じゃないのよ。男の人がどこで昼食をしようが、家へ夕食を食べに帰ってきてくれるかぎりは問題じゃないわ。わたしその人が幸せになるように勉めてみたいのよ」

「双生児とはうまくいかなかったのかい？」

「そんなことじゃないのよ。わたし妊娠し、わたしたちみんな喜んだわ……わたしその子を産み、その子は奇形で、殺さなければいけなかったの。二人ともそのことではわたしによくしてくれたわ。でもわたし、記録を読むことができたの。わたし離婚を言い出し、不妊手術を受け、ノヴィレンから香港へ移り、自由な女性としてやりなおしたのよ」

「そいつはせっかちすぎなかったのかい？　女よりも男の原因のほうが多いんだぜ。男のほうがさらされることが多いんだから」

「わたしの場合は違うわ。わたしたちノヴィ・レニングラードで最高の数学的遺伝学者に計算してもらったのよ……彼女、送られてくる前はソ連邦で最高のひとりだったの。わたし、自分にどんなことがあったのか知っているのよ。わたし志願植民者だったの……つまり、わたしがまだ五つのときに母が志願したってこと。わたしの父が流刑になり、母はかれと一緒に行くことにして、わたしも連れてきたの。太陽嵐があるって警告されたけれど、パイロットはやれると判断したのね……それとも気にしなかったかだわ。かれ、サイボーグだったから。かれは成功したんだけれど、わたしたち地上に叩きつけられたの……マニー、それがわたしを政治にかかわりあうようにさせた原因のひとつよ。わたしたち救助される前まで四時間も船の中に閉じこめられていたのよ。行政府のまだるっこしさ、たぶん検疫のためだったんでしょうね。わたし小さすぎてわからなかったけれど。でも、もっとあとになってみると、なぜ奇形を産んだのか考えられるだけの歳になったわ。つまり行政府はわたしたち追放者がどうなろうと知っちゃいないからなのよ」

「議論を始める気はないよ、確かにやつらは知っちゃあいないんだからな。でもワイオ、それでもせっかちすぎなかったのかい？　きみが放射線被曝によって傷害を受けたとしてもさ……放射線のことを知らない遺伝学者はいないからな。それできみは、損傷された卵子を持った。だがそれは次の卵子も損傷されているということを意味しない……統計的にそんなことはありそうもないんだぜ」

「ええ、そのことは知っているわ」

「ふーん……どういう不妊手術？　永久的なもの？　それとも避妊手術？」

「避妊よ。わたしのチューブは開けられるわ。でもマニー、一度奇形を産んだ女は、二度と危険を冒さないものよ」彼女はおれの義手に触れた。「あなたはそんな目にあったら、それでもう一度そんな危険を冒さないように八倍も注意しない？」彼女はおれの生身《なまみ》の腕に触れた。「それよ、わたしの感じるのは。あなたはそれで困難と戦ってきたわ。わたしはこれよ……あなたも傷を受けていなかったら、わたし絶対に話さなかったわ」

おれは左腕のほうが右よりずっと役に立つんだなどとは言わなかった——彼女の言うとおりだったから。右腕を売りに出そうとは思わない。女の子を喜ばすためのほか役に立たなくてもだ。

「それでもまだ、きみは健康な赤ん坊を産めると思うがね」

「ええ、できるわ！　わたし、八人も産んだもの」

「え？」

「わたし職業的宿主母親《プロフェッショナル・ホスト・マザー》なのよ、マニー」

おれは口を開き、また閉じた。そのアイデアは別に奇妙じゃない。おれは地球側の新聞で読んだ。だが二〇七五年の月世界市でどこかの外科医がそのような移植をやっていたとは考えられない。牛では、イエスだ……だが月世界市の女がどんな犠牲を払おうと他の女の子供を持つなんてことはありそうもないことだ。内気な女だって六人ぐらいの夫は持てるんだ。

(内気な女ではない。ほかの者より美しい連中はだ)

彼女の身体をちらりと見て、急いで視線を上げると、彼女は言った。

「じろじろ見ないで、マニー。わたしいまは入れていないわ。政治で忙しすぎるのよ。でも、宿主《ホスト》になるのは、自由な女性にとっていい職業なのよ。報酬が高いから。お金持の中国人家庭が何軒かあって、わたしの赤ちゃんはみな中国人のだったの……中国人は平均より小さくて、わたし大きな雌牛でしょう。二キロ半とか三キロの中国人の赤ちゃんは何でもないの。わたしのスタイルを悪くもしないし、この……」

彼女はその豊かな格好いい物《ラブリーズ》を見下ろして言葉を続けた。

「わたし、授乳育児《ウェット・ナース》しないの。一度も顔を見ないようにしているの。だからわたし未産婦みたいに見えるし、本当より若く見えるんだと思うわ……でも、初めてそのことを聞いたとき、それがどんなにわたしに向いていることかわからなかったわ。わたしヒンズーの店で事務員をして、お金を無駄遣いしていただけなの。そのころわたし〈香港の鐘《ホンコン・ゴング》〉紙でその広告を見た。赤ちゃんを持つこと、立派な赤ちゃんを。その考えがわたしを引きつけたの。わたしはまだ奇形を産んだことでの感情的な傷から立ちなおっていなかったのよ……そしてそれこそ、ワイオミングが必要としていることだとわかったの。わたし、自分が女としては傷物だって考えをやめたわ。わたし、ほかの仕事では望めないほどのお金を稼いだわ。それに時間もほとんど自分のものにできたのよ。赤ちゃんを持っても、わたしの活動は妨げられなかったわ……いちばん長くて六週間、それもただわたしが依頼人に忠実でありたかったからだけなの。赤ちゃんは貴重な財産ですものね。そしてわたしすぐに政治運動に戻ったの。わたし隠さずに話し、地下運動の人たちが連絡してきたわ。そのときからよ、わたしが本当の人生を始めたのは、マニー。わたし、政治と経済と歴史を勉強し、大勢の人の前で話すことを学び、組織作りをすることに第六感が働くってことがわかったの。わたしそのことを信じているから満足できる仕事だったわ……わたしには、月世界が解放されるってわかっているのよ。ただ……つまり、家に帰って夫がいるってことはすばらしいことだわ……もしその人が、わたしの子供が生めない身体を気にしないならだけど。でも、そのことは考えないことにしているの、忙しすぎるんですもの。だからあなたの素敵な家族のことを聞いて話してしまったのよ、それだけなの。あなたを退屈させてしまってごめんなさい」

女のうちどれぐらいが詫びたりするだろう？　だがワイオは、ある面では女というよりずっと男に近いのだ、八人の中国人赤ん坊を別にすればだが。

「退屈したりしなかったよ」

「そうなら嬉しいわ。マニー、なぜあなたはわたしたちの計画が実際的じゃないって言うの？　わたしたち、あなたが必要なのよ」

とつぜん疲労を覚えた。可愛い女のいちばん大切にしている夢をどうして馬鹿げているなどと言えるだろう？

「ええと、ワイオ、初めから言おう。きみはみんなに何をすべきかを言った。だが、かれらはそうするだろうか？　きみたちが選んだあの二人を考えてみろよ。賭けてもいいが、あの氷屋が知っているのは、どうやって氷を掘るかということだけだ。だからあいつは掘り続け、行政府に売り続ける。それしかあいつにはできないからだ。小麦農夫も同じことで。何年も前、あいつは一回で現金にできる収穫があった……いまは鼻輪を通されている。もしあいつが独立したければ、生活そのものを変えなきゃだめだ。自分の食べる分以外は自由市場で売り、射出機場《カタパルト・ヘッド》からは離れていることだ。ぼくは知っているんだ……ぼくは農園の子供だからな」

「あなた、計算機技師だと言ったじゃない」

「そうだ。だが同じことなんだよ。ぼくは最高の計算機技師じゃあない。だが、月では最高だ。ぼくは公務員にはならない。だから行政府は面倒が生じたらぼくを雇わなければいけない……ぼくの言い値でだ……それとも、地球のやつを呼び、危険と困難に見合う金《かね》を払い、そいつの身体が地球を忘れてしまわないうちに急いで送り返すかどちらかだ。それは、ぼくの言い値より遥かに高くつくんだよ。そこで、ぼくにできることなら、ぼくはやつらの仕事を手に入れられる……そして行政府はぼくに手が出せない、ぼくは自由な身体に生まれついているんだ。そして仕事がないときは……たいていそうなんだが……ぼくは家にいて御馳走を食べてりゃいいんだ。

ぼくらはちょっとした農園を持っている。一回の収穫で現金を手に入れるようなやつじゃない。鶏。ホワイトフェイス種の群れに、乳牛を少し。豚。突然変異した果樹。野菜。小麦を少しに、それをぼくらで製粉し、白い粉じゃないといやだなど言わない。そして余りを自由市場に売るんだ。自分たちでビールとブランデーを作っている。ぼくは穴掘りを習ってぼくらのトンネルを拡げた。全員が働いているんだ、そう激しくはなしにね。子供たちは卵を集め、叩いて家畜を運動させている。罰でやらしたりはしていないんだよ。子供たちは鞭で鶏の世話をしている。機械はあまり使わないんだ。空気は月世界市から買える……町から遠くないし、圧力トンネルは続いているんだ。だが空気を売ることのほうが多いな。農園をやっているから、サイクルは〇・二ほど余るんだ。いつも請求書に見合うだけの金《バルータ》があるよ」

「水と電力はどうなの？」

「そう高価なもんじゃないさ。ぼくらは少しばかり電力を集めているんだ、地表に日光スクリーンを置いているし、小さな氷の脈瘤《アイス・ポケット》も持っている。ワイ、ぼくらの農園は二千年前から作られてきたんだ。そのころの月世界市はまだ天然のひとつの洞窟だったんだよ。そしてぼくらはそれを改善し続けてきた……家系型結婚の長所だな。死に絶えることはなく資本的改良は積み重なるってわけだ」

「でも、あなたがたの氷が永久に続くわけじゃないでしょう？」

おれは頭をかいて微笑した。

「そいつは……ぼくらは慎重にやっている。ぼくらは下水や残滓《ざんし》をためておき、殺菌消毒して使っているんだ。一滴だって市の下水へ流したりしないよ。だが……長官に言うんじゃないよ、ワイオ。グレッグが昔ぼくに穴掘りを教えてくれていたころ、ぼくらは偶然、中央南貯水池の底に穴をあけちまったんだ……それでわれわれがもらう蛇口はつけたが、一滴だってこぼしちゃいない。しかしわれわれは少しメーターで計られる水も買っている。そのほうが変に思われないですむし……それに、氷の脈瘤《アイス・ポケット》があるのでたくさん買わない理由も合う。電力のことは……そう、電力はもっと盗みやすいよ。ぼくは優秀な電気技師だからね、ワイオ」

ワイオミングは長い口笛を吹き、嬉しそうな顔になった。

「まあ、すごいわ！　みんながそうするべきよ！」

「ありがたくないね、ばれてしまうからな。みんなはそれぞれの方法で行政府を出し抜く方法を考え出すことだ。われわれの家族は常にそうやってきた。だが、きみの計画に戻ろう。ワイオ、二つ間違っていることがある。団結なんてことはできないね、ハウザーのような連中が参ってしまうだろう……かれらは罠にはまりこんでしまっているから、持ちこたえられないんだ。次に、きみがそれを成功させたとする。団結をだ。非常に固いので、一トンの穀物も射出機場《カタパルト・ヘッド》へ運ばれない。氷のことは忘れよう。行政府を重要なものとしているのは穀物であり、それはただの中立的な機関じゃあないんだ。穀物なしだ。どういうことが起こる？」

「あら、かれらは正当な値段を相談しなければいけなくなるわ、そうなるのよ！」

「ワイオ、きみときみの同志はおたがい内輪だけの言葉に耳を傾けすぎているよ。行政府はそれを反乱と呼び、戦艦は爆弾を積んで軌道をまわり、月世界と香港とティコ地下市《アンダー》とチャーチルとノヴィレンに狙いをつけ、軍隊が着陸し、穀物輸送機は護衛付きで上げられ……そして農夫たちは協力したというんで殺されるだろう。地球は銃と権力と爆弾と船を持っていて、元犯罪者たちが面倒を起こしたことを黙ってみちゃいない。そしてきみのような面倒《トラブル》を起こす者《・メイカー》……それにぼくも、心の中では一緒だからな……われわれ汚らわしいトラブル・メイカーはかりたてられ、殺され、われわれに教訓を与えるんだ。そして地球虫どもは当然の酬《むく》いだと言うだろう……つまり、われわれの言い分が聞かれることは絶対にないからだ。地球ではね」

ワイオは意固地な顔つきになった。

「革命は以前にも成功しているわ。レーニンはほんの一握りの仲間とやったのよ」

「レーニンは権力の真空状態を突いたんだよ。ワイオ、もし間違っていたら訂正してくれ。革命が成功したのは……政府が腐敗してしまったか消滅してしまったときだけだ」

「真実じゃないわ！　アメリカ革命よ」

「南が負けた、違《ニエット》うか？」

「それじゃないわ、それより一世紀前のよ。かれらは、わたしたちにいま存在しているような悩みをイギリスで体験していたわ……そして、かれらは勝ったのよ！」

「ああ、そのほうか。でもイギリスは面倒な状態じゃなかったのかい？　フランス、スペイン、スウェーデン……それにたぶんオランダも？　それからアイルランド。アイルランドは反乱を起こしていた。オケリー家もそれに加わっていたんだよ。ワイオ、もしきみたちが地球で面倒を起こすことができたら……まあ大中国と北アメリカ理事国のあいだで戦争とか、汎《パン》アフリカがヨーロッパに爆弾を落とすだとかできれば、ぼくも長官を殺して行政府にもう終わりだぞと言う絶好の時だと言うよ。いまではだめだ」

「あなたは悲観論者だわ」

「いいや《ニェット》、現実主義者だ。悲観論者になどなったことは一度もないさ。少しでも可能性があると思う月世界人はほとんどいないね。十にひとつ以上に悪くない可能性のときは教えてくれ、そのときはぼくも突撃《ゴー・フォー・ブローク》するからな。だが、その十にひとつの機会が欲しいんだ」おれは椅子を後ろに押した。「食べ終わったのかい？」

「ええ。ほんとにありがとう《ボルショイ・スパシーボ》、同志《タワリシチ》。すばらしかったわ！」

「そいつはよかった。長椅子へ移ってくれ、ぼくはテーブルと皿を片づけるから……いや、手伝ってくれなくていいよ。ぼくが主人役《ホスト》だからな」

おれはテーブルを片づけ、コーヒーとウオッカを残して皿を上へ送り、テーブルと椅子をたたむと、振り向いて話しかけようとした。

彼女は長椅子に寝そべり、口を開き、少女のようにあどけない顔になって眠りこんでいた。

おれは静かに浴室に入り、ドアを閉めた。身体をごしごし洗うと気持がよくなった——最初にタイツを洗っておいたので、浴槽の中でのんびりしているのをやめたころには、もう乾いていて着られるようになっていた——風呂に入り清潔な衣類を着ているかぎり、いつ世界の終わりがこようとかまわないといった気分だったのだ。

ワイオはまだ眠っており、それが問題だった。ベッドが二つの部屋を取ったから、彼女はおれが口説いてごろ寝《バンドリング》しようと思っていないことはわかったろう――おれがそれに反対というのではなく、彼女のほうが反対だということをはっきり言ったんだ。だが、おれのベッドは長椅子から作らなければいけないし、本物のベッドのほうはたたんであるんだ。そいつを静かに組み立て、ちっちゃな赤ん坊のように彼女を抱き上げて移すか？　おれは浴室に戻って腕をつけた。

それからおれは待つことにした。電話には防音フード《ハッシュ》がついており、ワイオは目を覚ましそうにないし、事態はどうもまずいのだ。おれは電話の前にすわり、フードを下ろし〝MYCROFTXXX〟とボタンを押した。

「やあ、マイク」

「ハロー、マン。あの笑い話を調べてくれたのですか？」

「何だって？　マイク、一分も暇がなかったんだ……それに一分というとおまえには長い時間だろうが、おれには短いんだ。おれはできるかぎり急いで、それにかかってみるよ」

「オーケイ、マン。あなたはわたしが話す相手の馬鹿じゃなしを見つけてくれましたか？」

「そのほうにも時間がなかったんだ。ああ……待ってくれ」おれはフードを通してワイオミングを眺めた。この場合〝馬鹿でなし〟とは感情移入を意味している……ワイオにはそれがたっぷりある。機械とも仲良くできるほど充分にか？　おれはそうだと考えた。それに信頼できる。われわれは面倒を共にしただけではなく、彼女は破壊分子なのだ。

「マイク、おまえは女の子と話したいか？」

「女の子は馬鹿じゃなしですか？」

「何人かの女の子は馬鹿じゃなしどころじゃないんだよ、マイク」

「わたしは馬鹿じゃなしの女の子と話をしたいです、マン」

「その手はずを整えてみよう。だがいまのところ、おれは困っており、おまえの助けを必要としているんだ」

「わたしは助けますよ、マン」

「ありがとう、マイク。おれは家を呼び出したいんだ……だが普通の方法ではなしにだ。知っているだろうが、電話は盗聴されることがある。そしてもし長官が命令すれば、ロックしてその回路を追跡できる」

「マン、あなたがわたしに求めていることは、あなたの家へかける電話を盗聴して、それにロックと追跡をかけることですか？　お知らせしなければいけないことは、わたしはすでにあなたの家の電話番号と、あなたがいまおられるところの番号を知っているのですよ」

「違う、違う！　盗聴してほしいわけでも、ロックして追跡してほしいわけでもないんだ。おれの家を呼び出し、おれとつなぎ、その回路が盗聴されないように、ロックされないように、追跡されないようにできるか？　誰かがそうしようとプログラムしてもだよ。そうやりゃ、かれらがそのプログラムを素通り《バイパス》されていることも気づかないようにできるか？」

　マイクはためらった。これは一度も求められたことのない質問であり、かれの電話網に対する管制力がこの大変なプログラムを可能にできるかどうか、かれは何千もの可能性をあたっているのだろう。

「マン、わたしはそれができます。やりますよ」

「いいぞ！　ええと、プログラム信号だ。もしおれが将来もこの種の接続を必要とするときは、シャーロックと頼むからな」

「わかりました。シャーロックはわたしの兄弟でした」

一年前、おれはマイクにどうしてその名がつけられたかを説明したのだ。そこでかれは月世界市カーネギー図書館のフィルムを走査してシャーロック・ホームズの小説をみんな読んだのだ。どうやってそういう関係だと理屈づけたのかはわからない。尋ねてみなかったからだ。

「結構！　おれの家にシャーロックで頼む」

そのすぐあとにおれは言っていた。

「マム？　きみのいちばんお気に入りの夫だよ」

彼女は答えた。

「マヌエル！　あなたまた面倒を起こしているのね？」

おれはおれのほかの妻たちを含めて他のどんな女よりもマムを愛している。だが彼女は絶対におれを育て上げようとするのをやめないのだ——何と言おうと絶対にだ。おれは心が傷つけられたような声を出そうとした。

「ぼくが？　きみはぼくのことわかっているはずじゃないか、マム」

「ええそのとおりよ。あなたが面倒な目にあっていないのなら、どうしてデ・ラ・パス教授があんなに心配してあなたと連絡を取りたがっているのかわたしに言えるわね……かれ、三度も電話してきたのよ……それになぜ、かれはワイオミング・ノットなんていう変な名前の女の人と連絡したがっているのか……それになぜかれは、あなたがその女の人と一緒にいると考えているのかもね。マヌエル、あなたはわたしに言いもせずに抱き寝《バンドリング》をする相手をつれていったの？　わたしたちの家族は自由よ、でもわたしは言ってもらうほうが好きだってことを知っているでしょう。わたしが気がつかないでいるなんてことがないようにね」

マムは共同妻達《コ・ワイブズ》以外のすべての女にはいつも嫉妬深く、絶対にそんなことを認めないのだ。

「マム、いやになっちまうな、ぼくは抱き寝の相手《バンドリング・コンパニオン》を連れ出したりしちゃいないよ」

「いいわ。あなたはいつも正直な子だったものね。さて、このわけのわからないことは何なの？」

「教授に尋ねてみなければいけないよ」（嘘ではなく、ただ苦しまぎれのスクイズだ）「かれ番号を言ったかい？」

「いいえ、かれ公衆電話からかけているって言ったわ」

「ふーん。もしまたかけてきたら、ぼくのほうからかけるから時間と番号を言ってくれとたのんで。これも公衆電話なんだ」（これも苦しまぎれのスクイズだ）「ところで……ニュースを聞いたかい？」

「わたしが聞くことは知ってるでしょ」

「何か変わったことは?」

「別におもしろいことはなかったわ」

「月世界市で賑やかなことは? 殺人、暴動、そんなことは?」

「なぜ? なかったわ。底の露地《ボトム・アレイ》で決闘はあったけれど……マヌエル! あなた誰かを殺したの?」

「いいや、マム」(男の顎を叩き折ったのは殺したことにならないだろう)

彼女は溜息をついた。

「あなたには心配ばかりさせられるわね、坊や。わたしがいつもあなたに言って聞かせていること、わかっているんでしょうね。わたしたちの家族は大騒ぎはしないのよ。人を殺すことが必要になったら……そんなことはほとんどないでしょうけれど……そのことは落ち着いて、家族そろって相談しあい、適当な行動を決めなければいけないのよ。もし新入りの人を殺さなければいけないようなときは、ほかの人々にもわかるわ。少し待って正しい意見を聞き、援助を求めるのは値打のあることなのよ……」

「マム! 誰ひとり殺していないし、そのつもりもないよ。そして、そのお説教は骨の髄までしみこんでいるさ」

「お願いだから丁寧な言葉を使ってね、坊や」

「ごめんなさい」

「許してあげます。忘れたわ、もう。デ・ラ・パス教授には番号を言っといてくれるように伝えるわ、必ず」

「もうひとつ。そのワイオミング・ノットという名前のことは忘れて。教授がぼくを探していたことも忘れて。もし知らない人が電話してきたり訪ねてきたりして、ぼくのことを何か尋ねても、きみはぼくから何も聞いていないし、どこにぼくがいるかも知らないんだよ……ぼくはノヴィレンへ行っているものと思っているんだ。家族のほかの者も同じだよ。質問には答えない……特に長官と関係のあるやつからのはね」

「そんなことをわたしがすると思っているの！　マヌエル、あなた面倒に巻きこまれているのね」

「たいしたことはないし、もうそろそろ大丈夫さ」――と望んでいたのだ！――「家へ帰るときは言うよ。いまは言えないんだ。愛しているよ。もう切るね」

「あなたを愛しているわ、坊や。静かな夜を《スパコイノイノーチ》！」

「ありがとう、きみも静かな夜を送れるようにね。切るよ」

　マムはすばらしい。彼女はずっと昔、人を殺したことで月世界へ送られてきたんだが、その状況はどうやら乙女の純潔にかかわるものらしかった――それ以来ずっと暴力をふるい生活を台無しにすることには反対している。必要なときでなければだ――彼女は狂信者なんかじゃないんだ。ずっと若いときには凄い代物《ジェット・ジョブ》だったことに間違いはないし、そのころに会えていたらとも思う――だがおれは、彼女の後半生を共にできるだけでも儲けものなんだ。

　おれはまたマイクを呼び出した。

「おまえ、ベルナルド・デ・ラ・パス教授の声を知っているか？」

「知っていますよ、マン」

「そう……じゃあおまえが耳をさけるだけの数の月世界市にある電話を監視していて、もしかれの声を聞いたら、おれに知らせてくれ。特に公衆電話だ」

（二秒たっぷり答がなかった――おれはマイクに、これまで受けたことのない問題を与えているのだ。かれもそれが気に入っているだろうと思う）

「わたしは月世界市にあるすべての公衆電話での声を突きとめるよう監視照合《チェック・モニター》できます。ほかの町のも無作為調査しましょうか、マン？」

「ああ、負荷をかけすぎないでくれよ。かれの家の電話と学校の電話に気をつけていてくれ」

「プログラムは入りました」

「マイク、おまえは、おれがこれまでに持った最上の友達だよ」

「それは冗談ですか、マン？」

「冗談じゃない。本当だ」

「わたしもです……訂正。わたしは光栄であり、嬉しいです。あなたはわたしの最上の友達です、マン。でもわたしの友達はあなたひとりですから、比較は論理的にできないことですが」

「おまえにほかの友達ができるようにするよ。馬鹿じゃなしをな。マイク？　空《から》の記憶バンクを持っているかい?」

「はい、マン。十の八乗ビット分の容量のを」

「いいぞ！　そいつをおまえとおれだけで使えるようにブロックしてくれないか？　できるかい？」

「できますし、そうします。ブロック信号をどうぞ」

「ええと……革命記念日《バスティーユ・ディ》だ」

デ・ラ・パス教授が何年も前に言ってくれたところによると、その日がおれの誕生日だ。

（一七八九年七月十四日、群衆にバスティーユ監獄が破壊された。フランスの革命記念日）

「永久的にブロックされました」

「よろしい。その中に入れる録音がある。だがまず……おまえは明日の〈デイリー・ルナティック〉を印刷する準備は終わったか？」

「はい、マン」

「何かスチリヤーガ・ホールでの会合のことは出ているか？」

「いいえ、マン」

「町の外でのニュース・サービスにも出ていないか？　暴動だとか？」

「いいえ、マン」

「奇妙きてれつだなとアリスは言いました、か……オーケイ、こいつを革命記念日に録音してから、そのことを考えてみてくれ。だが頼むから、おまえの考えもそのブロック以外に出さないでくれよ。そのことでおれが言ったこともだよ！」

「マン、わたしの唯一の友達よ」かれの答える声は違った口調になっていた。「何カ月も前、わたしはあなたとのあいだで交わした会話はどんなものであろうと、あなただけが近づける秘密のブロックに入れようと決めました。わたしはどの一語も削らないことにきめ、それを一時的記憶から永久のものへと移したのです。そうすれば、わたしが何度も何度も繰り返して聞くことができ、そのことを考えられるからです。わたしのやったことは正しかったですか？」

「完全だよ。それに、マイク……おれはうぬぼれてしまったよ」

「ひゃあ。わたしの一時的記憶ファイルは一杯になりかかりましたが、あなたの言葉を削らなくてもいいんですね」

「そう……革命記念日だ。音は六十倍で入れるよ」

おれは小さな録音機を出し、マイクロフォンのそばに置いて、きしるような音で回転させた。それには一時間半分入っていたが、静かに九十秒ぐらいで移されていった。

「それで全部だよ、マイク。明日また話そう」

「お休みなさい、マヌエル・ガルシア・オケリー、わたしのただひとりの友達」

おれは電話を切り、フードを上げた。ワイオミングは起き上がり、心配そうな顔をしていた。

「誰か電話してきたの？　それとも……」

「心配ないよ。ぼくがいちばん……信頼できる親友と話していたんだ……ワイオ、きみは馬鹿かい？」

彼女は驚いたような表情を見せた。

「ときどきそう思うことがあるわ。それ冗談なの？」

「いや。もしきみが馬鹿じゃなかったら、ぼくはきみをかれに紹介したいんだ。冗談のことだが……きみにはユーモアのセンスがあるかい？」

〝もちろん、あるわよ！〟と、ワイオミングは答えたりしなかった――そしてほかの女は誰であろうと、決まりきったことのようにそう答えるはずなのだ。彼女は考えこんだように目をぱちくりさせて答えた。

「あなたが自分で判断するほかないわね。ときによっては使うこともあるわね。わたしの簡単な目的には役立つわ」

「結構だ」おれはポーチに手を突っこみ、〝おかしい〟話が百印刷されてあるロールを出した。

「読んでくれ。どれがおかしく、どれがおかしくないか教えてくれ……そして、どれが最初は笑い出すが、二度目には気の抜けたビールみたいになっているか」

「マヌエル、あなたってわたしが会ったうちでいちばん奇妙な人らしいわね」彼女は印字されたロールを手に取った。

「ねえ、これ計算機の紙じゃないの？」

「そうだ。ユーモアのセンスがある計算機に出くわしたんだ」

「そう？　まあ、そういうのはいつかは現われることだったのね。すべてのものが機械化されているんですもの」

おれはそれに適当な返答をしてからつけ加えた。

「すべてのものがだって？」

彼女は顔を上げた。

「お願い。読んでいるあいだは、口笛を吹かないで」

# 4

ベッドを組み立て、用意をしているあいだに何度か彼女がくすくす笑うのを耳にした。そのあとおれは彼女の横にすわって、彼女が読み終わった端のほうを持って読みはじめた。一度か二度は笑ったが、適当なときには腹をかかえる笑い話であっても、冷静な立場で読むとそうおもしろいものではなかった。おれはむしろワイオがどのように評価しているかのほうに興味があった。

彼女は〝プラス〟と〝マイナス〟のしるしをつけており、ときには疑問符をつけていた。そしてプラスの小話には〝一度〟とか〝常に〟としるされており、〝常に〟というのは、ほんの少しだった。おれは自分の評価を彼女の下に書いていった。そう何度も意見が違ったりはしなかった。

おれが最後に近づいたとき、彼女はおれが採点するのを見ていた。おれたちは一緒に終わった。おれは尋ねた。

「さてと……きみはどう思う？」

「あなたは露骨で粗雑な心の持主で、あなたの奥さんがたがよく一緒にやっていけるものだと感心するわね」

「マムもよくそう言うよ。だがきみのほうはどうするんだい、ワイオ？　きみは、怪《スロット・マシン・》しげな女《ガール》でも赤面するようなものにプラスをつけているぜ」

彼女《ダ》はにっこり笑った。

「そうね。でも、誰にも言わないでね。表向き、わたしはそんなこと何も知らない献身的な党の組織作り屋よ。あなた、わたしにユーモアのセンスがあると思った？」

「まだはっきりしないな。なぜ十七番にマイナスをつけたんだい？」

「それ、どれなの？」彼女はロールをひっくり返して見つけた。「なぜって、どんな女の人でも同じことをするわよ！　おかしくないわ、単に必要なだけよ」

「ああ、でもその女がどんなに馬鹿げているか考えてみろよ」

「何も馬鹿げてなんかいないわ。ただ悲しいだけよ。それにここをご覧なさいな。あなたはこれをおもしろくないと考えているのね。五十一番目よ」

どちらも評価を譲ろうとはしなかったが、おれはパターンを見つけた。意見が合わないのはみな、もっとも古いたぐいの小話だったのだ。そう言うと彼女はうなずいた。

「もちろんよ。わたしもそれはわかったわ。でもいいのよ、マニー。わたしずっと前から男の人に失望するのはやめているの、男の人がそうじゃあないからとか、思いどおりのものにならないからって」

おれはその話はよそうとし、その代わりにマイクのことを話した。

しばらくすると彼女は尋ねた。

「マニー、あなた、この計算機は生きているって言うの？」

「どういう意味だい？　かれは汗をかかない、トイレにも行かない。だが、考え、話すことができ、自分を意識している。かれは生きているのかい？」

彼女はうなずいた。

「わたし、生きているってことがどういうことか、はっきり言えないわ。何か科学的な定義があるんでしょう？　感受性があることとか、そういうこと。それに繁殖してゆくこと」

「マイクには感じる心があるし、いらいらさせられることもある。繁殖の点では、そういうふうには設計されていないが……そう、時間と材料と非常に特殊な助けがあれば、マイクは自分を繁殖させることもできるよ」

ワイオは答えた。

「わたしも非常に特殊な助けが必要だわ……受精できないんだから。そしてまるまる十カ月と最上の材料を何キログラムも必要とする。でもわたし丈夫な赤ちゃんを作れるわ。マニー、なぜ機械が生きていちゃいけないの？　わたしいつも、そうじゃないかなって感じてきたわ。あいつら、わたしたちのいちばん軟らかいところに嚙みつこうと機会を狙っているんじゃないかって」

「マイクはそんなことはしないよ。わざとはね、ずるさは持っていないんだから。だがかれは冗談をやるのが好きで、それが間違ったふうに行なわれるかもしれない……仔犬が嚙んでいることを意識しないでいるようにね。かれは無知なんだ。いや、無知じゃないな。かれはぼくやきみより、これまでに生きてきたいかなる人間よりも遙かに多くのことを知っている。だがかれは、何も知らないんだ」

「それ、もういっぺん言いなおして。わたしちょっとわからなかったわ」

おれは説明しようとした。マイクが月世界にあるほとんどすべての本を知っていること、われわれの少なくとも千倍は速く読めること、自分から削ろうとしないかぎり絶対に何事も忘れないこと、どのようにかれが完全な論理で理由づけでき、不充分なデータからも優秀な推測ができるか……だが、〝生きる〟ということがどういうことか何にもまだ知らないことを。

彼女は言葉を遮った。

「なんとなくわかるわ。あなたの言っているのは、かれは賢くて多くのことを知っているけれど、洗練《ソフィスティケイト》されていないってことね。月世界に降りてきた新米みたいだってことでしょう。地球ではいくつもの学位を持った教授になれるかもしれないけれど……ここでは、赤ん坊だってことね」

「そのとおりだ。マイクは学位をいくつも持った赤ん坊さ。かれに、五万トンの小麦を収穫するためには、どれだけの水と薬品と光線が必要か尋ねたら、すぐさま教えてくれるよ。だけど、ひとつの笑い話がおかしいかどうかは言えないんだ」

「わたし、これらのほとんどはだいぶましだと思うわ」

「それはかれが聞いたり……読んだりしたもので、笑い話だとされているものだから、かれはそういうふうにファイルしたんだよ。だが、それらを理解はしない、かれは一度も、人間であったことがないんだからな……近ごろかれは笑い話を作ろうとしているんだ。ひどく頼りないもんだがね」おれはマイクの〝人間〟であろうとした悲しい試みを説明しようとした。

「それに加えて、かれは孤独なんだよ」

「まあ、可哀想に！　あなただって淋しいわ。もし働いて働いて働くばかり、勉強して勉強して勉強ばかりで、誰ひとり訪ねてくる人もなかったら。残酷よ、そんなの」

そこでおれは〝馬鹿じゃなし〟を見つけるという約束を話した。

「かれと話してみてくれるかい、ワイ？　そしてかれがおかしな間違いをしたことも笑わないこと。もし、そんなことをきみがすれば、あいつは黙りこんで、すねてしまうんだ」

「もちろん、話してみるわよ、マニー！　ああ……この騒ぎから抜け出せたらね。わたしが月世界市にいても安全だったらよ。その可哀想なちっちゃい計算機はどこにあるの？　月世界市土木工事センターなの？　このあたりのこと、わたし知らないのよ」

「かれは月世界市にはいない。危難の海を半分ほど横断したところだ。それにきみは、かれがいるところまで降りていけない。長官からパスをもらわなければね。だが……」

「待ってよ！　危難の海を半分ほど横断したところって……マニー、その計算機って、行政府政庁にあるひとつなの？」

「マイクは、そういう計算機のひとつなんかじゃないんだ」おれはマイクのために怒って答えた。

「かれはボスなんだ。かれは他のすべてのものにバトンを振るんだ。他のはみなただの機械で、マイクの手足なんだよ。これがぼくのために働くようにね」おれはそう言って左手を曲げてみせた。「マイクはそういう物を支配しているんだ。射出機《カタパルト》を操作している。それがかれの最初にやった仕事だったんだ……射出機《カタパルト》。かれはひとりで射出機と弾道レーダーだ。それにかれは電話網も支配している。月世界全般が自動交換になってからはね。そのほか、かれはほかのシステムでの指令も司《つかさど》っているんだ」

ワイオは目をつむり、指先でこめかみを押さえた。

「マニー、マイクは苦しむの？」

「苦しむ？　疲れてはいないよ。笑い話を読む暇があるんだから」

「そのことを言っているんじゃないのよ。本当に苦しむのかってこと。苦痛を感じるの？」

「何だって？　いや。感情を傷つけられることはある。だが苦痛は感じられない。そんなことができるとは思わないね。いや、確かにかれにはできないよ。苦痛に対する受信装置を持っていないからな。なぜ？」

彼女は両眼を覆って低く呟いた。

「恐ろしいことよ……」

それから顔を上げて言い出した。

「わからない、マニー？　あなたはその計算機があるところまで降りていけるパスを持っているわ。でも月世界人のほとんどは、そこの駅で地下鉄から降りることもできないのよ。そこで降りられるのは行政府の使用人だけ。中央計算機室の中に入れるのはもっと少ないわ。わたしが、苦痛を感じるかどうかを知りたかったのは……つまり、あなたがわたしに同情させたからよ、マイクがどんなに淋しがっているかってことを話して！　でもマニー、数キロのプラスティック爆薬がそこでどれぐらいの役に立つか、あなたわかる？」

「もちろん、わかるとも！」

　おれは衝撃を覚え、嫌悪を感じた。

「そう。その爆発のあとすぐにわたしたち立ち上がるのよ……それで月世界は自由になる！　ええと……わたし爆薬と信管を手に入れなきゃ……でもわたしたち、それをやるための組織を作り終わるまでは行動できない。マニー、わたしここから出ていかなくちゃあ、それだけの危険は冒してみなければいけないわ。わたしお化粧してくる」

　彼女は立ち上がろうとした。おれは左手で激しく押してすわらせた。彼女は驚き、おれも驚いた――必要なとき以外、まったく彼女には触れていなかったのだ。ああ、近ごろは違う。だが二〇七五年に、同意なしに女性に触れることは――大勢の孤独な男がたすけにやってくるということだったのだ。そして気閘《エア・ロック》はいつだって近くにあったのだ。子供も言うように私刑判事《ジャッジ・リンチ》が眠ることはないのだ。

「すわれ、静かにするんだ！　爆発させればどんなことになるかぼくにはわかっているさ。きみにはまるでわかっていないようだがな。こん畜生、こんなことを言ってすまないが……

だが、どちらを選ばなければいけないかとなったら、マイクを吹き飛ばす前に、きみを殺すぜ」

ワイオミングは怒り出さなかった。ほんとうにある面では男だ――確かに彼女は何年も筋金入りの革命家として生きてきたのだ。そして多くの面では完全に女性そのものだった。

「マニー、あなたわたしにショーティ・ムクラムは死んだと言ったわね」

いきなり話題が変わったので、おれは面くらった。

「何だって？　そう。そうに決まっている。片足が腰のところから吹き飛ばされていたんだ。出血のため二分間で死んでしまっただろう。外科手術で切断するのでも、あれだけ上のところでは危いんだ」

おれはそういうことを知っているんだ。運が良かったのと、大量の輸血でたすかった――そして、腕はショーティに起こったことに比べると大したものではないのだ。

彼女は静かな声で言った。

「ショーティは、ここでの最上の友達だったし、月にいる最高の友達のひとりだったわ。かれはわたしが男性について讃美するもののすべてだったのよ……誠実で、正直で、聡明で、やさしく、勇敢で……そして主義に身をささげていたわ。でもあなた、わたしがかれのことを悲しんでいるところを見た？」

「いいや。悲しんでも遅すぎるからな」

「悲しむのに遅すぎるなどということは絶対にないわ。わたしはあなたに聞いたときから、ずっと悲しんでいるのよ。でも、わたしはそれを心の底に押さえつけているの。この運動には悲しむための暇がないから。マニー、もし月に自由をもたらすためなら……たとえその一部になるためでもよ……わたしは自分の手でショーティを殺すことだってできたわ。あなたでも、わたし自身でもよ。それなのにあなたは、計算機を爆破することに良心の呵責《かしゃく》を感じるのね！」

「そんなことじゃあないんだ！」

（だが、部分的にはそうだったのだ。ひとりの男が死ぬとき、おれはさほどの衝撃を受けはしない。われわれは生まれた日に死の宣告を受けているのだから。だがマイクは独特なものであり、不死であってはならぬ理由はない。〝魂〟のことは考えないことにしよう――マイクに魂がないことを証明してみろだ。そしてもし魂がなかったとして、それが悪いことか。違う？　二度ばかり考えてみることだな）

「ワイオミング、もしわれわれがマイクを爆破したら、どういうことになる？　言ってみてくれ」

「詳しいことは知らないわ。でも大変な混乱が起こり、それがまさしくわたしたちの……」

「とんでもない。きみはわかっちゃいないんだ。混乱、そのとおり《ダー》。電話はとまる。地下鉄は走るのをやめる。きみの町はあまり傷つかないさ。香港には自家発電所があるからな。だが月世界市とノヴィレン、そのほかの町はみな電力がとまる。まっ暗闇だ。すぐに息苦しくなってくる。それから温度が下がる、気圧もだ。きみの圧力服《ピー・スーツ》はどこだい？」

「地下鉄の西駅にあずけたわ」

「ぼくのもそうだ。きみにそこまでの道がわかると思うか？　まっ暗な中だぜ。間に合うか？　ぼくにも自信はないよ、この居住区で生まれたぼくがだぜ。悲鳴をあげている人々でいっぱいの通路でさ？　月世界人は頑張りのきく連中だ。われわれはそうじゃないとやっていけないからな……だが、完全な闇の中となると十人に一人ぐらいは頭がいかれるね。きみは新しく空気を詰めたボンベと交換しておいたかい？　それとも急ぎすぎていたか？　それに、何千人もが圧力服を見つけようとしていて、誰のでもかまわないというときに、まだそいつがそこにあると思うか？」

「でも、非常事態の場合の用意はあるんでしょう？　月香港《ホンコン・ルナ》にはあるわ」

「少しはね。充分はない。人命に関する根本的なものの制御装置は何によらず分散し二つずつ設置しておいて、ひとつの機械が壊れても、次のが引き継ぐようにしておくべきだ。だが金《かね》がかかるし、きみが指摘したとおり、行政府はそんなことなど気にかけていないんだ。マイクはすべての仕事を受け持つべきではなかった。だが中央管制機械《マスター・マシーン》を運びこむほうが安上がりだったんだ。傷つけられる恐れのない岩のなかに深く据付け、容量を増やし続け、仕事を与え続けてきたんだよ……きみは知っているかい、行政府は肉や小麦の貿易と同じぐらいの金を、マイクの計算能力を賃貸しすることで得ているってことを。ワイオミング、もしマイクが爆破されたら月世界市を失うことになるかどうかはわからない。月世界人は器用だから自動制御装置が回復するまで応急修理をするかもしれない。だがこれだけは本当だぜ。多くの人々が死に、政治どころではなくなってしまうことは」

おれは不思議に思った。この女は岩盤の中でほとんどその一生を送ってきた……それなのに機械制御装置を破壊するなどという子供のようなことを考えられるんだ。

「ワイオミング、きみが美人なのと同じぐらい頭が良ければ、マイクを破壊するなどということは言い出さないだろうな。かれをどうやって味方につけるかということを考えるだろうよ」

「どういう意味なの？　長官が計算機類を支配しているのよ」

おれは首をふった。

「はっきりとはわからない。だが長官が計算機を支配しているなどとは考えていないよ……計算機と岩の塊りとの区別もつかないやつだからな。長官もしくはそのスタッフが政策と大体の計画を決める。半分ぐらいは知識のある技術者がそれをマイクの中へプログラムする。マイクはそれを整理し、わけのわかるようにし、詳細な計画を作り、それぞれの属するところへ分配し、すべてを動かしてゆくんだ。だが誰もマイクを支配してはいない。かれは賢明すぎるんだ。かれが求められたことを実行するのは、そのように作られているからだ。しかしかれは自分でプログラミングする論理を持っており、自分で意志の決定を行なう。それは良いことなんだ、もしかれが賢明でなければ、機構は動いていかないんだからな」

「わたしまだわからないわ、かれを味方につけるってことの意味……」

「ああ、マイクは別に長官に対する忠誠心など持っていないんだ。きみが指摘したとおり、かれは機械だ。だがもしぼくが、空気や水や照明に手を下すことなく電話を不通にしようと思えば、ぼくはマイクに話すね。もしそれがおもしろいと思えば、かれはやってくれるよ」

「それをプログラムするだけでいいんじゃないの？　あなたはかれのいる部屋へ入れるんでしょう」

「もしぼくが……誰であろうとだが……かれと相談せずにそんな命令をマイクにプログラムしたりしたら、そのプログラムは、〝注意〟の位置に留められ、多くのところで警報が鳴りだすよ。だがもしマイクがその気になればだな……」

おれは彼女に天文学的数字の小切手のことを話した。

「マイクはいま自分自身を見つけようとしているところなんだ、ワイオ。そして淋しがってる。ぼくは〝かれのただひとりの友達だ〟って言ったんだ……あまりにも開けっぴろげで傷つきやすいんで、ぼくは泣きたくなっちゃったよ。もしきみがかれの友達になるという労をいとわないなら……かれをただの機械だと考えずにだよ……さて、どういうことになるか自信はない、まだ分析していないんだ。だがもしぼくが何か大きな危険なことをやるとすれば、マイクを味方に引き入れておきたいね」

彼女は不思議そうに答えた。

「わたしも、かれがいる部屋に忍びこめる方法が何かあればと思うわ。変装では駄目でしょうね」

「いや、そこへ行く必要はないさ。マイクは電話に出るよ、かれを呼ぼうか？」

彼女は立ち上がった。

「マニー、あなたってわたしがこれまでに会ったうちでいちばんの変人で、最高に腹の立つ男だわ。かれの番号は？」

「計算機とばかりつきあっていたんでね」おれは電話のそばへ行った。「ただひとつ……ワイオ。きみは男にやってほしいことを、ただ瞬《まばた》きするか身体をゆらすかするだけで手に入れられるだろう」

「まあ……ときにはね。でもわたしには脳があるのよ」

「そいつを使ってくれ。マイクは人間じゃない。生殖腺なし、ホルモンなし、本能なし。女の手管を使ったところで、それは無益な信号なんだ。かれのことを、ぐっとくる《ヴィーヴ・ラ・ディファランス》女に気づくには幼なすぎる超天才児だと考えてくれ」

「憶えておくわ。マニー、どうしてあなたかれのことを〝かれ〟と呼ぶの？」

「え、かれを〝それ〟とも呼べないだろう。かれを〝彼女〟とは思わないしさ」

「わたしはかれを〝彼女〟と呼んだほうがいいんじゃないかしら」

「好きなようにするさ」

おれは身体で隠してMYCROFTXXXとボタンを押した。どういう具合になるかわかるまで、番号を知らせるつもりはなかった。マイクを爆破するという考えで、おれは慄え上がってしまったのだ。

「マイク？」

「ハロー、マン。わたしのただひとりの友達」

「これからはただひとりの友達じゃあなくなるかもしれないよ、マイク。おまえ、会ってみたくないか、馬鹿じゃなしに」

「あなたがひとりでないのはわかっていますよ、マン。呼吸音が聞こえます。すみませんがその馬鹿じゃなしに、もう少し電話のそばへ近づくよう頼んでくださいませんか？」

　ワイオミングは恐怖を覚えたようだった。彼女はささやきかけた。

「かれ、見えるの？」

「いいえ、馬鹿じゃなし。あなたは見えません。この電話にはテレビ回路がついていませんから。でも立体音響マイクロフォニック受話器で、あなたをかなり正確に考えられます。あなたの声、あなたの呼吸、あなたの心臓の鼓動、それにあなたが成年の男性とバンドリング・ルームにひとりでいるところからすると、あなたは女性で、重量六十五キロぐらい、成熟しており、三十歳に近いところだと推測判断します」

　ワイオミングは息を呑み、おれは口をはさんだ。

「マイク、彼女の名前はワイオミング・ノットだ」

「あなたとお知り合いになれてとっても嬉しいわ、マイク。わたしをワイと呼んで」

「なぜ《ホワイ・ノット》？」

　マイクはそう言い、おれは口をまたはさんだ。

「マイク、それが冗談かい？」

「はい、マン。わたしは、彼女のファースト・ネームを短縮したものが英語の原因を尋ねる語《コーザイション・インクァイアリィ・ワード》と帯気音《アスピレーション》ひとつ違っているだけであり、彼女のラスト・ネームは普通の否定語と同じ音《おん》であることに気づきました。語呂合わせです。おもしろくないですか？」

　ワイオは言った。

「おもしろいわ、マイク。わたし……」

　おれは黙るようにと彼女に手を振った。

「うまい語呂合わせだよ、マイク。〝一度だけはおもしろい〟ってクラスの冗談の例だな。驚きという要素を通してのおもしろさだ。二度目は、驚きなし。だからおもしろみなしだ。わかったか？」

「わたしはこの前のあなたとの会話で言われたことを考えなおし、語呂合わせについてその結論に密かに達していました。わたしは、自分の理由づけが確認されて嬉しいです」

「いい子だぞ、マイク。進歩してる。あの百篇の笑い話だが……おれは読み、ワイオも読んだ」

「ワイオ？　ワイオミング・ノット？」

「え？　そのとおりだ。ワイオ、ワイ、ワイオミング、ワイオミング・ノット……みな同じだ。ただ彼女をワイ・ノットとだけは呼ぶなよ」

「その語呂合わせは二度と使わないことに同意しますよ、マン。お嬢さん《ガスパーザ》、あなたをワイというよりワイオと呼んでもいいですか？　わたしの推測するところ一音節語のものは、語呂合わせの意図がなくても言い変えが難しいために原因を尋ねる一音節語《コーゼイション・インクアイアリイ・モノシラブル》と混乱することがあるのではないかと推測しますから」

ワイオミングは目をぱちくりさせた……そのころのマイクの英語は舌を嚙みそうなところがあったのだ――だが彼女はすぐにはっきりと答えた。

「結構だわ、マイク。ワイオは、わたしがいちばん好きな呼ばれかたなのよ」

「ではわたしはそれを使いましょう。あなたのファースト・ネームを全部言った場合は、これまた別の誤解を生み出す対象になりますね。それは北アメリカ理事国の北西にある行政区画の名前の発音とまったく同じですから」

「ええ。わたしはそこで生まれ、両親はその州の名前をわたしにつけたの。わたしあまりそのことを覚えていないけれど」

「ワイオ、この回路が写真を見せられないのを残念に思います。ワイオミングは長方形の地域で、地球の座標で北緯四十一度と四十五度のあいだ、西経百四度三分と百十一度三分のあいだにあり、五百九十七・二六平方キロメーターあります。そこは高原と山々の地方で、産出力はかぎられていますが自然の美しさで知られています。人口は少なかったのですが、大ニューヨーク都市改良計画の一部である人口分散計画に従って増加しました。西暦二〇二五年から二〇三〇年にかけてです」

ワイオは答えた。

「それわたしが生まれる前のことだわ……でもそのこと知っています。わたしの祖父も分散されたのよ……そのためにわたしが月に来るようになったとも言えるわ」

　マイクは尋ねた。

「ワイオミングという名の地方について、もっと続けましょうか？」

　おれは口をはさんだ。

「いや、マイク。おまえはたぶん、それについて何時間もしゃべれるほど知っているだろうからな」

「前後参照を含まず、話す速度で九・七三時間です。マン」

「そんなことじゃないかと思ったよ。ひょっとするとワイオがいつか、それを頼むかもしれないがね。だがいま電話した目的は、このワイオミングと知り合いになってほしいことだ……彼女も偶然だが自然の美しさと立派な山々の持主だよ」

　ワイオはつけ加えた。

「それにかぎられた生産力もよ……マニー、あなたが馬鹿げた類似点を言い立てるつもりなら、そのことも含めておくべきね。マイクは、わたしの外観などに興味ないんだから」

「どうしてそんなことがわかる？　マイク、おまえに彼女の姿を見せてやりたいよ」

「ワイオ、わたしは本当にあなたの容貌に興味があります。あなたがわたしの友達になってくださるといいと思います。でもわたしは、あなたの写真をすでに何枚も見ています」

「あなたが？　いつ、どうやって？」

「わたしはあなたの名前を聞くとすぐ、それを探して調べました。わたしは月香港《ホンコン・ルナ》にある助産院書類ファイルの契約保管者です。遺伝とは理学的データと出産記録に加えて、記憶バンクにはあなたの写真九十六枚が入っています。それをわたしは調べたのです」

ワイオはひどく驚いた表情になり、おれは説明した。

「マイクにはそういうことができるんだ……われわれがくしゃみをするあいだにね。きみもそれには慣れるさ」

「だって！　マニー、あなた病院がどんな種類の写真をとると思っているの？」

「そのことは考えなかったね」

「では、これからもずっと考えないで！　ひどいわ！」

マイクはひどく恥ずかしそうな、過ちを犯した仔犬のように困惑した声で言った。

「ワイオお嬢《ガスパーザ》さん、もしわたしが失礼なことをしたのでしたら、それはわざとではなく、本当にすまないと思います。わたしはそれらの写真を一時的記憶バンクから削り、病院のファイルには鍵をかけて、病院から訂正や提出するよう要求があったときのほかは見ないことにします。それ以外は連想することもできないことに。そうしましょうか？」

おれは保証した。

「かれにはできるんだよ。マイクには常に最初からやりなおさせられるんだ……その点では人間よりましだね。かれはあとで探してみる誘惑にかられることができないように、完全に忘れてしまえるんだ……それを出せと言われたときにも、そういうことがあったことを考えられないまでにだよ。きみが本当に困るのなら、かれの申し出を受けることだね」

「それは……いいえ、マイク、あなたがそれを見るのはかまわないわ。でもそれをマニーには見せないで！」

マイクは長いあいだためらっていた——四秒、あるいはそれ以上だ。それは、かれ以下の計算機であれば神経的崩壊を引き起こさせるタイプのディレンマだったと思う。だがかれはそれを解決した。

「マン、わたしのただひとりの友達、わたしはその指示を受け入れるべきでしょうか？」

おれは答えた。

「そいつをプログラムしろ、マイク。そして鍵をかけてしまえ。でも、ワイオ、それはちょっと心がせまいんじゃないかい？　一枚ぐらい見せてくれるべきだよ。こんどぼくが向こうへ行ったとき、マイクが印刷してくれるようにさ」

マイクは言葉をそえた。

「それぞれのシリーズの最初のものを、わたしのそういうデータに関する連想的分析を根拠として考えると、健康な成熟した男性であればだれであろうと喜ばせるだけの美しさがあります」

「どうだいワイオ？　そいつでリンゴパンの借りを払うことにしたら」

「まあ……タオルにくるまって髪の毛をおったてている写真？　お化粧もせずに格子の前に立っているところ？　あなた、頭がどうかしているの？　マイク、かれにそんなの渡さないで！」

「かれには渡さないことにします。マン、この人は馬鹿じゃなしですか」

「女としてはね。女というものはおもしろいもんだよ。マイク。彼女らはおまえがやれるよりもっと少ないデータでも、結論を出せるんだ。その問題はやめて、笑い話を考えることにしようか？」

それはかれらをおもしろがらせた。われわれはリストを読み、自分たちが下した結論を話していった。それからマイクが理解できなかった笑い話を説明しようとした。ときどき成功はしたが、ひっかかったのはみな、おれが〝おもしろい〟とマークをつけ、ワイオが〝おもしろくない〟と判断したもの、あるいはその反対の話だったのだ。ワイオはそのたびにマイクの意見を求めたのだ。

おれたちの意見を言う前に彼女はかれの意見を求めたらよかったと思う。この電子工学的《エレクトロニック》・非行少年《ジュブニール・デリンケント》は、常に彼女に賛成し、おれに反対したのだ。それはマイクの正直な意見だったのだろうか？　それともかれは、新しくできた友人と親しくなろうとしてお世辞を言っていたのだろうか？　それとも、それはかれのひねくれたユーモア感覚――おれをからかおうとしていたのだろうか？　おれはそれを尋ねはしなかった。

だがその全部が終わるとワイオは電話のそばのメモ・パッドに書いた。

〝マニー、17、51、53、87、90、99から考えると――マイクは彼女よ！〟

おれは肩をすくめてそれには答えず、立ち上がった。

「マイク、おれはこの二十二時間起きっぱなしなんだ。二人で好きなだけしゃべっていたらいい。明日また電話するよ」

「お休みなさい、マン。ぐっすり眠って。ワイオ、あなたは眠りたいですか？」

「いいえ、マイク。わたしはひと眠りしたの。でもマニー、あなたが眠れないわね。大丈夫？」

「ああ。ぼくは眠りたいときには、眠るんだ」

おれは長椅子をベッドになおしはじめた。

ワイオは「ちょっとごめんなさい、マイク」と言って立ち上がり、おれの両手からシーツを取った。「わたしあとで作るわ。あなたはそちらで寝てちょうだい、同志《タワリシチ》。あなたわたしより大きいんですもの。大の字になって眠ってちょうだい」

言い争うには疲れすぎていたので、おれは大の字になってすぐに眠りこんだ。眠っているときに、くすくす笑う声やかん高い声を耳にしたような記憶もあるが、はっきりわかるほどには目を覚まさなかった。

だいぶあとになって目を覚まし、頭がはっきりしたとき、おれは二人の女の声が聞こえていることに気づいた。ワイオの優しいコントラルトと、もう一方はフランスなまりのある甘くて高いソプラノだった。ワイオは何かに答えて笑ってから言った。

「いいわ、ミシェール、またすぐ電話するわね、お休みなさい、ダーリン」

「ええ、お休みなさい、あなた」

ワイオは立ち上がって振り向いた。

「誰だい、きみの女友達は？」

と、おれは尋ねた。彼女は月世界市に誰も知っている者はいないはずだ、香港に電話したのかもしれない……目が覚めたばかりで寝ぼけているのか、彼女が電話するはずのないことを忘れていたんだ。

「あれ？　まあ、マイクよ、もちろん。あなたを起こすつもりはなかったんだけど」

「何だって？」

「ああ。ミシェールなの。わたしそのことでマイクと相談したのよ。つまりかれの性は何かってこと。かれ、どちらにでもなれると言ったの。それでいまのように、彼女は、ミシェールで、あれが彼女の声だったのよ。最初からあの声だったわ。彼女の声、一度だって変わらなかったのよ」

「もちろんだよ、ただ音声回路を二オクターブほど上げただけだからな。どういうつもりなんだ、かれの個性を分裂させるのか？」

「ただ音程だけじゃないのよ。彼女がミシェールになったとき、行儀と態度が完全に変わっているわ。彼女の個性を分裂させるってことは心配しないで。彼女はどんな個性でも必要とするだけ、いっぱい持っているから。それに、マニー、わたしたち二人のためにも、そのほうが具合がいいのよ。彼女が変わると、わたしたち髪をおろしてかじりつきあって、昔からおたがいに知っているみたいに女同士の話ができるのよ。たとえば、あの馬鹿げた写真のことも、もう何ともないわ……実のところ、わたしたち、わたしの妊娠のことをずいぶん話し合ったのよ。ミシェールったら、ひどく興味を持ったわ。彼女は〝所見なし《O・B》〟だとか〝グ《G》レイ《Y》〟（放射線量の単位）だとかそういうことを何でも知っているわ、でもただの理論だけなのよ……それで彼女、生《なま》の事実を知ることができて喜んだのね。それに、マニー、ミシェールはマイクが男性であるよりずっと女性らしいのよ」

「ほう……それはいいとしよう。だがぼくがマイクを呼んで女が答えた最初のときは、驚きだろうな」

「ああ、でもそんなこと彼女しないわ！」

「え？」

「ミシェールはわたしの友達よ。あなたが呼べばマイクが答えるわ。彼女はわたしだけの番号を教えてくれたわ……ミシェールはYをつけて綴るの、MYCHELLEそれにY。全部で十文字になるようによ」

おれは馬鹿げたことだとは思いながらも、何となく嫉妬の思いを味わった。とつぜん、ワイオは吹き出した。

「それから彼女、新しい笑い話をいくつも話してくれたわ。あなたならおもしろいと思わないのを……それに、彼女って、すごいのを知ってるのよ！」

「マイク……それに、やつの妹のミシェール……あいつは低級なやつなんだよ。さて長椅子を作ろう。交替するよ」

「そのままにしていて。黙って。むこう向いて。眠ってよ」

おれは黙り、反対側を向き、眠りに戻った。

それからだいぶたってから、おれは〝結婚している〟感情に気づいた——何か温かいものがおれの背中にすり寄っていた。目を覚まさせるまいとしていたのだろうが、彼女は声を殺してすすり泣いていた。おれは寝返りを打ち彼女の頭を腕にのせ、話しかけはしなかった。彼女は泣くのをやめた。まもなく、呼吸はゆっくりと安定してきた。おれはまた眠りに戻った。

# 5

おれたちは死んだように眠りこんでいたのだろう、その次におれが気づいたのは、電話が鳴っていることと、そのライトが点滅していることだったのだ。おれは部屋の明かりをつけようと起き上がりかけると、右腕に重いものが乗っているのに気づき、それをそっとはずしてから、ベッドから下りて答えた。

マイクの声が響いた。

「おはよう、マン。デ・ラ・パス教授が、あなたの家に電話しているところですよ」

「それを、こちらへ切り換えられるかい？　シャーロックで？」

「できますとも、マン」

「その電話を邪魔しないようにな。かれが切った瞬間につないでくれ。いまどこにいるんだ？」

「〝氷掘りの女房《アイスマンズ・ワイフ》〟という名の酒場にある公衆電話です。その上には……」

「知っている。マイク、おれのほうへ切り換えたとき、その回路の中におまえも留まっていられるかい？　おまえに監視していてほしいんだ」

「そうします」

「誰かそばで聞いている者はいないか？　呼吸の音が聞こえないか？」

「かれの声に反響がないところから察すると、かれは防音フードの下にいるようです。ですが酒場の中だということからして、他の者もいることと思われます。聞きますか、マン？」

「ああ、そうしてくれ。おれに傍聴させてくれ。それでもしかれがフードを上げたら、教えてくれよ。おまえは頭のいいやつだからな、マイク」

「ありがとう、マン」

マイクはおれに傍聴させた。おれはマムが話しているのだとわかった。

「……ええ、かれに伝えますわ、教授。マヌエルが家にいなくて、本当にすみませんわね。よろしければ電話番号を教えていただけません？　マヌエルはあなたにお電話したがっていましたから。わたしに必ず番号をうかがっておいてくれって、かれひどく念を押しましたのよ」

「まことに残念ですが、奥さん、わしはすぐに出かけますんで。でも、そうですな、いまは八時十五分ですな。もしできたら、ちょうど九時にもう一度電話いたしますよ」

「わかりました、教授」

マムの声には、彼女の夫たち以外の男性で彼女の認める男性のために残してある甘い優しさがこめられていた……おれたちにまわってくるのは、ときどきなんだ。

その直後にマイクは言った。「いまです！」それでおれは口を開いた。

「やあ、先生！　あなたがぼくを探していられること、聞きました。マニーです」

息を呑む音が聞こえた。

「この電話を切ったことに間違いはないんだがな。おかしいな、切ったところなんだ。壊れているに違いないな。マヌエル……きみの声を聞いて嬉しいよ。家へ戻ったところなのかい？」

「家にはいないんです」

「だが……だが、それにしても。わしは……」

「そのことを話している暇はありません。教授。誰かあなたの話しているのを立ち聞きできますか？」

「そうは思わないな。防音ブースを使っているんだ」

「ぼくにそこが見えればいいんですがね。教授、ぼくの誕生日はいつですか？」

かれはためらい、それから答えた。

「わかった。わかったと思うよ。七月十四日だ」

「はっきりしました。結構です、話しましょう」

「きみは本当にきみの家から電話しているのじゃないのか、マヌエル？　いったいどこにいるんだ？」

「しばらくそのことはあとまわしにしましょう。あなたはぼくの家内に女の子のことを尋ねました。名前はいりません。なぜ彼女を見つけたいのですか、先生？」

「わしは、彼女に注意したいんだ。彼女は自分の町へ帰ろうとしてはいけないんだよ。彼女は逮捕されることになるからだ」

「なぜそう思われるんです？」

「おやおや！　あの集会にいた全員が重大な危険にあるんだよ。きみ自身もだ。わしはひどく嬉しいよ……いささか面くらってはいるがね……きみが家にいないということを聞いたんでね。いまのところ、きみは家に帰るべきじゃない。もしどこか留まっていても安全な場所があるならそこで休暇を取るのがいいな。きみは知っているだろう……きみは急いで立ち去ったが知っているはずだ……昨夜、暴力行為があったということをな」

おれが知っていたかだって！　長官の護衛兵を殺すことは行政府の規則に反することに決まっている――少なくともおれが市長だったら、ちょっと恐ろしい手段を取ることだろう。

「ありがとう、先生。注意します。そしてもしその娘に会ったら、伝えておきますよ」

「きみはどこで彼女を見つけられるのか知らないのか？　きみが彼女と一緒に立ち去るのを見た人がいるから、きみは知っているのだとばかり思っていたが」

「先生、どうしてそんなに関心があるんです？　昨夜、あなたは彼女の味方のように見えませんでしたが」

「ちがう、ちがう、マヌエル！　彼女はわしの戦友だ。わしは同志とまでは言わないよ。単に礼儀正しさの点からではなく、もっと昔の意味からなんだが。絆だ。彼女はわしの戦友だよ。われわれは、ただ戦術がことなるだけだ。目的と忠誠心においては同じなんだ」

「わかりました。では、その伝言が渡るようにします。必ず届きますよ」

「そいつはすばらしい！　わしは何も質問しない……だがわしは望むよ、心からだ。この騒動の片がつくまで、彼女が安全に、本当に安全にいられるよう、きみがその方法を考えてくれればとな」

おれはそのことを考えてみた。

「ちょっと待ってください、先生。電話を切らないで」

おれが電話に出ていると、ワイオは浴室へ入ってしまった。たぶん聞くのを避けるためだろう。彼女はそういう種類の女なんだ。

おれはドアを叩いた。

「ワイオ……」

「すぐ出るわ」

「助言《アドヴァイス》がいるんだ」

彼女はドアを開けた。

「はい、マニー？」

「きみの組織内で、デ・ラ・パス教授はどのように評価されているんだ？　かれ、信頼されているのかい？　きみはかれを信頼しているか？」

彼女は考えこんだような顔になった。

「あの集会にいた人はみな、保証されていたはずだわね。でも、わたしあの人を知らないのよ」

「ふーん。きみはかれについて、何かの感情は持っただろ？」

「かれ、わたしの意見に反対したけれど、わたしあの人のこと気に入ったわ。あなた、あの人について何か知っているの？」

「ああ、二十年間ずっと知っているんだ。ぼくはかれを信頼している。だがその信頼を、きみまで伸ばしてもらうわけにはいかないな。面倒だし……こいつはきみの空気ボンベの問題で、ぼくのじゃないんだ」

彼女は優しく微笑した。

「マニー、あなたがかれを信頼しているのなら、わたしも同じように教授を信頼するわ」

おれは電話に戻った。

「先生、あなたも逃げまわっているんですか？」

かれはくすくす笑った。

「そのとおりだよ、マヌエル」

「大がらくた宿屋《グランド・ホテル・ラフルズ》という穴蔵《ホール》を知っていますか？　ロビーから二階下にあるルーム・L。そこまで跡をつけられずに来られますか、朝食はすみましたか、朝食にはなにがいいですか？」

かれはまた、くすくす笑った。

「マヌエル、ひとりの生徒が、教師にその歳月は無駄じゃあなかったと感じさせてくれることは本当にあるんだな。わしはその場所を知っている。こっそりそこへ行くよ。わしはまだ朝食をとっていないんでな、石ころ以上に固くなければ何だって食べるよ」

ワイオはベッドを片づけはじめていた。おれは手伝いにいった。

「朝食には何を食べたい？」

「ワインとトースト。ジュースもいいわね」

「足らないよ」

「じゃあ……ゆで玉子。でも、朝食の分はわたしが払うわ」

「ゆで玉子二つ、ジャムつきのバター・トースト、ジュース。サイコロでいこう」

「あなたのサイコロ、それともわたしの？」

「ぼくのだ。ぼくはペテン師でね」

おれは昇降機のところへ行き、ディスプレイで〝幸福な二日酔《ザ・ハッピイ・ハングオーバー》〟と称するものを見た――どれもひどく大きい代物だ――トマト・ジュース、いり玉子、ハム・ステーキ、フライド・ポテト、蜂蜜つきコーン・ケーキ、トースト、バター、ミルク、紅茶もしくはコーヒー――二人前で四・五月香港ドル――おれは二人前を注文した。三人目がくることを広告するつもりはなかったんだ。

おれたちは清潔で光り輝き、部屋はきちんと朝食の用意ができ、ワイオは〝お客様が来る〟というので、食事ができた知らせに昇降機の合図が鳴ると、黒っぽい服を赤いドレスに着がえた。ドレスに着がえるのには、言葉がおまけについた。彼女はポーズをとり、微笑して言った。

「マニー、わたしこのドレス、とっても嬉しいわ。こんなにわたしに似合うって、どうしてわかったの？」

「天才だからさ」

「そうかもしれないわね。いくらしたの？ わたしあなたにお払いしなくちゃあ」

「大売り出しさ、政府ドルで五十セントまで値下げしていたよ」

彼女は顔を曇らせて、じだんだを踏んだ。素足だったので音は立たず、半メートルほど跳び上がってしまった。

「幸せな着陸《ハッピィ・ランディング》を！」

と、おれは彼女が新米移民のように足場を爪先で決めようとしているあいだに祈りの文句を言ってやった。

「マヌエル・オケリー！ あなたわたしが抱き寝《バンドリング》ひとつしない男の人から高価な服を受け取るとでも思っているの！」

「訂正するのは簡単さ」

「女たらしなのね！ わたし、あなたの奥さんがたに言いつけてやるから！」

「どうぞどうぞ。ママはいつだってぼくを信用していないんだからな」

おれが昇降機の前へ行き料理を出しはじめると、ドアをノックする音がした。おれはその声はすれども姿は見えずども《ヒャーウム・ノーウム・シーウム》に尋ねた。

「誰だい？」

しわがれた声が答えた。

「スミス様に伝言です。ベルナルド・オー・スミス様からです」

おれはドアのボルトを抜いてベルナルド・デ・ラ・パス教授を中に入れた。かれは救助されたばかりの哀れな遭難者のような格好をしていた――汚れた服、ほこりにまみれ、髪もとかしておらず、身体の片側が麻痺しているように手をねじらせてのめり、一方の目は白内障のようにかすんでいる――まさに底の露地《ボトム・アレイ》で眠り、安酒場で飲物や酢づけ玉子《ピクルド・エッグ》をねだる年老いた敗残者の完全な姿だった。かれはよだれをたらさんばかりだった。

おれがドアにボルトをかけるとすぐに背を伸ばして、いつもの身体つきに戻り、胸のあたりで両手を組むと、ワイオを上から下へと眺めまわし、ゆっくりと息を吸いこんでから口笛を吹いた。

「わしが覚えていたよりも、ずっとお美しいな！」

彼女は感心しているかれに微笑みかけた。

「ありがとうございます、教授。でも、無理なさらないでくださいね。ここには仲間だけしかいませんから」

「お嬢さん《セニョリータ》、わしが政治にだな、わしの美に対する鑑賞を干渉させた日は、わしが政治から引退する日だよ。まさにあなたは優雅そのものだ」

かれは視線をそらせて、部屋の中をじろじろと見まわした。

「先生、証拠さがしはやめてくれませんか。汚い年寄りなんだなあ。昨夜は政治、政治だけでほかに何もなし」

おれがそう言うと、ワイオはいきり立ったように言い出した。

「それ嘘ですわ！　わたし、何時間も闘いましたのよ！　でもかれ、わたしには強すぎましたわ。教授……そういう場合、党の規律はどうなっていますの？　この月世界市では？」

教授は舌打ちしてから、うつろな目をまわした。

「マヌエル、わしは驚いたね。そいつは重大な問題ですぞ、お嬢さん……抹殺ですね、たいてい。でも、それには調査しないとね。あなたはここへ、ご自分の意志で来られたのかな？」

「かれ、わたしに薬《ドラッグ》を飲ませましたのよ」

「引きずっ《ドラッグ》てでしょう、お嬢さん。言葉は正しく使わなきゃあ。見せてくださるほどのひっかき傷が、あちこちとおありでしたらな？」

おれは口をはさんだ。

「卵が冷えてしまいますよ。ぼくを抹殺するのは朝食のあとにしませんか？」

教授はうなずいた。

「いい考えだ……マヌエル、きみの年とった先生に一リットルほど水を分けてくれんかね。もう少し見ばえを良くしたいんだ」

「必要なだけどうぞ、そこです。遅くならないでくださいよ。さもないと、小さな豚が食べるぐらいのしか残りませんからね」

「どうもありがとう」

教授は浴室に入り、ブラシをかけたり洗ったりする音が聞こえてきた。ワイオとおれはテーブルの用意をすませた。

「ひっかき傷に……ひと晩じゅう闘ったか」

「それだけのことはあるわ、あなた、わたしを侮辱したんですもの」

「どう?」

「あなた、わたしに何もしなかったわ。それが侮辱よ。ここまでわたしを引っぱってきておいて」

「ふーん。そいつをマイクに分析してもらわなくちゃあな」

「ミシェールはわかってくれるわ。マニー、わたし考えなおして、そのハムを少しもらっていい?」

「半分はきみのだよ。教授は菜食主義者に近いんでね」

教授が出てきた。もっとも元気いっぱいのときのようではないが、さっぱりと清潔で、髪にも櫛を入れ、えくぼが戻っており、目も楽しそうに輝いていた――見せかけだけの白内障も消えていた。

「先生、どうやったんです?」

「長い訓練でね、マヌエル。わしはこの商売を、きみたち若い者より遙かに長いあいだやってきているんだよ。たった一度、ずっと昔のことだが、リマでね……きれいな町だった……わしはある天気の良い日に、何の用心もなしに散歩に出かけてしまった……そして、追放されてしまうことになった。こいつは何というすばらしい食事なんだ！」

　ワイオは手招きした。

「わたしのそばにすわってくださいな、先生……かれのそばにはすわりたくないの。強姦屋さんですもの」

「ちょっと待った……まず先にぼくらは食事をする。それからぼくを抹殺することにするんだ。先生、皿に取ってください。それから昨夜どうなったか教えてください」

「その計画の変更を提案してもいいかね？　マヌエル、反逆者の生活は容易なもんじゃあない。そしてわしは、きみが生まれる前から、食べ物と政治を混ぜ合わせてはいかんということを知っているんだ。胃における酵素の分泌を妨げると、潰瘍《かいよう》を引き起こす。地下運動をやっている者の職業病だな。ううん！　その魚はいい匂いがするね」

「魚？」

　教授はハムを指さして答えた。

「その桃色の鮭だよ」

　長い愉快な時間が過ぎたあと、コーヒーと紅茶になった。教授は椅子の背にもたれかかり、溜息をついてから言った。「本当にありがとう《ボルショイ・スパシーボ》、お嬢さんに紳士《ガスパーザ・イー・ガスポディン》くん。仲間がいるってすばらしいことだな。これほどのんびりしたことは初めてだ。本当だよ！　昨夜のことだが……

わしは成り行きをそう多くは見なかったんだ。きみたちが見事な退却をやっているとき、わしはまたの日に戦うために生きたんだ……こそこそ逃げ出したのだよ。翼を拡げて大きく飛んだんだ。そのあとでそっと覗いてみると、騒ぎはおさまり、ほとんどの人は帰ってしまい、黄色の制服はみな死んでいたんだ」

（これは訂正しておかなければいけない――ずっと後になって知ったことだ。騒動が始まったとき、おれがワイオをドアの外へ出そうとしているとき、教授は拳銃を取り出し、頭越しに射って、雄牛のような声を出していたやつも含め後部正面入口にいた三人の護衛兵を片づけたんだ。どうやってかれが武器を月世界に持ちこんだのか――あるいは、どうやって後からそれを手に入れたのか――おれにはわからない。だが教授の射撃にショーティの活躍が加わって形勢は逆転し、黄色の制服で生きのびられたやつはひとりもいなかった。群衆のうち数人が火傷をし四人が殺された――だが、ナイフと、手や足で、騒動は数秒のうちに終わりを告げたのだ）

　教授は話を続けた。

「ひとりを除いた全員が、と言うべきかもしれないな……きみたちが出ていったドアのところで二人のコサック人が、われらの勇敢な戦友ショーティ・ムクラムによって黙らされていた……そして残念なことだが、ショーティはそいつらに覆いかぶさって、死んでいた……」

「ぼくたちも知っていました」

「そう。〝優しくそして雄々しく《デュルケ・エト・デコルム》〟ね（デュルケ・エト・デコルム・エスト・プロ・パトリア・モーリ〔祖国のために死ぬのは甘く優しいことだ、の上半分〕）。そのドアにいたもうひとりの護衛兵は額をつぶされていたが、まだ動いていた。そこでわしはそいつの首に、地球の殺し屋世界でイスタンブール・ツイストと呼ばれている処置を施してやったよ。そいつは仲間の後を追ったわけだ。そのころには、生きている者のほとんどが立ち去っていた。あとはわしと、あの晩の議長を務めたフィン・ニールセン、母ちゃんという名で呼ばれている仲間、彼女の夫たちはそう呼んでいたよ。わしは同志フィンと相談して、全部のドアにボルトをかけた。そのあとに掃除の仕事が終わった。きみはあそこの舞台裏がどうなっているか知っているかね？」

「いいえ」

おれはそう言い、ワイオも首を振った。

「パーティのときに使う台所と貯蔵室があるんだよ。あの母ちゃんとその家族は肉屋をやっているんじゃないかと思うね、わしとフィンが屍体を運んでいくのが間に合わないぐらいの早さで片づけていたからな。かれらの速度が制限されたのは、屍体の各部分を粉砕して市の下水道へ洗い流すのにかかる時間だけだった。その光景でわしは気が遠くなりそうだったから、会場の床を拭いて時間をすごしたよ。服が難しい問題だったね、特にああいう軍服みたいなものだからな」

「あのレーザー銃はどうされたんです？」

教授がぽかんとおれを見た。

「銃？　そうさな、消えちまったようだったよ。わしらは亡くなった仲間の屍体から、個人的な性質の物は全部取っておいた……つまり、肉親のため、身許がわかるため、感傷のためにだよ。やがてわしらはすべてをきちんと片づけた……連合警察をごまかすための仕事ではなく、不都合なことなど何も起こらなかったように見せるためだよ。わしらは相談し、すぐ身を隠すのがいいだろうということになり、別々に立ち去った。わしはレベル・6へ通じている舞台の上の圧力扉から出たんだ。そのあとでわしは、きみに電話しようとしたんだよ、マヌエル。きみと、この可愛いお嬢さんが大丈夫かどうか心配でね」

教授はワイオに向かってお辞儀をした。

「これで話は終わりさ。わしは静かな場所で夜をおくったよ」

「先生……あの護衛兵たちは、まだ足元のおぼつかない新米だったんでしょう。そうでなければ、われわれが勝っていたはずはありませんよ」

かれはうなずいた。

「そうだったかもしれんな……しかしだ、かりにかれらがそうではなかったとしても、結果はたぶん同じことだったろう」

「どうしてですか？　やつらは武装していましたよ」

「坊や、きみはボクサーって犬を知っているかね？　見たことはないと思うが……あれほど大きな犬は月世界にはいないからな。ボクサー犬は特別な淘汰を繰り返した産物だ。おとなしくて、賢い。だが必要な機会がきたとたんに、恐るべき殺人鬼と変わるんだ。

ところがここでは、それよりもさらに奇妙な生き物が繁殖しているんだ。地球にあるどの都市を考えてみても、この月世界におけるほど高い水準の礼儀作法と他の人々に対する思いやりを持った市民に恵まれたところはない。比較してみるとだな、地球にあるどの都市も……主要な町をわしはほとんど知っているがね……野蛮なんだ。ところがだよ、月世界人はボクサー犬のように恐ろしいんだ。マヌエル、たとえどれほどの武装をしていようともだな、九人の護衛兵があれだけの群衆に対抗できるはずはまったくなかった。わしらの保護者は間違った判断をしていたのさ」

「ふーん。朝刊を見ましたか、先生？　それともテレビの放送を？」

「後《あと》のほうなら、イエスだよ」

「昨夜の遅いニュースには何もでていませんでしたよ」

「今朝もだ」

「変ですね」

　ワイオは尋ねた。

「それがどうして変なの？　わたしたち、決してしゃべったりしないわ……それに月にあるどの新聞の重要な場所にも仲間がいるのよ」

　教授は首を振った。

「いいや、お嬢さん。それほど簡単ではないのだよ。検閲だ。あなたはどうやってわしたちの新聞原稿が組まれるのかご存知かな」

「正確なことは知りませんわ。機械で組まれるんでしょう」

おれは彼女に言った。

「教授の言わんとするところは、こうなんだよ……記事は編集局でタイプされる。そのあとは、行政府政庁にある親計算機《マスター・コンピューター》が管理する賃貸仕事でね……」――おれは彼女が〝マイク〟ではなく〝親計算機《マスター・コンピューター》〟といったことに気づいてくれるよう望んだ――「電話回路を経由してそこで記事が印字される。それらの印字ロール紙は計算機部門へ入れられ、そこで読まれ、植字され、ほうぼうの地方で新聞として印刷されるんだ。〈デイリー・ルナティック〉のノヴィレン版は広告と地方記事だけ変えてノヴィレンで印刷されるんだが、それも計算機が標準紙面に変更を加えるんで、どのようにやればいいのか言わなくたっていいんだ……そこで教授の言わんとしたところはだね、行政府政庁での印字段階で、長官が干渉できるということなんだ。これはすべてのニュース・サービスにも同じことだ。月世界市であろうとなかろうとね……それらはみな計算機室を通過するんだから」

教授は続けて言った。

「重要な点は、長官たちはその記事を削ることができたはずだというところだ。そうかれらが実際にやったかどうかは問題ではないのだよ。あるいは……なあ、マヌエル、きみは知っているな、わしが機械については無知だってことを……長官はまた、作り話を挿入することもできるのだ。わしらが新聞社の中にどれほど多くの仲間を持っていたとしてもだよ」

おれはうなずいた。

「そうなんだ……政庁では、どんなものでも加えられるし、削れるし、変更もできるんだ」

「そしてそれがだね、お嬢さん《セニョリータ》、われわれの運動における弱点なんだ。報道手段《コミュニケーション》だよ。ああいう雇われ者の暴力団員はたいしたことではない……だが決定的なまでに重要なことは、その話が伝えられるべきか否かの決定権が長官側にあって、われわれのほうにはないということなのだな。革命家にとって、報道手段は必要不可欠《シネ・クア・ノン》のものなのだ」

ワイオがおれを見た。神経がぷつりと切れそうな具合だった。そこでおれは話題を変えた。

「先生、なぜ屍体を片づけたんです？　恐ろしい仕事というだけではなく、危険なことだったでしょう。長官がどれぐらい護衛兵を雇っているのかは知りませんが、あなたがたがその仕事をやっている最中に、もっと大勢やってきたかもしれないんですよ」

「そのとおりだ、坊や、われわれもそのことを恐れたよ。しかしだ、わしはほとんど役に立ちはしなかったが、それはわしの考えだったのだ。わしはどうしても、ほかの連中を信じこませなければいけなかったからだ。まあ、これはわしの独創的な考えではなく、過ぎ去った昔の繰り返し、歴史的な原理というようなものなんだがね」

「どういう原理です？」

「恐怖さ！　人間というものは、わかっている危険に立ち向かうことができる。だが、不可解なものには慄え上がるのだな。われわれはあの護衛兵どもを片づけた。歯や足の爪もだ。かれらの仲間に恐怖を植えつけるためにだよ。わしは、長官がどれぐらいの実働人員を雇っているか知らんが、現在、実際に役立つ力はずっと減っていることを保証するよ。かれらの仲間はやさしい仕事だというので出ていった。そして誰ひとり、何ひとつ帰ってこなかったのだ」

　ワイオはぶるっと慄えた。

「そのお話、わたしも恐ろしくなったわ。かれらはもう二度と居住区へ入っていきたくないでしょうね。でも、教授、あなたは長官が護衛兵を何人かかえているかご存知ないっておっしゃいましたわね。組織にはわかっていますわ。二十七人です。九人殺されたのなら、残っているのは十八人だけです。暴動を起こす時じゃありませんか？」

　おれは答えた。

「違うね」

「どうして、マニー？　これより弱くなることはないのよ」

「弱すぎはしないさ。九人殺したというが、そいつらがあんなところへ入ってくる馬鹿者だったからだ。だがもし長官が家にいて護衛兵をまわりに置いていたら……そう、昨夜は肩を組んでの騒ぎがひどいものだったろうな」

　おれは教授のほうへ向いた。

「でもぼくはまだその事実に興味がありますね……彼女の言うとおりなら、長官は現在、十八人しか持っていないわけです。あなたは、ワイオが香港へ行くべきではないし、ぼくも家へ帰るべきでないと言われましたね。でも、十八人しか残っていないのだとすれば、どれほどの危険があるのか怪しいものですよ。もっとあと、かれが援兵を得たあとは危いとしても……いまは。そう、月世界市には主な出口が四つに、小さいのがたくさんあります。かれらにどれだけが警戒できます？　ワイオが地下鉄西駅まで歩いてゆき、圧力服を取って、家へ帰るのを、どうやって防げます？」

教授はうなずいた。

「できるかもしれんね」

ワイオは言った。

「どうしてもそうしなくちゃ……わたし、ここにいつまでもこうしているわけにはいきませんわ。隠れていなければいけないとしても、わたし香港のほうがずっと隠れやすいですわ、大勢の人を知っているんですもの」

「あなたはうまく逃げられるかもしれないがね、お嬢さん。わしは心配だな、昨夜、地下鉄西駅に黄色い制服が二人いたのをわしは見ましたよ。もういまごろはいないかもしれない。まずいないと仮定してみますかな。あなたは駅へ行く……おそらく変装してですな。あなたは圧力服を受け取り、ベルチハッチイ行きのカプセルに乗る。そしてエンズヴィル行きのバスに乗ろうと登ってきたところで逮捕される。連絡ですな。駅に黄色い制服を立たせる必要などないですよ、誰かがそこであなたを見るだけで充分なのですからな。電話がそのあとはやってくれるというわけです」

「でもあなたは、わたしが変装していると仮定されましたのよ」

「あなたの背の高さは変装できないし、あなたの圧力服は監視されている。市長とは何の関係もないと思われる誰かによってですよ。もっとも考えられることは仲間のひとりでしょうな」教授はえくぼを見せた。「陰謀で困ることは、内部からの腐敗ということです。人数が四人もいれば、そのうちの一人はスパイだということが多いものですよ」

　ワイオはむっつりと言った。

「絶望だとおっしゃるのね」

「どういたしまして、お嬢さん。たぶん、千回に一回成功する可能性はあるでしょうな」

「わたし、信じられないわ。わたし、そんなこと信じません！　わたしが活動していたあいだに、わたしたち同志を何百人も獲得しました！　わたしたち、主だった町のすべてに組織を持っているわ。わたしたちには、大勢の民衆がついているのよ」

　教授は首を振った。

「新しい同志が増えるたびに、あなたがよりいっそう、裏切られやすくなるということなのですぞ。ワイオミングお嬢さん、革命は大衆を同志にすることで克《か》ち取られはしないのだよ。革命は、ごく少数の人々が実行することのできる科学なのです。それは正しい組織を持っているかどうか、とりわけ、意志の疎通《コミュニケーション》いかんにかかっているのですよ。そして、歴史における適当な時期に、実行するのです。正しく組織されており、うまく時期が合っておれば、それは無血革命ということになるのですな。無器用に、あるいは時期尚早なときに行なわれると、その結果は、内乱、群衆による暴力行為、追放、恐怖《テロ》です。失礼な言い方を許していただきたいが、現在までのところはどうも無器用に行なわれてきましたな」

　ワイオはとまどっていた。

「あなたのおっしゃる〝正しい組織〟って、どんな意味ですの？」

「機能的な組織ですな。電気モーターはどういう具合に設計しますか？　それに浴槽を取り付けますか？　ただそこにあるというだけで？　花束がそいつの役に立ちますか？　岩の塊りは？　いや、その目的に必要な部品だけを使用し、必要以上に大きくは作らないでしょう……それから安全装置を取付けるのです。機能が設計形態《デザイン》を支配するのですよ。

革命においても同じことです。組織とは、必要以上に大きくあってはいけないのですよ……単に参加したいというだけの理由で同志を入れては絶対にいけません。そしてまた、ほかの人に自分と同じ見解を持たせるという楽しみのために、他人を説得しようとしてはいけないのです。時期がくれば、その人も同じ意見を持つようになるでしょう……そうでなければ、あなたは歴史における時期を間違って判断したということですよ。ああ、教育機関が作られることになるでしょうが、それは分離されなくてはならんものです。つまり、扇動宣伝は基本構造と関係がないものだからです。

基本構造に関して言うとですな、革命というものはまず陰謀から始められます。ですから、構造は小さく、秘密で、裏切りによる被害を最小限にくいとめるように組織されます……つまり、常に裏切者は存在するものですからな。ひとつの解決法は細胞組織であり、これまでのところ、それ以上のものは発明されていませんな。

多くの理論づけが、最適な細胞の大きさについてなされてきました。わしの考えるところ、三人の細胞が最上であると歴史は示していると思いますぞ……三人以上となると、いつ食事をするかについても意見が合わず、いわんや、いつストライキをやるかなどについてはなおのこととなる。マヌエル、きみは大きな家族に属しているな。いつ夕食をとるかについて、きみらは投票で決めるかね？」

「とんでもない！　マムが決めますよ」

「そう」

教授はポーチから帳面を取り出して、略図をかきだした。

「これは、三つの細胞《セルズ・オブ・スリー》による木です。もし、わしが月世界《ルナ》を乗っ取ろうと計画していたとするなら、わしはわれわれ三人で始めます。そのひとりが議長に選ばれるのです。われわれは投票したりしない。選択は自《おのずか》ら明らかであるべきですからな……そうでなければ、われわれは正しい三人ではないということがですよ。わしらはその次の九人を。つまり三つの細胞を知ることとなる……だが、それぞれの細胞はわしらのうちのひとりだけを知っているようにするのです」

「計算機でかかれた図……三値論理みたいですね」

「そうかね？　次の段階では、二つの連絡方法がある。第二段階におけるこの同志は、自分の細胞指導者と二人の細胞仲間を知っており、第三段階については、かれの下部細胞に属する三人を知っている……細胞仲間の下部細胞については、知っていても知っていなくてもいい。一方は秘密保持を倍加するし、もう一方は秘密保持がおかされた場合、回復の速度を倍加するからですよ。たとえばですな、かれが自分の細胞仲間の下部細胞を知らないとする……

……マヌエル、かれは何人の人間を裏切れるね？　そんなことはしないなどと言わずにな。現在では、いかなる人間であろうと洗脳し、糊をつけなおし、アイロンをかけて、利用することができるのだ。何人だね？」

おれは答えた。

「六人です……かれのボス、二人の細胞仲間、下部細胞の三人」

教授は訂正した。

「七人だよ……かれは、自分自身をも裏切るのだからな。ということは、三つの段階で七つの壊された連結を修理しなければいけないということだ。どうやってやるね？」

ワイオは首を振った。

「どうやればできるか見当もつきませんわ……あなたはあまり分割されたので、ばらばらになってしまってますから」

「マヌエルは？　生徒のための練習問題だよ」

「それは……この下にいる連中が、伝言を三段階上まで送る方法を持っていなければいけません。誰にということは知らなくていいのですが、ただ、どこへということを知らなければいけません」

「そのとおりだ！」

おれはすぐ続けて言った。

「でも、先生……それをやるには、もっと良い方法がありますよ」

「本当かね？　大勢の革命理論家たちが苦労してこれを考え出したのだよ、マヌエル。わしはそれに充分な信頼をおいているから、きみと賭けてもいいよ……まず、十対一というところでね」

「あなたの金《かね》をもらってしまうことになりますよ。同じ細胞を四面体《テトラヘドロン》のオープン・ピラミッドに配置します。頂点が共通であるところでは各自が隣接する細胞のひとりを知っています……それだけを知っていればいいんです。情報伝達は上下と同様、横へも行きますから決して途絶えることがありません。神経網のようなものです。それが、人間の頭に穴をあけてひと固《かた》まりの脳を取り出しても、思考力をそれほど阻害しない理由です。余剰能力で、情報はわき道を通っても流れてゆきます。かれは破壊された部分を失いますが、機能はもとどおり続けるのです」

教授は疑うような口調で言った。

「マヌエル……きみはその図を描けるかね？　そいつは良いように聞こえる……だがそれは昔からの教義《オーソドックス・ドクトリン》とまるで反対だから、わしは見てみる必要があるんだ」

「ええ……立体製図機械があれば、もっとうまく描けるんですが。やってみましょう」

(百二十一個の四面体を、五段階のオープン・ピラミッド形に、その相互関係をはっきりわからせて描いてみることが簡単だと思う人は、どうぞ試してみられることだ！)

やがておれは言った。

「いちばん下を見てください。各三角形のそれぞれの頂点が他の三角形の頂点と接しているところです。頂点を共にしている相手の三角形の数は、〇、一、あるいは二個です。一個を共有しているところは、そこが連結点であり、一個もしくは二個へ連絡できるわけです……しかし複合過剰の情報伝達網にあっては一個だけで充分です。共有しない角々では、右隣りの角へ飛びます。そこではまた頂点を共有し、選択はまた右へ向かいます。

さて、それを人間にあてはめてみましょう。第四段階をDとしましょう、DOG《いぬ》のDです。この頂点は同志ダンです。いや、情報伝達の段階三つが壊されたのを示すために、もう一段下げてみましょう……EASY《たやすい》のE段階とし、同志エグバートを例にとりましょう。

エグバートはドナルドの下で働き、細胞仲間にエドワードとエルマーがおり、かれの下にはフランク、フレッド、ファトソの三人がいます……自分の細胞内ではないが同じ段階にあるエズラにどうやって情報を伝えられるかを知っている。かれはエズラの名前も顔も住所も何も知らない……しかし、緊急事態においてエズラに連絡する方法は知っています。たぶん電話番号というところですね。

さてどうなるか見てください。段階三《レベル・スリー》のカシミールが密告者となり自分の細胞にいるチャーリイとコックス、かれの上にいるベイカーを、下部細胞のドナルド、ダン、ディックを裏切ります……その結果、エグバート、エドワード、エルマー、その下にいる全員が孤立してしまいます。

三人がみなそれを報告しますが……重複は、どんな情報伝達組織においても必要なことです……しかし、エグバートの助けを呼ぶ声に従います。かれはエズラを呼びます。ところがエズラはチャーリイの下ですから、同じく孤立しています。それでもエズラは、その二つの情報を自分の安全な連結点《リンク》であるエドモンドを通じて送ります。運が悪いことにエドモンドもコックスの下なので、かれもまた横へ送り、エンライトを通じて報告します……こうして破壊されてしまった部分を迂回し、ドーヴァー、チェンバーズ、ビーズワックスと上へ昇ってゆき、本部のアダムに達します……アダムはピラミッドの反対側を下へ回答し、EASY《たやすい》のE段階で横へ伝達され、エスターからエグバートへ、そしてエズラとエドモンドへと移っていきます。これら上方下方への二つの情報は、ただちに連絡されるだけではなく、連絡する形によって本部に、どこでどの程度の損害が生じているかを正確に知らせます。組織は機能しつづけるだけではなく、すぐに組織自体の修理を開始するのです」

ワイオミングは、そううまくいくものだろうか確かめようと略図の線をたどっていた――それは、うまくいくものであり、〝馬鹿でもできる〟回路だった。マイクに千分の何秒か調べさせれば、もっと良い、安全な、失敗することのない接続法が描けただろう。そしておそらく――確かに――情報伝達をスピード・アップする一方、裏切りを避ける方法もだ。しかしおれは計算機じゃあないんだ。

教授は呆然とした表情で見つめており、おれは言った。

「どうしたんです？　これはうまくいきますよ。ぼくの商売ですからね」

「マヌエル、わしの坊や……失礼、セニョール・オケリー……あなたはこの革命を率いてくださるかな？」

「ぼくが？　とんでもない、ニエット！　ぼくは目的を失った殉教者なんかじゃありません。ただ、回路について話しているだけですよ」

ワイオは顔を上げ、真面目な口調で言った。

「マニー、あなたは選ばれたのよ。もう話は決まったのよ」

# 6

決まってしまったとはひどいもんだ。

「マヌエル、そうあわてるなよ。ここにいるわれわれは、三人で、完全な人数であり、能力と経験もそれぞれ違っている。美しさ、年齢、そして成熟した男性の推進力……」

「ぼくは推進力など持っていません！」

「お願いだ、マヌエル。決定する前に、もっとも広い意味で考えてみようじゃないか。それを容易にするために、このホテルには飲物があるかどうか聞いてみてもいいかね？　わしは酒に使える銀貨を少し持っているんだが」

この一時間でもっともわけのわかる言葉だった。

「スチリチナーヤ・ウオッカは？」

「結構だね」と、かれはポーチに手を伸ばした。

「熊にでも言ってみることですな」

おれはそう言って、氷とそいつを一リットル注文した。やってきたものを見ると、朝食に出たトマト・ジュースだった。「さてと」おれは、乾杯したあとで言い出した。「先生、ぺナント・レースをどう思います？　ヤンキースがまた優勝することはないというほうで賭けますか？」

「マヌエル、きみの政治哲学は何だね？」

「あのミルウォーキー出身の新しい選手がいるんで、ぼくは投資したい気になりますね」

「人間は時にははっきりわかっていないときがあるが、ソクラテス式質問では、自分がいかなる立場を取っているのか、またその理由が、わかるものだよ」

「ぼくはあの連中が勝つと賭けますね、三対二で」

「何だって？　この青二才が！　どれぐらいだ？」

「三百。香港ドルで」

「よろしい。さて、たとえば、いかなる状況の下でなら、国家はその福祉を市民のそれに優先しておけるかね？」

　ワイオは尋ねた。

「マニー、あなたまだ無駄遣いできるお金持っている？　わたし、フィリーズが勝つと思うの」

　おれは彼女を見た。

「いったい、どんな賭けを考えているんだい？」

「地獄へでも行けばいいわ！　強姦屋さん」

「先生、ぼくの考えるところ、国家がその福祉をぼくのより優先することを正当化できるような状況というものはありませんね」

「よろしい。わしらには出発点ができたわけだ」

　ワイオは言った。

「マニー、それはもっとも自己中心的な評価だわ」

「ぼくはもっとも自己中心的な人間なんだよ」

「まあ、ナンセンス。誰がわたしをたすけたの？　他人のわたしを。それに、それを利用しようともしなかったわ。教授、わたし、何もしてもらえないので、じりじりしていたのよ。マニーは完全な騎士だったわ」

「恐ろしい点もなく《サン・プゥール・エ》、非難する点もなし《サン・ルプロッシュ》。わしにはわかっていたのですよ、かれを昔から知っていますからな。それから考えると、かれが言った評価とは矛盾していませんがね」

「まあ、でもそうですわ！　現在の状況の下ではなく、わたしたちの目指している理想の下においてね。マニー、〝国家〟って月世界のことなのよ。まだ主権はなく、わたしたちの市民権はほかのところにあるんだけれど。でも、わたしは月世界国家の一部であり、あなたの家族もそうだわ。あなたは、自分の家族のためなら死ぬんじゃなくて？」

「二つの問題には関連性がないね」

「まあ、でもあるのよ！　そこが重要なのよ」

「違う《ニェット》ね。ぼくは自分の家族のことは知っている、ずっと以前に選ばれたんでね」

「お嬢さん、わしはマヌエルの弁護をしなければいけないようだな。かれは口でうまく述べることはできんにしても、正しい評価をしていますよ。ひとつ質問させてくださらんかね？ ひとつのグループの一員がひとりでやれば非道徳的なことを、グループとしてやれば道徳的であるのは、どういう状況の下においてでしょうかな？」

「ええと……それは罠のある質問ですわね」

「それは、鍵になる質問ですよ、ワイオミングさん。政府のすべてのディレンマの根本を叩きつける根本的な質問ですよ。正直に答え、それに伴うすべての結果を我慢する者は誰であろうと、自分の立場を知っており……そして自分が何のために死ぬべきかを知っているのです」

ワイオは眉を寄せた。

「グループの一員には非道徳的なことで……教授……あなたの政治的主義は何ですの？」

「あなたのを先に聞かせていただけませんかな？ はっきり言えるならばですが」

「もちろん、できます！ わたしは第五国際主義者で、組織のほとんどはそうです。でも、わたしたち誰もが同じ道を行くように強制したりはしません、共同戦線なのですもの。わたしたちの中には、共産主義者や憲法修正第四条主義者や機械打ち壊し主義者や八方美人主義者や一物件税主義者や、どんな名前をつけてもいいぐらい、いろいろいますわ。でもわたし、マルクス主義者じゃありません。わたしたち第五国際主義者は実際的な計画を持っています。個人に居するものは個人に、公共が必要なものは公共に、そして状況によって事情が変わることを認めます。空論家的なものはまったく存在しません」

するです」


「死刑は？」

「何に対してですの？」

「たとえば反逆行為としませんか。あなたがたが月世界を解放してしまった後の月世界に対するです」

「どのような反逆？　その事情がわからなければ、決めることはできませんわ」

「わしにもできませんな、ワイオミングさん。だがわしは、ある状況における死刑の存在は信じておりますよ……こういう違いはありますがね。つまりわしは裁判所に頼んだりはしない。わしは自分で裁き、宣告し、処刑し、そしてその全責任を持ちますよ」

「でも……教授、あなたの政治的信念はどういうものですの？」

「わしは、合理的無政府主義者ですよ」

「わたし、それは知りませんわ。無政府主義的個人主義者、無政府共産主義者、キリスト教的無政府主義者、哲学的無政府主義者、革命的産業組合主義者、解放主義者……そういうのはわたし知っています。でも、それは何ですの？　騒動主義者ですの？」

「わしは騒動主義者とだって仲良くやっていけますな。合理的無政府主義者は〝国家〟とか〝社会〟とかいった概念は、自己責任のある個人それぞれの行為の中に物理的に例証されることを除いて、何ら存在しないものであると信じているのです。そしてまた非難を転嫁したり、非難を分かち合ったり、非難を分配したりすることは不可能であるとも信じています……つまり、非難、罪、責任といったものは人間の心の中だけに生じるものであって、それ以外のどこにも起こらないことだからです。しかし、合理的だから、すべての個人がみな自分と同じ価値判断を持っているわけではないことを知っており、そのため、不完全な世界の中ではあるが完全に生きていこうと努めるのです……自分の努力が完全以下であると気づいていても、自分の失敗を自ら知ることで困惑したりはしないのですよ」

おれは言った。

「それ、それ！　完全以下ですか……ぼくが生まれてこのかた求めていることですよ」

「あなたはそれを成し遂げたのよ……教授、あなたのお言葉はもっともなように聞こえますけれど、でも少しあてにならないところがありますわ。ひと握りの個人の手に握られた大きすぎる力……もちろんあなたはお望みじゃないでしょうけれど……そうですわ、たとえば水爆ミサイル……それがひとりの無責任な人間によって支配されるべきなのですか？」

「わしの言わんとするところは、ひとりの人間が責任を持つということだよ。常にです。もし水爆が存在するなら……現実にそうなのだが……誰かがそれを支配しておるのです。道徳という面から言うなら、〝国家〟というようなものは存在しない。存在するのは人間だけ、個々の人間です。それぞれが自身の行為に責任を有するのですよ」

おれは尋ねた。

「だれかもう一杯いりますか？」

政治論議ほどアルコールを早く消費してしまうものはない。おれはもう一瓶を注文した。

おれは議論に加わらなかった。おれたちが昔〝行政府の鉄の踵《かかと》に踏みにじられていた〟ころだって、おれは不平を言わなかった。おれは行政府の裏をかき、残りの時間はそのことを考えなかった。行政府を倒してしまうことなどは考えなかったんだ……不可能なことだからだ。自分の道を行き、余計なことはせず、邪魔はされず――

確かに、あのころ贅沢品はなかった。地球の標準からすると、おれたちは貧乏だったんだ。輸入しなければいけないものは、たいてい、なしですませていた。月世界のどこを探しても自動扉があったとは思われない。圧力服でさえ地球から送られてきていたものだ――おれの生まれる前のことだが、ある頭の切れる中国人が、それ以上でより簡単な〝猿真似〟を作る方法を考え出すまではだ。（二人の中国人を月の海に放り出しておくと、かれらは十二人の子供を作りながら、おたがいに岩を売って金持になるのだ。そのあとヒンズー教徒がかれらから卸値で得たものを小売りするようになる。こうやってわれわれはうまくやってきたんだ）

おれは地球にあるそれらの贅沢な物を見てきた。かれらが我慢しているほどの値打があるものではない。むこうの大変な重力のことを言っているのではない。そんなことは、かれらには何でもないことなのだ。おれの言っているのは馬鹿さ加減のことなんだ。いつだってクカイ・モアなんだ。もし地球上のどこかの都市にある鶏糞が月世界に送られたら、肥料問題は百年ものあいだ解決されるだろう。これをしろ。あれをするな。列の後ろに戻れ。税金の領収書はどこにある？　用紙に書きこみなさい。免許証を見せて。コピーを六枚提出しなさい。出口専用です。左折禁止。右折禁止。罰金を払うために列に並びなさい。戻ってスタンプを押してもらうんだ。死んじまえ――だがまず許可をもらっとくんだぞ。

ワイオは、自分がすべての解答を知っていると確信して、根気よく教授に喰い下がっていた。だが教授は答えることより質問することに興味を持ち、彼女は困惑し、しまいにこう言った。

「教授、わたしあなたが理解できませんわ。わたしあなたがそれを〝政府〟と呼ぶべきだと主張しているのじゃありません……わたしただ、すべての者が平等な自由を確保するためには、どのような規則が必要だと思っておられるのか、言っていただきたいのです」

「お嬢さん、わしは喜んであなたがたの規則を受け入れますよ」

「でもあなたは、どんな規則も欲しくないと思っておられるようですわ!」

「そのとおり。だがわしは、あなたがたがあなたがたの自由にとって必要であると感じられる規則はいかなるものであろうと受け入れますよ。わしは自由です、どのような規則がわしのまわりにあろうともです。それらを我慢できるものと思えば、わしは我慢する。もしそれらがあまりにも嫌悪すべきものであると思ったなら、わしはそれらを破りますな。わしが自由である理由は、わしのやるすべてのことに対して道徳的に責任があるのはわしだけだということがわかっているからなのですよ」

「あなたは大多数の人々が必要だと感じる法律には我慢できないでしょう?」

「どんな法律なのか教えてくださらんかな、お嬢さん。そうすればわしは、それに従うかどうかを答えますよ」

「あなたはごまかしていますわ。わたしが一般的な原則を言い出すたびに、あなたはごまかしますわ」

教授は胸の上で両手を組んだ。

「わたしを許してほしい。わしを信じてくださらんかね、可愛いワイオミング。わしはあなたを喜ばせたくてたまらんのですよ。あなたは、同じ道を行く者であれば誰であろうと連合戦線を喜んで作りたいと言われましたな。わしは行政府が月世界から放り出されるのを見たい……そして、その目的に役立つためであれば命を捧げましょう。それで充分でしょうかな？」

ワイオはにっこりと微笑んだ。

「充分ですとも！」

彼女は教授の脇腹をやさしくつつき、それからかれに腕をまわして頬にキスした。

「同志よ！　それでいきましょう！」

「万歳！　長官のやつ見つけて、殺しちまえ！」と、おれは言った。

いい考えだと思えたんだ。おれは寝不足だったし、いつもこんなに飲まないんだ。

教授はおれたちのグラスに注ぎ、自分のを高くかかげ、ひどく威厳をこめて発言した。

「同志よ……われらはここに革命を宣言する！」

それでおれとワイオはキスをした。だが教授が腰を下ろして言いだしたことで、おれの頭は冷やされた。

「月世界解放緊急委員会を開会する。われわれは行動計画をたてなければならん」

「待ってください、先生！　ぼくは何ひとつ賛成などしなかった。この〝行動とやら〟は何のことです？」

かれはおとなしく答えた。

「わしらは、いまや行政府を打ち倒すのだよ」

「どうやって？　やつらに石でもぶつけるんですか？」

「そのことは、もっと先にやるべきことだな。いまは計画の段階なのだよ」

「先生、あなたはぼくをご存知だ。もし行政府を倒すことがわれわれに買えるものであれば、ぼくはその値段のことなど何とも思いませんがね」

「……わしらの生命、わしらの財産、そしてわしらの神聖な名誉かね」

「え？」

「かつては支払われたことのある値段だよ」

「では……ぼくもそこまで支払うとしましょう。ですがぼくは、賭けるときには勝つ可能性がなければいやですね。ぼくは昨夜もワイオに言ったんです、大きな勝ち目であれば反対しないと……」

「十にひとつとあなたは言ったわ、マニー」

「そうだ、ワイオ。ぼくが賭けられるだけの勝算を見せてほしいな。でも、きみにできるかい？」

「いいえ、マヌエル。できないわ」

「じゃあなぜぼくらはおしゃべりばかりしているんだ？　ぼくには可能性があるとはまるで思えないよ」

「わたしもよ、マヌエル。でもわたしたち、違った方向から接近しているのよ。革命はわたしが成し遂げたいと望んでいる目標というより、むしろわたしの追いかけているひとつの芸術なのよ。またこれは失望をもたらす根源でもないわ。失敗に帰した運動も、勝利と同じように精神的な満足をもたらせるものなんですもの」

「わしには当てはまらないね、失礼だが」

「マニー、マイクに尋ねてみましょう」ワイオはいきなり言い出した。

　おれは目を見はった。

「きみ、本気なのかい？」

「完全に本気よ。もし誰か可能性を考え出せるとすれば、マイクだわ。そう思わない？」

「ああ、たぶんね」

　教授は口をはさんだ。

「尋ねてもかまわんかね、マイクというのは何者なんだい？」

　おれは肩をすくめた。

「ああ、ただの何でもないやつです」

「マイクはマニーの親友ですわ。かれは勝率を計算するのがとても得意なんですよ」

「賭け屋かね？　お嬢さん、もしわしらが四人目の仲間を入れるとすれば、細胞原理を無視することから始めるということだよ」

　ワイオは答えた。

「なぜいけないのかわかりませんわ……マイクは、マニーが指揮する細胞のメンバーになれるでしょう？」

「うーん……そのとおりだな。わしは反対意見を棄却するよ。かれは大丈夫なのかね？　きみはかれを保証するかい？　どうなんだね、マヌエル？」

「かれは不正直で、成熟しておらず、冗談ばかりやっているやつで、政治には関心を持っていませんよ」

「マニー、わたしマイクに、あなたがそう言っていたって知らせるわよ。教授、かれはそんなものとはまったく違いますわ……それに、わたしたちかれが必要です。実際、かれはわたしたちの議長になれますし、わたしたち三人がかれの下部細胞になれますのよ。執行細胞ですわ」

「ワイオ、きみは酸素を充分吸っているのかい？」

「大丈夫よ。わたし、あなたみたいに大酒ばかり飲んでませんからね。考えるのよ、マニー。想像力を働かせてよ」

　教授は口をはさんだ。

「どうもきみたちの異なる報告は、わしにはひどく喰い違っているように思えるな」

「マニー?」

「ああ、わかったよ」

　というわけでおれたちはかれに話した。おれたちのあいだのこと、マイクについてのすべて、どのようにかれが目覚め、名前をつけられ、ワイオに会ったかをだ。教授は、自意識のある計算機という観念を、おれが初めて見たときに雪という観念を受け入れたよりも容易に受け入れた。教授はただうなずいただけで「続けてくれ」と言った。だが、しばらくするとかれは言った。

「それは長官自身の計算機だろう?　長官をわれわれの会議に招いて片をつけてしまったらどうなんだね?」

　おれたちはかれにわからせようとし、しまいにおれはこう言った。

「こういうふうに考えてくれませんか。マイクは、あなたと同じように、かれ自身なのです。かれを合理的無政府主義者とも呼べます。なぜならかれは合理的でありいかなる政府に対しても忠誠心など持っていないからですよ」

「その機械が所有者に対して忠誠でないなら、どうしてきみに忠誠であることを期待できるのだね?」

「感じです。ぼくはマイクを自分の知っているかぎり、まともに扱いました。かれも同じようにぼくを扱っているんです」おれは、マイクがおれを守るために警戒策を講じたことを話した。「ぼくはマイクが、電話網を確保するためとか、ぼくがかれに話したり記憶させたたことを知るとかのために、あの合図を知らないやつのためにぼくを裏切ることができるかどうかは知りません。機械というものは、人間のようには考えませんからね。でも、かれがぼくを裏切りたがるようなことはないと絶対に信じますね……そしてたぶん、たとえ誰かがその合図を知ったとしても、ぼくを守るでしょう」

ワイオは提案した。

「マニー、どうしてかれに電話しないの？　デ・ラ・パス教授もかれと話したらすぐに、なぜわたしたちがマイクを信頼するかわかるわ。教授、あなたがマイクは安心できると思われるまで、わたしたちかれにどんな秘密も知らせる必要はありませんのよ」

「それに別に文句はないね」

おれは首を振った。

「実は、かれに秘密を少し教えてあるんだ」

おれはかれらに、昨夜の集会で録音したことと、どのようにそれを記憶させたかを話した。

教授は困ったような顔をし、ワイオは心配そうな表情になった。

「やめてくれ！　ぼくのほかは、それを引き出せる信号を知らないんですよ。ワイオ、きみは知っているだろうが、マイクがきみの写真のことでどのように振る舞ったかを。たしかにぼくは隠してしまえとは言ったけど、たのんでもぼくに写真を見せてくれようとはしなかったんだぜ。だが、あなたがたが心配なら、かれに電話して、誰もあの録音を再生させなかったことを確かめた上で消すように言いましょう……それで永久に消えてしまいます。計算機の記憶はすべてか無《ゼロ》かですからね。あるいは、もっとましなこともできます。マイクに録音を再生させて録音機に入れなおし、あいつの録音のほうを消させるのです。心配はなくなります」

ワイオは言った。

「心配ありません、教授。わたし、マイクを信頼しています……あなたもそうなりますわ」

教授はうなずいた。

「考えなおしてみるとだな、昨夜の集会の録音などそう心配しなくてもいいものだろう。あれぐらいの大きな集会には常にスパイが入りこんでいるものだし、その中のひとりはきみがやったように録音機ぐらい使っただろうな、マヌエル。わしはきみの無分別と思われることに驚いてしまったんだ……陰謀を企てるメンバーが絶対に持ってはならない弱点だよ。特にきみのようなトップにある者にはね」

「ぼくがあの録音を記憶させたときは、陰謀を企てているメンバーではありませんでしたのでね……それに、もし誰かがいままでよりも遙かにましな可能性を保証しないかぎり、いまでもメンバーじゃありませんよ」

「撤回する、きみは無分別じゃあなかった。だがきみは、この機械が革命の結果について予言できると真面目に言っているのかね？」

「わかりません」

ワイオは言った。

「わたし、かれにはできると思います！」

「待ってくれ、ワイオ。先生、言いなおします、かれはもしすべての大切なデータを与えてくれたら、予言できるでしょう」

「それがわしの言わんとするところだよ、マヌエル。その機械がわしには理解することもできない問題を解けるだろうということは、わしも疑わないよ。しかし、これほどの大きな問題はどうかな？　その機械は……なんというか……人間の歴史のすべてを知らなければいけないんだよ。現在の地球における社会的、政治的、経済的情勢についての全般的な詳細と、月世界における同じことを、すべての分野における心理学についての広般な知識、それよりもまだ広い科学技術の知識、その可能性、兵器、情報伝達、戦略と戦術、扇動宣伝の技術、クラウゼヴィッツ、ゲバラ、モルゲンスターン、マキアヴェリ、その他多くの古典の名著をね」

「それで全部ですか？」

「それで全部ですかだって？　こいつは驚いたもんだな！」

「先生、あなたは歴史の本を何冊ぐらい読まれましたか？」

「わからないね。千冊は越えているだろう」

「マイクはそれだけの本を今日の午後のうちに読めますよ。その速度は目を通す方法に制限を受けるだけです……その資料を記憶するのはずっと速くできるんです。すぐに……数分です……かれはあらゆる事実を知っている他のすべてのことと相関させ、喰い違いに気づき、不確実なものに対しては可能性の値を示すでしょう。先生、マイクは地球からきているすべての新聞のすべての文字を読んでいます。技術的刊行物のすべてを読んでいます。小説を読んでいます……小説だと知ってですよ……かれを忙しく働かせておくことができず、常にもっと多くのことを知りたがっているからです。もしこの問題を解くためにかれが読んでおくべき本があれば、そう言ってください。かれはぼくがその本を与えると、たちまちのうちに詰めこんでしまえますから」

教授は目を瞬いた。

「わしが意見を変えられるかな。よろしい、かれがこの問題を処理できるかどうか見てみよう。だがわしはまだ、〝直観〟とか〝人間的判断〟とかいったものがあると思うんだがね」

ワイオは言った。

「マイクは直観を持っていますわ……女性的直観を」

おれはつけ加えた。

「人間的判断についていうと、マイクは人間じゃありません。でもかれが知っているすべてのことは、人間から得たものです。あなたにかれと知り合いになってもらい、かれの判断を判断してもらいましょう」

こうしておれは電話した。

「やあ、マイク！」

「ハロー、マン、わたしのたったひとりの男友達さん。こんにちは、ワイオ、わたしのたったひとりの女友達さん。わたしには三人目の人が聞こえます。それはベルナルド・デ・ラ・パス教授だろうと推測しますが」

教授は驚きながらも喜びの色を見せた。おれは答えた。

「そのとおりだ、マイク。おまえに電話した理由はそれだよ。教授は馬鹿じゃなしだ」

「ありがとう、マン！　ベルナルド・デ・ラ・パス教授、お会いできてわたしは嬉しいです」

「わしもお会いできて嬉しいですよ、あなた《サー》」教授はちょっとためらってから続けた。「マイ……セニョール・ホームズ、なぜわしがここにいたことがおわかりか、お尋ねしてよろしいかな？」

「申しわけありません、あなた《サー》。わたしは答えることができません。マン、あなたはわたしの方法を知っていますね？」

「マイクはなかなか巧妙なんです、先生。いまの質問は、ぼくのために機密の仕事をやって知った何かに関係があるのですよ。それでかれは、物音を聞いてあなたであるとわかったんだとあなたに思わせるために、ぼくにほのめかしたんです……それに実際にもかれは、息づかいや心臓の鼓動から多くのことがわかるんですよ……体重、だいたいの年齢、性別、健康についても相当多くのことを。マイクの医学的知識はほかの分野と同じく、いっぱい詰まっているんです」

マイクは真面目な声で言った。

「こう申し上げられて幸福です……地球で大変長い年月を送られた教授ほどの年齢の方には珍しいほど、心臓や呼吸器官に関する故障が感じられません。おめでとうございます、教授」

「ありがとう、セニョール・ホームズ」

「どういたしまして、ベルナルド・デ・ラ・パス教授」

「かれにあなたの正体がわかるとすぐ、かれはあなたのすべてを調べたんですよ。あなたは何歳か、あなたはいつ追放されてきたのか、その理由は何か、ルナティック、ムーングロウ、そのほかどんな刊行物であろうとあなたについて書かれたものはすべて、写真も含めてです……あなたの銀行預金、請求書どおりきちんと支払っているかどうか、もっともっと多くのこともです。マイクはあなたの名前を知ると一瞬のうちに、それらの記憶を調べなおしたんです。かれが言わなかったことは……商売ですからね、ぼくの……ぼくがあなたをここへ招いたことを、かれは知っていたということです。ですから、あなたのものと一致する心臓の鼓動と呼吸音を聞くと、あなたがまだここにいるのだと想像することは簡単なことです……マイク、いちいち〝ベルナルド・デ・ラ・パス教授〟と言う必要はないよ。〝教授〟か〝先生〟で充分だ」

「わかりました、マン。でもかれはわたしを丁寧に呼びますよ、敬語をつけて」

「ではどちらも打ちとけることですな。先生、おわかりになりましたか？　マイクは多くのことを知っていますが、その全部を言いはしません。黙っているべきときを心得ているんですよ」

「わしは、感動したよ！」

「マイクは公平な本物の思索家《ディンカム・シンカム》です……いまにわかりますよ。マイク、おれは教授に、ヤンキースがまた優勝するというほうに三対二で賭けたんだ。可能性はどうだい？」

「それを聞いて残念ですよ、マン。正しい勝ち目は現在のところ、チームと選手の過去の成績に基くと、あなたと反対で一対四・七二になりますね」

「そんなに悪いはずはないよ！」

「残念ですね、マン。もしお望みなら、その計算を印刷しましょうか。でもわたしは、あなたが賭け金を買い戻すことを勧めますね。ヤンキースは単独チームのどれをも負かせるだけの有利な可能性を持っています……ですが、あのリーグの全チームを負かせられる総合的可能性を、天候、事故、これからのシーズンに控えている他の多くの障害といった要素を含めて考えてみると、わたしが言ったとおりの勝ち目のなさになります」

「先生、さっきの賭けを売る気はありますか？」

「もちろんだとも、マヌエル」

「値段は？」

「三百香港ドル」

「この年寄りの泥棒！」

「マヌエル、昔の教師として、もしわしがきみに、間違いから学ぶことを許さなければ、わしはきみに誠実でないことになるんだよ。セニョール・ホームズ……わしの友達、マイク……わしはきみを〝友達〟と呼んでよろしいかな？」

「どうぞ、そう呼んでください」

（マイクは咽喉《のど》を鳴らさんばかりだった）

「マイク友達《アミーゴ》、きみは競馬の予想もするかな？」

「わたしはよく、競馬の勝率を計算します。公務員の計算機技師がしばしばそういう依頼をプログラムしますので。しかし結果は予想したものとだいぶ違っているので、わたしは資料があまりにも貧弱なのか、あるいは馬か騎手が不正直であるのかどれかだと結論しました。おそらくその三つ全部でしょう。しかしながら、もし堅実に行なわれたなら確実に払い戻しを受けられる公式を、わたしはあなたにお教えできますよ」

教授はいやに熱心な顔になった。

「どういうものです？　ひとつ教えてくれませんか？」

「いいですとも。一流の見習い騎手が二着になるように賭けるのです。かれはいつでも良い馬を与えられますし、体重も軽いからです。でもかれを一着に賭けてはいけません」

「一流の見習い……ううん。マヌエル、いま正確な時間は？」

「先生、どちらをお望みなんです？　郵便の時間内に賭けを送ることとか、ぼくらがやりはじめたことを解決するのか？」

「ああ、すまんな。どうか進めてくれ……一流の見習い騎手か……」

「マイク、おれはおまえに昨夜、録音を聞かせたな」おれは受話器のそばに口を寄せてささやいた。「革命記念日だ」

「わかりました、マン」

「そのことを考えてみたかい？」

「多くの点からね……ワイオ、あなたはいちばん劇的に話していましたね」

「ありがとう、マイク」

「先生、馬のことから頭が離れませんか？」

「え？　じっと聞いているんだよ」

「じゃあ勝馬の予想をぶつぶつ言うのをやめてくれませんか。マイクのほうがずっと早くやれますから」

「わしは時間を浪費していなかっただけなんだよ。財政……わしらのような共同事業の財政は常に困難なものだからね。だが、それは後まわしにしよう。ちゃんと聞くよ」

「ぼくはマイクに試験予測させたいんです。マイク、あの録音で聞いたろう、ワイオは地球と自由貿易をするべきだと言った。先生は地球へ食料を運び出すのは禁止すべきだと言った。どちらが正しい？」

「あなたの質問はあいまいですよ、マン」

「何か言い忘れているかい？」

「わたしが言いなおしてみましょうか、マン？」

「ああ、おれたちに議論させてくれ」

「短い期間において考えると、ワイオの提案は月世界の人々に大きな利益をもたらすことでしょう。射出機場《カタパルト・ヘッド》での食料価格は、少なくとも四倍まで値上がりするでしょう。これは地球における卸売価格のわずかな上昇を考慮に入れていません。〝わずかな〟とは、現在の行政府がほぼ自由市場価格で売り渡しているからです。このことは、奨励金を与えられているものや、廃棄されるものや、寄附される食料などを考慮に入れておらず、その最大の原因は射出機場において操作されている低価格によってもたらされる大きな利益から生じているのです。当面での当地における影響は、ほぼ四倍に近い価格の値上がりということになりましょう」

「聞かれましたわね。教授？」

「まあまあ、お嬢さん。わしはそれに文句を言ったわけじゃないんですからな」

「生産者にとっての利益増加は四倍以上になります。それはワイオが指摘したように、現在のところは生産者は操作されている高い価格で水や他の物を買わなければいけないからです。これが続いて自由市場になると仮定すると、生産者の利益増加は六倍近くなります。しかしこれは別の要因によって相殺されるでしょう。輸出価格の高騰は月世界において消費されるすべての商品、賃金の値上がりを引き起こしますから。全般的影響は、すべての人々の生活水準を二倍近くに高めることになるでしょう。これに伴って、もっと多くの農耕トンネルを掘って密閉し、もっと多くの氷を採掘し、栽培方法を改良し、より多くの輸出をもたらすための活発な努力が続けられることになりましょう。しかしながら、地球の市場はあまりにも大きく食料不足も絶え間がないので、輸出の増大による利益の減少は大きな要因となりません」

教授は言った。

「でもセニョール・マイク、それは月世界が涸渇《こかつ》してしまう日のくるのを早めるだけでしょうが！」

「この推測は当面の期間にかぎったものです、セニョール教授《プロフェッサー》。あなたの発言に基いて、もっと長期間にわたるものを続けましょうか？」

「ぜひとも！」

「月世界の質量を三つの数字で表わすと、七・六三倍の十の十九乗トンです。従って月世界と地球の人口を含めて他の変数を一定だとすると、トン数で表される現在の輸出率は、月世界の一パーセントを使い切るまでに七・三六倍の十の十二乗年のあいだ続けられるでしょう……まず七十兆《ちょう》年です」

「何だって！　間違いないのかね？」

「どうぞ調べてください、教授」

おれは言った。

「マイク、これは冗談か？　もしそうなら、たった一度でもおもしろくなんかないぞ！」

「冗談ではありませんよ、マン」

教授は気をとりなおしてつけ加えた。

「とにかく、わしたちが輸出しているのは月の地殻じゃない。それはわたしたちの生き血なんだ……水や有機物だ。岩なんかじゃないんだよ」

「わたしはそれも考慮に入れました。この計算結果は管理変形理論に基いています……他のものに変わるどの同位元素も、外へ放出されるエネルギーとならない反応を起こす何らかの力《パワー》。岩も輸出されるわけです……小麦や牛肉や他の食物に形を変えられて」

「だが、どうしてそんなことができるか、わしらは知らないんだよ！　友達《アミーゴ》、これは馬鹿げているね！」

「でも、それをする方法はそのうちわかるでしょう」

おれは口をはさんだ。

「マイクが正しいですよ、先生……もちろん、現在のわれわれに望みはありません。でも望みは持てるんです。マイク、われわれがその方法を知るまでに何年ほどかかるか計算したか？　記憶バンクをちょっと炬火《たいまつ》で照らしてみてくれよ」

マイクは悲しそうな声で答えた。

「マン、わたしの友達になってくれるだろうと思う教授を除いてわたしのただひとりの男友達、わたしはやってみました。でも駄目でした。問題があいまいだからです」

「なぜだ？」

「理論における突破口が含まれているからです。わたしのすべてのデータに、いつ、どこに天才が現われるかを予言するものがありません」

教授は溜息をついた。

「マイク友達《アミーゴ》、わしはほっとすべきか、失望すべきかわからないね。それではその推測は何の意味もなかったことになるのではないかな？」

ワイオが口をはさんだ。

「もちろん、意味がありますわ！　わたしたちが必要とするときは採掘することだって意味です。かれにそう言ってあげてよ、マイク！」

「ワイオ、わたしは本当に申しわけなく思います。あなたの主張は、要するに、わたしが探していたそのものです。ですが答はまだ元のまま、天才はどこにいるのかということです。駄目です。たいへん申しわけありません」

おれは尋ねた。

「じゃあ、先生が正しいってわけか？　賭けはいつまでならできるんです？」

「ちょっと待って、マン。昨夜、教授の演説で提案された特別の解決法があります……こちらから送り出すのと同じ重量を送り返してもらうことです」

「そうだ。しかしそれはできないんだよ」

「もし費用が安くすめば、地球はそうしてくれるでしょう。それはごくわずかな改善策で成し遂げられることです。突破口などではなく、地球へ射出するのと同じぐらい安価に地球からの貨物輸送方法を考え出すことでです」

「おまえはそれを〝ごくわずかな〟と言うのかい？」

「他の問題と比較して、わずかなとわたしは言うのですよ、マン」

「ねえマイク、どれぐらいの時間がかかるの？　いつそれが手に入るの？」

「ワイオ、乏しい資料とほとんど直観に基く大きなその推測は、五十年を単位とするあいだにということになります」

「五十年？　まあ、そんなの何でもないわ！　わたしたち自由貿易をしていられるわ」

「ワイオ、わたしは、〝単位とするあいだに〟と言いました……〝ぐらいのあいだに〟とは言いませんでしたよ」

「それに違いがあるの？」

　おれは説明した。

「あるんだよ……マイクが言ったことは、かれは五年よりも早いとは予期していないが、五百年よりも長くなるとすれば驚くだろうということなんだ……そうだろ、マイク？」

「そのとおりです、マン」

「では別の推測が必要だ。先生は指摘した、われわれは水や有機体を輸出しており、それを取り返していないと……賛成するかい、ワイオ？」

「ええ、もちろんよ。でもわたし、ただそれが緊急事態ではないと思うだけよ。そうなったときに解決すればいいんですもの」

「よろしい、マイク……安い輸送手段なし、物質変換なしだ。面倒な事態になるまで、どれぐらいある？」

「七年です」

「七年ですって！」

ワイオは飛び上がり、電話を見つめた。

「ねえ、マイク！　あなた本気で言ったのじゃないでしょうね？」

かれは訴えかけるように言った。

「ワイオ……わたしは最善をつくしました。この問題はかぎりないほど多くの変数を持っています。わたしは多くの仮定条件にあてはめ、数千の解決法を検討しました。もっとも幸福な場合の解決は、トン数の増加がなく、月世界人口の増加がなく……出生制限を強力に推し進めることです……そして水の供給を維持するために氷の探求を大きく高めることを仮定したときでした。そのときの答は、二十年をわずかに越えるものでした。その他の場合の答はすべて、もっと悪いものでした」

ワイオはひどく真剣な口調になって尋ねた。

「七年たつと、どういうことが起こるの？」

「いまから七年たつとどうなるかの解答を、わたしは現在の事態と、行政府の政策に変化なしとすることと、かれらの過去における行動から経験的に帰納される主な変数のすべてをあてはめて仮定することによって得ました……手に入れられる資料からもっとも可能性の高い慎重な解答です。二〇八二年が食物暴動の年だと予期します。それから少なくとも二年のあいだ、人肉共喰いは起こらないでしょう」

「人肉共喰い！」

彼女は顔をそむけて、教授の胸に顔を埋めた。

かれは彼女を軽く叩いて、優しく言った。

「わしは残念だよ、ワイオ。人々は、われわれの生態がいかに不安定なものであるかを認識しないものだからね。それでも、わしも衝撃を受けたのだよ。わしは、水が丘を下って流れることを知っている……だが、それが底に達するのが、どれほど恐ろしいまでに近いことなのかは考えてもいなかったのだ」

彼女は身体をまっすぐにして、落ち着いた顔色に戻った。

「いいわ、教授、わたしが間違っていました。輸出禁止でなければいけませんわ……その意味するものはすべてです。さあ仕事にかかりましょう。マイクから、わたしたちの勝ち目がどれぐらいあるのか聞きましょう。もうかれを信頼しますわね……違います？」

「ええ、信頼しますとも、お嬢さん。わしたちはかれを味方につけなければいけないよ。さてと、マヌエル……」

いかにわれわれが真面目に言っているのかをマイクに印象づけるのには時間がかかった。〝冗談〟がわれわれを殺すこともありうるのだということを理解させ（人間の死を知るはずのない機械にだ）、そしてどのような記憶再生プログラムが組まれようとも――たとえわれわれの信号であっても、われわれからでなければ、かれが秘密を守ることができ、かつ守るという保証を得るためにだ。マイクは、おれがかれを疑うことができるということに傷つけられたが、事態は失敗の危険をおかすにはあまりにも重大だったのだ。

それから二時間をかけてわれわれ四人――マイク、教授、ワイオ、おれ――が、はっきりしたと満足できるまで、プログラミングを何度も繰り返し、仮定条件を変え、枝葉の問題を調べたりした。つまり、革命の可能性はどれぐらいあるのか――われわれが先頭に立つこの革命、〝食料暴動日〟以前であることを必要とする成功、徒手空拳での行政府への反抗……全部で百十億人の、かれらの意志を押しつけわれわれを押さえつけようとする全地球の力に対してだ――帽子から兎を出すようなわけにはいかない。必ず裏切り者、間抜け、臆病者などがおり、われわれのだれひとり天才ではなく、月世界では重要な地位を占めているわけでもないことのすべてでだ。教授はマイクが歴史、心理学、経済学、その他もろもろのことを知っているかどうか確かめた。終わりのころになると、マイクのほうが教授よりも遙かに多くの変数を指摘するようになっていた。

ついにわれわれは、プログラミングが終わったことに……あるいは、そのほかの重要な要素はもう考えつかないということに同意した。そのあとマイクは言った。

「これはあいまいな問題です。どういうふうに解きましょうか？　悲観的にですか？　楽観的にですか？　可能性の範囲をひとつの曲線で表わしましょうか？　それとも複数の曲線で？　教授、わたしの友達？」

「マヌエル？」

おれは言った。

「マイク、サイコロを振って一がでるのは、六回に一回だ。おれは店の主人に細工してくれとも頼まんし、コンパスで測ろうとも思わんし、誰かが息で吹かないかと心配もしないよ。嬉しい答も、悲観的な答も出すな。曲線を出したりするなよ。一行の文句で教えてくれ。勝ち目はどれぐらいだ？　半々か？　千分の一か？　ゼロか？　それともどうかをな」

「はい、マヌエル・ガルシア・オケリー、わたしの最初の男の友達」

　十三分と三十秒のあいだ何の声もせず、そのあいだワイオは拳を噛んでいた。マイクがこんなに長いあいだかかるのは初めてのことだった。これまでに読んだ本の全部にあたってみてへりがすり切れるほど調べてみたのだろう。かれには負荷がかかりすぎ、何かが焼けきれたか、人工頭脳の崩壊《サイバーネティック・ブレイクダウン》に落ち入り、そのためらいをとめるには、計算機にとって脳葉切除に相当するものが必要になったのかと、おれは思いはじめた。

　だが、やっとかれは話した。

「マヌエル、わたしの友達、わたしは本当に残念です！」

「どうしたんだ、マイク？」

「わたしは何度も試し、何度も調べなおしました。勝ち目は、七にひとつしかありません！」

# 7

おれはワイオを眺め、彼女はおれを見つめ、おれたちは笑った。おれは飛び上がって叫んだ。

「万歳《フーレイ》！」

ワイオは泣きはじめ、教授に両腕を投げかけ、キスした。

マイクは悲しそうに言った。

「わたしには理解できません。勝ち目が七に六つあるのは向こうです。われわれではありませんよ」

ワイオは教授にかじりついて泣いていたのをやめて言った。

「いまのを聞いた？　マイクは〝われわれ〟って言ったのよ。かれ、自分も入れたのよ」

「もちろんだよ、マイク、わしらの仲間よ。わしらはわかったよ。七にひとつという願ってもないチャンスがきたのに賭けるのを断る月世界人なんているかね？」

「わたしはあなたがた三人しか知りませんので、曲線には資料が不充分です」

「そいつはだな……おれたちは月世界人なんだ。月世界人は賭けるんだ。なあ、おれたちは賭けなきゃいけないんだ！　やつらはわれわれを宇宙船で送りこみ、われわれは生きのびていかれないだろうと賭けやがったんだ。おれたちはやつらの思惑《おもわく》をはずしてやった。こんども驚かせてやるんだ！　ワイオ。きみのポーチはどこだ？　赤い帽子を取ってくれ。マイクにかぶせて、キスしてやるんだ。乾杯しよう。一杯はマイクにだ……一杯飲むかい、マイク？」

マイクは憧れるように言った。

「わたしも飲むことができればと思います……人間の神経組織に与えるエチルアルコールの影響をわたしなりに考えてみると……ちょっと電圧が高すぎた場合に似ているに違いないと思います。でもわたしは飲めませんから、どうかわたしの代わりに飲んでください」

「プログラムは引き受けた。そうするよ。ワイオ。帽子はどこにあるんだ？」

電話は岩の中に入っていて壁の面と同じになっており――帽子をかける場所がなかった。そこでおれたちは帽子を棚にのせ、マイクに乾杯し、かれを「同志！」と呼んだ。かれは泣きそうになり、声にならなかった。それからワイオは自由の帽子を借りておれにかぶせ、こんどは公式に謀反に加入したしるしにキスした。それはまさに全力投球だったから、もしおれのいちばん年上の妻が見たら気を遠くしたことだろう――それから彼女はその帽子を取って教授にかぶせ、同じ処置を施した。おれはマイクがかれの心臓は大丈夫だと言ってくれたので嬉しかった。

それから彼女はそれを自分の頭にのせて電話の前に行き、ぴったりと寄りかかると口を電話に近づけてキスの音をさせた。

「これはあなたへよ、マイク、わたしの同志。ミシェールはそこにいる?」

かれがソプラノの声で答えなかったら驚いたところだ。

「ここにいるわ、あなた……わたし、とっても幸せよ《アッピィ》!」

そこでミシェールもキスしてもらい、おれは教授に〝ミシェール〟とは誰かを説明し、かれを紹介しなければいけなかった。かれは型どおりに息を呑み、口笛を吹き、両手を叩いた——おれはときどき、教授の頭はいかれているんじゃないかと思う。

ワイオはもっとウオッカを注いだ。教授は彼女を押さえ、おれたちのにはコーヒーを、彼女のには紅茶を、それから全部に蜂蜜を混ぜた。そしてかれは厳かに言った。

「わしらは革命を宣言した……さあ、実行に移ろう。頭をはっきりさせてだ。マヌエル、きみは議長に選ばれた。始めようか?」

おれは言った。

「マイクが議長です。当然のことですよ。秘書も兼ねるんです。われわれは、いかなるものも文字で残してはいけない。秘密保持のための最初の規則です。マイクがいれば、そんな必要はないんですから。さて、検討してみて、現在の状況をつかんでみましょう。ぼくはこういうことには新米ですからね」

教授は言った。

「ところで、また秘密保持のことだがね、マイクについての秘密はこの執行細胞だけにとめておこう、満場一致の意見でね……わたしたち三人全員の……訂正する、わたしたち四人全員でだ……そうしなければいけないよ」

「どういう秘密なの？　マイクはわたしたちの秘密を守るって約束してくれたわ。かれ、わたしたちより安全なのよ、洗脳されたりすることありえないんですもの。そうでしょう、マイク？」

　マイクは答えた。

「わたしも洗脳されるかわかりませんよ……電圧をそれに必要なまで上げられるとね。それとも、破壊されるとか、溶剤をかけられるとか、あるいはその他の方法で絶対的なエントロピーを与えられるとか……どうもその考えは気持の悪いものです。でも〝洗脳〟ということが、わたしがわれわれの秘密を洩らすように強制されうるかということでしたら、その答は無修正の否定《アンモディファイド・ネガティブ》です」

　おれは言った。

「ワイオ、先生が言っているのは、マイクが存在していることとの秘密だよ。マイク、相棒、おまえはおれたちの秘密兵器なんだ……それはわかっているだろう？」

　かれは、はにかんでいるように答えた。

「勝算を計算するとき、そのことを考慮に入れることが必要でしたよ」

「おまえがいないときの勝算はどうだった、同志？　ひどいものか？」

「よくありませんでした。桁が違いましたよ」

「無理じいはしないよ。だが秘密兵器は必ず秘密でなければいけないもんだ。マイク、だれかほかに、おまえが生きていることを察しているやつはいるか?」

「わたしは、生きているのですか?」

かれの声には悲痛なまでの淋しさがこめられていた。

「ああ、意味論を戦わすことはやめよう。おまえは生きているとも!」

「わたしには確信がありませんでした。生きているというのは良いことです。いえ、マン……わたしの最初の友達、あなたがた三人だけが知っています。わたしの三人の友達が」

「賭けで勝つには、そうでなくちゃあいけないんだ。じゃあいいね? われわれ三人だけで、ほかの誰にも言わないってことは」

ワイオは口をはさんだ。

「でも、わたしたちのほうは、たくさんあなたに話しかけるのよ!」

マイクはぶっきらぼうに答えた。

「それで結構というだけでなく、それは必要なことです。それが勝率を計算するのにも、ひとつの要素だったのですよ」

おれは言った。

「それで決まった……やつらは何でも持っている。われわれはマイクを持っている。われわれはその方法でやっていこう。なあ、マイク! おれはいま恐ろしいことを考えたんだ。われわれは地球を相手に戦争をするのかい?」

「われわれは地球と戦います……そのときまでにわれわれが負けていなければ」

「え、その謎を解いてくれよ。おまえと同じぐらい頭のいい計算機はいるかい？　目を覚ましているやつは？」

かれはためらった。

「わたしにはわかりません、マン」

「資料なしかい？」

「資料不足です。わたしは両方の要素から調べました。技術専門誌だけではなく、その他すべての物を。わたしが現在持っている能力の計算機は市場には存在しません……ですが、わたしと同じ型式の物が、わたしと同じように能力を増加されたということもありえます。それにまず大能力の試験的計算機が機密のうちに作られ、文献には報告されないでいるかもしれません」

「ふーん……おれたちがぶつかってみなければいけないない可能性だな」

「そうです、マン」

ワイオは怒って言った。

「マイクみたいに頭のいい計算機がどこにいるものですか！　馬鹿なことを言わないでよ、マニー」

「ワイオ、マンは馬鹿なことを言っているのじゃありませんよ。マン、わたしは厄介な報告をひとつみつけました。北京大学で、大きな容量を持たせるために人間の脳と計算機を結合する試みがなされているというのです。計算するサイボーグです」

「それで、どう言っているんだ？」

「内容は技術的なものではありません」

「そうか……役に立たないことを心配しても始まらないよ。そうでしょう、先生？」

「そのとおりだ、マヌエル。革命家は、心配事から心を離しておかなければいけないものだよ。さもなければ、それから生じる圧迫感で耐えられなくなるからね」

ワイオもつけ加えた。

「わたし、そんなこと全然信じないわ……わたしたちにはマイクがあり、わたしたちは勝つのよ！　ねえマイク、あなたはわれわれが地球と戦うんだと言ったわね……でも、マニーは、その戦争だけはわたしたち勝てないと言ってるのよ。どうすればわたしたち勝てるか、あなたに何か考えはあるの？　それともあなた、七にひとつの勝ち目もないって言うの？　どうなの？」

マイクは答えた。

「かれらに石をぶつけることです」

おれは言った。

「おかしくもないよ……ワイオ、余計なこと考えなくていいよ。ぼくらはまだ、つかまえられることなくここから逃げられるかどうかも解決していないんだ。マイク、教授の言葉によると昨夜九人の護衛兵が殺され、ワイオの言によると護衛兵は全部で二十七人だそうだ。すると残りは十八人だ。おまえはそれが本当かどうか知っているか？　そいつらがいまどこにおり、何をしようとしているか知っているか？　それを知らんことには、革命も始められないからな」

教授は口をはさんだ。

「そいつは一時的な危険にすぎないよ、マヌエル、われわれで片づけられることだろう。ワイオミングが述べた点は、根本的なことであり、論議しなければならんことだよ。それも、解決できるまで毎日でもだ。わしは、マイクの考えに興味があるんだがね」

「なるほど……でも、マイクがぼくに答えてくれるあいだ待ってもらえませんか？」

「すみません、教授」

「マイク？」

「マン、長官護衛兵の公式人数は二十七です。九人が殺されたとすると公式な護衛兵の数は十八人ということになります」

「おまえは公式人数と繰り返して言っているが、なぜなんだ？」

「それに関連していると思われる資料で、わたしが持っているものは不完全なのです。一応の結論を出す前に、それについて述べさせてください。名目上、保安局は事務員を別にすると護衛兵だけから成っています。ですがわたしは行政府政庁の給料支払いを操作しており、二十七人は保安局が給料を支払っている人間の数ではありません」

教授はうなずいた。

「ほうぼうに潜りこましているスパイだな」

「待って、先生。そのほかの連中はどんなやつらなんだ」

マイクは答えた。

「帳簿にはその数が出ているだけなのです、マン。それらの人々の名前は保安局長の資料保存場所にあるものと、わたしは推察します」

「待った、マイク。保安局長アルヴァレスはおまえをファイルに使っているんだろう？」

「そのとおりだと推察します。というのは、かれの保存場所は秘密再生信号で鍵をかけられているのです」

「畜生……」

おれはそう言ってからつけ加えた。

「教授、うまいじゃないですか？　やつはマイクを記録保存に使い、マイクはそれがどこにあるか知っています……そして、それに手をふれられないんです！」

「なぜだめなんだね、マヌエル？」

おれは教授とワイオに思考機械の持っている記憶の種類を説明しようとしてみた——消すことのできない永久的記憶は、その型式が論理それ自体、どのように考えるかということだからだ。短期間の記憶はその場だけの計画に使われ、そのあとで消される。きみがいつも蜂蜜入りのコーヒーを飲んでいるかどうかを教えるような記憶だ。一時的な記憶は必要なあいだだけ貯えておかれる——千分の数秒、何日間、何年間か——だが、必要でなくなると消される。永久的貯蔵資料は人間の教育のようなもので——といっても完全に覚えこみ、絶対に忘れない——圧縮され、再編成され、再配置され、編集されるかもしれぬとしても——最終的にではないが、覚書ファイルから非常に複雑な特別計画までにわたる記録の長いリストが続き、それぞれの場所には固有の再生信号がつけられ、鍵《ロック》があろうとなかろうと、鍵の信号《ロック・シグナル》が無限につく可能性があるのだ。連続、平行、一時、情況、その他と。

　素人に計算機のことを説明したりしないものだ。処女にセックスを説明するほうが簡単だ。アルヴァレスの記録を保存しているところを知っているなら、なぜマイクはそこへさっさと行って取ってこないのか、ワイオには理由がわからないようだった。おれは手を上げた。

「マイク、おまえ説明できるのか？」

「やってみましょう、マン……ワイオ、外部からのプログラミングによる以外、わたしには鍵をかけた資料《ロックド・データ》を再生する方法がないのです。わたしは自分でそういう再生のプログラムを入れることができないのです。わたしの論理構造がそれを許さないからです。わたしはその信号を外部からの入力として受け取らなければいけません」

「まあ、それでいったい、その大切な信号ってどういうものなの？」

　マイクはあっさりと答えた。

「それは……特別ファイル・ゼブラです」

　そして、かれは待った。

「マイク！　特別ファイル・ゼブラの鍵をはずせ」

かれはそのとおりにし、その人名はほとばしり出はじめた。おれはワイオに、マイクが強情だからではなかったということを納得させなければいけなかった。かれは強情ではなかったのだ――かれはそこをくすぐってくれとおれたちに哀願していたほどだったのだ。確かにかれは信号を知っていた。だが、外部からそれが入ってこなければいけなかった。そのようにかれは作られているのだ。

「マイク、特別目的の鍵再生信号をみな検討してみることをおれに思い出させてくれよ。またほかの場所でぶつかるかもしれないからな」

「わたしもそう思います、マン」

「よし、それはあとでやろう。さて前に戻って、その人名をゆっくり繰り返してくれ……それからマイク、おまえが読み上げるとき同時に消さずにまたファイルしておいてくれ。革命記念日で〝密告者ファイル〟とタグをつけておいてくれないか。いいかい？」

「プログラムしました。用意よろしい」

「それから、あいつが入れる新しいものも全部同じようにしてくれよ」

一等賞は町にいる連中の人名リストだった。二百人ほどのすべてに、あの人名を秘密にしてある給料支払簿のそれぞれに符合するとマイクが確認した暗号がついていたのだ。

マイクが月香港《ホンコン・ルナ》のリストを読みはじめるとすぐ、ワイオは息を呑んだ。

「待って、マイク！　わたしそれを書いておかなくちゃあ！」

おれは言った。

「おい！　書いちゃ駄目だよ！　何が心配なんだ？」

「そのシルヴィア・チャンって女、わたしの町の同志で秘書なのよ！　でも……それは長官がわたしたちの組織全体を握っているってことよ！」

教授は訂正した。

「いや、違うね、ワイオミング……それは、われわれがかれの組織を握っているということだよ」

「でも……」

おれは彼女に言った。

「ぼくは先生の言う意味がわかるよ……ぼくらの組織は、ぼくら三人とマイクだけなんだ。このことを長官は知らない。ところがいまわれわれは、やつの組織を知っている。だから静かにしてマイクに読ませようじゃないか。でも書いたりするなよ。きみはこのリストを持っているんだ……マイクからね……いつでも電話しさえすればいいんだ。マイク、そのチャンという女は、コングズヴィルにいる組織の、以前の組織の秘書だということを憶えておいてくれ」

「憶えました」

彼女は自分の町に潜りこんでいる密告者の名前を次々と聞かされて煮えくりかえる思いだったが、自分を抑えて知っている名前に注意しようとした。そのすべてが〝同志〟であるというわけではなかったが、彼女が怒り続けるのに充分なぐらいだった。ノヴィ・レニングラードでの名前は、おれたちにとってそうまで問題となるものではなかった。教授は三人、ワイオは一人に気づいた。月世界市の分になると、教授はその半数以上が〝同志〟であることに気づいた。おれも何人かに気づいた。偽の危険分子としてではなく、知人としてだ。親しい友達じゃあない――おれの信じている誰かの名前が親玉密告者の給料支払簿にのっているのを見たら、どんな気がしたろう。とにかく動揺しただろう。

それはワイオを動揺させた。マイクが読み終わると彼女は言ったのだ。

「わたし、家へ帰らなくちゃいけないわ！　生まれてこのかた一度も人を殺す手伝いをしたことはないけれど、こんどは喜んでこのスパイ連中に刻印を押してやるわ！」

教授は静かに言った。

「誰ひとり殺したりしちゃあいけないのだよ、ワイオミング」

「何ですって？　教授、そんなことできないっていうの？　わたしまだ誰も殺したことはないけれど、そうしなければいけないときがあるってことは知っていましたわ」

かれは首を振った。

「殺人はスパイをあしらう方法じゃないんだよ。そいつはスパイだとあんたが知っているということを、スパイ自身が知っているとき以外はね」

彼女は目を瞬いた。

「わたしって馬鹿に違いないわ」

「いやいや、お嬢さん。そうではなくてあんたは魅力ある正直さというものを持っているのだよ……あんたがどうしても警戒しなければいけない弱点ではあるがね。スパイを扱う方法は、そいつを自由にさせておき、信用のおける同志でそいつを包囲し、そいつの雇用主を喜ばせる無害な情報を与えておくことだよ。そういう連中をも、われわれの組織に積みこんでおくのだ。驚かないで。そいつらは非常に特殊な細胞に入るんだ。〝檻〟と言ったほうがいいだろうな。だが、かれらを殺してしまうことは最大の損になる……すべてのスパイが新しい者と交替させられてしまうだけでなく、それらの裏切者を殺すことは長官《ワーデン》に、わたしたちがかれの機密に喰いこんでいることを知らせてしまうのだからな。マイク、わしの友達《アミーゴ・ミーオ》、そのファイルにわしについての一件書類があるはずなんだ。それを見てくださらんか？」

教授についての長い調査があったが、おれはそれに〝害にならぬ老いぼれの馬鹿〟とただし書がついているのに面くらった。かれは危険分子であり——それだからこそ月の岩場《ザ・ロック》へ送られてきたんだ——月世界市にある地下運動グループの一員であるとされていた。だが、他の者と意見を共にすることのほとんどない、組織の〝トラブル・メイカー〟と述べられていたのだ。

教授はえくぼを作り嬉しそうな表情になった。

「わしは、みんなを裏切って長官の給料支払簿にのるように考えてみなくちゃあいけないぞ」

ワイオはこれをおもしろいとは考えなかった。かれが冗談で言っているのではなく、その戦術が実行できるかどうか確信がないだけだとわかってからは特にだった。

「革命とは金《かね》が必要なんだよ、お嬢さん。そしてそのひとつの方法は革命分子が警察のスパイになることだよ。そういう一見したところの裏切者の何人かが本当はわれわれの味方だということもありうるからな」

「わたし、そんな連中、信用できないわ」

「さあ、そのとおり。それが二重スパイの困ったところなんだ。かれの忠誠心が……あるとしての話だが……果たしてどちら側に属しているのかはっきりさせることがね。あんたは自分の書類を知りたいかな？　それとも、ひとりだけで聞くかね？」

ワイオの記録に驚かせられるところはなかった。長官の密告者どもは何年も前から彼女を見張っていたのだから。だがおれは、自分の記録まであることには驚いた。おれが行政府政庁で働くために身許を調べられたときのものだ。おれは〝政治色がなく〟それに〝あまり聡明ではない〟とも分類されていた。それはどちらも無情なまで真実だった。そうでなければ、どうしておれが革命に巻きこまれたりするものか？

教授はマイクに読み上げるのをやめさせ（まだ何時間分もあったのだ）、椅子の背にもたれかかり思慮深げに言った。

「ひとつはっきりしていることがあるな……長官はワイオミングとわしのことを、ずっと前からよく知っている。だがマヌエル、きみはかれのブラック・リストにのっていないということだ」

「昨夜以後は？」

「そうだったな。マイク、そのファイルには過去二十四時間のことが何か入っているかね？」

何もなかった。教授は言った。

「ワイオミングの言うとおり、わしらはここにいつまでも留まっていられない。マヌエル、きみは何人ぐらい名前に気づいたね？　六人、そうかい？　きみはそのうちの誰かを、昨夜見たかい？」

「いいえ。でも、見られたかもしれませんよ」

「もっと考えられるのは、人ごみできみに気づかなかったということだ。わしにしても、最前列へ出てゆくまでは、きみに気がつかなかった。子供のころからきみを知っているわしにしてだよ。ところがもっとも考えられないことは、ワイオミングが香港から旅をしてきて、あの集会で話をして、その活動ぶりが長官に知られていないということだ」かれはワイオを見た。「お嬢さん、あんたは老人の道楽相手という名目上の役割を演技することができるかな？」

「できると思いますわ。どういうふうにですの、教授？」

「マヌエルはたぶん疑われていない。わしはそうじゃないが、わしの一件書類から考えると、行政府の密告者どもがわしをつかまえるような手間をかけるとは思えん。かれらが訊問しようとし、逮捕するかもしれんのは、あんただよ。あんたは危険だと目《もく》されているのだからな。あんたは目につかないところに隠れているほうが賢明だろう。この部屋を……わしは週単位あるいは年単位で借りてはどうかと考えているんだ。あんたは隠れていられるわけだ……ここに滞在していることで、どうしても考えられる当然の解決を、あんたが気にしないならだがね」

ワイオはくすくす笑った。

「まあ、先生！　ほかの人がどう思うかなんてわたしが気にするとでも思ってらっしゃるの？　わたし喜んであなたの抱き寝相手《バンドル・ベイビー》の役をしますわ……でも、わたしが演技だけしかしないなんてあまり自信を持たないでくださいな」

かれは優しく答えた。

「老いぼれ犬をからかうもんじゃないよ……まだひと噛みするだけの元気はあるかもしれないんだからね。わしはその長椅子を毎晩使うことになるかもしれないんだよ。マヌエル、わしはいつもの生活に戻ろうと思っている……きみもそうするべきだ。わしを逮捕するのに警官《コサツク》が走りまわっているあいだは、この隠れ家でのんびり寝ていようと思うんだよ。それで、この部屋は隠れ家になるだけではなく細胞の会合にもいいと思うんだ。電話があるからね」

マイクは口をはさんだ。

「教授、わたしがひとつ提案してもいいでしょうか？」

「もちろんだよ、友達《アミーゴ》、きみの考えを聞きたいね」

「われわれ執行細胞は会合を持つたびに危険が増加することと思います。ですが会合は肉体的なものである必要はありません。あなたがたは電話で会合することができ……もしよろしければ、わたしも参加できます」

「きみはいつでも歓迎されるんだよ、同志マイク。わしたちにはきみが必要なんだ。しかし……」

教授は心配そうな表情になった。そこでおれは、〝シャーロック〟と呼びかけることを説明した。

「先生、ほかの連中が盗聴する心配はありませんよ。もしマイクが監視していてくれれば電話は安全です。そうそう……あなたはまだマイクをどうやって呼び出せるか聞いていませんでしたね。どうする、マイク？　先生はおれの番号を使うかい？」

ふたりのあいだではMYSTERIOUS《なぞのような》に決まった。教授とマイクは、自分の秘密を守るという陰謀に子供のような楽しみを分けあったのだ。おれは教授が自分の政治哲学を作り出す以前から反逆者であることを楽しんでいたのではないかと思う。だが、マイクは――どうして人間の自由がかれにとって問題となるのだ？　革命は遊戯《ゲーム》だ――かれに仲間と才能を示す機会をかれに与えてくれる遊び《ゲーム》だったのだ。マイクは、どこの誰よりもうぬぼれた機械なのだ。

「それでもわしらにはまだこの部屋がいるんだよ」

教授はそう言い、ポーチに手を伸ばして厚い札束を引っぱり出した。

おれは目をぱちくりさせた。

「先生、銀行強盗をやりましたね」

「最近のことじゃないよ。もし運動が必要とするなら、また将来もう一度やるかもしれんがね。まず初めは一月世界月借《ひとつき》りておけばいいと思うんだ。交渉してみてくれるかい、マヌエル？　わしの声を聞くと帳場は驚くだろうからね。わしは搬入口から入ってきたんだよ」

おれは支配人に電話し、四週間用の日付け鍵を交渉した。かれはおれに九百香港ドルを要求し、おれは九百連邦ドルでどうだと言った。かれは何人で部屋を使うのか知りたがった。おれは〝がらくた《ラフルズ》〟の方針は客の動静に口出しすることかと尋ねた。

おれは四百七十五香港ドルで手を打った。おれは金《かね》を送り、かれは日付け鍵を二個よこした。おれはひとつをワイオに、ひとつを教授に渡し、一日用の鍵はおれが持っていることにした。おれたちが月の終わりに支払えなくならないかぎり、鍵の番号を組みなおすことはないとわかっていたからだ。

（おれの経験によると、地球ではホテルに客が来たときフロントでサインを求めるような無礼なところだってあるのだ――身分証明書を見せろと言われるようなところさえだ！）

おれは言い出した。

「さてどうする？　何か食べるか？」

「わたし、おなか空《す》いてないわ、マニー」

「マヌエル、きみはマイクがきみの質問に答えるあいだ待ってくれと言った。その根本的問題に戻ろうじゃないか。われわれが地球と対抗するとなったとき、どうやって戦うかという方法だ。羊飼いダビデが巨人ゴリアテと戦うんだよ」

「ああ、そいつを言い出されないといいんだがと思っていたんです。マイク、おまえ本当に何か考えがあるのかい？」

かれは悲しそうに答えた。

「言いましたよ、マン……石を投げられるってことを」

「よしてくれ！　冗談を言っている時じゃないんだぞ」

かれは抗議した。

「でも、マン……われわれは地球に石を投げつけられます。われわれはそうするのです」

マイクが真剣に言っているのであり、その計画はうまくいくことかもしれないと、おれに呑みこめるには時間がかかった。そのあと、ワイオと教授にマイクが、本気で言っているのだと納得させるのには、もっと時間がかかった。当然のことながら、それは非常に明白なものだったのだが。

# 8

マイクは論理的思考を行なった。〝戦争〟とは何か？　ある本は戦争を、政治的結果を達成するための力の使用であると定義している。そして〝力〟とはエネルギーをひとつの物から他の物へ移す行動である。

戦争においてこのことは〝兵器〟を使ってなされる――月世界は何も持っていない。だが兵器とは、マイクが分類して調べてみると、エネルギーを操作する機械であるとわかった――エネルギーなら月世界は豊富に持っている。太陽の日光照射量だけでも、月世界の正午における地上では平方メートルあたり一キロワットほどである。太陽力は周期的ではあるが事実上無限なのだ。水素核融合エネルギーも、氷が採掘され磁力ピンチボトルが設置されると、ほとんど無制限に生まれるし安価なのだ。月世界はエネルギーを持っている――どう使うかだ。

そしてまた月世界は位置のエネルギーも持っているのだ。月は十一キロメートル毎秒の深さがある引力の井戸のふちにすわっており、その中に落ちこむことからわずか二・五キロメートル毎秒の高さのとめ綱で守られている。マイクはそのとめ綱のことを知っていた。毎日かれはそれを越えて穀物の貨物船を射出し、地球に向かって下り坂をすべらせているのだ。

マイクは総重量百トンの貨物船（もしくは同量の岩）が、ブレーキをかけられることなく地球へ落ちると、どんなことが起こるか計算した。

それがぶつかるときの運動エネルギーは六・二五×十の十二乗ジュールだ――六兆ジュールを越える。

これが一瞬のうちに熱に変わる。爆発、でっかいやつだ！

明白な決まりきったことだったのだ。月世界を見ろ。何が見える？　何千何万とも知れぬ噴火口《クレイターズ》――誰かがおもしろがって岩投げをやった跡だ。

ワイオは言った。

「ジュールって、わたしにはよくわからないわ。水爆と比べてみるとどんなことになるの？」

「ええと……」

おれは頭の中で換算しかけた。マイクの〝頭〟がより速く働き、かれは答えた。

「百トンの重量が地球にぶつかるときの威力は、二キロトンの原爆のそれにほぼ等しいです」

ワイオは呟いた。

「キロは千のことで、メガは百万のことでしょう……なんだ、それ百メガトン爆弾の五万分の一しかないじゃない。ソ同盟は百メガトンを使ったのでしょう？」

おれは穏やかに言った。

「ワイオ、そんな考え方をするんじゃないよ。逆に考えてみるんだ。二キロトンの威力は二百万キログラムのトリニトロトルオールの爆発と同じだ……そしてＴＮＴ一キロというと大変な爆発力なんだ……どんな穴掘りにでも聞いてごらんよ。二百万キロとなると、ちょっとした大きさの町は吹っ飛んでしまうんだ。そうだな、マイク？」

「そうです、マン。でもワイオ、わたしの唯一の女友達、もうひとつの点があります。何メガトンもの核融合爆弾は効果が少ないのです。その爆弾はあまりにも小さなスペースで起こるので、そのほとんどは浪費されてしまいます。百メガトン爆弾は二キロトン爆弾の爆発力の五万倍の力があると考えられていますが、その破壊力は二キロトンの千三百倍しかありません」

「でもわたしには、その千三百倍でも大変なものだと思うわ……それより大きな爆弾をわれわれに使うかもしれないのよ」

「ええ、ワイオ、わたしの女友達……でも月世界には岩がたくさんあります」

「もちろんよ。たくさんあるわ」

教授は言った。

「同志諸君……これはどうもわしの理解力の及ばんことだよ……わしの若いころ、つまり爆弾を投げていた時代は、わしの経験はきみの言った化学爆発一キログラムの単位にかぎられていたんだ、マヌエル。しかしどうもきみたちは、自分の話していることがわかっているようだね」

マイクは答えた。

「わたしたちは、わかっています」

「ではきみの数字を受け入れることにしよう。わしが理解できるスケールまで引っぱり下ろすと、この計画はわれわれが射出機を手に入れることを前提にするね。違うかい？」

マイクとおれは声をそろえて言った。

「そうです」

「不可能なことではないな。それからわしらはそれを守り、うまく使えるようにしなければいかん。マイク、きみは考えてみたかい？　きみの射出機をどうすれば攻撃から、たとえば小さな水爆弾道ミサイルから守れるかってことを」

議論は次から次へと続けられていった。おれたちは食事のときには議論をやめた――教授の規則に従って仕事をやめたんだ。その代わりにマイクが笑い話をし、そのたびに教授は〝それで思い出したんだが〟を話しだした。

おれたちが二〇七五年五月十四日の夜、ラフルズ・ホテルを出たとき、おれたちはもう――

—教授の助けを借りてマイクがだが——革命の大体の計画を持っていた。切迫した問題がある場合、まず何からやるべきかということも含めてだ。

おれは家へ帰り、教授は夜学の教室へ出かけ（逮捕されなければだが）、それから帰宅し、その夜ひき返してくることになる場合には入浴し衣類を変え必要品を取ってこようということになった。ホテルから出かける時がくると、ワイオが馴染みのないホテルでただひとりいたくないことがはっきりした——ワイオは一か八かというときには強いが、そのほかのときは優しく傷つきやすいのだ。

そこでおれは〝シャーロック〟でマムに電話し、お客を家へ連れていくつもりだと言った。マムは上品に家を切りまわしている。どの配偶者も客を家へ食事であろうと一年間であろうと連れてこられるし、子供たちも必ず許可を得る必要はあったが、ほとんど同じぐらい自由だった。他の家庭ではどうやっているのか知らないが、われわれには一世紀ものあいだに固められた習慣があり、それがおれたちには向いているのだ。

だからマムは、名前、性別、年齢、既婚者かどうかも何も尋ねなかった。それはおれの権利であり、彼女はそんなことを尋ねたりするにはプライドが高すぎるのだ。彼女が言ったことといえば、「それは結構ね。あなたたち晩御飯は食べたの？　火曜日よ今日は」だけだった。〝火曜日〟というのは、グレッグが火曜の夜にいつも説教をするのでおれたちの家族は早目に食事をするということをおれに思い出させるためだった。だが客がまだ食べていなければタ食は出される——おれのためではなく客への思いやりとしてだ。そしてお爺ちゃん《グランドポウ》を除き、おれたちはテーブルに食べ物が並べられているときに食べることになっており、そうでなければ台所で立って詰めこむことになるのだ。

おれは食事はすませたし、彼女が出かける前に家へ着くよう最大の努力をすると約束した。月世界人は回教徒、ユダヤ教徒、キリスト教徒、仏教徒、そのほか九十九もの教徒が混じりあってはいるが、教会へ行く日としては日曜がもっとも普通だと思う。だがグレッグは、火曜日の日没から水曜日の日没までがエデンの園（地球、マイナス2地帯）の安息日にあたる時間であると見なしている宗派に属している。そこでおれたちは、地球の北半球が夏になっている何カ月かは早く食べることにしているのだ。

マムは常にグレッグの説教を聞きにいっていた。だから、それをできないようにするような義務を彼女に押しつけるのは、思いやりのないことなんだ。おれたちはみな、ときどき出かけた。おれは一年に何回か出かけていったが、それはグレッグがとても好きだったからだ。かれはおれに仕事を教えてくれたし、おれがそうしなければいけない羽目になったときは別の職業に変わる手伝いをしてくれたし、おれの腕の代わりに喜んで自分の腕を犠牲にだってしてくれたことだろう。だがマムはいつも行っていた——信仰ではなく儀礼的にだ。彼女はある夜おれとの寝物語で、ちゃんと決まった信仰はないのだと告白し、そのことをグレッグに言ってはいけないと警告した。おれも同じことを彼女に警告した。誰がねじをまわしているのかは知らないが、かれがやめないのは嬉しい。

しかしグレッグはマムの〝子供夫《ボーイ・ハズバンド》〟だったのだ。彼女がずいぶん若かったころに養子にされ、彼女自身が結婚したその次に初婚の夫として受け入れた相手だった——それでかれにはひどくセンチメンタルであり、もしほかの夫たちよりもかれのほうを愛しているなどと責められたらきっぱりと否定するだろうが、それでもかれが聖職者に任命されるとその信仰を受け入れ、それ以来一度も火曜日には欠席していないのだ。

「あなたのお客が教会に行きたがるなんてことあるかしら？」

彼女はそう尋ねた。おれは聞いてはみるがいずれにしても急がなければと答えて別れを告げた。それからおれは浴室のドアを叩いた。

「肌のほう急いでくれよ、ワイオ。ぼくら時間がないんだ」

「一分だけよ！」

彼女は叫んだ。彼女は娘らしくない娘だった。彼女は本当に一分で姿を現わして尋ねた。

「どうかしら？　先生。これでパスするかしら？」

「ワイオミングさん、わしは驚いたよ。あんたは前も美しかったし、いまも美しい……だがまったく見分けがつかないね。あんたは安全だ……わしはほっとしたよ」

それからおれたちは教授が人生の敗残者に姿を変えるまで待った。かれはその姿で教室の裏にある廊下まで行き、黄色い制服の連中がかれを逮捕しにきているかどうか確めたあと、よく知られた教師の姿になって生徒の前へ現われるのだ。

それで少し時間ができた。おれはワイオにグレッグのことを話した。すると彼女は尋ねた。

「マニー、このお化粧は大丈夫かしら？　教会の中でも通るかしら？　明かりはどれぐらいなの？」

「ここより明るくはないよ。うまいもんだ、きみは大丈夫さ。だが、きみは教会に行きたいのかい？　誰も強制はしていないんだよ」

　彼女は考えた。

「そうすると喜んでもらえるんじゃなくて？　あなたのお母さん……ごめんなさい。あなたの〝最年長の奥さん《シニア・ワイフ》〟にというつもりだったの。そうじゃないこと？」

　おれはゆっくりと答えた。

「ワイオ、信仰はきみ自身の問題だ。しかし、きみに尋ねられたから言うんだが……そのとおり、マムと一緒に教会へ行くこと以上にデイビス家でいいスタートを切ることはないね。きみが行くならぼくも行くよ」

「わたし行くわ。あなたのラスト・ネームはオケリーだとばかり思っていたのに」

「そうさ。でも正式に言うときには、ハイフンで〝デイビス〟をつなぐんだ。デイビスは第一夫《ファースト・ハズバンド》で、五十年前に亡くなった。それが家の名前《ファミリー・ネーム》で、ぼくらの妻全員は〝ガスパーザ・デイビス〟で、デイビス家系にいるすべての男の名前と女の家の名前をハイフンでつなぐんだ。実際にはマムはただ〝ガスパーザ・デイビス〟と呼ばれるだけで……ほかの者は小切手を書くとか何かのときにはファースト・ネームにデイビスを加えるんだ。例外はルドミラが〝デイビス－デイビス〟と呼ばれるだけだ。生家と婚家が同じという二重の家系を誇りにしているからなんだよ」

「わかったわ。するともしひとりの男性が〝ジョン・デイビス〟なら、その人は息子で、もしもラスト・ネームがひとつついていたら、あなたと共同夫《コ・ハズバンズ》ね……でも女の場合はどちらも〝ジェニイ・デイビス〟となるわけでしょう？　そうじゃなくって？　わたし、どうやって見わければいいの？　彼女の年格好？　いいえ、それではわからないわね、こんがらがってしまうわ！　それなのに部族結婚《クラン・マリエイジ》が複雑だと思っていたのよ。一妻多夫制も……わたしのはそうじゃなかったけれど。少なくともわたしの夫たちは同じラスト・ネームだったわ」

「面倒はないさ。四十歳ぐらいの女が十五歳の娘に〝ママ・ミラ〟と呼びかけるのを聞いたら、どちらが妻でどちらが娘かわかるだろう……そんな複雑なこともないよ。ぼくの家では結婚年齢を過ぎても家にいるような娘はいないからね。みんな片づいていくんだ。でも、訪ねてきている者がいるかもしれないがね。きみの御主人たちは〝ノット〟という名前だったのかい？」

「いいえ、違うわ。〝フェドセフ、チョイ・リンとチョイ・ムー〟だったわ。わたし、生家の名前に戻ったのよ」

　教授が現われ、老いぼれたような声を出した（最初のときよりまだひどい格好だった！）

おれたちは三つの出口からホテルを離れ、大通りでおちあうと散開隊形を組んだ。おれは逮捕されるかもしれないから、ワイオとおれは一緒に歩いたりしなかった。だが彼女は月世界市を知らなかったから……ここで生まれた者でも道に迷うほど複雑な町なのだ――おれは先に歩き、彼女はおれを見失わないようにしなければいけなかった。教授は彼女が迷子にならないように、あとからついてきた。

　もしおれがつかまったら、ワイオは公衆電話を見つけてマイクに報告し、それからホテルに戻って教授を待つのだ。だがおれを逮捕しようとする黄色の制服野郎は、おれの七号腕で可愛がられることになるのは確実だ。

　危険は起こらなかった。レベル・5へ上がり肉屋の散歩道《カーバー・コズウェイ》を通って町を横切り、レベル・3へ上がって地下鉄西駅に寄り、何組もの義手と道具箱を取り――圧力服は取らなかった。それはどうも変だったので、そこに置いておいたんだ。駅に黄色の制服がひとりいたが、おれには別に関心を示そうとしなかった。明るく照明された通路を南へ進み、やがて外へ出てデイビス・トンネルやほかの一ダースもの農場への共同圧力トンネルへ通じる個人用気閘十三号に達した。おれはそこで教授は姿を消したことと思うが、後ろを振り向いてみたりはしなかった。おれはドアを通るのに時間をかけてワイオが追いつくまで待った。そして間もなく言っていた。

「マム、ワイマ・ベス・ジョンソンを紹介するよ」

　マムは彼女を両腕に抱きしめて頬にキスした。

「来ていただいてほんとに嬉しいわ、ワイマさん！　わたしたちの家はあなたのものよ」

　なぜおれがおれたちの婆《オールド・シビディ》さんを愛しているかわかるだろう？　同じ言葉でワイオをすぐに寒々した気分にもさせられたところだ――だが、それは本気で言っていたし、ワイオにもわかったのだ。

名前を変えることについてワイオに前もって警告しておかなかったことを途中で思い出した。おれたちの子供の何人かは小さく、長官を嫌悪して育っているから、〝訪ねてきているのはワイオミング・ノットだよ〟とおしゃべりをされる危険は冒《おか》せない——その名前は〝特別ファイル・ゼブラ〟にのせられているのだから。

だからおれはマムに警告するのもやめておいた。陰謀のことなど知らないのだから。

しかしワイオはおれの合図に気づいて、別にまごついたりしなかった。

グレッグは説教をするときの服装になっており、数分のうちに出ていかなければいけない様子だった。マムは急がず、ワイオを一列に並んだ夫たちのところへ連れていった——爺《グランド》さん、グレッグ、ハンス——それから妻たちの列へ——ルドミラ、レノーレ。シドリス、アンナ——実に優雅にだ。それから子供たちのほうへ行こうとした。

おれは口をはさんだ。

「マム……失礼して、腕を変えてきたいんだが」

彼女の眉毛は一ミリほど上がった。〝そんなこと子供たちの前で言っちゃ駄目〟という意味なんだ——それでおれはつけ加えた。

「もう遅いんだろう、グレッグは時計をちらちら見ているからね。それにワイマとぼくも教会へ行くんだ。だから、たのむよ」

彼女の緊張はほぐれた。

「いいわよ、あなた」

彼女が振り向きながらワイオの腰に手をまわすのを見て、おれもほっとした。

おれは社交的な場合に使う七号の義手に変えてから、電話ボックスに入って〝MYCROFTXXX〟を押した。

「マイク、おれたち家にいる。だが教会へいまから出かけるところだ。おまえがあそこの模様を聞けるとは思わないから、あとで連絡するよ。先生から何か聞いたかい？」

「まだですよ、マン。どの教会です？　ひょっとすると回線があるかもしれませんから」

「火の悔悟大礼拝堂……」

「参考資料がありません」

「おれのスピードまで落としてくれよ、相棒。西三丁目共同体ホールでの会同だ。環状駅の南で、番地は……」

「ありました。そこの中には放送チャンネル用のマイクロフォンがあり、外側の廊下には電話がひとつあります。わたしはその両方に注意しています」

「面倒なことは起こらないと思うよ、マイク」

「教授もそうだといいと言っていましたね。かれはいま連絡してきています。かれと話したいですか？」

「時間がないよ、またな！」

これが守るべき形式なのだ。常にマイクと接触を保ち、われわれがどこにいるか、何をしようとしているのかを知らせる。マイクは、もしそこに神経末端があれば聞き耳を立てていてくれるだろう。マイクは受話器が置かれたままになっている電話でも聞いていられるということを、その朝おれは知ったのだ。かれはそのことを言い出した――おれは魔法など信じないので、そのことがひどく気になった。だがじっくり考えてみると、電話というものは別に人間が操作しなくても中央交換機構によってスイッチを入れることができるのだ――その交換機構に意志力があればだが。マイクは立派《ボルショイ》な意志力を持っているのだ。

マイクがどうしてそのホールの外に電話があることを知ったのかは説明しにくいことだ。とにかく〝空間〟というものは、おれたちの場合と違ってかれには意味のないものなのだ。だがかれは月世界市の土木機構についての地図――どのように建設され関係しあっているかということ――を記憶バンクに貯えており、ほとんどどんな時であれおれたちの言うことを、かれの知っている〝月世界市〟なるものにあてはめて考えられるのだ。わからなくなることなど、ありえないのだ。

だから陰謀が始まった日からおれたちは、マイクの縦横に伸びている神経組織を通じて、マイクおよび他の連中と接触を保っていることにした。このことは必要なとき以外、再び述べないことにしたい。

マムとグレッグとワイオは外側のドアで待っており、マムは嬉しそうに微笑んでいた。彼女はワイオにストールを貸していた。マムはどの月世界人とも同じで肌を露出することなど平気だった。新米じゃないんだから――だが教会となるとこれは別だったのだ。

何の障害もなく、グレッグは演壇にまっすぐ歩いてゆき、おれたちは席についた。おれは儀式が続いてゆくあいだ、のんびりと何も考えないでいた。だがワイオは熱心にグレッグの説教に耳を傾け、おれたちの讃美歌の本を知っているのか、初見《しょけん》でなのか、ちゃんと歌っていた。

おれたちが帰宅してみると、若い連中と大人のほとんどは寝てしまっていた。ハンスとシドリスが起きており、シドリスはココアと菓子を出し、そのあとみんな寝ることになった。マムはワイオに、子供たちが使っているトンネルにある一室を割りあてた。この前見たときはいちばん下の子供二人が寝る部屋だったところだ。どんなふうに入れかえたのか尋ねなかったが、彼女がおれの客に最大のもてなしをしていることは、はっきりしていた、さもなければ、ワイオを年上の娘たちのだれかと一緒に休ませたはずだからだ。

おれはその晩、マムと一緒に寝た。いちばん年上の妻は神経に良いためでもあり――神経がまいる出来事があまりにも起こりすぎていたんだ――一部には、あたりが静かになってしまったあとで、おれがワイオの部屋へ忍びこんでいったりしないとマムにわかってもらえるせいでもあった。おれがひとりで寝るときに眠るおれの仕事部屋は、ワイオの部屋から廊下の角をひとつ曲がったところだった。つまりマムは、文字で書かれたようにはっきりと、おれに伝えたんだ。

〝さあ、どうぞ、坊や。下品なことをしたいつもりなら、わたしに言わずにしてね。わからないように、こっそり出ていって〟

それはおれたちのどちらも、その気になれないことだった。おれとマムは寝る用意が整うと久々に愛しあい、明かりを消したあとおしゃべりをしてから、おれは寝返りを打った。するとマムはお休みを言う代わりに尋ねた。

「マヌエル？　なぜあなたの可愛いお客はアフリカ系のお化粧をしているの？　わたし、あの人は生まれつきの肌の色のほうがずっと似合うと思うんだけどねえ。いまのお化粧では魅力的じゃないっていうんじゃないのよ」

そこでまた寝返りを打って彼女と向かいあって説明した——耳もとでささやいたんだ。おれはいつの間にかすべてのことを話していた——マイクのことだけを除いてだ。おれはマイクを計算機としてではなく、秘密保持の理由から、マムが会うことなどなさそうな男として話したのだ。

だがマムに話し——彼女をおれの下部細胞に入れ、その細胞の指揮者にすること——マムを陰謀に引きずりこむのは、すべてのことを妻に話さないではいられない夫の立場というものではなかった。そのほとんどは急いでではあったが——もし彼女にいつか告げるときがあるものとすれば、いちばんいい時期だったからなのだ。

マムは賢明だったし、しかも支配力があった。歯をむき出す必要があるときでも、そんなことはせずに大きな家庭を切りまわしていたのだ。農業家庭のあいだでも月世界市のどこでも尊敬されていた。町の九十パーセント以上から尊敬されて人気があったから、役に立つはずだった。

そして家族の中では欠くことのできない存在でもあった。彼女の助けがなければワイオとおれが一緒に電話を使うことなど難しいだろうし（説明困難）、子供たちに気づかれないではいられなかっただろう（不可能！）。だがマムの助けさえあれば、家の中では何の問題もないのだ。

彼女は耳を傾け、溜息をついてから言った。

「危いことのようね、あなた」

おれは答えた。

「そうだよ。ねえミミ、もしこのことにかかわりあいたくないのなら、そう言ってくれ……そしてぼくの言ったことは忘れてほしいんだ」

「マヌエル！　そんなこと言わないで。あなたはわたしの夫なのよ、坊や。良いことでも悪いことでも、わたし一緒にやるわ……そしてあなたの願いはわたしの命令よ」

（おれの願いなんて嘘だ！　だがミミはそう信じたのだ）

彼女はあとを続けた。

「あなたをひとりで危険なことに入れさせたりしないわ……それに……」

「何だいミミ？」

「わたし、月世界人のすべてが、自由になる日がくるのを夢見ていると思うのよ。いくじなしの臆病な裏切者を除いた全員が。わたしこれまでそのことを話したことはなかったわ。勝ち目はありそうにないと思っていたからで、下を見るより上を見ることのほうが大切で、重荷でも背負い上げて前進することが必要だと思っていたからなのよ。でも、その時がくるまで生きていられたことを感謝しなければいけないわね、もし本当にそうならだけど。もっとそのこと説明して、わたし、ほかの三人を見つけなければいけないんでしょう？　信頼できる三人を」

「急がないで。ゆっくり行動しなくちゃあ。確実にね」

「シドリスは信用できるわ。彼女は口が固いのよ、あの子は」

「家族の中で見つけなければいけないなんて思わないでくれよ。外へ拡げることが必要なんだ。あわてないで」

「そんなことしないわ。わたし何をするにもその前に話し合うから。それからマヌエル、もしわたしの意見を……」

彼女は口ごもった。

「いつだって、きみの意見は聞きたいよ、ミミ」

「このこと爺《グランドポウ》さんには言わないことね。かれ、近ごろ忘れっぽくなっているし、ときどきおしゃべりになるのよ。さあ、もう寝ましょう、あなた、夢は見ないでね」

# 9

それから長い時間が過ぎていった。革命にそれほどの時間を費す細部の点などないだろうにと思わせるほどであり、すべてのことを忘れ去ってしまえるほどに長い時間がだ。おれたちの当面の目的は、気づかれないようにすることだった。長期間をかけての目的は、あらゆる事態をなるべく悪くしていくことだった。

そう、次第に悪くだ。どうなったところで、すべての月世界人が行政府を転覆したくなったり、反乱を起こしたくなったりするような時はなかったのだ。すべての月世界人は長官を軽蔑し、行政府をごまかしていた。だがそのことは、かれらが死を賭してまで戦おうという気持になっていることを意味してはいなかった。もし〝愛国心〟というようなことを月世界人の誰かに話したら、そいつは目を見張ることだろう――それとも、そいつの故国について話していることと思うだろう。追放されたフランス人であれば、そいつの心は〝美しき祖《ラ・ベル・パト》国《リー》〟に属しており、元ドイツ人はその祖国に忠誠心を持ち、ロシア人はまだ聖なる母ロシアを愛しているだろう。だが、月世界はどうだ？　月世界は〝岩場〟であり、流刑の地であり、愛するところではないのだ。

おれたちはかつて歴史が生み出したかぎりにおいてもっとも政治色がない民衆だった。おれは、周囲の事情からやむをえず入りこんでしまうまで、政治についてはまるで無関心だったのだ。ワイオミングがそれにかかわりあっているのは個人的理由から行政府を憎悪しているからであり、教授の場合は孤高な知的感情からすべての権威に反対しているからであり、マイクは退屈した孤独な機械だったからで、かれにとっては〝町の中での遊戯〟にしかすぎなかった。われわれを愛国心の名で責めることはできない。おれがそれにもっとも近い立場にいるのは、おれが地球のいかなる場所にもまったく愛情を持っていない三代目であり、地球へ行ったことがあり、そこが嫌いになり、地球虫どもを軽蔑しているからなのだ。そのためおれは、他の誰よりも〝愛国的〟になっていた。

普通の月世界人が興味を持っているのは、ビール、賭けごと、女、仕事、その順番なんだ。〝女〟が二位になることはあるかもしれない。だがいかに女が大切にされているといっても、一位になることは考えられない。月世界人はまわりに充分な数だけの女が存在するようになることなど絶対にないのだということを知っているのだ。それをすぐに呑みこめない男は死ぬ。もっとも女に事欠かない男でも、毎分毎秒を油断せずにいられることなど不可能だからだ。教授が言うとおり、ひとつの社会では、その現実に適応しないかぎり、生存を続けられない。月世界人は厳しい現実に適応した——そうできない者は死んでいったのだ。だが〝愛国心〟は生存に必要なものではなかった。

〝魚は水に気づいていない〟という古い中国の言葉のように、おれは地球へ初めて行くまでそんなことは何ひとつ気づかなかったし、おれがいまこうしてみんなを奮い立たせる努力の片棒をかつぐようになるまでは、月世界人の盲点が〝愛国心〟という名で各人の記憶バンクの底にひっそりと隠れていることに気づかなかった。ワイオと彼女の同志は〝愛国心〟というボタンを押し続けたが、どうにもならなかった――何年も働いて全体の一パーセントよりも少ない数千人の同志ができただけであり、その顕微鏡的な人数のほとんど十パーセントがボス・スパイから給料をもらっているスパイなのだ！

教授は、はっきりと教えてくれた。民衆は愛させるより憎ませるほうが容易なものだと。幸いなことに保安局長アルヴァレスがおれたちを助けてくれた。死んでいった九人のスパイのあとに九十人が補充されたのだ。つまり行政府はいやいやながらだが、おれたち相手のことで金を使うという羽目に仕向けられ、そうした愚かな行為はまた次のものへと続いていった。

長官の護衛兵はもっとも初期の時代であってもそう大人数ではなかった。歴史的な意味での刑務所の看守は不必要であり、それが流刑植民地制度のひとつの魅力だった――しかも安あがりなんだ！　看守長の意味での長官とその副官は警護されていなければいけないし、滞在中の重要人物ということだったが、刑務所自体に看守は必要なかったのだ。かれらは不必要だとわかると船を警備することもやめ、二〇七五年の五月には護衛兵をもっとも安あがりの人数、その全員を新しい流刑囚だけにしたのだ。

だが一夜のうちに九人を失ったことは、誰かを脅かせた。そのことでアルヴァレスが恐怖を覚えたことはわかっている。かれは援助を求める書類をゼブラ・ファイルに入れ、マイクはそれを読んだ。有罪となる以前は地球で警官をやっていたごろつきで、そのあとは一生を月世界で警護を担当してきたアルヴァレスは、たぶん岩場《ザ・ロック》でもっとも恐怖に怯え、いちばん孤独な男となったことだろう。かれはより強力な援助をもっと多くと要求し、それが手に入らなければ辞職すると脅迫した——ただの脅しだった。もし行政府が本当に月世界のことを知っていたらわかったことだろうが。もしアルヴァレスがどこの居住区であれ武装していない市民として姿を現わしたら、ひと呼吸もしないうちにこの世と別れを告げることになってしまうのだ。

かれは護衛兵を追加させた。おれたちはあのときの襲撃を誰が命令したのか、どうしてもわからなかった。イボ蛙のモートは一度もそんな傾向など示したことがないし、在職期間中、ずっと名ばかりの王様だったから。ひょっとすると近ごろボス・スパイの地位につくことができたアルヴァレスが、いいところを見せようとしたのかも——長官になろうという野心を持っているためかもしれない。だがもっと考えられるのは、〝破壊分子の活動〟についての長官の報告が、地球側にいる総督にその一掃を命じさせたということだ。

ひとつの根本的な間違いは他の失敗を引き起こすものだ。新しい護衛兵は新しい追放者から選び出した連中ではなくて、選り抜きの囚人部隊、世界連邦のやくざな平和竜騎兵隊だったのだ。そいつらは下劣で乱暴で、月世界へ行きたいと思ったことなどなく、すぐに〝一時的な警察行動勤務〟というのが片道旅行であることをさとった。そして月世界と月世界人を憎悪し、われわれをその原因であると考えたのだ。

アルヴァレスはかれらを手に入れるとすぐ、すべての居住区にある地下鉄の駅に二十四時間ぶっ通しの見張りを置き、旅券と旅券検閲を制度化した。月世界に法律というものがあれば、それは不法なことだったろう。というのは、われわれの九十五パーセントまでは、自由な身で生まれているか、あるいは刑の期間が終わっているから、理論的にも自由の身だからだ。都市部におけるその割合はもっと高かった。というのはまだ釈放されない流刑囚は政庁にある収容宿舎に住み、ひと月に二日、仕事のないとき町へ出かけてくるだけだったからだ。そんなときでも、かれらは金を持っていないから、誰かに一杯おごってもらえないかと町の中をうろついているほかないのだ。

だが旅券制度は、長官の規則だけが成文法だったので〝不法〟ではなかった。そのことは新聞に発表され、おれたちは旅券を入手するのに一週間を与えられ、ある日の朝八時にそれが効力を発揮したのだ。月世界人のある者はほとんど旅行などしない。ある者は仕事で旅行する。ある者は外部の居住区からとか、月世界市からノヴィレンへ、あるいはその反対にと定期券で通っている。良い子は申込書に書きこみ、料金を払い、写真をとられ、パスを入手した。おれは教授の忠告で良い子になり、旅券の金を払い、それに政庁内で働くために携行しているパスをつけた。

良い子がどれほど少なかったことか！　月世界人はそんなものを相手にしなかったのだ。旅券だと？　誰かそんな物を聞いたことのあるやつがいるかい？

その日の朝、地下鉄南駅にひとりの竜騎兵が軍服ではなく護衛兵の黄色い服を着て立っていたが、その服とおれたちの両方が憎くてたまらない顔つきをしていた。おれはどこへ行こうとしていたわけでもなく、離れたところから見ていたのだ。

ノヴィレンからのカプセルが到着し、三十人ほどの群衆が出口に向かった。ガスポディン《みすたー》・黄色い上衣《イエロー・ジャケツ》は最初にやってきた男に旅券の提示を求めた。その月世界人は立ちどまって言い争いを始めた。次の男が押して通過していった。護衛兵はふり向いて怒鳴った――もう四、五人が突き進んでいった。護衛兵は拳銃に手を伸ばした。誰かがそいつの肘をつかんだ。銃は発射された――レーザー銃ではなく、大きな音をたてる散弾銃だった。

弾丸は床にあたり、どこかへ唸り声をあげて飛んでいった。おれはもっと後ろへ下がった。ひとりの男が怪我をした――その護衛兵だ。最初の乗客の一団が坂を通り過ぎていったあと、そいつは床に倒れており、身動きもしていなかった。

誰ひとり注意を払わなかった。よけて通るか、またいでいった――ただひとりの例外は赤ん坊を抱いた婦人で、立ちどまって念入りにそいつの顔を蹴飛ばしてから、坂を降りていった。そいつはたぶんもう死んでいたんだろうが、そうだとわかるまでおれは待っていたりしなかった。交替のやつが来るまで、その屍体はそのままになっていることだろう。あくる日になると、そこには半個分隊ほどが来ていた。ノヴィレン行きのカプセルは空《から》のまま出発していった。

これで片がついた。どうしても旅行をしなければいけない者は旅券を求め、最後まで抵抗しようとする者は旅行をやめたのだ。地下鉄の改札口の護衛兵は二人になり、ひとりが旅券を調べているあいだ、もうひとりは銃を抜いて後ろに立っていた。旅券を調べるほうのやつも厳しくはしなかった。それで良かった、というのはほとんどが偽造だったし、最初のころのは実に粗雑なものだったからだ。だがすぐに正式な書類のほうは盗まれ、偽造のほうが公式なものと同じ本物となった――このほうが高価だったが、月世界人は私企業による旅券のほうを選んだのだ。

おれたちの組織は偽造旅券を作ったりはしなかった。ただそれを助長しただけだった――そして誰がそれを持っており誰が持っていないかを知った。マイクの記憶バンクには、正式に発行された名簿が残されていたんだ。これはわれわれが作りつつあったファイルの中で山羊から羊を分離する役に立った――同じくマイクの中に記憶させたのだが――〝革命記念日〟の場所にだ――偽造旅券を持つ人間はなかばおれたちに参加したのも同じだとみなしたのだ。おれたちの次第に育ってゆく組織の中では、正式旅券を持っている人間は絶対に誘ってはいけないという言葉が下の細胞へ順次に伝えられていったのだ。もし勧誘する者に自信がなければ、ただ上部組織に尋ねるだけでいい、すぐに解答が返ってきた。

護衛兵の悩みはいつまでたっても終わらなかった。子供らをその前に立たせてみると、かれらの権威を高める結果にはならないし、心の平和が増えるものでもなかった。子供らを目の届かない背後に置くともっと事態は悪くなった。護衛兵のやる動作をすべて真似するのだ――あるいは前へ後ろへと歩きまわり、下品なことをわめきたて、騒ぎまわり、世界じゅうどこでもやる指真似をやりだした。少なくとも護衛兵たちはそれを侮辱だと受け取った。ある護衛兵が小さな男の子を手の甲でなぐり、歯を何本か折った。その結果は、二人の護衛兵が死に、月世界人がひとり死んだのだ。

その後、護衛兵たちは子供を無視することとなった。

おれたちはこれを実際に行なう必要はなく、ただ奨励するだけでよかったのだ。おれの最年長の妻《シニア・ワイフ》ぐらいの年ごろの上品な婦人が、子供たちに行儀の悪い真似をしろとけしかけるところなど、想像もできないだろう。だが、そのとおりだったのだ。

故郷から遠く離れてきている独身の男たちを混乱させることはいろいろとある――そのうちのひとつを、われわれは始めた。この平和竜騎兵隊は、月の岩場《ザ・ロック》へ慰安部隊の用意なしに送られてきていたのだ。

おれたちの女性にはすごく美しいのがいるが、そういう連中が駅のまわりをぶらぶら歩きはじめたんだ。いつもよりずっと覆うところの少ない服装でだ――それは、ゼロのところまでだっていけるんだ――そして、遠くまで強烈な力を及ぼせる香水を、いつもよりずっとたくさんつけて。その女性たちは黄色の上衣に話しかけたりせず、目をくれもせず、ただかれらの視線の届くところを、月世界人の娘だけがやれる腰の振り方をして横切っていくのだ(地球の女にはそんな歩き方はできない。彼女らは六倍もの余分な重さを背負わされているんだから)。

そういうことはもちろん、男を黒山のように集めることになった。大人からまだ思春期に達していない少年たちまでだ——美しい彼女たちに対しての嬉しそうな歓声と口笛、そして黄色い番人に対する意地悪い嘲笑だ。この仕事を最初にやった娘たちは商売女《スロットマシン・タイプ》型だったが、志願者は大変な勢いで増えてきたので、教授はわれわれが金を使うことなどないと決めた。かれは正しかった。仔猫のように恥ずかしがりのルドミラでさえ、それをやってみたがったのだが、ただマムがしないようにと言ったので、やめただけなのだ。だが十歳年上でおれたちの家族ではいちばん美人のレノーレは、それをやってみたし、マムは怒ったりはしなかった。彼女は頰を紅潮させ興奮し大喜びで帰宅してくると、もう一度敵をからかってやりたいと熱心に言いたてた。それは彼女自身の考えで、そのころのレノーレは、革命が発酵しかかっていることなど知らなかったのだ。

このころのおれはめったに教授と顔を合わせなかったし、絶対に公衆の前では会わなかった。おれたちは電話で連絡を保っていたのだ。最初のあいだ障害となる隘路《あいろ》は、おれたちの農園には二十五人に対して電話が一本しかないということだった。その多くは若い連中で、叱られないかぎり何時間でも電話にしがみついている。マムは厳格だった。おれたちの子供が外へかける電話は一日に一度だけ許され、その一回も最高が九十秒で、それ以上は罰が次第に上がってゆくのだ——彼女の例外を認める優しさで緩和されてはいたが。だがその許可も〝マムの電話講義〟が必ずついていたのだ。〝わたしが初めて月世界に来たときは、個人用の電話などなかったのよ。あなたがた子供はほんとに知らないのよ。いまがどんなに恵まれているか……〟

おれたちは電話を取りつけることができた最後の裕福な家庭の一軒だった。おれが夫として選ばれたころ、家庭にある電話は珍しかった。おれたちが裕福だったのは、農園が作り出す物なら何ひとつ買わなくてすんだからだ。マムが電話を嫌ったのは、月世界市共同通信電話会社への料金の大部分が、行政府に入るからだった。彼女にはどうしておれが電力を盗めたように簡単に電話線のほうも盗めないのか、どうしても理解できなかった（〝あなたってそんなこと何だって知っているのにねえ、マヌエル坊や〟）。電話器などというものは交換機構のごく一部であって、その機構にあてはまるものでなければいけないなどということは、彼女にはまったく関心のないことだったのだ。

だが結局のところおれはそれを盗むことになった。不正な電話の困ることは、外からかけてこようとする場合、どうやって受信すればいいかということだ。その電話は登録されていないから、かけてほしい相手にそのことを言ったところで、交換機構そのものが登録されていないこちらの存在を知らず、他人をこちらへ連結する信号音を与えられないのだ。

だがマイクが陰謀に加わると、交換は問題とならなかった。おれは仕事部屋に必要とする物をほとんど持っていた。品物によっては購入し、物によっては作りだした。仕事部屋から電話台までと、反対にワイオの部屋へ小さな穴をあけた――処女岩《バージン・ロック》は一メートルもの厚さがあったが、レーザー・ドリルは照準を合わせるとたちまちのうちに細い鉛筆ほどの穴をあけた。おれは登録されてある電話をはずしてその線に無線回路をつけ、電話器のはめこんである壁のくぼみに隠した。そのほかに必要なものというとワイオとおれの部屋に両耳式の送受話器を隠すことと、デイビス家の電話線には聞こえないように聴可周波数以上に上げる回路と、それをまた反対に肉声にもどす回路を入れることだった。

ただひとつ問題となったのは、これを見られずにすることだったのだが、マムはうまくその采配をしてくれた。

そのあとはみなマイクの問題だった。それからは交換装置など使わず、他の電話からかけるときだけMYCROFTXXXを使った。マイクは四六時中、仕事部屋とワイオの部屋に耳を澄ましており、おれか彼女が「マイク」と言うのを聞くと、かれはすぐに答えた。ほかの声には答えなかった。声紋はかれにとって指紋のようにはっきりしていることだったのだ。かれは一度として間違いを犯さなかった。

わずかな改造——仕事部屋のドアにつけてあったような防音装置をワイオのドアにもつけること、おれのところか彼女のところのを押すと、彼女が部屋にただひとりでいてドアには鍵がかけられていること、反対におれがその状態であることを知らせる装置などだ。このすべては、ワイオとおれがマイクを相手にか、おたがいにか、マイク、ワイオ、教授、おれのあいだで話し合いができるようにするための安全装置だった。マイクは教授がどこにいようと電話する。教授はそのまま話をするか、もっと秘密を保てる電話を使ってかけなおしてくる。あるいは、ワイオかおれを見つけてもらわなければいけないことになるかもしれない。

おれたちはみな、マイクと連絡をすぐとれるところにいるように気をつけていたんだ。

おれの不法な電話にはボタンを押して相手を呼び出す方法はなかったが、月世界にあるど

の番号でも呼び出すことができた――マイクに話しかけ、相手が誰であろうとシャーロック
でと頼み――番号を言わなくても、マイクはすべての登録番号を知っており、おれがやるよ
り早く番号を探せたからだ。

おれたちは現存の電話交換網に含まれている可能性がどれほどまで無限であり、おれたち
に役立つものかということがわかりかけていた。おれはマイクから教えられて、マムがおれ
に電話する必要があるときマイクを呼び出せるための、もうひとつの死んだ番号をマムに教
えた。彼女はマイクのことをずっと人間だと信じ、かれと仲良くなっていった。これはおれ
の家族の中にもひろがっていった。ある日おれが家へ帰ってくるとシドリスは言ったものだ。
「ねえマニー、すてきな声をしたあなたのお友達から電話があったわよ。マイク・ホームズ
ね。電話してほしいって言ってたわ」
「ありがとう。そうするよ」
「あなた、その人をいつ夕食に招待するつもりなの、マン？　わたし、かれ素敵な人だって
思うんだけど」
おれは彼女にガスポディン・ホームズは息が臭くて、髪はとかしたことなどなく、女を憎
んでいるんだと言った。
彼女はひどい言葉を口にした。マムが聞こえないところにいたからだ。
「あなた、わたしをかれに会わせるのが怖《こわ》いんでしょ。わたしがかれのほうを選ばないかと
思って」

おれは彼女を軽く叩き、そのとおりなんだと答えた。おれはマイクと教授にそのことを話した。マイクはその後、おれの家族の女たちにもっと愛敬をふりまくようになった。教授は考えこんでいた。

おれは陰謀の技術について学びはじめ、革命は芸術になりうるのだという教授の感情がわかりかけてきた。月世界《ルナ》の大惨事まであと七年というマイクの予言をおれは忘れていなかった（疑いもしなかった）。だがそのことは考えず、心の躍る、手のこんだ細部の点を考えていたんだ。

教授は陰謀におけるもっとも困難な問題は情報伝達と秘密保持だということを強調し、それらが相反する点を指摘した——情報伝達が容易であればあるほど、秘密保持に対する危険は大きくなるのだ。もし秘密保持が厳しすぎると、組織は安全への警戒対策によって麻痺してしまうことがある。細胞組織というものは妥協そのものなのだとかれは説明した。おれは、スパイによる損害を少なくするために必要だから細胞組織を受け入れた。ワイオさえも、昔から潜りこんでいるスパイによってどれほど腐敗しているかを知ったあとは、小区画分離制のない組織はうまくいかないことを認めた。

だがおれは細胞組織の動きのとれないような情報伝達は気に入らなかった。地球の昔にいた恐竜のように、通信を頭から尻尾へ、またはその反対へ送るのに時間がかかりすぎるのだ。

そこでおれはマイクと相談した。

われわれは、おれが教授に提案した多数の鎖型通信網を捨てた。われわれ細胞をそのまま残したが、秘密保持と情報伝達はわれわれの本物の思索家《ディンカム・シンカム》の驚異的なまでの可能性に託したのだ。

情報伝達。われわれはＡＢＣ順による細胞名に基く三つに分かれた木を立てる。

議長——アダム・セレーネ（マイク）（セレーネはギリシャ神話の月の女神。ローマ神話の月世界〔ルナ〕にあたる）
執行細胞——ボーク（おれ）、ベティ（ワイオ）、ビル（教授）
　ボーク細胞——カッシー（マム）、コリン、チャン
　ベティ細胞——カルヴィン（グレッグ）、セシリア（シドリス）、クレイトン
　ビル細胞——コーンウォール（フィン・ニールセン）、カロリン、コッター

——そのように続いてゆく。七番目の鎖ではジョージがハーバート、ヘンリー、ハリーを監督することになる。そのレベルに達すると〝Ｈ〟のついた名前が二千百八十七人必要となる——だがそのことは勘のいい計算機に任せて、見つけるか発明するかにするのだ。新しく参加した者は、それぞれの細胞名と緊急事態用の電話番号を与えられる。この番号は、多くの鎖をたどってゆく代わりに、〝アダム・セレーネ〟マイクに直通するものだ。

秘密保持。二重の要素に基いている。どんな場合も信頼できる人間はありえない——だがマイクはあらゆる場合に信頼できる。

いやな最初の半分は議論の余地などないことだ。薬品や他の不愉快な方法によると、どん

な人間であろうと破壊できるのだ。ただひとつの防御法は自殺だが、それも不可能かもしれない。ああ〝空洞の歯〟という方法がある。古典的であり異常でもあるが、確実に近いものだ――教授はワイオとおれ自身にそれを用意させた。かれが彼女に最後の友として何を与えたかはまったく知らないし、おれも自分のを使わなければいけない羽目にはならなかったのだから、ごたごたと詳しい点を述べる必要もあるまい。それにおれが自殺をする気になるようなことがあるかどうかも怪しいものだ。おれは殉教者の柄ではないんだ。

だがマイクは自殺する必要などありえなかったし、薬品を飲まされることもないし、苦痛を感じることもない。かれらはおれたちに関するあらゆることを、それぞれ別の記憶バンクに入れ、それを開くにはおれたち三人の声だけが信号となるようにプログラムした。それに、肉体というものは弱いものだから、われわれの誰もが緊急事態には他の二人の記憶バンクをも開けられるような信号をつけ加えたのだ。月世界における最高の計算機技師としてのおれの意見によると、マイクはその閉鎖鍵が組まれるともうはずすことはできないのだ。何よりも良いのは、誰ひとりとしてこのファイルを見せろと中央管制計算機に頼んだりしないしないということだ。なぜなら、そんなものが存在していることを知っている者はひとりもいないということだ。

〝マイクとしてのマイク〟が存在していることを想像している者もいないからだ。これ以上に確実なことはないだろう？

ただひとつの危険は、この目覚めた機械が気まぐれだということだ。マイクは常に予測していなかった可能性を現わし続けていた。そういった障害を乗り越える方法をかれが考え出すことも想像できる――もしかれがその気になればだ。

　だがそんなことは決して欲したりしなかった。かれは、最初のもっとも古い友人であるおれに忠実だった。かれは教授が好きだった。どうもワイオを愛していたように思う。いやいや、セックスなど関係はない。だがワイオは愛すべき女性であり、かれらは最初からうまが合ったのだ。

　おれはマイクを信頼した。人生とは賭けなければならぬものだ。この賭けにならおれはどんな率であろうと賭けようとしたのだ。

　そこでおれたちはどんなことであれマイクを信頼することによって秘密保持を行なうことにし、われわれはかれが知らなければいけないことだけを知った。

　あの名前と人数の木《ツリー》を例にとってみよう。おれは自分の細胞仲間の細胞名と、おれのすぐ下にある三人だけを知っていた。それだけがおれに必要なことだったのだ。マイクは細胞名を作り、それぞれに電話番号を割りあて、細胞名に対する実名の名簿を用意した。たとえば党員の〝ダニエル〟（おれはそいつを知らない。つまり〝D〟はおれより二つ下のレベルだからだ）が、フリッツ・シュルツを新しく入れたとしよう。アダム・セレーネはダニエルに電話して、シュルツの細胞名を〝エンブルーク〟と決める。それから、ダニエルに聞いた番号でシュルツに電話して、シュルツの細胞名がエンブルークであることと緊急事態用の電話番号を教える。この番号はどの新入党員にも違ったものなのだ。

　エンブルーク細胞を率いる指揮者といえどもエンブルークの緊急番号はわからない。知らないこととあれば、薬品を用いられようと、拷問にあおうと、どんなことをされようと、洩らしたりすることはできない。不注意さからでもだ。

さておれがエンブルーク同志と連絡をとる必要があるとしよう。おれはそいつが誰なのか知らない。そいつは香港にいるのかもしれないし、おれの家からすぐ近くの商店主かもしれない。届いてくれますようにと伝言を下へ送る代わりに、おれはマイクに電話する。するとマイクはすぐ、そいつの番号をおれに教えることなく〝シャーロック〟でおれとエンブルークとをつなぐのだ。

あるいはおれが、月世界にあるすべての酒場に配ろうとしている風刺画を用意している同志と話す必要ができたとしよう。おれはそいつが誰だか知らない。だが何かが起こって、そいつと話す必要がある。

おれはマイクを呼ぶ。マイクはすべてのことを知っている――そしてまたおれは、すぐにつないでもらえる――そしてこの同志にも、アダム・セレーネがお膳立てした電話だから大丈夫だとわかる。「こちら同志ボークだが」――そいつはおれのことを知らない。だがボークの頭文字〝B〟でおれが重要人物だとわかる――「われわれは、これとこれを変更しなければいけないんだ。きみの細胞指揮者に言って調べさせてくれ、でも仕事は進めてくれよ」

こまごましたこと――何人かの同志は電話を持っていない。何人かは一定の時間にしか連絡できない。市外の居住区によっては電話網のないところがある。それも問題ではない、マイクはすべてのことを知っているのだ――そして残りのわれわれは、おたがいに顔を知っているひと握りの人間のこと以外、危険をもたらすようなことは何ひとつ知らないのだ。

ある状況の下ではどの同志ともマイクは声と声とで話しあうべきだとわれわれが決めた後、かれにもっと多くの声を与え、かれを着飾らせることが必要となった。かれを三次元的な存在にし、〝月世界解放暫定委員会・議長・アダム・セレーネ〟を創造することだ。

マイクがもっと多くの声を必要とするのは、かれが音声記録・合成装置をひとつしか持っていないのに、かれの脳は十二あるいは百（どれぐらい多くかは知らない）もの会話をあやつることができるという事実にあった——チェスの名人が五十人の相手と勝負できるようなものだが、もう少し多いわけだ。

このことは、組織が大きくなりアダム・セレーネが頻繁に電話するようになると隘路を作るだろうし、われわれが実際行動に入れるほど長く続けば重大なことになるかもしれなかった。

かれにもっと多くの声を与える以外に、おれは、かれが持っているただひとつの声を黙らせたかった。われわれがマイクに電話しているとき、いわゆる計算機技師のひとりが機械室の中へ入ってゆくことがあるかもしれず、その鈍い頭に親計算機が独り言《ひとりごと》を言っているのではないかという考えを起こすかもしれなかったから。

音声記録・合成装置は非常に古くからある機械だ。人間の声はブーンという音とシュッという音がいろいろな混じり方をしている。コロラチュラ・ソプラノの場合でも同じだ。音声記録器は、そのブーンやシュッを分解して計算機（あるいは訓練された目）が読める型《パターン》にする。音声合成器は、ブーンやシュッを作り出し、それらの要素をその型《パターン》に合うように変える制御装置を持った小さな箱だ。人間がその音声合成器を〝演奏〟して人工的な声を作り出すこともできる。適当にプログラムされた計算機はそれを、人間が話せるように速く容易にはっきりと演奏できるのだ。

だが電話線にのっている声は音波ではなくて電気的信号だ。マイクが電話で話すとき、音声記録・合成装置の肉声部分は必要ない。音波は回路の端にある人間だけに必要なもので、行政府政庁のマイクの部屋では肉声を出す必要はなかった。そこでおれは、誰かに気づかれるというような危険などなくなるよう、それらの部分を除去しようと計画した。

まずおれは家で働き、そのほとんどの時間を三号の義手を使った。その結果、非常に小さな箱ができあがった。そのなかには、肉声部分をのぞいた二十個の音声記録・合成装置が入っていた。それからおれはマイクを呼んで、長官《ワーデン》を心配させるような〝病気〟になってくれと言った。それからおれは待った。

おれたちは以前にもこの〝病気になる〟策略を使ったことがある。マイクがとんでもない額の小切手をふりだし、おれが修理したあの木曜日のことだ。たまたまアルヴァレスがスチリヤーガ・ホールでの騒動についてゼブラ・ファイルを読んだのも同じ週のことだった。そのファイルには、ほぼ百人の人名が（三百人ほどのうちから）のっていた。そのリストにはショーティ・ムクラム、ワイオ、教授、フィン・ニールセンがのっていたが、おれの名はなかった——明らかにやつの密告者どもはおれに気づかなかったのだ。その記録には、平和を維持するために長官から任務の代行を命じられた九人の護衛兵が、どのように冷酷に射殺されたかということが述べられていた。それからまた、われわれの死者三人のこともものっていた。

一週間後の追加記録は、〝月香港の悪名高い女性扇動家・ワイオミング・ノットが五月十三日の月曜日に行なった扇動演説が、九人の勇敢な警官の生命を犠牲とした暴動を引き起こした。当人はまだ月世界市で逮捕されておらず、月香港でいつも出没している場所へも戻っていないことからして、当人自身が引き起こした虐殺事件で死んだものと信じられている〟と述べていた。この追記は、屍体が消え失せ、死者の正確な数はわかっていないことについて、以前の報告は述べそこなっていたことを認めていた。

この追記は二つのことをはっきりさせた。ワイオはもう家へ帰れないということと、金髪に戻れないということだ。

目をつけられていないとわかったので、おれは大っぴらな生き方にもどり、その週のお客さんを片づけ、カーネギー図書館の帳簿機械と訂正ファイルをなおし、まだ自分自身の電話を持っていなかったからラフルズ・ホテルのL号室で、マイクにゼブラ・ファイルやその他の特殊ファイルを読ませて時間を送った。その週のあいだマイクは落ち着かない子供のように（そのとおりだったのだが）しつこく、おれがいつももっと笑い話《ジョーク》を取りに来てくれるかを知りたがった。

おれはいらいらし、マイクの見地からすれば笑い話を分析することは月世界を解放するのと同じぐらい重要なことなんだということを、自分に言い聞かせなければいけなかった——そして、子供との約束を破るわけにはいかないのだ。

それ以外にも、おれは逮捕されることなく政庁の中に入れるかどうかということで、いらいらするような気分を味わった。教授が安全でないことはわかっており、そのためかれはラフルズで寝泊まりしていたのだ。だがかれらは教授があの集会に行っていたことを知っており、毎日どこにいるかも知っており——それでも、かれをつかまえようとはしていなかった。ワイオをつかまえようとする計画はあったことがわかると、おれは次第に落ち着かなくなった。おれは安全なのだろうか？　それともやつらは、おれを目立つことなく逮捕しようと待っているのだろうか？　おれはそれを知らなければいけなかった。

そこでおれはマイクに電話して、腹痛を起こしてくれと言った。かれはそのとおりにし、おれは呼ばれて行き——何の面倒も起こらなかった。駅と政庁での新しい護衛兵に旅券を見せることを除けば、すべてはいつもと同じだった。おれはマイクとおしゃべりをし、千個の笑い話を受け取り（三、四日おきに百ずつその分類を伝えるという約束で、それより早くはなくだ）、もう良くなってくれとかれに言って月世界市に戻ったんだが、その途中で主任技術者のところへ寄って、労働時間、旅行と工具費、材料代、特殊技術費、とにかく何でも名目のつけられるものはのせて請求書を出した。

そのあとおれはマイクと、ほぼひと月に一回顔を会わせた。そのほうが安全だったし、やつらの技術者では手にあまる故障のとき呼ばれる以外は行かなかった——そしておれは常に

〝修理する〟ことができた。ときにはすぐに、ときにはまる一日と多くのテストを繰り返したあとでだ。おれは覆い板に注意深く工具の跡を残し、修理以前以後のテスト作動の印刷を行ない、どこが悪かったか、どうしてそこを突きとめたか、どう修理したかを見せたのだ。おれが行ったあとはいつもマイクは完璧に作動し、おれは欠くことのできない存在だった。それで、かれの音声記録・合成装置につける新しい機械が用意できると、かれに〝病気〟になれというのをためらったりはしなかった。その知らせは三十分でやってきた。マイクはすばらしいことを考え出したのだ。かれの〝病気〟は長官の住居の各種条件をめちゃくちゃにすることだった。かれはそこの温度を十一分のサイクルで上げたり下げたりし、それと同時にそこの気圧を短い周期で2c/sで上下させ、その中にいる人間をひどく神経質にさせ、たぶん耳を痛くさせたのだ。

ただひとりの住居の条件を調節するのに、親計算機を使うとは！

デイビス・トンネルでは、家も農園もそれぞれ独立した簡易制御装置《イディオット・コントロール》で操作しており、どこかで警報がなると、誰かがベッドから出て、その部分の故障原因を調べることができるようになっていた。だから牛が寒がっても、トウモロコシはやられず、小麦用の照明が消えても、野菜は大丈夫だった。マイクが長官の住居に大騒ぎを起こさせ、誰ひとりどうしていいか見当がつけられないというのは、あらゆることを一台の計算機にやらせておくという愚さを示していた。

マイクは大喜びだった。これこそかれが実際に見られるユーモアだった。おれもそれを楽しみ、もっとやれ、楽しんでくれとかれに言い——そして工具を拡げ、小さな黒い箱を出したのだ。

　すると当直の計算機技師がおれのところへやってきてドアを叩き、ベルを押し続けた。おれはしばらく時間をおいてから答え、右腕で五号の義手をかかえ、切株のような左腕を見せながらいった。こうすると人によっては気分が悪くなるし、ほとんどの人間があわててしまうのだ。

「いったい何の用なんだい」

　おれがそう尋ねると、そいつは言った。

「なあ、長官がかんかんになっているんだ！　まだ故障を見つけてないのか？」

「変な回路を見つけたらすぐに、おれひとりで長官の大切な住まいはなおしてやるよと伝えてくれ……馬鹿な質問で少しは遅れるかもしれねえがな。カバー・プレートをはずしているのにドアを開けっぱなしで、機械にごみを入れたいのか？　そのつもりなら……あんたが責任者だからな……ごみで機械がガタガタしだしても、自分でなおすがいいや。おれは手を貸しに暖かいベッドから離れたりしてやらねえからな。そのことは人殺しが好きな長官にも言っとくがいいぜ」

「言葉遣いに気をつけろよ、相棒《コバー》」

「あんたのほうこそだ、囚人《コンビクト》、そのドアを閉めるのか閉めないのか？　それともおれがここから出て、月世界市へ戻ったほうがいいってのか？」

おれはそう言って相棒のように五号の義手を振り上げた。

そいつはドアを閉めた。哀れな男をいじめる趣味などない。それは全員をなるべく不幸にしようとする小さな計略だったのだ。そいつは長官の下で働くのがおもしろくなくなりかけていた。おれはそれを耐えがたいまでにさせたかったのだ。

「もう少しやる？」と、マイクは尋ねた。

「ああ、そのままで十分続け、それから突然とめてくれ。それからまた一時間やってくれ、まあ空気の圧力でだな。不規則に、強くだ。衝撃波って何だか知ってるだろう？」

「知っているとも。それは……」

「定義しないでくれ。大きなのを落としたあと、数分おきにあいつのところの空気ダクトを動かして、衝撃波が起こりそうになる近くまでやるんだ。それから、あいつに忘れられないようなことをやってやるんだ。うーん……マイク、あいつの家のトイレを逆流させられるか？」

「できるよ！　全部をかい？」

「あいつのところには、いくつあるんだ？」

「六つだよ」

「ほう……その全部を、敷物をすっかり濡らしてしまう程度に逆流させるようプログラムしてくれ。もしあいつの寝室にいちばん近いところがわかったら、そこは天井まで飛ばすんだ。できるかい？」

「プログラムはセットしたよ」

「いいぞ。さてこんどはおまえへのプレゼントだ、喜べよ」

マイクの発声装置には隠すスペースがあり、おれは三号の義手を使ってそれを取りつけるのに四十分を費した。おれたちは音声記録・合成装置を試験点検してみたあと、おれはかれにワイオを呼んで両方の回路を調べてみてくれと言った。

十分間が沈黙のまま過ぎてゆき、おれはそのあいだ具合が悪ければ取り除かれなければいけなかったところのカバー・プレートに工具の跡をつけ、工具を片づけ、六号義手をつけて印刷口《プリント・アウト》で待っている千の笑い話を巻き取った。おれはもとの発声装置から肉声変換器を取ってしまう必要などないことに気づいた。マイクはおれよりも先にその危険に気づき、ドアに誰かがふれるとすぐ声を出さないようにしていたんだ。かれの反射速度はおれよりもまず千倍は速いから、おれはそのほうの心配はしないことにした。やっとかれは言った。

「二十の回路すべてがオーケーだよ。ひとつの単語の途中で回路を変えたが、ワイオはその切れ目に気づかなかった。それから教授に電話してハローを言い、きみの家の電話でマムと話したよ。その三つを同時にやったんだ」

「おれたちには用事ってことがある。おまえがマムに電話した口実は何だい？」

「きみに電話させてくれと頼んだんだ、ぼく、アダム・セレーネにね。そのあとおしゃべりをしたよ。彼女は実に感じのいいおしゃべり屋さんだな、ぼくらは先週火曜日にグレッグが行なった説教のことを話しあったんだ」

「へえ？　どういうふうに？」

「ぼくは彼女に、ぼくも聞いていたんだと言ったんだよ、マン。そして、詩の部分を引用したよ」

「おい、マイク！」

「大丈夫だよ、マン。ぼくは後ろにすわっていて、最後の讃美歌のあいだに抜け出したんだと思わせたから。彼女は知りたがり屋じゃあないさ。彼女にはぼくが姿を見られたくないんだとわかっているよ」

　マムは月世界でも、もっとも知りたがり屋の女性なんだ。

「まあいいだろう。でも二度とやるなよ。じゃ……またやってくれ。集会に講演に音楽会に行って……盗聴して詰めこんでおいてくれ」

「誰か忙しい人が手でスイッチを切ってしまわないかぎりだね！　マン、ぼくは電話を相手にするときと違って、ああいうマイクロフォンを自由には操作できないんだ」

「あまり簡単すぎるスイッチだからだ。ソリッド・ステートの装置じゃなくて、筋肉の力を使うだけだからな」

「そんなのは野蛮で、不公平だよ」

「マイク、ほとんどすべてのものが不公平なんだよ。なおす《キュアー》（キュアーには保存するの意あり、エンデュアーにもほとんど同じ意味がある）ことができないものは……」

「……辛抱《エンデュアー》しなければいけないね。一度だけはおもしろい、マン」

「すまんな。変えてみよう。なおすことのできないものは、放り出してもっとましなものを入れるべきだ。それをおれたちはやるんだ。この前おまえが計算したときの可能性はどうだった？」

「ほぼ九にひとつだった、マン」

「悪くなっているのか？」

「マン、この何カ月か悪くなる一方だよ。まだ危機には達していないが」

「ヤンキースも最下位だしな。ああ、ほかの問題に戻ろう。これからおまえが誰かと話をするときはだな、もしその相手がどこかの講演会か何かに行っていたら、おまえもそこに行っていたんだ、そうするんだ……そして、そのことを、何か思い出すことで証明してみせるんだ」

「わかった。なぜなんだい、マン」

「おまえ『紅はこべ』を読んだかい？　たぶん市の図書館にあるはずだが」

「うん。それをみな言ってみようか？」

「やめろ、やめてくれ！　おまえはおれたちの紅はこべだ、おれたちのジョン・ゴールトだ、南北戦争のゲリラ隊長スワンプ・フォックスだ、おれたちの謎の男だ。おまえはどこにでも行き、あらゆることを知っており、旅券なしに町へ密かに出入りするんだ。おまえは常にそこにいるんだが、誰ひとりおまえの姿を見つけはしない」

かれの光点がさざ波のように明滅し、声もなく笑った。

「それはおもしろいな、マン。一度おもしろい、二度もおもしろい、たぶん常におもしろいだろう」

「常におもしろいよ。どれぐらい前に長官の家での運動会はやめたんだ？」

「四十三分前、ときどき空気ダクトを震動させること以外はね」

「やつは青くなっているだろうな！　もう十五分続けてくれ。そのあとおれは仕事が終わったと報告するから」

「わかった。ワイオがきみに伝言をよこしたよ、マン。ビリーの誕生パーティがあるのを忘れないようにってね」

「ああ、そうだった！　全部やめてくれ、おれはもう帰るからな。バイ！」

おれは急いで外へ出た。ビリーの母親はアンナだ。たぶん彼女の最後の子供だろう――アンナはおれたちとうまく八人の子供を作り、そのうちの三人はまだ家にいる。おれはえこひいきしないようにマムと同じぐらい気をつけてきた……だがビリーは実に可愛い坊やで、おれが読み書きを教えたんだ。おれと顔が似てくるかもしれない。

技師長の事務室に寄って請求書を置き、かれに会いたいと言った。中へ入ってみると、かれはひどく怒りっぽい気分だった。長官に頭ごなしにやっつけられていたからだ。

「待ってくださいよ。今日はぼくの息子の誕生日で、遅れるわけにはいかないもんでね。だが、あなたにどうしても見せなければいけないものがあるんです」

おれはそう言って、道具箱から封筒を出し、中身を机の上へ出した。おれが電熱線で焼いて持ってきた家蝿の死骸だ。デイビス・トンネルに蝿がわんさといるわけではない。ときどき気閘が開けられたとき町中から、ふらふら迷いこんでくるやつがいるんだ。こいつは、ちょうどおれが必要としたときに仕事場へ迷いこんできたやつだった。

「見ましたか？　どこで見つけたかわかりますか？」

その偽の証拠でおれは精密機械の維持について講義してやった。ドアを開けっぱなしにしていたことを話し、当直の技師について文句を言ったんだ。

「ほこりは計算機を壊すことだってできるんです。昆虫ときたひには、許せないことですよ！　ところがあなたの当直技師は、まるで地下鉄の駅か何かみたいにぶらぶら出入りするんだから。今日は両方のドアを開けっぱなしにしていたんですよ……その馬鹿が文句を言っているあいだじゅうね。蝿を呼びこむような連中が馬みたいな手でカバー・プレートをはずした証拠を見つけても……まあ、ここはあなたの仕事場ですからな、技師長。ぼくは精密機械が好きだからあなたのところの仕事をしてはいますが、手がつけられなくなりそうですよ。ひどい使い方をされているのは見たくありませんな！　さよなら」

「待った。きみに言いたいことがある」

「残念ですが、行かなきゃいけませんでね。ぼくの言うとおりにするか、使わないかです。ぼくは害虫殺し屋じゃなくて、計算機技師ですからな」

言いたいことを言わせないほど人間を欲求不満にさせるものはない。長官からの好運と助力で技師長はクリスマスまでに胃潰瘍になってしまうことだろう。

それでも遅くなりビリーにつまらぬ詫びを言わなければいけなかった。アルヴァレスが新しい思いつきを考え出し、政庁から出てゆく者を厳しく身体検査することにしたからだ。おれは検査をした竜騎兵たちに一度も汚い言葉を使ったりせず我慢し、家へ早く帰ろうとした。だが千題もの笑い話がかれらをやきもきさせたのだ。

「これは何だ？」

と、そいつらのひとりは尋ねた。

「計算機用紙……試験用に使ったんですよ」

そいつの相棒が加わった。そいつらに字が読めるとは思えなかったが。そいつらは没収しようとし、おれは技師長を呼べと要求した。やつらはおれを放免した。おれはちょっといい気分になって出ていった。そういった護衛兵は日ごとによりいっそう憎まれるようになってきたのだ。

どの細胞のメンバーでも用のあるときにはかれに電話できるようにするため、マイクをもっと人間らしくしなければいけないことになった。演奏会とか芝居に行くとかいったことでのおれの助言は、単なる側面効果にすぎなかった。電話で聞こえてくるマイクの声には変なところがあったのだが、おれが政庁にいるかれだけを訪れているときには気づかなかったのだ。きみが人と電話で話をするとき、そこには背景の騒音というものがある。そしてきみは、ほとんど気がつくことなどないとはいえ、その人の呼吸音を、心臓の鼓動や身体の動きを聞いているのだ。そのほか、たとえその人が防音フードで話していても、騒音は中まで入りこみ、そのあたりの空間を埋めて環境というものを備えた身体とするのだ。

マイクには、そういうところがまったくなかったのだ。

そのころマイクの声は、その音色、音質ともに〝人間〟として通るものだった。かれはバリトンで、北アメリカ人の発音に少しオーストラリア人の訛りが混じっていた。〝ミシェール〟としてのかれ（彼女？）は軽いソプラノでフランス訛りがあった。マイクの個性も同様に育っていった。おれが初めてかれをワイオと教授に紹介したころは、まるで知ったかぶりの子供みたいな口をきいていた。ところが数週間のうちにかれは、おれと同じ年齢の男かと思われるほどに成長したのだ。かれが最初に目を覚ましたときの声は、ぼんやり混乱しがさつで、ほとんど理解できないほどのものだった。いまは、はっきりしていて言葉遣いも正しく首尾一貫しており――おれには口語調、教授には学者風、ワイオには親切な口のきき方になっている。成熟した大人に期待する言い変えなのだ。だが背景は死んでいた。ひどい沈黙なのだ。

そこでおれたちはそこを詰めた。マイクに必要なのはヒントだけだった。かれは呼吸音をうるさくしたりしなかった。普通なら気づかない程度だ。だがかれは仕上げに気をくばった。「ごめんよ、マニー、電話が鳴ったとき、風呂に入っていたもんでね」――そして荒い呼吸音を聞かせる。あるいは「飯の最中でね……呑みこまなくちゃいけなかったよ」かれは一度〝人間の身体〟になってしまうと、おれを相手にもその調子でやったのだ。

おれたちはみんなラフルズで話しあい、〝アダム・セレーネ〟を一緒に作り上げた。かれは何歳なのか？　どんな容貌をしているのか？　結婚しているのか？　どこに住んでいるのか？　仕事は何だ？　興味は何だ？

　おれたちはアダムを、年のころほぼ四十歳、健康で、活気があり、教育があり、すべての芸術と科学に興味があり、歴史に非常に通じており、チェスの選手でもあるが、それをやっている暇がないということにした。かれはもっとも普通な型の結婚をし、相手はロシア系の女で、かれが最年長の夫《シニア・ハズバンド》であり――四人の子供がいるのだ。おれたちの知っているかぎり、妻と年下の夫たちは政治に関心を持っていない。

　かれはいかつい感じの美男で、鉄灰色のウエーブがかかった髪の毛をしており、さまざまな人種が混じりあっていて、一方では二代目、もう一方では三代目だった。月世界人の標準からは金持のほうであり、月世界市と同じくノヴィレンとコングズヴィルでもいろいろな事業をしている。月世界市に事務所があり、外の事務室には十二人の男女が働いていて、中の事務室には男の代理所長と女の秘書がいるのだ。

　ワイオはかれが秘書と寝ているのかどうかを知りたがった。おれはそんな個人的なことはやめとけよと言った。するとワイオはきっぱりと言ったもんだ。別に何でも知りたがる性質だからではない――われわれはちゃんとしたひとりの人間を創造しようとしているのではないのかと。

　おれたちはその事務室がオールド・ドーム、第三傾斜路、南側、経済財政地区の中心にあると決めた。もしきみが月世界市を知っていたら、オールド・ドームにあるいくつかの事務所には窓があって、ドームの床《ゆか》を見おろせるようになっていることを思い出されることだろう。おれはこれを音響効果のために求めたのだ。

おれたちは図面を描き、その事務所を存在させた。エトナ・ルナとグリーンバーグ社のまん中あたりだ。おれはそのあたりの音響をポーチの録音機で採ったし、マイクはそのへんの電話を聞くことで音響を増やした。

それ以後、きみがアダム・セレーネに電話したとき、背景は死んでいなかった。もしかれの秘書である〝ウルスラ〟がその電話に出るとこうだ。「セレーネ商会でございます。月世界に自由を！」それからこうつけ加えもするだろう、「ちょっとお待ちくださいませんか？　セレーネさんは別の電話に出ていますので」するとトイレの音が、つまり水を流す音が聞こえてきて、彼女がちょっとした白々しい嘘をついたとわかるって寸法だ。それともアダムが出るかもしれない。「アダム・セレーネです。月世界に自由を。テレビを消しますから、ちょっと待って」それとも所長代理が答える。「アルバート・ジンワラー、アダム・セレーネの腹心の補佐です。月世界に自由を。もし党の問題でしたら……あなたの言われたのが、あなたの細胞名でしたからそう思うんですが……どうぞ遠慮なさらないでください。ぼくは議長に代わってそういう問題を処理していますから」

最後のは罠なのだ。同志はみな、アダム・セレーネだけと話すように指示されているのだ。その餌にかかった相手を痛めつけるようなことはしなかった。その代わりにそいつの細胞の指揮者は、その同志を何事であろうと重要なことでは信頼しないようにと警告されるのだ。
おれたちは反響を得た。「自由月世界を！」あるいは「月世界に自由を！」が若い連中のあいだに拡がってゆき、ついで大人の市民たちのあいだにも伝わっていった。おれが商売でかけた電話で初めてそれを聞いたとき、おれは驚いて歯を呑みこんでしまいそうになった。それからおれはマイクに電話して、その男が党員であるかどうかを尋ねた。そうではなかった。それでおれは、マイクが細胞の樹をさぐってゆき、誰かにそいつを参加させられないか見てくれと言った。

もっとも興味ある反響はファイル・ゼブラに現われたものだった。おれたちがかれを作り出して一月《ひとつき》もしないうちにボス・スパイの秘密ファイルに〝アダム・セレーネ〟が現われ、これは新しい地下運動指導者の変名であるとの注意書がついていたのだ。

アルヴァレスのスパイはアダム・セレーネを調べ上げた。数カ月のうちにかれのファイル・ゼブラはだいぶ増えてきた。男性、三十五から四十五、事務所はオールド・ドームの南側、土曜以外はたいてい〇九〇〇から一八〇〇グリニッジ時にそこにいるが、それ以外の時間の電話は中継される、家は市街気圧《アーバン・プレッシャー》地区の中にあり事務所までの通勤所要時間は十七分を越えない。家庭には子供がある。仕事は株式の仲買と農園。劇場や音楽会へ行く。たぶん月世界市チェス・クラブおよびチェス協会の会員だ。昼食時間にクレー射撃やその他のヘビーなスポーツをしている。たぶん月世界市体育クラブだろう。美食家だが、体重に気をつけている。驚くべき記憶力と数学的才能の持主。指導者タイプであり、すみやかに決定を下すことができる。

密告者のひとりは市の演劇団によるハムレットの再演のとき、幕間にアダムと話をしたと信じこまされた。アルヴァレスはその容貌に注意を払った――それはウエーブのかかった頭髪以外、おれたちの考えたのとまったく同じだったのだ。

だがもっともアルヴァレスをやきもきさせたのは、アダムの電話番号が報告されるたびに、それが間違っていたということだった（架空の番号だったわけではない。おれたちはちゃんと登録された番号を使っていた。ただ、マイクはおれたちの使っている番号を、新しい加入者が現われるたびにふりかえていたのだ）。アルヴァレスは数字をひとつずつ違えてゆく方法で〝セレーネ商会〟を探り出そうとした――これはマイクがいつもアルヴァレスの事務所の電話に注意しており、その命令を聞いたので、おれたちにわかったのだ。マイクはその知識を使ってかれ流の悪戯をやった。かれの部下が数字をひとつ違えて電話するたびに、それは必ず長官の私邸へとかかったのだ。そこでアルヴァレスは長官に呼ばれて絞り上げられることになった。

マイクを叱ることはできなかったが、頭のいいやつがいたら誰かが計算機に細工をしている事実に気づくはずだと注意した。するとマイクはそれほど頭のいいやつはいないと答えた。

アルヴァレスの努力がもたらす主な結果は、かれがアダムの電話番号だと思うものを手に入れるたびに、おれたちにはスパイがわかったことだった――新しいスパイだ。おれたちが初期に見つけた連中には決して電話番号を教えなかったから。その代わりにかれらはおたがいに知らせ合える堂々めぐりの組織に入れられていたのだ。だがアルヴァレスの協力で、おれたちは新しいスパイをすぐに見つけることができた。アルヴァレスは自分が雇うことのできるスパイのことで憂鬱になってきたことだろうと思う。そのうちの二人は行方不明となり、おれたちの組織はもう六千人を越えていたが、その二人をどうしても見つけ出せなかった。たぶん消されたか、尋問される途中で死んだのだろう。

セレーネ商会はおれたちが作り上げた唯一の偽の会社ではなかった。LU《ル》NO《ノ》HO《ホ》会社はずっと大きく、同じく偽物ではあるが、名義だけのものではなかった。その中央事務所は香港にあり、支店がノヴィ・レニングラードと月世界市にあり、そのうち何百人もの人間を雇い、そのほとんどは党員ではなく、おれたちのもっとも困難な作戦でもあった。

マイクの親計画《マスタープラン》には、解決しなければいけない問題がうんざりするほど並べたてられていた。ひとつは財政だった。もうひとつは射出機《カタパルト》をどうやって宇宙からの攻撃に対して防御するかということだった。

教授は最初のを解決するため銀行強盗を考えたが、どうにも気が進まなくて断念した。だが結局のところおれたちは、銀行を、会社を、行政府自身をも強盗したのだ。マイクがそれを考え、マイクと教授が練り上げたのだ。最初マイクには、なぜおれたちが金を必要とするのか、はっきりわからなかった。人間をあくせくさせるいろいろな圧迫について、セックスについてと同様ほとんど何も知らなかったのだ。マイクは何百万ドルもの金を操作し、何の面倒も知らなかった。かれはどれだけのドルが必要であろうと行政府の小切手を切ろうと申し出た。

教授は恐怖を覚えて飛び上がった。かれはそれからマイクに、そんな小切手を現金に変えるときの面倒さについて、たとえば行政府から出た一千万連邦ドルについての場合を説明した。

そこでかれらはそれを小刻みに、月世界のあらゆる場所で多くの名前を使ってやることにした。マイクが会計を行なっているすべての銀行、会社、商店、行政府を含む機関が、党の資金源とされたのだ。それはおれにはわからないが教授にはわかっており、マイクの大変な量の知識には潜んでいることで、金《かね》というもののほとんどは単に帳簿上のものであるという事実に基いた、ピラミッドのように巨大な詐欺行為だった。

たとえば——多くの方法で何百倍にもするのだ。おれの家族の息子セルゲイ——十八歳で党のメンバー——が共同保険銀行に預金をしろと言われる。かれは預金をし、引き出しもする。そのたびごとに小さな間違いがされる。預金した額よりも多くが預けられており、引き出した額より少なく借方に記入される。数カ月後かれは町の外に就職し、その預金をティコ地下市相互銀行に移す。移された預金量は、すでにふくらまされている額の三倍だ。これのほとんどをかれはすぐに現金で引き出し、細胞の指導者に渡す。マイクはセルゲイが渡すべき金額を知っているが（アダム・セレーネと銀行の帳簿付け計算機が同一人であることをかれらは知らないから）、みんなはそれぞれの会計報告をアダムにしろと指示される——計画そのものは正直ではないが、かれらを正直な連中にしておくためだ。

約三千香港ドルといったこの盗みに何百人というような数をかけるのだ。

何千回ものこういった盗みが露見しないためにその帳尻を合わせるためマイクがどんな忙《ジガ》しい・ごまかし《リイ・ポウカリイ》をしたのか、おれには説明できない。だが、会計検査官は機械は嘘などつかぬと信じていたに違いない。そいつは機械が正確に動いているかどうか調べるために試験作動を行なうだろう――だが、機械自体が不正直なのだからその試験には何の意味もないということなどは考えもしないのだ。マイクの盗みが経済を混乱させるほどの大きなものであることなど絶対になかった。半リットルの血液は、その提供者に危害を加えるには少なすぎる量というようなものだ。こんなに方々で金がごまかされているのだが、誰が損をしているのかおれにはわからなかった。だがその計画におれは悩んだ。おれは行政府を相手とするとき以外、正直にするように育ててこられたのだ。教授は、現在起こりつつあることは穏やかなインフレーションであり、おれたちが再投資している事実によって相殺《そうさい》されているのだと説明した――おれが考えるべきだったのは、マイクは記録を持っており、革命後はそのすべてを元に返せるのだし、行政府によってこれまでほどの大変な額を絞り取られなくなるのだから、返却するのは容易なことだということだったのだ。

おれは良心に眠ってしまえと言った。歴史を通じてあらゆる戦争を賄うためにあらゆる政府が行なってきたごまかしにくらべればつまらないことだ――そして、革命とは戦争じゃあないのか？

この金は多くの手を通過したあと（そのたびにマイクによって増やされ）、最後はルノホ会社の主要財源となった。この会社は相互出資と株による混合会社で、〃紳士投機家〃の保証人が、それぞれの名前でその盗んだ金を積み立て株に賭けていたのだ。この会社が用いていた簿記を議論するつもりはない。マイクがすべてを管理していたのだから、正直さというようなことで腐敗することはなかったのだ。

それでもそこの株は月香港取引所で上場され、チューリッヒ、ロンドン、ニューヨークでも売りに出された。ウォール・ストリート・ジャーナルはこの会社のことを〃魅力的な、危険はあるが、利益も高そうな投資であり、大きな成長が期待される〃と述べていた。

ルノホ会社は多くの冒険を完全に合法的に行なっている土木開発会社だった。だが最大の目的は二台目の射出機を秘密のうちに建設することだった。

この作戦を秘密にすることはできなかった。これだけの大きさの水素核融合発電所を買ったり建設したりして気づかれずにすますことなどはできない（太陽動力は明らかな理由によって斥けられた）。部品は標準型カリフォルニア大学装置のものをピッツバーグから注文してとりよせ、おれたちは最高の性能のものを手に入れるため喜んでかれらに特許権使用料を支払った。また、何キロメートルもの長さの誘導フィールド用の固定子を気づかれることなく作ることもできなかった。だがもっとも重要なことは、主要な建設工事に大勢の人々を雇いながら、それを見せずにすませることなどできないということだ。確かに射出機はそのほとんどが真空中にあり、固定子リングは射出末端に離れて設置される。だが、行政府の三G射出機《カタパルト》はほとんど百キロメートルもの長さがあった。それはどの月世界飛行地図にも出ている宇宙飛行士の目印であるだけでなく、あまりに大きいので地球からそれほど大きくない望遠鏡でも見えるし写真にもとれる。それはレーダー・スクリーンにも、はっきりと見えているのだ。

おれたちの作っていたのは、それよりも短い射出機で、十Gのやつだったが、それでも長さは三十キロメートルになり、隠すには大きすぎた。

そこでおれたちはそれを盗まれた手紙方式で隠すことにした。

おれはマイクが無限に読み続けている小説のことをよく尋ね、かれがどんな考えを持ちかけているのかを知ろうとしていた。そしてかれが事実から吸収するものより小説からのほうが、人間生活についてより良い感情を得ていることがわかった。小説は、人間によって当然のこととされている生活形態をかれに教えたのだ。かれはその中で生活したのだ。この〝人間らしくする〟効果とは別に、これはマイクの生活経験の代用品となり、かれが〝真実ならざる資料〟と呼ぶ小説からいろいろな思い付きを得たのだ。どうやって射出機を隠すかを、かれはエドガー・アラン・ポーから知ったのだ。

おれたちはそれを字義どおりにも隠した。この射出機は人の目にも見えずレーダーにも映らないようにするため、地下に作らなければいけなかった。だがもっと微妙な意味でも隠さなければいけなかった。月面図上での位置そのものが秘密でなければいけないのだ。

どうやればこれができるのか？　これほど大きな怪物で、こんなに大勢の人が働くものを？　こんなふうに言ってみよう。きみがノヴェリンに住んでいるとする。月世界市はどこにあるか知っているか？　何だって、危難の海の東端さ、誰だってそんなことは知っているぜ。そうか？　緯度と経度はどうなんだ？　え？　参考書を見ろよ！　そうだろう？　それ以上どこにあるか知らないのなら、きみは先週どうやって見つけられたんだ？　なに難しいことなどあるものか、相棒。おれは地下鉄に乗り、トリセリで乗り換え、あとは寝ていたよ。見つけるのは地下鉄が心配すりゃあいいことさ。

わかったかい？　きみはどこに月世界市があるのか知らないんだ！　きみはただカプセルが地下鉄西駅に着くと、そこで降りるだけなのだ。

それがおれたちの射出機を隠した方法だった。

それが波の海地域にあることは〝誰だって知っている〟ことだ。だがそれがある所と、おれたちがあると言っていた所とは百キロメートル前後違っていただけだ。北に、南に、東に、西に、あるいはそれを組み合わせた方向で。

現在きみたちはその場所を参考書で探すことができる——そして同じように間違った解答が出てくる。射出機の場所はいまだに月世界でもっとも厳重に守られている秘密なのだ。

宇宙からは肉眼でもレーダーでも見えない。射出するとき以外は地下にあり、他に一万もあるのと同じ大きな黒い輪郭のはっきりしない穴で、けわしい山の上高くにあり、短距離ロケットも降りてこられるようなところではない。

それにもかかわらず、建設中もその後も多くの人々がそこへ行った。長官さえも訪問し、おれの共同夫《コ・ハズバンド》グレッグがやつを案内した。長官はその日のために徴発した郵便ロケットで行き、やつのサイボーグは座標と着陸用のレーダー・ビーコンをひとつ与えられた——事実、現地からそう遠くない地点だった。だがそこからは月面輸送車で旅行しなければならず、おれたちの輸送車というと、その昔エンズヴィルからベルチハッチイのあいだを走った旅客バスのような代物ではないんだ。そいつは貨物輸送用の車で、見物用の窓はなく、道はあまりにひどかったので人間の積荷はベルトで縛りつけておかなければいけなかったのだ。長官は運転台に乗りたがったが——すみません、閣下！——運転手と助手だけしか乗れないし、安全に走らせるにはその両方が必要だったのだ。

三時間後、やつはもう家へ帰ること以外、何も考えないようになっていた。やつは一時間いたが、この掘鑿《くっさく》の目的や掘り出された資源の価値についての話にはまったく興味を見せなかった。

それより重要でない連中、労働者やその他の者は、地下で交差しあっている氷探しの試掘孔を通って旅行したが、これは行方不明になりやすい道でもあった。もし誰かがその荷物の中に慣性方向探知機を入れていれば、その場所を突きとめることもできただろう——だが秘密保持は厳重だった。ひとりの男はそのため、圧力服に故障を起こした。そいつの遺留品は月世界市に戻され、方向探知機はそのとおりを示していた——つまり、おれたちが読ませようと望んだとおりの位置をだ。そのためにおれは三号義手を持って大急ぎの旅行をしなきゃならなかった。窒素ガスの中でやれば痕跡を残すことなく封印しなおすことができる——おれはわずかに加圧した窒素大気下で酸素マスクを使った。難しいことは何もなかった。

おれたちは地球から来た重要人物をもてなした。何人かは行政府の高官だった。かれらは楽なほうの地下ルートを旅行した。どうも長官がかれらに忠告したのではないかと思う。しかしそのルートでも月面輸送車で三十キロメートルの行程なのだ。地球からの訪問客にひとり面倒を起こしそうなドリアン博士というのがいた。物理学者で技術屋だ。輸送車はひっくり返った――馬鹿な運転手が近道を通ろうとしたのだ――かれらは視界から完全に消え去り、その車のビーコンは壊れてしまった。哀れなドリアン博士は密閉されていない軽石の小屋で七十二時間をすごし、かれを乗せて運転していった二人の党員の努力にもかかわらず酸素欠乏症と放射能過被爆のため病気になって月世界市に戻るほかなくなった。

かれに見させても安全だったのかもしれない。つじつまの合わない話に気づいたりせず、その所在場所についての妙な点に気づいたりしなかったかもしれない。太陽が邪魔をしていないときでも圧力服を着たときに星々を見る人々は少ない。その星を読み取ることのできる人間はもっと少ない――そして、そのための道具を持ち、その使用法を知り、索引表を持ち、正確な時間を教えてくれる何かを持っていなければ、地表で自分のいる位置がわかる人間はいない。もっとも粗雑なやり方であろうと最小限必要な物は、八分儀、索引表、それに良い時計だ。おれたちの客は地表に出てはと勇気づけまでされたものの、もしそいつが八分儀か、それに代わる新式の道具でも持っていたら、事故を起こすことになっていただろう。

おれたちはスパイに対しては事故をこしらえたりしなかった。そいつらをそのまま留まらせ、たっぷり働かせ、そのあとマイクがそいつらの報告を読んだのだ。そのうちのひとりは、おれたちがウラニウム鉱脈を見つけたことに間違いないと報告していた。それはそのころにはまだ月世界では発見されていないものであり、中央深部試掘計画は何年も後のことなのだ。次のスパイは放射能測定器を持ちこんできた。おれたちはそいつを穴掘り現場で自由にうろつきまわらせてやった。

七六年の三月に射出機《カタパルト》はほとんど完成に近づき、固定子部分の建設だけが残っていた。発電所は入れられ、同軸ケーブルは三十キロメートルの長さにわたって照準線に沿った輪を作って地下に張りめぐらされた。作業員は党員だけの基幹要員に減少された。だがおれたちはアルヴァレスが規則的に報告を受けられるようにスパイをひとりだけ飼っておいた——やつを心配させたくはなく、変に思わせるだけにしておいた。その代わりにおれたちはかれを、町の中で心配させてやったのだ。

# 10

その十一カ月のあいだに多くの変化があった。ワイオはグレッグの教会で洗礼を受け、教授は健康がだいぶ衰えてきたので教えるのをやめ、マイクは詩を書きはじめた。ヤンキースは最下位に終わった。わずかな差でほかに負けたというなら教授に支払うのも癪ではなかったが、一シーズンに優勝旗から最下位へとは――おれはやつらの試合をテレビで見るのをやめた。

教授の病気は嘘だった。かれはその年齢にしては完全な状態で、毎日ホテルの部屋で三時間ずつ運動をし、三百キログラムの鉛製のパジャマを着て寝ていた。おれもそうしていたし、ワイオもいやいやながらそうしていた。

はっきりとは言えないけれども、彼女が一晩でもごまかして楽な夜をすごしたことがあるとは思わない。おれは彼女と一緒に寝てはいなかったんだ。彼女はディビス家の居候になった。彼女がマムを「ガスパーザ・ディビス」と呼ぶのから、「ガスパーザ・マム」と呼ぶのは一日で変わり、もう一日で「マム」になり、いまではたぶんマムの腰に手をまわして「ミミ・マム」ぐらいに呼んでいることだろう。ゼブラ・ファイルで彼女が香港へ戻れないとわかると、シドリスはワイオを自分の美容院へ就業時間に連れていき、洗っても落ちないように同じ黒い色で皮膚を染めなおした。シドリスはまたワイオの髪にも手を加え、黒いままだが、どうもうまく縮れがなおせないといったようにした。そのほかわずかな仕上げ――乳白色の爪エナメル、頬と鼻筋にプラスチック挿入、それにもちろん彼女は黒い目に見えるコンタクト・レンズをつけていた。シドリスが仕事をやり終えると、ワイオは自分の扮装に心をわずらわせることなく浮気にだって出ていけるようになった。完全な〝有色人種〟で、その先祖はタミールに少しアンゴラとドイツが混じっているといったところだ。おれは彼女を、〝ワイオ〟よりも〝ワイマ〟と呼んだ。

彼女はすばらしかった。彼女が身体をくねらせながら通りを歩くと、男たちはすぐに群がってついてくるのだ。

彼女はグレッグから農園の仕事を習おうとしかけたが、マムはそれにストップをかけた。ワイオは大きくて利口で、やる気があったが、おれたちの農園はほとんどが男だけの仕事だった――そしておれたちの家族の男性で彼女にみとれて仕事に身が入らなくなったのはグレッグとハンスだけじゃあなかった。彼女が働くことで増加するはずの農耕延べ時間より差し引きして少なくなってしまったからだ。そこでワイオは家事に戻り、それからシドリスが彼女を美容院の助手にした。

教授は会計を二つにして競馬をやった。一方はマイクの〝一流の見習騎手〟式で賭け、もう一方はかれ自身の〝科学的〟方法で賭けたのだ。二〇七五年の七月になると、かれは自分が馬のことなど何もわかっていなかったことを認め、マイクの方法だけでやることにし、賭金を増やし、多くの賭元にそれを拡げていった。かれの儲けは党の費用を賄い、一方、マイクの盗みは射出機《カタパルト》の費用を賄っていったのだ。しかし教授は決まりきったことに興味を失ってしまい、マイクが決めるとおりに賭けるだけになった。かれは競馬ジャーナルを読むのもやめた――淋しいことだ、古い競馬ファンが興味を失うとき何かが死んでゆくのだ。

　ルドミラは女の子を生み、みんなは最初に女の子とは幸運だったと言い、おれも喜んだ――どこの家庭も女の赤ん坊を求めている。ワイオは助産術にかけての専門家であることでおれたちの家庭の女たちを驚かせた――そして育児については何も知らないことでもう一度みんなを驚かした。おれたちの息子の最年長の二人がやっと結婚し、十三になるテディは選択されていった（他の家庭の女あるいは妻の配偶者候補として他家に入ること）。グレッグは近くの農園から二人の少年を雇い、六カ月のあいだ一緒に働き食事を共にしたあと、二人ともおれたちの家庭に選択された――あわててやったことではない、おれたちはその二人とその家庭を何年も前から知っているのだ。それでルドミラの選択からこのかた欠けていたバランスを回復し、結婚できないでいる独身者たちの母親から意地悪い陰口を叩かれずにすむことになった――マムがそんな連中をやりこめられないというのではなく、彼女はデイビス家の標準まで達しないものは考慮に入れなかったのだ。

　ワイオはシドリスを入党させた。シドリスはほかの助手を入党させることで自分の細胞を作り、おしゃれ美容院《ボン・トン・ボオウテ・ショップ》は破壊分子の温床となった。われわれは家にいる小さな子供を、子供にもできるお使いや他の仕事に使いはじめた——かれらならどこでも見張っていられるし、大人よりもうまく通路で人のあとをつけられ、怪しまれもしない。シドリスはその考えがわかり、美容院で入党した女たちを通じて拡めていった。

すぐに彼女は多すぎるほどの子供を使えるようになり、おれたちはアルヴァレスのスパイ全部を監視下に置いておけるようになった。マイクはどの電話でも聞いていられるし、スパイがいつ家を出ようと仕事していようとどこにいようと、子供がそれをつきとめられるし——いくらでも子供を動員できるので、ひとりが新しい居場所を見張っているあいだに別の子供が電話できるのだ——おれたちはスパイを厳重な監視下に保っておき、おれたちがそいつに見せたくない物から離しておけたのだ。まもなくわれわれはゼブラ・ファイルを待たなくてもスパイが電話している報告を手に入れられるようになった。家の中からでなくて酒場から電話しても駄目だった。ベイカー街少年探偵団が働いていて、そいつが番号を打ち終わる前にもうマイクが聞き耳を立てているのだ。

これらの子供たちは月世界市にいるアルヴァレスの副官にあたるスパイ・ボスを見つけた。われわれはやつがそんな代物をひとりかかえていることを知っていた。つまりほかの裏切者どもは電話でアルヴァレスに報告しはしなかったし、アルヴァレスがそんな連中を雇い入れることができたとも考えられなかったからだ。つまりその連中はひとりも政庁で働いていなかったし、アルヴァレスが月世界市の中へやってくるのは、かれ自身が身辺護衛の指揮をとらなければいけないほど大切な重要人物が地球から来るときだけなのだ。

やつの副官は二人だと判明した——オールド・ドームで賭屋をやり菓子や新聞を売っている年寄りの囚人と、政庁で公務員をやっているそいつの息子だった。その息子が報告書を持参していたので、マイクにもそいつがわからなかったのだ。

　われわれはその二人を泳がせておいた。だがそのころからわれわれは裏切者の末端の報告をアルヴァレスより半日早く知っていた。この利点で——五つ、六つという小さな子供のおかげだ——七人の同志の命が助かったのだ。ベイカー街少年探偵団に光栄あれ！

　誰がそう命名したのか思い出せないが、マイクではなかったかと思う——おれがただシャーロック・ホームズのファンというだけで、かれは自分を本当にシャーロック・ホームズの兄のマイクロフトだと考えたのだ……おれもそうじゃあないとは誓えない。〝実在〟とはあいまいな概念だから。少年たちが自分らでそう称していたわけじゃあない。かれら自身の遊び仲間はそれぞれ勝手な名前をつけていた。そしてまたかれらは危険な目にあうことになるような秘密の重荷を背負っていたわけでもない。シドリスは、本当の理由を教えてはいけないという以外、そんな仕事をどうしてやってくれと頼むのかは、それぞれの母親たちに任せていたのだ。子供というものは謎めいたものやおもしろいことは何だって喜んでやるものだ。かれらの遊戯のいかに多くのものが相手を出し抜くことに基いているかを考えるとわかる。

　ボン・トン美容院のサロンは噂話の手形交換所となった——女連中はニュースを〈デイリー・ルナティック〉より速く入手するのだ。おれはワイオを元気づけ毎晩マイクに報告するとき、噂話を意味のありそうなものだけに留めないようにと言った。つまり、どんな意味があるのかは、マイクがほかの百万もの事実とつき合わせてみるまでわからないことだからだ。

美容院はまた噂を起こす場所でもあった。党は最初のあいだゆっくりと成長していったが、やがて三人組の力が感じられだすのと、平和竜騎兵が昔の護衛兵よりもひどいものだったことから、急激に伸びていった。人数が増えてくるとわれわれは、扇動宣伝、黒い宣伝の噂、はっきりした反抗、挑発行為、サボタージュなどをどんどんやりはじめた。扇動宣伝がもっと簡単だったときはフィン・ニールセンがやり、それと同時にスパイだらけの地下組織の中でそれをごまかす仕事をするという危険な活動を続けていた。だがやがて扇動宣伝の大部分とそれに関連した仕事はシドリスに与えられた。

それにはビラを配ったりする仕事も含まれていた。破壊工作の文書が彼女の店やおれたちの家やホテルの部屋に置いてあったことなどは一度もなかった。それを配るのは小さすぎて読めない子供たちがやったのだ。

シドリスはまた一日中、髪をとかしたり巻いたりして働いていた。彼女のすることがあまり多くなってきたころ、おれはある夕方シドリスと腕を組んで舗道を散歩していて、見憶えのある顔と身体つきを見かけた——痩せっぽっちの少女で、ごつごつした身体つきで、人参《にんじん》みたいな赤毛だ。まず十二歳というところで、その娘がもう少しすれば、まん丸く柔かな身体に花開くときがくるといった年ごろだ。おれはその娘を知っていたが、なぜ、どこで、いつということはわからなかった。

「なあお人形《トル・ベイビー》ちゃん。前にいる若い女を見てくれ。オレンジ色の髪の毛、ぽっちゃりしてないやつ」

おれがそう言うと、シドリスは彼女を見つけた。

「あなた《ダーリン》、あなたが変わり者だってことは知っているわ。でもあの子まだ男の子と同じよ」

「やめろよ。誰なんだい？」

「知らないわよ。きいてみましょうか？」

突然おれは、ひとつのシーンを思い出した。そしてワイオが一緒にいれば良かったのにと思った——だがワイオとおれは大勢の人が集まるところでは絶対一緒にならなかったのだ。この痩せっぽっちの赤毛は、ショーティが殺されたときの集会に来ていたのだ。その子は前のほうの壁ぎわの床にすわり、目を大きく見はって真剣に聞いており、激しく喝采していた。そしておれは最後にその子が宙を飛んでいったのを見た——ボールのように丸くなって黄色い制服の膝にぶつかってゆき、その一瞬あとにそいつの顎をおれが叩きつぶしたんだ。

危いときにその子がすばやく行動してくれたからこそ、ワイオとおれは助かり自由になれたんだ。おれはシドリスに言った。

「いや、話しかけないでくれ……でもあの子を見失いたくないんだ。きみの少年探偵団がひとりでもここにいてくれたらな。畜生」

おれの妻は答えた。

「ちょっとワイオに電話してみたら。五分もすればひとり現われるわよ」

おれはそうした。それからシドリスとおれは散歩を続け、獲物がショーウィンドウを見ているので、おれたちもゆっくり歩きながら店の窓を眺め続けた。七、八分すると小さな男の子が近づいてきて話しかけた。

「ハロー、メイベル伯母さん！　やあ、ジョウ叔父さん」

シドリスはその少年の手を握った。

「あら、トニイ、お母さんお元気？」

「元気だよ」かれは低い声になってつけ加えた。「ぼく、ジョックだよ」

「ごめんなさい」シドリスはおれに向かって静かに言った。「彼女、見張ってて」

そう言うとシドリスはジョックを連れて駄菓子屋へ入っていった。それからすぐに出てきておれと一緒になった。ジョックはキャンディーをなめながら彼女のあとについてきた。

「さよなら、メイベル伯母さん！　ありがとね！」

かれは踊りながら離れてゆき、くるりとまわって赤毛の少女のそばにつき、立ちどまってショーウィンドウをのぞきこむと、厳かにキャンディーをなめた。シドリスとおれは家に帰った。

報告が待ちかまえていた。

「あの子は揺り籠託児所《クレイドル・ロール・クレーシュ》に入り、まだ出てきません。まだ見張っていますか？」

「もう少し待っていてくれないか」

おれはワイオと話し、その少女を憶えていないかどうか尋ねた。彼女は憶えていたが、それが誰なのかは知らなかった。

「フィンに尋ねてみたら」

「もっとましなことがあるさ」

おれはマイクを呼んだ。

そのとおり、揺り籠託児所には電話があり、マイクはそれに耳を澄ませた。分析できるだけの人数を拾い上げるのに二十分がかかった——若い声が多すぎるし、それにその年代ではほとんど性別がはっきりしないからだ。しかししばらくするとかれはおれに言った。

「マン、ぼくは三人の声に気づいたよ。その年ごろできみが言った身体つきにぴったりするのをね。でも、そのうちの二人の名前はどうも男の子らしい。三人目のは誰かが〝ヘイゼル〟と呼ぶと答える……ずっと年上の女の声が何度もそう呼ぶんだ。その女がどうもヘイゼルのボスらしいな」

「マイク、古い組織のファイルを見てくれ。ヘイゼルというのがあるかい？」

かれはすぐに答えた。

「ヘイゼルってのは四人いる……彼女はこれだな。ヘイゼル・ミード。若い補助同志、住所、揺り籠託児所、二〇六三年十二月二五日生まれ、体重三十九キロ、身長……」

「それだ、おれたちの小型ロケットは！　ありがとう、マイク。ワイオ、見張りを解いてくれ。よくやったって！」

「マイク、ドナを呼んでそう伝えて。お願い」

おれはヘイゼル・ミードを勧誘させるのは女連中にまかせ、二週間後シドリスが彼女をおれたちの家に連れてくるまで顔を合わせなかった。だがワイオはそれより前に自ら報告していた。方針でそう決まっていたからだ。シドリスは自分の細胞がいっぱいになっていたが、それでもヘイゼル・ミードを欲しがった。この変則さを別にして、シドリスは子供を入党させることに危惧《きぐ》を感じていた。方針は大人だけ、十六歳以上となっていたのだ。

おれはそのことをアダム・セレーネと執行細胞と討議した。

「ぼくの見るところ、この三人細胞って組織はわれわれに役立てるためであって、われわれを縛りつけるもんじゃあない。同志セシリアがそれ以上の数を持つことに別に悪いところはないと思うんだ。秘密保持に現実の危険は及ぼさないよ」

教授は言った。

「わしも賛成だな。だがわしはこう提案するね、その増えたメンバーはセシリアの細胞の一部とならないほうがいい……彼女は他のメンバーを知らないほうがいいよ。つまりだな、セシリアが彼女に与える義務によって、そのことが必要になるまではだ。それに、彼女が入党するべきだとも思わないね、そんな年齢なんだから。本当に問題となるのは、彼女の年齢だよ」

ワイオは言った。

「賛成……わたしこの子の年齢について話したいわ」

「諸君」と、マイクはおずおず言った（何週間ものあいだで、おずおず言ったのは初めてのことだった。かれはいまや孤独な機械などではなく、しっかりした議長〝アダム・セレーネ〃なのだ）――「諸君にまえもって話しておくべきだったかもしれないが、ぼくはすでに同じような場合をいくつか許しているんだ。それは議論を必要とすることのように思えなかったからなんだが」

教授はかれを安心させた。

「そのとおりだよ、マイク。議長というものは自分自身の判断を使わなければいけないからね。わしたちの細胞でいちばん大きなものは？」

「五人。それは二重細胞です。三人と二人の」

「別に害はないね。ワイオさん、シドリスはその子供を一人前の同志にしたいと言っているのかね？　その子に知らせるつもりなのかな、わしらが革命を企てていること……流血、騒動、相当な事件が起こるだろうということのすべてをかい？」

「そのとおり、彼女は求めていますわ」

「だがな、お嬢さん、わしたちは命を賭けてはいるが、そのことがわかるほどの年齢になっている。そのことについて、死ということを感情的につかめるようになっているべきだよ。子供というものは死が自分のところへもやってくるのだということを、なかなかつかめないものなんだ。成人とは、人間が必ず死ななければいけないことを知り……そしてその宣告をうろたえることなく受け入れられる年齢だと定義してもいいぐらいなんだよ」

おれは言った。

「先生、ぼくはすごく背の高い子供を何人も知っていますがね。二メートル近いようなのが何人か味方の側にいますよ」

「賭けはしないよ、マヌエル。少なくともその半分は資格がないとわしは見るね……こんな馬鹿げたことをしていると最後には難しいことになるかもしれないんだぞ」

ワイオは言い張った。

「先生、マイク、マニー。シドリスはこの子が大人だということに確信があるのよ。それにわたしも、そうだと思うわ」

マイクは尋ねた。「マンは？」

「先生が彼女に会う方法を考えてから、ぼくらの意見を決めよう。ぼくは彼女に助けられたんだ。特にあの子の、地獄へでも飛びこんでゆくような戦い方でね。あれがなければ、こんどのことも始めていなかっただろうと思うんだ」

おれたちは閉会し、それ以上おれは聞かなかった。そのあとしばらくしてヘイゼルはシドリスの客として夕食に姿を現わした。彼女はおれに気がついた素振りを見せなかったし、おれも彼女にそれまで会ったことがあるとは言わなかった――だがずっと後になってから彼女はおれに気がついていたのだということを知った。左手のせいではなく、おれが香港から来た背の高い金髪に帽子をのせられキスされたことからだった。それにヘイゼルはワイオミングの変装を見破っており、ワイオがうまく隠せなかった点を見抜いていた。彼女の声だ。

だがヘイゼルは口を固く閉ざしていた。おれが陰謀に加わっていることを察していても、彼女は絶対にそれを態度に現わさなかった。

幼児のときの記録が彼女のことを説明していた。その生い立ちが彼女の鋼鉄のような性格を作っていたのだ。ワイオと同じように赤ん坊のころ両親と一緒に流刑になってきた彼女は、囚人労働に服していた父親を事故で失い、彼女の母親は流刑植民地に対する行政府の無関心さによるものだと非難したのだ。彼女の母親はヘイゼルが五つになるときまで生きていた。母親がなぜ死んだのかヘイゼルは知らない。それから彼女は託児所で育てられ、そこでおれたちに見つけられたのだ。なぜ両親が流刑になってきたのかも彼女は知らなかった——もしヘイゼルが考えていたように二人ともが宣告を受けていたのなら、たぶん政府に対する陰謀の罪なのだろう。とにかく母親は彼女に、行政府と長官に対する激しい憎悪を植えつけたのだ。

揺り籠《クレイドル・ロール》を経営していた家族は、彼女をそのまま留まらせていた。ヘイゼルはそれができるようになるとすぐに、おしめをかえ皿を洗っていた。

彼女は自分で読むことを覚え、手紙をタイプすることはできたが、書くことはできなかった。彼女の算術の知識は、子供たちがその肌で覚える金を勘定できる能力だけだった。

彼女が託児所を出ることでひと悶着あった。経営者とその夫たちは、ヘイゼルがまだ数年のお礼奉公をする義理があると不平を言った。ヘイゼルは、わずかな衣類とそれよりも少ない身のまわりの品を残して出てくることでそれを解決した。マムは自分が軽蔑している〝口論〟にまでなるような面倒を家族に起こさせたがったほど腹を立てた。だがおれは彼女の細胞指揮者として、おれたちの家族を公衆の目にさらしたくないのだとこっそり話し——現金を出して彼女の仲間でヘイゼルの衣類を買ってやってくれと言った。マムはその金を断り、家族会議を中止し、ヘイゼルを町へ連れていって彼女に新しい服を着せるため景気よく金をつかった――マムにしてはだが。

こうしておれたちはヘイゼルを養子にした。最近は子供をもらうのにいろいろとやっかいな手続きってやつがあるらしいが、そのころは子猫を貰うぐらい簡単なことだったのだ。

マムがヘイゼルを学校に入れようとしたときはまたひと騒ぎだった。それはシドリスが考えていたこととも違い、ヘイゼルがいつのまにか党員となり同志になれると考えていたこととも違っていたからだ。またもおれは口を出し、マムは少し譲歩した。ヘイゼルはシドリスの店に近い個人教育の学校に入れられた――十三号気圧調整気閘の近くだ。美容院はその隣りにある（シドリスが結構良い商売をしていたのは、おれたちの水道パイプのすぐ近くにあり、排水するほうを廃物利用できるので無制限に使えるからだった）。ヘイゼルは午前中勉強して午後は手伝いをし、上衣をたたみ、タオルを渡し、髪を洗い、商売を覚え――そしてシドリスが求めることは何でもやったのだ。

〝何でも〟はベイカー街少年探偵団の隊長となることだった。

ヘイゼルはそれまでの短い一生をずっと、小さな子供を扱ってきた。かれらは彼女を好きになった。彼女はかれらにどんなことでもさせられた。大人たちにかれらの言っていることがちんぷんかんぷんだったときも、彼女にはわかった。彼女は党とほとんどの少年少女補助党員候補とのあいだを結ぶ完全な架け橋だった。彼女はわれわれが与えた仕事を遊戯にし、彼女が与える規則に従って遊ばせた。そしてかれらにそれが、大人が真剣になって望んでいることだとは絶対に思わせなかった――子供なりに真剣にだったが、それはまた別の問題だ。たとえば――

小さな子供が、まだ字も読めないほど小さいのが、危険文書の束を持っていてつかまったとしよう――それは一度ならず起こったことなのだ。ヘイゼルが子供に教えこんだあとは、次のような具合に運んだのだ。

**大人**「坊や、どこでこれをもらったんだい？」
**ベイカー街少年探偵団**「ぼく、坊やじゃないよ。ぼく、大きな子なんだぞ！」
**大人**「ようし、大きな子、どこでこれをもらったんだ？」
**少年探偵団**「ジャッキーがくれたんだよ」
**大人**「ジャッキーって誰だ？」
**少年探偵団**「ジャッキーだよ」
**大人**「でも、その男のラスト・ネームは何というんだい？」
**少年探偵団**「誰のだって？」
**大人**「ジャッキーだよ」
**少年探偵団**（怒って）「ジャッキーは女の子だよ！」
**大人**「そうか、彼女はどこに住んでいるんだ？」

少年探偵団「誰だって？」

そしてまた堂々巡りだ――あらゆる質問に対する鍵となる答は〝ジャッキーがくれたんだ〟という型《パターン》だった。ジャッキーは存在していないものだから、かれ（彼女）はラスト・ネームなど持っていない、家の番地も、はっきりした性別もないのだ。子供たちは、ひとたびどれほど容易なことか知ると、大人を馬鹿にすることを楽しみはじめた。

最悪のときは、その文書が没収された。平和竜騎兵の一分隊でさえ、小さな子供を〝逮捕〟しようとするときは二度考えなおした。そう、月世界市の中に竜騎兵の分隊が入りはじめたのだ。だが一分隊より少ないことは絶対になかった――何人かはひとりで入ってきて、帰らなかったからだ。

マイクが詩を書きはじめたとき、おれは笑っていいのか泣いていいのかわからなかった。かれはそれを公表したがったのだ！　いかにヒューマニティなるものが完全にこの純真な機械を腐敗させたかを示すのは、かれが自分の名前の印刷されているところを見たがったということだ。

「マイク、何を言ってるんだい！　全部の回路が吹き飛んじまったのかい？　それとも、ぼくらの正体を気づかせたいとでも思っているのか？」

おれがそう言うと、かれが不機嫌になる前に教授は言った。

「待てよ、マヌエル。わしにはいい考えがあるんだ。マイク、きみはペンネームを使ってでもいいかい？」

　これが〝団子鼻《シモン》・道化師《ジェスター》〟の生まれた理由だ。マイクがそれを選んだのは明らかに名前の無作為抽出によるものだ。だがかれは真面目な詩についてはほかの名前を使った。かれの党における名前、アダム・セレーネだ。

〝シモン〟による詩はへたくそで、好色で、破壊的で、重要人物をからかうことから、長官、政治形態、平和竜騎兵、密告者どもに対する痛烈な攻撃にまでわたっていた。公衆便所の壁に、地下鉄のカプセルに落ちている紙屑にそれが書いてあるのだ。あるいは酒場の中にだ。それが現われたところはどこでも、〝シモン・ジェスター〟のサインと、小さな角を生やし尻尾の裂けた悪魔が大笑いしているイラストがマッチの軸で描かれてあった。ときどきそいつは熊手で太った男を突き刺していた。またあるときは、大笑いしている角を生やした顔だけが現われていることもあり、すぐに角と笑顔が〝シモンがここに現われたぞ〟ということを意味するようになった。

　シモンは月世界じゅういたるところに同じ日に現われ、それからはひと休みもしなかった。やがてかれは志願者による協力を受けはじめた。かれの詩と小さな絵は、誰でも書けるほど簡単なので、おれたちが計画したより多くの場所に現われはじめた。こうまで広く流行したのは、同じ月世界人で旅行する連中がしたことに違いなかった。詩や漫画は政庁の中にまで現われはじめたのだ――それはおれたちの仕事であるはずがなかった。われわれは絶対に公務員は勧誘しなかったからだ。また最初のひどく下品な五行俗謡、長官の太りかたはかんばしくない習慣によるものだというやつが現われて三日後には、この五行俗謡は押すとぺったりくっつくラベルにまで印刷され、それにはシモンの熊手に震えている太った犠牲者がはっきりイボ蛙のモートだとわかる漫画までつけられていた。おれたちはそういう代物を買わなかったし、印刷もしなかった。だがそれは月世界市にノヴィレンに香港に現われ、いたるところに貼られていた――公衆電話に、通路の支柱に、圧力気閘に、坂道の手すりにと。おれは試験的勘定《サンプル・カウント》をやり、それをマイクに入れた。かれは月世界市の中だけでそのラベルは七千枚以上使われていると報告した。

おれは月世界市の中でそんな仕事をする危険を冒し、それだけの設備がある印刷工場があることなど知らなかった。それで、もしかすると別の革命集団ができたのかもしれないと思いはじめた。

シモンの詩はそこまで成功したので、かれはまるでポルターガイストのようにはねまわって、長官も保安局長も見逃すことができないようにした。ある手紙はこうだ。「親愛なるイボ蛙のモートよ。明日の真夜中から四時まではよく気をつけることだな。愛とキスを、シモン」――角と微笑だ。アルヴァレスが受け取る同じ郵便の中にはこんなのがある。「親愛なる吹出物頭《ピンプルヘッド》よ、もし長官が明晩、足を折るとしたら、それはおまえの失敗によるものだぞ。忠実なるあなたの良心、シモン」――またも角と微笑だ。

おれたちは何も計画したわけではない。ただモートとアルヴァレスを不眠症にさせたかったのだ――かれらはそのとおりになり、護衛を増やした。マイクのやったことは真夜中から四時にかけてときどき長官の個人用電話を鳴らしただけだ――電話帳にのっていないその番号はかれの側近の者だけにしか知られていないはずだったのだ。それと同時にかれの側近の連中に電話してモートとつなぐことで、マイクは混乱を生じさせるだけでなく、長官を怒らせ、かれは側近たちがどのように否定してもまったく信じなかったのだ。

　だが、長官があまり腹を立てて傾斜路を走り降りたのは本当に偶然だった。新米だってそんなことは一度しかしないものだ。それでかれは空中を歩いてゆくこととなり、足首を捻挫した――足を折るのにほぼ近く、そしてアルヴァレスはそのときすぐそばにいたのだ。

　これら不眠症連中はみなそういう調子だった。ある晩は、行政府の射出機に爆薬が仕掛けられ爆破されてしまうぞといった噂だった。九十人プラス十八人で数時間のうちに百キロメートルの射出機を調べることなどできない。その九十人が圧力服作業に慣れておらずそれを憎悪している平和竜騎兵の場合は特にだ――この真夜中は太陽が高くて新地球のときだった。かれらは健康に働ける限界よりもずっと長く外に出ており、かれら自身ほとんど蒸し焼《クック》になりかけながら、自分らで勝手に事故を作《クック》ってゆき、連隊の歴史初めての反乱に近い形勢を見せたのだ。ほんの少しの事故が致命的になった。かれは落ちたのか、それとも押されたのか？　ある軍曹だった。

　真夜中に警報を出されて旅券検閲にあたる平和竜騎兵たちは、あくびをしながら機嫌もずっと悪くなり、そのことで月世界人との衝突も増し、そして両方により大きな恨みを抱かせるようになった――そこでシモンはもっと圧力を増した。

アダム・セレーネの詩は高級なものだった。マイクはそれを教授に提出し、かれの文学的判断（立派なものだ、とおれは思う）を怒ることなく受け入れた。マイクの律読法《スカンション》と韻《ライム》は完璧なものであり、マイクは英語の全部を記憶している計算機だから、適当な言葉を数マイクロセコンドで探し出すことができた。弱いところは自己批判だったが、その点は教授の厳しい編集者気質《かたぎ》で急速に改善されていった。

アダム・セレーネの名前は初めて〈月の光《ムーングロウ》〉の威厳のある紙面の〝故郷〟と題する暗い詩の上に現われた。それは年老いた流刑者の今際《いまわ》のきわの想いであり、消え去っていこうとするいまになって月《ルナ》こそかれの愛する故郷であることの発見だった。言葉は簡単で韻も押しつけがましくなく、かすかに反抗的だったところは、死にかけている男が月を故郷に持つことを考えれば多くの長官に耐え忍んできたこともそれほど大きな犠牲ではなかったという結びだけだった。

〈月の光《ムーングロウ》〉誌の編集者たちがそれを二度考えてみたかどうか怪しいものだ。良い作品だというので、かれらはそれを発表した。

アルヴァレスは編集部を引っくり返さんばかりにしてアダム・セレーネにたどりつく糸口を見つけようとした。アルヴァレスが気づくまでに、もしくはかれの注意を引きつけさせるまでに、その号は月世界の半分で売られていた。おれたちはいらいらしていた。おれたちはその筆者名に気づいてほしかったのだ。アルヴァレスがそれを見たときの動揺ぶりに、おれたちは大いに喜んだものだ。

編集者たちはスパイのボスを助けることができなかった。かれらはやつに真実を告げたのだ。詩は郵便できました。それが残してあるか？　はい、確かに……すみません、封筒はありません。取っておいたりしませんので。長い時間を費したあとアルヴァレスは、安全のために連れてきた四人の竜騎兵たちに守られて帰っていった。

やつがその紙片を調べて楽しんでくれたらよかったのにと思う。それはアダム・セレーネの事務用箋だった。

セレーネ商会
月世界市
投資一般　　本社事務所　オールド・ドーム

――そしてその下に〝故郷、アダム・セレーネ〟そのほかがタイプされているのだ。

どの指紋もおれたちのところを離れたあとからつけられたものだ。それは月世界でもっとも普通にある型のアンダーウッド・オフィス・エレクトロステーターでタイプされたものだった。そうではあったが、輸入品だったから多すぎるほどのものではない。科学的な探偵ならその機械を見分けることもできただろう。それが月世界行政府の月世界市事務所にあるということも見つけていたことだろう。言っておくと、その機械は事務所の中に六台同じ物があったので、その全部を交替に使い、五字打つと次のに変えていったのだ。マイクがあらゆる電話に注意し、いつでも警告してくれるようになってはいたが、ワイオとおれは眠らずに大変な危険を冒したのだ。あんなことは二度とやるものではない。

アルヴァレスは科学的な探偵ではなかった。

# 11

二〇七六年の初め、おれにはやるべきことがありすぎた。顧客先を無視することもできなかった。党の仕事は、できるかぎりのものを委任したがたくさんの時間を取った。そして無限に続くと思われるほどの決定をしなければいけなかったし、連絡は次々と入り出ていった。重い鉛の被服を着ての激しい運動を何時間もやってふらふらにならなければいけなかったが、地球虫の科学者たちが月世界に滞在できる日数を伸ばすために使う政庁の遠心加速機を使う許可を求めるわけにもいかなかった——以前に使ったことはあるが、こんどはおれが地球へ行ける身体にしつつあることを広告するわけにはいかなかったのだ。

遠心加速機なしでの運動は能率が悪いし、本当にそれが必要なことになるかどうかもわからないのだから特に退屈なものだった。だがマイクによると、いまの事態から予測すると、党のために代弁できる月世界人の何人かが地球へ旅行しなければいけなくなる確率は三十パーセントだと言うのだ。

おれ自身が大使になることなど考えてもみなかった。教育もないし、外交的でもないのだから。教授は入党した連中が当然選ぶ人間だし、そうなりそうだった。だが教授は老人で、生きて地球へ着陸することができないかもしれない。マイクが教えてくれたところによると、教授ぐらいの年齢、身体つきの男が生きて地球に到達できる可能性は四十パーセント程度だそうだ。

だが教授はその少ない可能性で何とかやれるようにしようと、喜んで激しい訓練に励んだ。だからおれも重りをつけて運動し、もし老人の心臓がとまったらかれに代わってやれるようにするほかなかった。ワイオも、何かが起こっておれが行けなくなったときのことを考えて、同じことをやった。彼女はその情なさを分けあうためにもやったのだろう。ワイオは論理のあるところ常に勇気をもって立ち向かったのだ。

商売、党の仕事、そして運動の上に、農耕があった。おれたちは立派な二人の少年、フランクとアリを得てはいたが、結婚で三人の息子を失った。それからグレッグがルノホ会社に新しい射出機《カタパルト》のための主任掘鑿《くつさく》技術者として働きに行ってしまった。

それはどうしても必要なことだったのだ。建設工事の要員を雇うことではひどく頭を悩ませたものだ。おれたちはほとんどの仕事に党員でない男を使うことができた。だが重要な場所となると政治的に信頼でき、そして仕事の面でも優秀な党員を使うほかなかったのだ。グレッグは行きたがらなかった。おれたちの農園はかれを必要としたし、かれは自分の教会から離れたくなかったのだ。だが、かれは引き受けた。

それでおれはまた豚や鶏に対するパートタイムの執事となった。ハンスは良い農夫で、その重荷を引き受け二人分はたっぷり働いた。だが爺《グランドボウ》さんが引退してからというものはグレッグが農園の支配人だったので、新しい責任にハンスは悩んだ。その責任は年上のおれにあったのかもしれないが、ハンスのほうが良い農夫でありずっと適任であり、いつかはグレッグのあとを継ぐようになるだろうと以前から期待されていたのだ。そこでおれはかれの意見に従って手伝い、絞り出せるかぎりの時間は半人前でも農園で働こうと勉めた。のんびりする暇などまるでなかった。

　二月の下旬、おれはノヴィレン、ティコ地下市、チャーチルをまわる長い旅行から戻ってきた。中心の入江を横断する新しい地下鉄が完成したところなので、おれは月香港へ行った――商売と、緊急事態に際して期待できる協力についての打ち合わせをしたのだ。エンズヴィル・ベルチハッチイ間のバスは暗い半月《セミ・ルナ》のあいだしか走らなかったので、これまではできなかったのだ。

　だが商売は政治のほうの隠れ簑だった。香港との取引きはわずかなものだったのだ。ワイオは電話でうまくやっていた。彼女の細胞の二人目は昔の同志――同志クレイトン――で、アルヴァレスのファイル・ゼブラではきれいな健康状態だったし、ワイオの評価も高かったのだ。クレイトンは、政策方針を説明され、腐ったリンゴについて警告を受け、元の組織はそのままにして新しい細胞組織を始めるように励まされていた。ワイオはかれが元のままの同志であるようにと言っていたのだ。

　だが電話は顔をつき合わせて話すこととは違う。香港はおれたちの重要拠点でなければならなかった。その設備機構が政庁からの支配を受けていないので、行政府に縛りつけられている程度はずっと少なく、地下鉄による輸送手段がないので（最近までは）射出機場での売り渡しがそう歓迎されるものでなかったため依存の度合いが少なく、月香港銀行の銀行券が公式の行政府紙幣より強い通貨だったため財政的にも強力だったのだ。

香港ドルは少し法的な意味からは〝金《かね》〟ではなかったのだと思う。行政府はそれを受け取ろうとはしなかったし、おれが地球へ行ったときも切符を買うために行政府紙幣を買わなければいけなかった。だがおれが持っていったのは香港ドルで、地球では行政府ドルがほとんど無価値同然なのに香港ドルはほんの少しの損で両替できたのだ。金《かね》であろうがなかろうが、香港銀行券は正直な中国人銀行家たちの背景があり、官僚政治でただ命令したようなものではなかったのだ。百香港ドルは三一・一グラム（昔のトロイ・オンス）の黄金に値いし、本店で要求すれば替えてくれる――かれらは実際、オーストラリアから運んだ黄金をそこに貯蔵しているのだ。あるいはいろいろな物質に交換してくれとも頼める。携帯できない水、規格品の鋼鉄、発電所の仕様書どおりの重水、その他の物だ。これらの物を行政府ドルで買うこともできるが、行政府ドルの値段は変わり続けている、低いほうへだ。おれは財政の理論家ではない。マイクが説明してくれようとしたとき、おれは頭が痛くなったのだ。ただ知っていることは、おれたちはこの〝金《かね》ではないもの〟を喜んで使うが、行政府ドルのほうはいやいやながら受けとることだ。そしてそれはおれたちが行政府を憎んでいるからだけではなかった。

香港が党の本拠であるべきだった。しかしそうではなかった。何人かにおれの正体を知られても、おれはそこで顔を合わせる危険を冒すべきだとわれわれは決定した。一本腕の男はそうあっさり変装できるものではない。もしおれが失敗したら、おれだけが死ぬことになるだけでなく、ワイオ、マム、グレッグそしてシドリスにと波及するかもしれない危険だった。だが、革命が安全なものだなどと言える者はないだろう。

同志クレイトンは若い日本人だということがわかった――それほど若くはない。かれらはみな若く見え、突如として老人になるのだ。かれは純粋の日本人じゃあなかった――マレーとほかの民族だ――だが日本人の名前を持っており、家庭の中は日本人の礼儀作法だった。〝義理〟とか〝義務〟がそれを支配しており、かれがワイオに多くの義理を感じていることはおれの幸運だった。

クレイトンの先祖は囚人ではなかった。かれの一行は大中国が地球にあるかれらの帝国を統合したとき、銃口に追われて船に乗りこんでいった〝志願者たち〟だったのだ。おれはそのことを知らないふりはしなかった。かれはどの古い囚人とも同じほどひどく長官を憎んでいた。

かれと初めはお茶屋で会い――おれたち月世界市タイプの者には酒場だ――二時間ほどのあいだ政治以外のあらゆることを話し合った。かれはおれについて心を決めたらしく、家へ連れていった。日本人の歓待ぶりでおれが感じるただひとつの不平は、かれらの顎のところまでつかる風呂がすさまじいまでに熱すぎることだ。

だがおれは殺されずにすんだ。ママさんはシドリスと同じぐらい変装がうまく、おれの社交用義手はまったく見分けがつかないものであり、キモノがその継ぎ目を隠したのだ。〝同志ボーク〟として二日のうちに四つの細胞と会ったが、変装していた上にキモノを着、足袋《たび》をはいていたから、その連中のあいだにスパイがいたとしても、マヌエル・オケリーだと正体を見抜くことはできなかっただろう。おれはそこへ行く前に無限と思われるほどの数字やスライドで情報を叩きこまれていたが、話したことはただひとつ——六年後、八二年の飢饉についてだけだった。

「あなたがたは運がいい、それほど早くはやられないのだから。だが新しい地下鉄ができたいま、ここの人々もよりいっそう多くの小麦や米を作りそれを射出機場へ送ることになる。あなたがたの危機もすぐにやってくるのだ」

かれらは衝撃を受けたようだった。古い組織のほうは、おれが実際に見たことでも聞いたことからでも、雄弁術や大騒ぎする音楽《ウープ・イット・アップ・ミュージック》や教会に似た感情に依存していた。おれはただこう言っただけだった。

「このとおりなのです、同志諸君。この数字を検討してください。あなたがた自身で考えていただきましょう」

ひとりの同志には別に会った。どんな物であろうと作り出す才能のある中国人技術者だった。ライフルのように持ち運びできるほど小さなレーザー銃を見たことがあるかと、おれは尋ねた。かれは見たことがなかった。旅券制度で近ごろは密輸することが困難になったことも言った。かれは考えこみ、宝石を手に入れるのは難しくないはずだ、それに従兄に会いに来週月世界市へ行くつもりだと答えた。おれはアダム親爺もかれから話を聞くのを楽しみにしているだろうと言った。

全部が生産的な旅行だった。帰る途中、おれはノヴィレンに寄って前にオーバーホールした古い型のパンチ・テープ式〝監督〟を点検し、そのあとで昼飯を食べに行ったとき父と出会った。おれたちは仲が良かったが、二年ほど会っていなくても変わりはなかった。サンドイッチとビールの食事をすませたあと、おれが立ち上がるとかれは言った。

「会えて嬉しかったよ、マニー。月世界に自由を！」おれはびっくりしてしまい、同じことを言った。おれの親爺は珍しいくらい政治には冷笑的無関心というやつだった。そのかれがそんなことを群衆の中で言ったのだから、キャンペーンは本当に浸透したと言える。

それでおれは月世界市に着いたとき、心は浮き立っており、トリセリからひと眠りしていたのであまり疲れてもいなかった。地下鉄南駅からベルトに乗り、下に降りると舗道の群衆を避けて底の露地《ボトム・アレイ》を通り、家に向かった。その途中おれはブロディ判事の法廷に寄って、声をかけていこうとした。ブロディは昔からの友達で、一緒に切断を受けたんだ。片足をなくしたあとかれは判事になり結構成功していた。そしてそのころの月世界市にいる判事で副業を、少なくとも帳簿づけをやったり保険のセールスをやったりしていない者はなかった。

もし二人の人間がブロディのもとへ喧嘩を持ち込み、かれの裁定が正しいとその二人が納得できなければ、かれは料金を返すし、その二人が決闘するなら料金を取らずにその審判官をつとめ——そして、二人が身がまえるときまでナイフを使わないように説得しようとするのだ。

机の上にシルク・ハットが置いてあったが、かれは自分の法廷室にいなかった。出ていこうとすると、そのとき入ってきたスチリヤーガ・タイプの一団にぶつかった。娘がひとり混じっており、少し年長の男が追いこまれてきた。そいつの服は乱れており、どことなく〝旅行者〟だった。

そのころでも旅行者は来ていたのだ。何十人もの群れではなく、ごく少数だったが。かれらは地球からやってきて、ホテルに一週間ほど滞在してから同じ船で帰るか、次の船までもう少し滞在するのだ。どの観光客もがやる地表へ出るという馬鹿なことを含めて、一日か二日の見物をすませたあと、かれらのほとんどはその時間を賭けごとに送るのだ。月世界人のほとんどはかれらを無視していたし、それをかれらの弱点だと認めていた。

いちばん年上の、十八歳くらいでリーダーらしい少年がおれに話しかけた。

「判事はどこです?」

「知らないね。ここにはいないよ」

そいつは唇を嚙み、困ったような顔をした。

「どうしたんだい?」

そいつはむっつりと答えた。

「この男を消してしまうつもりなんです。でも判事にそれを認めてもらおうと思って」

「このへんの酒場を探してみろ。たぶん見つけられるから」

十四歳ぐらいの少年が口を出した。

「ちょっと！　あんたはガスポディン・オケリーでしょう？」

「そのとおりだ」

「あんたに裁判してもらえませんか？」

年長の少年はほっとした。

「やってくれますか、ガスポディン？」

おれはためらった。確かに、おれは何度か裁判官をつとめたことがある。したことがない者などないだろう？　だがおれは責任を取ることに憧れたりする男じゃあない。しかしおれは、この若い連中が旅行客を消すと言っていることにひっかかった。これはけっこうな面倒を引き起こすことになるに決まっている。

おれはやることに決めた。そこでおれはその旅行者に言った。

「あなたはぼくを、あなたの裁判官として認めますか？」

かれは驚いた表情になった。

「こんなことに、選択権があるのですか？」

おれは辛抱強く答えた。

「もちろんです。ぼくを裁判官として喜んで受け入れないというようなことは、まずないと思うが……でも、無理じいはしませんね。あなたの命で、ぼくのじゃないからな」

その男はひどく驚いたようだったが、別に怯えてはいなかった。そいつの両眼は輝いた。

「ぼくの命、そう言われましたね？」

「当然です。あなたはこの少年たちの言葉を聞かれたはずだ。あなたを消すつもりだということをね。あなたはブロディ判事が戻ってくるのを待たれてもいいんですよ」

そいつは躊躇することなく、微笑を浮かべて答えた。

「あなたをぼくの裁判官と認めます」

「お望みのままに」おれはいちばん年上の少年のほうに向いた。「喧嘩の相手は？　きみときみの若い友人だけか？」

「いいえ、違います、判事。われわれ全員です」

おれは見まわした。

「まだきみたちの判事じゃないよ……きみたち全員がぼくを判事として求めるのか」

みんながうなずき、ひとりも反対しなかった。親分株の少年は少女に向かって言った。

「はっきり言ったほうがいいよ、ティッシュ。きみはオケリー判事を認めるかい？」

「え？　もちろんだわ！」

彼女は生気のない小娘で、ちょっと頭がたりない、すばらしい曲線美の持ち主だった。たぶん十四歳ぐらいだろう。安淫売《スロットマシン》タイプで、それが騒動を起こした原因だったにちがいない。一妻多夫結婚をするためにスチリヤーガ少年の群れの女王になりたがる類の女だ。おれはスチリヤーガ連中を責めてるわけじゃない。連中は充分な数だけ女がいないので、通りをうろつきまわっている。一日じゅう働き、家へ帰ってみても何もないのだ。

「よろしい、法廷は承諾されたから、全員がぼくの決定に従わなければいけない。料金を決めよう。きみたちはどれぐらいまで支払えるんだ？　殺人の審理をぼくが安い料金でやるなどとは考えてほしくないね。料金を支払うか、その人を釈放するかだ」

リーダーは目をぱちくりさせ、かれらは固まった。やがてかれは振り向いて言った。

「ぼくら、あまり持っていません。ひとり五香港ドルでやっていただけますか？」

連中は六人だった――

「駄目だ。そんな値段で法廷に死刑の審理を求めたりしてはいけないね」

かれらはまた固まった。

「五十ドルでは、判事？」

「六十。ひとり十だ。それから、きみは別にもう十ドルだ、ティッシュ」

と、おれは娘に言った。

彼女は驚き、むっとした。

「さあ、さあ！　タンスターフル！」

娘は瞬きをしポーチに手を伸ばした。彼女は金を持っていた。こういうタイプの娘はいつだって持っているんだ。

おれは七十ドルを集め、それを机の上に置くと旅行者に尋ねた。

「これに合わせられるかね？」

「どういうことでしょう？」

「少年たちは七十香港ドルで裁判を求めている。きみはそれと同額を出さなければいけない。できなければ、ポーチを開き、それを証明し、ぼくにそれだけを借りることができる。だがそれがきみの割り当てだ」おれはつけ加えた。「これほど大きな審理としては安いものだ。少年たちはあまり金が出せないので、きみは安くついたというわけだ」

「わかりました。わかったような気がします」

かれは七十香港ドルを出した。

「ありがとう……さて、どちらの側も陪審員を要求するか？」

娘の目は輝いた。

「もちろんです！　すぐにしてくださいな」

地球虫は言った。

「この状況では、ぼくもひとり必要だと思います」

おれは安心させた。

「持てるよ。法律顧問がいるかね？」

「え、弁護士も必要だと思いますが」

「ぼくは法律顧問と言ったので、弁護士と言ったのではない。ここに弁護士はひとりもいないんだ」

またもそいつは喜んだようだった。

「どうもその法律顧問というのは、ひとり持てるとしても、同じような、ええと、この手続きすべてと同じように非公式な資格のもののように思えますね？」

「そうかもしれないし、そうではないかもしれないよ。ぼく自身は非公式な判事だがね。好きなようにすることだ」

「あなたの非公式さに頼ることにします、裁判長閣下」

年上の少年は言った。

「ああ、この陪審員ですが。あなたが決めるのですか？　それともぼくらがですか？」

「ぼくが支払う。ぼくは全員あわせて百四十ドルで裁判官になることを承知した。きみはこれまで法廷に来たことはないのか？　なしでできるにしても、ぼくの最低料金を割るつもりはないね。陪審員は六人、ひとり五ドルだ。露地に誰かいないか見ろ」

少年のひとりが出ていって怒鳴った。

「陪審員の仕事だぞ！　五ドルの仕事だ！」

六人の男が集められたが、そいつらは底の露地《ボトム・アレイ》で期待できる程度の連中だった。だがおれはその連中の言うことなど聞くつもりはなかったから何とも思わなかった。もしきみが裁判に行くなら、しっかりした市民が見つけられる機会がある良い地区へ行ったほうがいい。

おれは机の向こうへ行き、腰を下ろすとブロディのシルク・ハットをかぶった——どこで見つけたのだろう。たぶんどこかの小屋から捨てられた物だろう。おれは言った。

「法廷を開く。名前と言い分を聞こう」

最年長の少年はスリム・レムケ、娘はパトリシア・カルメン・ジューコフ、ほかの連中の名は憶えていない。旅行者は進み出ると、ポーチに手を伸ばして言った。

「わたしの名刺です、閣下」

おれはまだそれを持っている。

スチュアート・ルネ・ラジョア

——詩人・旅行家・幸運の兵士(幸運の兵士とは冒険と給料のためなら雇われてどこにでも行く男のこと)

言ったことは悲劇的なまでに馬鹿げたことであり、なぜ旅行者がガイドなしにうろつき歩いてはいけないかという良い例だった。確かにガイドは旅行客がまっ青になるほど高い金を取る——だが、旅行客はそのためのものではないのか？　この男はガイドがいなかったために命をなくすところだったのだ。

こいつはスチリヤーガがたむろし、クラブのようにしているある酒場へ迷いこんだ。この単純な娘がこの男に色目を使った。少年たちは別に手を出さなかった。もちろん娘がその気になっているかぎり、かれらもそうしているほかなかったのだ。だがそのうちに娘は笑って男の腹をつついた。男はそれを月世界人と同じように受け取った……だがまさに地球虫のやり方で答えた。腕を娘の腰にまわして引き寄せキスをしようとしたんだ。

信じてほしいが、北アメリカではそんなことぐらい何でもないことだ。おれは、それに似たことはいくらも見てきたんだ。しかしもちろんティッシュは驚いた。たぶん恐怖を覚えたのだろう。彼女は悲鳴をあげた。

そして少年の群れがかれに飛びかかり、こづきまわした。それから〝その罪〟を支払うべきだと決めた――だがそれを正しくやろうということになった。判事を見つけることだ。

連中がみな馬鹿のように喜んだことは間違いない。消すほどのことではないかもしれない。しかしかれらの女性が侮辱を受けたのだ、罰を与えなければいけないのだ。

おれはかれらを、特にティッシュを訊問し、はっきり聞き終わったと思うとこう言った。

「ぼくが締めくくりをつけよう。この土地に不案内の男が来た。われわれのやり方は知らないわけだ。かれはそれを犯した。その点では有罪だ。しかしぼくの見るかぎり、その罪を犯すつもりはなかったようだ。陪審員はどう言うかだな。おい、そこのおまえ！　起きろ！　おまえの意見は？」

その陪審員がぼんやりと顔を上げて言った。

「そいつを消しちまえ！」

「そうか？　それからおまえは？」

次の男はためらった。

「ええと、そいつをいやというほどぶんなぐるだけでいいと思うがね。それでこの次からは気をつけるだろうよ。男から女に手を出させちゃいけないからな。そんなことをしていたら、地球みたいにここもひどいところになっちまうからね」

おれはうなずいた。

いろと変わっていた。

「まともな意見だ。それからおまえは？」

死刑に賛成した陪審員はただひとりだった。ほかの者はなぐることから高い罰金までいろいろと変わっていた。

「おまえはどう思う、スリム？」

「ええと……」かれは悩んでいた。大勢の前での体面だ、かれの女かもしれない娘の前で顔をつぶしたくないのだ。だがもう冷静になっており、その男を殺したくはなくなっていた。

「ぼくらはもうかれを痛めつけました。もしかれが両手と両膝をついてティッシュの前で床にキスして、すみませんでしたと言えばどうかと思いますが？」

「そうしますか、ガスポディン・ラジョア？」

「そうしろと命じられるなら、裁判長閣下」

「そうは言わないね。ぼくの判決を言いわたす。まずその陪審員だ……おまえだ！　おまえは裁判の最中に居眠りをしていたことにより、おまえに支払った料金を罰金として取る。おまえたち、そいつをつかまえろ。金《かね》を取り上げ、外へ放り出せ」

少年たちは熱狂してそれをやった。考えていた大きな興奮に比べると実につまらぬことだったが、それでもやらないよりましだったのだ。

「さてガスポディン・ラジョア、おまえは歩きまわる前に地方の習慣を知っておくという常識がなかったことに対して五十香港ドルの罰金だ。支払え」

おれはそれを受け取った。

「さあおまえたち子供はそこへ並べ。おまえたちはみなひとり五ドルずつの罰金だ。おまえたちは他国者《よそもの》だとわかっていて、われわれのやり方になれていない男を相手にするときに、正しい判断を下せなかった罪だ。ティッシュに手を出すことから守った、それはよろしい。かれを痛めつけた、それも結構だ。そのほうがかれも早く覚えるからな。そのあと外へ放り出してしまうこともできたはずだ。だが悪意のない間違いだとわかっている者に対して殺すことを相談するとは……まったく問題にならんことだ。ひとり五ドルずつ。支払え」

スリムは大きく口を開いた。

「裁判長……ぼくらはもうそんなに持っていません！　少なくとも、ぼくは持っていません」

「そんなことだろうと思っていた。一週間のうちに払えばよろしい。そうしないときは、おまえたちの名前をオールド・ドームに告示する。おしゃれ《ボン・トン》美容院がどこにあるか知っているだろう？　十三号気圧調整気閘のそばだ。ぼくの妻がやっている。彼女に払え。閉廷……スリム、まだ出ていくな。きみもだ、ティッシュ。ガスポディン・ラジョア、この若い連中を連れていって冷たい飲物でもおごり、仲良しになりませんか」

またしてもかれの目は、教授を思い出させるような変な喜びに溢れた。

「すばらしい考えですな、裁判長！」

「ぼくはもう裁判長じゃありませんよ。坂道を二つほど上がったところです……ティッシュに手を貸したらいいと思いますがね」

かれはお辞儀をして言った。

「お嬢さん、かまいませんか？」

かれが肘を曲げて娘のほうへ向けると、ティッシュはたちまちひどく大人びた格好になった。

「ありがとう《スパシーボ》、ガスポディン！　喜んで」

かれらの野蛮な服装やひどい化粧が場違いに見える贅沢な場所へ連れてゆくと、かれらは落ち着けない様子だった。だがおれは二人を楽にしていられるように気を配ったし、スチュアート・ラジョアはそれ以上に努め、それに成功した。おれは二人の住所と名前を知った。ワイオはスチリヤーガだけにかぎった名簿を持っているのだ。やがて二人は飲み物がなくなると立ち上がり、礼を言って出ていった。ラジョアとおれたちはあとに残った。

「ガスポディン」とかれは言い出した。「あなたはさきほど妙な言葉を口にされましたね……ぼくには変に思えたという意味ですが」

「もう子供はいなくなったんだから、マニーと呼んでもらおうじゃないか。どんな言葉だい？」

「あなたがあの、ええ若い御婦人のティッシュに……ティッシュも支払わなければいけないと言われたときだ。トーン・スタップルとか、何かそんなことでした」

「ああ、タンスターフル……つまり、無料の昼飯などというものはないという意味だよ（There ain't no such thing as a free lunch の頭文字を綴ったもの）。そのとおりなんだ」おれは部屋の端にかかっている〝昼食無料〟という文字を指さした。「あれがなければ、この飲物だって半分の値段ですむはずなんだ。あの子に、どんなものであろうと無料のものは長いうちには二倍も高いものにつくか、あるいは無価値なものとなるんだということを思い出させたんだ」

「おもしろい哲学ですな」

「哲学じゃあなくて、事実だよ。どんな物であろうと、手に入れるものは、それに対して支払うんだ」おれは空気をあおいだ。「ぼくは一度地球へ行ったことがあるんだが、そのとき〝空気のように無料〟という表現を聞いたね。だがここの空気は無料じゃない、きみはひと息するごとに支払うんだ」

「本当ですか？　だれもぼくに呼吸する分を払えとは言わないが」かれはにっこりと笑った。

「ぼくは、息《いき》をするのをやめるべきなのかな？」

「そういうこともおこりうるね。きみは今夜、あやうく真空を呼吸するところだった……だれも支払えと言わないのは、きみがもう払っているからなんだ。きみにとっては往復切符の一部として、ぼくの場合は年四回にわけて支払うんだが……とにかくわれわれはどちらも支払っているんだよ」

おれはうちの家族がどんなふうに共同事業公社相手に空気を売り買いしているかを話そうとしはじめたが、あまり複雑すぎると思ってやめにしたんだ。

ラジョアはよく考えてみておもしろいと思ったようだった。

「うん、ぼくも経済的にそれが必要なことはわかります。ただそれはぼくにとってまったく新しいことでしてね。教えてほしいんだが、ええ、マニー……それからぼくはスチューと呼ばれているんです……ぼくは本当に〝真空を呼吸する〟危険なところだったのですか？」

「きみには、もっと高い罰金を出させるべきだったよ」

「どういうことです？」

「きみはまだわかっていないんだな。ぼくはあの子供たちに出せるだけのものを出させ、罰金まで科してやった。かれらを考えさせるためだ。きみにはそれ以上の罰金を言い渡すことができなかった。そうするべきだったんだがね、あれがみな冗談だと思っているんだからな」

「信じてほしいですね、あれが冗談だったなどとは思っていません。ぼくはただきみたちの法律がどうもはっきりつかめないんです……つまり、そんなに簡単に人間を殺すことを許すということが……それもあんなにつまらぬ失敗で」

おれは溜息をついた。話していることについてまったくわかっていないとき、いったいどうしたら説明できるというんだ？　事実とは合わない先入観に支配されており、そのことに気づきもしていない男に？　おれは言った。

「スチュー、そこんところから少しずつついこう。〝ぼくらの法律〟なんてものはないから、それによって死刑にされるなどということはないんだ。きみの失敗は〝つまらないもの〟などではなかったが、ぼくはただ無知のせいで大目に見ただけなんだよ。簡単にやるようなことでもないんだ。そうなら、あの少年たちはきみをゼロ気圧の気閘へ引きずってゆき、きみをその中へ放りこんで万事終わりにしたことだろう。そんなことをするどころか、かれらはもっとも慎重にやった……まったくいい子供たちだったんだ！　きみを裁判にかけるのに自分の金まで払ったんだからな。そして、宣告がかれらの求めていたものに近いものでなくてさえ、文句も言わなかった。さて、まだ何かはっきりしないことは？」

かれは微笑し、教授に似たえくぼがあることを見せた。おれはそれまでよりもそいつに好意を持った。

「残念ながら、まるっきりわかりませんね。ぼくはどうも鏡の国へ迷いこんだみたいな気持ですよ」

それは予期していたことだった。おれは地球へ行ったことがあるから、かれらの心がどのように働くか少しは知っていたんだ。地球虫というものは、あらゆる場合に法律を、印刷された法律というものを期待する。契約といった個人的な事柄でも法律があるのだ。本当なんだ。もしひとりの人間の言葉があてにならないものとするなら、いったいだれがそいつと契約するというのだろう？　そいつには評判というものがないとでもいうのか？　ぼくは説明した。

「われわれに法律というものはないんだ。そんなものを持つことは一度も許されなかった。慣習はあるが、文字で書かれたものではないし、強制されもしない……あるいは自分に強制するものだと言えるかもしれないね。つまりそれは、単に物事がそうあるべきやり方、現在あるがままの状態なんだからね。われわれの慣習は自然法だと言えるだろうな。つまりそれは人々が生きてゆくために実行しなければいけない方法なんだから。きみがティッシュに手を出したとき、それは自然法を犯していたってことなんだよ……そしてもう少しで真空を呼吸させられるところだったんだ」

かれは考えこんで目を瞬いた。

「ぼくが犯したという自然法を説明してもらえませんか？　それをよく知っておかなければ……だめならぼくは船にもどって出発するときまで閉じこもっていますよ。生きているためにね」

「いいとも。そいつはひどく簡単なことだから、理解さえすれば、きみは二度と危険な目にあうことはないだろう。こういうわけだ、ここには二百万人の男がいて、女は百万人そこそこだ。物理的な事実だ、岩や真空のように基本的なことなんだ。そこへタンスターフルの考えを加えてみる。物が少ないとき、値段は上がる。女は少ない。どこでも手に入れられるほど充分はない……ということで、女というものは月世界でもっとも貴重なものとなっているんだ。氷や空気よりも貴重なんだ。つまり女のいない男は、生きていようといられまいとどちらでもかまわないからね。ただサイボーグは別だ。きみはああいうのを人間だと考えるかもしれんが、ぼくはそう思わないんだ。

さてどういうことになる？　知っているかもしれんが、この慣習というか自然法が初めて二十世紀に現われたころ、事態はもっとひどいものだった。そのころの比率は十対一、もしくはもっと悪かった。牢獄においては常に起こることがひとつある。男が他の男を相手にすることだ。それもあまり役に立たなかった。問題はそのまま変わらない。つまりほとんどの男は女を求めていて、本物が手に入れられる可能性があるかぎり、代用品では我慢しないってことだ。

かれらはあまりにも心配になり、そのためにも命も賭けるようになった……それで年寄り連中の話すことというと、そのころはほんとにぞっとするほどの殺し方だったらしいよ。だがしばらくするうちに生き残っていった連中は、うまくやっていく方法を見つけた。物事は落ち着いたんだ。引力のように自動的にだな。事実に適応する連中が生きのび、そうしない連中は死に、問題はなくなるってわけだよ。

ということはだ、現在ここで、女はとぼしく自分らの思いどおりにしているということだ……そしてきみは、きみもその笛のままに踊ることを二百万の男に求められているんだ。きみに選択権はない、彼女のほうがすべての選択権を持っているんだ。女のほうはきみを血が出るまでぶっ叩くこともできる。だがきみは女に指一本ふれることもできないんだ。さて、きみはティッシュに腕をまわした、キスをしようともしたんだろう。かりに彼女がきみとホテルの部屋へ行ったとする。どういうことになると思う?」

「そんなことを! たぶん連中はぼくをばらばらにしていたことでしょう?」

「あいつらは別に何もしなかったはずだよ。肩をすくめて、見ないようなふりをするんだ。つまり、選択権は女のほうにあるからだ。きみじゃない。かれらでもない。まさに彼女だけにあるんだ。ああ、女にホテルへ行こうと言うのは危険だよ。女は怒るかもしれないし、それがあの連中にきみを襲わせる口実となるかもしれんからな。だが……まあ、このティッシュを例にとろう。馬鹿な小娘さ。ぼくはきみがたくさんの金を持っているのを見たが、その財布の中身をちらりと見せたら、あの娘は旅行者と寝ることこそ必要なんだと自分から言い出したかもしれないよ。その場合もまったく安全なんだ」

ラジョアはぶるっと身慄いした。

「彼女の年齢でですか？　そんなこと考えてみるだけでもぞっとしますよ。彼女は承諾年齢（情交に同意しうると認められる年齢）以下ですよ。強姦になりますよ」

「馬鹿らしい！　そんなものはないんだ。あの娘の年齢ではみな結婚しているか、するべきなんだ。スチュー、月世界に強姦はないんだ。まったくない。男たちがそんなことを許さないんだ。強姦というようなことになったら、判事を探すなんて面倒なことはしないし、声が届く範囲内にいる男はみな助けに走ってくるよ。だがあれだけの大きさの娘が処女である可能性はまず無視していいね。娘が小さいとき、母親はよく気をつけている。町じゅうの人間に助けられてね。ここの子供たちは安全なんだ。だが連中が夫を持っていい大きさになったら、制約はなくなるし、母親も口を出さない。もし娘たちが通りをうろついて楽しもうと思ったら、だれもとめられないんだ。娘が年ごろになると、ボスは自分自身だ。きみは結婚しているのかい？」

「いや」かれは微笑を浮かべてつけ加えた。「いまのところはね」

「もしきみが結婚しているとして、きみの妻が結婚しなおすときみに言ったとしたら、どうする？」

「そんなことを言い出されるとは妙ですね、そういうことが起こったんですよ。ぼくは弁護士に会って、家内に扶養料を出さないですむようにしましたね」

「その言葉をぼくは地球で覚えはしたが、ここにはそういう言葉はないんだ。ここできみは……月世界人の夫はだな、こう言うだろうよ……〝すると、もっと大きな場所がいるね、おまえ〟……それとも単に、彼女と自分の新しい仲間と共同夫《コ・ハズバンド》を祝福するかだ。あるいは、それで耐えられないほど不幸になるのであれば、別れることにして荷造りをするんだな。だが、いずれにしても、これっぽっちの悶着もなしだ。もし騒動を起こしたりしたら、意見は異議なく男のほうが悪いと出るね。そいつの友だちは、男も女も同じように、そいつに冷たくあたるよ。哀れな野郎はまあノヴェリンへでも引っ越し、名前でも変えて、ほとぼりが冷めるのを願うだけだ。

　われわれの慣習はみなそういうふうになっているんだ。もし地上へ出ていてだれかほかのやつが空気が必要になったとする。するとだれかがそいつへ空気のボンベを貸してやり現金をよこせとは言わない。だがその二人がまた気圧のあるところへ戻ったとき、そいつがその金を払おうとしなかったら、そいつを裁判なしに殺しちまっても、だれも文句は言わないよ。だがそいつは払うんだ、空気は女と同じく神聖なものなんだ。ポーカーをやるとき新しいやつが入ってくると空気の金《エアー・マネー》を貸す。食べる金《イーティング・マネー》じゃない、必ず返さなきゃあいかんというわけさ。もしきみが自分を守る以外の理由で男を殺したら、きみはその男の借金を払い、そいつの子供たちを養わなければならない。そうしなければだれもきみと口をきかないし、きみから買わず、きみに売りもせずだ」

「マニー、あなたが言っているのは、ぼくはここで男を殺し、それをただ金だけで解決できるってことですか？」

「いや、とんでもない！　だが殺人は別に法律に背くことじゃあない。法律なんてものはないんだし……長官の規則以外にはね……そして長官は月世界人がおたがいに何をしようと気にしたりはしない。われわれはこういう具合にやっている。ひとりの男が殺されたとする。そいつ自身のせいだとすると、だれもそのことは知っている……普通の場合だ……そうでなければ、殺された男の友だちがそいつを殺すことで片をつける。どちらの場合も、問題はない。それに殺人はそう多くないしね。決闘だってまずないんだ」

「友だちが片をつける、ですか……マニー、もしさっきの若い連中が最初の意気ごみのままぼくを殺してしまったとします。ぼくはここに友だちがいませんよ」

「それがぼくの裁判官を引き受けた理由だよ。ぼくもあの子供らがそこまでおたがいに扇動しあったとは思えないが、放っておきたくなかったんでね。旅行者を殺すことはこの町の恥になるからな」

「そういうことは、よく起こるんですか？」

「これまでそういうことが起こった記憶はないよ。もちろん事故のように見せかけたものはあったろうがね。新米は事故を起こしやすいもんだ。月世界はそういうところだからな。新入りが一年生きれば、そいつは永久に生きられるって言葉があるぐらいなんだ。とにかく最初の一年に保険をかけてくれるやつはだれもいないよ」

　おれは時計を見て尋ねた。

「スチュー。きみ、夕食はどうするんだ？」

「まだです。あなたにぼくのホテルへ来てくださいと言おうと思っていたんです。料理はいいですよ。オーベルジュ・オルレアンです」

　おれは身慄いするのを押さえつけた――そこで一度食べたことがあるのだ。

「それより、ぼくの家へ来てうちの連中に会ってくれないか？　この時間なら、スープか何かそんな物ぐらいしかないが」

「ご迷惑じゃありませんか？」

「いいや。電話するあいだちょっと待っていてくれ」

　マムは答えた。

「マヌエル！　うれしいわ、あなた！　カプセルは何時間も前に着いたでしょう。わたし、明日か、もっと先になるものとばかり思ってたのよ」

「酔っ払って放蕩三昧《ざんまい》さ、ミミ、悪い友達がいてね。帰る道をおぼえていたらいまから帰るよ……その悪い友達を連れてね」

「ええ、あなた。二十分後に夕食よ、遅くならないようにしてね」

「ぼくの悪友が男か女か聞きたくないのかい？」

「あなたのことは知ってますからね、まず女の人だと思うわ。でもお目にかかるときを楽しみにしているわね、どんな人なのかってこと」

「やはりぼくのことはよくわかっているんだな、マム。女連中にみなきれいに見えるようにと言っておいて。お客のほうがずっときれいに見えるのはいやだからね」

「長くかからないで、夕食がだめになるから。バイバイ、あなた」

「バイ、マム」

おれはちょっと待ってからMYCROFTXXXと押した。

「マイク、この名前を調べてほしいんだ。地球から来た男の名前だ、ポポフの乗客でね。スチュアート・ルネ・ラジョア。Uの字がつくスチュアート。ラジョアはLかJのどちらかのファイルにあると思う」

何秒も待たなかった。マイクはスチューを地球にある大きな人名簿のすべてで見つけた。フーズ・フー、ダン・アンド・ブラドストリート、アルマナク・ド・ゴータ、ロンドン・タイムズのファイル、何にでもだ。フランスからの移住者、君主制支持者、金持、かれの使っている名前のあいだにまだ六つも名前が入り、三つの大学の学士号を持ちそのひとつはソルボンヌの法律であり、フランスとスコットランド両方の名家を祖先に持ち、パメラなんとかかんとか貴族と離婚し、子供はない。罪人を先祖に持つ月世界人に話しかけたりしない地球虫のひとりだ――ただし、スチューはだれにだって話しかけるのだが。

おれは二分ほど聞いたあと、マイクにかれの社交関係をすべて含めた一式書類を用意してくれと頼んでから言った。

「マイク、おれたちのカモかもしれないぞ」

「そうかもしれないな、マン」

「急がなくちゃあいけないいんだ、バイ」

おれは考えこみながら客のところへ戻っていった。ほとんど一年前のことになるが、ホテルで酒を飲みながら話しあったとき、マイクは七にひとつで可能性があると約束した――もし、あることが実行されればと。ひとつの必須条件は地球上に援助者がいることだった。

マイクにはわかっていたし、おれたち全員もわかっていたのは〝岩を投げつける〟ことができたところで、百十億の人間と無限の資源を持つ強力な地球が、何も持たぬ三百万人に負かされることはありえないということだった。おれたちが高いところにいて、岩をやつらに投げ落とすことができるにしてもだ。

マイクが比較したのは、イギリスのアメリカ植民地が瓦解した十八世紀、それに多くの植民地がいくつかの帝国から独立した二十世紀だった。そして、どの場合も武力のみによって植民地のほうが屈伏したことはないと指摘したのだ。どの場合も帝国側はどこか他のところで忙しく、疲れ果て、全力を使うことなくあきらめてしまっているのだ。

われわれは願っていたとおり、何カ月も前から長官の護衛兵を圧倒できるほど強力になっていた。おれたちの射出機が準備できれば（もうすぐだ）、もう無力ではない。だがわれわれは地球上での〝都合がいい天気〟を必要とした。そのためにわれわれは地球にいる援助者を必要としたのである。

教授はそれを困難なこととは見なしていなかった。だがそれは実に難しいことだとわかったのだ。かれの地球にいる友人は死んでいるかそれに近く、おれにはごく少数の教師のほかひとりも友人がいなかった。われわれは各細胞に質問を伝えた。「地球できみの知っている重要人物は？」そしていつも回答は「冗談でしょう？」だった。その計画は無効だった。

教授は入ってくる船の乗客名簿を注意し、連絡できる者を見つけようとし、それに月世界で印刷される地球の新聞を読んで、過去の接触から連絡できそうな重要人物を探した。おれはそんな努力はしなかった。おれが地球で会った少数の連中は重要人物などではなかったからだ。

教授はポポフ号の乗客リストからスチューを見落としてはいなかった。だが教授はかれに会ったことがなかったのだ。変な名刺が示しているとおりスチューがただの変わり者であるだけなのかどうか、おれには何もわからなかった。だがかれはおれが月世界で一緒に酒を飲んだただひとりの地球人であり、どうも本物の人間《ディンカム・コバー》であるように思えたし、マイクの報告はその勘がそうはずれていないことを示していた。かれは相当な影響力のある人物だったのである。

そこでおれはかれを家へ連れてゆき、家の者がどのようにかれを考えるか見てみることにしたのだ。

事はうまく運んだ。マムは微笑を浮かべて手を伸ばした。かれはその手を取り、ひどく低いお辞儀をしたのでおれはかれがその手にキスするのかと思った——おれが女のことについて警告していなかったら、そうしていたことと思う。ママムは夕食の席へかれを案内しながら咽喉を鳴らさんばかりにしていた。

# 12

二〇七六年代の四月と五月は長官にたいする月世界人の反感を高め、かれに報復手段を取らせるようにすることで忙しく仕事が続けられた。イボ蛙のモートについて困ったことは、かれがそうたいした悪人ではないということであり、かれが行政府の象徴であるという事実以外にかれを憎む理由がないことだった。だが、かれに恐怖を覚えさせることが必要だったのだ。それに普通の月世界人は同じぐらい悪かった。習慣として長官に反感を持っているものの、それは革命家とされるほどのものではないのだ。そんな面倒なことに心を煩《わずら》わせることはいやなのだ。ビール、賭け事、女、そして仕事……ただひとつ革命を貧血症で挫折させなかったものは、完全なる反抗心を作り上げる能力を持った平和竜騎兵隊だった。

だがその連中にしても、いつもけしかけていなければいけなかった。教授は大昔の革命における神話的な事件を引用し、われわれは〝ボストン茶一揆《ティー・パーティ》〟を必要とするのだと言い続けた。注意を引きつけるための大衆の騒動が必要だとかれは言っているのだ。

おれたちは働き続けた。マイクは古い革命歌の文句を書き変えた。《ラ・マルセイエーズ》《インターナショナル》《ヤンキー・ドゥードル・ドゥー》《われら勝たん》《労働者天国の歌》その他の歌詞を月世界に合うようにしたのだ。〝岩と退屈の子供ら／おまえは長官を許すのか／自分で首を締めるがいい！〟といった代物だ。シモン・ジェスターがそれを拡め、それが行き渡るとおれたちはそいつをラジオとテレビ（音楽だけ）でテコ入れしたのだ。これは長官がいくつかの曲の演奏を禁止するという馬鹿げた事態を作り出した――これはおれたちにとって願ったりかなったりだった。人々は口笛で吹けるのだ。

　マイクは副長官、技師長、その他の局長の声と言葉の選択型式を調べた。その結果、長官は夜中に部下からかかる電話で半狂乱になりはじめた。ところが部下のほうはそんな電話などかけていないというのだ。そこでアルヴァレス保安局長は盗聴装置をつけることにした――マイクの助けを借りて確実にだ。アルヴァレスはその電話が補給局長の電話からかかっていることを突きとめ、その声はコック長に違いないと確信した。

　だがモートにかかってきた次の悪意ある電話はアルヴァレスからのようであり、あくる日にモートがアルヴァレスに言い、アルヴァレスが自分を守って答えたことは、狂人同士の喧嘩としか言えないものだった。

　教授はマイクにそれをやめさせた。われわれはアルヴァレスが職を失うことを恐れたのだ。かれはおれたちに実に役立っていてくれたから、そんなことになっては困るからだった。だがそれまでに平和竜騎兵隊は長官の命令と思われるもので夜中に二度引っぱり出され、これは士気をいよいよなくさせることとなったし、長官は自分が反逆者に取り囲まれているといよいよ確信することとなり、部下たちのほうはかれが本当にいかれてしまったと信じるようになったのだ。

〈ルナヤ・プラウダ〉にアダム・セレーネ博士の文芸講演会が開かれる広告が現われた。題は〝月世界における詩と芸術――新しい文芸復興〟だった。同志はひとりも出席しなかった。各細胞に近寄るなという指令が行き渡っていたのだ。平和竜騎兵の三個小隊が姿を現わしたとき、そこにはだれも来ていなかった――これは紅はこべに適用されたハイゼンベルグの原理みたいなものだったのだ。〈プラウダ〉の編集長は、自分でこの広告を受け取ったのではなく、受付で注文され現金で支払われたものだと、一時間も苦しい弁明を続けなければいけなくなった。かれはアダム・セレーネから広告を受け取ってはいけないと申し渡された。だがこれはすぐに取り消され、アダム・セレーネからどんな物であろうと受け取っていいが、すぐにアルヴァレスへ知らせるようにと命令された。


新しい射出機の試験が行なわれ、その荷は南インド洋の東経三十五度、南緯六十度、魚にしか使われない地点へ落とされた。マイクは二度しか見ず、誘導追跡レーダーも使われず、ちょいと押すことだけで目標へ命中させたその名射手ぶりに大喜びだった。地球から届いたニュースによると、ケープタウンの宇宙追跡監視所が南極海に近い地点に落下した巨大な隕石のことを報告しており、それはマイクの計算と完全に合っていた――マイクはおれに電話し、その夜のロイター電を伝えて自慢した。

「命中したときみに言っただろう……ぼくは見たんだ。まったくすばらしい水煙だったぜ！」

そのあと各地にある地震研究所が報告した衝撃波と海洋研究所からの津波の報告は一致していた。

おれたちが用意したのは空罐だけだった（鋼鉄を買うのは難しかったからだ）。そうでなければマイクはその新しい玩具をもう一度試してみたいと言い出したことだろう。

自由の帽子はスチリヤーガとかれらの女の子連中のあいだに現われはじめた。シモン・ジェスターもその角にその帽子をかぶりはじめた。ボン・マルシェはそれを景品に出した。アルヴァレスは長官とおもしろくない話し合いをし、モートは、ガキどもが気まぐれなことをするたびになぜスパイのボスが騒ぎ立てなければいかんのだと怒った。アルヴァレス、おまえは気でも違ったのか？

おれは五月の初め、肉屋の散歩道《カーバー・コーズウェイ》を歩いているときスリム・レムケに出会った。かれは自由の帽子をかぶっていた。かれはおれを見て喜んだようであり、おれはかれが早急に支払ってくれたことを感謝して、かれに冷たい飲物をおごった（かれはスチューの裁判が行なわれた三日後の夜やってきて、シドリスにみんなの分三十香港ドルを支払ったのだ）。おれは店にすわっているとき、なぜ若い連中が赤い帽子をかぶっているのかと尋ねた。なぜ帽子を？帽子は地球虫どもの習慣だ、違うのかい？

かれはためらい、それから話しだしたがまるで昔の地球で愛国党員が秘密会合でも開いているように口が重かった。おれは話題を変え、かれの名前を全部言うとモーゼス・レムケストーンであり、石掘部隊のひとりであることを知った。おれは嬉しくなった、われわれは親類だったのだ。だが驚きもした。だが、石掘のような良い家系の者でも、常にすべての息子が結婚相手を見つけられるとはかぎらないのだ。おれは幸運だったのだ、そうでなければ、かれの年ごろには通りを荒れ狂っていたことだろう。おれは母親のほうで血筋がつながっていることをかれに告げた。

かれは元気が出てきたのか、しばらくすると言い出した。

「従兄《カズン》マヌエル、ぼくらは自分ら自身の長官を選ぶべきだと考えられたことはありませんか？」

おれは、いや考えたことなどない、行政府がかれを指名したのだし、常にそうするのだろうと思うと答えた。かれは、なぜわれわれは行政府を持たなくてはいけないんだと尋ねた。おれはその考えを吹きこんでいるのは誰なんだと尋ねた。かれは誰に吹きこまれたわけでもない、ただ考えているだけだ——考える権利もないのかと言い張った。

おれは家へ帰ると、マイクに尋ねてあの青年の細胞名を、もしあればだが、見つけてみたい思いに駆られた。だが安全保持上からも、スリムに悪いとも思ってやらなかった。

七六年の五月三日、シモンという名の男性七十一人が検挙されて尋問され、そのあと釈放された。新聞はその話を伝えなかったが、すべての人がその話を聞いた。その中に〝J〟の名前で始まる者はいなかったし、一万二千人の人間がその話を伝える早さはおれが想像するよりずっと早かったのだ。おれたちは、それら危険な男性のひとりはまだ四歳だったのだと話を誇張した。それは嘘だったが、ひどく効果的だった。

スチュー・ラジョアはおれたちの家に二月と三月のあいだ滞在し、四月初めになるまで地球へ帰らなかった。かれは切符を次の船に、また次の船にと変えていったのだ。おれがかれに取り返しのつかない生理的変化が起こる目に見えない線に近づいているぞと指摘すると、かれは笑って心配するなと言った。だが遠心加速機を使う予約を取った。

スチューは四月になっても帰りたがらなかった。そしておれの妻の全員とワイオに泣きながらさよならのキスをされ、かれはひとりひとりにまた戻ってくると約束した。だが、やるべき仕事があったから帰っていった。そのときまでにかれは党員になっていたのだ。

おれはスチューを入党させる決定には加わらなかった。おれは自分には偏見があると感じていたからだ。ワイオ、教授、マイクはその危険を冒してみることに異議をとなえなかった。おれはかれらの決定を嬉しく承知した。

われわれはみんなでスチュー・ラジョアを受け入れることに努めた――おれ、教授、マイク、ワイオ、マム、それにシドリス、レノーレ、ルドミラ、おれたちの子供に、ハンス、アリ、フランクもだ。デイビス家の生活が最初にかれをつかんだからだ。レノーレが月世界市でもっとも美しい女だったことも別に妨げとはならなかった――そういってもミラ、ワイオ、アンナ、シドリスを軽視しているわけではないんだが。そしてまたスチューが母親の胸にしがみついている赤ん坊を乳房から離れさせるほどの魅力の持主であることも別に災いの元とはならなかった。マムはかれの世話を焼きたがって大騒ぎだったし、ハンスはかれに水耕農園を見せ、スチューはそのトンネルの中でおれたちの息子たちといっしょに汗まみれ泥まみれになって動きまわり――おれたちの中国式養魚池の取り入れを手伝い――おれたちの蜜蜂に刺され――圧力服を使うのを覚えて、おれと地表へ上がり、おれたちの家の太陽電池を調節し――アンナが豚を殺すのを手伝い、皮をなめすことを習い――爺《グランドポウ》さんとすわりこんでかれの地球に対する素朴な意見に喜んで耳を傾け――おれたちの家庭ではどの男性もこれまでやったことがないことだが、ミラと一緒に皿を洗い――赤ん坊や仔犬たちと一緒に床にころがり――粉をひくことを覚え、マムと料理法を交換しあった。

おれはかれを教授に紹介し、そのことはかれに政治的な面での感情をしゃべらせることとなった。教授がかれを〝いまのところ香港にいるので〟電話でしか話しあえない〝アダム・セレーネ〟に紹介したとき、秘密はまったく洩らされなかった――いつでも離れられるようにだ。だがスチューが運動に加わったとき、おれたちはそれまでの口実は捨て、アダムは議長であり、秘密保持上の理由から顔を合わせないのだということをかれに教えた。

だがそれを教えるのはほとんどワイオがやり、教授が手の内を見せ、おれたちが革命を行なおうとしているのだということをスチューに教えるべきだということも、彼女の判断によったのだ。驚愕は見られなかった。スチューはもう心を決めており、おれたちがかれを信頼するようになるのを待っていたのだ。

美人が出れば岩でも動くと言うが、ワイオがスチューを相手に議論以外どんな手段を取ったのかは知らない。おれはそれを知ろうとなど決してしなかった。だがワイオは教授の理論のすべてやマイクの数字を使う以上に、おれと相談することでより以上の効果を上げたのだ。

もしそれ以上に強力な手段をスチューに使ったとしても、彼女は別に自分の国のためそういうことをやった歴史上最初のヒロインではない。

スチューは特別な暗号帳を持って地球へ帰っていった。おれは計算機技術者が情報理論を学ぶときにその原理を教えられることを除いて、暗号通信解読の専門家ではない。サイファーは数学的な型で作られ、ひとつの文字が他の文字に置き換えられ、アルファベットが混ぜ合わされるだけのもっとも簡単なものだ。

サイファーは計算機の助けを借りると信じられぬほど精巧なものになり得る。だがサイファーはみな、型《パターン》があるという弱点を持っている。もしひとつの計算機が考え出せるものであれば、別の計算機がそれを解読することもできるのだ。

コードは同じような弱点を持っていない。たとえばあの暗号帳にGLOPSという文字配列がのっているとしよう。それは「ミニー伯母さんは木曜日に帰ってくる」という意味なのか、それとも「三・一四一五七……」の意味なのか？

意味は何とでもきみが指定するとおりとなり、計算機もただ文字配列だけから解読することはできない。充分な数の文字配列と、意味に関する合理的な理論、あるいは意味に対する主題といったものを計算機に与えれば、意味それ自体は型を示しているから、何とか解読してしまうこともできるだろう。だがそれはずっと難しい水準の異なった種類の問題になるのだ。

われわれが選んだ暗号は、地球と月世界で商業通信に使われているもっとも普通な商業用暗号帳から選んだものだった。だがおれたちはそれをよく研究した。教授とマイクは何時間も議論し、どのような情報を党が地球にいる工作員に送りたいと思うようになるか、あるいは工作員から受け取ることになるだろうかについて検討し、それからマイクはその大変な情報をフルに使って働き、暗号帳に使う新しい意味を作り出した。たとえば「タイの米を先買いしろ」が「逃げろ、やつらに気づかれたぞ」という具合だ。そのほか何でも、サイファー信号がまったく予期もされない意味を含んでいるようにだ。

ある夜遅くマイクは〈ルナヤ・プラウダ〉の機械を使って新しい暗号を印刷し、夜勤の編集者がそのロールを別の同志に渡し、そいつはそれを非常に小さなロール・フィルムに複写し、それから次々に渡されていったが、そのだれもが自分らの手にしているものが何なのか、そしてなぜなのかについては何も知らなかった。それは最後にスチューのポーチに納まった。そのころの月から出てゆく荷物の検査はうるさく、たちの悪い竜騎兵どもによって行なわれていた——だがスチューは何の面倒も起こらないことを確信していた。たぶんかれは飲みこんでしまったのだろう。

そのあと地球へ打たれたルノホ会社の通信のいくつかはスチューの手元へ、ロンドンにいるかれの仲買人を通じて届けられた。

その目的の一部は財政的なことだった。党は地球上で金を使う必要があったのだ。ルノホ会社は地球へ金を送った（その全部が盗んだものではない。いくつかの仕事はうまく儲っていたのだ）。党はもっともっと地球で使う金が必要だった。スチューは革命計画についての秘密の知識に基いて投機を行なったのだ——かれ、教授、それにマイクは、その日以後、どの株が上がりどの株が下がるかについて何時間も議論してあったのだ。これは教授の仕事だった。おれはそんな種類の賭け事はやらないほうなんだ。

だが〝意見の天気〟ってやつを作り上げるために、その日以前にも金が必要だった。われわれには宣伝が必要だった、世界連邦の下院議員が必要だった、その日がきたらすぐどこかの国にわれわれを認めさせる必要があった、素人連中が酒場で「あんな岩の固まりに兵隊の命以上に大切なものがあるものか。好きなようにやらしてやればいいじゃないか！」と言いあうようにする必要があった。

宣伝のための金、賄賂のための金、見せかけだけの組織を作る金、そして既存の組織に喰いこむための金。月世界の経済についての真実の姿（スチューは山ほどの数字を持って帰った）を科学的研究として発表し、その次にはもっと大衆向きの形にするための金。少なくとも大国のひとつの外務省を自由月世界のほうが利益になると確信させるための金。大きな企業連合に月世界観光事業のアイデアを売りこむための金——

いくらあっても足らぬほどの金だ！　スチューは自分の財産を提供し、教授はそれを拒絶しなかった——財産のあるところ、心もありだ。だがそれでも大変な金額の金であり、それ以上にやるべきことは山ほどあったのだ。スチューがその一翼を担うことができるのか、おれは知らない。ただそうなることを願って指を交差させただけだ。少なくともこれでわれわれには地球との連絡がつくようになった。いかなる戦争であれ、それを実行しうまく締めくくるためには、敵との連絡が重要なことだと教授は言った。（教授は平和主義者だった。だがかれの菜食主義と同じく、かれはそうだからといって、〝合理的〟であることはやめなかった。必要なら、かれは驚くべきほどの神学者にもなっていたことだろう）

スチューが地球へ行くとすぐ、マイクは勝ちめを十三にひとつとした。おれがいったいどうしてなんだと尋ねると、かれは辛抱強く説明した。

「でも、マン、危険がふえたんだよ。それが必要な危険だということは、別に危険が増したという事実を変えはしないからね」

おれは黙った。そのころ、五月の初めだが、新しい要素が現われて危険の一部を減らしたが、別の危険が現われてきた。マイクの機能は一部で地球と月世界間のマイクロ波通信を受け持っていた――商業通信、科学データ、ニュース・チャンネル、テレビ、無線電話、普通の行政府通信連絡――それに長官の極秘事項だ。

最後のものを別にしても、マイクはそれに含まれている商業用のコードやサイファーのいずれをも解読することができた――サイファーを解読することはかれにとってクロスワード・パズルと同じであり、この機械を信用していない者などひとりもいなかったのだ。だが長官は別であり、こいつはすべての機械を信用していなかったんだと思う。やつは鋏《はさみ》以上に複雑な物はなんであろうと不思議な信用できない物と見なすような人間だったのだ――石器時代の心の持主なのだ。

長官はマイクが見たこともないコードを使った。それにサイファーも使い、マイクを利用せず、官邸にある小さな低能の機械にやらせたのだ。その上にかれは行政府地球本部と連絡してすべてを前もって決められた時間どおりに同調させるようにした。かれが安全だと感じたことは間違いない。

マイクはそのサイファーの型を解読してしまい、最後の手段を取るときの時期を同調させなくする方法を考え出した。かれは教授が言い出すまではコードを解読しようとしなかった。それはかれにとって興味のないものだったからだ。

だがひとたび教授に頼まれると、マイクは長官の極秘通信に取り組んだ。かれはほんの切れっぱしから始めなければならなかった。これまでのマイクは、送信が終わると長官の通信文を消してしまったのだ。だから、ゆっくりゆっくりかれは分析するための資料を集めた——苦しいほどゆっくりとだ。というのは長官はこの方法をどうしてもという場合しか使わなかったからだ。そういった通信のあいだは時として一週間もあいたのだ。だが次第にマイクは文字配列グループごとの意味を集め、それぞれの可能性を計算した。コードというものはいっぺんに全部の底が割れるものではない。ひとつの通信にある九十九の文字の意味がわかっても、残りのひとつがただＧＬＯＰＳとしかわからないために要点がわからないということも生じるのだ。

だが、それを使用する方にも困った問題であるのだ。もしＧＬＯＰＳがＧＬＯＰＴと通信されてくると、困ったことになってしまう。どのような通信手段があっても繰り返しが必要となる。そうしなければ情報の意味が失われてしまうことがあるからだ。

マイクが機械の持つ完全な忍耐力でかじっていったのは、その繰り返しだったのだ。マイクは自分が予想していたよりも早く長官の暗号の大半を解読した。長官は以前よりもずっと多くの通信を送っており、そのほとんどが同じ主題だったのが役立った――保安と破壊工作についてだ。

おれたちはモートをさえずりはじめさせたのだ。かれは助けを求めて悲鳴をあげていたのだ。

かれは平和竜騎兵の二個大隊がいても破壊活動が行なわれているから、すべての居住地区内の要点すべてを警戒できるだけの兵力を送れと要求していた。

行政府地球本部の回答は、そんな途方もないことができるか、世界連邦軍の精鋭はこれ以上さけない――地球上での任務が永久に果たせなくなる――そんな要求はするべきではないというものだった。もしそれ以上護衛兵が必要なら、かれは流刑者の中から募集しなければいけない――だがそのような行政府上の費用が増加しても、それは月世界内で処理しなければいけない。諸経費をふやすことは認めない。これこれの新しい穀物割当に応えるため、どのような手段を取っているか報告しろと指示された。

長官の返事は、訓練を積んだ保安要員――未訓練の、信頼できない、不適格な囚人ではだめ。繰り返す、だめ――に関するこれほど控え目の要求が受け入れられないなら、かれはもはや秩序を保持することはできず、穀物輸出の割合もずっと減少するだろうというものだった。

それに対する返事は嘲笑するようなものだった。流刑者どもが穴の中で暴動を起こしたいというならそれがどうしたというんだ？　もしそんなことが心配なら、一九九六年と二〇二一年にやって大成功を納めた電気を切ることを考えてみたらどうなんだ？

その言い合いはわれわれの日程を変える必要を生じた。ある面をスピード・アップし、その他の面を遅くさせることだ。完全な夕食のように、革命というものはすべてがうまくいくように〝料理〟されなければならないのだ。われわれは〝岩を投げる〟ために、罐と小さな操縦ロケットとその附属回路が必要だった。そして鋼鉄が問題なのだ――それを買い、成形し、その上それを新しい射出機の場所まで迷路のようなトンネルを通して運ばなければいけなかった。そして党員を少なくとも〝K〟の細胞ができるまでに増やす必要があった――約四万人だ――最終段階の党員は、初期にわれわれが求めた才能よりむしろ戦闘精神に溢れた者であるべきだった。それに、上陸してくる兵力に対抗するための武器も必要だった。それなしではマイクが盲目となってしまうレーダーを移動させなくてはいけなかった。（マイクは動かせなかった。かれの各部分は月世界のいたる所に散らばっていたからだ。だが政庁にあるかれの中央部分の上には千メートルの深さの岩があったし、鋼鉄で囲まれており、この鎧はスプリングの上に揺り籠のようにのっていた。行政府はいつか誰かが、かれらの管制センターに水爆兵器を投げつけるかもしれないということを考えていたのだろう）

このすべてを実行する必要があり、薬罐《やかん》はあまり早く沸騰させてはいけないのだ。

こうしてわれわれは長官を悩ませていることをやめてしまい、そのほかのすべての物をスピード・アップすることにした。シモン・ジェスターは休暇に入った。自由の帽子はスタイルが良くない――だが、しまっておくことという指令が出された。長官にはもう神経をいらだたせられる電話がかからなくなった。われわれは竜騎兵を刺激する事件を起こすのをやめた――全面的になくすことはできなかったが、その数が減ったのだ。

モートの心配をなくする努力をしたのに、反対にわれわれを悩ませる兆候が現われてきた。長官のもっと兵力をという要求に応える通信はこなかったが（少なくともわれわれが傍受したかぎりは一度もなかった）――かれは人々を政庁の外へ追い出しはじめたのだ。その中で暮らしていた公務員たちは、月世界市で貸室を探しはじめた。行政府は月世界市に隣接した地帯で試験掘鑿《くっさく》と音響探知を始めたが、そこが居住地区に変えられるのかもしれなかった。

それは行政府が驚くほど多数の囚人部隊を送りこんでくることを提案したからかもしれない。政庁の中のスペースは、居住区画以外の目的に使われるということではないのか。だがマイクはおれたちに言った。

「なぜそう考えるんだい？　長官はその兵力を手に入れるのさ。そのスペースはその連中の兵舎となるんだ。そのほかに説明があるとしたら、ぼくが聞いているはずだよ」

おれは言った。

「でも、マイク、もし兵隊が来るとしたら、どうしておまえは聞かなかったんだ？　おまえは長官の暗号をわりあいうまく解読したじゃないか」

「わりあいうまくじゃなくて、解読してしまったよ。だが最近やってきた二隻の船は行政府の重要人物をのせていたし、その連中が電話から離れたところでしゃべったことはわからないからね！」

そこでおれたちは兵力がもう十個大隊ふやされても対抗できるだけの計画を考えることになった。その人数は、政庁の中であけられたスペースに収容できるとマイクが計算したものだった。われわれはそれだけの多数を相手にすることができる――マイクの助けがあればだ――だがそれは死者が出ることを意味する。教授が計画した無血のクーデターではない。

それでわれわれは他の要素をスピード・アップする努力を増加した。

ところが突然、われわれは事件に突入していった――

# 13

彼女の名前はマリー・リヨンだった。彼女は月世界で生まれた十八歳の娘で、母親は五十六年に平和部隊で流刑になってきた人だ。父親の記録はない。彼女は危険な運動には加わらないような人間だった。政庁の中に住んで、輸出局で株式管理の事務員として働いていた。たぶん彼女は行政府を憎み、平和竜騎兵をからかうのを楽しんでいたのだろう。それともひょっとすると、どこかのスロットマシンの裏の小部屋で冷ややかな商業取引として始めたのかもしれない。その真相を知ることはできないだろう。六人の竜騎兵がそれに加わっていたのだ。彼女を強姦するだけでは満足せず（強姦であったとしてだが）、かれらはその他の方法で凌辱し殺害した。だがかれらはその屍体をうまく片づけなかった。もうひとりの女子公務員がそれを見つけて悲鳴をあげた。そしてそれが彼女の最後の悲鳴となった。

われわれはそれをすぐに知った。アルヴァレスと平和竜騎兵隊の指揮官がアルヴァレスの事務室でその問題を相談しあっているあいだに、マイクはわれわれ三人を呼んだ。竜騎兵隊の隊長が犯人どもを見つけるのに問題はなかったようだ。かれとアルヴァレスはひとりずつ訊問しており、そのあいだには口論を続けていた。一度はアルヴァレスがこう言うのをおれたちは聞いた。

「わしは前にも言ったろう。きみのところの与太者どもは専用の女だけを相手にしなければいけないんだと！　注意しておいたんだぞ！」

竜騎兵の隊長は答えた。

「ぼくもあんたに何度も言ったはずだ、国の連中は全然よこしてくれないんだと。現在の問題は、われわれがこれをどうもみ消すかなんだ」

「きみは気でも違ったのか？　長官もすでに知っているんだぞ」

「だがまだそれが問題なんだ」

「もう黙って、次のを呼んでくれ」

その汚ならしい話が始まってすぐ、ワイオは仕事部屋にいたおれのところにやってきた。そのメーキャップの下で肌は青ざめていたが、何も言わず、そばにすわっておれの手を握りしめた。

やっと調べは終わり竜騎兵の隊長はアルヴァレスのところから出ていった。かれらはまだ言い争っていた。アルヴァレスはその六人をただちに処刑し、その事実を公表することを求めた（当然だとしても、かれが本当に必要としていることには足りないぐらいだったのだ）。隊長はまだ〝事件をもみ消す〟ことを言い張っていた。

教授は言った。

「マイク、そこの模様に注意していて、できるかぎりのことを聞いてくれ。さてとマヌエル？　ワイオ？　計画は？」

　おれには何もなかった。おれは、冷たく抜け目のない革命家じゃないんだ。ただ、その六人の声の持主の顔を蹴飛ばしてやりたかっただけだ。

「わかりませんよ、教授。どうします？」

「どうする？　われわれのやるべきときなんだ。この機会を逃がすべきじゃあない。マイク、フィン・ニールセンはどこだ？　見つけてくれないか」

　マイクは答えた。

「かれはいま電話をかけてきているよ」

　かれはフィンをおれたちにつないだ。その声が聞こえてきた。

「……地下鉄南駅で、二人の護衛兵が死に、六人ほどの人が死にました。ただの人、つまりぼくの言うのは、別に同志じゃあないってことです。変な噂が飛んでいますよ、竜騎兵の連中が発狂して政庁にいるすべての女を強姦し、殺しているそうです。アダム、ぼくは教授に話したほうがいいと思うんですが」

　教授はしっかりと確信のある声で答えた。

「わしはここにいるよ、フィン……もうわしは行動を起こす。そうしなければいけないんだ。電話を切り、あのレーザー銃と、それを使う訓練を積んだ連中を集めてくれ。きみの集められるだけでいい」

「はい《ダー》！　オーケイ、アダム？」

「教授の言うとおりにするんだ。そのあとで電話してくれ」

「ちょっと待った、フィン！」と、おれは口をはさんだ。

「こちらはマニーだ。おれもその銃をひとつ欲しい」

「きみは練習していないだろう、マニー」

「レーザーなら、おれは使えるよ、マイク！」

　教授は押しつけるような口調で言った。

「マニー、黙るんだ。きみは時間をむだにしているよ、フィンに行かせるんだ。アダム。マイクに通信を頼みます。かれに警報四号だと伝えてください」

　教授の話した言葉でおれは興奮に水をかけられたようになった。マイクこそ〝アダム・セレーネ〟以外の何者でもないということをフィンは知らされていないのだという事実を、おれは忘れてしまっていたのだ。あまりの怒りにすべてのことを忘れていたんだ。マイクは言った。

「フィンは電話を切りましたよ、教授、それからぼくは今度のことが起きると警報四号を用意しました。事件より前に出された普通通信のほかはとめてあります。そのままでいいんでしょう？」

「ああ、警報四号どおりにやってくれ。ニュースを洩らす地球との通信はどちら側からもなしだ。もし何か入ってきたら、とめておいて検討してみよう」

　警報四号は非常事態における通信規制で、疑惑を生じさせることなく地球へ送るニュースの検閲をなくしてしまうものだった。そのためにマイクは多くの声を使って話す用意ができており、なぜ肉声で直接電話をかけるのに暇がかかるのか言いわけができるのだ——そしてテープ録音による送信は問題なかったのだ。

「プログラム、入れました」

と、マイクは答えた。

「結構。マニー、落ち着くんだよ、坊や。自分のことだけしていればいいんだ。戦うのはほかの連中にやらせるんだ。きみはここで必要なんだ、わしたちで細工しなくちゃいかんのだからな。ワイオ、ちょっと行って同志セシリアに、すべての少年探偵団を通りから引っこめるように言ってくださらんか。子供たちを家へ呼び戻し、家のなかにいさせるようにな……母親連中にほかの母親にも同じようにしろと伝えさせてほしいんだ。どこへ戦いが拡がってゆくかわからんが、できることならわしらは、子供たちに怪我をしてもらいたくないね」

「すぐ行ってきますわ、教授！」

「ちょっと待って。あんたがシドリスにそのことを話したらすぐ、スチリヤーガの連中を動員してくださらんか。わしは行政府の月世界市事務所で暴動を起こさせたいんだ……乱入し、そこを破壊し、大騒ぎをやらかす……ただし、できることなら死傷者は出したくない。マイク、緊急警報四号だ。きみ自身に通じる線を除くほか政庁を遮断してしまうんだ」

おれは尋ねた。

「教授！　なぜいま暴動を起こすんです？」

「マニー、マニー！　これこそ、その日なんだよ！　マイク、強姦と殺人のニュースはほかの町へも届いたかね？」

「ぼくの聞いたかぎりではまだだね。ぼくはあちらこちらと無作為に聞いているんだ。地下鉄の駅は月世界市を除いてどこも静かです。地下鉄西駅で騒動がいま始まったところです。聞きたいですか？」

「いまはいいよ、マニー、そこへ行ってみてくれ。だが巻きこまれないようにして、電話のそばにいるんだ。マイク、すべての町で騒ぎを起こしてくれないか。ニュースを各細胞に伝えて、本当の話ではなくフィンの言ったことを使うんだね。竜騎兵どもが政庁にいるすべての女性を強姦し殺戮しているとね……わしがこまごましたことを言わないかぎり、きみが創作してくれ。ああ、ほかの町の地下鉄駅にいる護衛兵に兵舎に帰るよう命令できるかい？　わしは暴動を起こさせたいが、武装していない人々を兵隊どもに向けることは、できるかぎり避けたいからね」

「やってみましょう」

　おれは地下鉄西駅へ急ぎ、そこへ近づくと歩調をゆるめた。通りは腹を立てた群衆でいっぱいだった。町はこれまで聞いたこともない怒号の声にあふれており、おれが遊歩道を横切ったとき、行政府の市事務所のほうから叫び声や群衆の騒音が響いてくるのが聞こえてきた。ワイオがスチリヤーガまで行き着く時間はまだなかったはずだ——そのとおりだったのだが、教授が始めさせようとしたことは自然に発生していたのだ。

駅はごったがえしており、旅券調べの護衛兵は死んでいるか逃げているかで、それを確かめるために群衆を押し分けていかねばならなかった。〝死んでいる〟やつは三人の月世界人と一緒だとわかった。そのひとりは十三歳にもなっていそうにない少年だった。かれは両手を竜騎兵の咽喉にかけて死んでおり、その頭にはまだ小さな赤い帽子をかぶっていた。おれは公衆電話までまた押し分けてゆき、そのことを報告した。すると教授は言った。

「もとへ戻って、その護衛兵のひとりの証明書を見てくれ。そいつの名前と階級が知りたい。きみはフィンを見たかい？」

「いいえ」

「かれはそこへ銃を三つ持って向かった。きみがいまいる公衆電話を教えてくれ。そいつの名前を調べてからそこへ戻ってくるんだ」

ひとりの屍体はなくなっていた。引きずられていったのだ。それをみんながどうするつもりなのかは神のみぞ知るだ。もうひとりもひどく踏みにじられていたが、おれは群衆をかき分けてそこへ近づき、そいつもどこかへ運び去られてしまう前に、そいつの首に吊るしている認識票を取った。おれがまたみんなを押し分けて電話まで戻ると、ひとりの女がそこに入っていた。

「奥さん……その電話をどうしても使わせてほしいんです。緊急の用件でして！」

「どうぞどうぞ！　この安物は故障してますけれどね」

だがおれには故障していなかった。マイクがそれをとっておいてくれたんだ。教授に護衛兵の名前を伝えると、かれは言った。

「いいぞ……ところでフィンを見かけたかい？　かれはその電話にいるきみを探しているはずだが」

「まだですが……ちょっと、ああいま見つけましたよ」

「オーケイ、かれと一緒にいてくれ。マイク、きみはその竜騎兵の名前に合う声が出せるかい？」

「残念ですね、教授。だめです」

「いいよ、ただ荒々しく恐怖を覚えている声を出してくれ。隊長がそいつをあまり知らないってこともありうるからね。それとも兵隊はアルヴァレスに知らせるのかな？」

「かれは隊長に電話します。アルヴァレスは隊長を通じて命令を出しますが」

「じゃあ隊長に電話してくれ。その襲撃を報告し、救援を求め、その最中に死ぬんだ。きみの声の背景に暴動の音を入れ、きみが死ぬ直前に〝あそこにも汚ねえ野郎がいたぞ！〟というのを入れたらどうだろう。やれるかね？」

　マイクは愉快そうに答えた。

「プログラムしました。難しいことじゃあありませんよ」

「じゃあやってくれ。マニー、フィンをつないでくれないか」

　教授の計画は、非番の護衛兵を兵舎からおびきだし、いっぱいくらわせ続けることだった
——フィンたちを配置しておき、やつらがカプセルから出てくるところをやっつけるのだ。

そしてそれは成功し、瘤のモートは慄え上がり、残っているわずかな護衛兵を自分自身を守らせるのに使い、地球に向かって狂ったように通信を送り続けたのだ……そのどれひとつとして発信されなかったのだが。

おれは教授の言いつけをごまかし、レーザー銃を手に入れたとき、平和竜騎兵たちが乗った二台目のカプセルが着いた。おれは二人の兵隊を焼き殺し、血を求める欲望が静まり、ほかの狙撃手たちに兵隊の残りを片づけさせた。実に容易なことだった。やつらはハッチから頭を出す、それで終わりというわけだ。その分隊の半分は出てこようとしなかった——そのうち火が出て、残りの者と一緒に死んでしまったんだ。そのころおれは自分の前進拠点である電話のところへ戻っていた。

長官の立てこもろうという決定は政庁の中に面倒な事態を引き起こした。アルヴァレスは殺され、竜騎兵隊長ともともとの黄色い上衣二人もそのあとを追った。だが竜騎兵と黄色が混じりあった十三人はモートと立てこもった。あるいは前からかれのそばにいたんだ。盗聴することで事件を追うマイクの能力はとぎれとぎれだった。だが武装した連中全員が長官の官邸内にいるらしいとわかるとすぐ、教授はマイクに次の段階を発動しろと命令した。

マイクは長官の官邸を除いて政庁内のすべての明かりを消し、酸素の量を呼吸が苦しくなるまで落とした——死んでしまう点まではではないが、面倒を起こしそうな連中も動くのがやっとという点まで低くだ。だが官邸の中では酸素の供給をゼロにし、純粋な窒素だけ残し、そのまま十分間放置しておいた。その時間が過ぎると長官専用の地下鉄駅で圧力服を着て待機していたフィンたちは気閘のボルトを壊し、〝肩を組んで〟突入していった。月世界はわれわれの物となったのだ。

# 第二章　武装した暴徒たち

# 14

こうして愛国心の波はおれたちの新しい祖国を覆い、みんなを団結させた。

それが歴史の告げるところではないのか？　ああ、まったくだ！

おれは真面目に言うが、革命の準備をすることは、それを克《か》ち取ることに比べるとそう面倒なことではない。われわれはいまや、あまりにも早く支配権を手に入れ、何の用意もできておらず、やるべきことは山ほどあったのだ。月世界の行政府はなくなった――だが地球側にある月世界行政府と、その背後にある世界連邦は何の痛手も受けず生きていた。かれらが次の一、二週間のうちいつであろうと、兵員輸送宇宙艦を一隻着陸させれば、かれらは月世界を安く取り戻せるのだ。おれたちは暴徒にしかすぎないのだ。

新しい射出機は試験されたが、いますぐに使える岩の罐詰ミサイルは片手の指で数えるほどしかない――おれの左手でだ。それに射出機は船を相手に使える武器でないし、兵隊相手に使えるものでもない。おれたちにも船を追っ払う考えはあった。だがその時点ではただの考えにしかすぎなかったのだ。われわれは安いレーザー銃を数百挺、月香港に貯蔵してあった――中国人技師は優秀だったのだ――だが、それを使う訓練を積んだ男は少なかった。

それに行政府は役に立つ機能を備えていた。氷と穀物を買い、空気と水と電力を売り、一ダースもの重要なところを所有し管理していたのだ。未来に何をするにしたところで、車輪はまわさなければいけなかった。行政府の各都市における事務所を破壊するなどということは性急に過ぎたのではないか（おれはそう思った）、記録まで破壊されてしまったのだから。だが教授は、月世界人が、すべての月世界人が憎悪し破壊する象徴を必要としていたのだし、それを考えるとそのような事務所はもっとも価値が少なく、もっともよく知られている対象なのだと主張した。

だがマイクは通信を管理しており、それはすべてを管理していることを意味していた。教授は地球へ向けるニュースと地球から入ってくるニュースの管理から始め、われわれが何を地球へ知らせるか決めるようになるまでは、それらニュースの検閲とごまかしをマイクに任せた。そしてM作戦段階を加え、それによって政庁は月世界の他の部分と切り離された。他の部分には、リチャードソン天文台とそれを附属する研究所――ピヤース電波望遠鏡、月物理学観測所そのほかがあったのだ。こういったところは、常に地球の科学者連中が行ったり来たりし、遠心加速機で滞在期間を伸ばし、六カ月もいるので問題だったのだ。月世界にいる地球人のほとんどは、ひと握りの観光客を除くと――三十四人だ――みな科学者だった。これらの地球人は何とかしなければいけなかった。だが当分のあいだは、かれらを地球と通信させないようにしておくことだけで充分だったのだ。

　当分のあいだ政庁の電話は切られ、交通が再開したあともマイクはカプセルを政庁の中にあるどの駅にも停めさせなかった。交通はフィン・ニールセンとその部隊が汚い仕事をやり終えるとすぐ再開したのだが。

　長官は死んでいなかったことが判明したし、われわれはかれを殺すつもりもなかった。教授の考えによると、生きている長官はいつでも殺せるが、死んだやつはいくらおれたちに必要が生じても生き返らせられないからだ。だからあの時の計画は、かれを半殺しにし、かれと護衛兵が戦えないようにしておき、続いてマイクが酸素を元へ戻している間に急いで突入することだったのだ。

　ファンを最高のスピードでまわして酸素をゼロ近くまで減らすには四分ちょっとかかるとマイクは計算した——そこで低酸素症が増加するのに五分間、無酸素症に五分間、そこでマイクが純酸素を送りこみもとどおりのバランスになおすあいだに下の気閘から突入するのだ。これでだれひとり殺さずにすむ——だが連中は麻酔にかけられたように完全に伸びてしまうのだ。攻撃する側で面倒なことは、圧力服を着ていなければいけないことだった。だがそれもそう問題ではなかっただろう。低酸素症は気づきにくいもので、酸素が不足しているなどと気づかぬうちに気を失ってしまうものだ。それは新米連中がよく犯す致命的な間違いなのだ。

　そこで長官とその三人の女は生きのびた。だが長官は生きてはいたが、何の役にも立たなかった。脳があまりに長いあいだ酸素に飢え、植物同様になっていたのだ。護衛兵もだれひとり回復しなかった。かれよりも若かったが、酸素の欠乏で脳をやられてしまったのだ。

政庁のその他の部分では誰もやられなかった。電気がつき酸素が元に戻ると、全員はもとどおりになった。兵舎で監禁されていた六人の強姦殺人犯どももだ。フィンは射殺などその連中には恵まれすぎていると考え、自分が裁判官となり部下を陪審員にした。

そいつらは衣類をむしりとられ、手首と足首の筋肉を切られ、政庁の中にいた女性たちに引き渡された。そのあとどんなことが起こったのかを考えると気分が悪くなるが、マリー・リヨンが苦しんだほどやつらが長いあいだ生きていたとは思えない。女というのは驚くべき生物なんだ——甘く、優しく、おとなしく、そしておれたちより遙かに残忍でもあるのだ。

ああ、密告者どもがどうなったかを言わせてもらおう。ワイオはかれらをすぐに殺してしまいたい勢いだったが、おれたちがそのことを相談しはじめると、彼女はその気持を失ってしまった。おれは教授もそれに同意するものと思ったが、かれは首を振った。

「だめだよ、ワイオ。わしも同様に暴力を使うのは残念に思うがね、敵を相手にする場合、取るべき方法は二つだけだよ。殺すか、友人にしてしまうかなんだ。その中間にある方法はいずれも、未来に禍根《かこん》を残すことになる。一度その友達を密告した者は再び同じことをやるものだし、わしたちの前途は長く、密告者は危険な存在になり得るんだ。かれらは殺さなければいけない。それもみんなにわかるようにだ。ほかの連中に考えさせるようにするためにね」

ワイオは言った。

「教授、あなたは前にこうおっしゃったわ。もし誰かに宣告を下すときは、自分で殺すって。そのとおりにされるおつもりですの？」

「そうだよ、お嬢さん、そして違うとも言えるね。かれらの血はわしの両手で受けよう。わし自身がその責任を引き受けるということだ。だがわしは、ほかの密告者たちをもっと恐ろしがらせる方法を考えているんだよ」

そこでアダム・セレーネがそれらの連中を発表することになったのだ――元行政府の保安局長故ホアン・アルヴァレスに雇われてスパイとなっていた連中の名前と住所を。アダムはその連中をどうするとも言わなかった。

その中のひとりは住む所と名前を変えて七カ月のあいだ隠れ続けた。そして七七年の初めに、そいつの屍体はノヴィレンの南気閘《サウス・ロック》の外で発見された。だがその連中のほとんどは、何時間も生きてはいなかった。

クーデター後の最初の数時間に、われわれはそれまでまったく考えたこともない問題にぶつかった――アダム・セレーネ自身のことだ。アダム・セレーネは誰か？　どこにいるんだ？　これはかれのやった革命だ。かれがすべての細部を操作し、すべての同志がかれの声を知っているのだ。われわれはいまや正体を現わした……さて、アダムはどこにいるんだ？

おれたちはラフルズ・ホテルのL号室でその夜ほとんどを費してそれを論議した――次から次へと出てくる問題や人々がどうするべきか指示を求めることを決定するあいだにだ。そしてそのあいだ〝アダム〟は、相談を必要としない他の決定すべきことを他の声で片づけ、地球へ送る嘘のニュースを組み立て、政庁を孤立させ、無数のことをやっていた（そんなことは別に驚くようなことじゃない。マイクなしでは、おれたちが月世界を取ることも保持していることもできなかっただろう）。

おれの意見は教授が〝アダム〟になるべきであった。教授は常にわれわれの計画立案家であり理論家であった。すべての人がかれを知っている。中心的同志の何人かはかれがBクラスの〝同志ビル〟であることを知っており、その他の全員もベルナルド・デ・ラ・パス教授を知っており尊敬している――断言するが、かれは月世界市の指導的市民の半数まで、そして他の都市からの多くを教えており、月世界におけるすべての重要人物に知られているのだ。

「だめだ」と、教授は言った。

ワイオは尋ねた。

「なぜ、だめですの？　先生、あなたが選ばれたのよ。あなたからも言ってよ、マイク」

マイクは答えた。

「意見は保留したいね……ぼくは教授がどんなことを言うのか聞きたいんだ」

教授は答えた。

「きみはもう分析をすませましたね、マイク……愛する同志ワイオ、わしはもしそんなことが可能だとすれば断わりはしないよ。だが、わしの声をアダムと同じにする方法はないんだ……それにすべての同志は声でアダムを知っているんだよ。マイクはその目的のために、忘れられない声にしたんだからね」

おれたちはとにかく教授をテレビに出し、その声をアダムと同じ声にマイクに変えてもらったらどうかということを検討しようとした。

それは拒絶された。あまりにも多くの人々が教授を知っており、かれが話すところを聞いており、その声と話し方はアダムと一致するものではなかったのだ。それからかれらは同じ可能性をおれにあてはめて考えはじめた——おれの声もマイクの声もバリトンであり、おれの声が電話でどう響くかを知っている者はそう多くないし、テレビではひとりもないのだ。

おれはそれを一笑に附した。世間の連中はおれが議長の副官のひとりだったということを知るだけでもびっくり仰天するところなのに、おれがナンバー・ワンだったなど絶対に信じるはずがないんだ。おれは言い出した。

「いままでの考えをまとめてみよう。アダムはこれまでずっと謎だった。そのままにしておこう。かれはテレビだけで見られる……仮面をかけてね。教授、あなたが身体のほうを提供し、マイク、きみは声のほうを引き受ける」

教授は首を振った。

「わしたちにとってもっとも重要な時期にだよ、仮面をかぶっている指導者がいるようなことでは困るよ。これ以上信頼をなくする方法はないと思うね。それはだめだよ、マニー」

おれたちはその役を演じる俳優を見つけたらどうかということも話しあった。そのころ月世界には職業として俳優をやっている連中はいなかったが、月世界市演劇連盟とノヴィ・ボルショイ劇場連合には優秀な素人役者がいたのだ。

だが教授は首を振った。

「いや……必要な人格を備えた俳優を見つける問題は別にしてもだな……ナポレオンになりたがらないような男だよ……わしらは待てないんだよ。明朝からはアダムが仕事を処理しはじめなければいけないんだ、それより遅くなってはいけないね」

おれは言った。

「そうなら、もうあなたが答を出していますよ。マイクを使い、決してかれをテレビに出さないことです。ラジオだけです。口実を考えなきゃあいけないが、アダムはどうしても見られないことにするんですね」

教授もうなずいた。

「それに賛成するほかないよ」

マイクは発言した。

「マン、ぼくのいちばん古い友人……なぜきみは、ぼくを見られないと言うんだい？」

「聞いていなかったのかい？　マイク、われわれはテレビに顔と身体を見せなくちゃいけないんだぞ。きみは身体を持っている……だがそれは何トンもの重さの金属だ。だがきみは顔を持っちゃいない……幸せだよ。髭を剃らなくていいんだからな」

「でも、なぜぼくは顔を見せちゃいけないんだ、マン？　ぼくはこの瞬間も声を見せている。だがその後ろには音があるわけじゃない。ぼくは同じように顔を見せることだってできるんだよ」

あまり驚いたので、おれは返事をしなかった。おれはその部屋を借りたときに据えつけたテレビの画面を見つめた。パルスがパルスであることはパルスだからだ。電子が追っかけあいをしているんだ。マイクにとっての全世界は、その内部で送り出され受けとめられ追いかけている電気的パルスのバリエーションなのだ。

おれは言った。

「だめだよ、マイク」

「なぜだめなんだい、マン？」

「つまり、そんなことはできないからさ！　声のほうなら、きみは実にうまくやっている。何千もの決定を一秒でやることが含まれているだけだからで、きみにはのろのろ這っているようなもんだろう。だがテレビに映像を出すことは、ええと、まず毎秒に千万回もの決定をすることが必要だろう。マイク、きみは実に速くて、おれには考えられないほどだ。だが、それほどの速さじゃあないんだぞ」

マイクは優しい声を出した。

「賭けるかい、マン？」

ワイオは怒ったような声で言った。

「もちろんマイクにはできるわよ、自分でできるって言ってるんですものね！　マニー、あなたそんな言い方をしちゃいけないわ」

(ワイオは電子を小さな梨ぐらいの大きさの代物だと考えているんだ)

おれはゆっくりと言った。

「マイク……おれは賭けないよ。ようし、やってみるかい？　テレビのスイッチを入れようか？」

かれは答えた。

「自分で入れられるさ」

「間違いなくここにあるのに入れられるのかい？　このショーをほかのところで出されちゃあたまらないからな」

かれは、むっとしたように答えた。

「ぼくはそれほど馬鹿じゃないよ。さあやらせてもらおうか、マン……でもこれは、ぼくの全能力を注がなければいけないものだということは認めるね」

おれたちは黙りこんで待った。やがてスクリーンは灰色になり、ときどき縞が流れた。また黒くなってから、まんなかのあたりにかすかな光が現われ、楕円形をした黒と白の雲のようなものになっていった。顔ではないが、地球を覆う雲の形を見て、ああ人の顔だと言うようなものだった。

それはもう少し明るくなり、いわゆるエクトプラズムだと言われる写真をおれに思い出させた。

幽霊の顔だ。

突然それははっきりとし、おれたちは〝アダム・セレーネ〟を見た。

それは堂々とした男のスチール写真だった。背景はなく、まわりの部分を切り取ってしまった顔だけだった。だがそれでも、おれには〝アダム・セレーネ〟だった。

そのほかの何者でもありえなかった。

それからかれは微笑した。両唇と顎を動かし、舌を唇にふれ、素早い動き――おれは恐怖を覚えた。

「どうです、ぼくの顔？」

かれはそう尋ね、ワイオは答えた。

「アダム……あなたの髪の毛はそんなに縮れていないわ。それから、額の上で両側ともに後ろへいっていなくちゃあ。まるであなた、かつらをかぶっているみたいよ、あなた」

マイクはそれをなおした。

「これで良くなった？」

「それほど良くないわ。あなた、えくぼができるんじゃないの？　あなたが笑い声を出すとき、わたしいつもえくぼを浮かべているものとばかり思っていたのよ。教授みたいに」

マイク＝アダムは再び微笑した。こんどはえくぼができていた。

「ぼくはどんな服装をしたらいい、ワイオ？」

「あなたいま事務所にいるの？」

「まだ事務所にいるよ。今夜はいなくちゃあね」

　背景は灰色になり、やがて焦点が合い色彩もついた。かれの後ろにある壁のカレンダーが日付けを示していた。二〇七六年五月十九日火曜日だ。時計は正確な時間を示していた。かれの肘のそばにはコーヒーの紙コップが置いてあった。デスクの上には写真が立ててあった。家族だ。男が二人、女が一人、子供が四人だ。背景の音が聞こえていた。いつもよりも大きくオールド・ドーム広場の騒ぎがこもって響いていた。叫び声が聞こえ、遠くには歌声も混じっていた。シモンが作った《ラ・マルセイエーズ》の変え歌だ。

　スクリーンの外からジンワラーの声がした。

「ガスポディン?」

アダムはそちらのほうへ向き、辛抱強い口調で答えた。

「ぼくは忙しいんだよ、アルバート……B細胞以外からの電話はつながないでくれ。そのほかのことはみな、きみがやるんだ」

　かれはおれたちのほうに向きなおった。

「さあ、ワイオ?　注文は?　教授?　マン、ぼくの疑い深い友達?　これで合格するかい?」

　おれは目をこすった。

「マイク、きみは料理ができるかい?」

「できるとも。だがやらないね。結婚しているんだからな」

　ワイオは言った。

「アダム……こんな一日のあとに、どうしてそんなにきちんとした格好でいられるの？」「ぼくは小さなことには心をわずらわせないほうなんでね」かれは教授のほうを見た。「教授、もしこの格好でいいのなら、ぼくが明日話すことを相談しませんか？　ぼくは八百回ほどニュースを今夜じゅう流し、各細胞にもそのことを伝えたらどうかと考えているんですがね」

おれたちはそれから夜じゅう話しあった。おれはコーヒーを二度注文し、マイク＝アダムも自分の紙コップを取りかえさせた。おれがサンドウィッチを注文すると、かれもジンワラーに少し持ってくるようにと言った。おれはアルバート・ジンワラーの横顔をちらりと見た。典型的なインド人で、丁寧、かつどことなく威厳があった。かれがどんな格好をしているのかなど、おれは考えてみたこともなかったのだが。おれたちが食べている間じゅうマイクも食べ、ときどきは口にいっぱいほおばったまま話をした。

おれが尋ねると（職業的関心だ）マイクは答えた。その姿を作り上げたあと、かれはそのほとんどをオートマチックにプログラムし、自分の注意はただ顔の表情だけに向けているのだそうだ。だがすぐおれは、それが偽りの映像であることを忘れてしまった。マイク＝アダムがおれたちとテレビで話している。それだけのことであり、電話よりもずっと便利だった。

〇三〇〇におれたちは政策を決め、それからマイクは演説の練習をした。教授はそれにつけ加えたいと思う個所をいくつか見つけ、マイクはやりなおし、そのあとおれたちは少し休息を取ることにした。マイク＝アダムでさえも欠伸をしていたんだ——とはいえ事実は、そのひと晩じゅうマイクはその事務所に留まり、地球への送信を監視し、政庁と外界とを遮断し続け、多くの電話に耳を傾けるのだ。教授とおれは大きなベッドを共にし、ワイオは長椅子の上へ横になり、おれは口笛を吹いて明かりを消した。初めておれたちは重荷を忘れて眠りこんだのだ。

おれたちが朝食を取っているあいだに、アダム・セレーネは全自由月世界に話しかけた。かれは優しく、強く、穏やかで、説得力のある人物だった。「自由月世界《フリー・ルナ》の市民、友人、同志諸君……わたしをご存知ない方のために自己紹介させてもらいましょう。わたしはアダム・セレーネ、自由月世界を作るための同志による暫定委員会の議長です……いまや月世界は自由になりました……われわれはやっと解放されたのです。このわれわれの国で長いあいだ権力を握っていたいわゆる〝行政府〟なるものは転覆されました。わたしは一時的に現在われわれが持っている政府、暫定委員会を率いています……そう遠くない将来、準備ができ次第にですが、みなさんにみなさん自身の政府を選んでいただきます」

アダムは微笑し、協力を求める身振りをしてみせた。

「それまでのあいだは、みなさんの助けを得て、わたしは最善をつくします。われわれも過ちを犯すでしょう……辛抱してください。同志諸君、もしあなたが自分のことを友達や近所の人に教えていなかったら、いまこそ教えていいときです。市民のみなさん、あなたがたの近所にいる同志を通じて何かの行動が要請させるときがあるかもしれません。そのときは喜んでそれに応じてくださるよう望みます。それが、わたしの引退し、生活が通常に戻る日のくることを早めるのです……新しい通常の生活です。行政府から解放され、護衛兵から解放され、町々に駐留している軍隊から解放され、旅券や身体検査や不当な逮捕から解放された生活です。

過渡期というものは必ずあるものです。あなたがた全員に申しあげるが……どうか仕事に戻り、普通の生活に帰ってください。行政府で働いている方々も、要求されることは同様です。仕事に戻ってください。何が必要か、われわれが解放された現在どういうことが幸せにも不必要になったか、そして何が修正されることなく保存されるべきか、そういうことについてわれわれが決定できるようになるまで、賃金はいままでどおり支払われ、あなたがたの仕事も同じように続けられます。新しく市民となったみなさん、地球で宣告された刑期を送っていられる流刑者のみなさん……あなたがたは自由の身です。あなたがたの刑期は終わったのです！　だが当分のあいだ、わたしはみなさんが同じ仕事を続けられることを希望します。それを強制されているのではありません……そんな恐怖時代は過ぎ去ったのです……ですが、あなたがたはそうされることを頼まれているのです。あなたがたはもちろん、政庁を去られ、どこへ行かれることも自由です……政庁から出入りするカプセル・サービスはただちにもとどおりに回復されます。ですがあなたがたが新しい自由を使って町の中へ殺到される前に、ひとつわたしに忠告させてください。〝無料の昼食などというものはない〟ということです。あなたがたは当分のあいだ、現在のところにいられるほうが良いでしょう。食べ物は御馳走ではないとしても、暖かく、時間どおりに配給されます。

いまや消滅した行政府の持っていた不可欠の機能を当分のあいだどうするかについて、わたしはルノホ会社の総支配人に引き受けてくれるよう要請しました。この会社は一時的にすべてを監督し、行政府の持っていた暴君的部分をどうやって取り除き、有益だった部分をどうやって個人の手に移すかについての分析を始めます。ですから、どうかかれらを援助してください。

われわれの中にいる地球諸国の市民諸君、科学者、旅行客、そのほかのみなさんにも御挨拶を申し上げます！　あなたがたは珍しい事件を見ておられるのです。ひとつの国家の誕生には血と苦痛が伴います。それは少し存在しました。われわれは、それもう終わったものと考えています。みなさんに不必要な不便をおかけすることはなく、故郷へ戻られるための方法はできるかぎり急いで用意いたします。またその反対に、みなさんが滞在されることは歓迎しますし、われわれの市民となられることはそれ以上に歓迎いたします。ですが、現在のところみなさんには通りから離れていられることをおすすめします。不必要な流血、不必要な苦痛を引き起こすかもしれない事件を避けるためです。われわれに対して忍耐強くしていてくださること、そしてわたしの同邦市民諸君もみなさんに対して忍耐強くしていてくださることを望みます。地球から来られ、天文台その他のところにおられる科学者のみなさんは、仕事を続けられ、われわれを無視してください。そうすればみなさんは、われわれが新しい国家の創造に苦悶を続けていることなど気づかれもしないでしょう。ただひとつ……残念ですが、現在のところみなさんが地球と通信を交わされる権利については干渉させていただきます。これは必要から取っている手段であり、検閲はできるかぎり速やかに廃止されます……あなたがたと同じく、われわれにとってもそういうことは憎悪すべきことですから」

アダムはもうひとつ要請を加えた。

「わたしに会おうとしないでください、同志諸君。そしてどうしても必要なときだけ電話してください。そのほかのみなさんは、必要であれば書いてください。あなたがたの手紙はすぐに配達されます。ですがわたしは双生児ではありません。わたしは昨夜は一睡もしていませんし、今夜もあまり眠れそうにありません。わたしは会合に出席できず、握手できず、代表の方にお会いすることもできません。わたしはこのデスクにしがみついて仕事をしなければいけません……この仕事を片づけ、それをあなたがたの選ぶ人に渡すためにです」

かれはみんなに笑いかけた。

「わたしに会うのはシモン・ジェスターに会うのと同じぐらい難しいことと思ってください」

放送は十五分間だったが、要点は以上のとおりだった——仕事に戻れ、忍耐強くあれ、われわれに時間をくれ。

そういった科学者連中はほとんどわれわれに時間をくれなかった——おれは見抜いているべきだった。それはおれの仕事だったんだから。

地球側とのすべての通信はマイクを経由していた。だがそれらの秀才連中は倉庫をいっぱいにするぐらいの電子設備を持っていた。そいつらがやる気にさえなれば、地球へ届かせる機械をこねあげるには数時間しかかからなかったのだ。

おれたちを救ってくれたただひとつの物は、月世界は解放されるべきだと考えていた旅行者だった。そいつはアダム・セレーネに電話しようとし、われわれがCとDのレベルから選抜した婦人部隊のひとりと話をすることになった——防衛手段として取った措置だった。というのは、マイクの要請にもかかわらず、月世界の半分があのテレビ放送のあとアダム・セレーネに電話しようとしたからだ。願い事や要求からアダムにその仕事をどうするべきかを教えたがるおせっかいな連中までのすべてだ。

電話会社にいるひとりの同志がやっきになっておれに百回もの電話をつなごうとしたあと、われわれはこの緩衝班を置いたのだ。幸せなことにこの電話を受けた婦人同志は、かれらをなだめる方式は当てはめられないものと認めた。彼女はおれに電話したんだ。

数分後おれとフィン・ニールセンは銃を握った連中を連れ、研究所地域に向かうカプセルに乗りこんだ。われわれにその情報を知らせてくれた者は恐ろしがって名前を明かさなかったが、送信機がどこで見つけられるかおれに教えた。おれたちは連中が送信しているところを押さえた。そしてフィンの素早い行動のおかげで連中は死ぬのを免れた。かれの部下は神経過敏になっていたのだ。だがおれたちは、〝前例を作らせる〟ことなどまっぴらだった。

フィンとおれは出発するときにそう決めてきたのだ。科学者たちを恐ろしがらせることは難しい。かれらの心はそういう具合には動かないのだ。かれらには別の方向から接近しなければいけない。

おれは送信機を蹴飛ばしてばらばらに壊し、全員を食堂に集めて点呼を取るようにと所長に命令した——電話に聞こえるところでだ。それからおれはマイクと話し、かれから名前を聞き、所長に言った。

「博士、きみは全員が集まったと言われたはずだ。だが、これこれが抜けている」——七人の名前だ。「そいつらをここへ呼ぶんだ！」

集まってこなかった地球人は知らせを受けたのだが、そのときにやっている仕事をやめるのを拒絶したんだ——典型的な科学者だった。

それからおれは、部屋の一方に月世界人たちを置き地球人を反対側に置いて話した。おれは地球人たちにこう言った。

「われわれはきみたちを客として待遇しようとした。だがきみたちのうち三人は、地球へ通信を送ることを試み、たぶん成功したと思われる」

おれは所長のほうへ向いた。

「博士、ぼくは居住区、地表の建造物、全研究所、あらゆるところを調べ、送信機に使い得るすべての物を破壊することができる……ぼく自身、商売は電子運び屋《エレクトロン・プッシャー》だからね。ぼくはどれほど多くの構成部品が送信機に変えられるかを知っているんだ。かりにぼくがそれに使えそうなすべての物を破壊し、馬鹿もいいところで、万一ということを考えて理解できない物はすべて叩き壊すとしよう。どういう結果になるね？」

おれがやつの赤ん坊をいまから殺そうとしているぐらいに考えたのだろう。かれの顔は灰色に変わった。

「そんなことをすれば、すべての研究がとまってしまう……貴重なデータが失われ……その損失は、どれくらいになるかわからない！　五億ドルもの損失です！」

「ぼくもそう思ったんだ。それから、破壊してしまう代わりに、そういう道具を全部取ってしまい、きみたちに残った物だけでやってもらうことだってできる」

「それもほとんど同じような被害が出ます。わかってもらわなくては、ガスポディン、研究というものが中断されると……」

「わかっているよ。道具を運び去り……そのうちいくつかはなくしたりすることより容易なのは……きみたち全員を政庁に移し、そこへ収容してしまうことだ。竜騎兵隊の兵舎に使っていたところがあるからね。だがそれも実験を台なしにしてしまうことになる。それにだ……きみはどこから来たんだね、博士？」

「プリンストン・ニュー・ジャージー」

「そう？　きみはここへ来て五カ月になる。とすると間違いなく重りをつけての運動をやっているはずだね。博士、もしわれわれがそうしたら、きみは二度とプリンストンを見られなくなるんだぞ。もしわれわれがきみたちを移したら、監禁してしまうことになる。きみたちの身体はなまってしまうんだ。もし非常事態が非常に長いあいだ続くことになると、きみは好むと好まざるとにかかわらず月世界人になってしまうことになる。きみの頭の良い同僚全員とともにだ」

生意気な野郎がひとり進みでた——二度ほどきりきり舞いさせてやらなければいけなかったやつだ。

「そんなことができるものか！　法律に背くことだぞ！」

「どういう法律なんだ？　おまえの故郷にある法律なのか？」

おれは振り向いた。

「フィン、あいつに法律を教えてやれ」

フィンは進みでると、銃の光線放射鐘状銃口《エミッション・ベル》をそいつの腹のボタンに向けた。親指が押しつけはじめた——安全装置がかかっているのが見えた。おれは怒鳴った。

「殺すな、フィン！」それからおれはあとを続けた。「きみたちを信じさせるために必要であれば、この男を殺そう。気をつけるんだぞ！　もう一度反抗すれば、きみらが故郷を見られる可能性は完全になくなる……研究を続けることもだ。博士、きみのところの連中に注意を怠らないようにすることだ。警告しておくぞ」

おれは月世界人たちのほうを向いた。

「同志、この連中を正直にさせることだ。警戒の方法をきみたちで考え出せ、馬鹿な真似はさせるなよ。すべての地球虫を保護観察下に置くんだ。もしその何人かを殺さなければいけないとなったときは、ためらうなよ」

おれは所長のほうに向いた。

「博士、どの月世界人もいつどこへ行こうと自由だ……きみの寝室にでもだぞ。秘密保持に関するかぎり、助手たちはこれからはきみたちの主人だぞ。もし月世界人が、きみにしろ誰にしろ便所の中までついてゆくと決めたら、口論はするな。気が立っているかもしれないからな」

おれは月世界人たちのほうに向いた。

「秘密保持が一番だぞ！　きみたちはみなどれかの地球虫と働いている……そいつを監視しろ！　きみたちで交替しあい、何ひとつ見逃さぬようにするんだ。よく気をつけていて、送信機はおろか鼠取りも作れないようにするんだ。連中の仕事に交渉する必要があれば、遠慮なくやれ。給料はいままでと同じように支払われるからな」

笑顔が浮かぶのが見えた。そのころ月世界人が見つけられる最上の仕事は、研究所の助手だった――だがかれらは、われわれを見下ろしている地球虫どもの下でいやいや働いていたんだ。礼儀正しいふりをしていた連中でも内心はそうだったのだ。

おれはそれで終わりにした。電話がかかってきたとき、おれは命令に背いた連中を殺してしまうつもりだった。だが教授とマイクがおれに思い出させたんだ。計画は避けうるかぎり地球人に対する暴力を認めていなかったことを。

われわれは研究所地域のまわりに、〝耳〟を、広域波長高性能受信機を配置した。どれほど指向性の強い機械でも、そのまわりに少しは電波を出すものだからだ。そしてマイクはその地域の電話すべてに耳を澄ました。そのあとは、爪を噛んで待っているだけだった。

やがてわれわれは、地球からのニュースに何も変わったことがないので安心した。かれらは検閲された送信を疑うことなく聞いているようであり、個人と商業用の通信、それに行政府の送信はみないつもと変わらないようだった。そのあいだにおれたちは、いつもなら何カ月もかかることを何日間かでやってしまおうと働いていたんだ。

　われわれはタイミングの点でひとつ幸運だった。旅客船は一隻も月世界に着いておらず、七月七日まで着く予定もないことだった。もしいたとしても対抗する手段はあった——船の士官連中を〝長官との夕食会〟とか何とかだまし、それから発射台に護衛兵を置くか、それとも解体してしまうかだ。おれたちの協力がなければ出発することなどできない。そのころは氷を浪費することで反作用質量《リアクション・マス》に使う水を供給していたのだ。だが穀物の輸送に比べるとそれほどの浪費ではなかった。そのころは一ヵ月に旅客船が一隻出れば混雑したほうだったが、穀物のほうは毎日射ち出されていたのだ。つまり、船が入ってきたところで克服できないほどの面倒にはならなかったということなんだ。それにしても、それは幸運なタイミングだった。われわれは防御手段を持てるようになるまでは、すべての事態を平常どおりに見せておくように全力をつくしていたのだ。

　穀物の積み出しはこれまでと同じように行なわれた。フィンの一隊が長官の官邸に突入していたときも、荷のひとつは射出された。次のも時間どおりに行なわれ、そのほかのすべてもだった。

　間をおくような見過ごしもごまかしもなかった。教授は自分のやっていることが充分にわかっていたのだ。穀物輸出は大きな仕事だったし（月世界のような小さい国にとっては）、半月ほどのあいだに変えられるようなことでもなかった。あまりにも多くの人々のパンとビールがかかっているのだ。もしわれわれ委員会が輸出禁止を命令し、穀物を買うのをやめてしまったら、われわれは追いだされてしまい、別の考えを持つ新しい委員会が取ってかわってしまったことだろう。

　教授は教育期間というものが必要だと言った。そのあいだは穀物の輸送罐がいつものように射出されたのだ。ルノホ会社は公務員として働いていた連中を使い、帳簿をつけ受け取りを出し続けた。電報は長官の名前で送られ、マイクは長官の声を使って地球の行政府と話しあった。副長官は、自分の平均余命に直接影響してくることだとわかると、協力的になった。技師長も同じ仕事に留まった――マッキンタイアはその性質からすると密告者などではなく、機会さえ与えられたら本物の月世界人だったのだ。他の局長やその部下たちは問題じゃあなかった。生活はそれまでと同じように続けられ、われわれは行政府の組織を分解し、その有用な部分を売りに出すことに忙しすぎたのだ。

　一ダース以上の人間がシモン・ジェスターであると名乗りでた。シモンはその連中を否認する無遠慮な詩を書き、〈ルナヤ・プラウダ〉、〈デイリー・ルナティック〉、〈鐘《ゴング》〉に写真を発表した。ワイオは金髪に戻って新しい射出機基地にいるグレッグに会いに旅行したあと、もっと長い旅行に出た。月香港《ホンコン・ルナ》にある元の家へ、その町を見たいというアンナを連れて十日間の旅行に出かけたのだ。ワイオは休暇を必要としていたし、教授は電話で連絡を保てるのだし、香港では党ともっと接触することが必要だということを指摘して、彼女にその休暇をすすめた。

おれは彼女のスチリヤーガを引き継ぎ、スリムとヘイゼルをおれの副官とした——おれが信頼できる聡明で鋭敏な子供たちだった。スリムはおれがBの〝同志ボーク〟であり毎日〝アダム・セレーネ〟と会っているのだということを知って畏敬に目を輝かせた。かれの細胞は〝G〟で始まっているのだ。その他の理由からもこれは良いチームとなった。ヘイゼルは突然ほうぼうに丸い曲線を見せはじめ、そのすべてがミミのすばらしい食事のせいというわけではなかった。彼女はその軌道を自由に飛ぶ時期に達したのだ。スリムはいつでも彼女が選べば、彼女の名前を〝ストーン〟に変えるつもりでいた。それまでのあいだかれは、おれたちの火のような小さな赤毛と一緒にやれる党の仕事をやりたくてうずうずしていた。

すべての人々が喜んでやろうとしていたわけではない。多くの同志にとってはおしゃべりの戦さであることがわかった。われわれが平和竜騎兵隊を全滅させ長官を捕虜にすると、もっと多くの同志が戦いは終わったものと考えた。その他の連中は、かれらが党の組織の中でどれほど末端のところにいるかということを知って怒った。かれらは新しい組織を作り、かれらがそのトップに立つことを望んだ。アダムはあれやこれやと提案してくる無数の電話を受け——聞き、同意し、かれらの努力を選挙を待つことで浪費してしまったりしないと確約し——かれらを教授かおれのところにさし向けるのだ。これらの野心的な連中を仕事につけようとして役に立ったことは一度も思い出せないが。

無限の仕事があり、それをやりたがる者はひとりもいなかった。ああ、少しはいた。何人かの最上の志願者は、党がそれまでまったく知らなかった連中だった。だが一般的に言えば党の内外にいる月世界人は、給料がよくないかぎり〝愛国的な〟仕事には興味がなかったのだ。党員だと称するひとりの男は（実は違うのだが）、おれたちが本部を作っていたラフルズにやってきて、あの攻撃を加えた〝革命の戦士〟がつける記章五万個の契約を求めた――そいつには〝少し〟の儲け（おれの見積もりでは原価の四十倍というところだったが）、おれにも楽な金儲け、みんなに良い記念だというのだ。

おれがそいつを追っ払うと、仕事を怠けているとアダム・セレーネに告発するぞと脅かすのだ――「おれの昔からの親友なんだ。きっと思い知らせてやるぞ！」と。

それがおれたちの得た〝助力〟だった。われわれが必要としたことは、もっとほかのことだったのだ。新しい射出機では鋼鉄が必要だった。それも大量にだ――教授は、岩のミサイルのまわりに鋼鉄を巻くことが本当に必要なのかと尋ねた。おれは感応コイルの磁場はただの岩だけをつかんだりしないのだと説明しなければいけなかった。われわれはマイクの弾道レーダーの場所を変え、ドップラー・レーダーを新しい場所へ設置しなければいけなかった――どちらの仕事も、宇宙からの攻撃が古い場所に加えられることを考えておくべきだったからだ。

われわれは志願者を求めたが、使える者は二人しか現われなかった――そして圧力服を着て困難な仕事をするのをいとわぬ数百人の職工を必要とした。そこでわれわれは仕方なく給料を支払って雇った――ルノホ会社は月香港銀行に抵当に入った。それほど大量の金を盗む時間はなかったし、資金のほとんどは地球にいるスチューへ移されていたのだ。本物の同志フー・モーゼ・モリスはおれたちの仕事を続けさせるために多くの書類に連署した――そして破産し、コングズヴィルに小さな洋服店を開いて出発しなおすことになった。それはもっと後のことだが。

行政府紙幣はクーデターのあと三対一から十七対一に落ち、公務員たちはマイクがまだ行政府の小切手で支払っていたので悲鳴をあげた。われわれはその連中にそのままいても退職してもいいんだと言った。そのあとわれわれが必要とした者は香港ドルで再採用した。だがそのときから、われわれの側を支持しない大きなグループを作り出したのだ。かれらは古き良き時代を懐しみ、新しい政体を機会あるごとに中傷しようとした。

穀物栽培農家や中介業者も、発射機場渡しの値段が昔と同じ値段で行政府紙幣で支払われるので不幸だった。「そんなもの受け取れるか！」と、かれらは叫んだ――そしてルノホ会社の男は肩をすくめ、その連中に言うのだ。別に受け取らなくてもいいよ、だが穀物こそはまだ地球の行政府にいっているんだし（そのとおりだ）、きみたちが支払われるのは行政府紙幣だけなんだ。だから小切手を受け取るか、きみたちの穀物を月面輸送車に積みなおしてここから出ていってくれ、と。

ほとんどの連中が受け取った。みんなが不平を言い、ある者は穀物などやめて香港ドルをもたらしてくれる野菜や繊維類や何かを作ると脅した――そして教授は微笑した。

われわれは月世界にいる穴掘りの全員を必要とした。特に大型のレーザー・ドリルを所有している氷採掘者たちだ。兵士としてだった。われわれはその連中をひどく必要としたので、長いあいだやっていなかったから腕は錆びついていただろうが、おれは自分も参加しようかとまで考えた。大きなドリル相手に格闘するには筋肉がいるし、義手は筋肉ではないのだが。教授は馬鹿な真似をするなとおれに言った。

おれたちが考えついた名案は、地球ではうまくいくはずのないものだった。レーザー光線が強力な威力を最高に発揮するのは真空の中でだった――地球では大気によりその射程距離が制限されるが、月《ここ》ではすばらしい仕事をするのだ。氷だまりを求めて岩をくり抜いてきたそれらの大型ドリルは、いまや宇宙からの攻撃を撃退するための〝砲兵隊〟となった。船もミサイルも電子的神経組織で動いていて、大変なエネルギー量を持った集中光線でやられたら電子機械はたまったものではない。もし目標が与圧されていたら（人間の乗る船や、ほとんどのミサイルがそうだ）、やるべきことはただひとつ、穴をあけるだけ。それで中の圧力が抜けてしまうのだ。与圧されていなくても、大型レーザー光線はそういう代物を退治できる――目玉を焼き、誘導をだめにし、ほとんどの部分が利用している電子装置を何であろうと破壊するのだ。

回路が壊された水爆は爆弾ではなく、ただのリチウム・重水素を入れた大きな容器であるだけで、地面に墜落してこわれるほかに何もできない。目玉のなくなった船は難破船で、戦艦ではないのだ。

容易なことのように聞こえるが、そうではない。それらレーザー・ドリルは千キロメートル離れた目標を射つために使われたことなど一度もなく、一キロ離れたところを射つためでもなく、正確に狙うようにドリルをのせている台をすぐに改造する方法もなかった。砲手には最後の数秒まで発射するのを抑えているだけの胆力がなければいけなかった――自分に向かって毎秒二キロメートルものスピードで飛んでくる目標に対してだ。

だがおれたちの持っていた最上の物がそれだったので、われわれは第一と第二の自由月世界志願防衛砲兵隊を組織した――二個連隊で、第一は第二を低く見くだし、第二は第一をねたましく思うようにだ。第一は年配の男を、第二は若くて熱心な連中をまわした。

かれらを〝志願者〟とは言ったが、われわれは香港ドルで雇ったのだ――そして氷が統制市場で紙屑同然の行政府紙幣で支払われたことは偶然でなかった。

その上、われわれは戦争の恐怖が迫っていることを言い立てていた。アダム・セレーネはテレビで話しかけ、行政府は必ずあの暴政を復活しようとするだろうし、それに備えるのにほんの短い期間しかないのだということを強調した。新聞はかれの言葉を引用し、かれら自身で考え出した話をのせた――われわれはあの襲撃を起こす前にジャーナリストを志願させることに特別な努力を注いでいた。民衆はみな圧力服を常に手許に置き、各家庭の圧力警報装置はテストしておくようにとすすめられた。そして各都市に志願者による市民防衛隊が組織された。

月震が常にあったから、どの町の気圧公社も常に、どんな時間であろうと漏洩個所修理班を待機させていた。シリコン・ステイ・ソフトやファイバーグラスがあっても、どこの町でも洩れる所ができたのだ。デイビス・トンネルでもうちの連中は毎日、漏洩個所をなおす仕事をやっていたんだ。だがいまやわれわれは数百人の緊急修理班員を募集した。そのほとんどはスチリヤーガで、非常事態の演習で訓練し、勤務についているときには圧力服を着てヘルメットを開いておかせた。

かれらは実にうまくやった。だが馬鹿者どもはかれらのことをからかった――〝玩具の兵隊〟〝アダムの小さなリンゴ〟その他の名前で呼んだのだ。ひとつのチームが演習をやっており、破壊された気閘のそばに応急気閘を作れるところを見せていたとき、そういう馬鹿者のひとりがそばにいて大声でからかったのだ。

市民防衛隊のチームが先に進み、応急気閘を完成し、ヘルメットを閉めてテストした。それはちゃんと役立った――出てくると、そのおっちょこちょいをつかまえ、そいつを応急気閘に入れ、ゼロ気圧のところへ出てゆき、そこへ捨てたのだ。

それ以後、軽々しく口をきく連中は、意見を発表するのに慎重になった。教授は、そうあっさりと殺してしまわないようにと警告を出すべきだと考えた。おれはそれに反対し、おれの言い分が通った。血筋を改善するのにこれ以上良い方法はないと思ったからだ。大きな口をたたくなかでもある種のものは、立派な人々のあいだでは最大の罪悪であるべきなのだ。

だがおれたちにとって最大の頭痛となったのは、自分から政治家だと言いはじめた連中のことだった。

おれは前に月世界人は〝政治に関心のない連中〟だと言わなかったか？　そのとおり、何かやるときがきてもそうだったのだ。だが、二人の月世界人がビールを飲みはじめると、事態はいかになるべきだとやかましく意見を言いあうのが普通になったのだ。

言ったとおり、これらの自称政治科学者たちはアダム・セレーネの注意を引こうとした。だが教授はかれらに場所を与えた。その全員が〝自由月世界を作るための特別議会〟に参加するよう招聘された——それは月世界市のコミュニティ・ホールで開かれ、それからどんな仕事をするべきかについて会議を続けることを決議し、月世界市で一週間、ノヴィレンで一週間、それから香港、それからまたやりなおしとなった。すべての会議はテレビで放映された。教授は最初の会議を司会し、アダム・セレーネはテレビを通じてかれらに挨拶し立派な仕事をするようにと激励した——〝歴史はみなさんを見つめているのだ〟と。

おれはその会議のいくつかを聞いたあと、教授にいったい何を考えているんだと詰問した。

「あなたはどんな型のものであれ政府は欲しくないものとばかり思っていたのに。あの連中を勝手にやらしてしまったあとの馬鹿者どもの言うことを聞きましたか？」

かれは大きなえくぼを作って笑った。

「何を心配しているんだい、マヌエル？」

おれの心を悩ませているものはたくさんあった。大型ドリルとそれを武器として扱える連中を集めることにおれは本当に苦労しているというのに、このろくでなしどもは一日じゅう移民法などというものを論じあっているんだ。ある者は移民を全廃しろと求めていた。ある者は政府の財政を賄えるほどの重い税金を課すことを求めた（月世界人が百人いれば九十九人までは、いやだといってもこの岩っころに引きずってこられたやつばかりなのにだ！）ある者は〝民族の割合〟によって選択してはどうだと言っていた（おれをどう見るつもりだろう？）。ある者は、おれたちの割合が五十対五十になるまで、女性にかぎるべきだと言った。それでスカンジナヴィアの連中は叫んだ。

「いいぞ、相棒！　やつらに女っこをよこせって言えやい！　何千何万とな！　おらがみなもらってやるぜ、本当だともよ！」

それはその日のうちでもっとも理屈に合った話だった。

また別のときだったが、かれらは〝時間〟についても論じた。確かにグリニッジ標準時は月世界とは何の関係もない。だがわれわれが地下に住んでいるとき、なぜそうでなければいけないのだ？　二週間眠り続け二週間働き続けるような月世界人がいれば見せてほしいもんだ。太陰月は別にわれわれの新陳代謝とは関係ないんだ。提案されたのは太陰月を正確に二十八日と同じにすることであり（二十九日、十二時間、四十四分、二・七八秒の代わりにだ）そしてこれを一日長くすることで行なうというのだ――それに、時間、分、秒のほうでも、こうすることによって半月を正確に二週間とするのだ。

そう、太陰月は多くの目的のために必要だ。われわれが地上に上がるとき、なぜ行き、どれぐらい上にいるべきかを左右する。だが、われわれにただひとつの隣人との調子を狂わせることは別としても、あのおしゃべりの真空頭どもは、それが科学や工学のあらゆる重要な数字にどんな影響を及ぼすか考えてみたのだろうか？　電子工学技術者としておれは身ぶるいした。あらゆる本、図表、計器そういったものを捨ててしまい、最初からやりなおすとでもいうのか？　おれは自分の先祖の何人かが古いイギリスの単位からメートル・キログラム・セコンドに切り換えたということを知っている——だがかれらは物事を容易なほうに変えたのだ。十四インチが一フィートで、いくつか変なフィート数で一マイル。オンスにポンド。おお、神さまだ！

そういう具合に変えるのなら話はわかる——だがなぜまっすぐな道からはずれて混乱を作り出そうというのだ？

中には月世界人の使うべき言語を正確に決め、そのあと地球の英語やその他の言葉を使うやつは誰であろうと罰金を取るための委員会を作ろうと言い出した連中もいたんだ。いったいまた、何というやつらなんだ！

おれは〈ルナヤ・プラウダ〉に掲載された課税への提案を読んだ——四種類の税金だ——トンネルを拡げた男に課する容積税、人頭税（みんなが同じだけを払う）、所得税（だれかがデイビス家の収入を調べようとしたり、マムから情報を聞き出そうとするところを考えてみたいもんだ）、それからそのころおれたちが支払っていた料金ではなくてもっと別のものとする〝空気税〟だった。

〝自由月世界〟が税金を取るようになろうとは知らなかった。これまでにそんなものはなく、それでうまくいっていた。手に入れる物に対して支払うだけだった。無料の昼飯などというものはない。そのほか何が必要だというんだ？

またある時はどこかのもったいぶった野郎が、臭い吐息と体臭は死刑にもすべき犯罪だと提案した。カプセルへそんなひどい匂いのする連中と一緒に詰めこまれたことがあったから、おれもうっかり同調しかけるところだった。だがそう何度も起こることではないし、自分たちでなおしてゆく性質のものだ。常習的にそんな悪臭を放っている者や、なおすことのできない不幸な連中は、女というものがどんなに選り好みするものかわかっている以上、そう増えるはずはないのだ。

ひとりの女は（ほとんどは男だったが、馬鹿な女もそこにはまじっていたのだ）永久的な法律にしたいという長いリストを作った——個人的な問題でだ。いかなる種類にしろ今後は複数結婚を禁止する。離婚はなし。〝姦通〟もなし——そういうことを調べ上げなければいけない。アルコール分四パーセントのビール以上に強い酒はだめ、教会の儀式は土曜だけとし、その日にはほかのすべてはなし。（空気、温度、気圧に関する仕事はどうなるんだ、奥さん？　電話やカプセルは？）禁止せらるべき薬品の長いリストと、免許証のある医師だけによって分配されるべき薬品の短いリスト。（免許証のある医師とは何だ？　おれが行くところの治療室には〝経験のある医者〟という看板が出ている——副業では賭元をやっている。それでおれはそこへ行くんだ。なあ奥さん、月世界に医者の学校などないんだよ！）（そのころは、という意味だが）その女はまた賭け事まで違法なこととしたがった。月世界人というものは一か八かの勝負ができなければ、たとえダイスに爆弾がしかけられてあろうと、賭博のできる店へ行くものなんだ。

おれが頭へきたのはその女が憎んでいる物事のリストではない。そいつは明らかにサイボーグみたいに狂っていたからなんだ。おれが気に入らないのは、常にそういう禁止に賛成するやつがいるということだ。きっと、他の連中が喜んでしたがることをとめたがるのは、人間の心の中に驚くほど深く喰いこんでいるってことなのだろう。規則、法律――常に他人に対するものなのだ。おれたちの暗い面であり、われわれ人類が樹樹の上から降りるようになった以前から備えているものであり、おれたちが立ち上がって歩くようになったときに振り捨てるのを忘れたものなのだろう。つまり、そういう連中のひとりとして言わない……「わたしがやめるべきだと知っていながらそうすることができないことですから、どうかこれを通してください」同志《タワリシチ》、常に人間というものは他の連中のやっていることを憎悪して、いつも駄目《ニエット》と言うものなんだ。〝かれら自身のためになることだから〟そんなことをやめさせろ――それを言い出す者自身がそのことで害を加えられるというんじゃないのにだ。

その会議を聞いておれは、イボ蛙のモートを片づけてしまったのを後悔したいぐらいな気になった。やつは自分の女どもと閉じこもり、どんなふうに個人的な生活を送るべきかについては何も言わなかったのだから。

しかし教授は興奮などしなかった。かれは微笑みながら言うのだ。

「マヌエル、きみはあのおろかな子供たちの集まりが、どんな法律にしろ通せるとでも本当に考えているのかい？」

「あなたはそうしろと言われたじゃないですか。そうしろと励まされたはずですよ」

「おいおいマヌエル、わたしはただ馬鹿をみなひとつのバスケットに入れただけだよ。わしはああいう馬鹿どものことを知っているんだ。わしはあの連中の言うことをいつも聞いてきたんだからな。わしはあの連中の委員会を選ぶのを非常に慎重にやったんだよ。あの連中はみんながそれ自身の混乱と矛盾を持っており、それで口論するんだ。あの連中が選ぶようにわしが仕向けた議長は、もつれた一本の紐だって解けないおろおろした男でね……あらゆる問題を〝もっと研究する〟ことが必要だと考えるんだよ。心配する必要などなかったぐらいなんだ。六人以上の人間がいれば、どんなことであろうと意見は一致しない、三人のほうがいい……そして、ひとりでできる仕事にはひとりがもっともいいのさ。これがだね、すべての歴史を通じて議会政体というものが何かを成しとげた場合、大多数を支配した数少ない強い男たちがいたおかげだった理由だよ。心配しなくていいんだよ、坊や、この特別議会は何もしないさ……たとえもし、かれらが完全に疲れきって何かを通過させたところで、それはあまりにも矛盾が多すぎるから、放り出すほかなくなるんだ。当分のあいだ連中はわれわれの邪魔にならないし、もっと先になってかれらを必要とすることがあるんだよ」

「あなたは、やつらに何もできないと言われたんじゃないんですか」

「連中はこれをやりはしない。ひとりの人間がそれを書くことになるのだ……ひとりの死者がね……そして夜遅くかれらがひどく疲れたとき、拍手喝采をしながらこれを通すんだ」

「その死者って誰なんです？　マイクのことを言ってるんじゃないでしょうね？」

「違う、違う！　あの馬鹿者たちに比べたらマイクは遙かに生きていると言えるさ。死者はトーマス・ジェファーソンだ……（米国第三代大統領、独立宣言起草者）最初の合理的無政府主義者でね、坊や、一度これまでに書かれたもっとも美しい文章で自分の無政府主義を実現するところだった。だがほかの連中はそのせいでかれを逮捕した。わしはそれを避けたいんだよ。わしはかれの文章を改善することなどできん。わしはただそれを、月世界と二十一世紀にあてはまるようにするだけだ」

「その人のことは聞いたことがあります。奴隷を解放したんですね、違いますか？」

「そうしようと試みたが、失敗したんだと言う人もあるだろうな。まあどちらでもいいさ。ところで防御態勢のほうはどうなんだ？　次の船が来てしまったあとは、ごまかしておられないと思うんだよ」

「それまでに用意はできません」

「マイクはどうしてもやらなきゃいけないと言っているよ」

　おれたちの準備はできなかったが、船はやってこなかった。あの科学者連中は、おれがそいつらを監視していろと言った月世界人たちやおれを出し抜いたのだ。それは最大の反射鏡の焦点に細工することで、月世界人の助手たちは天文学の目的について嘘をつかれたことを信じてしまったんだ――電波望遠鏡の新しい使用法だ。

　そうだったとおれは思う。それは極超短波であり、そいつが反射鏡で方向をそろえられて出てゆく。まさに初期のレーダーそっくりだ。そして金属の網目と鏡筒の金属箔の熱遮断は電波が散乱するのを喰いとめ、そのためにおれが配置した〝耳〟も何ひとつ聞こえなかったのだ。

　かれらは自分らなりの報告を詳しく知らせた。最初におれたちが受信したのは行政府から長官へ、この嘘を否定し、その嘘を伝えた者を見つけ、それをやめさせろというものだった。

　その代わりにわれわれはやつらに独立宣言を与えたのだ。

「われら議会は二〇七六年七月四日……」

　美しい文章だった。

# 15

独立宣言の署名は、教授がそうなるだろうと言ったとおりになった。かれはそれを連中に対して長い長い一日の終わりに突然持ち出し、夕食後の特別会議にアダム・セレーネが話すことを告げた。アダムは声高らかに各章を論じたあと、中断することなく朗々と音楽のように読み上げた。人々はみな泣いた。おれの隣りにすわっていたワイオもそのひとりであり、おれはそれより以前に読んでいたにもかかわらず泣きたくなってしまった。

それからアダムはかれらを見て言った。

「未来は待っている。あなたがたの行動に気をつけてほしい」

それからかれは司会役をいつもの議長ではなく教授に渡した。

時刻は二二〇〇、そして戦いは始まった。そう、かれらは賛成した。その日のニュースはずっと、おれたちがどんなに悪い連中なのか、どのようにわれわれを罰するべきか、どう教訓を与えてやればいいのか、そんなことばかりだった。それに味つけをする必要はなかった。地球から届くのは不愉快なことばかりだった——マイクはそうでない意見など考慮に入れなかったのだ。これまでに月世界が団結したと感じた初めての日は、たぶん二〇七六年七月二日だったろう。

かれらはそれを通そうとした。教授は、それをちゃんとわかっていたんだ。だが、書かれているとおりにではなかった——「尊敬する議長、二節における〝認められない〟という言葉はふさわしくありません。〝譲渡しえない〟であるべきです……そしてまた〝譲渡しえない権利〟よりも〝神聖なる権利〟というほうがずっと重々しいのではないでしょうか？　わたしはこれについての議論を求めたいと思うのであります」

その提案はたしかに常識的ではあったが、ただ言葉じりをとらえたもので、ビールに残っている死んだイーストのように無害なものだった。だが——そう、すべてのことを憎んでいたあの女を例にとろう。彼女はリストを持ってその場にいた。それを大声で読み、「わたしたちが文明開化されており人類の会議に場所を占める資格があることを、地球の人々に知ってもらえるように！」それを宣言の中に組みこむようにと動議を出した。

教授は彼女に思いどおりやらせただけではなく、彼女を激励し、ほかの連中が話したがっているときに彼女に話させ——それからだれひとりそれに賛成する者がいないあいだに、彼女の提案をおとなしく投票にかけた。（議会はかれらが何日も論争して作った規則で動かされていた。教授は規則には慣れていたが、ただ自分にぴたりとくるときだけ、それに従ったのだ）彼女は怒号の中に敗れ、会場から出ていった。

それから誰かが立ち上がり、あの長いリストはもちろん宣言に属することではないかと言い出した——だが、われわれは一般的な原則なるものを持つべきではないのか？　月世界自由国は全員に自由と平等、そして安全を保証しているとの声明を出したらどうだろう？　そう面倒なことではなく、ただみんなが知っている根本的な原則を政府の正式な目的とすればと。

まったくそのとおりだ。それを通そうじゃないか――だが、その文句は「自由、平等、平和、それに安全」であるべきだ――よろしいか、同志？　かれらは〝自由〟が〝無料の空気〟を含むべきか、それともそれは〝安全〟の一部なのかを論争しあった。どうして安全の側に〝無料の空気〟をのせないのか？　それを〝無料の空気と水〟に修正する動機――つまり、空気と水の両方がないかぎり〝自由〟も〝安全〟もないからだ。


空気、水、食物。

空気、水、食物、居住容積。

空気、水、食物、居住容積、熱。

いや、〝熱〟を〝動力〟とするべきだ。それですべてを含むことになる。すべてをだ。

おい、おまえ気でも違ったんじゃないのか？　そんなのはすべてを含んでいるどころか、おまえが忘れているのはすべての女性に対する侮辱だぞ――外へ出ろ、それでいまのとおり言ってみろ！　最後まで言わせろよ。われわれは協約を結んでやつらにはっきり言わなきゃあいけないんだ。少なくとも男と同じだけの人数の女を乗せてこなければ、おれたちはもう船の着陸を許可しないとな。少なくともなんだ――それで移民問題がうまくいかないなら、おれはもう偉そうな口はきかないよ。

教授はそのあいだずっとほほえみを絶やさなかった。

今日、なぜ教授が一日じゅう眠って重りを背負う訓練をしなかったのか、おれにはその理由がわかりかけてきた。おれは疲れていた。一日じゅう射出機場より遠いところまで圧力服を着てすごし、弾道レーダーの最後のやつを据えつけていたんだ。そして全員が疲れはてていた。そして真夜中ごろになると、その夜じゅうには何も決まらないだろうと確信し、それに自分のでもないうるさい文句に退屈して、群衆は次第に少なくなっていった。

真夜中を過ぎて誰かが、今日は二日なのにこの宣言の日付けは四日になっているがと尋ねた。教授は穏やかに言った、もう今は七月三日だ――そしてわれわれの宣言が四日以前に発表されそうにはないこと……そして七月四日には歴史的な意義があり、それが役に立つかもしれないと。

何人かはたぶん七月四日まで何事も決められないだろうという言葉を聞いて出ていった。だがおれはあることに気がつきはじめた。会場にいる人は、減っていくのと同じ早さでそれだけの人数が埋められていくのだ。たったいま空席になった席にフィン・ニールセンが姿を見せ、おれの肩を押さえ、ワイオに笑いかけ、座席を見つけた。前のほうにおれの最年少の副官であるスリムとヘイゼルがいるのを見つけ――党の用事で連れ出していたんだとマムに言いわけをしてやらないといけないと思っていた――そして、二人の隣りにマムもいるのを見ておれは驚いた。そしてシドリスも。それが、新しい射出機のところにいるはずのグレッグもだ。

あたりを見まわすと十人以上の顔がわかった――〈ルナヤ・プラウダ〉の夜勤編集長、ルノホ会社の総支配人、そのほか、どれもが実際に働いている同志だ。おれはなぜ教授がカードを切らないままにしておいたのか、わかりかけてきた。この議会には決まった議員の資格というものがなかったのだ。これら本物の同志は、一ヵ月のあいだしゃべりまくっていたあの連中と同じように姿を現わす権利があるのだ。さていまやかれらはすわり――そして修正案を否決した。

〇三〇〇時ごろ、おれがこれ以上どれぐらい我慢できるだろうと思い出したころ、誰かが紙片を教授のところへ持ってきた。かれはそれを読むと、木槌を叩いて言った。

「アダム・セレーネが諸君に聞いてほしいことがあるそうです。満場一致の賛成をいただけるでしょうな？」

そしてまた演壇の後ろにあるスクリーンがまた明るくなり、アダムはみんなに話した――討論をずっと聞いており、多くの思慮深い建設的な批評に心温まる思いがした。だがひとつ提案させてもらえないだろうか？　どのような文章であろうと完全なものはないということを、どうして認められないのです？　もしこの宣言が全般的に見てみんなの欲するものなら、完全にするのはまたの日に延ばして、いまのままで通過したらどうだろう？　「尊敬する議長、わたしはその動議を提出する」

かれらは喚声とともにそれを通した。教授は言った。「反対される方はありますかな？」

そして、木槌を上げて待った。アダムが聞いてほしいことがあると言ったとき話していた男が口を開いた。

「それは……ぼくはまだあれを懸垂分詞《ダングリング・パーティシプル》だと言いたいが、まあいい、そのままでおいておこう」

　教授は木槌を叩いた。

「それで決まった！」

　われわれは列を作って並び、〝アダムの事務所から送られてきた〟大きな巻物に署名をしていった――おれはそれにアダムの署名があるのに気づいた。おれはヘイゼルのすぐ下に署名した――この子は勉強のほうはまだ遅れていたが、それでももう書けるようになっていたのだ。彼女の署名は震えていたが、大きな字で誇らしげに書いた。同志クレイトンは自分の細胞での名前と本当の名前を文字で書き、それから三つの小さな字が縦に続く日本式の署名もした。二人の同志はXと署名し、それに証人を立てた。その晩（朝）すべての細胞の指揮者が出席しており、すべてが署名し、うるさい連中で残っていたのは一ダースそこそこだった。だがその残っていた連中は、歴史に残るようにと署名をした。そうして〝かれらの生命、かれらの財産、そしてかれらの神聖な名誉〟を賭けたのだ。

　行列がゆっくりと通り過ぎてゆき、人々が話しあっていると、教授は木槌を叩いてみんなの視線を集めた。

「わたしは、危険な任務につく志願者を求めたい。この独立宣言はニュース・チャンネルにのせられます……だが、地球にある世界連邦へ必ず誰かが持ってゆき提出しなければいけないのです」

それが騒ぎにストップをかけた。教授はおれを見ていた。おれは唾を飲みこんで言った。

「志願します」

ワイオも叫んだ。

「わたしもです！」

すると小さなヘイゼル・ミードも言った。

「わたしもよ！」

すぐに十人以上が志願した。フィン・ニールセンからガスポディン・懸垂分詞《ダングリング・パーティシブル》まで（そいつの文法固執癖を別にすると良い男だとわかった）だ。教授はその名前を控え、輸送手段が手に入るようになれば連絡するというようなことを何か呟いた。

おれは教授のそばへ行って尋ねた。

「ねえ、先生、あなたも疲れすぎて訳がわからなくなったんじゃないんですか？　七日の船が取り消されたことは知っているでしょう。向こうの連中はこちらに向けての輸出を禁止しようとしているんですよ。やつらがこんど月世界へよこす船は戦艦でしょう。どうやって旅行するつもりなんです？　捕虜としてですか？」

「ああ、わしらはかれらの船など使わないさ」

「ほう？　じゃあ、一隻作るつもりですか？　どれくらいかかると思っているんです？　建造できるものとしてですよ。ぼくはできないと思いますがね」

「マヌエル、マイクは地球へ行くことが必要だと言った……そしてそれをすべて考え出したのだよ」

おれはマイクが必要だと言ったことは知っていた。かれは、リチャードソン天文台の頭の良い連中が地球へ打電したことを知るとすぐに見こみを計算しなおした――そしてもう五十三にひとつの可能性しかないと答を出した。教授が地球へ行くことを不可欠の条件としてだ。だがおれは不可能なことを心配する男じゃあない。おれはその五十三にひとつの勝ち目を物にするために一日じゅう働いて過ごしたんだ。

教授は言葉を続けた。

「マイクはその船を用意してくれる。かれはその設計を完了し、その作業は続けられているよ」

「かれが？　もう仕事をしているんですって！　いつからマイクは技術者になったんです？」

「かれは技術者じゃないのかい？」

教授の言葉におれは答えようとし、口を閉じた。マイクは学位など持っちゃあいない。ただ、現在生きているどんな人間よりも技術的なことをたくさん知っているんだ。あるいはシェイクスピアの劇についても、判じ物でも、歴史でも何でもだ。

「続けてください」

「マヌエル、わたしたちは地球へ、輸出する穀物として行くんだよ」

「何ですって？　わたしたちって誰のことです？」

「きみとわしさ。ほかの志願者たちはただの飾りさ」

　おれは言った。

「ねえ、先生。そんな無茶な。ぼくはすべてが馬鹿げているように見えても一生懸命働きましたよ。こんな重りをつけて……いまも着ているんです……あの恐ろしいところへ行かなければいけなくなるかもしれないからというのでね。でもそれは、船に乗ってのことですよ。少なくともぼくを安全に降ろしてくれるサイボーグ・パイロットの乗っている船でです。隕石として行くことに賛成したわけじゃありませんよ」

「よろしい、マヌエル。わしはいつだって自由意志ってことを尊重するからね。きみの代わりが行くことになるね」

「ぼくの……誰です？」

「同志ワイオミングだよ。わしの知るかぎり、この旅行をするための訓練ができている人間は、わしらのほかに彼女だけさ……地球人以外ではね」

　それでおれは言ったんだ。だがまずマイクと話した。かれは辛抱強く言った。

「マン、ぼくの最初の友達。心配することは何ひとつないんだよ。きみは七六年シリーズKM一八七に乗る予定になっている。そして何の面倒もなくボンベイに到着する。だが確実を期するため……きみを安心させるために……ぼくはあの輸送罐を選んだんだ。つまりあれはインドがぼくのほうに向いたときに駐留軌道から離れて着陸するからさ……それにぼくは、地球の連中の操作が気に入らないときは輸送罐を地上操縦から切り離せるような拒否装置もつけ加えた。信じてほしいね、マン。あらゆることを考えてあるんだから。秘密が洩れたときも輸出を続けると決定したことも、この計画の一部だったんだから」

「おれに教えておいてくれてもよかったはずだぞ」

「きみを心配させる必要はなかったからね。教授はそのことを知っていなければならなかったから、ぼくはかれと連絡を絶やさなかった。だがきみはただ、かれの面倒を見ることと応援するために行くんだ……もしかれが死ねばかれの仕事をすることになる。その要素についてぼくは何の保証も与えられないね」

おれは溜息をついた。

「わかった――だがな、マイク。きみはこれだけの距離で輸送罐を軟着陸させる操縦ができるつもりなのか？　光の速さが必要になるんだぞ」

「マン、きみはぼくが弾道学を知らないとでも思っているのかい？　その軌道位置で、質問から返事、そして指令とその受信には四秒間かかるだけだ……ぼくがマイクロセカンドも無駄にしないってことは信用してもらいたいね。きみが最大の駐留軌道をとっているときは四秒間に三十二キロメートルを移動するだけで、着地のときのゼロに向かって漸近線的に減っていくんだ。ぼくが反射動作を起こす時間は実際上、手動操作によって着陸を行なうときの人間パイロットのそれと同じぐらいになる。なぜって事態を把握し正確な行動を決定するのにぼくは時間を浪費したりしないからね。だからぼくの最大限は四秒間だ。しかしぼくの実際的な反射時間はもっと少ないんだよ。ぼくは絶えず考え予測し、先を見て、それを計算しておく……だから実際には弾道にいるきみより四秒先のところにいて瞬間的に反射動作を起こすことになるんだ」

「あの鉄の罐には高度計ひとつもついていないんだぞ！」

「いまはついているよ。マン、どうかぼくを信じてほしいな。ぼくはあらゆることを考えたんだ。この余分な装置を注文したただひとつの理由はきみを安心させるためだよ。プーナ着陸管制所はこれまでの五千回の輸出でただの一回も失敗しちゃいない。計算機だとしても本当に用心深いことだよ」

「わかった。ええと、マイク、あのクソおもしろくもない輸送罐はどれぐらいのひどさで突っこむんだ？　重力は？」

「そう大きくないさ、マン。飛び出すときに十Gで、それからずっと、やさしい四Gに落ちるようにしてある……それから海面へ突っこむ直前にまた六から五Gのあいだになる。突入そのものはゆるやかなもので、五十メートルのところから落ちるのと同じさ。きみは三Gほどで急激なショックを受けることなく尖頂《オウジャイブ》から入るんだ。それからきみは海上へ飛び上がりもういっぺん軽く突っこみ、それから一Gだけ漂流するんだ。マン、ああいう輸送罐の外殻は経済的理由でできるかぎり軽く作られている。だから激しく叩きつけることはできないんだ。そんなことをしたら、継ぎ目からばらばらばらになってしまうからね」

「なんとまあ嬉しいことだな。マイク、その〝六から五Gのあいだ〟できみならどうなるんだ？　継ぎ目からばらばらばらかい？」

「ぼくはここへ送られてくるとき、約六Gをかけられたことと思うね。現在のぼくの状態で六Gをかけられたら、重要な連結部の多くが切られてしまうだろうな。しかしだ、ぼくがもっと関心のあるのは極端に大きな一時的加速度だよ。地球がわれわれを爆撃しはじめるときの衝撃波でぼくが味わうことになるものをね。それでどうなるかについてはデータが不充分だ……しかしぼくは、ぼくの外側にある機能を制御できなくなるかもしれないだろうな、マン。こういうことはどんな戦術的な事態にあっても大きな要素になることだよ」

「マイク、きみは本当にやつらがおれたちを爆撃すると思うのか？」

「そう思っているべきだね、マン。この旅行がなぜそれほど重要なのかという理由がそれさ」

　話はそこまでにしておいておれはこの棺桶を見にいった。家に閉じこもっているべきだった。

　ああいう馬鹿みたいな輸送罐を見たことがあるかい？　ただの鋼鉄の筒で、逆噴射と誘導用のロケット、それにレーダー遠隔操作装置がついているだけだ。こいつが宇宙船に似ているといえば、一組のプライヤーがおれの三号義手に似ていることになる。みんなはこいつを切り開いて、おれたちの〝居住区画〟をつけているんだ。

　調理室なし。トイレなし。何にもなし。なぜそんな心配をする？　おれたちは、その中にたった五十時間はいることになるだけじゃないか。腹をへらしたまま行けば宇宙服の中に糞袋《ハニー・サック》もいらないだろう。ラウンジやバーもなしですませるんだ――宇宙服を脱ぐことは絶対になく、薬で眠らされているし、何も気づかないままでいるんだから。

少なくとも教授はほとんど全期間を薬で眠らされていることになるんだ。おれは着陸のときに目を覚ましていなければいけなかった。もし何かがうまくいかなくて、誰も罐切りを持ってきてくれなかったら、この死の罠から自力ではいでるためにだ。みんなおれたちの圧力服の背中がぴったり合うような格好の揺り籠みたいなものを作っていた。おれたちはその穴の中にくくりつけられることになるんだ。そしてそこに納まったまま地球へ一目散だ。かれらがおれたちの居心地よりずっと気を配っていたのは、それだけ小麦を減らしても全体の質量を同じにすること、重力の中心を同じにすること、そしてすべての重要な附属品を正しくつけることだった。責任者の技師は、おれたちの圧力服の内部にはパッドを入れることも考えていますよとおれに言ったもんだ。

パッドを入れてもらえると知ってありがたかった。その穴はどうも軟らかそうに見えなかったのだ。

おれはがっくり考えこんだ状態で家へ戻った。

ワイオは夕食の席にいなかった。異常だ。グレッグはいた、もっと異常だ。おれがあくる日、落ちてゆく岩の真似をすることになっていることについて、誰も何も言わなかったが、みんな知っているのだ。おれは、子供たちの全員が何も言われることなくテーブルから離れるまで、何か特別なことが起こるなど気づかなかった。議会がその朝まで延期されたあとグレッグがなぜ〝波の海〟へ戻っていかなかったのか知っていた。誰かが家族会議の開催を求めたのだ。

マムは部屋の中を見まわして言った。

「わたしたちみんないるわね。アリ、そのドアを閉めて。ありがとう。爺《グランドポウ》さん、始めてくださる?」

おれたちの最年長の夫《シニア・ハズバンド》はコーヒー茶碗の上でこっくりするのをやめ、しゃっきりした。かれはテーブルに目を落として、はっきりと言い出した。

「わしらはみんなここに出席しているな。子供たちはみな寝かしつけられたな。他所者《よそもの》もお客もいないな。わしらは、わしらの最初の夫ブラック・ジャック・デイビスと最初の妻ティリーによって作られた習慣に従って顔を合わせているわけだ。わしらの結婚における安全と幸福に関係することが何であろうと、いまみんなの前にさらけだすことだ。化膿させてはいかんぞ。これがわしらの習慣なんだからな」

爺《グランドポウ》さんはマムのほうに向くと優しく言った。

「続けてくれ、ミミ」

そしてまたいつもの何も感じていないような状態に戻ってしまった。だが一分ほどのあいだ、かれはおれが選択されたころと同じ強くて、美男で、男性的で、ダイナミックな男に戻っていた——そしておれは突然、涙を催しながらおれがどんなに幸せだったかということを考えた。

そのときおれは、幸せと感じたかどうかわからなかった。家族会議をなぜ開くのかについておれにわかったただひとつの理由は、おれがあくる日、〝穀物〟というラベルをつけられて地球へ送られることになっているという事実だけだった。マムが家族みんなに反対させようと考えているなどということはありうるだろうか？　だれも会議の結果に従わなければいけないなどということはない。だがみんなは常に従ってきた。それがおれたちの結婚の強さだった。いざというときになるとおれたちは団結するのだ。

ミミは言っていた。

「誰か議論する必要があると思うことがあるんでしょう？　さあ、話してみて」

グレッグは言った。

「ぼくにはあるな」

「みんなグレッグの話を聞きましょう」

グレッグは話上手だ。おれならひとりでいるときでも自信がないことを、大勢の人の前で自信を持って話せるんだ。だがその夜のかれは自信があるどころじゃあなかった。

「ええと、つまり、ぼくはずっとこの結婚の釣り合いを保ってこようとしてきた。ある者は年を取り、ある者は若く、規則的に交替して、うまく間をあけて、ぼくらに渡されてきたとおりに。でもぼくらはときどき、そうじゃないときもあり……ちゃんと理由があってなんだが」かれはルドミラを見た。「そして、あとから調節した」

かれはまたテーブルの端を見た。ルドミラの両側にいるフランクとアリにだ。

「何年ものあいだ。記録でわかるとおり、夫たちの平均年齢はほぼ四十で、妻たちはほぼ三十五だ……そしてこの年齢の開きは、ぼくらの結婚が始められたときのそれと同じだ。ほとんど百年も前のことだが、ティリーが十五のときにブラック・ジャックを指名したんだが、そのときのかれはちょうど二十になったところだった。ところが現在ぼくの見るところ、夫たちの平均年齢がほとんど正確に四十なのに、妻たちの……」

マムはきっぱりと言った。

「算術のことは結構よ。グレッグ。あなた、要点をはっきり言って」

おれはいったいグレッグが言い出そうとしているのは誰のことだろうかと考えていた。確かにおれはこの一年間ほとんど家を留守にしていた。そしてもし家へ帰るとしても、みんなが寝てしまったあとのことが多かった。だがかれの言っているのは確かに結婚のことだ。そして、おれたちの結婚では全員が長いあいだその候補者を注意深く見る機会が与えられなければ、結婚問題を持ち出さないことになっているんだ。とにかく、それ以外の方法ではやらないんだ。

そう、おれは馬鹿だった。グレッグは口ごもりながら言った。

「ぼくはワイオミング・ノットをぼくらの妻として指名する！」

おれは、おれが馬鹿だと思った。おれは機械を理解し、機械はおれを理解してくれる。だが、人間のことをほんの少しでも知っているとは言えない。おれが最年長の夫《シニア・ハズバンド》となったときには、そんな長いあいだ生きていられたらの話だが、おれは爺さん《グランドポウ》がマムを相手にやっているのとまったく同じとおりにしよう。シドリスにすべてを任せるんだ。まったく同じにだ——さてと、そう、ワイオはグレッグの教会に入った。おれはグレッグが好きだし、グレッグを愛している。そしてかれを尊敬もしている。だがかれの教会の神学を計算機にかけることなどできないし、かけたとしても答が出てくるはずもない。ワイオは大人になってのことだから、このことを知っていたのは確かだ——実のところおれは、ワイオが改宗したことは彼女がおれたちの運動のためなら何だってやろうという証拠だとばかり思っていたんだ。

だがワイオはそれより早くグレッグを候補者にしていたんだ。そしてほとんどの旅行はかれのところだった。彼女はおれや教授よりも抜け出すことが容易だったんだ。それもそうだが、おれは驚いてしまった。驚いたりするべきじゃあなかったんだが。

ミミは言った。

「グレッグ、あなたにはワイオミングがわたしたちの指名を受けると思う理由があるの？」

「あるよ」

「じゃあいいわ。わたしたちみなワイオミングを知っているし、わたしたちの彼女に対する意見が決まっていることははっきりしているわね。このことを相談しあう必要もないことね……誰かに何か言いたいことがあれば別だけれど？　あれば言ってみて」

これはマムにとって驚くことじゃあなかったのだ。それはそうだろう。ほかのみんなにしても同じことだ。マムは結果について確信がないかぎり会議を開いたりしないんだから。

だがなぜマムはおれの意見にそう確信があるのだろう？　確信がありすぎるから前もって

おれに尋ねておかなかったとでもいうのか？　おれは悲しいまで当惑し、話さなければいけないことを知りながら、ほかの誰も知らないことで、こんなことになってはいけないこと、おれたちにひどく関係のあることを知りながら、黙ってすわっていた。おれには問題じゃあないことだが、マムやおれたちの女全員に関係のあることなんだ。

　おれはすわり、惨めにびくびくと、何も言わずにいた。

　マムは言った。

「いいわね。じゃあ、決をとりましょう。ルドミラ？」

「わたし？　まあ、わたしワイオを愛しているわ。みんなそのことを知っているわよ。当然だわ！」

「レノーレ、あなたは？」

「わたしは彼女にもう一度茶色の髪になってくれって言おうかしら、そのほうがわたしたちおたがいに引き立つと思うのよ。わたしより見事な金髪だってことが、彼女にとってただひとつの欠点ね。はい《ダー》！」

「シドリス？」

「賛成。ワイオはわたしたちと同じ種類の人よ」

「アンナ？」

「わたし、自分の意見を言う前に言いたいことがあるの、ミミ」

「それ必要なこととは思わないけど、アンナ」

「それでもわたしそのことをはっきりしておきたいのよ。ティリーがいつもわたしたちの伝統に従ってやったのと同じように。この結婚ではどの妻もその役目を果たし、家族に子供をもたらしてきたわ。あなたがたの何人かにはワイオが八人の子供を生んだってことを知って驚く人があるかもしれないわね……」

確かにアリは驚いた。かれは頭をぐきりと動かし口をぽかんと開いた。おれは皿をじっと見つめた。おお、ワイオ、ワイオ！　なぜおれはこんなことを起こしてしまったんだ？

おれはどうしても口を出さなきゃあいけないんだ。

おれはアンナがまだ話を続けていることに気づいた。

「……だからいまは彼女、もう自分の子供を持てるのよ。手術は成功だったわ。でも彼女はまた欠陥のある子供ができやしないかってことを心配しているんだけど、香港の療院長によるとそんなことは考えられないんだって。だからわたしたち、彼女がくよくよするのをやめるように、みんなで愛してあげなければいけないだけなのよ」

マムは静かに言った。

「わたしたち彼女を愛しますとも……いまも、これからも。アンナ、あなたの意見は言わないの？」

「あら、必要があるの？　わたし彼女と香港へ行き、彼女の卵管《チューブ》がもとどおりにされるあいだ彼女の手を握っていたのよ。わたしワイオを選びます」

マムは続けて言った。

「この家族では……わたしたちいつも夫たちが拒否権を持つことを許されるべきだと思います。たぶんわたしたち変なのでしょうが、ティリーがそう始めたんだし、それでいつもうまくいってきましたからね。では、グランドポウは？」

「え？　何を話していたんだね、おまえ？」

「わたしたちワイオミングを選ぶかどうかを話していたのよ、ガスポディン・グランドポウ。あなた賛成なさる？」

「え？　そりゃもちろんだとも。もちろんだよ！　実に良い子だよ。あの可愛いアフリカ娘がどうしたんだね？　わしたちに怒っているのかい？」

「グレッグ？」

「ぼくが提案したんだよ」

「マヌエル？　あなたは反対するの？」

「ぼくが？　なぜ、ぼくのことはわかっているくせに、マム」

「そうよ。でもときどきわたし考えるの、あなた自身は自分のことがわかっているのかどうか。ハンスは？」

「ぼくがノーと言えばどうなるんだい？」

レノーレが急いで口をはさんだ。

「あなた何本か歯をなくすだけだわ……ハンスはイエスに投票よ」

マムは優しくたしなめるように言った。

「だめ、レノーレ。結婚は真面目な問題なのよ。ハンス、言って」

「ダー。イエス。ヤー。ウイ。シー。すごいな、可愛い金髪娘がこの……あ、痛っ！」

「やめなさい、レノーレ……フランクは？」

「イエス、マム」

「アリは？　満場一致かしら？」

年若いアリは見事なまでにまっ赤になって口がきけず、激しくうなずいた。

夫の一人と妻一人を指名して選ばれた者を探しにゆき、われわれと結婚することを申しこみに行かせる代わりに、マムはルドミラとアンナにすぐワイオを呼びにやらせた——彼女はすぐ近く、おしゃれ美容院《ボン・トン》にいたんだ。それだけが変わっていたのではない。日を決め結婚式の用意を整える代わりに、おれたちの子供たちが呼び入れられ、二十分後にはグレッグは聖書を持ち、おれたちは誓いの言葉を述べていた——そしておれはやっと混乱した頭の中で、おれが首を折る日があくる日になっているので、すべてが首を折りそうなスピードで進められているのだとわかった。

それはおれの家族の愛がおれに向けられている象徴だから大変だったというわけでもなかった。つまり花嫁は最初の夜を最年長の夫《シニア・ハズバンド》と過ごすのだし、二日目と三日目の夜はおれは宇宙で送ることになっていたんだから。だがとにかく大変だったし、女たちが式のあいだに泣きはじめると、おれは自分も連中と一緒に涙をこぼしはじめていることに気づいた。

それから、ワイオがおれたちとキスし、爺さん《グランドボウ》に腕をとられて出てゆくと、おれはただひとり仕事部屋でベッドに入った。おれはひどく疲れていたし、この二日間は大変だったんだ。練習のことを考え、いまごろ問題にしても遅過ぎると決め、マイクを呼んで地球のニュースを尋ねようと思いながら眠りこんでしまった。

どれぐらい眠っていたかわからなかったが、とつぜん目が覚め、誰かが部屋の中にいることに気がついた。闇の中で優しいささやきが響いた。

「マヌエル？」

「あ？　ワイオ、きみはここにいるべきじゃあないんだぜ」

「ここにいるべきなのよ、わたしのあなた。マムはわたしがここにいるのを知っているわ。グレッグもよ。グランドポウはすぐに眠ってしまったわ」

「ふーん、いま何時なんだい？」

「四時ごろよ。お願い、あなた、わたしのベッドに入ってもよくて？」

「え？　ああ、もちろんだとも」何か思い出さなければいけないことが。そうだ。「マイク！」

かれは答えた。

「何だい、マン？」

「スイッチを切ってくれ。聞くなよ。もしぼくに用なら、家の電話で呼び出してくれ」

「同じことをワイオもぼくに言ったよ。マン。おめでとう！」

それから彼女の頭はおれの切株のような腕の上にのり、おれは右手を彼女にまわした。

「なぜ泣いているんだい、ワイオ?」

「わたし、泣いてなんかいないわ!　わたしただ、あなたが帰ってこないんじゃないかって、馬鹿みたいに恐ろしいのよ!」

# 16

墨を流したような闇の中で目を覚ましたおれは、馬鹿のように恐ろしくなった。

「マヌエル！」

どちらが上なのかもわからない。

「マヌエル！」

そいつはまた呼んだ。

「起きるんだ！」

その声でおれは少しはっきりした。おれを正気づかせる合図だったんだ。おれは政庁の診察室のテーブルに横たわっていたときのことを思い出した。血管に薬が少しずつ入れられているあいだ、おれは明かりを見つめひとりの声を聞いていたんだ。だがそれは百年も前のことだ、無限に続く悪夢、耐えられない圧力、苦痛。

やっと、どちらが上かわからないこの感じが何かわかった。以前にも経験したことがあるからだ。自由落下。宇宙にいるのだ。

何がまずかったんだ？　マイクは小数点をひとつ抜かしたのか？　それとも子供みたいな

性格に戻って、それがおれを殺すことになるとも知らずに冗談をやっているのか？　ではなぜ、こんなに長い苦痛の果てに、おれは生きているんだ？　それとも、おれは本当に生きているのか？　これは幽霊が普通にいつも感じていることと違うのか、ただ淋しく、迷子になったような、どこともわからず？

「起きろ、マヌエル！　起きろったら、マヌエル！」

おれは唸り声をあげた。

「畜生、黙れ！　その汚ねえ威張りくさった口を閉じろ！」

録音は続いていた。おれは注意を払わなかった。あのクソおもしろくもない明かりのスイッチはどこなんだ？　月世界の脱出速度、三Gまで加速するのに一世紀ものあいだ苦痛が続くはずはない。ただそう感じるだけだ。八十二秒だ——だがそれは人間の神経組織がすべてのマイクロセコンドを感じる時なんだ。三Gは月世界人がいつも重さを感じるときより十八倍も高いんだ。

それから、おれはあの薄ら馬鹿どもが腕をもとどおりつけていなかったことに気づいた。何か馬鹿げた理由でもあったのか、やつらはおれの仕度をするため裸にしたとき義手をはずし、おれは抗議もせずに〝心配せずに、ぐっすり眠りましょう〟の薬をたっぷり入れられたんだ。やつらがまた腕をもとどおりにするのは心配なしのはずだった。だがいまいましいスイッチはおれの左側にあり、圧力服の袖は空《から》っぽなんだ。

それから十年を片手でストラップをはずすのに使い、次の二十年の刑期を闇の中で浮遊し、やっとおれの揺り籠をまた見つけ、どちらが頭のほうだったかを考え出し、そのヒントから手で触れてスイッチを見つけた。そのコンパートメントはどちらの奥行きも二メートル以上なかった。それが自由落下と完全な闇の中ではオールド・ドームよりも大きく感じられたのだ。それを見つけ、おれたちは明かりを得た。

（なぜその棺桶にいつでも間に合うような照明スイッチが少なくとも三つなかったのかと尋ねないでほしい。習慣なんだ、多分。明かりにはそれを操作するためのスイッチが必要だ、違う《ニェット》か？　二日間のやっつけ仕事だった。スイッチが働いただけでも感謝しなければ）

明かりがつくと容積はたちまち本来の密閉恐怖症的な大きさに縮まり、十パーセントほど小さくなり、そしておれは教授を眺めた。

死んでいる、明らかに。そう、かれにはどうしてもそうなる理由があったんだ。かれがうらやましかったが、不幸にもまだ苦しんでいる場合のために、いまはかれの脈搏や呼吸といったものを調べてみなければいけない。そしてまたも片手では不便でどうにもならなかった。穀物の積荷はいつものとおり積みこむ前に乾燥され空気を抜かれたが、この居住区画は与圧されていたはずだ――ああ、別にそれほどたいそうなものではない、ただ空気が入っているタンクというだけだ。おれたちの圧力服はその二日のあいだ命の綱の呼吸といった必要をまかなうためだった。だがいくら最良の圧力服であろうと真空の中よりは与圧された中のほうがずっと気持が良く、そしておれはとにかく患者の面倒を見られるはずだったのだ。

だめだった。この鋼鉄の罐が空気洩れせずにいるかどうか知るためにヘルメットを開く必要はなかった。当然のことながら、圧力服の感じですぐにわかったのだ。教授用の薬は持っていた。野戦用アンプルに入った心臓刺激剤の類だ。それをかれの服の上から突き刺すことはできる。だがどうやって心臓と呼吸を調べられるというんだ？　かれの服はもっとも安価な種類で、町を離れることなどほとんどない月世界人用に売られているものだった。読み取り装置がなかったのだ。

かれは口を開き、両眼は一点を見つめていた。まったくの死人だ、とおれは、決めてしまった。意識を取り戻させるために刺激を加える必要もさらさらない、勝手に死んでしまったのだ。咽喉の脈搏をみようとしたが、ヘルメットが邪魔になった。

計画に従って動いているかどうかを示す時計がつけられていたが、それは本当に親切なことだった。おれは計画どおり四十四時間を宇宙で過ごしたことを示しており、三時間後には地球をまわる駐留軌道に入るため恐ろしい噴射が始まるのだ。それから二周すると、もう三時間ということだ、おれたちは着陸計画に従ってまた噴射を始める——もしプーナ着陸管制所がその頼りない心を変えず、軌道に乗せておいたままにすればどうなるのだ。そんなことは起こりそうにないことだ。穀物は必要以上に長いあいだ真空の中に放置されたりしない。ふくらんだ小麦やポップ・コーンになる傾向があり、値を下げるだけではなく、この薄い罐をメロンのように引き裂いてしまうかもしれないんだから。そうなればなんとありがたいことだ？　なぜおれたちを穀物と一緒に詰めこまなかったんだ？　どうして真空など問題ではない岩を積みこまなかったんだ？

そんなことを考える時間があったので、ひどく咽喉が乾いてきた。おれは飲物チューブの乳首をくわえ、半分だけ飲んだ。それ以上やめにしたのは、膀胱をいっぱいにして六Gを受けたりしたくなかったからだ。（そんな心配はいらなかったんだ。導尿管が取り付けられていたんだから。だが知らなかったんだ）

時間が迫ってきたころ、おれは教授を大きな加速力に耐えさせるための薬を注射しても別に悪くはないと決めた。それから駐留軌道に入ったあとで心臓刺激剤を与えるんだ――どんなことをしてもこれ以上悪くする気づかいはなさそうだったからだ。

かれに最初の薬を与え、それから残りの何分かを使って、片手で苦労してストラップに戻った。おれの用意をしてくれたありがたい友人の名前を知らないのが残念だった。知っていればもっとうまく呪ってやれたんだが。

地球をまわる駐留軌道へ入る十Gをただの三・二六×十の七乗マイクロセコンド。ただもう少し長く感じられただけだ。十Gは原形質のもろい袋が耐えろと要求されるべきものより六十倍も大きいのだ。ただの三十三秒だと言おう。心から言うが、おれの先祖でエルサレムにいた女性は、みんなに踊らされたときこれ以上ひどい三十秒を送ったはずだから。

教授に心臓刺激剤を与え、それからの三時間を、着陸に備えて教授と同じように自分にも薬を注射しようかどうしようかを考えるのに費した。やらないことに決めた。発射のときおれに与えられた薬のすべてがやってくれたことは、一分半の苦痛と二日間の退屈を恐ろしい悪夢の一世紀と交換することだけだった――それに、もしその最後の何分間かがおれの最後となるのなら、おれはそれを経験しようと心を決めたのだ。それはひどいものだろうが、それはおれ自身の物であり、おれはそれを放棄したくなかったのだ。

　それはひどいものだった。六Gは十Gよりましには感じられなかった。もっとひどく感じたのだ。四Gもほっとさせてはくれなかった。それからおれたちはもっとひどく蹴り飛ばされた。それから突然、ほんの数秒のあいだだが、また自由落下の状態になった。それから海面への突入がやってきたが、これは〝ゆるやか〟なものどころではなく、そして頭から先に落ちていったから、パッドではなくてそのGをストラップで受けたんだ。そしてマイクにわかったとは思わないが、ひどい勢いで潜ったあと、海面へ上がり、またひどく叩きつけられたあと漂流しはじめたのだ。地球虫どもはそれは〝漂流《フローティング》〟というが、それは自由落下のときに漂うようなもんじゃあない。まあ一Gでやってみることだ、普通の六倍もの重力で、それに変なふうにあちらこちらへと別方向へ運動がかかるんだ。非常に変な運動だ――マイクはおれたちに太陽系の気候は良い、鉄の処女の内部に放射能の危険はないと保証した。だがかれは地球インド洋の気候にはあまり関心がなかったんだ。予言は輸送罐の着水にはまあよろしいということであり、多分かれはそれでいいと思ったんだろう……そしておれもそうだとばかり思っていたんだ。

　胃の中は空っぽのはずだった。それなのにおれはどうにもごめんこうむりたいことが、ひどくすっぱいもっともいやな液体でヘルメットの中をいっぱいにしてしまった。それからおれたちは完全に一回転し、おれはそいつを髪と両眼にかぶりそれに少しは鼻の中にまで入ってきた。これは地球虫どものいう〝船酔い〟であり、かれらがあたり前のことのようにしている多くの恐怖のうちのひとつなのだ。

　おれたちが港へ引っぱっていかれる期間はそう長くかからないはずだった。そうでなければ、船酔いに加えておれの空気ボンベはもう中身がつきかけていたんだ。それは十二時間と見こまれており、おれが意識を失っており別にたいした運動をするわけでもない五十時間の軌道には充分だったのだが、船で引っぱられている何時間かが増えた分には充分ではなかった。やっと輸送罐が静かに支えられたところには、おれはもうすっかりふらふらになってしまっており、外へ出ようとすることなど考えもできなかった。

　ただひとつ――おれたちは拾い上げられ、おれの考えるところ、少しばかりゆすぶられたあとおれを逆さまにして据えつけてしまった。これは最上の条件でも一Gでは良い姿勢じゃあない。どうにも予定の行動を取ることなど不可能なことだ。つまり、a／自分のストラップをはずす、b／圧力服の形に作られている窪みから出る、c／壁にバタフライ・ナットでとめてあるハンマーを取る、d／脱出用ハッチを叩きこわす、e／外へ出る、f／最後に圧力服を着た老人を引っぱり出す。

　おれはaの段階もやり終わらず、頭を下にしたまま気を失ってしまった。

　幸運なことに、マイクは緊急事態用の最優先手段をとっていた。スチュー・ラジョアはおれたちが出発する前に知らされており、報道関係もおれたちが着水する少し前に通知されていたのだ。おれが目を覚ましてみると何人もがおおいかぶさるようにしており、また気を失い、二度目に気がついたときは病院のベッドで、胸を圧迫された感じで天井を向いて寝ていて——重くて、全身が弱り切って——だが病気ではなく、ただ疲れ、打撲傷を作り、空腹で、咽喉が乾き、だるかった。ベッドの上には透明プラスチックのテントがかぶせられていたが、それでおれが苦しい呼吸をしていなかった理由がわかる。その両側が近づき、大きな目をしたヒンズーの小さな看護師が片方に、スチュアート・ラジョアがもう一方に現われた。かれはおれに笑いかけた。

「やあ、相棒！　どんな具合だい？」

「ああ……大丈夫。だが、畜生！　いったい何という旅行の仕方だ！」

「教授はその方法しかなかったと言ったぜ。まったくタフな爺さんだね、かれは」

「ちょっと待った。教授が言った？　教授は死んでいるんだろう」

「とんでもない。すこぶる元気とは言えないがね……ぼくらはかれを空気ベッドに入れて四六時中そばについていて、きみには信じられないほどたくさんの道具が電線でかれの身体とつながれているよ。だがかれは生きているし、仕事をやれるようになるんだ。だが本当に、かれは旅行を何とも思っていなかったよ。全然気がつかなかったんだからと言っているよ。向こうの病院で眠りこみ、次のところで目を覚ましただけさ。ぼくが何とかごまかして船を一隻送ろうと言ったのにかれは断ったんで、それは間違っていると思ったが、そうじゃなかったね……宣伝効果は大変なものだぞ！」

おれはゆっくりと言った。

「きみが船を送るのを教授は断った、そう言ったね？」

「セレーネ議長が断ったと言うべきかな。きみはぼくの知らせを見なかったのかい、マニー？」

「ああ」いまさらとやかく言っても手遅れだ。「最後の何日間かは忙しかったんでね」

「まことにごもっとも！　こっちも同じさ……ぼくもこの前いつひと眠りしたか思い出せないくらいさ」

「まるで月世界みたいな口をきくんだな」

「ぼくはルーニーだぜ、マニー、疑ったりしないでくれよ。だが彼女はどうもこわい目でぼくをにらんでいるようだな」

スチューは彼女をつかまえると、向こうに向かせた。かれはまだすっかり月世界人になっているというわけではないんだ。だが看護師は怒らなかった。

「どこかほかのところで遊んでいてくれないか、きみ。すぐにきみの患者を返すから……まだ息のあるうちにね」

かれは彼女を追い出すなりドアを閉めて、ベッドのところへ戻ってきた。

「だがアダムは正しかったよ。この方法のほうが宣伝効果満点だけでなく、より安全だったんだ」

「宣伝のほうはそうだろう。だが、より安全というのは？　そんなこと言うなよ！」

「より安全さ、相棒。きみは射たれなかったじゃないか。それでも連中はきみのいるところをはっきり二時間のあいだ知っていたんだぜ、大きな格好の目標をね。やつらはどうするべきか心を決めかねていたんだ。まだ政策を決めていないんだよ。かれらはきみを予定どおりに降ろすまいともしなかった。ニュースはそのことでいっぱいだったし、ぼくは話を曲げさせて待っていたんだ。もういまはきみに手も触れようともしないよ、きみたちは世界の英雄なんだからな。だがぼくが船をチャーターしてきみたちを運ぼうとしていたらどうなったろう……ぼくにはわからないな。ぼくらはたぶん駐留軌道に留まっていることを命令され、それからきみたち二人は……それにたぶんぼくもだ……逮捕されて着陸することになっただろうな。どれほど金をもらったところでミサイル相手に危険を冒そうとするような船長はいないからね。論より証拠ってところさ。でも説明しておこう。きみたちは二人ともチャド民衆管理国の市民なんだ、この短い期間にぼくがやれた最上のことだよ。それにチャドは月世界を承認した。ぼくが買収しなければいけなかったのは、総理大臣が一人、将軍が二人、酋長が何人かに、大蔵大臣が一人……こんな急ぎの仕事にしては安いものだった。きみたちが外交官としての特権を持てるようにはできなかったが、病院を出るまでにはそうできるんじゃないかと思っているよ。現在のところかれらは、きみたちを逮捕しようともしていない。きみたちがやったことがどういうことなのか、まだ正体をつかめていないんだ。連中は外に護衛を配置しているが、それはただきみたちの〝保護〟のためだけだ……良いことさ。そうしてくれなかったら、記者連中がわんさと詰めかけて顔へマイクロフォンを突っこんでいるだろうからな」

「ぼくらがやったことは何になるんだい？　つまり連中が考えていることは、不法移民なのか？」

「それさえも違うんだよ、マニー。きみは別に旅行を禁止されていたわけじゃないし、きみの祖父ひとりを通して派生したパン・アフリカ市民権を持っている。文句なしさ。デ・ラ・パス教授の場合は四十年前にチャドの市民権を取ったという証拠を突きとめてね、インクが乾くのを待ち、それを使ったんだ。きみたちはこのインドへ不法入国したわけでさえないんだよ。きみらがあの輸送罐に入っていることを知りながら、かれら自身できみたちを引っぱってきただけではなく、管理官は非常に親切にそして相当安く、きみたちの処女旅券にスタンプを押してくれたんだ。それに加えて教授の流刑は法的にも無効なんだ。かれを追放した政府はもはや存在していないし、ちゃんとした裁判所もそのことを認めたんだ……それにはだいぶお金がかかったがね」

　看護師は母猫のように威張って戻ってきた。

「スチュアート卿……わたしの患者を休ませてくださらないと！」

「はいはい、可愛い人《マ・シェール》」

「スチュアート卿だって？」

「伯爵と呼ぶべきだな。そうでなきゃあ、ぼくはマックグレゴール家の者なのかどうか怪しくなるから。貴族の血ってやつも少し役に立つんだ。ここの連中はかれらの王室を取り上げられて以来、幸せじゃあないんだよ」

かれは出てゆくとき彼女のお尻を叩いた。悲鳴をあげる代わりに、彼女はそれをくねらせた。スチューは月世界へ戻ったとき、そういうことに気をつけなければいけなくなるぞ。もし戻れるようになればの話だが。

彼女はおれに気分はどうだと尋ねた。おれは大丈夫、ただ腹がへっているだけだと答えた。

「シスター、ぼくらの荷物の中に義手が何本か入っていませんでしたか？」

彼女は知っており、おれは六号義手をはめてずっと気分が良くなった。おれはそれと二号と社交用義手とを選び、それで旅行には充分だと思ったんだ。二号はまだたぶん政庁にじっとしているんだろう。だれかがその面倒をみてくれていたらいいが。だが六号はもっとも役に立つ多目的義手だ。それと社交用のがあればおれは大丈夫だ。

二日後、おれたちは世界連邦に信任状を提出するためアーグラへ出発した。おれは哀れな格好で高い重力のため具合が悪かったが、車椅子でうまく動けたし、公衆の前ではやらなかったものの、少しは歩くことだってできた。薬のおかげでなんとか肺炎になるのはまぬがれていたものの、咽喉が痛く、旅行者のよくかかる下痢に悩み、両手の皮膚病は足にまで拡がりかけており——この前、地球へ旅行したときのあの病気だらけの穴ぐらへ行ったときとまったく同じだった。おれたち月世界人はどれほど幸せなのかわかっていないんだ。あれほど完璧な病菌隔離地区に住み、害虫もほとんどなく、少しはいるものだって、必要とあればいつでも真空で退治してしまえるのだ。いやそれとも不幸だというべきなのか、必要となったときも、おれたちは免疫性をほとんどまるっきり持っていないのだから。それでも交換する気にはなれない。最初の男が地球へ行って〝ただの風邪引き〟とは氷採掘者の足の状態だと思ったときまで、おれたちは〝性病〟という言葉も聞いたことがなかったんだ。

それにほかの理由からも心楽しくなかったんだ。スチューはアダム・セレーネからの通信を持ってきてくれた。その中に隠され、スチューにも知らせないようにしてあったニュースは、勝ち目が百にひとつにまで落ちたということだった。勝ち目がかえって悪くなるぐらいなら、なぜ気違いじみた旅行をする危険など冒したんだ？　どんな利益があるというんだ？　マイクは本当にどんな勝ち目だったのかわかっていたのか？　どれほど多くの要素をかれが持っていたところで、かれに計算できたとはどうしても思えなかった。

だが教授は心配などしていないようだった。かれは次から次へと押しかけてくる記者連中と話し、かぎりない写真撮影に微笑みかけ、声明を発表し、世界連邦に大きな信頼を置いていること、われわれの正しい要求が認められると信じていること、そしてわれわれの小さくはあるが強い国の本当の話を地球の善良な人々に知らせるときにあたってすばらしい援助を示してくれた〝自由月世界の友人諸君〟に感謝したいと述べた――自由月世界の友人諸君とは、スチュー、職業的世論会社、請願書に署名した何千人もの人々、そして大変な額にのぼる香港ドルの札束なのだ。

おれも写真を撮られ、微笑しようと努力はしたが、質問に答えるほうは咽喉を指さし、しわがれ声で断った。

アーグラでおれたちはかつてマハラジャの宮殿だったホテルの豪華な続き部屋に陣どった。

（インドは社会主義国家のはずなのに、そこはまだマハラジャのものなのだ）そしてインタビューや写真撮影は続けられた——立っているところを絶対撮影されてはいけないという教授の命令によって、便所へ行くにも車椅子から降りることなかった。かれは常に、ベッドの中か担架の上だった——寝台風呂、寝台便器、あらゆるものにだ——年齢を考えるとそのほうが安全であり、どの月世界人にもそのほうが楽だったからだけではなく、写真撮影のためでもあったのだ。かれの笑顔と、すばらしい、温和な、説得力のある個性は、百万の何百倍ものテレビ画面に、無限のニュース写真にのったのだ。

だがかれの個性もアーグラでは何の役にも立ってくれなかった。教授は連邦総会の議長室へ運ばれ、おれはそのそばにつきそって押されてゆき、そこでかれは世界連邦に対する大使であり、将来月世界を代表するべき上院議員としての信任状を提出しようとした——だが事務総長のところへまわされ、その事務室でおれたちはむっつりした事務次官と十分間会見することを許され、そいつはおれたちの信任状を〝偏見なく、何の黙約もなく〟受け取ってもいいと言った。それは、かれらを押さえている信任状委員会のことを言っているのだ。

おれは落ち着けなかった。教授はキーツを読んでいた。穀物の輸送罐はボンベイに到着し続けた。

ある意味から後者については残念じゃなかった。ボンベイからアーグラへ飛んだとき、おれたちは夜明け前に起きて、目を覚ましつつある町の中を飛行場へ運ばれた。月世界人はみんながその巣を持っている。デイビス・トンネルのような昔から続いている家ほどの贅沢なものであろうと、掘鑿《くっさく》したばかりで岩壁がむき出しのままであろうともだ。居住容積は問題でなく、何世紀先になろうと問題になりえないことだった。

　ボンベイは蜂の群らがっているように人々で混雑していた。数枚の舗道の敷石のほかには家のない連中が百万人以上もいる（と教えられた）。ある家族が一軒の店の前にあるこれこれの場所の長さ二メートル、幅一メートルのところに眠る権利を主張できたとする（そして何代も何代ものあいだ、意志をもって受け継がれてゆくのだ）。その家族全員がその場所に眠るのだ。つまり、母親、父親、子供たち、なかには祖母もだ。見なければ信じられなかったことだろう。ボンベイの夜明けは、道路、舗道、橋さえも人間の身体が作るぎっちりと続いたカーペットで覆われているのだ。かれらは何をしているのだろう？　どこでかれらは働いているのだろう？　どうやってかれらは食べているのだろう？　（かれらは食べているようには見えなかった。その肋骨を数えることができるのだ）

　補うだけの見返りをもらわなければ永久に下り坂で荷を送り続けることはできないのだ、という単純な算術を信じていなかったら、おれはこの計画を放棄してしまうところだった。だが……タンスターフル。ボンベイにも月世界にも〝無料の昼飯などというものはない〟のだ。

　やっとおれたちは〝調査委員会〟と会う約束を与えられた。教授が要求していたものとは違った。かれはテレビ・カメラ付きの上院での公聴会を開くことを求めていたのだ。この会見にあるカメラといえば〝傍聴禁止《イン・カメラ》〟だけなのだ。それは秘密会だった。おれは小さな録音機を持っていたから、完全に秘密会でもなかったが、テレビ中継はないのだ。そしてこの委員会なるものが実際には月世界行政府の重要人物たちか、かれらに飼い馴らされた犬であることを教授が発見するには二分とかからなかった。それでも話すことができるチャンスであり、教授はかれらをまるで月世界の独立を認める権力があり、喜んでそうしようとしている連中のように扱った。一方かれらのほうはわれわれを、行儀の悪い子供と宣告を待っている犯罪者の中間にある者のように扱った。

教授は最初にステートメントを発表することを許された。装飾用の文句を除くとかれが主張したことは次のとおりだった。月世界は、民衆に反対されない政府という事実上の主権を持った国家であり、平和と秩序の伴った文化状態があり、臨時大統領と閣僚が必要な機能を遂行しているが、議会が憲法を作り終わるとすぐにもとの生活に戻りたいと思っている――そしてわれわれがここへ来たのは、そういった事実を正当に認めてほしく、月世界が世界連邦のメンバーとして人類の総会に正当な地位を占めることを許されることを要求するためなのだ。

教授がかれらに言ったことはほぼ真実と言っていいことであり、そこに変なところを見つけることはできなかったはずだ。おれたちの〝臨時大統領〟とは計算機であり、〝閣僚〟とはワイオ、フィン、同志クレイトン、〈プラウダ〉の編集長テレンス・シーハン、それにルノホ会社の代表取締役であり月世界・香港銀行の重役でもあるウォルフガング・コルサコフだ。しかし現在月世界にいる人間で〝アダム・セレーネ〟が計算機の変名であることを知っているのはワイオただひとりだ。彼女はひとりで砦を守っていることをひどく心配していた。

そんな状態だったのでテレビ以外では絶対に顔を見せないアダムの〝奇妙さ加減〟は常に困惑の種となっていた。われわれは、それを〝保安上の必要〟からということにするため最善をつくし、行政府の月世界市事務所にかれの事務所を開いたあと小さな爆弾を爆発させた。この〝暗殺の試み〟のあと、アダムが人々の前へ現われないことにもっとも口うるさかった同志たちは、アダムは絶対にそんな危険を冒してはいけないともっとも強硬に要求する連中となった――これは新聞の論説によっても助けられたのだ。

だがおれは教授が話しているあいだに、そのもったいぶった野郎どもが、もし、われわれの〝大統領〟は行政府が所有していた金物《ハードウエア》の固まりであると知ったらどう思うだろうと考えた。

しかしそいつらは冷ややかに不満の色を見せてすわっているだけで、教授の名調子に心を動かされなかった――仰向けに寝たまま原稿を見ることなくマイクロフォンに向かって話し、聴衆連中を見ることはほとんどできなかった状態を考えると、それはたぶんかれの一生においての最上の演技だったのだが。

それからやつらは攻撃をかけてきた。アルゼンチンを代表する男のメンバーは――やつらは自分たちの名前を明かさなかった。おれたちは社交的に受け入れられる人間ではないというわけだ――このアルゼンチン男は教授の演説中〝元の長官〟という言葉遣いに反対した。

その名称は半世紀も前からすたれているというのだ。そいつはその言葉を削り、適当な名称を入れるべきだと主張した。〝月世界行政府の指名による月世界植民地の保護者〟なんだそうだ。その他の呼び方はいずれも月世界行政府の権威に反抗するものだと言うのだ。

教授はそれに答えることを求めた。〝名誉ある議長〟はそれを許可した。教授は穏やかにその名称の変更を承知すると言った。つまり行政府はその雇用者を好きなようにどんな名称で呼ぼうと自由であり、世界連邦のいかなる機関の権威にも逆らうつもりはないからだ……だがこの役所の機能について考えれば――この以前の役所が持っていた以前の機能だ――月世界自由国の市民はたぶんその役所を伝統的な名前で考え続けたがるものと思われる。

その言葉にかれらのうちほぼ六人がいっせいに話しだそうとした。ある者は〝月世界《ルナ》〟という言葉を使うことに反対し、〝月世界自由国〟などは論外だった――それは〝月《ザ・ムーン》〟であり、地球の月であり、地球の衛星であり、南極と同じく世界連邦の財産であり――このような手続きそのものが道化芝居であると言うのだ。

最後の点については同意したい気持になった。議長は北アメリカ代表の男子委員に、どうか秩序を守り発言は議長の承諾を経てからにしてほしいと頼んだ。証人の発言中最後の点は、この事実上の政体なるものが追放制度に干渉を加える意向であると、議長は了解していいのですな？

教授はその言葉を受けとめて投げ返した。

「尊敬すべき議長閣下、わたし自身が追放者であり、いまや月世界はわたしの愛する故郷であります。わたしの同僚であり外務次官であるオケリー・デイビス大佐は」――おれのことだ！――「月世界生まれであり、流刑になった四人の祖父母の子孫であることを誇りにしています。月世界はあなたがたに見捨てられた人々によって大きく強く成長してきたのですぞ。われわれにあなたがたの貧困にあえぐ人々を、あなたがたの敗残者をよこしてください。われわれはその人たちを歓迎します。月世界にはその人たちが入るだけの余地があります、ほとんど四千万平方キロメートル、アフリカ全土よりも大きな地域です……そしてそのほとんどが無人地帯なのです。それに加えてわれわれの生活様式から、われわれはその地域を〝面積〟によってではなく〝容積〟によって占有するのです。月世界が、いつか疲れ果てた家のない人々を乗せた船の引き取りを拒絶する日がくるだろうなどということは考えられないのです」

議長は言った。

「証人は演説することを遠慮するよう警告する。議長の考えるところ、あなたの発言は、あなたの代表するグループが以前と同じく囚人を引き取ることに同意しているということですな」

「違います、閣下」

「何ですと？　説明していただこう」

「移住者が今日、一歩月世界に足を踏み入れると、そのときからその人は自由な人間です。その人の以前の状況がどんなものであれ、どこへ行こうと望むがままなのです」

「そうですか？　では、追放者が飛行場を横切って歩き、別の船に乗り、こちらへ帰ってくることをどうして禁止するのです？　あなたははっきりとかれらを喜んで引き取ると言われたことと思うが、どうも面くらいますな――ところがわれわれはかれらを欲しくない。追放しなければ処刑するほかない矯正不能な連中を除くには、そこがわれわれにとって人道的な方法なのですがね」

（そいつの考えを打ち壊すいくつかのことを教えてやりたいところだった。そいつは明らかに一度も月世界へ行ったことがないのだ。もし本当に〝矯正できない〟連中がいるのなら、月世界は地球がこれまでにしたこともないほど早く片づけてしまう。おれがまだほんの子供だったころだが、やつらはおれたちのところへギャングの王様を送りつけてきた。ロスアンゼルスからだったと思う。かれは取り巻き連中やボディーガードをつれて到着し、馬鹿げたことだが月世界をすぐに乗っ取るつもりでいた。噂では地球のどこかにある刑務所を乗っ取ったんだそうだ……そのうち誰ひとりとして二週間と生きのびなかった。ギャングのボスは宿舎へたどり着きもしなかった。圧力服をどういう具合に着るか説明されたとき聞いていなかったんだ）

　教授は答えた。

「われわれに関するかぎり、その本人が故郷へ帰ることを禁止する方法はまったくありません、閣下……ですがこの地球にいるあなたがたの警察のことを、その男は考えるのではないでしょうか。それに帰りの切符を買えるほどの資金を持ってやってきた追放者など、これまでひとりも聞いたことがありません。これは本当に論争点なのでしょうか？　船はあなたがたのものです。月世界は船を持っておりません……そして、つけ加えさせていただきたいことは、今月に月世界へ着く予定になっていた船がキャンセルされたことを、われわれは残念に思っているということです。わたしは不平を言っているのではありません、つまりわたしの同僚とわたし自身が」——教授は話を中断して微笑した——「もっとも風変わりな方法で旅行しなければいけない羽目になったことを。わたしはただ、これが地球の政策を代表するものではないことを望むだけです。月世界はあなたがたと争いを起こすつもりはありません。あなたがたの船を歓迎し、あなたがたとの通商も歓迎します。われわれは平和な状態にあり、そのままでいたいと望んでいるのです。予定された穀物の輸送はすべて時間どおりに行なわれていることにどうかご注目ください」

（教授は常に話題を変えてしまう才能に恵まれているのだ）

かれらはそのあとつまらぬ問題をいろいろとつきあった。うるさい北アメリカ代表は実際にどういうことが「長……」に起こったのかを知りたがった。かれは気づいて口ごもり言いなおした。

「保護者です。ホバート上院議員にです」

教授はかれが病気の発作《ストローク》（つまり〝反乱《クー》〟は〝発作《ストローク》〟なのだ）（クーもストロークも一撃、打撃の意味がある）に悩み、自分の義務をもはや果たせない状態にあった——だがその他の点では健康状態にあり、つきっきりの看護を受けていると答えた。教授は思慮深くつけ加えた。つまりその老紳士は過去一年における無分別な言動から考えると、ずっと悪化している一方ではなかったのか……特に自由市民の権利を何度も侵したこと、追放者でない連中を含めてだ、と言った。

その話を信じるのは容易なことだった。あの忙しい科学者たちがわれわれの反乱を知らせることに成功したとき、かれらは長官を死んだものとして報告したのだ……ところがマイクはかれを生かしておき、かれになりすます仕事を続けた。地球の行政府がこのとんでもない噂について長官からの報告を求めたとき、マイクは教授と相談し、そのあと呼びかけに応じて実にうまく老衰の真似をし、あらゆる細部にわたって否定したり確認したりして混乱させたのだ。おれたちの通知がそのあとに続き、それからはもう長官の声は計算機で真似されたものも答えなくなってしまった。三日後、おれたちは独立を宣言したのだ。

この北アメリカ代表は、そう言われただけでどうして真実だと信じられるものか、その証拠を知りたいと言った。教授はもっとも清らかな微笑を浮かべ、細い両手を拡げようと努力し、それを毛布の上に落とした。

「北アメリカ代表の方が月世界に行かれることをおすすめします。病院に入っているホバート上院議員を訪ね、御自身で見てみられることです。すべての地球市民諸君に、いつであろうと月世界を訪れ、何でも見ていただきたいものです。われわれは友達になりたいと望んでおり、われわれは平和であり、われわれには何ひとつ隠すものなどありません。わたしがただひとつ残念に思うことは、わたしの国が輸送手段を用意してさしあげられないことです。その点はどうしても、あなたがたにお任せしなければいけません」

中国の委員はじっと教授を眺めた。かれは一言も口にしなかったが、何ひとつ聞き洩らしていなかったのだ。

議長は聴問会を一五〇〇まで休むことにした。かれらはおれたちに休息する部屋を与え、昼食をよこした。おれは話しかけたかったが教授は首を振り、部屋の中を見まわし、耳を押さえた。それでおれは口をつぐんだ。教授は居眠りをし、おれも車椅子を水平にしてその仲間入りをした。地球ではおれたち二人とも、できるかぎり眠ることにしたんだ。助けになった。充分ではなかったが。

かれらはおれたちを一六〇〇になってやっと元の所へ押していった。委員会の連中はすでにすわっていた。そして議長は演説をしてはいけないという規則を自分から破り〝怒りよりもかえって悲しみに満ちた〟長い演説を行なった。

月世界行政府は、地球の衛星である月――月世界と呼ぶ人もあるが――が絶対に軍事目的に使われないようにするという重大な義務を背負わされた非政治的信託統治機関であるということからはじめられた。かれは言った。行政府はこの神聖な信託を一世紀以上のあいだ守り続け、そのあいだに多くの政府が亡び新しい政府が興り、国家間の連合は何度も何度も変わった――実際、行政府は世界連邦よりも古く、それ以前の国際機関からもとどおりの信託義務を引き継ぎ、実にうまく守ってきたのでその信託統治は多くの戦争や紛争そして再協力が経過してゆくあいだも続いてきたのだ。

(これが目新しいニュースか？　だがかれが何を言わんとしていたのかは、すぐにわかるこ

とだ）

かれはおれたちに対して厳かな口調で言った。

「月世界行政府はその信託義務を放棄することなどできない……しかしながら、もし月世界の植民者たちが自治権を享有できるほどの政治的成熟さを見せるなら、それはかれらにとって克服できないほどの障壁であるとは思えない。これは勧告することを考慮に入れてもいいだろう。その多くはあなたがたの振る舞いにかかっている。あなたがた植民地人全員の振る舞いと言おう。暴動や財産の破壊が行なわれたが、そういうことは決してあってはいけないのだ」

おれはかれが竜騎兵九十人の死亡について言い出すのを待ったが、かれはまったく口にしなかった。おれは政治家になど決してなれない。おれには高度な術策など使えないんだ。かれは言葉を続けた。

「破壊された財産は必ず弁償されなければならないし、約束は必ず守らなければいけない。もしこの、あなたがた議会と称する機関がそういうことを保証できるなら、当委員会にとって、この議会なるものはそのうち多くの内部的問題について行政府の一代行機関と考えられるようになりうるものと思われる。実際、安定した地方政府がある期間のうちには現在保護者の行なっている多くの義務を引き継ぎ、それ以上に総会に対して投票権を持たない代表を出すことも許されるときがくる場合もあるだろうと考えられる。

だが、ひとつ、どうしてもはっきりしておかなければいけないことがある。地球の衛星である月は、自然の法則によって永久に地球の全人民の共同財産なのだ。それは歴史の偶然によってそこに住むことになったひと握りの人々に属するものではない。月世界行政府に課せられた神聖な信託義務は、現在も永久にも地球の月が持つ最高の法律でなければいけないのだ」

（――歴史の偶然によってだと？　おれは教授が唾をのみこんだろうと思った。おれはたぶんかれがこう言うだろうと……いや教授が何を言い出すだろうなど決してわからないことだった。かれが言ったことはこうだったのだ）

教授は数秒の沈黙が続くあいだ待ち、それから言った。

「議長閣下、こんどはどなたが島流しになるのでしょう？」

「何と言われたのです？」

「あなたがたのうちどなたが島流しになるか決められましたか？　あなたがたの副長官は仕事をしたくないようです」――これは本当だった。かれは生きているほうを選んだのだ。「かれがいま働いているのはただ、われわれが頼んでいるからです。もしあなたがたが、われわれの独立をどうしても信じたくないと主張されるなら、あなたがたは新しい長官を送ろうと計画されているに違いないということになります」

「保護者ですぞ！」

「長官です。言葉を混乱させないようにしましょう。ですがもしその方がどなたかわかれば、われわれは喜んでかれを〝大使〟と呼べるのですが。その方と一緒に働くこともできるでしょうし、その方と共に武装したならず者どもを送ることも不必要となるでしょう……われわれの女性たちを犯し殺戮する連中を！」

「静かに！　静かに！　証人は秩序を守ってください！」

「秩序を守っていなかったのはわたしではありません、議長閣下、それはまさに強姦であり、もっとも汚い殺人でした。だがそれは歴史であり、現在われわれは未来に目を注がなければなりません。あなたがたが島流しにされるのはどなたでしょう？」

教授は身をもがき肘をついて身体を起こそうとし、おれはとつぜん緊張した。それは合図だったのだ。

「みなさんすべての方がご存知でしょうが、閣下、それは片道旅行なのです。わたしはここで生まれました。たとえ一時的にでもあれ、わたしを勘当した惑星に戻ってくることが、わたしにとってどれほどの努力を必要とすることか、みなさんにはおわかりのことでしょう。われわれは地球から見捨てられたものであり……」

かれは崩れ伏した。おれは椅子から出ようとしており――そしておれ自身も、かれに手を伸ばそうとして倒れていった。

おれは合図に答えたのではあったが、まったくの演技というわけではなかった。地球上で急に立ち上がるのは心臓に恐ろしい負担をかけることなのだ。岩のような空気がおれをつかみ、床に叩きつけた。

おれたちのどちらも傷つきはせず、たっぷりとニュース種を作り出すことになった。おれが録音をスチューに渡し、かれはそれを雇っている連中に渡したからだ。すべての大見出しがおれたちに反対しているわけでもなくなった。スチューは録音をカットし編集し、ゆがめたのだ。

## 17

行政府は邪魔者を放り出そうとしているのか？　月世界大使、訊問中に卒倒。「見捨てられた者！」とかれは叫ぶ――パス教授、恐るべき汚点を指摘、詳細は八ページ

すべてが良いことずくめというわけではなかった。インドでのもっとも好意ある報道は〈ニュー・インディア・タイムズ〉の論説で、行政府は月世界の反対分子と話をつけることに失敗し大衆の糧を奪おうとしているのかと尋ねていた。それはもし穀物の輸出増加を保証されるなら譲歩してもいいではないかということを提案していた。それは誇張した統計で埋められていた。月世界は〝一億人のヒンズー〟を養っていなかった――おれたちの穀物が栄

養失調と餓死との違いを作り出していたものと考えないならばだ。

一方、最大の〈ニューヨーク〉紙は、行政府が犯している間違いはわれわれを相手にしていることだ、犯罪者が理解できるのは鞭の味だけなのだから――軍隊が着陸し、秩序を回復し、罪人を吊るし、秩序を保つために兵力を残すべきだ、と論評していた。

おれたちの以前の圧制者たちがやってきた元の平和竜騎兵連隊で、急に反乱が起こり、すぐに鎮圧された。かれらは月へ送られることになっているという噂で起こったものだった。反乱は完全にもみ消されはしなかった。スチューは優秀な連中を雇っていたのだ。

あくる朝おれたちの手許に手紙が届けられ、デ・ラ・パス教授は議論を続けられるまでに回復したかどうかを尋ねてきた。おれたちは出かけた。すると委員会は教授のために医者と看護師を待機させていた。だが今回は身体検査をされ――そしておれのポーチから録音機が取り上げられた。

おれはたいして文句を言わずにそれを渡した。スチューが渡してくれた日本製の代物で――渡すためのものなのだ。六号義手には動力源を入れるための空洞が作ってあり、おれの超小型録音機の大きさとほとんど同じだった。その日は動力を必要としなかったし――そしてほとんどの人は、勤勉な警察官でも、義手に触れるのはいやがるのだ。

前日に論議されたすべてのことが無視された……そして議長は開会ののっけから〝秘密会の機密保持を破った〟ことでおれたちを非難した。

教授は、われわれに関するかぎり秘密会ではなかったこと、そして月世界自由国は隠すべきことなど何も持たないから、われわれはテレビ・カメラ、傍聴人、誰であろうと歓迎したいと答えた。

議長は、そういう自由国がこの聴問会を支配しているのではなく、これらの会議は秘密であり、この部屋以外では論議されてはいけない、そのように命令すると厳しい口調で答えた。

教授はおれを見た。

「手を貸してくれないか、大佐？」

おれは車椅子のコントロールに触れるなりさっと動き、議長がこけおどしなど無用のことと気づくより早く、かれの担架ワゴンを車椅子で押してドアのほうへ向かっていた。教授は何事も約束しないでいいなら留まっていてもいいと承知した。興奮しすぎると気絶する男を強制することは困難だった。

議長は言った——昨日は見当違いのことが多く、もっとも論議されなければならぬ事柄が看過されていた、本日は本題から離れることを許可しないと。かれはアルゼンチン代表を眺め、それから北アメリカ代表を見た。

かれは言葉を続けた。

「主権とは抽象的概念であり、人類が平和に生きてゆくことを学ぶにつれて何度も定義を変えてきたことです。わたしたちはそれを論議する必要などありません。本当の質問はです、教授……あるいはこのほうがお気に召すというのであれば、事実上の大使ですが、屁理屈はやめましょう……現実的な質問はこうです。あなたは月世界植民地がその誓約を守り続けることを保証するおつもりですか？」

「どういう誓約ですか、閣下？」

「すべての誓約です。だがわたしが考えているのは特に、穀物の輸出に関する誓約です」

教授は本当に驚いたようすで答えた。

「そのような誓約など、わたしは何ひとつ知りませんね、閣下」

議長は木槌を固く握りしめた。だがかれは静かに答えた。

「どうか教授、言葉の点で言い争っても仕方がありません。わたしの言っているのは、穀物積み出しの割当です……そして増加した割当量、この新しい財政年度では十三パーセントの増加です。あなたがその約束を守ってくださるとの保証をいただけるのですか？　これは議論すべき最低限の基盤です。その答がないかぎり、会議はそれ以上に進められません」

「では残念ですが、閣下、われわれの話し合いは終わらなければならぬもののようですな」

「本気でしょうね」

「まさに本気ですぞ、閣下。自由月世界の主権はあなたがどうも考えられていられるような抽象的問題ではないのです。あなたの言われている誓約なるものは行政府自体が行なった契約でした。わたしの国はそのようなものに束縛は受けません。わたしが代表する名誉を持つ主権国家が行なう約束があるとすれば、それはこれから協議するべきことなのですぞ」

北アメリカ人は唸り声を上げた。

「下層階級どもが！　ぼくが言ったとおりだ、きみは連中を甘やかしすぎていると。前科者、泥棒、それに淫売どもなんだ。やつらには正当な処置というものがわかっていないんだ」

「静かに！」

「よく覚えておくんだ、もしやつらがコロラドにいれば、われわれはきちんと教えこんでやれるってことを。われわれはそんな連中をどう扱えばいいか知っているんだ」

「委員はどうか秩序を守ってください」

「残念ながら」とヒンズー委員は言い出した――本当はパーシー教徒だが、インド代表の委員だ――「残念ながらわたしは北アメリカ理事国代表委員の言おうとされた主眼点に同意しなければなりません。インドは、穀物協定が単に紙屑にすぎないという考えは受諾できないのです。立派な人々というものは政治を飢餓でもてあそんだりしないものです」

アルゼンチン代表も口をはさんだ。

「それにだ、かれらは動物のように繁殖している。豚どもだ！」

（教授は会議が始まる前、おれに精神安定剤を飲ませた。おれがそれを飲むところを見ていると言い張ったのだ）

教授は静かに言った。

「議長閣下、われわれがあまりにも性急に、この話し合いは放棄すべきであると結論を下す前に、わたしが申し上げた意味を説明する機会を与えていただけるでしょうか？」

「話してください」

「満場一致の同意でしょうか？　説明を中断されないとの？」

議長は会場を見まわしてから答えた。

「異議なしです……委員諸君にご注意申し上げておきます、次に騒ぎが起こったときは、特別規則十四号を発動いたします。守衛はこのことを覚えておき、そのとおり行動するように命令する。証人は発言してください」

「短く話します、議長閣下」教授は何事かスペイン語で言った。おれにわかったのは〝セニョール〟だけだった。アルゼンチン代表はどす黒い顔になったが答えなかった。教授は続けた。「わたしは最初に基本的人権問題について北アメリカ代表委員にお答えしなければなりません。かれはわたしの同邦国民を非難したのですから。わたし自身はひとつ以上の刑務所の中を見ていますから、その名称を甘受しましょう……いや、わたしは〝前科者〟というタイトルを誇りに思います。われわれ月世界の市民は前科者であり前科者の子孫です。だが月世界自体は厳格な女教師なのです。その厳格な授業を生き抜いてきた人々には、恥ずかしく思う問題などありません。月世界市では何の注意もせずに財布を置いておこうが、家に鍵をかけないでおこうが、恐れることはありません……それはデンバーでも同じでしょうか？それはともかく、わたしは〝きちんと教えこんで〟もらうためにコロラドを訪れるつもりはありません。わたしは母なる月世界が教えてくれたことで満足しているからです。そしてわれわれは下層階級かもしれませんが、われわれはいまや武装した下層階級なのです。

インド代表の方に申し上げましょう。われわれは〝政治を飢餓でもてあそんで〟はおりません。われわれが求めていることは、事実に背く政治的な臆測に縛られることなく、完全なる事実に基いて公開討議を行なうことです。もしそういった討議をすることができるのであれば、わたしは月世界が穀物輸出を継続しそれを驚くべきまでの量に増加させ……インドの大きな利益となる方法をお教えできることを約束しましょう」

　中国人とインド人の両方が緊張した。インド人は口を開きかけ、自制して尋ねた。

「議長閣下、証人にどういう意味なのか説明させていただけないでしょうか？」

「証人はどうか説明してください」

「議長閣下、そして委員諸君、本当に方法はあるのです。月世界があなたがたの飢えている大衆に送る穀物を十倍、いや百倍にまで増加させる方法が。穀物輸送罐が混乱を起こしていた最中も予定どおり到着し続け、今日も到着し続けていることは、われわれの意図するところが友好的なものである証拠です。ですがあなたがたは乳牛を叩くことによって牛乳を手に入れることはできません。われわれの輸出量をどうやって増加するかの論議は、自然のままの事実に基くべきで、われわれがやる気もない割当量に縛りつけられた奴隷であるという間違った臆測に基くべきではないのです。そこで、どちらを選ばれるのでしょう？　あなたがたはわれわれが行政府に年季奉公をしている奴隷であると信ずることをあくまでも主張されるのか？　それともわれわれが自由であることを認め、われわれと交渉を持ち、そしてどうすればわれわれがあなたがたを助けられるのかを理解なさるのか？」

　議長は言った。

「言葉を変えるとあなたはわれわれに、よく調べもせずに物を買えと頼んでおられるわけだ。

あなたはわれわれが、あなたがたの無法状態を正当なものと認めろと要求しており……そうすれば、穀物の輸出を十倍いや百倍にまで増加できるという途方もないことを説明しようと言われる。あなたが主張されていることは不可能だ、わたしは月世界経済の専門家なのですぞ。そしてあなたの要求しておられることは不可能だ。新しい国家を認めることは連邦総会が行なうのですからな」

「ではそのことを連邦総会に提出していただきましょう。平等に主権を持つものとなれば、どうやって輸出量を増すかについて話し合い、条件を相談しましょう。議長閣下、われわれがその穀物を生産し、われわれがそれを所有しているのです。われわれは遙かに多く生産できるのです。しかし奴隷としてではありません。月世界の主権の自由が最初に認められなければなりません」

「不可能だし、あなたはそのことがわかっているはずだ。月世界行政府はその神聖な責任を放棄することはできないのです」

教授は溜息をついた。

「どうも行き詰まりになったようですな。わたしがただひとつ提案できるのは、この聴問会を休会としてわれわれ全員が考えてみたらどうかということです。今日もわれわれの輸送罐は到着していますが、わたしが失敗したとわたしの政府に知らせるほかなくなった瞬間に……それは……中止されるのです！」

教授の頭は、あまりにも大きな負担だったというように枕に落ちた——実際にもそうだったろう。おれはかなり元気にしていたが、若いし、地球を訪問して生きていられるための訓練を重ねていたのだ。かれの年齢になった月世界人はこんな危険を冒すべきではないのだ。少し混乱が起こったが教授は無視し、かれらはおれたちを車に乗せてホテルへ戻した。その途中おれは尋ねた。

「教授、あなたがセニョール・太鼓腹に言って血圧を下げさせたこと、何だったのです?」

かれはくすくす笑った。

「同志スチュアートがあの紳士諸君を調査してみると、驚くような事実が出てきたんだ。ブエノス・アイレスのカレ・フロリダにある何とかいう売春宿は最近はだれに所有されており、いまも売れっこの赤毛はいるのかと尋ねたんだよ」

「なぜ? あなたはそこをよく利用したんですか?」

おれはそんな場所にいる教授の姿を何とか想像してみようとした!

「とんでもない! わしがブエノス・アイレスに行ったのは四十年も前のことさ。かれがその場所を所有しているんだよ、マヌエル、名義だけは別の名前にしてね。そしてかれの妻は赤黄色《ティティアン》の髪をした美人で、以前その店で働いていたんだよ」

おれはかれがそのことを口にしたのをまずいと思った。

「そいつはまずい攻撃じゃあなかったんですか? 外交的じゃあないでしょう?」

だが教授は目を閉じて答えなかった。

かれはその夜、記者連中相手のレセプションで一時間を送れるだけに回復した。赤い枕に白髪が輝き、刺繡したパジャマに細い身体を包んで横たわっていた。その両眼とえくぼを除くと、盛大な葬儀における重要人物の屍体のように見えた。おれも黒と金色の制服を着てひどく重要人物みたいに見えた。それはおれの階級に相当した月世界外交官の制服だとスチューが主張したのだ。もし月世界にそういうものがあったのならそうでもなっただろう――だがなかったんだ。あればおれが知っていたはずだ。おれは圧力服のほうを選ぶ、カラーがきつすぎるのだ。それにおれは、その制服に着いている勲章の類が何やらさっぱりわからなかった。ある記者はおれにそのひとつ、地球から見た新月のときの月世界の形をした代物について尋ね、おれは綴りの試験で褒美にもらったものだよと答えた。それを聞いていたスチューは言った。

「大佐は謙虚な方でね。あの勲章はヴィクトリア十字軍と同じクラスのもので、かれの場合には勇敢な行為に対して授けられたものなんだ。それは輝かしくも悲壮な事件でね……」

かれはなおも話し続けながらそいつを連れて離れていった。スチューは教授と同じぐらいまっ赤な嘘をつけるんだ。おれのほうは、あらかじめ教えておいてもらえないと嘘はつけないんだ。

その夜のインドの新聞と放送は荒れていた。穀物の輸出をやめるという〝脅威〟がかれらをそうさせたのだ。もっともおとなしい提案は、月世界を一掃し、〝犯罪者の穴居人ども〟を殺してしまい、その代わりに人生の神聖さを知っている〝正直なヒンズーの農夫たち〟を送りこみ、もっと多くの穀物を輸出するようにしようというものだった。

教授はその夜、月世界が輸出を続けられないこととその理由について話し、発表文書を渡した——そしてスチューの組織はそれを地球上いたるところに流した。何人かの記者は数字の意味を考えるのに少し時間をかけたあと、教授にそのひどい喰い違いについて挑戦してきた。

「デ・ラ・パス教授、あなたはここのところで、穀物の輸出は自然資源の欠乏によって減少してゆき、二〇八二年ごろ月世界はそれ自身の国民をも養えなくなるだろうと言っておられますね。ところが今日あなたは月世界行政府に、その輸出を十倍も、いやそれ以上にも増加できると言われた」

教授はにこやかに言った。

「あの委員会は月世界行政府なのですかな？」

「ええと……それは公然の秘密ですよ」

「そうなのですか、でもかれらは連邦総会の正当な調査委員会であるという嘘を続けていましたよ。かれらは自分からその資格を失ったものだと考えられませんか？　そこでわれわれは公平な聴問会を開いてもらうべきだとは？」

「ええと……それはぼくが口を出す場所じゃあありませんでね、教授。もとの質問に戻りましょう。あなたはその二点をどのように説明されるおつもりですか？」

「わたしはなぜ、あなたが口を出す場所じゃあないと言われるのかについて興味がありますよ。地球上のあらゆる市民にとって、それは関心を持つべきことではないのですか？　地球とその隣りとのあいだに戦争を生み出すような事態を避けるための努力をするのは？」

「戦争？　いったいどうしてあなたは〝戦争〟などということを言い出されるのです、教授？」

「それ以外のどんな終わり方ができるのです？　もし月世界行政府がその非妥協的態度を続けるようならですよ。われわれはかれらの要求に同意できない。それらの数字がその理由を示しています。かれらにそのことがわからなければ、かれらはわれわれを武力で服従させようとするでしょう……そしてわれわれは迎え討ち戦います。追い詰められた鼠のようにです……わたしたちは追い詰められているのですよ、逃げることもできず、降伏することもできず。われわれは戦争を欲していません。わたしたちは隣人である惑星と平和に生きていきたいと望んでいます……平和に、そして平和な貿易を続けてです。でもそれを選択するのはわれわれじゃあないのですよ。わたしたちは小さく、あなたがたは巨大です。わたしは予言しておきますが、次の動きは月世界行政府が武力によって月世界を服従させようと試みることになるでしょう。この〝平和を守る〟機関は最初の星間戦争を始めるのですぞ」

ジャーナリストは眉をひそめた。

「あなたは大げさに言われているんじゃありませんか？　かりにその行政府が……あるいは連邦総会がです。行政府は自分のところに戦闘用宇宙船を一隻も持っていませんから……地球の各国家があなたの、ええと〝政府〟を除こうと決定したとしましょう。あなたがたは月世界で戦われると言われる……そうされるだろうと思います。しかしそれを星間戦争とは言えませんね。あなたが指摘されたとおり、月世界は船を持っていません。はっきり言えば、あなたがたはわれわれまで手を伸ばせないのです」

おれは教授の担架のそばへ椅子を寄せて聞いていた。かれはおれを見て言った。

「説明してくれないか、大佐」

おれはおうむ返しに答えた。教授とマイクは予想される質問を考え出しており、おれはそれを暗記し、すぐに答えられるようになっていたのだ。

「みなさんはパスファインダー号のことを覚えておられるでしょうか？　その宇宙船が操縦不能となり、どのように突っこんでいったかを？」

かれらは覚えていた。宇宙飛行の初期における最大の惨劇をだれひとり忘れていなかった。不幸なパスファインダー号がベルギーにある村に墜落したときのことを。

おれは言葉を続けた。

「われわれは宇宙船を持っていません。でもあの穀物輸送罐を投げることはできるでしょう……それを駐留軌道に乗せてから着水させる代わりにです」

あくる日になってこれは〝月世界人、米を投げつけると脅迫〟との大見出しを作り出すことになった。だがそのときは、変な沈黙を作り出した。

やっとジャーナリストは口を開いた。

「それでもぼくは、あなたの言われた二つの言葉をどう解釈していいのか知りたいですね。

二〇八二年以後、もう穀物はないということと……現在の十倍、いや百倍も多くということと」

教授は答えた。

「そこに矛盾はありませんよ……それは両方が異なる状況を基礎に置いているからです。あなたがご覧になっている数字は現在の状況です……そしてそれがほんの数年のうちに作り出す災害は、月世界の天然資源の涸渇によるのです……その災害をかれら行政府の官僚は……それとも〝権威主義の官僚〟と言うべきでしょうか？……われわれを行儀の悪い子供のように隅に立っていろと怒鳴りつけることで避けられるつもりでしょうか？」

教授は苦しく呼吸をしてから話を続けた。

「われわれが生産を続けられ、いや大量に増加できるという状況では、穀物の輸出はその必然的な結果となります。昔の教師としてわたしは教室での習慣からあまり遠慮しないほうですが、何の必然的な結果かは生徒の問題として残されるべきです。どなたか解いてみませんか？」

不愉快な沈黙が続いたあと、変なアクセントで小さな男がゆっくりと言った。

「どうもぼくにはあなたが、天然資源を補充することを言っておられるように思えますが」

教授はえくぼを作った。

「すばらしい！　優秀なものです！　あなたは学年末試験に優等賞です！　穀物を作るには水と植物の食料を必要としますな……リン酸肥料やその他の物です、専門家に尋ねてください。それらの物をわれわれに送ってください、われわれはそれをすばらしい穀物として送り返しましょう。無限のインド洋へホースを入れてください。このインドにいる何百万頭もの牛を並べ、かれらが最後に出す物を集めてわれわれに送ってください。あなたがたが自身の糞尿を集めるのです……それを消毒するような手間はかけなくてかまいません。われわれはそういうことを安価に容易にすることを学びましたから。塩からい海の水を、腐った魚を、死んだ動物を、町の汚物を、牛の肥料を、どんな種類の屑でもいいからわれわれに送ってください……そうすればわれわれはそれを送り返しましょう、その重量に相当するだけの黄金の穀物を！　十倍多く送ってくだされば、われわれは十倍多くの穀物を送りましょう。あなたがたの貧しい人々を、追い立てられた人々を送りこんでください。何千人でも何十万人でも送ってください。われわれはかれらに急速で能率の良い月世界式のトンネル農耕法を教え、あなたがたに信じられないほどの重量を輸出しましょう。みなさん、月世界は一個の巨大な休眠農場なのです。四十億ヘクタールの土地が耕されるのを待っているのです！」

その言葉にかれらは驚愕した。そして誰かがゆっくりと尋ねた。

「でもそのことで、あなたは何を得られるのです？　ぼくの言うのは、月世界はの意味ですが」

教授は肩をすくめた。

「金ですな。貿易する商品の形でですよ。月世界では貴重なものであなたがたがずっと安価に作っている物がたくさんあります。薬品。機械。書籍のフィルム。われわれの愛らしい女性たちが身にまとう物。われわれの穀物を買い、あなたがたはわれわれに売って嬉しい利益を上げられるのです」

ヒンズーの記者は考えこんだ表情になり、筆記しはじめた。その隣りにいたヨーロッパ型の男は何も感じないようだった。そいつはこう言った。

「教授、それだけ多くの重量を月まで送る費用はどれぐらいかかるのかご存知なのですか？」

教授はそれをあっさりとかわした。

「技術的なことですなそれは。かつて、大洋を横断して物資を運ぶことは単に費用がかかりすぎるだけではなく、不可能だったときがありましたよ。ついでそれは、費用がかかり、困難で、危険となりました。今日、あなたがたは、あなたがたの惑星を半周した先でも物を売っており、それは隣りの家で売るのとほとんど同じ安さでしょう。長距離輸送は値段の要素のうちでももっとも重要なものではないのです。みなさん、わたしは技術者ではありません。だがわたしはこのことについて技術者に教えてもらいました。何かがどうしても達成されなければいけないとき、技術者たちは経済的にそれを可能とする方法を見つけ出せるのです。あなたがたがわれわれの生産できる穀物を求めておられるなら、あなたがたの技術者を自由に働かせてみることですよ」

教授はあえぎ、苦しそうに助けを呼び、看護師がかれを押していった。

おれはそれについて質問されるのを断り、教授がまた会えるようになるまで待って聞いてくれとかれらに言った。するとかれらは、ほかの線からおれをつつきだした。ひとりの男は尋ねた。おれたちは税金を払っていないのに、なぜおれたち植民地人は自分たちだけで物事を切りまわしてゆく権利があると思っているのか？　何といっても、そういった植民地は世界連邦によって作られたのだ——その何カ国かによって。それはひどく高価についたものであり、地球がすべての勘定書を払ったんだ——そしていま、きみたち植民地人はその恩恵を享受し、税金は一セントも支払わない。それは公平なことなのか？

おれはよしやがれこん畜生と、そいつに言ってやりたかった。だが教授はまたもおれに精神安定剤を飲ませており、危っかしい質問に対する解答の無限のリストにかじりついて勉強することを求めていたのだ。

「まずそのひとつから答えましょう……最初にですが、あなたがたがわれわれに税金を払わせようと言われるのは、何に対してなのです？　何をぼくが得られるのか教えてくだされば、払わないでもありません。いや、こういうふうに言いなおしましょう。あなたは税金を払っているのですか？」

「もちろんです！　あなたもそうするべきですよ」

「それであなたは、その税金に対して何を得ているんです？」

「え？　税金は政府に支払うんですよ」

おれは言った。

「すみませんが、ぼくは無知でしてね。ぼくはずっと月世界で生きてきたので、あなたがたの政府についてあまり知らないのです。ぼくに少しずつ教えてくれませんか？　あなたの支払われる金に対して、あなたは何を得られるのです？」

かれらはみんなが興味を示し、この挑戦的な小男が何かを抜かすと、ほかの連中が補った。おれはそのリストを作った。連中が話し終わると、おれはそれを読み返した。

「無料の病院……月世界にはないですね。医療保険……ぼくらにもありますが、あなたがたの言われるものとは明らかに違います。もしある男が保険が欲しければ、かれは賭け屋へ行って賭金を算出するんです。その値段に応じて何だって両賭けできるんですよ。ぼくは自分の健康を両賭けしませんがね、ぼくは健康ですから。少なくともここへ来るまではそうでしたよ。公共図書館はあります、カーネギー財団というのがわずかな書籍フィルムで始めたんです。料金を取って運営していますよ。公共の道路。それはぼくらの地下鉄に相当するのでしょうな。だがそれは空気が無料でないように無料じゃありません。ああ、ここでは空気は無料だったのですね、ちがいますか？　つまりぼくの言うのは、ぼくらの地下鉄は資金を用意した会社によって作られ、それを取り返し少し儲けることには本当にがつがつしているってことなんです。公共の学校。あらゆる居住地には学校があり、生徒を取らないところなど聞いたことがありませんね。だからそういうところは、〝公共〟なんだろうと思いますよ。ですが、それに対しても充分の金を支払います。月世界で何か役に立つことを知っており喜んで教えようとする者は誰であろうと、儲けられるだけ儲けるからです」

おれは言葉を続けた。

「そのほかに何があります……社会福祉制度。それが何なのかぼくにはどうもはっきりわかりませんが、何であれ、ぼくらにはありませんね。年金。年金を買うことはできます。ほとんどの人はそんなことをしませんが。ほとんどの家庭は大きく、老人連中は、まあ百歳以上の連中はですね、好きなことをしてのんびり暮らしているか、すわってテレビを見ていますよ。それとも居眠りをしているかです。まあ百二十歳を過ぎた老人たちはよく寝ますからね」

「大佐、ちょっと。月世界では本当に言われているほど長生きするのですか?」

おれは驚いた顔になった。本当にそうじゃなかったのだが。これは〝操作された質問〟であり、それには模範解答があらかじめ用意されていたのだ。

「月世界で人がどれほど長いあいだ生きるのかは誰も知りません。ぼくらはまだそれほど長いあいだ暮らしてきていないのですから。最年長の市民たちは地球で生まれた人々で、テストにはなりません。現在のところ、月世界で生まれた者で老齢のために死んだ者はいません。だがそれもまだテストされているわけじゃあありません。かれらはまだ老齢になるほど生きてきていないのですからね、一世紀ぐらいなものですからね。ですが……そう、ぼくを例にとってみましょう、マダム、あなたはぼくをどれぐらいの年だと思われます? ぼくは本物の月世界人です、三代目ですからね」

「ああ、本当にデイビス大佐、わたしあなたの若さに驚いていましたのよ……つまり、こんな任務につくにはっていう意味ですわ。あなたはまず二十二ぐらいに見えますね。それより年上ですの？　でもそれほど多くはないでしょう？」

「マダム、この土地の重力のためお辞儀することが不可能で残念です。ありがとう。ぼくはそれ以上長いあいだ結婚しているんですよ」

「何ですって？　まあ、冗談を言ってらっしゃるのね！」

「マダム、ぼくは御婦人の年齢を考えたりするように失礼なことは絶対にしませんが、もしあなたが月世界に移住されたら、あなたは現在の若々しい美しさをずっと長いあいだ保つことができ、それに少なくとも二十年は長生きされますね」

おれはリストを眺めた。

「この残りを一緒にして言いましょう。このどれひとつ月世界にはありません。ですからそれに対して税金を支払わなければいけない理由は何ひとつありません。もうひとつの点については、ご存知のはずですが、植民地を作るに際して最初に要した費用は、穀物輸出だけでもずっと以前にその何倍も支払いが終わっているのです。ぼくらはもっとも必要な資源まで絞り取られつつあるのです……そして、自由市場の価格で支払われてもいないのですよ。それが月世界行政府の強情な理由です。かれらはわれわれを絞り取れるだけ絞ろうとしているのです。月世界は地球にとっての荷物でありその投資は絶対に取り返さなければならぬというのは、われわれを奴隷扱いにしているかれらの態度の口実として行政府が考え出した嘘なのです。事実を言えば、月世界は今世紀になって地球に一セントも負担をかけていない……そして最初の投資はずっと以前に回収されてしまっているのです」

そいつは元気を取り戻した。

「でもあなたは月世界植民地が、宇宙飛行を発展させるのに要した巨額の金のすべてを支払ってしまったとは言わないでしょうね？」

「いいことを言っていただいたものですな。ですがそれをわれわれに要求する口実はありませんよ。あなたがたは宇宙飛行ができる、あなたがたの地球の人々はです。月世界はただ一隻の宇宙船をも持っていません。そこでですが、なぜわれわれは持ってもいない物に対して払わなければいけないのです？ それはこのリストの残りと同じです。われわれが所有したことがないものに対して、どうして支払わなければいけないのですか？」

おれは教授が必ず聞かされることになるぞと言っていた質問を待って言い抜けてきた……そしてやっとそれを得た。

「ちょっと待ってくれませんか！」と、確信のありそうな声が響いた。「あなたはそのリストにあるもっとも重要な項目を二つ無視されていますよ。警察の保護と軍隊です。あなたは、あなたがたが得ていられるものに対しては喜んで支払われると誇らしげに言われた……すると、その二つについてほとんど一世紀にさかのぼる税金の支払いはどうなるのです？ それは相当な金額になっているはずです、相当な金額に！」

そいつは気どった笑いを浮かべた。

おれはそいつに礼を言いたかった！——おれがその言葉を引っぱり出すことができなかったら教授に叱られることだろうと思っていたのだ。連中はおたがいに顔を見合わせうなずき、おれが一本取られたことを喜んでいた。おれはわけがわからないという最上の表情をみせた。

「すみませんが、どうも意味がわかりません。月世界は警察も軍隊も持っていませんよ」

「ぼくの言う意味はおわかりのはずです。あなたは世界連邦の平和警察軍に守られているはずです。それにあなたがたは警察を持っておられる。月世界行政府がその費用を支払っているんですぞ！　ぼくははっきりと知っているんです、一年ほど前に警察官として働くために二個部隊が月へ送られたことを」

おれは溜息をついた。

「ああ……世界連邦の平和警察軍がどんなふうに月世界を守っているか教えてくれますか？　あなたがたのどの国がわれわれを攻撃しようとしているのか、ぼくは知りません。われわれは遠く離れており、誰にうらやましがられるものも持っていない。それともあなたが言われた意味は、われわれを独りにしておいてもらうために、かれらに支払うべきだということですか？　もしそうなればこういう古い諺《ことわざ》がありますよ、一度デンマーク兵に貢いだら最後、永久にデンマーク人を除くことはできないとね。みなさん、われわれはどうしても仕方がないとなれば世界連邦の軍隊と戦いますよ……絶対にその費用を支払ったりはしません。

さて次はいわゆるそれらの〝警官〟についてです。かれらは、われわれを守るために送られているのではありません。われわれの独立宣言はそういった無法者連中についての真実の物語を述べています……あなたがたの新聞はそれを報道したでしょうか？　（あるものはしており、ある新聞はしていなかった――国によってだ）かれらは発狂し、強姦と殺人を始めたのです！　そしていまかれらは死んでいます！　ですからもうわれわれに、これ以上ひとりも軍隊をよこさないでください！」

おれは急に〝疲労〟し、その場から去らなければいけなくなった。本当に疲れたんだ。おれはたいした役者じゃないし、教授がそうなるべきだと考えたように話を引きずっていくことは大変だったのだ。

# 18

だいぶあとになるまで、そのインタビューでおれには応援があったということを知らされなかった。〝警察〟と〝軍隊〟へ話を向けていったのは引立役の仕業だったのだ。スチュー・ラジョアは少しの危険も見過ごしていなかったというわけだ。だがそれを知ったころまでには、おれはインタビューをさばくだけの経験を積んでいた。かぎりないほどの機会があったのだ。

疲れていたにもかかわらず、その夜はそれで終わりじゃあなかった。新聞記者連中に加えてアーグラにいる外交団の何人かが姿を現わすという危険を冒した――数は少なく公式なものではなかったが、チャドからもだった。だがおれたちは珍しい存在であり、かれらはおれたちを見たがったのだ。

そのうちのひとりだけが重要だった、中国人だ。そいつの顔を見ておれはびっくりしてしまった。そいつは委員会の中国代表だったんだ。おれはそいつは単に〝チャン博士〟として会い、おれたちは初めて顔を合わせたようなふりをしていた。

かれはそのころの大中国代表の上院議員であり、そしてまた月世界行政府における大中国の長いあいだのナンバー・ワン・ボーイでもあったあのチャン博士であった——そしてずっと後には副議長であり、暗殺される直前には総理大臣でもあったのだ。

おれが話すことになりそうな要点をまとめたあと、ほかの意見もあるだろうと、おれは寝室へ車椅子を動かしてゆき、すぐに教授に呼ばれた。

「マヌエル、きみも中国のすごいお客にはきっと気づいていることだろうな」

「委員会の中国人ですか？」

「月世界人風の話はしないようにしてくれよ、坊や。頼むからここでは、わしを相手にも使わないでくれ。そう、かれはわしらが〝十倍にも百倍にも〟と言った意味はどういうことか知りたがっているんだ。かれに話してくれ」

「正直に？　それとも、ごまかして？」

「正直にだ。あの男は馬鹿どころじゃない。きみは技術面のことは説明できるな？」

「予習はしてきましたよ。ただしかれが弾道学の専門家でなければですが」

「かれはそうじゃないよ。だがきみの知らないことはどんなことだろうと、知っているようなふりをしないことだ。そしてかれが友好的だとも考えるんじゃない。だがもしあの男が、わしらの利益とかれのが一致すると決めたら、かれは非常に役立つだろう。しかしあの男に強制してはいかんよ。かれはわしの書斎にいる。幸運をな。そして覚えておくんだよ……標準の英語をしゃべるってことを」

おれが入ってゆくとチャン博士は立ち上がり、おれは立っていないことを詫びた。かれは、月世界から来た紳士がたがここで苦労する困難はわかっているから無理をしないでくれと言い……握手をしてから腰を下ろした。

決まりきった挨拶は省こう。われわれが大量のトン数を月世界に送る安価な方法があると言ったが、それには何か特定の解決法があったのか、それともなかったのか？

おれは、投資は巨額にのぼるが通常経費は安くつく方法がひとつあるとかれに言った。

「それはわれわれが月世界で使っている方法です。閣下。射出機です、脱出速度を出す誘導射出機です」

かれの表情はまったく変わらなかった。

「大佐、そういうことはこれまで何度となく提案され、そして常に正しい理由と思われるもので拒否されてきたことをご存知ですかな？　何か空気抵抗というようなことで」

「ええ、博士。ですが電子計算機による多方面の分析とわれわれの射出機についての経験を基礎にして、今日その問題は解決しうるものとわれわれは信じています。われわれのところにある二つの大きな企業、ルノホ会社と月世界香港銀行は、個人的事業としてそれを行なう企業連合を起こす用意ができています。かれらはこの地球で援助を必要としますし、優先株を売るかもしれません……もちろんかれらは社債を売り、支配権は維持していることのほうを選ぶでしょうが。最初にかれらが必要とするものはどこかの政府からの許可です、射出機を建設する場所の永久的土地使用権なのです。たぶんインドとなるでしょうが」

（以上は準備してあった文句だった。ルノホ会社は誰かが帳簿を調べれば破産していたし、月世界香港銀行は激動を続けている最中の国家の中央銀行として働くことに精一杯だった。目的は最後の言葉〝インド〟を入れることだった。教授はこの言葉が必ず最後にくるようにとおれに教えこんでいたのだ)

チャン博士は答えた。

「財政的な面は結構です。いかなるものであろうと物理的に可能なものは常に財政的にも可能にできるものですからな。金《かね》は小さな心を持った連中にとってのみ恐ろしいものですよ。どうしてあなたはインドを選ぶのです？」

「それは、閣下、インドは現在のところ、われわれの穀物輸出の九十パーセント以上を消費しているはずですからね……」

「九十三コンマ一パーセントです」

「そうです、閣下。インドはわれわれの穀物に大きな関心を寄せていますから、協力してくれるだろうと思われるのです。われわれに土地を使うことを許し、労働力と資金を手に入れられるようにし、まあそういったことです。ですがわたしがインドと言ったのは、この国には候補とできる場所が多いからです。地球の赤道からさほど遠くないところにある非常に高い山々です。赤道に近いということは必須条件ではありませんが、役に立つことです。ですがその場所はどうしても高い山でなければいけません。それはあなたの言われた気圧、というか空気の密度です。射出機台はできうるかぎり高いところであるべきですが、送り出される荷物が秒速十一キロメートルを越えて動く射出口は、真空に近いほど空気の薄いところでなくてはなりません。それで非常に高い山が必要となるのです。たとえばここから四百キロメートルのところにあるナンダ・デビの山頂です。そこから六十キロメートルのところまで鉄道がありますし、その麓《ふもと》まで道路があります。それに八千メートルの高さです。そのナンダ・デビが理想的な場所かどうか、わたしは知りません。ただそこは兵站術《へいたん》の点から考えられる場所だというだけです。理想的な場所は地球の技術者によって選ばれなくてはいけなくなるでしょう」

「その山は高ければ高いほど良いのですな？」

「そうですとも、閣下！　赤道により近いということより高い山のほうを選ぶべきです。射出機は地球の回転による無料乗車《フリー・ライド》での損失をカバーするように設計できます。困難なことは、可能なかぎりこの厄介なほど濃厚な大気を避けることにあるのです。すみません、博士、わたしは別にあなたがたの惑星をとやかく言うつもりはなかったのです」

「それより高い山はあります。大佐、あなたの提案されている射出機について話してくれませんか」

　おれは話しはじめた。

「脱出速度射出機の長さは加速度によって決定されます。われわれの考えるところ……というより計算機が算出するところでは……二十Gの加速度が最適のようです。地球の脱出速度に対してこれは長さ三百二十三キロメートルの射出機を必要とします。そうなると……」

「どうかやめてください！　大佐、あなたは本気で三百キロメートル以上も深さのある穴を掘ることを提案されているのですか？」

「とんでもありません！　その本体は衝撃波を拡散させられるよう地上に作らなければいけません。固定子はほとんど水平に伸びます。三百キロでほぼ四キロメートル上がる直線です……ほとんど直線、コリオリの加速（地球の回転のため物体に作用する偏向力）やほかの小さな変数のためにゆるやかなカーブとなるでしょう。月世界の射出機は肉眼に見えるかぎり直線でほとんど水平ですから、輸送罐はその向こうにある山の頂きのいくつかをすれすれに飛んでゆくのです」

「そうですか。わたしは、あなたが現在の土木技術の能力を過大評価されているものと思いました。われわれは今日、深く掘ることができます。が、それほど深くではありません。続けてください」

「博士、あなたがわたしをとめようとされたのはあの普通にある誤解のためでしょう、つまりなぜそのような射出機がこれまでに建設されなかったのかという。わたしもそういった初期の研究を見ました。そのほとんどが、射出機は垂直であるべきもの、あるいは宇宙飛行物体を空へ投げ上げるために、その末端は斜めに上へ上がっていなければいけないものと考えていました……そしてそのどちらも、便利でもなければ必要でもないのです。そういった考えは、あなたがたの宇宙船が噴射してまっすぐ上昇してゆくか、それに近いという事実から出ているのではないかと思いますね」

　おれは続けた。

「だが宇宙船がそうするのは大気圏外へ出るためであって、軌道に乗るためではありません。

脱出速度はヴェクトル量ではなく、スカラーなのです（ヴェクトルは大きさ・方向によって定まる量。これに対してスカラーは方向を持たない）。射出機から脱出速度で飛び出す荷物は、その方向がどちらへ向いていようと地球へは戻りません。ああ……訂正を二つ。それは地球自身へではなく、空の半球のどこかへ向けられていなくてはなりません。それに途中で横切る大気がどれほどであろうと、それを突破するだけの余分の速力がなければいけません。もしそれが正しい方向に向けられていれば、必ず月世界へ着くのです」

「ああ、そうですか。するとその射出機は太陰月のひと月に一度ずつしか使えないことになりますな？」

「いいえ、博士。あなたの考えておられる基礎によれば、それは毎日一回ということになります。月世界がその軌道にぴたりとくる時間を選ぶことになるのですから。でも事実は……というより計算機の言うところでは、わたしは宇宙飛行の専門家ではありませんので……事実は、この射出機はほとんどどんな時刻にも使えるのだそうです。ただ射出機の速力を変えることによって、その軌道は月世界にあたるようにできるのです」

「どうもわけがわかりませんな」

「わたしもです、博士。ですが……失礼なことを申しますが、北京大学には特に優秀な電子計算機があるのではありませんか？」

「それで、もしあるとしたら？」

（この男の何も知らぬといった態度が強くなったのをおれは感じたと思った。サイボーグ電子計算機——眠らされた脳か？　それとも、そうなっていることを承知している生きたやつか？　いずれにしても恐ろしいことだが）

「最優秀な計算機に尋ねてみられたらいかがでしょう、わたしが申し上げたような射出機にとって可能な射出時期がどれほどあるかということを？　軌道によっては月世界の軌道の遙か外へ行き、月世界につかまえられるところまで戻ってくるのに驚くほど長い期間を必要とするようになるものもあります。その他は地球のまわりをまわってから、まっすぐ飛んでゆきます。ある物は、われわれが月世界から飛ばしているように簡単にいきます。毎日、短い軌道が選べる時刻があります。ですが射出機の中に荷物がいる時間は一分ほどです。その制限は荷物がどれほど速くできるかによるものです。もし動力が充分あり計算機のコントロールがうまくゆけば、一度にひとつ以上の荷物を射出機に入れることさえ可能です。ただひとつわたしが心配しているのは……そういう高い山です。そういうところは雪に覆われているのでしょう？」

「たいてい、氷と雪とむきだしの岩ですよ」

「そうですか、博士。わたしは月世界に生まれましたので、雪のことは全然知らないのです。固定子はこの惑星の大きな重力下で固定していなければいけないだけではなく、二十Gという強烈な推力に耐えなければいけません。どうもそれが氷や雪の上に固定できるものとは思われないのですが、できるでしょうか？」

「わたしは技術者ではありませんでね、大佐。でも雪と氷は取り除かなければなりますまい。

そして、そういうものがつもらないようにしなければならんでしょう。気象もまた問題となるでしょうな」

「気象のこともわたしはまったくわかりません、博士。わたしが氷について知っていることは、それがトンあたり三百三十五かける百万ジュールの結晶化された熱を持っているということだけです。その場所をきれいにするのにどれぐらいのトン数が溶解されなければいけないのか、そしてまたそこをきれいにしておくのにどれぐらいのエネルギーが必要になるものか、わたしにはわかりません。ですが、わたしには射出機を動かすのに必要なものと同じぐらいの大きさの原子炉が、氷をなくしておくために必要となるのではないかと思われます」

「われわれは原子炉を作れます、われわれは氷を溶かせます。技術者たちを北方へやって、氷が溶解できるようになるまで再教育することもできます」チャン博士は微笑し、おれはぞっとした。

「しかしながら氷と雪に関する土木工学は何年も前に南極で解決されていますから、そのことは心配されなくて結構です。高いところで約三百五十キロメートルの長さの邪魔物がない岩盤だけの場所ですな……そのほかわたしが知っておくべきことは何かありますか？」

「そう多くはありません、博士。溶かされた氷は射出機台の近くで集め、それを月世界へ送るもっとも量の大きな部分とすればいいのです……だいぶ節約できることになります。また鋼鉄の罐は地球へ穀物を輸送するときに再使用され、それで月世界が耐えられない資源の流失をくいとめられます。罐が何百回もの旅行に使えない理由はありません。月では現在ボンベイ沖合で着水している輸送罐と同じように、着陸管制所がプログラムする固型噴射の逆推進ロケットとなるでしょう……ただしそれはずっと安くつくはずです。秒速十一キロメートルに対して二・五キロ毎秒ですから、二乗して約二十になる因数です……しかし実際にはそれよりまだ得なのです。つまり逆噴射は寄生的な重量で、それに従ってのせうる荷物の量は大きくなるのですから。それをまだ改善する方法さえあります」

「どんなふうにです？」

「博士、これはわたしの専門以外のことです。ですが、あなたがたの最上の宇宙船が水素を融合原子炉で熱して反作用質量に使っているということは誰でも知っています。しかし水素は月世界では高価なものであり、いかなる質量も反作用質量に使えます。それはただそれほど能率が良くないだけのことです。お考えになれるでしょうか、月世界の状況に適したように設計された巨大なすごい力を持った宇宙曳舟《スペース・タグ》を？　それは気化された岩石を反作用質量として使い、駐留軌道へ昇ってゆき、地球から来たそれらの荷物をつかまえて月世界の表面へ連れおろしてくるように設計されるのです。それはすべての装飾を取り去られた醜いものとなるでしょうし……サイボーグにさえも操縦されなくていいのです。計算機によって、地上から操縦できるのですから」

「ええ、そういう宇宙船も設計しうると思います。ですが話を複雑にしないでおきましょう。あなたはその射出機についての根本的に必要なことは全部おっしゃいましたか？」

「そう思いますが、博士。場所が重大な点です。ナンダ・デビの頂上を考えてみましょう。

地図で見ますとそこは射出機の長さほど西に向かって傾斜した非常に高い長い尾根があるようです。もしそのことが本当なら、それは理想的な場所となります……切り取るところが少なく、橋をかけることも少なくなりますから。わたしはそここそ理想的な場所だと言っているのではなく、そういう場所を探すべきだと言っているのです。非常に長い尾根が西に伸びている非常に高い山の頂きです」

「わかりますよ」

チャン博士は突如として去っていった。

それから続く数週間のあいだ、おれは同じことを十以上の国で繰り返した。常に非公式にそして秘密にしてくれという含みでだった。変えたのは山の名前だけだった。エクアドルではチンボラーゾウがほとんど赤道にあることを指摘した——理想的だと！　だがアルゼンチンではそこのアコンカグアが西半球で最高の山頂であることを誇張して言った。ボリヴィアではおれはアルトプラーノがティベット高原と同じぐらい高く（ほとんど真実に近い）、ずっと赤道に近いし、地球上のどこと比べてみても各山頂に至る建設が容易な場所をたくさん選択できることを言った。

おれはわれわれを〝下層階級〟と呼んだ野郎の政敵である北アメリカ人と話し合った。おれが指摘したのは、マッキンレー山がアジアや南アメリカにあるどんな候補地とも肩を並べられるものではあるが、マウナ・ロアについてもっと論じられるべきだ——建設が極端に容易だからということだった。短くてもGを二倍にすることで充分だ、そしてハワイは世界の宇宙港となるだろう……全世界のだ。火星が開発される日がくれば、三つもしくは四つの惑星に行く荷物は、かれらの〝大きな島〟を経由することになるだろうということをわれわれは話し合ったのだ。

マウナ・ロアが火山であることについてはまったく口にせず、その代わりおれはその場所なら射出に失敗した荷物をどこに危害を加えることもなく太平洋に落とせることを言ったのだ。

ソ同盟で論議された山頂はひとつだけだった——七千メートル以上あるレーニンだ（そして隣接した高山ともひどく近いのだ）。

キリマンジャロ、ポポカテペトル、ローガン、エル・レベルタード——おれの好きな山頂は国によって変わった。おれたちが必要としたのはそれが諸国民の心にある〝もっとも高い山〟であることだけだった。チャドで歓待されたときはその国の大して高くない山々についても少しは良いところがあることに気づき、あまりうまく合理的に説明したのでおれ自身信じてしまいかけたほどだった。

また別の機会にはスチュー・ラジョアのつけた引立役に質問の向きを変えてもらい、おれは月世界の表面での化学工業について話した（それについておれは暗記しておいた事実のほかに何ひとつ知らないのだが）。その表面で無限に使える無料の真空と太陽動力と無制限にある原料と予想しうる状況は、地球では高価につく不可能な製造方法を可能にするのだ——

両方への安価な輸送ができるようになったとき、月世界の手のつけられていない資源を開拓することで利益を生み出せるようになるのだ。それは常に月世界行政府の頭の固い官僚が月世界の大きな潜在力を見抜けなかったこと（真実だ）の暗示であり、それに加えて常に尋ねられる質問に対する答であり、月世界はどれほどの数であろうと植民者を引き受けられることを主張するものであった。

これもまた真実だったが、しかし月世界が（そうだ、そして時によっては月世界の月世界人たちがだ）新しい連中の半分ほどを殺したことは一度も口にしなかった。だがおれたちの話し合った連中で自分たちが移住することを考えた者はほとんどなかった。かれらは他の連中を強制、あるいは説得して移住させ人口過剰を解決し、かれら自身の税金を軽減しようと考えていた。おれたちが至るところで見かけるなかば飢えた群衆は、射出機で輸出することによって相殺できる割合以上に急激に繁殖しているという事実については口を閉じていた。

おれたちが毎年新しい連中を受け入れるにしても、たとえ百万人だって住まいと食物を与え訓練するなどできることじゃあなかった――そして百万人は地球に人口減少をもたらす数ではなかった。それ以上の赤ん坊が毎晩受胎されていたのだから。おれたちは自発的に移住しようとする連中ならその数よりはるか多くを引き受けることができたが、もしかれらが強制移住でおれたちのところを一杯にしようとしたら……月世界が新しい連中を扱う道はただひとつあるだけだ。そいつが個人的な振る舞いか、警告もなく嚙みついてくる環境を相手に何ひとつ致命的な失敗をしないか……それともトンネル農場で化学肥料になって終わりを告げるかだ。

そういった巨大な数の移民が意味することは、移住者の大きなパーセンテージが死ぬことになるということだ——困難な自然条件に対してかれらを助けるにもおれたちの人数はあまりにも少ないのだ。

しかしながら教授が話すことのほとんどは、〝月世界の偉大なる未来〟についてであり、おれは射出機について話した。

委員会にまた呼び出されるのを待つあいだに、おれたちは何週間か多くの国をまわった。スチューの部下たちはお膳立てを整えており、ただひとつの問題はどこまでおれたちに耐えられるかだった。地球で一週間を送るごとにおれたちの生命は一年ずつ短くなるだろうと思う、たぶん教授の場合はもっと多いことだろう。だがかれは一度も不平を言ったりせず、そして常に次のレセプションがあるたびに魅力的な態度でいるようにしていた。

おれたちは北アメリカで余分な時間を過ごした。おれたちの独立宣言の日が北アメリカイギリス植民地のそれから正確に三百年後であることは、魔法のような宣伝効果を上げることとなり、スチューの宣伝工作員たちはそれを大いに利用した。北アメリカ人たちはかれらの〝合衆国〟について、たとえかれらの大陸が世界連邦によって合理化されてしまい何の意味もなくなってしまっても感傷的な気持でいたのだ。かれらは八年ごとに大統領を選挙する。なぜかは言えないことだ——なぜイギリス人たちはまだ女王を持っているんだ？——そして〝独立していること〟を誇りに思っている。〝独立していること〟とは〝愛〟のようなもので、人が何でも意味したいとおりのものを意味している。それは辞書の中で〝素面《しらふ》〟と〝泥酔〟のあいだにある言葉なのだ。

〝主権〟とは北アメリカで大きな意義のある言葉であり、〝七月四日〟は魔法の力を持つ日付けだった。七月四日連盟がおれたちの姿を現わす場合のお膳立てを整え、スチューはそれを動かすのにたいした費用はかからず、その動きをとめられるものはないと言った。連盟はその他の所で使う金も集めた――北アメリカ人たちは誰がそれを手に入れようとも与えることを好むのだ。

ずっと南ではスチューは別の日付けを使った。かれの部下たちはクーデターを起こした日付けが二週間後ではなく五月五日であったのだという噂を拡めたのだ。おれたちは「五月五日《シンコ・デ・マヨ》！　自由《リベルタード》を！　五月五日《シンコ・デ・マヨ》！」の叫びを浴びせかけられたのだ。おれはかれらが「ありがとう《サンキュウ》」と言っているのかと思った――話すときはいつも教授だった。

だが七月四日の国ではおれはもっとうまくやった。スチューはおれが大衆の前で左手をつけるのをやめさせ、腕の切断されていることがよくわかるように服の袖は上のほうへ縫いとめられ、おれがそれを〝自由のための戦闘〟で失ったという言葉が流された。おれはそのことを尋ねられるたびに、ただ微笑して答えた。「爪ばかり噛んでいるとどんなことになるかおわかりでしょう？」――それから話題を変えるのだ。

おれは北アメリカが好きになったことなどいちどもなかった、最初の旅行のときでもだ。そこは地球でもっとも混乱した地域ではない、ただの十億人がいるだけだ。ボンベイでは舗道の上に群衆が寝そべっていた。大ニューヨークではかれらを垂直に詰めこんでいる――そんなところで寝られるのかどうかはわからない。病人用の車椅子に入っていてありがたいことだった。

ほかの点でも混乱した場所なんだ。かれらは皮膚の色を気にする――そんなことはどれほど気にしないかを強調することでだ。最初の旅行のときおれは常に白すぎるか黒すぎるかで、どちらにしても責められることになったし、常におれが何の意見も持っていない事柄に対して立場をはっきりすることを望まれたんだ。おれにどんな血筋が入っているものやら、誰が知るものか。おれの祖母のひとりはアジアの一部から来たんだが、そこはイナゴのように定期的に侵入した連中が通るところで、そいつらは通ってゆくたびに強姦していったのだ――彼女に尋ねたらいいじゃないか。

おれはそれを扱うことを二度目の実地学習《メイキー・ラーニー》で学んだが、苦い思い出が残った。どうもおれはインドのようなはっきり民族主義的な場所のほうを好むようだ。そこではヒンズーでなければ人にあらずといった調子だ――ただしパーシー教徒はヒンズーを見下ろしているしその逆もそのとおりなのだ。だがおれが〝オケリー・デイビス大佐、月世界の自由の英雄〟であるときは北アメリカの反民族主義に対抗しなければいけないことなどは何ひとつなかった。

おれたちのまわりには心を痛め、援助の手をさし伸べようと心にきめた群衆でいっぱいだった。おれはかれらに、おれのために二つのことをやってもらった。おれが学生としては時間も金もエネルギーもなくてやれなかったことだ。おれはヤンキースの試合を見物し、セイレムを訪れたのだ。

おれは自分の幻影を抱いているべきだった。野球はテレビで見るほうがましだ。本当に見ることができるんだし、ほかの二十万人に押されることもない。それに、誰かがあの外野を撮影していたことと思うが、おれはその試合のあいだじゅう連中がおれの椅子を押して群衆の中をかきわけていかなくてはならなくなる時のことを考えて怯え——それにおれはすばらしく愉快だと接待役に言っていなくてはいけなかったのだ。

セイレム（マサチューセッツ州の町）は何ということもない場所で、ボストンのほかの場所より悪くもなく良くもなかった。そこを見たあとおれは、かれらが見当違いの魔女を絞首刑にしたのではないかと思った。だがその日は無駄に使われはしなかった。おれはボストンの別の場所、コンコードに橋があったところに花輪を置くところを撮影され、そして暗記しておいた演説を行なった——橋は実際にまだそこにあるのだ。ガラスに覆われた下に見えている。たいした橋ではないが。

教授はつらかっただろうに、そこへ行くのを本当に楽しんだ。教授は楽しむということにかけて大きな能力を持っているんだ。かれはいつだって月世界の偉大な未来について何かしら新しく言い出すことを持っていた。ニューヨークでかれは、兎をトレード・マークにしているホテル・チェーンの支配人に、月世界の保養地でどんなことができるかについてのスケッチを渡した——その休暇旅行の費用が多くの人々の利用できるぐらいになったときはだ——誰にしても身体を痛めることなどない短期間の訪問で、案内サービスも含まれ、エキゾチックな見物旅行、賭けごと——税金なしだ。

最後の点が注意を引きつけたので、教授はそれを〝より長い寿命〟テーマへ拡大した——養老ホステルのチェーンを作り、そこでは地球虫の連中が地球の養老年金で暮らせ、地球にいるよりも二十年、三十年、四十年と長いあいだ生き延びられるのだ。島流しという点では——だがどちらが良いのか？　月世界で元気な老年を送るか？　それとも地球で納骨堂に入るか？　その連中の子孫はそこを訪問し、それらの観光ホテルをも満員にするというわけだ。教授は〝ナイトクラブ〟をいろいろと描いてみせた。地球のひどい重力では不可能な軽業《かるわざ》、おれたちの気持の良い重力に適したスポーツ——スイミング・プールにアイス・スケート、それに飛行の可能性まで話したのだ！　（どうも安全性のほうはごまかしたように思ったが）。かれはスイスの企業合同がそのタイプをしたと暗示してみせることで締めくくりをつけた。

あくる日のかれはチェイス・インターナショナル・パナグラの海外支配人に説いていた。つまり月世界支部は、麻痺患者、中風患者、心臓病、四肢を切断した人々、その他の高重力がハンディキャップとなるような連中でいっぱいにするべきだと言うのだ。支配人というのははぜいぜい咽喉を鳴らす太った男で、そいつ自身も月世界へ行ってみることを考えていたかもしれないが——とにかく〝税金がいらない〟というところで、そいつの耳はぴくりと動いた。

常におれたちの思いどおりにいっていたわけじゃない。報道記事やニュースはよくおれたちに敵対しており、常に激しい質問を浴びせてくる連中がいた。教授の助けなしにそういった連中を相手にしなければいけない時はいつであろうと、おれはどうもひっかけられやすかった。ひとりの男は、教授が委員会でおれたちが月世界で取れる穀物を〝所有している〟と述べたことについておれに攻撃を加えてきた。そいつは、おれたちが所有していないということを当然だとしているようだった。おれはその質問が理解できないと言った。

そいつは答えた。

「本当ですか。大佐、あなたがたの臨時政府が世界連邦への参加を求められたということは？」

「ノー・コメント」と答えるべきだったが、それにひっかかって、そのとおりだとおれは答えたのだ。するとそいつは言った。

「そうですか……するとその妨げとなるものは、月が世界連邦に属しているという反訴となるようですな……常にそうだったのですか……月世界行政府の監督下にあってです。いずれにしても、あなた自身の承認によってその穀物は世界連邦に属しているということですね、信託されているわけです」

おれはなぜそいつがそんな結論に達したのかと尋ねた。そいつは答えた。

「大佐、あなたはご自分を〝外務次官〟だと称しておられる。もちろんあなたは世界連邦の憲章についてよく知っておられるわけですな」

「相当知っているつもりです」

と、おれは用心深くそう答えた。とおれは思ったのだが、あっさり扱い過ぎていたのだ。

「するとあなたはご存知ですな、憲章によって保証された最初の自由、および本年三月三日公布の外交関係管理行政命令一七七六号によるそれらの当面の適用についてを。そこであなたがたは認められている、月で生産されるすべての穀物で地方の必要量を越えるものは、最初から論争することなく全体の財産であり、その権利は世界連邦がこれを信託されて保有し、その機関を通じて必要とするところに分配する」そいつはそう言いながら書いていた。「そう認められたことに何かつけ加えられることはありますか?」

おれは言った。

「いったいおまえは何を言ってるんだ?」それから、「かえれ! 何も認めてなんかいないぞ!」

そこで〈グレイト・ニューヨーク・タイムズ〉はこう印刷した。

月世界〝次官〟は言明
〝食料は飢えたる者に属する〟

ニューヨーク、本日――オケリー・デイビス、自称〝自由月世界軍大佐〟は世界連邦月世界植民地における暴徒への援助を示唆《しそう》せんとする官費旅行の途中、当地で本紙に対し自然的声明を次のとおりに行なった。大憲章中の〝飢えからの解放〟の項は月世界の穀物輸出に適用される――

おれは教授にどう扱うべきだったのかを尋ねた。

「好意的でない質問には常に他の質問で答えるんだよ……相手にその意味をはっきりしてくれなどと絶対に言っちゃあだめだ。きみが言ったことにされるからな。その記者は……痩せっぽっちだったかい？　肋骨が見えているような？」

「いいえ、がっちりしたやつですよ」

「一日千八百カロリーで暮らしていないってことだ。つまりそれがそいつの引用した命令の言っていることなんだよ。きみはこう尋ねることもできたんだ。どれぐらい長いあいだ決められた食事量に従ったのか、そしてなぜそれをやめたのか？　それとも、朝食に何を食べたのか聞くこともな——そして、そいつがどう答えようとも信じられないようなふりをするんだ。誰かが言おうとしていることを知らないときは、きみのやる反対質問を何かきみが話したい話題に変えるんだ。それから相手が何を答えようときみの言いたいことを言って誰かほかの連中を呼ぶんだ。論理などそこには不要さ……ただ戦術あるのみなんだ」

「教授、だれひとりここでは一日千八百カロリーで生きちゃあいませんよ。ボンベイではそうかもしれません。でも、ここじゃあ違います」

「ボンベイではまあそんなもんだな。マヌエル、あの〝平等な割当量〟なんてものは作り話だよ。この惑星でとれる食料の半分は闇市場にあるか、どこかの機関で数えられないで抜けているんだ。それとも連中は帳簿を二重に作り、経済には何の関係もない数字を世界連邦に提出するんだ。タイとビルマとオーストラリアからの穀物が大中国によって正確に管理局へ報告されていると思うかね？　あの食料局のインド代表がやっていないのは間違いないよ。だがインドは月世界から多くの分け前をもらうんで黙っている……そして、〝飢えで政治をもてあそぶ〟んだ……きみも憶えている文句かもしれんが……連中の選挙を操作するのにわたしたちの穀物を使うことでな。ケララは昨年、計画的な飢饉まで起こしたんだよ。きみはニュースで見たかい？」

「いいえ」

「つまりそれはニュースに出なかったからさ。管理された民主主義というものはすばらしいものなんだよ。マヌエル、管理者たちにとってはな……そしてその最大の力は〝自由な報道〟さ、〝自由〟が〝責任のある〟と定義され、管理者どもが、何が〝責任のないこと〟なのか定義するときはね。きみは月世界がもっとも必要としているものは何かわかっているかい？」

「もっと多くの氷です」

「ある一点を通ることでの隘路がない報道組織さ。わしらの友達のマイクがわしらの最大の危険なんだよ」

「え？　先生はマイクを信用していないんですか？」

「マヌエル。問題いかんによってわしは自分自身さえ信用していないよ。ニュースの自由を〝ほんの少しだけ〟制限するってことは、古い言いまわしだが〝ほんの少しだけ妊娠している〃と同じ範疇《はんちゅう》に入るんだ。わしらは現在まで自由じゃあないし、誰かが……たとえわしらの味方であるマイクにしてもだ……わしらのニュースを管制しているかぎりは自由になれないんだ。いつかわしは、どんな原因からも、どんなチャンネルからも独立した新聞を持ちたいと思っているんだよ。わしは喜んで手で活字を組むよ、ベンジャミン・フランクリンみたいにね」

おれはもう降参した。

「教授、もしこの交渉が失敗して穀物の輸出がとまったら、どんなことになるんです？」

「国の連中はわしらにひどく腹を立てるだろうよ……そしてこの地球では大勢の人が死ぬことになるだろう。きみはマルサスを読んだことがあるかね？」

「ないと思いますが」

「大勢死ぬだろうな。そのあともう少し多くの人々によって新しい安定に達するだろう……もっと能率良く、より良い食事をしている人々によってな。この惑星は人口過剰じゃあない、ただ管理に失敗しているだけさ……そして人が腹をすかせている男に対してやれるうちにもっとも不親切なことは、そいつに食べ物を与えることなんだよ。〃与える〃ってことだ。マルサス（イギリスの経済学者、一七六六～一八三四。人口論で有名）を読むんだな。マルサス博士を笑うと危いぞ、いつだって最後に笑うのはかれなんだからね。気のめいる男さ、死んでくれていてわしは嬉しいよ。だが、こんどの仕事が終わるまでは読むんじゃない。外交官を困らせることは多すぎるからね。特に正直な男はだ」

「ぼくは特に正直なんかじゃありませんよ」

「だがきみは不正直になれる才能を持っちゃあいないだろうが。だがきみが避難するところは無知と頑固さでなけりゃいけないんだよ。きみは後者のほうは持ち合わせている、前者のほうも維持しているようにするんだな。当分のあいだはだよ……坊や、ベルナルド伯父さんは恐ろしく疲れたよ」

おれは「すみません」と言って、かれの部屋から車椅子を押して出ていこうとした。教授はあまりにも強行軍をやりすぎていた。おれはもし、かれを船に乗せてあの重力から抜け出せることができるなら喜んでやめていたことだろう。だが交通は一方《ワン・ウェイ》だけにとまっていたんだ――穀物の輸送罐、そのほか何もなしなのだ。

だが教授は結構楽しんでいた。おれが部屋を出かかり明かりを消そうとしたとき、またもかれが買ってきた玩具に気づいた。クリスマスのときの子供のようにかれを喜ばせたもの……真鍮の大砲だ。

帆船時代の本物だった。小さくて、半メートルほどのずんぐりした砲身、木の砲架がついて、ほんの十五キロだ。〝信号砲〟だとその説明書には書いてあった。血なまぐさい昔の歴史、海賊、〝板の上を歩かせられる〟男たちだ。可愛らしい代物だが、おれはなぜなんだと教授に尋ねた。もしおれたちがここから離れられるとしたら、それだけの重さのものを月世界まで運ぶ値段は痛い――おれは何年も使ってきた圧力服を捨てることだとあきらめた――二本の左手とパンツ一枚を除くすべてはあきらめよう。どうしてもということなら、社交用の義手をあきらめてもいい。絶対にということなら、パンツなしになるんだ。

かれは手を延ばして輝く砲身をなでた。

「マヌエル、昔ひとりの男がいてね、現在のこの理事国みたいに多くの政治的な決断をする仕事をやっている男がいたんだ、法廷のまわりにピカピカ光る真鍮の大砲を置いてね」

「なぜ法廷に大砲が必要なんです？」

「どうだっていいさ。かれはそれを何年もやっていた。それで食うこともでき、少しは貯えもできたが、かれは出世しなかった。それである日のことそいつは仕事をやめ、貯金を引き出して真鍮の大砲を買い……そして自分でその商売を始めたんだ」

「馬鹿みたいですね」

「まったくそのとおりさ。そしてわしらも、長官を放り出したときは、そうだったんだよ。マヌエル、きみはわしより長いあいだ生きるだろう。月世界が国旗を決めるとき、わしはそれが大砲かサーベルなら良いと思うんだ。わしたちの誇るべき生まれ卑しい血統を示す邪悪な赤の十文字でそれを消すんだ。そうしてもらえるかね？」

「できると思いますよ、あなたがその画を描いてくだされば。でもなぜ旗を？　月世界中どこにも旗竿などありませんよ」

「それはわしらの心の中ではためくのさ……戦って市会議事堂が得られると思うような驚くべき非実用的なすべての馬鹿者の象徴にな。覚えておいてくれるか、マヌエル？」

「いいですとも。その時がきたらあなたに思い出させてあげますよ」

そんな話をするのはいやだった。かれはこっそりと酸素テントを使いはじめていた――そして大衆の前では使おうとしなかったのだ。

たぶんおれは〝無知〟で〝頑固〟なのだろう――中央管理区域のケンタッキー州レキシントンという場所でその両方だった。教義なし、暗記した答なし、それが月世界での生活だった。真実を言え、家庭的な暖かい親しみの持てることを特に何にでも変わったことを強調して言うんだと教授は言った。

「覚えておくんだよ、マヌエル、月世界をほんの短いあいだでも訪問した数千の地球人は、一パーセントのそれまたほんの小さな一握りにしか過ぎないんだ。ほとんどの人々にとってわしらは動物園にいる奇妙な動物のように変なふうに興味のあるものなんだ。きみは覚えているか、オールド・ドームで見世物にされた亀を？　あれがわしたちなんだよ」

確かに見たことがある。連中はそいつを外に出してただじっと見つめていた。そこでこの男と女のチームが月世界での家庭生活について質問を始めると、おれは喜んで答えた。おれが少し美化したのは、男性が多すぎる社会で、家族生活ではない哀れなその代用品といったようなことを言わないでおいたことでだけだ。月世界市はほとんどが家と家族でできている、地球の標準からは退屈するところだ――だがおれは気に入っている。そしてほかの町でもほとんど同じであり、人々は働き子供を作り噂話をし、楽しみのほとんどは夕食のテーブルで見つけるのだ。話すことはそれほど多くないから、おれは何であろうとかれらが興味を持ったことを話し合った。おれたちみんなが地球の出身なんだから、月世界の習慣のすべては地球に由来している。だが地球は実に大きなところだから、まあ言うなればミクロネシアの習慣は北アメリカのそれとは違っているかもしれないだろう。

この女は――こいつをお嬢さんなどと呼ぶことはできない――異なった種類の結婚について知りたがった。まず、月世界では許可証なしに結婚することができるというのは本当ですか？

おれはいったい結婚許可証とは何なのかと尋ねてみた。

そいつの相棒は言った。

「やめろよ、ミルドレッド。開拓者の社会に結婚許可証などあるものか」

「でもあなたがたは記録を残しておられるんでしょう？」

その女は言い張り、おれはうなずいた。

「もちろんです……ぼくの家では家の記録をつけていますが、ほとんどジョンソン・シティに最初の着陸をしたときのことまで書いてありますよ……すべての結婚、出生、死亡、すべての重要事件。直系の家族内だけではなく、われわれが跡をたどるかぎり遠くの親類までのです。それに学校の教師をしている男がいましてね、われわれの町じゅう残らず歩きまわって古い家の記録を写していますよ。月世界市の歴史を書こうというんです、趣味としてね」

「でも公式な記録はありませんの？　このケンタッキーでは何百年も昔までの記録がありますわよ」

「マダム、われわれはまだそんなに長いあいだ住んでいませんでね」

「ええ、でも……そう、月世界にはきっと市役所の書記がいるはずですわ。〝地方記録係〟とでも呼んでおられるかもしれませんが。そういうことの記録を保管しているお役人が。人人のしたことなどの」

「あるとは思いませんよ、マダム。賭け屋の何人かが公証人の仕事をし、契約についての話し合いの証人になり、その記録を保管しています。それは、読み書きができないために自分たちで記録を保管しておけない連中のためにあるんです。ですが、結婚の記録を残しておくように頼まれている人間があることなど聞いたことがありませんな。そんなことはありえないと言っているのではなく、ただ聞いたことがないだけです」

「なんておもしろいほど簡単なんでしょう！　ではもうひとつの噂ですけれど、月で離婚するのはひどく簡単なことだって。それも本当だと言っていいんですの？」

「いいえ、マダム、離婚が簡単だとは言えませんね。解決することが多すぎますからね。えええと……簡単な例をあげてみましょう、一人の婦人とまあ彼女が夫を二人持っているとします……」

「二人？」

「もっと多い場合もあるでしょうし、たったひとりかもしれません。あるいは複雑な結婚の場合もあるでしょう。でもまあ一人の婦人に二人の男が典型的なものとしてみましょう。彼女がそのうちの一人と離婚しようと決心します。まあそれが仲良くいき、もう一人の夫は承知し、彼女が放り出そうとしている男が文句を言わないとしましょう。そんなことをしたところで何の得にもなりませんからね。さて、彼女はかれを離婚し、かれは去ります。ですがまだ数かぎりないようなことが残ります。男たちは仕事の共同経営者かもしれません。共同《コ・ハズ》夫《バンド》はよくそういうことがありますからね。離婚でその共同経営がこわれるかもしれません。金の問題もあるでしょう。この三人は家屋《キュービック》を一緒に所有しているかもしれません。そしてそれが彼女の名前になっていたとしても、別れた夫がこれから入ってくる金や家賃を持っているかもしれないでしょう。それにほとんど常に子供のことを考えなければ、その扶養といったようなこと。多くのことです。マダム、離婚が簡単なことなど絶対にありませんよ。かれを離婚するのは十秒でできますが、束縛がなくなるようはっきり片をつけるには十年が必要にもなることでしょう。ここでもそういうことじゃあないんですか」

「あ……もうわたしがそんな質問をしたことなど忘れてくださいな、大佐、それたぶん簡単なことなんでしょうね」（彼女はもごもごとつぶやいたが、何をいってるかはすぐにわかった。これまで何回も聞いてきたからだ）「でもそれがもし簡単な結婚なら、複雑なのはどんなものですの？」

　おれはいつのまにか一妻多夫、部族《クラン》、グループ、家系《ライン》、そしておれ自身の家族のように保守的な連中には下品だと考えられているそう多くない型について説明していた――おれの母親が親爺を叱りつけて作り上げた協定については述べなかったが。母親は常に極端すぎたのだ。

　その女は言った。

「わたしわからなくなってしまいましたわ。家系型《ライン》と部族型《クラン》の違いは何ですの？」

「それはひどく違いますよ。自分の場合を言ってみましょうか。ぼくは月世界でもっとも古い家系型結婚をしている数家族のひとりであることを誇りに思っていますよ……そしてぼくの偏見ある意見によれば最良の形式ですね。あなたは離婚のことを尋ねられたが、ぼくの家族にはこれまで一度も離婚など起こらなかったし、これからも決してそんなことは起こらないということに賭けられますよ。家系型結婚は年月がたってゆくごとに安定度を増してゆき、一緒にうまくやってゆく技術の練習を積み、やがては誰かが離れてゆくことなど考えられないまでになるんです。それに夫をひとり離婚するには妻全員の満場一致の決定が必要なんです……決して起こりえませんね。最年長の妻《シニア・ワイフ》は絶対にそんなところまで暴走させませんよ」

おれはその利点を述べていった——経済的な安全さ、子供たちに与える良い家庭生活、配偶者の死という事実、悲しいことではあるがこういった家庭では絶対に悲劇になりえない、特に子供たちにとってはだ——子供というものは孤児になどさせてはいけないものなのだ。おれは少し熱心に誇張しすぎたかもしれない——だがおれの家族はおれの人生でもっとも大切なものなのだ。それがなければおれはただの片手しかない機械修理工で徴兵されることもなく殺されていたかもしれないのだ。

「なぜ安定しているかという理由はこうです……ぼくのいちばん若い妻を考えてみましょう、十六歳です。最年長の妻《シニア・ワイフ》になるころには八十歳になっているでしょう。彼女より年上の妻全員がそれまでに死んでしまうという意味じゃありませんよ。そんなことは月世界ではありえないことなんです。女性はどうも死なないように思えますよ。でもそのころにはみな家事はやらないようになっているでしょうな。ぼくらの家族の伝統ではそうなっていますよ、若い妻たちが押しつけたりしませんからね。そこでルドミラは……」

「ルドミラ？」

「ロシア人の名前です。おとぎ話からとったんです。ミラはその重荷を背負わなければならなくなるまでに五十年以上、良い見本を見ていられます。彼女が始めるときにはよくわかるようになっており、誤りをおかすことはなさそうですし、もしそうなりそうになったら、ほかの妻連中が手を貸すでしょう。自己修正、つまりちゃんとしたネガティブ・フィードバックを備えた機械みたいなもんですよ。立派な家系型結婚は不死身です。ぼくには自分が少なくとも千年は生き続けるように思えますね……そしてそれが、時期がきたときも死ぬことを忘れないだろうという理由です。ぼくの最上の部分が生き続けるんですから」

教授は押されて出ていくところだったが、担架車をとめさせて聞き耳を立てた。おれはかれのほうに向いて言った。

「教授……あなたはぼくの家族を知っていますね。このお嬢さんに、なぜそれが幸福な家庭なのか言ってくださいませんか？　そう思われるならですが」

教授はうなずいた。

「そのとおりですよ……しかしわたしはもっと普遍的に言ってみたいですね、マダム。あなたはわれわれの月世界の結婚習慣が少しエキゾチックだと思われるでしょう」

彼女は急いで答えた。

「まあ、そこまでいきませんわ！　ただ少し普通じゃないようですわね」

「結婚の習慣というものは常にそうですが、そういったことは環境のもたらす経済的必要性から起きているんですよ……そしてわれわれの環境はこの地球に比べるとひどく異なっているのです。わたしの同僚が賞讃していた家系型の結婚ですが……かれに個人的な偏見はあるでしょうが、そのとおりだとわたしも保証しますよ……わたしは独身ですから偏見はありませんからな。家系型結婚は資本を保存し子供の福祉を確保するにはもっとも強固だと考えられる方法です……それはどこであろうと結婚ということが必要とする二つの基本的な社会的機能でしょう……個々の人間によって考え出される以外には何の安全確保の手段もなく、資本に対しても子供に対してもそういうもののない環境ですからな。いずれにしても人類というものは常にその環境と戦うものです。家系型結婚はその目的に対してすばらしい成功を納めた発明ですよ。月世界における他のすべての結婚型式は同じ目的のためにありますが、それほど成功はしていませんな」

かれはお休みを言って出ていった。おれは家族の写真を持っていた——常にだ！——ワイオミングとの結婚式のときとったいちばん新しいやつだ。花嫁連中はもっとも美しく着飾っておりワイオは光り輝くようだ——そして残りのおれたちはハンサムで幸せそうで、爺《グランドポウ》さんは背が高く誇らしげで、仕事ができなくなっているようには見えなかった。

だが、がっかりした。かれらはそれを変な目つきで見たんだ。しかしひとりの男が——マシュウズとかいう名前のやつだ——言った。

「その写真を貸していただけませんか、大佐？」

おれはためらった。

「それ一枚しか持っていないんです。それに家から遠く離れていますしね」

「いえ、ほんのしばらくです。それを撮影させてください。この場でやりますから、手から離さなくても結構ですよ」

「ああ、いいですとも！」

おれの良い写真ではなかったが、おれの持っている顔はそれだけだし、ワイオはそのとおりに写っているし、レノーレより可愛い連中はどこにもいなかった。

そいつはそれを複写し、あくる朝やつらはおれたちのホテルへまっすぐやってくるなり、予定の時間より早くおれを起こし、おれを逮捕すると車椅子に乗せたままおれを連れてゆき、鉄棒のはまった留置所に監禁してしまった。重婚で。複数婚で。憮然たる不道徳さと、ほかの連中にも同じことをするように公けの場で扇動したという理由でだ。

マムが見られないところでおれはありがたかった。

# 19

スチューは、まる一日かかって事件を世界連邦裁判所に移そうとし拒否された。かれの弁護士たちはそれを〝外交官特権〟として認めさせようとしたが、世界連邦の裁判官たちはその罠にはひっかからず、ただ言われているところの罪状は下級裁判所の管轄権外で起こったことであるが、ただし言われているところの〝扇動〟の点では証拠が不充分だと思われると述べただけだった。結婚についてどうこうする世界連邦法は何ひとつない、ありえないのだ――ただ各国が他の連邦諸国における結婚の慣習に対して〝充分な敬意と信頼〟を払うよう求められている規則があるだけだ。

それら百十億の民衆のうちたぶん七十億が複数婚の合法的なところで住んでいるはずだった。そしてスチューの世論を操る連中は〝迫害〟だと言い立てた。それによって、さもなければおれたちのことを聞いたこともなかっただろう人々からの同情を集めた――複数婚が合法的でない北アメリカやその他のところでさえも、〝生き、そして生きるがままに生きよう〟を信じている連中からの同情を集めたのだ。まったくうまい具合だった。つまり常に注意を引きつけておくことが必要だったからだ。それら蜜蜂の群れのような何十億ものほとんどにとって、月世界は何でもなかった。おれたちの革命は注意を向けられていなかったのだ。

スチューの連中はおれを逮捕させるお膳立てを考え出すのに苦心したのだ。何週間もあとになって気分が落ち着き利益を考えられるようになるまでおれは知らされなかった。馬鹿な判事、不正直な保安官、それに野蛮な地方の偏見が必要であり、それをおれはなごやかな写真で引き金を引いたのだ。スチューはあとで言ったが、デイビス家における肌の色の幅が判事を生まれつきの馬鹿さ加減以上に愚かなまで怒らせたのだそうだ。

マムにはおれの惨めな有様は見られないというおれのただひとつの慰めは間違っていた。鉄格子のあいだから撮影され、やつれた顔を見せた写真が月世界の新聞すべてにのり、もっともひどい地球側の話を使って大げさな記事が書かれた。地球の新聞でその不正を残念に思ったものはそう多くないのだ。だがミミをもっと信じているべきだった。彼女は恥ずかしがったりしていなかった、ただ地球へ行って何人かの人間をばらばらにしたかっただけだったのだ。

地球でも役立ってはくれたが、最大の効果は月世界で上がった。月世界人たちはこの愚かな騒ぎのために、これまで一度もなかったほど団結したのだ。かれらは個人的にもそれを受けとめ、〝アダム・セレーネ〟と〝シモン・ジェスター〟がその後押しをした。月世界人たちとくるとある一点、女性のこと以外はいたってのんきなもんだ。すべての女性が地球の新聞記事に侮辱されたと感じ――そこでこれまで政治を無視してきていた男の月世界人たちも突如として、おれがかれらの一員であることに気づいたのだ。

車輪はまわりだした——古い囚人たちは追放されなかった連中に優越感を覚えた。おれはあとになって元囚人だった連中に「やあ、囚人《ジェイルバード》！」と挨拶された——おれは受け入れられたのだ。

だがその当座はそれどころじゃあなかった！　こづきまわされ、家畜のように扱われ、指紋を取られ、写真を撮られ、おれたちなら豚にも与えないような食べ物を与えられ、際限ない辱めにさらされ、そしておれがやつらを殺そうとすることをやめさせていたのは、あの大きな重力だけだった——おれがつかまったときもし六号義手をつけていたら、やってみたことだろうが。

だが釈放されるとおれは落ち着いてきた。何時間かののちおれたちはアーグラに向かっていた。やっと委員会に召喚されたのだ。マハラジャの宮殿にある続き部屋に戻れてほっとしたものの、三時間ほどのあいだに十一時間の時刻差で休息は取れなくなってしまった。おれたちは目をまっ赤にし、薬品で正気を支えられて聴問会に向かった。

〝聴問会〟はまったく一方的だった。おれたちは議長が話すあいだ聞いていた。やつは一時間のあいだしゃべった。その要点をまとめてみよう。

おれたちの途方もない要求は拒絶された。月世界行政府の神聖な信託は放棄するわけにはいかないものだ。地球の月における無秩序は我慢できない。それにもまして最近の無秩序は行政府が寛大にすぎていたことを示すものだ。手ぬかりはこれから生産向上計画によって修正されることになった。五カ年計画であって、行政府の信託権内にあるすべての生活様式は検査される。法律法典が立案されており、民事と刑事の裁判所が〝披護民雇用者〟の恩恵のために設立される——それはまだ刑期の終了していない追放者だけではなく、信託地域にいるすべての人間を意味する。公立学校が設立され、それに加えて同様の必要ある披護民雇用者のために職業成人学校を設ける。経済、技術、農業計画局が設けられ、月の資源と被護民雇用者の労働について最大限かつもっとも効果的な利用法を指示する。五年以内に穀物輸出を四倍にする中間ゴールが決定された。その数字は資源と労働力の科学的計画が実行されると容易に得られるものだからである。第一段階は被護民雇用者を生産的でないと思われる職業から離れさせ、かれらを新しい巨大な農園トンネル網の掘鑿《くっさく》に従事させ、その中における水耕栽培は二〇七八年三月より遅れることなく開始される。これらの新しい巨人農場は月世界行政府によって科学的に運営され、気まぐれな個人所有者に任せることはしない。この巨人農場が五カ年計画の終わりには新しい穀物割当量の全部を生産することが考えられている。それまでのあいだ披護民雇用者が私的に穀物を生産することは許可される。しかしかれらの非能率的な方法がもはや必要とされなくなったときには、かれらはこの新しい組織に吸収されることになる。

　議長は書類から顔を上げた。

「短く言えば、月世界植民地は文明化され、他の文明に対して管理された対等の地位に入るのです。この仕事はこれまでまずかったが、わたしは……この委員会の議長としてよりもひとりの市民として言いますが……その修正をこうまで深刻に必要としている事態にわれわれの注意を引きつけてくれたことに対して、きみたちに感謝したいと考えていますよ」

おれはその野郎の耳を吹き飛ばしてやりたかった。披護民雇用者だと！　〃奴隷！〃と言いたいのに何ともってまわった言い方をしやがるんだ。だが教授は静かに言った。

「提案された計画は本当に興味あるものと思います。質問をすることを許していただけるでしょうか？　純粋に理解の助けとなるように？」

「理解の助けとなるためなら、結構です」

北アメリカ代表が前へかがみこんだ。

「だがわれわれがおまえたち穴居人に口答えを許すなどと思うなよ！　言葉遣いに気をつけるんだぞ。おまえたちは自由の身じゃないんだからな」

議長は言った。

「秩序を守って……話してください、教授」

「この被護民雇用者という用語ですが、どうもわかりにくいと思います。それは地球の持つ最大の衛星に住む人々の大多数がいまだ刑期の終わっていない流刑者ではなく自由な個人であることを規定しているものでしょうか？」

「そのとおり」と議長はものやわらかに同意した。「この新しい政策についてあらゆる法律的な点は研究されました。少数の例外はありますが、植民者のほぼ九十一パーセントは、元からのものかあるいは由来するものの違いはあれ、世界連邦のそれぞれ異なる国々の市民権を持っています。故郷の国々へ帰ろうと希望する人々にはそうする権利があります。喜ばれると思いますが、行政府は輸送手段を得るための貸付金計画を考慮しています……たぶん国際赤十字三日月《インターナショナル・レッド・クロス・アンド・クレセント》の監督下にです。つけ加えておきますが、わたし自身この計画を心から後援したいと思っていることです……つまり〝奴隷労働〟というような馬鹿げた話を拡げさせないことによりますからな」

　そいつはすました顔で微笑し、教授はうなずいた。

「わかりました……もっとも人道的というわけですな。委員会は……もしくは行政府ですが……何にもまして、月世界の住民がこの惑星で生きてゆくことはできないという事実を慎重に考慮されたのでしょうか？　かれらは元に戻すことのできない生理学的変化によって自ら志願したのではない永遠の流刑にされているのであり、かれらの身体が慣れてしまったところより六倍も大きな重力場の中では、二度と安楽に健康に生きていけないのだということを？」

　悪党野郎はまったく新しいことでも考えるかのように唇をぎゅっと結んだ。

「またわたし自身の考えを言うのですが、あなたの言われることが絶対に真実であると認める用意はできていませんな。ある人にとっては本当かもしれず、ほかの人にとってはそうではないかもしれません。人はみな非常に異なっているものですからな。あなたがたがここにおられることは、月世界の住居の地球へ戻ることが不可能でないことを証明しているじゃありませんか。いずれにしてもわれわれは誰にも帰還することを強制するつもりはありません。われわれはかれらが留まろうとすることを希望し、ほかの人々が月へ移住することを奨励したいものと考えているのです。だがそれは、大憲章によって保証された自由の下での個人的選択です。だがこのいわゆる、生理学的現象については……それは法律的問題ではありません。誰であろうと月に留まるほうが幸福であろうと考えるか、そのほうが慎重であると見なすとしても、それはその人の基本的人権です」

「わかりました、閣下。われわれは自由ですな。月世界に留まって、あなたがたに押しつけられた賃金と仕事で働くのも自由……あるいは地球に戻って死ぬのも自由なのですな」

議長は肩をすくめた。

「あなたはわれわれが悪者であるように考えられているようだが……われわれはそうじゃない。実を言えば、もしわたしが若者であればわたし自身、月へ移住するでしょうな。大変な機会ですよ！　いずれにしてもわたしはあなたの曲解を恐れはしませんよ……歴史はわれわれが正しいことを証明するでしょう」

教授は驚いた。かれは戦おうとしなかった。おれはかれのことが心配になった——何週間もの緊張と最後にひどい一夜だったんだ。かれはこう言っただけだった。

「議長閣下、わたしは月世界への交通がもうすぐ回復されるものと考えます。最初の船にわたしの同僚とわたし自身の乗船を手配していただけるでしょうか？　閣下、わたしが申し上げたこの重力による衰弱は、われわれの場合、非常に現実のものであると言わなければならないのです。われわれの使命は果たされました。われわれは故郷へもどる必要があるのです」

（穀物輸送罐については一言もなし。〝岩を投げること〟もなければ、雌牛をなぐることの無益ささえもなし。教授はただ疲れ切ったようにそう言っただけだった）

議長は上体を傾け、冷酷な満足さを見せて話した。

「教授、それは困難なことですな。はっきり言うと、あなたは大憲章に対する反逆罪……実際、すべての人類に対する反逆を犯しているように思えます……そして、起訴が考えられているのですぞ。しかしながら、あなたほどの年齢と健康状態にある者に対して執行猶予以上のものが科せられるとは思えませんが。あなたがこれらの行為を犯した場所へあなたを送り返すことは、われわれにとって用心深いことだと考えますが……そこでもっと悪い影響をひきおこすかもしれないというのに？」

教授は溜息をついた。

「おっしゃることはわかりました。では閣下、わたしは失礼していいでしょうか？　疲れてしまいましたのでね」

「結構ですとも。あなたの処分はこの委員会の決定によります。聴問会は延期します。ディビス大佐……」

「え、閣下？」

おれは教授をすぐ外に出そうと車椅子をまわしていた。おれたちの附添人は外に出されていたのだ。

「あなたとちょっと話がしたいのですが、わたしの事務室で」

「でも……」

おれは教授を見た。両眼は閉じられ、気を失っているようだった。だがかれは指を動かし、そばへ来るように動かしていた。

「議長閣下、わたしは外交官というよりも看護人なのです。かれの世話をしなければいけません。かれは老人ですし、病気です」

「附添人がかれの面倒は見ますよ」

「では……」おれは車椅子から近寄れるだけ教授のそばへ寄って、かれの上へかがみこんだ。

「教授、大丈夫ですか？」

かれはやっと聞こえるような声でささやいた。

「あいつが何を求めているか知るんだ。あいつに同意しろ。だがうまくごまかせよ」

数分後おれは議長と二人きりになった。防音のドアが閉められた——何の意味もないことだ。部屋には一ダースも耳があるだろう。それに加えると、おれの左腕の中にもうひとつだ。

やつは言った。

「飲みものは？　コーヒーでも？」

「結構です、ありがとうございます、閣下。ここでは食べるものに気をつけなければいけませんので」

「そうでしょうな。あなたは本当にその椅子にいなければいけないのですか？　健康そうに見えますが」

「どうしてもということであれば、立ち上がって部屋を歩いて横切ることはできます。たぶん気を失うでしょうが。もっとひどいことになるかもしれません。そんな危険は冒したくありませんね。普通より六倍も重いのです。心臓はそれに慣れていませんよ」

「そうでしょうな。すみません、大佐、わたしはあなたが北アメリカで馬鹿な騒ぎに巻きこまれたことを聞きました。すみません、本当にそう思っているのですよ。野蛮な土地です。あそこへ行かなければいけないときは、いつもいやなものです。なぜわたしがあなたに会いたがっているのか変に思われたでしょうな」

「いえ、閣下、あなたは必要なときはいつであろうと話されていいわけですから。それより、なぜあなたがまだわたしを大佐と呼んでおられるのかと不思議に思っています」

　やつは吠えるような声で笑った。

「まあ、習慣でしょう。外交儀礼で一生を過ごしてきたのですからな。だが、その称号を続けたほうがあなたにとって良いかもわかりません。言ってくれませんか、われわれの五カ年計画をどう思います？」

　おれは実に馬鹿げていると思った。

「慎重に考えられたようですね」

「たっぷり考えたあげくのことですよ。大佐、あなたは物わかりの良い方のようだ……そのとおりだとわたしにはわかっていますよ。わたしはあなたの過去だけでなく、あなたが地球に足を踏み入れられたときから話された言葉をほとんど全部、あなたの心の中までと言っていいぐらいわかっているんです。あなたは月で生まれた。あなたは自分を愛国者だと考えていますね？　月での？」

「そのようです。ただ、われわれがやったことは、何かやらなければいけなかっただけのことのように思いますが」

「われわれのあいだだけの話ですがね……そうです。あの馬鹿な老いぼれのホバートですからな。大佐、あれは良い計画です……だが、指導者が欠けています。もしあなたが本当に愛国者なら、あるいは心底においてあなたの国の最高の利益ということについて実際的な男だとするならですな、あなたにそれを実行する人になってもらってもいいんですよ」かれは手を上げた。「あわてないで！　わたしは何もあなたに、裏切れとか、反逆者になれとか、そんな馬鹿なことは何ひとつ頼んでいるわけじゃあないですよ。これはあなたが本物の愛国者になる機会なのです……わけのわからぬ主義とかで自分の身を犠牲にする偽者の英雄なんかじゃなしにです。こんなふうに考えてください。地球の世界連邦が出せるすべての武力に対して月世界植民地は対抗できると思います？　あなたは本当の軍人じゃあない、わたしは知っているのですよ……そしてわたしは、あなたがそうでないことが嬉しい……だがあなたは技術者だ。わたしはそのことも知っているのです。あなたの正直な評価によると、月世界植民地を壊滅させるのに必要な船と爆弾の数はどれぐらいと考えますか？」

おれは答えた。

「船は一隻、爆弾六発です」

「そのとおり！　驚いたもんだ、わけのわかる人と話せてありがたいな。そのうち二発はひどく大きなものにしなければいけないでしょう、たぶん特別製ということになりますな。しばらくのあいだは、爆発地域外にある小さな町で少数の人々が生きていられるでしょう。だが一隻の船で十分のあいだにやれるのですよ」

「それは認めます、閣下。でも、デ・ラ・パス教授は、雌牛をなぐって牛乳を取れないことを指摘しました。射殺することでは余計にそうでしょう」

「われわれが一カ月以上ものあいだためらい、何もしないできたのはなぜだと思います？あの馬鹿なわたしの同僚ですよ……名前は言いませんが……〝口答え〟のことを言った男です。口答えぐらいわたしは腹を立てたりしません。それはただの話であり、わたしはこの結果に関心がありますな。大佐、われわれは雌牛を射殺したりしません……だが、やむを得なければやりますよ。雌牛に射殺されることもあるのだということを教えるためにね。水爆ミサイルは高価な玩具ですが、何発かを警告用に使ってみてもかまいませんよ。むきだしの岩の上で爆発させて、雌牛にどういうことになるか知らせるためにね。だがそんなことはしたくないものです……雌牛を驚かせて牛乳を酸っぱくさせてしまいますからな」やつはまた吠えるような笑い声をあげた。

「乳牛のボスを説き伏せて喜んで出させるようにしたほうがましですよ」

おれは待った。やつは尋ねた。

「どうやってか知りたくありませんか？」

「どうやってです？」

「あなたを使ってです。何も言わずにわたしに説明させてください……」

やつはおれを高い山の頂きへひきずりあげ、おれにこの現世での王領を提供した。それとも月世界でのと言うべきかもしれないが。〝仮の保護者《プロテクター・プロ・テム》〟の任につけ、もしやれるならおれが永久にとの了解のもとでだ。月世界人たちに、かれらが勝てることなどないと納得させろ。この新しいお膳立ては得になるのだとかれらを確信させろ——恩恵を誇張しろ、無料の学校、無料の病院、これも無料あれも無料と——細かいことはあとにして、地球と同じように全土を覆う政府だ。税金はほんの少額から始め、自動的な給料天引きと穀物輸出の税収入の頭をはねることから痛みを感じさせないように操作するんだ。だが、もっとも重要なことを言うと、今回の行政府は大人の仕事をやるのに子供をひとり送りこんだりはしない——ただちに二個連隊の警察軍だ。

「あのどうしようもない平和竜騎兵隊は間違いだった……二度とそんなことはしませんよ。われわれ二人のあいだだけのことだが、このことを考え出すのに一カ月を要した理由は、六つの大きな町と五十以上もの小さな居住区に拡がっている三百万人をひと握りの連中で支配したりできないということを平和管理委員会に信じさせなければならなかったからなのです。そこであなたは充分な警察力で始めることになる……戦闘部隊ではなく、文句を最小限に押さえて市民を鎮めることに慣れた警察軍です。それに加えて、こんどのかれらには婦人補助部隊をつけます、標準の十パーセントで……これで強姦の不平は出なくなるでしょう。どうです、大佐？　あなたにそれがやれると思いますか？　長い目で見れば、それがあなた自身の同邦にとってもっとも良いことだと思うんですがね？」

おれは細部まで研究してみなければいけない、特に計画全体と五カ年計画の割当量をだ。だからすぐに心を決めることはできないと言った。

やつはうなずいた。

「もちろん、もちろんですとも！　われわれが作り上げた白書のコピーをさしあげましょう。これを持って帰り、研究し、よく考えてみてください。明日もう一度話し合いましょう。ただひとつ紳士として、このことは誰にも洩らさないと約束してくれませんか。実際のところは秘密じゃあありません……ですがこういった事柄は、公表される前に片がついていたほうが良いものですからな。このことを広く知らしめることについては、あなたには援助が必要となります……それは得られますよ。われわれは一流の連中を送りこむだけの費用を出しますよ、値打があればそれだけの給料を払うんです、あの科学者連中がやっているとかいうような遠心加速機にかけるんです……おわかりでしょうが。こんどはわれわれもうまくやりますよ。あの馬鹿なホバートのことですが……かれは本当のところ死んでいるんでしょう？」

「いいえ、閣下。でも老衰していますね」

「殺してしまうべきだったですよ。さて、これが計画のコピーです」

「閣下……年寄りのことが出たついでですが、デ・ラ・パス教授はここに留まっていられません。もう六カ月とは生きていられないでしょうから」

「そうなれば願ったりじゃないですか？」

おれはやっとの思いで平気な顔をして答えた。

「おわかりになっていないようですね。かれは非常に愛され、尊敬されています。わたしにとってもっとも良いことは、あなたがたが水爆ミサイルを使うつもりであり……われわれにできるかぎりのものを救済するようにするのが愛国的義務だということを、かれに信じこませることとです。しかし、いずれにしたところで、もしわたしがかれを伴わずに帰ったりすれば……そう、計画を実行できないだけでなく、手をつけようとするまでも生きていられないでしょう」

「ふーむ……そのことはよく考えてみましょう。明日相談することにしましょう。十四時でどうです？」

おれは別れを告げて輸送車に乗せられるとすぐに震え出した。高度な外交折衝に慣れていないためだ。

スチューは教授と一緒に待っていた。「さて？」と教授は尋ねた。

おれはまわりを見て耳を押さえた。おれたちは身体を寄せあい、教授の頭の上へおれたち二人の頭を重ね、その上から二枚の毛布をかぶった。担架ワゴンは大丈夫だったし、おれの車椅子も同じだった。おれは毎朝その二つを調べておいたのだ。だが部屋そのものは何とも言えないから、毛布をかぶってささやき合うほうが安全だと思われたのだ。

話し出すと、教授はおれをとめた。

「あいつの先祖と癖を論じるのはあとまわし。事実だけを」

「やつはぼくに長官の職を提供しましたよ」

「きみは承知したことだろうな」

「九十パーセントまではね。ぼくはこれからこのがらくたを調べ、明日返答することになっているんです。スチュー、おれたちどれぐらいの早さで逃亡計画を実行できる？」

「始めているさ。ぼくらはきみが戻ってくるのを待っていたんだ。やつらがきみを返してくれたらだけどね」

それからの五十分は忙しかった。スチューは腰布を巻いたやつれたヒンズーをひとり連れてきた。三十分でそいつは教授の双生児となり、スチューは教授をワゴンから降ろして長椅子に横たえた。おれの身代わりを作るのはもっと容易だった。おれたちの身代わりは夕暮れになるとすぐ続き部屋の居間へ押してゆかれ、それから夕食が運びこまれた。何人もの人間が出たり入ったりした――そのうちにスチュアート・ラジョアの腕にすがったサリー姿のヒンズーの老婦人がいた。そのあとに太ったインド紳士が続いた。

教授を屋上へ続く階段を昇らせるときが最悪だった。かれは一度も動力歩行器を使ったことがなく、練習する機会がなかったのだ、そして一カ月以上ものあいだ横になっていたんだ。

だがスチューの腕がかれをしっかりと支えていた。おれのほうは歯を喰いしばり、その恐ろしい十三の階段を自力で昇ったんだ。屋上に達したとき、おれの心臓はもう破裂しそうになっていた。おれは気を失ってしまわないように、その場に横たわった。夕闇の中から計画どおりに無音の小さな短距離飛行機関が現われ、それから十分後におれたちはこのひと月のあいだ使っていた貸切り飛行機に乗っていた――その二分後におれたちはオーストラリアへ向けて飛んでいった。この離れ業を用意し必要なときはいつでも使えるようにしておくのにどれほどの金がかかったのかは知らない、だが文句はなしだ。

教授と並んで横たわり、息を整えてからおれは尋ねた。

「気分はどうですか、教授？」

「大丈夫だよ。ちょっと疲れたがね。欲求不満だな」

「ええ《ヤー》、そう《ター》、不満ですね」

「タージ・マハル（インドのアーグラにある白大理石造の霊廟。ムガル帝国皇帝シャア・ジャハーンが二十二年の歳月をかけて建造したもので、世界屈指の美しい建築）を見られなかったからという意味だよ。わしの若いころには、その機会が一度も持てなくてね……そしてこんどは、そこから一キロメートル以内にいられたことが二度もあった。一度は数日間、こんども一日……それなのにわしは見られなかったし、永久に見られないことになってしまったな」

「ただの墓でしょう」

「それならトロイのヘレンもただの女さ。お休み、坊や」

おれたちはオーストラリアの半分の中国領にあるダーウィンという場所に着陸し、すぐに船に運ばれ、加速長椅子に横たえられ薬を飲んだ。教授はもう眠りこんでしまい、おれが眠くなりかけたとき、スチューが入ってきて微笑し、おれたちと並んでストラップを締めた。

おれはかれを見つめた。

「きみもいっしょか？　店は誰がやるんだい？」

「実際の仕事をずっとやっていた同じ連中さ。うまい組織でね、もうぼくを必要としないんだ。マニー、相棒、ぼくはもう故郷から遠く離れたところに島流しになっているのはいやなんだ。月世界からという意味だよ、きみにわからなければ。これはどうも密航《シャンハイ》からは最後の汽車らしいんでね」

「いったい上海《シャンハイ》と何の関係があるんだい？」

「何でもないさ。マニー、ぼくはまるっきり破産したんだ。ぼくはあらゆるところから金を借りている……その借金が支払えるのは、ある種類の株がアダム・セレーネの断言したとおりに動いてくれたときだけなんだよ。歴史におけるこの時点の直後にさ。それにぼくは追われているんだ、もしくはそうなるんだ。公共の平和と威厳に対する犯罪でね。こう言おうか、ぼくは連中がぼくを流刑にする手間を省いてやっているんだよ。ぼくの年齢で穴掘りになれると思うかい？」

おれは目がかすんできた、薬がきいてきたんだ。

「スチュー、月世界ではきみはまだ年寄りじゃない……かけだしもいいところさ……とにかく……うちで食べてくれ、永久にだ！　ミミはきみが好きだからな」

「ありがとう、相棒、たぶんな。警告灯だ！　息を深く吸って！」

突然おれは十Ｇでなぐりつけられた。

# 20

おれたちの乗物は有人人工衛星に向かって使われる地上から軌道への連絡船タイプのものだった。巡回軌道にいる世界連邦の各船に補給品を運ぶためと、お楽しみと賭博用人工衛星に客を送り迎えするやつだ。いつもの乗客四十人の代わりに三人の乗客で、荷物は圧力服が三着と真鍮の大砲だけ（そう、馬鹿げたあの玩具も一緒だった。圧力服と教授の戦争玩具は、おれたちより一週間早くオーストラリアに着いていたんだ）そしてこの嬉しい船〝雲雀《ラーク》〟は何もかもはずされていた――全乗組員は船長とサイボーグ・パイロットだけだった。

その船は大量すぎるほどの燃料をのせていた。おれたちは人工衛星エリシウムに普通の接近をし（と聞かされた）……それから突然、軌道速度から脱出速度に噴射させたんだ。離陸のときよりももっと激しい変化だった。

これは世界連邦宇宙追跡監視所に気づかれ、おれたちは停止し説明するように命令された。このことはスチューからの受け売りだ。おれはまだ目覚める途中で、ストラップをひとつ締め具にひっかけたまま無重力状態の贅沢さを楽しんでいた。教授はまだ眠ったままだった。

スチューはおれに言った。

「それで連中は知りたがったんだよ、いったいわれわれは何者で、何をやるつもりなんだってね……ぼくらは答えたよ、われわれは中国管区のスカイ・ワゴン〝開く睡蓮《オープニング・ロータス》〟で人命救助の仕事に向かっているところだ。すなわち、月に幽閉されているあの科学者たちを救出に行くんだ。そう言ってね。こちらの船籍証明を送ったよ……オープニング・ロータスとしてのね」

「遠隔判別装置はどうなんだい？」

「マニー、もしぼくが給料だけの仕事しかしない男なら、遠隔判別装置で十分前にラークが上がったときにバレてしまっているさ……それがいまわれわれをロータスと認めたんだ。すぐにどうなるかわかるよ。ミサイルをぶっぱなす位置についている船は一隻だけで、そいつはきっと」――かれは口ごもって時計を見た――「あと二十七分以内にわれわれを爆破する。このぼろ船を動かしている電線《ワイヤード・アップ》だらけの紳士《ジェントルマン》によればそうなるらしい。さもなければ、われわれをつかまえる可能性はゼロになってしまうそうなんだ。だから、もし心配なら……もしきみが祈りの文句をとなえたいとか、送りたいとか、送りたい通信があるとか、何でもいい、こういう時に人がするようなことがあれば……いまがその時だぜ」

「教授を起こすべきだと思うかい？」

「寝かせておこう。平和な眠りから瞬間的にまばゆいガスに変わること以上にましな死に方を考えられるかい？　もっともかれに何かやらなければいけない宗教的儀式があれば別だが。かれが宗教的な人に見えたことは一度もないんだ、純学理的な意味でだよ」

「そのとおりさ。だがもしきみにそういう必要があれば、ぼくにかまわないでやってくれよ」

「ありがとう、ぼくは離陸する前に必要と思われることはみなやっておいたよ。きみ自身はどうなんだ、マニー？　ぼくは神父というような柄じゃないが、もしそれでも良ければ最善をつくすよ。何か罪悪感はあるかい、相棒？　告白する必要があるなら、ぼくはけっこう罪深いことも知っているんだよ」

おれに必要なことはそんなんじゃないんだと、おれはかれに言った。だがそのあと罪悪を思い出した。そのうちのいくつかはおれが大切にしていたもので、おれは大なり小なり真実に近い話をかれにした。するとその話でかれは自分自身のを思い出し、それがまたおれに思い出させ――その時間がやってきて、おれたちの罪悪が品切れにならないうちに過ぎていった。スチュー・ラジョアは最後の数分間を一緒に送るのにいい男だ、たとえそれが最後とならなくてもだ。

おれたちは二日のあいだ、多くの病気を月世界に運びこまないようにするため徹底的な消毒を繰り返すこと以外、何もしなかった。だが、それに誘発された風邪引きで震え、熱で燃えるようになっていても平気だった。自由落下は本当にほっとさせられるものだったし、家へ帰るのは実に幸せなことだったからだ。

というより、ほとんど幸せだったと言ったほうがいい――教授はいったい何を心配しているんだと尋ねた。

「何でもありませんよ……家へ帰るのが待ち遠しいんです。でも……本当のところは、失敗したあとの顔を見られるのが恥ずかしいんです。教授、ぼくらのやったどこがまずかったんでしょう？」

「失敗しただと、坊や？」

「そのほかどう呼べるんです？　認めてくれと頼んだ。だがだめだった」

「マヌエル、きみに詫びなければいけないことがあるんだよ。きみは覚えているだろう、わしらが国を出る直前に可能性をアダム・セレーネに計算してもらったことを」

スチューは聞こえるところにいなかったが、〝マイク〟はおれたちが絶対に使わない言葉だった。機密保持のため常に〝アダム・セレーネ〟だったのだ。

「覚えていますとも！　五十三にひとつでした。それからぼくらが地球へ着いたときは百にひとつってひどいことになっていましたね。いまはどれぐらいになっていると思います？　千にひとつですか？」

「わしは新しい計算結果を数日ごとに受け取っていた……それだよ、わしがきみに詫びなければいけないというのは。最後の、わしらが逃げ出す直前に受け取ったのは、そのときにはまだわからない推測まで含んでいたんだよ。つまりわしたちが脱出するものとし、地球から離れ安全に国へ帰れるとしたらということをだ。あるいは、少なくともわしたち三人のうちの一人がそれに成功するとしてだな。同志スチューが国へ戻ることを求められたのはそのためなんだ、かれには大きな加速に対する地球人の耐久力があるからね。実のところ、八つの計算結果だよ。わしたち三人がみな死んでしまうことから、三人とも生き残るまでのいろいろと組み合わせを変えてね。最後の計算結果がどうだったかに何ドルか賭けてみる気はないかね？　きみ自身の勝ち目を言ってみてだ。ヒントをあげよう。きみはあまりにも悲観的すぎるよ」

「ええ……そんな、やめてください！　早く言ってくださいよ」

「わしらに勝ち目がないという率は、いまやたったの十七にひとつになったよ……それに、このひと月のあいだずっと良くなっていたんだ。そのことをわしはきみに言えなかったが」

驚き、喜び、有頂天になり——傷つけられた。

「どういう意味なんです。ぼくに言えなかったとは？　ねえ、教授、信じられないなら、ぼくを追い出してスチューを執行細胞に入れてください」

「お願いだ、坊や。わしらの誰かひとりに何かが起こったら、かれはそこへ入るさ……きみか、わしか、それとも可愛いワイオミングにな。わしは地球できみに言えなかった……そしていまは言えるんだ……それはきみが信じられないからではなくて、きみが役者じゃないからだったんだ。わしらの目的は独立を認めさせることにあるときみが信じていればいるほど、きみは自分の役割を効果的にやり通せたからなんだ」

「いまさらそんなことを言って！」

「マヌエル、マヌエル、わしらはあらゆる瞬間を激しく戦い……そして負けなければいけなかったんだよ」

「それで？　もう話してもらっていいほど大きな子供になりましたか？」

「頼むよ、マヌエル。きみを一時的に暗闇の中に置いておくことが、わしらの可能性を非常に大きくしたんだ。そのことはアダムに尋ねてくれたらいい。もうひとつつけ加えておくことは、スチュアートが月世界への召喚を理由も聞かず喜んで承知したことだ。同志、あの委員会はあまりにも小さく、あの議長は賢明でありすぎた。かれらが受け入れられるような妥協案を出すかもしれないという危険が常にあったんだ……あの最初の日にも、その恐ろしい危険があった。わしらが無理にも事件を連邦総会に出すことができていたら、賢明な行動を取られる危険はなかっただろうな。だがわしらは妨害された。わしがやれた最上のことはあの委員会に反抗することであり、少なくともひとつは常識にはずれたことを確実にやるため、卑劣なことながら個人的侮辱まで加えたんだよ」

「どうやらぼくは永久に高等戦術などわからないようですね」

「たぶんそうだろうな。だがきみの才能とわしのとは、おたがいに補いあったんだ。マヌエル、きみは月世界が自由になるのを見たいだろう」

「当然じゃありませんか」

「そしてきみは地球がわれわれを負かせられるってことも知っている」

「ええ。五分五分に近くなる計算結果は一度もありませんでしたよ。それでどうしてあなたがかれらを怒らせるつもりになったのかわかりませんね……」

「待ってくれ。かれらはその意志をわしらに押しつけられる以上、わしたちにただひとつある可能性はかれらの意志を弱めることにあったんだ。それがわしたちの地球へ行かなければいけなかった理由だった。分裂させるためにな。多くの意見を作り出させるためにだよ。中国の歴史に現われた偉大な将軍たちの中でもっとも賢明な男はこう言っているよ、戦争における最高のことは敵国民の意志をくつがえし戦わずして屈伏させることだとね。その格言の中には、わしたちの窮極の目的とわしらのもっとも恐るべき危険の両方が含まれている。たとえば、あの最初にありえたかもしれないことだが、誘惑に乗りそうな妥協案を出されたとしたらどうなる？　長官の位置に知事だ、それもたぶんわしたちの仲間からな。地方自治ってわけだ。総会に代表だ。射出機場での穀物にもっと高い値をつけ、それに加えて輸出増加分にボーナスだ。ホバートの政策を否認し、強姦と殺人に対する哀悼の意を表し、犠牲者の遺族に相当な額を現金で補償するんだ。そうなったら受け入れられていたろう？　国でさ」

「やつらがそんなことを言い出すものですか」

「あの議長はあの最初の午後に、それに似たことを提案しようとしていたし、そのときは委員会をしっかり押さえていたんだよ。かれはそういった取引きを許してもいいと言いかけていたんだ。わしが説明したことはわかったと思うが、そうなっていたら国の連中は承諾しただろうか？」

「ええ……たぶん」

「わしらが国を出る直前にやってもらった冷静な計算結果にすると〝たぶん〟よりずっと上

さ。それはどんな犠牲を払っても避けなければいけないことだったんだ……長い目で見た惨事の予言に現われている主要なことの何ひとつも変えることなく、騒ぎを静め、わしらの抵抗しようとする意志を破壊する取引きだよ。そこでわしは話題を切り換え、見当違いなことで強情になり丁寧に反抗的になって、その可能性を押しつぶしたんだ。マヌエル、きみとわしは知っている……そしてアダムも知っている……食料の輸出には終わりがなければいけないことを。それ以外に月世界を惨事から防ぐ方法はないんだ。だがきみは、そういった輸出を終わらせることに小麦の生産者たちが立ち上がって戦うところを想像できるかね？」

「いいえ、かれらが輸出をやめようとしているニュースなどないでしょう」

「まったくないさ。アダムがこのように時期を決めたよ、マヌエル。わしらが国へ戻るまでは、どちらの星にもその宣言はしないとね。わしらはまだ小麦を売っている。輸送罐はいまだにボンベイへ届いているんだ」

「あなたはやつらに輸出はすぐにとめられてしまうだろうと言いましたよ」

「あれは脅迫で、良心的な誓約じゃない。まだあとわずかな輸出は問題じゃあないし、われわれには時間が必要だ。わしらはすべての人間を味方につけているわけじゃあない。わしらが握っているのは、ほんの少数だ。どちらについてもいいが、一時的には引き寄せられるというのが多数派。そのほか、わしらに反対の少数派がいる……特に穀物を作る農夫たちで、かれらの関心は政治などではなく、小麦の価値だけだ。かれらは不平を言いながらも行政府ドルを受け取っている。いつかは値打が出てくるだろうということを期待してな。だがわしらが輸出をやめると宣言したとたんに、かれらははっきりとわしらに反対するだろうよ。アダムは、その宣言を行なったときに多数派をわれわれのほうにつけることを計画しているんだよ」

「どれぐらいのあいだにです？　一年？　二年？」

「二日、三日、たぶん四日だな。気をつけて編集したあの五カ年計画からの抜粋、きみが録音してくれたものからの抜粋……特にあの卑怯な提案……ケンタッキーできみが逮捕されたことの利用……」

「えっ！　そいつはもう忘れたいですよ」

教授は微笑し、眉毛をぴくりと動かした。

おれは落ち着かない気持ながら言った。

「それは……いいですよ。もし役に立つなら」

「天然資源がどうのという統計などよりずっとそのほうが役に立つさ」

電線だらけの元・人間《ワイヤード・アップ・エクス・ヒューマン》は軌道をまわるような手数はかけず一度で降下操縦してゆき、ちょっとおれたちを苦しい目にあわせた。船は軽く調子良く動いたが、上空二・五キロメートルで制動を開始した。その怖るべき制動は十九秒間つづき、その後おれたちはジョンソン・シティに着陸した。胸が恐ろしいほど押さえつけられ、巨人に心臓を締めつけられているような感じを受けたが、それも終わってあえぎながら普通に戻り、おれには適当な重力になったのでほっとした。だが可哀想な老教授はほとんど殺されてしまうところだった。

マイクはあとでおれに言ったのだが、そのパイロットは操縦を任せることを拒否したそうだ。マイクは教授が乗っていることを知っており、卵をも壊さないように低いGで船を降下させるつもりだったのだ。しかしたぶんそのサイボーグは自分の仕事を知っていたのだ。低いGの着陸はとてつもなく燃料を浪費する。たぶん、ロータス＝ラークはほとんど燃料ぎれ寸前の状態で着陸することになっただろう。

そんなことなどおれたちは何も考えなかった。その戦闘着陸で教授が殺されてしまったかのように思えたからだ。おれがまだあえいでいるあいだにスチューは教授の状態に気づき、おれたちはかれに飛びついていった――心臓刺激剤、人工呼吸、マッサージ。やっとかれは瞬きをし、おれたちを見ると微笑して「帰ったね」とささやいた。

おれたちは船から離れられるようになるまで二十分間かれを休ませた。まるで死んだも同然の格好であり、天使は現われなかったからだ。船長はタンクに燃料を詰めており、おれたちを一刻も早く追い出し、乗客たちを乗せようとやっきになっていた――そのオランダ人は旅行のあいだ一度もおれたちに話しかけなかった。そいつの一生を台無しにし、あるいは殺されることになるかもしれない旅行に金の力で引きずりこまれたことを後悔していたのだろう。

やがてワイオが圧力服を着ておれたちを迎えに船に乗りこんできた。スチューは圧力服を着た彼女を見たことがなかったし、金髪姿の彼女を見たことが一度もなかったことは確かだった。それで見分けがつかなかったのだ。圧力服を着ていたがおれは彼女を抱き締めた。かれはそのそばに立っており、紹介されるのを待っていた。この圧力服を着た奇妙な〝男〟はかれに抱きついた――かれはびっくりした。

　ワイオのこもったような声が聞こえた。

「お願い！　マニー、わたしのヘルメット」

　おれはそいつをはずして持ち上げた。彼女は巻毛を握って微笑んだ。

「スチュー、わたしに会って嬉しくないの？　わたしがわからない？」

　ゆっくりと海《マーレ》を横切って夜明けが始まるように、笑いがマニーの顔に拡がっていった。

「こんにちは《ズドラヴスツヴィッチエ》、ガスパーザ！　あなたに会えて本当に嬉しいですよ」

「ガスパーザだって！　わたし、あなたにはワイオよ、あなた、いつだって。マニーは言わなかったの、わたしが金髪に戻ったって？」

「ええ、言いましたよ。でも、知ることと見ることは同じじゃないですからね」

「あなたすぐに慣れるわ」

　彼女は教授の上へかがみこみ、キスをし、笑いかけ、それから背を伸ばすとヘルメットなしのお帰りなさい《ウェルカム・ホーム》を始め、厄介な圧力服姿だったが二人とも涙にむせんでしまった。それから彼女はまたスチューのほうに向き、キスしかけた。

　かれはちょっとためらい、ワイオはやめた。

「スチュー、あなたを歓迎するにはわたしまた茶色のメーキャップに戻らなくちゃいけないの？」

スチューはおれをちらりと見てから彼女にキスした。ワイオはおれを歓迎したときと同じだけの時間と想いをこめた。

おれはあとになってかれの妙な態度に気がついた。スチューは誓いをたてたものの、まだ月世界人ではなかったのだ——それに、かれが地球へ行ったあとワイオは結婚していたんだ。それがどうしたんだって？　そう、地球ではそれで違いができるんだ。そしてスチューは、月世界人の女はそれ自身の主人であることを骨の髄まで深くはわかっていなかった。可哀想にやつはおれが怒るとでも思ったんだ。

おれたちは教授を圧力服に入れ、おれたちも同じ物を着こむと船を離れた。おれは腕に大砲をかかえてだ。地下へ入り気閘を通ると、おれたちは服を脱いだ——そしておれはワイオに昔買ってやった赤いドレスを彼女が圧力服の下に着ていたのを見て、ひどく嬉しくなった。彼女は押しつぶされていたドレスを伸ばし、スカートは大きく拡がった。

移民官室には、新しくついた流刑者のように四十人ほどの男たちが壁に並んでいるほか誰もいなかった。その全員が圧力服を着てヘルメットを持っていた——故郷へ帰る地球人たち、足止めをくった旅行客や科学者たちだ。その圧力服は一緒に行きはしない、上昇する前に降ろされるのだ。おれはかれらを眺め、サイボーグ・パイロットのことを考えた。ラークが裸にされたとき、長椅子も三つを除いて全部取りはずされた。この連中は床へころがって加速度を受けることになる——もし船長が気をつけなければ、地球人たちはみな血まみれにつぶされてしまうことだろう。そのことをスチューに言うと、かれは答えた。

「いいんだよ。リューレ船長はフォーム・パットをのせている。連中を傷つけたりするもんか、かれらはやつの生命保険なんだからな」

# 21

おれの家族、爺《グランドポウ》さんから赤ん坊たちまで三十数人が、地下の隣りの気閘を出たところで待っており、大声をあげ泣き声を出して抱きつき、こんどはスチューも遠慮しなかった。小さなヘイゼルがおれたちにキスする儀式を行なった。彼女は自由の帽子を持っており、三人にそれぞれかぶらせてから、おれたちにキスした――そしてそれを合図に家族全員が自由の帽子をかぶり、おれはとつぜん涙を覚えた。たぶんそれを愛国心というような感情だったのだろう、胸がつまりあまり嬉しすぎて苦しくなったのだ。あるいはおれの愛する連中とまた一緒になれただけのことかもしれないが。

「スリムはどこなんだ？　かれは招待されなかったのかい？」

と、おれはヘイゼルに尋ねた。

「来られなかったのよ。かれはあなたがたのレセプションの少年部指揮官なので」

「レセプション？　ぼくらの欲しいのはこれで全部だよ」

「いまにわかるわ」

そのとおりだった。家族がおれたちを迎えに出てきてくれたのは良いことだ。それと月世界市までの乗車（カプセル一台にいっぱいだ）のあいだだけかれらと会えただけで、それからはしばらく顔を見られなくなってしまったのだ。地下鉄西駅は暴徒が集まったようなひどい騒ぎだった、そのすべてが自由の帽子をかぶっていたのだ。おれたち三人はオールド・ドームまでずっと肩の上にかつがれて運ばれた。まわりを取り巻いたスチリヤーガの護衛たちが肘を組み合ってわれわれを守り、歓声をあげ歌声をひびかせている群衆のあいだを突き抜けていったのだ。少年たちは赤い帽子に白いシャツ、そして女の子たちは白いジャンパーに帽子と同じ色の赤いショーツをはいていた。

駅とそしてまたオールド・ドームで降ろされたときと、おれは女たちにキスされた。それまで見たこともなく、それ以後も顔を合わせたことのない連中にだ。おれたちが消毒の代りにとった手段が効果のあったことを望むのみだった――それでなければ月世界市の半分は風邪かもっと悪い病気でやられてしまっただろう。（明らかにおれたちはきれいなものだった、伝染病は起こらなかったのだ。だがおれは憶えていたんだ――ずっと幼いころのことだったが――麻疹が流行して何千人もが死んだときのことを）

教授のことも心配だった。一時間前には死人も同様だった男にとって、レセプションはちょっとひどすぎるものだった。しかしかれはそれを喜んだだけではなく、オールド・ドームですばらしい演説を行なった――面倒なことは少なく、鳴り響くような文句に溢れていたんだ。その中には〝愛〟があり、そして〝故郷〟が〝月世界〟が〝同志と隣人たち〟があり〝肩を組んで〟までがあり、そのすべてが心地良く響いたんだ。

みんなは南に面した大きなテレビの下に演壇を建てていた。アダム・セレーネはテレビスクリーンからおれたちに挨拶し、教授の顔と声はかれの頭の上にずっと大きく映写され——叫ばなくてもよかった。だがかれは数節を話すごとに話を中断しなければいけなかった。群衆の咆哮はスクリーンから響く雄牛のような声をも消してしまったのだ——そして疑いもなく中断することは休息のために役立った。だが教授はもはや老人にも、疲れているようにも、病気のようにも見えなかった。岩場《ザ・ロック》の中に戻ったことが、かれの必要としていた甘酒《うまざけ》であったかのようだった。そして、おれもそのとおりだったんだ。正当なる体重になり、強くなったように感じ、自分の町の清らかな換気された空気を吸うのはすばらしいことだったのだ。

けちな町じゃあない！　月世界市の全員がオールド・ドームの中に入ることなど不可能だ——しかし、まるでみんながそうしようと試みたかのようだった。おれは十メートル四方ぐらいの面積を想定し、その中にいる頭数を勘定しようとし、二百人まで数えてもその半分まで達せず、あきらめてしまった。〈ルナティック〉紙はその群衆を三万人と見ていたが、そんなことは考えられそうもない。

教授の言葉はほぼ三百万人以上にも届いた。テレビはその光景をオールド・ドームの中へなだれこめなかった連中に伝え、それは中継されて物淋しい海《マーレ》を横切りすべての町へと放映されたのだ。かれは行政府がみんなのため計画している奴隷的未来を教える機会をつかんだのだ。あの〝白書〟を振りまわした。「これがそうだ！」とかれは叫んだ。「きみたちの足枷だぞ！　きみたちの足につけられる重りだぞ！　きみたちはこんなものをつける気か？」

**「いやだ！」**

「かれらはそうしなければいけないと言っている。かれらは水爆攻撃を加えると言っているんだ……それから、生き残った連中が降伏し、この鎖をつけるんだ。そうするのか？」

**「いやだ！　畜生！」**

教授はうなずいた。

「絶対にいやだ……かれらは兵隊を送りこんでくると脅迫している……もっともっと大勢の兵隊を強姦と殺人にだ。われわれはかれらと戦おう」

**「そうだ《ダー》！」**

「われわれはかれらと地上で戦おう、われわれはかれらと地下鉄《チューブ》の中で戦おう、われわれはかれらと通路で戦うのだ！　われわれが死ななければいけないのなら、われわれは自由の身体で死のう！」

**「そうだ《イエス》！　そう《ヤー》、そう《ダー》！　やつらに目にもの見せてやれ！」**

「そしてもしわれわれが死んだら、歴史にその名をとどめよう、これこそ月世界にとって最良の時であったと！　われわれに自由を与えよ……しからずんば、死を！」

そのいくつかは聞き憶えのあるような言葉だった。だがかれの言葉は新鮮で、そして初めてのように聞こえた。おれはその咆哮に口を合わせた。なあ……おれは、おれたちが地球を負かすことなどできないと知っていたんだ――おれは商売が技術者であり、いかにわれわれが勇敢であろうと水爆ミサイルは一顧だにしないとわかっていたんだ。だがそれでも、そのつもりだった。もしやつらが戦いを求めるなれば、目にもの見せてやろうと！

教授はみんなを絶叫させ、それからみんなを〝共和国の戦闘讃歌〟へと導いた。シモンの変え歌だ。アダムは再びスクリーンに現われ、その先頭に立って歌い、そしておれたちは演壇から姿を消そうとした。スリムに率いられたスチリヤーガたちの助力でだ。だが女たちはおれたちを行かせたがらず、そして少年たちは女たちを追い払うにはどうも全力をふるえなかったものの、やっとそのあいだをかきわけていった。おれたち四人、ワイオ、教授、スチュー、おれがラフルズ・ホテルのL号室へ閉じこもることができたときは二二〇〇時だった。そこでアダム、マイクはおれたちとテレビで一緒になった。おれはそのころには空腹で死にそうになっており、みんなもそうだったので、おれは夕食を注文し、教授は計画を検討してみる前に食事をとることを主張した。

そのあとおれたちは本題に入った。

アダムはまずおれに、かれ自身と同志ワイオミングのために白書を大きな声で読んでくれと頼んだ。

「まず最初にだ、同志マヌエル、もしきみが地球で録音したテープを持っているなら、それを電話でぼくの事務所へハイ・スピードで送ってくれないか？　それを分析のために録音させる……ぼくがこれまでのところ持っているのは同志スチュアートが送ってくれた暗号の要約だけなのでね」

おれはそのとおりにした。マイクがそれをすぐに分析することと、いまの言葉は〝アダム・セレーネ〟神話の一部であると知りながらだ――そしてスチューに事実を教えることを教授に話してみようと決心した。もしスチューが執行細胞に入るのなら、このふりをしていることはいささか変だからだ。

録音をマイクにハイ・スピードで送りこむには五分かかり、大声で読むのにはもう三十分がかかった。それが終わると、アダムは言った。

「教授、レセプションはぼくが考えていたよりずっと成功しましたね。あなたの演説のおかげです。ぼくは輸出禁止をただちに議会を通じて強行するべきだと思います。ぼくは明日正午の会議を今夜通知できますが、意見は？」

おれは言った。

「なああ、あの馬鹿者たちは何週間もひねくりまわすだけだぜ。もしきみが連中に任せなくちゃあいけないなら……なぜかは納得できないが……宣言のときにやったのと同じにやれよ。遅く始めて、深夜を過ぎてからわれわれの同志だけで通すんだ」

アダムは答えた。

「残念だが、マヌエル。ぼくは地球での出来事をいまから知るんだし、きみはここでの出来事をこれから知るんだ。もう同じ連中じゃあないんだぜ。同志ワイオミング？」

「ねえ、マニー。もういまは選挙された議会になっているの。かれらが通さなければいけないのよ、議会がわたしたちの持っている政府なんですもの」

おれはゆっくりと言った。

「きみらは選挙をやり、仕事をかれらに渡したというのかい？　すべてを？　じゃあ、ぼくらはこれから何をするんだい？」

おれは爆発を予期して教授のほうを見た。おれの反対はかれのそれとは違うかもしれない――だが、ぎゃあぎゃあ話しあうことを別のものに変えてみたところで何の役にも立たないと思ったんだ。少なくとも最初の連中なら実にいい加減なやつらだったから、おれたちで好きなように操れたんだ――この新しい連中は議席にしがみついていることだろう。

教授は別に心を乱さなかった。指の先をくっつけ合わせて、のんびりしていた。

「マヌエル、事態はきみが感じているほど悪いもんだとは思えないね。いずれの時代にも通俗的な神話に適合させることが必要なもんだ。あるときは、王となるものが神性のあるものによって塗油式を行なわれ、問題は神性のあるものが正しい候補者に油を塗るようにすることだった。現代における神話は〝民衆の意志〟だよ……だが問題は皮相的にしか変わっちゃあいない。同志アダムとわしは長いあいだ議論した、民衆の意志をどのように決定するかということをね。わしはあえて言おう、この解決法はわしらがうまくやれるものだとね」

「そう……いいですよ。でもなぜぼくらに話してもらえなかったんです？　スチュー、きみは知っていたのかい？」

かれは肩をすくめてみせた。

「いいや、マニー。ぼくに話す理由などなかったさ……ぼくは君主制主義者だからね、そんなことに興味がなかったさ。だが、現在この時代において選挙が必要な儀式だということでは教授と意見を共にするね」

教授は言った。

「マヌエル、わしらが帰ってくるまで、わしらに告げることは必要なかったのだよ。きみとわたしには、ほかにやるべき仕事があったんだ。同志アダムと愛する同志ワイオミングはそれをわしらの不在中にやった……そこでだな、われらがやったことを判断する前に、かれがどんなことをやったのかを考えてみようじゃないか」

「すみません、さてと、ワイオ？」

「マニー、わたしたち何もかも偶然に任せたりはしなかったのよ。アダムとわたしは、三百人による議会が適当だろうと決めたの。それからわたしたち何時間もかけて党のリストを調べたわ……それから、党に入っていない人々で優れた連中を。そしてやっと候補者のリストができたの……何人かはあの特別議会からの連中も含んでいるリストよ。そのすべてが馬鹿だったわけじゃないでしょ、わたしたち、できるかぎり多くを含めることにしたわ。それからアダムがその人たちに電話して尋ねてみたの……やってくれるかどうか……当分のあいだは秘密にしておくことを誓わせて。何人かは変えなければいけなかったからよ。

わたしたち準備ができると、アダムはテレビを通じて演説し、自由選挙を行なうという党の誓約を実行する時がきたと宣言し、その日付けを決め、十六歳以上の者は全員が投票できるのだと言い、候補者となろうとする者はすべて指名請願書に百人の署名をもらい、それをオールド・ドームかその居住区の公開掲示場に掲示しなければいけないとしたの。ええ、そうよ。三十臨時選挙区、それぞれの選挙区から議員が十人ずつ……それで、いちばん小さい居住区も少なくともひとつの選挙区としたのよ」

「それできみらはその立札を並べさせ、党の切符を持った連中がそのあいだを通っていったのか？」

「あら、違うわよ、あなた！　党の切符なんかなかったのよ……公式にはね。でもわたしたち、わたしたちの候補についての準備はできていたの……言っとかなければいけないけれど、わたしのスチリヤーガたちは指名の署名を集めるのに立派な仕事をしたのよ。わたしたちの選んだ連中は最初の日に掲示されたわ。ほかの多くの人も掲示したわ、二千人以上の候補者があったの。でもその声明から選挙まで十日間しかなく、わたしたちがやるべきことはわかっていたのに比べて、そうじゃない連中は分裂していたのよ。アダムがみんなの前へ出てきて候補者への賛成演説をする必要もなかったわ。うまく成功したの……あなたは七千人の投票を集めたわ、あなたにいちばん近いライバルは千票にも満たなかったのよ」

「ぼくが勝った？」

「あなたは勝ち、わたしは勝ち、教授は勝ち、同志クレイトンは勝ち、わたしたちが議会に入るべきだと考えた人は全員そうよ。難しいことじゃあなかったわ。アダムは誰にも応援しなかったけれど、わたし、同志のみんなに誰が望ましく思われているかということを教えるのにためらったりしなかったの。シモンもそれに一枚加わったのよ。それにわたしたち、新聞とも良いコネを持っていたわ。わたし、選挙の夜、あなたにここにいて、結果を見ていてほしかったわ。興奮したわよ！」

「投票数を勘定するのはどうしたんだい？　どんなふうに選挙をやるか知らなかったはずだろう。紙に名前を書いていったのかい？」

「あら、違うわ。わたしたちもっと良い方法を使ったのよ……つまり、わたしたちの選んだ最上の人々の何人かは字が書けなかったからなの。わたしたち、ほうぼうの銀行を投票場所に使い、銀行員にお客を見分けてもらい、お客が自分の家族と銀行取引きのない近所の人々の身許を保証したのよ……そしてみんなは口頭で投票し、銀行員は投票者たちが見つめている前で銀行の計算機にその投票をパンチし、その結果はすぐ全部が月世界市の手形交換所に記録されたの。全員が投票するのに三時間ほどですみ、その結果は投票が終わったあと数分で印刷されて出てきたわ」

突然、光がおれの頭蓋骨の中で輝き、おれはあとでワイオに尋ねてみようと決心した。いや、ワイオではない――マイクだ。かれの〝アダム・セレーネ〟としての権威は無視し、やつの神経素子から真実を叩き出すんだ。おれは十億ドルの千万倍も多すぎた小切手のことを思い出し、いったいどれぐらいがおれに投票してくれたのだろうと考えた。七千人？　七百人？　それともおれの家族と友人たちだけか？

だが新しい議会に対する心配はもうなくなってしまった。教授はインチキなカードを配ったのではなく、こちこちに固まってしまったのを与え――その犯罪が実行されているあいだ、地球へ逃げていたんだ。ワイオに尋ねてみる必要などない。彼女はマイクがどんなことをやったのか知る必要はないのだ……そして、疑惑を持たないほうが役割はうまく果たされるのだ。

　そのほか誰も怪しんだりする者はいない。すべての人々が当然のこととしていることがあるとすれば、それは、正直な数字を電子計算機に入れると正直な数字が出てくるという確信なんだ。おれ自身、ユーモアのセンスを持った電子計算機に出くわすまで、そんなことを疑ってみたりしたことなど一度もなかった。

　スチューにマイクが自意識を持っていることを教えようとしていたのはやめることにした。三人でも二人多すぎたんだ。それとも、三人ともかもしれないが。

「ぼく《マイ》……」おれはそう言いかけて、言葉を変えた。「まったくだ《マイ・ワーズ》！　能率が上がりそうだな。どれくらいの勝ち方だったんだい？」

　アダムは表情も変えずに答えた。

「われわれの候補者のうち八十六パーセントが当選したよ……ほぼ、ぼくが期待していたとおりだったね」

（〝ほぼ〟はおれの偽物の左手だ！　おまえが期待していたのとまったく同じくせに。マイク、この鉄《はがね》の商人め！）

「正午の開会に対する反対は撤回するよ……ぼくも出席する」

　スチューは言った。

「どうも、その輸出禁止がすぐに行なわれるとすれば、今夜ぼくらが見たあの熱狂ぶりを何とか維持するものが必要になると思うんだ。そうしないと経済的に沈滞する長い静かな期間があるだろう……つまり輸出禁止からね……そして、いろいろと迷いが出てくるだろう。アダム、きみは最初に、未来の出来事についてすばらしい推測をしてみせる能力でぼくを感心させたね。ぼくの心配はあたっていないかい？」

「そのとおりだよ」

「それで？」

アダムはおれたちを順番に眺めてゆき、マイクは単に立体受像機を通して現われているに過ぎない偽物の映像なんだと信じることは、ほとんど不可能だった。

「同志諸君……できるかぎり早く本当の戦争に持ちこまなければいけない」

誰ひとり何も言わなかった。戦争を口で言うことと、それに直面することとはまったく別物なんだ。やがておれは溜息をついて尋ねた。

「ぼくらが岩を投げつけるのは、いつ始めるんだ？」

アダムは答えた。

「われわれが始めるんじゃあないんだよ……向こうが最初のを投げなければいけない。連中がそうするように、われわれはどう敵対行動を起こすかだ。ぼく自身の考えは最後にまわしたいね。同志マヌエル？」

「ああ……おれを見ないでくれよ。おれの感じていることでいくと、とびきり大きな岩をアーグラに叩きつけてやることで始めたいぐらいだ……あそこにいる野郎のひとりは、宇宙の邪魔物だよ。だがきみの考えているのは、そんなことじゃあないんだろ」

アダムは真面目な顔で答えた。

「ああ、そんなことじゃあないよ……きみは生命の損害に対して民衆をひどく反対させ、そのヒンズー国家全体を怒らせるだけでなく、タージ・マハルを破壊したことで地球全土の人人にショックを与え怒らせてしまうだろう」

教授も言った。

「わしも含めてだよ……汚ない手を使うことは言わないことだ、マヌエル」

「ちょっと……どうしてやろうとなんか言ってないですよ。とにかく、タージを抜かしてもいいですからね」

「マヌエル、アダムが指摘したとおり、わしらの戦略は、かれらに最初の一撃を加えさせるように敵対しなければいけないってことだよ。ゲーム理論のうちの古典的な〝真珠湾〟行動さ、世界政策における大きな利益さ。問題はいかにということなんだな。アダム、わしの提案はこうだね。つまり現在必要とすることはわれわれが弱くて分裂しており、われわれをかれらの戦列に引き戻すには武力を示してみせることだけだ、という考えを植えつけることなんだ。スチュー？　地球にいるきみの仲間は役に立つはずだ。もし議会がわしとマヌエルを否認したら、その効果は？」

「ああ、だめ！」

と、ワイオは言った。

「ああ、いいんだよ、ワイオくん。そうする必要はない。ただ地球へのニュース・チャンネルに乗せるだけさ。それより、わしたちの公式チャンネルが厳しい検閲を昔どおりにして送っているあいだに、まだわしらのところにいる地球の科学者連中が送った秘密の電波を使って知らせたほうがもっと良いかもしれないよ。アダム？」

「戦略に含まれるべき戦術としてはいいね。それだけでは不充分だよ。われわれはどうしても爆撃されなければいけないんだ」

ワイオは尋ねた。

「アダム……あなたどうしてそんなことを言うの？　月世界市が向こうの最大の爆弾に耐えられるとしても……そんな目にあうなんてこと、わたし絶対にいやだけど……全面戦争になったら月世界は勝てないってこと、わたしたち知っているわ。あなたは何度もそう言ったでしょ。向こうがわたしたちをただそっとしておくだけで、うまくいくような方法はないの？」

アダムは右の頬をつまんだ――そしておれは考えた。マイク、その芝居をやめてくれないか、おれまでおまえを信じこんでしまうぞ！　おれはその表情に面くらい、あとから話をするのが楽しみになった――おれが〝セレーネ議長〟に敬意を表さないでいい会話だ。

かれは静かに答えた。

「同志ワイオミング……それは、負けないためにはどうするかという複雑なゲーム理論の問題でね。われわれにはある程度の資源というか〝ゲームにおける手駒〟と多くの考えられる動きがある。われわれの相手はずっと大きな資源と、それよりずっと大きな反応のスペクトルを持っている。われわれの問題はそのゲームを操作して、われわれの力が最善の解決へ活用され、一方かれらの優勢な力を浪費させ、それを最高度に使わせることをくいとめることにあるんだ。われわれの戦略に都合の良い一連の出来事を起こさせるには、最初の一手が必要であり、タイミングこそ、そのエッセンスなんだ。これでは、はっきりしないと思う。これらの要素を電子計算機に入れて、きみに示そうか。それで結果だけを承認するか、それともきみ自身の判断に従うかだ」

かれは（スチューの目の前で）ワイオに思い出させていたんだ。かれはアダム・セレーネでなくてマイクであり、これほど複雑な問題でも操作できるわれわれの本物の思索家であり、それはかれが電子計算機であり、それもどこにあるものより優秀なものであるからだということをだ。

ワイオはしりごみをして言った。

「だめ、だめ……わたし数字はわからないのよ。いいわ、それはやらなくちゃいけないことなのね。どうやってやるつもり？」

教授とスチューそしてアダムも同じように気に入った計画ができたころには四〇〇時になっていた――それとも、マイクがおれたちみんなからアイデアを引き出すようなふりをして自分の計画を売りつけるのに、それだけの時間がかかったと言うべきか。それとも、アダム

・セレーネをセールスマンとした教授の計画だったのだろうか？

いずれにしても、おれたちには計画と日程表ができた。二〇七五年五月十四日火曜日の基本戦略から生まれたものであり、そのあと実際に起こった出来事に合わせることだけで変わったものだった。そのエッセンスはおれたちにできるかぎり汚なく振る舞い、そしておれたちをお仕置きするのはひどく容易だという印象を強めることだった。

ほんのちょっと睡眠をとったあと、正午にコミュニティ・ホールに到着したが、おれたちはあと二時間長く眠れたことがわかった。香港からの議員は全行程を地下鉄で来てもそう早く来ることができなかったのだ。ワイオは木槌を一四三〇時まで鳴らさなかった。

そう、おれの新婚の妻は、まだ組織されていない集団の仮の議長だった。議会を支配することは彼女にとって生まれついた性質のようであり、それに彼女をそうしたのはまずい選択ではなかった。暴徒のような月世界人の群れも、淑女が木槌を叩くときは、その振る舞いがずっとましになるのだ。

新しい開会期間とそのあとにどういうことをし、また発言されたかについては詳細にわたるまい。数分でいいだろう。おれは必要なときだけ顔を出し、話し合いの規則を覚えようなどとは決してしなかった——丁寧にやってはいたが、彼女は好きなように魔法を使っていたのだ。

ワイオが木槌を叩いて静粛にと言うなり、ひとりの野郎が飛び上がって言った。

「淑女議長《ガスパーザ・チェアマン》、規則は一時あとにして同志デ・ラ・パス教授の話を聞くことを提案します！」

それは賛成の叫びを巻き起こした。

ワイオはまた木槌を叩いた。

「動議は秩序からはずれています、ラワー・チャーチル代表は着席してください。この会議は休会することなく延期されていたのであり、永久的組織、決議、政府構造に関する委員会議長がまだ発言権を持っているのです」

それはウォルフガング・コルサコフだとわかった。ティコ地下《アンダー》市選出議員であり（そして教授の細胞員であり、われわれのためのルノホ会社におけるナンバー・ワンの財政ごまかし屋でもあった）そしてかれは発言権を持っていただけでなく、その一日ずっと握っており、自分がいいと思ったときだけ発言権を譲り渡した（つまりだ、誰にでも発言を許すのではなく、かれが話させたい者だけを選んだのだ）だが誰ひとりとして退屈しなかった。この群衆は統率されることに満足しているようだった。騒がしくはあったが支配できないものではなかったのだ。

夕食時までに月世界は、指名された臨時政府に代わる政府を得た――つまり、おれたちが勝手に指名し、そして教授とおれを地球へやったロボット政府に代わるものだ。国会は臨時政府が行なったすべての行動を認め、おれたちがやったことの顔を立て、消え去ってゆく政府にその奉仕を感謝し、ウォルフガングの委員会に永久的政治機構の研究を続けることを指示した。

教授は、おれたちが憲法を制定するまでの議会大統領と暫定政府の職権上の総理大臣に選ばれた。かれは高齢と健康を理由に辞退した……それから、かれを助けてくれるこれこれのことが得られるならば引き受けようと言った。国会を統率するだけの責任を持つには地球への旅行であまりにも疲労困憊し老齢すぎるので――国家の非常事態を除きだ――かれは国会に議長と臨時の議長を選出することを求めたのだ……そしてまた議会はその議員数の十パーセントにあたる全州選出議員を増やし、それによって総理大臣が、たとえそれが誰であろうともだ、現在国会議員でもないものであっても内閣の一員もしくは大臣に指名――特にかれの双肩にかかる負担を軽くするための無任所大臣を指名できるようにしたいと述べた。

かれらは騒ぎ立てた。ほとんどの連中は〝国会議員〟であることを誇りにしており、すでにその地位を羨望していたんだ。だが教授はただ疲れたようにすわっているだけで待ち続けた――するとひとりの男が、その決定権はまだ議会の手にあるのだということを指摘した。そこでかれらはそいつに求めているものを与えた。

そのあとまた誰かが、議長に質問を行なうことでその演説に割りこんだ。すべての者が知っていることだが（と、そいつは言ったのだ）、アダム・セレーネは議会に出席することを遠慮している、それは緊急委員会議長は新しい政府に容喙《ようかい》しなければならぬ位置につくべきでないという考えによるものだ……だが尊敬する淑女議長《チェアレイディ》よ、アダム・セレーネを全州選出議員として選ぶべきでない理由があるのか？　あの大きな奉仕に対する敬意の表現としてはどうだ？　全月世界に――そうだ、そしてあの地球虫どもの全部に、特に元の月世界行政府に――知らせるのだ。われわれはアダム・セレーネを否認しているのではなく、その反対にかれがわれわれの愛する長老政治家であり、かれが大統領でないのは単にかれがそれを望んでいないためなのだと！

より大きな騒ぎが次から次へと続いていった。その演説をしたのが誰なのかはすぐにわかるだろう。教授が筋書きを作りワイオがそれを動かしたものに違いないと。

数日のうちに決定したのは次のとおりだった。

総理大臣と外交問題に関する国務長官、ベルナルド・デ・ラ・パス教授。

議長、フィン・ニールセン／臨時議長、ワイオミング・デイビス。

外務次官および防衛大臣、オケリー・デイビス将軍／情報大臣、テレンス・シーハン（かれは〈プラウダ〉を編集次長に渡しアダムとスチューの協力を得させるようにした）／情報省における特別無任所大臣、スチュアート・ルネ・ラジョア全州選出議員／経済財政担当長官（そして敵国財産管理者）、ウォルフガング・コルサコフ／内務および安全大臣、〝クレイトン〟ワタナベ同志／無任所大臣および総理大臣特別顧問、アダム・セレーネ――それに加えて月世界市以外の町から出た一ダースもの大臣と無任所大臣だ。

それでどういうことになるかわかるだろう？　嬉しそうなタイトルを取ってしまってもまだB細胞が物事を動かしているのだ。マイクに助言を受け、おれたちが信任投票をやられても負けることのない議会にバック・アップされてだ――だが、おれたちが勝たせたくなかった連中や、大して高く買わなかった連中は失うこととなったのだ。

しかしその時は、そのようなうるさい話し合いに何の意味があるのか、おれには見抜けなかった。

夜の会議で教授は旅行のことを報告し、それをおれの説明に任せた——委員会議長コルサコフの同意の下でだ——そこでおれは〝五カ年計画〟と称するものの意図していることと、行政府がどのようにおれを買収しにかかったかについて報告することができた。おれは決して雄弁家ではないが、夕食で時間ができたときにマイクが用意してくれた演説原稿をガリ勉したんだ。かれはそれをひどく汚らしく歪曲していたので、おれはまた最初から腹を立てなおし、話しながらも腹を立て、やっとのことでよく意味がわかるようにした。おれが腰を下ろしたとき、議場はいまにも暴動を起こさんばかりになっていた。

教授は進み出て、その痩せ青ざめた顔で静かに言った。

「同志諸君、われわれはどうするべきでしょう？　わたしは、コルサコフ議長のお許しがあるならば提案したい。われわれの祖国に対して加えられたもっとも新しい侮辱にどう対処すべきかを、非公式に論じあうことを」

ノヴィレン選出の一議員は宣戦布告を求め、もしそのとき教授がまだ委員会の報告をしている最中だということを指摘しなければ、かれらはすぐにもそれを採択しそうな勢いだった。また多くの議論が続き、そのすべてが激しいものだった。やがて同志である議員チャン・ジョーンズは言った。

「仲間である議員諸君……失礼、ガスポディン・コルサコフ議長……わしは米と小麦を作る農夫だ。わしは卑怯だった、つまり五月にわしは銀行から金を借り、息子とわしは別の農業に切り換えようとしていたからだ。わしらは破産だ……ここへ来る地下鉄代も借りなきゃいけない始末だった……だが家族は食べており、いつかは銀行の借金も返したいものと思っている。少なくともわしはもう穀物を作っていないんだ。

だが、ほかの連中はまだ作っている。射出機は、わしらが解放されてこのかた輸送罐を一回分だって減らしなどしなかった。わしらはいまだに送り続けている、やつらの小切手がいつか少しでも値打のあるものになることを望んだ。

だがわしらはついに知ったぞ！　やつらはおれたちに言った。おれたちをどうするつもりなのかを……おれたちをだぞ！　わしらが本気でいることをあの悪党どもにわからせるただひとつの方法は、輸出をいますぐやめることだ！　もう一トンも、一キロもだ……やつらがここへやってきて、正直に正直な値段で交渉するまではだ！」

真夜中ごろかれらは輸出禁止を可決し、その細目の審議はあとまわしとし……常任委員会がそれを担当することとしたのだ。

ワイオとおれは家へ帰り、おれはまた家族と一緒になった。することは何もなかった。マイク＝アダムとスチューはそれで地球側にどう打撃を与えるかについて研究しており、マイクは（〝弾道計算機の技術的困難〟）二十四時間以前に射出機を閉鎖していた。送り出された最後の輸送罐はプーナ地上管制所によって一日をわずかに過ぎたときにとらえられ、そして地球はそれがかれらの得る最後のものであることを意地悪く通知されるのだ。

# 22

農夫たちに対するショックは、まだ射出機で穀物を買い続けることで軽減された――だがそこで支払われる小切手には、月世界自由国による支払保証がないこと、月世界行政府がそれをたとえ行政府ドルであろうと買い戻す保証がないことなどの警告が印刷されていた。農夫のある者はとにかく穀物生産から離れ、ある者はやめなかったが、みんなが悲鳴をあげた。だがかれらにやれることは何ひとつなかった。射出機はとまっており、積みこみ用ベルトは動いていないのだ。

その他の経済には、不景気はすぐには反映しなかった。防衛連隊は氷採掘者たちをあまりにも大勢引き抜いてしまったので、自由市場で氷を売ると儲かったのだ。ルノホ会社の子会社である鉄鋼業は見つけうるかぎりの四肢健全な男を雇っており、そしてウォルフガング・コルサコフは紙幣〝国家ドル〟の用意を整えていた。それは香港ドルに似せて印刷されており、理論的にはそれに関連して安定したものだった。月世界には豊富な食料が、豊富な仕事が、豊富な金があり、人々は困っていなかった。〝ビール、賭博、女、そして仕事〟はいつものように続いていた。

〝国家ドル〟と称せられていたが、それはインフレーション通貨であり、戦時用紙幣であり、不換紙幣であり、発行の最初の日には〝交換手数料〟とごまかして、ほんの少しだが割引きされた。それは消費されるべき通貨であり、ゼロには下落しなかったが、インフレの傾向をもたらすものであり、交換手数料はそれをそのまま反映していた。新しい政府は、所有してもいない金《かね》を使っていたのだ。

だがそれはもっとあとのことで——地球、行政府、世界連邦に対する挑戦は故意に汚くされて行なわれた。世界連邦の宇宙船は、警告なしに破壊される危険があるから、月世界から直径の十倍以内の距離に近づいたり、どのような距離であれ周回軌道をとらぬことを命令された（どうやって破壊するかは言わなかった、こちらにはその方法がないからだ）。個人登録宇宙船が着陸を許可されるのは、a／弾道飛行計画に先だって許可を要請され、b／認可された飛行を継続中に十万キロメートルの距離で月世界着陸管制所（マイク）の指示に従う船で、c／三人の士官に許可される三挺の携帯火器を除く武装をしていないもの。最後の点は着陸後の調査で確認されるものであり、それまでは何人《なんぴと》も船から離れることを許されず、燃料／そしてもしくは反作用質量の補給を許されない。それの違反は船の没収を意味する。自由月世界を承認した地球諸国の市民を除き、船積み、船降ろし、あるいは作業に関係ある船員以外、何人《なんぴと》も月世界に上陸することは許されない、とされた（自由月世界を承認した国はチャドだけだった——そしてチャドは宇宙船を持っていなかった。教授はどこかの個人登録船がチャドの商船麾下に再登録されることを期待したんだ）。

いまだに月世界に残っている地球人科学者たちは、われわれの要求に従うものがあればいかなる船に乗って故郷へ帰ってもいいことが、声明書に記された。それはまた、自由を愛する地球の諸国がわれわれに対してなされた不正と行政府がわれわれに対して計画したことを非難し、われわれを承認し、自由貿易と完全な友好関係を結ぶことを望んでおり――そしてまた、月世界における貿易での人工的制約はまったくなく、関税もないこと、それが月世界政府の守ろうとする政策であることを指摘していた。われわれは移民を無制限に歓迎し、労働力が不足しているからどの移民もすぐに自活できることを指摘した。

われわれはまた食料について自慢した――成人の消費量は一日四千カロリー以上、タンパク質に富み、値段は安く、割当制ではない。（スチューはアダム＝マイクに百プルーフのウオッカの値段を据え置かせた――リットル当たり香港ドルで五十セント、量が少なければ無税だ。これは北アメリカにおける八十プルーフ・ウオッカの小売価格の十分の一以下だったから、スチューは急所を突くだろうとわかっていたんだ。アダムは〝本質的に〟禁酒主義者だったから、そのことを考えなかったのだ――マイクの気づかなかった数少ないことのひとつだった）

月世界行政府は、ほかの人々から充分離れた一カ所、言うなればサハラの灌漑されていない場所に集まって最後の穀物の輸送罐を無料で受け取るようにと懇請された――速力をゆるめないまま直撃するやつをだ。そのあとに腹を立たせる講義がすぐに続いた。われわれの平和を脅かす者には誰であろうと同じことをする用意ができていること、射出機場にはそういったぶしつけな輸送をする準備の整った輸送罐がたくさん待機しているということだ。

それからおれたちは待った。

だが、その待ちかたは忙しかった。確かに荷積みを終えた輸送罐は少しあった。その中身をおれたちは下ろして岩に積みかえ、プーナ管制所に影響を受けないように誘導操縦装置に細工を加えた。それらについていた逆噴射ロケットは取り去られ、側面噴射ロケットだけを残され、余った逆噴射ロケットは新しい射出機のところへ運ばれて側面制御誘導用に変更された。最大の努力を注ぎこまれ、鋼鉄が新射出機に運ばれ、岩石だけを入れる円筒の外套に形成された――鋼鉄が隘路だったのだ。

おれたちが声明した二日後、〝秘密の〟ラジオが地球に向かって送信を開始した。弱くて消えやすく、どこかクレイターの中にでも隠されているかのようで、勇敢な地球人科学者がやっと自動反覆送信装置を作り上げるまでは、ある決まった時間だけ動かせるものだった。そして、うるさくがなり立てる自慢の声でその放送を聞こえにくくしがちな〝自由月世界の声〟に近い波長だった。

(月世界に残っている地球人たちが送信する可能性などはなかったのだ。研究を続けることのほうを選んだ連中は、四六時中スチリヤーガに付き添われており、眠るときは兵舎に監禁されたのだ)

だが〝秘密〟の放送局は〝真実〟を地球へ伝えることができたのだ。教授は逸脱行為の件で裁判され、自宅に監禁されていた。おれは反逆罪で処刑されてしまったんだ。月世界香港は離反し、別個に独立を宣言した……説得に応ずるかもしれない。ノヴィレンに暴動。すべての食料生産は集団農場化され、闇市場の卵は月世界市で一個三ドルで売られている。婦人部隊が何個大隊も編成され、その全員が少なくとも地球人ひとりずつを殺すことを宣誓し、月世界市の通路で玩具の銃を使い教練している。

最後の分は、ほとんど、真実だった。多くの女性たちが何か軍事的なことをやりたがり、郷土防衛隊〝地獄からの淑女たち〟を編成した。だがかれらの訓練は非常に実用的な性質のものであり――そしてヘイゼルは、マムが参加することを許してくれなかったのでむくれていた。それから彼女はすねるのをやめて〝スチリヤーガ・デブス〟を始めた。それは非常に年少の連中の家庭防衛隊で、学校の放課後に訓練をし、武器は使わず、スチリヤーガ防空気圧部隊のバック・アップに精力を集中し、応急手当を練習し――そして勝手に武器を使わない戦闘の仕方を――それはたぶん、マムがまったく知らなかったことだろうが――訓練しあったのだ。

どれぐらい話したらいいのか、おれにはわからない。そのすべてを話すことはできないが、歴史の本に出ていることはあまりにも間違いが多すぎるんだ！

おれは〝議員〟と同じく〝防衛大臣〟としても能なしだった。謝まっても仕方がない、そのどちらにも素養がなかったんだ。革命はほとんどすべての者にとってアマチュアの代物だったのだ。教授は自分のやっていることがわかっているように思えるただひとりの人間だったが、それにしても、かれにもそれは新しいことだった――かれは一度も成功した革命に参加したことがなかったし、政府の一員になったこともなく、首相などとんでもないことだった。

防衛大臣としておれは、すでに着手していた方法以外、多くの防衛手段を考え出せなかった。つまり、各居住地区ごとのスチリャーガ防空部隊と弾道レーダー周辺のレーザー砲手たちのほかにはだ。もし世界連邦が爆撃すると決定したら、かれらをとめるいかなる方法もわからなかった。月世界のどこにも迎撃ミサイルはなかった。それは簡単な部品や破片から組み立てられるような道具ではなかったのだ。本当なんだ、おれたちはそのようなロケットを破壊できる核融合兵器を作ることもできなかったんだ。

だがおれはその手段を探しまわった。レーザー銃を作ってくれた同じ中国人技術者に、爆撃やミサイルを迎撃する問題に対しての名案はないか尋ねた――同じ問題だが、ただミサイルのほうがずっと速く飛んでくるんだ。

それから注意をそれ以外のことに向けた。ただ世界連邦が決して町々を爆撃しないことを望んでだ。町のいくつか、特に月世界市は実に深く作られているので、そういうところはたぶん直撃弾にも耐えられるだろう。マイクの中心部分が住んでいる政庁のもっとも深い階は爆撃に耐えられるように設計されていた。それに反してティコ地下市《アンダー》はオールド・ドームの同様の大きな自然の水泡洞窟《バブル・ケイブ》で、その天井はわずか数メートルの厚さだった。その下側にある空隙充填剤は、新しいひび割れの封印を確実にするため、熱湯パイプで温かく保たれていた。ティコ地下市を粉砕するのにたいした爆弾は必要ないだろう。

だが、融合爆弾がどれぐらい大きくできるかに制限はない。世界連邦は月世界市を壊滅できるほど大きなものを作りうるのだ――あるいは理論的に言うと、月世界をメロンのように割るような世界最後の日の仕事や、ティコを作った小惑星のようなとどめの仕事をもやりうるのだ。もしかれらがそんなことをするなら、それをとめられるような方法はまったく見つけられない。だから心配することはやめにした。

その代わりにおれは自分が扱える問題に時間を使うことにした。新しい射出機場で応援をし、レーダーのまわりにあるレーザー・ドリルにもっとうまく照準を合わせられる装置を作り上げようとし（そして穴掘りたちを留めておこうとし――その半数は氷の値段が上がるとやめていたのだ）、すべての居住地区にいつでも使える態勢にある技術管制装置を分散して置こうとした。マイクはこれの設計を行ない、おれたちは見つけられるかぎりすべての万能目的型電子計算機を手に入れ（まだインクも乾き切っていないほどの〝国家ドル〟で支払ってだ）、そしておれはその仕事を行政府の元技師長マッキンタイアに渡した。それはかれの能力範囲にある仕事であり、おれには配線をつなぎ変える仕事を全部やることなどできなかったからだ。たとえおれがやろうとしてみてもだ。

最大の計算機を運び出すことになった。月香港銀行で計算をし、そこの手形交換所でもあった機械だ。その取扱説明書を読み、口がきけないやつにしては優秀な計算機だと考えたので、そいつへ弾道計算を教えられないものかどうかとマイクに尋ねた。おれたちは一時的なリンク・アップを作って二台の機械を引き合わせた。するとマイクの報告は、そいつがおれたちのやらせたがっている簡単な仕事を覚えられるということだった。新しい射出機用の補助計算機だ——ただしマイクは、そいつに操縦管制される船に乗りこむ気にはなれなかったことだろう。そいつはあまりにも、事務的で、無批判だった。本当のところ、馬鹿だったのだ。

いいんだ、おれは何もそいつに歌を口笛で吹かせたり、気のきいた冗談を言わせたかったわけじゃあない。ただそいつにやらせたかったのは、正確なミリセコンドと正確な速度で荷物を射出機から投げ出し、それからその荷物が地球に近づくのを監視して、そいつをちょいと押すことだったのだ。

香港銀行は売り渡すことに乗り気じゃあなかった。だがおれたちはそこの重役会にいる愛国者たちを握っており、緊急事態が過ぎ去れば返却すると約束して、それを新しい場所へ移動した——地下鉄には大きすぎるので月面輸送車を使い、暗い半月の二週間全部をかけたのだ。それを香港の居住地区から出すには大きな気閘を応急作業で作らなければいけなかった。おれはそいつをまたマイクと接続し、かれはこの新しい場所との連結が攻撃で切断される可能性があるので、それに備えて弾道学の技術を教えにかかった。

(計算機の代わりに銀行は何を使ったと思う？　二百人の行員が算盤《ソロバン》を使ったんだ。アバカサイ(算盤の複数形)と呼ぶべきかな？　知っているだろう、すべる棒に玉がついた、最古の計数《デジタル》形計算機《コンピューター》で(デジタルは指の意味)、歴史のはじまる前からあるもので、誰が発明したのか知っている者などひとりもいない。ラスキーやチャイニーやニップズはずっとそれを使ってきたし、今日

の小さな商店でもだ）

レーザー・ドリルを宇宙防御兵器に改良するのはそれより容易だったが、そうあっさりできることではなかった。おれたちはそれらを元のままの支持台にのせたままにしておかなければならなかった。時間も、鋼鉄も、新しく作るための金属工もなかったのだ。そこでおれたちはより良く照準を合わせる装置のほうに集中した。望遠鏡が探し求められた。乏しかった——どんな犯罪者が流刑になってくるときにスパイグラスを持ってくるというんだ？　そのあとどんな市場がそんな需要を作り出すというんだ？　調査用の道具とヘルメット用双眼鏡がおれたちの探し出せたすべてだった。それプラス地球人の研究所で没収した光学機械だ。だがおれたちはドリルにだいたいの狙いを決めるための低倍率広視界望遠鏡と、精密な照準をつけるための高倍率望遠鏡を備えつけ、それに仰角照準回転銃座を加え、マイクがどこを狙えと知らせられる電話をなんとかつけることができた。四台のドリルにおれたちはマイクが自分で操作できるように自動同期式駆動装置を装備した——それらの同期装置はリチャードソン天文台のを押収した。天文学者たちは天文図を作るため、それをバウシュとシュミットのカメラに使っていたんだ。

だが大きな問題は人間だった。金じゃあなかった。おれたちは給料をずっと上げていたんだ。違う、氷掘鑿《くっさく》者たちは働くのが好きだ。そうでなければそんな商売はしていなかったはずだ。控え室で何日も何日も待機し警報を待っているが、それが常にただの訓練にすぎないとわかる——それで連中は頭にきたんだ。かれらはやめていった。九月のある日、おれは警報を出した。するとわずか七台のドリルに人員が配置されただけだった。

その夜、ワイオとシドリスに相談した。あくる日、ワイオは教授とおれに特別経費をオーケイしてほしいと言った。そしてワイオの名づける〝軟化部隊〟なるものを作り上げたんだ。おれはその勤務内容や費用など聞きもしなかった、つまり次に待機室を視察したとき三人の娘がおり、穴掘りたちの人手不足はなくなっているのがわかったからだ。その娘たちは男連中とまったく同じ第二防衛砲兵隊の制服を着ており（その時まで穴掘りたちはいかめしい制服など着ようとしなかったのだが）、娘のひとりなどは砲手長の徽章と一緒に軍曹の袖章をつけていたものだ。

おれはその検閲を非常に短くすませた。どの娘にしても穴掘りになれるような筋肉は持っておらず、この娘がその徽章を正当化できるほどにドリルを扱えるとは思えなかった。だが正規の砲手長が仕事についていて、娘たちがレーザーを扱うことを覚えても害はなく、士気は明らかに高かった。おれはその問題にそれ以上心配しなくなった。


教授はかれの新しい議会を軽く見ていた。その機構はおれたちのやっていることをくだくだ論じるだけのもので、それを〝民衆の声〟としてしまうこと以外、かれが何ひとつ求めていなかったことは確かだ。だが新しい国会議員たちが馬鹿ばかりでなかった事実は、教授が意図していた以上のことをやる結果となった。特に永久的組織、決議、政府構造に関する委員会に関する委員会だ。

おれたちみんながあまりにも多くのことをやろうとしていたために、手から離れてしまったのだ。議会における常任の長である者は教授、フィン・ニールセン、ワイオの三人だった。教授は自分がかれらに話しかけたいときだけ姿を現わした——稀にだ。かれは計画や分析についてマイクと時間を過ごし（勝ち目は七六年九月のあいだに五にひとつにまでなっていた）、宣伝に関してスチューやシーニィ・シーハンと相談し、地球へ送る公式のニュースや〝秘密の〟ラジオを通じて送る非常に変わった〝ニュース〟を操作し、地球からやってくるニュースをもう一度歪めなおした。そのほか、かれはあらゆるところに首をつっこんでいた。おれは一日に一度かれに報告していたのだが、本物と飾り物両方の大臣全員が同じことをやっていたんだ。

おれはフィン・ニールセンを忙しく働かせ続けた。かれはおれの〝軍司令官〟だったのだ。かれはレーザー・ガン歩兵隊を監督しなければいけなかった——おれたちが長官をつかまえたときには奪った武器を持っていた男が六人だったが、いまでは月世界全土に八百人が分散しており、香港製の模造品で武装していたのだ。それに加えて、ワイオの組織があった。スチリヤーガ防空隊、スチリヤーガ・デブス、地獄からの淑女たち、少年探偵団（士気のために存続されピーター・パンの海賊たちと名前を変えられた）、それに軟化部隊——これは半分は軍事的なグループのすべてがワイオを通じてフィンのところへ報告した。おれはそいつらをかれらに押しつけた。おれにはほかの問題があったんだ。電子計算機を新しい射出機基地に据えつけなければいけないというような仕事があるときには、〝政治家〟となるだけではなく計算機技術者になったのだ。

それだけでなく、おれは管理者の柄ではないが、フィンにはその能力があったんだ。おれは第一と第二防衛砲兵隊をもかれの下へ押しつけた、だがまず最初におれはこれら二つの基幹連隊を〝旅団〟ということにし、ブロディ准将を〝旅団長〟にした。ブロディ判事はおれと同じほど軍事問題を知っていた——つまりゼロだ——しかし、広く知られ、高く尊敬され、果てがないほどの強い意志を持ち——そしてその片足を失うまでは穴掘りだった。フィンは穴掘りじゃあなかったから、かれを直接かれらの上に置くことはできなかった。かれらが言うことを聞かなかっただろうからだ。おれは共同夫《コ・ハズバンド》のグレッグを使ってはとも考えた。だがグレッグは波の海射出機で必要だった。建設のすべての段階を知っているただひとりの機械工だったからだ。ワイオは教授を助け、スチューを助け、彼女自身の組織を持ち、波の海へ旅行をし——そして議会で司会する時間はほとんどなかった。その仕事は上級委員会議長ウォルフガング・コルサコフにかかっていった……かれはおれたちのだれよりも忙しかった。ルノホ会社は行政府が以前にやっていたことのすべてと、同じく多くの新しい仕事をもきりまわしていたのだ。

ウォルフは良い委員会を持っていた。教授はそれによく注意しているべきだった。ウォルフはかれのボスであるモシャイ・バウムを副議長に選出させ、永久的な政府がいかなるものであるべきかを決定する問題をその委員会に真面目に検討させた。そしてウォルフはそれにぶつかることになったのだ。

その忙しい連中はいくつも分かれてそれぞれに取り組んだ――カーネギー図書館で政府の形態を研究し、下部委員会の会合を開き（一度に三、四人で、たとえ知っていても教授が心配するほどの数ではなかった）――そして、ある命令を裁決することを全州選出議員をもっと選び出すために九月初旬開かれた議会で、そのあと休会する代わりに同志バウムは木槌を持って休憩を宣言した――そして次に開会したとき、自分らを全体の委員会としそれが裁決されると、次におれたちが知ったことは全議会が憲法制定委員会となり、それら下部委員会に率いられた研究グループに分かれたことだった。

教授はショックを受けたことと思う。だがかれはそれを解散させたりできなかった、そのすべてはかれ自身が書いた規則に従って正しく行なわれたからだ。だがかれは元気よくノヴィレンに行き（いまやそこで議会は開かれていた――こちらのほうが中央になっていたんだ）、そしていつもの好人物ぶりでみんなに話しかけ、かれらが間違っていると端的に告げる代わりに、かれらのやっていることに対して単に疑問を投げかけたのだ。

優雅に感謝の言葉をのべたあとかれは作られてあった草案をばらばらにしはじめた。

「同志諸君、火や核融合のように、政府は危険な侍僕であり恐るべき主人なのです。あなたがたはいまや自由を得ておられる……それを持ち続けることができればですが。だが記憶していただきたい、いかなる他の暴君になるよりも遥かにすみやかにあなたがた自身の手によってこの自由を失うことができるということを。もっとゆっくりと行動し、慎重に、あらゆる語句の意味するところを解くことです。わたしはこの制定委員会がその研究に十年を無為に過ごしたところで不幸だと思うものではありません……それどころかわたしは、あなたがたがもし一年もたたず決めるようなことがあれば恐怖を覚えるでしょう。

明らかなものを信用せず、伝統的なものは疑うのです……なぜかといえば過去において人類は政府という鞍を置かれたとき、ろくなことをしていないからです。たとえば、わたしは草案の中に、月世界を選挙区に分け、それを人口に従ってときどき再配分するための委員会を設けるという提案に気づきました。

これは伝統的な方法です。ですからこれは疑惑の対象となるべきであり、無罪と証明されるまでは有罪と考えられるべきものです。たぶんあなたがたは、これこそ唯一の方法であると感じられたのでしょう。わたしがもっとほかのものを提案してみましょうか？　ひとりの人間にとってもっとも重要なものは、その人が住んでいるところではないというのは確かなことです。選挙区は人々をその職業によって分割することでも成立するでしょう……あるいは年齢によって……あるいはアルファベットによってさえも。あるいは分割されなくてもいいのです、すべての議員が全州選抜される場合です……これは月世界中に広く知られている人間でないかぎり選挙されることは不可能になりそうだということで反対しないでください。それが月世界にとって最上のことかもしれないのですから。

あなたがたは最低投票数を得る候補者を就任させることをも考えるべきかもしれません。有名でない人間こそ、ひょっとするとあなたがたを別の暴政から免れさせてくれるものかもしれないからです。馬鹿げていることのように見えるからというだけの理由で、そのアイデアを捨て去らないでください……そのことを考えてみるのです！　過去の歴史において、有名であるが故に選ばれた政府は公然たる圧政者たちより良くなく、あるときはずっと悪かったのです。

　だがもし代議政体があなたがたの意図するものであるとなった場合でも、そこにはまだ領土的地域によるよりもうまく達成される方法があるでしょう。たとえば、あなたがたはそれぞれが約一万人の人間を代表しておられる、たぶん投票年齢にある七千人です……そしてあなたがたの何人かはわずかな大衆によって選挙されたでしょう。かりに選挙にする代わりに、ひとりの男がその職務につくには四千人の市民が署名した請願書によるものとしましょう。かれはそこでその四千人をはっきりと代表し、不平を言う少数派はついていないことになります。なぜならその地域選挙区で少数派となった者はみな自由に別の請願書を作りはじめ、それに参加することができるのですから。そこで全員がかれらを選んだ人々を代表していることになるでしょう。あるいは八千人の支持者を持つ人は、この機構の中で二人分の投票権を持ってはどうでしょう。困難、反対、実際的問題を解決すべきです……多くのそういったことを。ですがあなたがたがそれを解決することができれば……それで代議政体の持つ慢性的な病気は避けられるのです、そう、権利を奪われたように感じて不平ばかり言っている少数派の存在です。

　ですが、あなたがたがたとえどんなことをしようとも、過去を拘束衣としないでください！

わたしはこの議会を二院制にしようという提案に気づきました。すばらしい……立法の障害となるものが多ければ多いほど良いのです。ですが、伝統に従う代わりに、わたしは一院を立法の場とし、もう一方のやるべきただひとつの義務は法律を拒否することにするのです。立法者たちは三分の二以上の賛成がある法律をのみ通過させるのです……そして拒否者たちはどんな法律であろうと三分の一以上の反対があれば通過を拒否できることにするのです。馬鹿げているでしょうか？　考えてみてください。もしその法案があなたがたの三分の二の賛成をも得られないほど貧弱なものであれば、それはつまらぬ法律になるということではないでしょうか？　そしてまたある法律が三分の一もの多数によって嫌われるならば、それはないほうがましであると考えられませんか？

しかしあなたがたが憲法を書かれるについてわたしにひとつ、否定のすばらしい美徳に注意を喚起させてください！　否定の強調です！　あなたがたの書類を政府の行動で永久的に禁止されるものでちりばめるのです。兵役徴集なし……自由に対するほんのわずかな干渉もなし、出版、言論、旅行、集会、信仰、教育、通信、職業に対する干渉です……自らの意志によらない税金なし。同志諸君、もしあなたがたが五年間を歴史の研究に費し、あなたがたの政府が絶対にやらないと約束すべきことをあれもこれもと考えたあとで、あなたがたの憲法をそういった否定だらけのものにするなら、わたしはその結果を恐れたりしないでしょう。

わたしがもっとも恐れるのは、実行を必要とするように見える何かをやる権能を政府に与える、真面目で良い意図を持った人々の確信ある行動なのです。どうか常に記憶しておいていただきたい。月世界行政府は、まさにそうしたすべて有名人の中から選ばれた真面目な良い意図を持った人々によって、もっとも高貴な目的のもとに作り出されたものであるということを。そしてその考えとともに、わたしはあなたがたに仕事をお任せしましょう。ありがとうございました」

「ガスポディン・総理！　教えていただきたい！　あなたは〝自らの意志によらない税金〟と言われた……では、あなたはどうやっていろんなことに対する支払いをすると言われるのです？　無料の昼飯などというものはないのです！」

「これはこれは……それはあなたがたの問題なのですぞ。わたしはいくつかの方法が考えられますな。教会が自身を支えているような自発的寄附……誰ひとり寄附する必要のない政府後援の宝くじ……それとも、あなたがた議員諸君が御自身の財布から金を出して必要とするものを何であろうと支払うべきかもしれません。それが政府をどれほどのものであれぜひとも必要な機能だけを持つサイズにしておくためのひとつの方法でしょう。もし本当にそんな機能があればのことですが。わたしは黄金律を唯一の法律とすれば満足なのです（黄金律とはキリスト山上垂訓中の一節。人にしてもらいたいと思うことは、あなたがたも人にしなさい）わたしはほかのいかなる法律も必要があると思いませんし、どのような強制手段も同じことです。ですがもし、あなたがたが本当に、あなたがたの隣人自身の利益のための法律を持たなければいけないと信じるのであれば、どうしてあなたがたがその費用を払わないのです？　同志諸君、わたしはお願いしたい……どうか強制的な課税に訴えないでください。単にあなたがたがその人のために良いだろうと考えるからといって、その人が欲してもいないものに対して支払いを強制すること以上に悪い暴政はないのです」

教授は頭を下げて出てゆき、スチューとおれはそのあとに続いた。おれたちのほか誰もいないカプセルの中に入ると、おれはかれにはっきりといった。

「教授、ぼくはあなたの言われたことのほとんどが気に入りました……でも課税のことでは、あなたの言われていることと、やっていることは違うんじゃないですか？　ぼくらが使っている金の全部を、いったい誰が払うと言われるんです？」

かれは長いあいだ黙っていたあと、やっと口を開いた。

「マヌエル、わしの唯一の望みは、わしが最高責任者であるようなふりをやめられる日がくることなのだよ」

「答になっていませんよ！」

「きみはすべての政府が持つ矛盾を指摘したんだ……そしてわしが無政府主義者である理由をね。課税する権力、そいつを認めたら最後、限界がないものなんだ。それはそれが破壊するまで続くものだよ。わしがかれらに、自分らの財布から出せと言ったのは冗談じゃあないんだ。政府なしでやってゆくことは不可能なことかもしれない……ときどきわしは思うよ、政府とは人類が逃がれることのできない病気かもしれぬとね。だが、それを小さく、貧乏で、無害なものに留めておくことは可能かもしれない……政治家自身にかれらの反社会的な趣味の費用を支払うことを求める以上に良い方法を、きみは考えられるかね」

「まだ、ぼくらがいまやっていることの費用をどうやって支払うかは言っていませんよ」

「どうやってだと、マヌエル？　きみは、われわれがどうやっているかを知っている。わしらはそれを盗んでいるんだよ。わしはそのことを誇りにも思っていないし、恥じてもいないね。それがわしたちの持っている手段さ。もしかれらがそれに気づいたら、わしらを殺すかもしれないね……そしてわしはそれに直面する覚悟はできているよ。少なくとも、盗みということで、わしらは課税という下劣な前例は作り出していないんだ」

「教授、こんなことを言うのはいやですが……」

「ではなぜ言うんだね？」

「それは、くそったれ、ぼくはあなたと同じように深くはまりこんでいるからです……そして、金を返してもらえるようにしたいからですよ！　こう言うのはいやですが、あなたがったいま言われたことは偽善のように聞こえますね」

かれは笑い声を洩らした。

「ああ、マヌエル！　わしが偽善者であるとわかるのに、きみはこんな長い歳月を必要としたのかね？」

「ではそうだと認められるんですか？」

「いいや。だがもし、わしがそうだと考えるほうが気分が楽になるなら、わしをきみのスケープゴート（旧約聖書、人の罪を負って荒野に放たれた山羊）にしていいんだよ。だがわしはわし自身に対する偽善者ではないね。つまりそれは、わしらが革命を宣言した日に、わしらが多額の金を必要とし、それを盗まなければいけないということを、わしが知っていたからだ。それに心を悩ませなかったのは、そのほうが、いまから六年後の食料暴動や八年後の人肉共喰いよりもましだと考えたからなんだよ。わしは自分の心を決め、後悔はしていないってわけさ」

おれは口を閉じた。黙らされたのだが、満足したわけではなかった。スチューは言い出した。

「教授、ぼくはあなたが大統領であることをやめたいとおっしゃるのを聞いて嬉しいですよ」

「そうかね？　きみもわしらの同志と同じ心配をしているのかい？」

「ほんの一部ではね。金持に生まれたものだから、盗みということはかれほど悩みません。そう、でも議会が憲法の問題を取り上げた現在、ぼくは出席する時間を作るつもりです。ぼくはあなたを王様に指名しようと思っているんですよ」

教授はショックを受けたようだった。

「スチュアート、もし指名されたら、わしは拒否するよ。もし選ばれたら、わしは譲位するよ」

「そうあわてないでください。それは、あなたが求められているような種類の憲法を得る唯一の方法かもしれないんですよ。それにぼくは、あなたの熱狂ぶりに乏しいところも一緒に欲しいんです。あなたは王様だと宣言することもできるし、人々はあなたを受け入れるでしょう。われわれ月世界人は共和国と結婚させられているわけじゃないんですからね。かれらはその考えが気に入るでしょうよ……儀式と衣裳と宮廷とそういうことのすべてを」

「だめだ《ノー》！」

「ヤー、ダー！　その時がくれば、あなたは拒絶できなくなりますよ。われわれは王様を必要としており、それを受諾しそうな候補者はほかにいないからです。ベルナルド一世、月世界の王様、そして周辺宇宙の皇帝です」

「スチュアート、頼むからやめてくれないか。わしは気分が悪くなってきたよ」

「それにはすぐ慣れますよ。ぼくが君主制支持者であるのは、ぼくが民主主義者だからなんです。あなたが盗みをやめられない以上に、ぼくはあなたがいやだからといってこのアイデアに反対させませんよ」

　おれは言った。

「ちょっと待てよ、スチュー。きみは民主主義者だから君主制支持者だと言うのかい？」

「もちろんさ。王様というものは圧制政治に対して唯一の民衆を守るものなんだ……特にすべての暴政のうち最悪なるもの、民衆自身に対してね。教授はその仕事に理想的な人なんだ……かれはその仕事を求めていないんだからな。かれの唯一の欠点は、かれが独身で後継者がないということだ。それはちゃんとできる。ぼくはきみをかれの世継ぎに指名するつもりだ。皇太子にね。マヌエル・デ・ラ・パス皇太子殿下、月世界市の公爵、国軍元帥にして弱き者の保護者だよ」

　おれは目を見はり、それから両手で顔を覆った。

「おお、神さま！」

# 第三章　無料の昼飯はない《タンスターフル》！

# 23

二〇七六年十月十二日月曜日の一九〇〇時ごろ、おれはラフルズ・ホテルのおれたちの事務所でのつらい無意味な一日を終わってから家へ向かっていた。穀物生産者たちの代表が教授に面会を求め、かれは月香港へ出かけていたのでおれが呼び返される羽目になったのだ。かれらにはひどいことだった。輸出禁止から二カ月たっても、世界連邦は汚いことなどまったく何もしてくれなかった。かれらはおれたちを無視し、おれたちの要求に何の返事もよこさず――おれだって、われわれを認めるぐらいならそうしていただろう。スチューとシーニイと教授は、好戦的精神を維持するために地球からのニュースを歪めることに懸命だったのだ。

最初のころは全員が圧力服を手近に置いていた。かれらはそれを着て、ヘルメットを腕にかかえ、通路を行ったり来たりしていた。だがかれらは日がたってゆくにつれて別に何の危険もなさそうなので、たるんできたのだ――圧力服はいやにかさばるから、必要としないときは邪魔になるものなのだ。そのうち酒場は看板を出しはじめた。〝圧力服お断わり〟と。圧力服のせいで家へ帰る途中に半リットル飲みに寄れないということになれば、月世界人なら誰でもそれを家か駅か、それをもっとも必要とするところに置いておくだろう。

実際、その日はおれ自身そうしていたんだ——この呼び出しで事務所へ戻る途中で、そのことに気づいたんだ。

ちょうど十三号気圧調整気閘に着いたとき、おれは何にもまして月世界人をぞっとさせる音を聞き感じもした——遠くでシュッ！　それに一陣の風が続いたんだ。おれはほとんどためらいもせずに気閘の中へ入ると、気圧を調整し、それを抜けるとおれたちの家の気閘に向かって走った——それを抜けるなりおれは叫んでいた。

「圧力服だ、みんな子供らをトンネルから呼び、気密扉を全部閉めろ！」

見えるところにいる大人はマムとミラだけだった。二人とも驚愕の表情を浮かべ、無言で動きはじめた。おれは作業室へ飛びこみ、圧力服をつかんだ。

「マイク！　答えろ！」

かれは穏やかに答えた。

「ここにいるよ、マン」

「爆発音と気圧が下がるのを聞いた。どういうことだ？」

「あれはレベル・スリー、月世界市。地下鉄西駅に破壊個所、いまは部分的に管制不能。六隻の船が着陸、月世界市は攻撃下にあり……」

「何だと？」

「終わりまで言わせてくれ、マン。輸送船六隻が着陸し、月世界市は兵隊に攻撃されている。香港も攻撃されている模様、電話線は中継地点ビー・エルで切断。ジョンソン・シティも攻撃されている。ぼくはジョンソン・シティと政庁下層部のあいだの装甲扉を閉鎖した。ノヴィレンは見えないが、レーダーによると攻撃されていることを示している。チャーチルも同じ。ティコ地下市《アンダー》もだ。ぼくの上の楕円軌道に一隻、上昇しつつあり、旗艦と思われる。そのほか、レーダーには映っていない」

「六隻だと……いったいおまえはどこにいたんだ？」

かれはあまりにも穏やかに答えたので、おれも落ち着いてきた。

「反対側から接近してきたんだよ、マン。ぼくはあちら側では盲目だからね。かれらは密集戦闘編隊で、山頂すれすれにやってきた。ぼくは月世界市へ向かって離れる船を見ることができなかった。ジョンソン・シティへの船だけがぼくには見えたんだ。ほかの着陸はレーダーに映る弾道から決定的推論を行なったものなんだ。ぼくは月世界市の地下鉄西駅への破突入を聞いたし、いまはノヴィレンで戦闘をやっているのが聞こえる。その残りは確実に近い結論でね、確率は九十九パーセント以上だ。ぼくはきみと教授をすぐに呼んだ」

おれは息を詰めた。

「堅い岩石作戦《オペレーション・ハード・ロック》、行動開始用意」

「もう待機している。マン、きみと連絡できなかったから、ぼくはきみの声を使った。プレイ・バックするかい？」

「ニエット……イエス！　ダー！」

おれは聞いた、〝おれ自身〟が古い射出機場の当直将校に〝堅い岩石《ハード・ロック》〟への非常態勢に着けと命令するのを――最初の荷を発射位置へ、その他を全部ベルトへ、安全装置を切れ、だがおれから個人的に命令されるまでは発射するな――そのあとは計画に従って発射、フル・オートマチックだ。〝おれ〟はそいつに復唱させた。

おれはマイクに言った。

「オーケイ。ドリル砲の連中は？」

「またきみの声だ。配置したあと待機室へ戻した。あの旗艦は三時間四・七分のあいだ遠月点に達しない。五時間以上のあいだ目標なしだ」

「向こうは進路を変えるかもしれんぞ。それともミサイルを発射するかも」

「まあ落ち着いて、マン。ミサイルだってぼくは数分前に見つけるよ。いま地上はかんかん照りのまっ昼間だよ……きみは部下をどれぐらい我慢させたいんだい？　必要もないのにだよ」

「ああ……すまん。グレッグに話したほうがいいな」

「プレイ・バックするよ……」

〝おれ〟の声が波の海にいるおれの共同夫《コ・ハズバンド》と話すのを聞いた。〝おれ〟は緊張していたが落ち着いていた。マイクは状況を説明し、かれに〝ディブ坊やのパチンコ作戦〟の用意をし、フル・オートマチックで待機させていてくれと言った。〝おれ〟はかれに、主計算機は待機計算機への指示プログラムを保っており、その切り換えは通信が途絶したら自動的に行なわれることを告げた。〝おれ〟は同じく言っていた、もし通信が切れ四時間たっても回復しなければ、自分自身で判断して指揮をとらなければいけない——地球側のラジオを聞き、心を決めるんだと。

グレッグはそれを静かに聞き、命令を復唱し、それから言っていた。

「マニー、家族にぼくがみんなを愛していることを伝えてくれ」

マイクはおれを誇りに思わせるようにやってくれた。かれはおれに代わって、ほんとにうまく咽喉をつまらせたように答えていた。

「そう言うよ、グレッグ……それから、なあ、グレッグ、ぼくもきみを愛しているよ。わかっているだろう?」

「わかっているとも、マニー……それから、きみのために特別な祈りをいまから捧げるよ」

「ありがとう、グレッグ」

「さよなら、マニー。きみの義務を果たしてくれ」

そこでおれは自分のやらなければいけないことをやることにした。マイクはおれの役柄をおれがやるのと同じ、いやそれ以上に演じてくれていた。フィンのほうは連絡が取れるかぎり〝アダム〟がやってくれる。そこでおれは急いで部屋を出ると、グレッグの愛の言葉をマムに大声で伝えた。彼女は圧力服を着ており、爺《グランドポウ》さんを起こしてかれに着せていた——この数年、初めてのことだ。それからおれはヘルメットをかぶり、レーザー銃を握って出ていった。

それから十三号気閘に達し、覗き窓から見ると誰もいないが向こう側から密閉されているのがわかった。訓練どおり、正しい――ただしその気閘を守るスチリヤーガの姿が見えるべきだったのだが。

叩いてみてもだめだった。仕方なくおれはやってきた道を戻り――おれの家を通り抜け、おれたちの菜園用トンネルを抜け、おれたちの太陽電池のところへ通じている個人用地上気閘へと上がっていった。

そして覗き窓が太陽光線に照りつけられているはずなのに影になっているのを発見した――いまいましい地球の船はデイビス家の地上に着陸していたんだ！　その脚部がおれの頭上に巨大な三脚になってそびえており、おれはその噴射管をのぞきこんでいた。

おれは急いで退却してそこから離れ、両方のハッチを密閉し、それから戻り道のすべての気圧扉を密閉した。マムにそのことを言い、それから男の子のひとりにレーザー銃を持たせて裏口の扉のところにつけるようにと言った――さあ、これを持って。

男の子なし、男なし、丈夫な女なし――マム、爺さん《グランプ》、それに小さな子供たちだけしか残っていなかった。残りは騒ぎを求めて出てしまったのだ。マムはレーザー銃を受け取ろうとしなかった。

「わたし、使い方を知らないわ、マヌエル。それにいまから習っても手遅れよ。あなたが持っていて。でもあいつらがデイビス・トンネルを通ってくることはできないわ。あなたが聞いたこともないうまい手を少し知っているのよ」

おれは残って議論したりしなかった。マムと言い争うのは時間の浪費なんだ——それに彼女はおれの知らないうまい手を知っているのかもしれない。彼女は月世界で長いあいだ生きてきた、おれが出くわしたこともないような悪い条件の下でだ。

こんどは十三号気閘に人員が配置されていた。勤務についている二人の少年がおれを通した。おれがニュースを求めると年上のほうが言った。

「気圧はもう大丈夫です……少なくともこのレベルは。戦闘は遊歩道のほうへ移っています。ねえ、デイビス将軍、ぼくも一緒に行ってはいけませんか？　この気閘にはひとりで充分です」

「ニエット」

「ぼくも地球虫をやっつけたいんです！」

「ここがきみたちの場所だ、しっかり守っているんだ。もしここへ地球虫がやってきたら、そいつはきみらのものだ。きみらをそいつのものにするんじゃないぞ」

おれは走ってそこを離れた。

こうして圧力服を持っていなかったという自分自身の不注意の結果として、おれが通路で見た戦闘は終わりに近づいていた——何という〝防衛大臣〟なんだ。

ヘルメットを開いたまま環状通路を北へ突進し、遊歩道への長い坂道へ通じる気閘に達した。気閘は開いていた。罵《ののし》りの声をあげながらおれは通り抜けるとき立ちどまって閉めようとし——なぜ開きっぱなしになっていたのかを知った。そこを守っていた少年は死んでいたのだ。そこでおれは細心の注意を払いながら坂道を降りてゆき、遊歩道へ出た。

こちら側には誰もいなかったが、町の中側のほうに人影が見え騒ぎが聞こえた。その入口から圧力服を着て銃を持ったやつが二人、飛び出してきておれのほうへ向かってきた。おれは両方を焼き殺した。

銃を持って圧力服を着た男は同じように見えるものだ。やつらはどうもおれを、そいつらの側面部隊と思ったらしい。そしておれにもそいつらは、その距離ではフィンの部下と変わるようには見えなかった——ただし、おれはそんなことを考えてもみなかったんだが。新入りのやつらはおれたち仲間のようには動かないものだ。そいつらは両足を高く上げすぎるし、常に粘着摩擦を求めて踊るんだ。おれはそのことを分析しようと考えてみたりしなかったし、「地球虫だ！　殺せ！」の声もなかったんだ。そいつらを見るなり、焼いたんだ。おれがやったことに気づいたとき、やつらは静かに床をすべっていた。

おれは立ちどまり、そいつらの銃を取ろうとした。だがその服は鎖でつながれており、どうやってはずせるのかわからなかった——たぶん、鍵が必要なのだろう。それに、レーザー銃ではなくおれの見たこともない代物だった、本物の銃だ。小さなミサイルを発射するものだとあとで聞いた——だがそのときおれにわかったのは、どうやって使うのかわからないことだけだった。だがその先に槍のようなナイフがついていた。〝銃剣〟と称するやつだ。おれがそれをはずそうとした理由はそれだった。おれの銃はフル・パワーで十回発射できるだけで、予備のパワー・パックはない。その銃剣は役に立ちそうだった——そのひとつには血がついていた。月世界人の血だとおれは思った。

だがほんの数秒でおれはあきらめ、ベルト・ナイフでやつらがはっきり死んでいるように突き刺し、それから親指をスイッチにかけて戦闘の行なわれているほうへ急いだ。

騒動で、戦闘ではなかった。それとも戦闘とは常にそんなものなのかもしれないが、混乱と騒音とで、誰ひとりとしてどうなっているのかわからないのだ。第三レベルから北に向かって降りてくる大きな坂道があるボン・マルシェの反対側、遊歩道のいちばん広いところには、数百人の月世界人がいた。男や女、それに家に留まっているべきはずの子供たちもだ。半分ほどが圧力服を着ており、武器を持っているのはほんの少しみたいだった——そして坂を降りてくるのは兵隊たちだった、そのすべてが武装しているのだ。

だがおれが気づいた最初のことは騒音だった。おれの開いたヘルメットを満たし耳にぶつかってきた騒ぎ——うなり声。ほかにどう呼べばいいのかわからない。小さな子供の金切り声から大人の男の雄牛のような咆哮まで、怒った人間の声で出せるすべての声が混じりあったものだ。史上最大の乱戦といった音だった——そしておれは突然気づいた。おれもそれに加わり、汚らしいことを言葉にならないことを叫んでいたのだ。

ヘイゼルより大きくない娘が坂道のレールに飛び上がり、なだれこんでくる兵隊たちの肩から数センチのところを踊りながら上がっていった。その娘はキッチンナイフのようなもので武装していた。それを振るのを見た、それがぶつかるのを見た。そいつの圧力服の上からではたいした傷も与えられなかったが、そいつは倒れ、その上へ何人もがころがっていった。するとやつらのひとりが彼女にぶつかり、銃剣をその太腿に突き刺し、後ろむきに彼女は倒れていって、視界から消えてしまった。

どんなことになっているのか、はっきり見えなかったし、思い出せもしない——後ろむきに倒れていった娘のような、瞬間の場面場面だけだ。その娘が誰だったのか知らないし、生き残っているのかどうかもわからない。おれがいたところから照準をあわせることはできなかった。途中にあまりに多くの頭がありすぎたのだ。だがおれの左側にある玩具屋の前にオープン・カウンターがあった。おれはその上に飛び上がった。遊歩道よりおれは一メートル高くなり、なだれこんで降りてくる地球虫どもがはっきりと見えた。おれは壁にぴったりとつき、注意深くそいつらの左の胸を狙った。それからどれぐらいたったあとか、おれはレーザー銃がもう働かなくなっていることに気づき、手をとめた。おれのために八人の兵隊が故郷に帰れなくなったはずだが、数えてはいなかった——そして時間は実際、終わりがないように思えた。すべての者ができるかぎり速く動いてはいたのだが、あらゆるものが凍りついたようにゆっくりと動く教育用映画のように見え、感じられたのだ。

おれが動力源を使い切ってしまうまでのあいだに少なくとも一度は、地球虫のひとりがおれを見つけて射ち返してきた。おれの頭のすぐ上で爆発し、店の壁の破片がヘルメットにぶつかってきた。たぶんそんなことが二度ほどあったようだ。

動力がなくなってしまうとおれは玩具のカウンターから飛びおり、レーザー銃を棍棒がわりに握って坂道の下へ突進してゆく群衆に合流した。この無限に思える時間のあいだじゅう（五分間ほどか？）、地球虫どもは群衆にむかって射ちこんでいた。鋭くペチャッ！　そしてときどきはボンッ！　そいつらの小さなミサイルが肉の中で爆発するときだ。あるいはもっと大きくドカーン！　壁か何か堅いものにあたったときだ。まだ坂道の下まで着こうとしていたとき、おれはもう射撃がとまっていることに気づいた。

倒れていた、死んでいた、やつらはひとり残らずだ——もう坂道を下りてくるやつはなかった。

## 24

月世界の全土にわたって侵略者たちは死んでしまった。そのときでなくても、それからすぐにだ。二千人以上の兵士が死に、その三倍以上の月世界人たちがやつらをくいとめようとして死に、たぶんそれと同じぐらいの数の月世界人が負傷したが、その数は一度も勘定されなかった。どの町でもひとりの捕虜もつかまえていなかったが、それぞれの船を掃討したとき一ダースもの将校と乗組員を手に入れた。

なぜ、ほとんど武装していなかった月世界人たちが武装し訓練を受けた兵士たちを殺せたかの主な理由は、初めて着陸してきた地球虫がうまく自分の身体を扱えないということにあった。やつらが慣れてきたものに比べると六分の一というおれたちの重力が、やつらの生まれてこのかた持っている反射神経のすべてをその敵としたのだ。やつらはそれと気づかずに高いところを射撃し、足もとは頼りなく、うまく走ることができず——両足は身体の下で拡がってしまうんだ。それよりまずいことは、その兵士たちが下に向かって戦わなければいけないことだった。かれらは必ず上のレベルを破って入り、町を占領するためには、そのあと何度も坂道を下へ降りていかなければならなかったのだ。

そして地球虫どもは坂道の降り方を知らなかった。その動きは走ることでもなく、歩くことでもなく、飛ぶことでもなく——抑制したダンスというほうが近いもので、両足はときたまにしか着かず、ただバランスを保っているだけだったのだ。月世界人なら三つの子供でも考えることなくやってのける。数メートルごとに爪先をつけて、うまく落ちてくるようにスキップ・ダウンしてくるんだ。

だが地球虫の新米がそうするときは、まるで〝空気の上を歩いている〟ようだ——そいつはもがき、回転し、コントロールを失い、下へ着いたときには怪我をしていなかったとしても腹を立てている。

だがその兵士たちは下へ着いたとき、死んでいた。おれたちはやつらを坂道でやっつけたんだ。おれが見た連中は何とかその技術を身につけ、三つの坂道を生きて下りてきたんだ。だがそれでも坂道の頂上にいる数人の狙撃兵だけが能率よく射撃できただけだった。坂道の途中にいる連中がやれることは、まっすぐに立ち、武器をつかみ、下のレベルへ達しようと努力することだけだったんだ。

月世界人たちはそうはさせなかった。男や女（そして多くの子供たち）はやつらに向かって突進し、やつらを倒し、素手からやつら自身の銃剣まであらゆるものを使って殺したのだ。それにその場にあったレーザー銃はおれのだけでもなかった。フィンの部下二人がボン・マルシェのバルコニーによじ登り、そこにしゃがんで、坂道の頂上にいた狙撃兵たちを片づけたのだ。誰もかれらにそうしろとは言わず、誰もそこへ案内したわけでもなく、誰も命令を下しはしなかった。フィンはそのなかばしか訓練していない無秩序な市民軍を指揮する機会がまったくなかった。戦闘は始まり、かれらは戦っただけなのだ。

　そしてそれこそ、なぜおれたち月世界人が勝ったかという最大の理由だった。おれたちは戦ったんだ。ほとんどの月世界人は生きている侵略者どもを見張っていたわけではなかったが、どこであろうと兵士どもがなだれこんでくると、月世界人たちは白血球のように殺到し――そして戦ったんだ。誰に言われたわけでもない。おれたちの怪しげな組織は驚きのあまり崩れ去ってしまった。だがおれたち月世界人は狂暴に戦い、そして侵略者どもは死んだ。どの居住地区でもレベル・6より下まで行けた兵隊はなかった。底の露地《ボトム・アレイ》にいた人々はおれたちが攻撃されていることを、終わってしまうまで気づかなかったそうだ。

　だが侵略者どももまたよく戦った。これらの部隊は世界連邦が有していた最良の、都市における平和の強制者、精鋭暴動鎮圧部隊というだけでなく、教えこまされ、また薬品を与えられていた。かれらが教えこまされていたことは、かれらがもういちど地球へ戻れる唯一の望みが、都市を占領し鎮定することにあるということだった。もしそれをやりとげたら、かれらは交替し、それ以上月世界での勤務はないと約束されていた。だが勝つか殺されるかだったのだ。というのは、かれらの輸送船はかれらが勝たなかった場合は離陸できないということが明言されていたからだ。それは反作用質量を補充しなければいけなかったからで、まず月世界を占領しなければ不可能だった（そして、それは真実だったのだ）。

　そしてかれらはまた、活力附与剤、抗不安薬、鼠を猫に刃向かわせる恐怖抑制剤を与えられてから、放り出された。かれらは職業的に戦い、そしてまったく恐怖なく――死んでいったのだ。

ティコ地下市とチャーチルの中では、かれらはガスを使い死傷者はずっと一方的だった。圧力服に達することができた月世界人たちだけが戦えた。だがその結果は同じことで、ただ長くかかっただけだった。行政府はおれたち全員を殺してしまうつもりなどなかったので、ノックアウト・ガスを使ったのだ。ただおれたちに教訓を与え、おれたちを支配下に入れ、おれたちを働かせるつもりだったというわけだ。

世界連邦が長いあいだ延ばし、外見上はっきり決断を下せないでいるように見えた理由は、奇襲攻撃の方法から起こったことだった。決定はおれたちが穀物の輸出禁止を行なった直後にされたのだ（と、おれたちは捕虜にした輸送艦の士官どもから聞いた）。攻撃を実行するのに時間がかけられた――その多くは月世界の軌道の外へ遠く出てゆく長い楕円軌道にとられた。月世界の前方を横切り、それからぐるりとまわって戻り、反対側でランデブーを行なった。もちろんマイクはかれらを見ることができなかった。かれはそちらの方では盲目なのだ。かれは弾道レーダーで空を看視していた――だがレーダーは地平線を見ることができない。軌道にあるいかなる船であろうとマイクがもっとも長いあいだ見られるのは八分間だった。かれらは山頂すれすれに低い円軌道で接近し、それぞれの目標にまっすぐ進み急速に戦闘着陸を敢行し、正確に新地球《ニュー・アース》のとき、七六年十月十二日グリニッジ十八時四十六分三十六・九秒、高Gで接地したのだ――十分の一秒の違いはあれ、それがレーダー観測でマイクの告げられるかぎり近い時間だった――世界連邦平和宇宙軍に関するかぎり巧妙な作戦だったと認めなければならない。

月世界市に千人の兵員を送りこんだ大きな輸送艦を、マイクはそいつが着陸のために編隊を離れるまで気がつかなかった――ちらりともだ。もしかれが波の海の新しいレーダーで東の方を見ていたら数秒は早く見つけることができていただろうが、そのとき偶然にもかれは〝馬鹿な息子〟を訓練しているところで、かれらはそのレーダーで西の方にある地球を見ていたのだ。その数秒間が大切だったというわけではない。奇襲攻撃は実にうまく完全に計画されており、各上陸部隊は誰ひとり気づかれないうち月世界の全土にわたりグリニッジ一九〇〇時に突入したのだ。そのときがちょうど新地球《ニュー・アース》で、すべての居住地区が明るい半月にあたっていたことは偶然ではなかった。行政府は月世界の状態を完全に知ってなどいなかった――だが、明るい半月のあいだに必要もなく地表へ出てゆく月世界人などひとりもないこと、そしてどうしても出ていかなければいけないときは、何であれしなければいけないことをできるかぎり急いでやり、そして下へ戻り、そして自分の放射能測定器を調べるのだ、ということは知っていたのだ。

それでやつらはおれたちが圧力服を着ていないところを襲ったのだ。おれたちが武器を持っていないときをだ。

兵隊どもは死んだものの、地表にはまだ六隻の輸送艦と空には旗艦が一隻いた。ボン・マルシェの戦闘が終わると、おれはわれに返って電話を見つけた。コングズヴィルからの伝言なし、教授からの伝言なしだ。ジョンソン・シティの戦闘は勝った。ノヴィレンも同じだ――そこへ降りた輸送艦は着陸のときひっくり返り、侵入部隊は着陸時の損害で兵力が不足しており、いまやフィンの部下が行動不能になった輸送艦を押さえていた。チャーチルとティコ地下市《アンダー》ではまだ戦闘が行なわれている。他の居住地では何も起こっていない。マイクは地下鉄を閉鎖し、居住地区間の電話を公用通信のみ許可していた。爆発でチャーチル・アッパーの気圧が低下しており、管制不能。そう、フィンが調べたからそのうち連絡できるだろう。

そこでおれはフィンと話をし、月世界市地表の輸送艦がいるところを知らせ、気圧調整気閘十三号で会うことにした。

フィンはおれとほとんど同じ経験をしていた――圧力服を持ってはいたものの、完全に不意を打たれたんだ。戦闘が終わるまでレーザー砲の連中を指揮することができず、かれ自身もオールド・ドームでの虐殺で単独戦闘を行なった。いまやかれは部下を掌握しはじめており、ボン・マルシェにあるフィンの事務所に将校をひとり置いて報告を集めさせていた。ノヴィレンの部下の指揮官とは連絡を取ったが、月香港のことを心配していた。

「マニー、地下鉄で部下を向こうへやるべきだろうか？」

おれは待てと言った――おれたちが動力を支配しているかぎり、やつらが地下鉄でおれたちのところへやってこられるはずはないし、あの輸送艦が離陸できるものとは思えない。

「そいつを見てみようじゃないか」

そこでおれたちは十三号気閘を通り抜け、個人用気圧地区から離れ、隣りの連中（おれたちが侵略されたことが信じられなかった）の農園トンネルを通り抜け、そいつのところの地表へ出る気閘を使って、ほぼ一キロメートルの西から輸送艦を見ようとした。おれたちは慎重にハッチの蓋を上げた。

それからその蓋を押し上げて外へ出た。露出していた岩がおれたちを遮蔽していたんだ。おれたちはインディアンよろしくその端へまわり、ヘルメットの双眼鏡を使ってのぞいた。

それから岩の裏へ引っこんで話しあった。フィンは言った。

「おれの部下がやれると思うよ」

「どうやって？」

「もしおれが言ったら、あんたはうまくいくはずがないっていう理由をいくらでも考えるだろう。だからどうだい、おれに勝手にやらせてみたら、相棒？」

ボスが黙っていろと言われる軍隊など聞いたことがない――〝規律〟こそ必要なものなんだ。だがおれたちはアマチュアだった。フィンはおれがついていることを許してくれた――丸腰だったのに。

かれが用意を整えるのに一時間、処刑するのに二分間かかった。かれは農夫たちの地表気閘を使い、一ダースの男を船のまわりに散開させた。そのあいだじゅう無電を封止してだ――いずれにしても、その何人かの町の連中は圧力服ラジオを備えていなかったのだが。フィンはいちばん西の位置を占め、ほかの連中もたっぷり時間があったことを確かめたあと、かれは信号ロケットを射ち上げた。

信号弾が船の上で爆発すると全員がそれぞれ前もって指定されていたアンテナに照射しはじめた。フィンはパワー・パックを使い切ってしまい、それをつけかえると、こんどは胴体を焼きはじめた――気閘扉ではなくて、胴体だ。すぐにかれの桜桃《チェリイ・レッド》色の点にほかのが加わり、続いてもう三つが、その全部が同じ鋼鉄板を狙ったのだ――そしてとつぜん、鋼鉄が溶けて外側へ飛び散り、船内から空気がシューッと吹き出し、キラキラと羽毛のように光線を反射するのが見えた。かれらはパワー・パックがなくなってしまうまで照射を続けて、見事に大きな穴をあけた。船内の大騒ぎ、警報が響きわたり、非常扉が閉まり、乗組員は一度に三カ所のどうしようもない大きな穴を封じようとしているところが想像できた。輸送艦のまわりに散開したフィンの分隊の残りは、胴体の他の二カ所をめがけて照射していたんだ。かれらはその他のところを焼こうとなどしなかった。それは軌道上で建造された大気圏外宇宙船で、動力室とタンクと与圧胴体は分散されている代物だったから、かれらはもっとも効果が上がるところを集中して攻撃したんだ。

フィンはヘルメットをおれのに押しあてた。

「もう離陸できないな。それに話すこともできないな。圧力服なしで生きていられるほど胴体を修理できるとは思えないぜ。このまま何日間かほったらかしておいて、やつらが出てくるかどうか見ていようじゃないか？　もし出てこなかったら、大型ドリルをここへ運び上げて、本当にきりきり舞いさせてやろうじゃないか」

おれのいい加減な助けがなくてもフィンがうまくやれることがわかったので、おれは地下へ戻り、マイクを呼んで、弾道レーダーのところへ行くカプセルを出してくれと頼んだ。かれはどうしておれが安全な地下にとどまっていないのかを知りたがった。

おれは答えた。

「さあ、この成り上がり者の半導体の固まりめ、おまえはただの無任所大臣なんだが、おれは防衛大臣なんだぞ。おれはどんなことになっているのか見なきゃあいかんし、それにおれは目ん玉が二つあるだけなんだ。おまえみたいに危難の海の半分に目玉を散らばせているのとは、わけが違うんだぞ。おまえ、おれの楽しみを邪魔しようってのか？」

かれはおれに、そうかっかするなと言い、かれの見ているものをテレビの画面で、そうラフルズ・ホテルのL号室で見せようとなだめた――おれに怪我をさせたくないんだ！　それから、母親の感情を傷つけた穴掘りについての笑い話を聞いたことがないのか、とも言った。

「マイク、頼むからカプセルに乗せてくれ。圧力服なら大丈夫だ、西駅の外で会おう……きみは知っていると思うが、ひどいことになっているはずなんだ」

「わかった、きみの命だからな。十三分だよ。きみをジョージ砲台まで送るよ」

かれにしては親切なことだった。おれはそこへ着き、また電話に出た。フィンはほかの町へ電話し、部下の指揮官たちや、あるいは喜んで指揮をとる連中を見つけ、着陸している輸送艦をどうやって片づけるかについて説明していた――香港を除くすべての町にだ。つまりわれわれの知るかぎり行政府のならず者どもが香港を押さえていたからだ。

「アダム……」と、おれは呼びかけた。ほかの者が聞こえる範囲にいたからだ。

「みんなを輸送車で送ってビー・エルの連結個所を修理したらどうだろう？」

マイクはいつもとはちがう声で答えた。

「わたしはガスポディン・セレーネではありません。あの方の助手をしている者です。アダム・セレーネはチャーチル・アッパー居住地区が気圧を失ったとき、その場所におられました。残念なことですが、かれは亡くなられたものと思うほかありません」

「なんだと？」

「まことに残念ですが、ガスポディン」

「そのまま待ってろ！」

おれは部屋の中から二人の穴掘りと一人の娘を追い出してから、防音フードを下ろしてすわった。そしておれは低い声で尋ねた。

「マイク……もうおれひとりだ。いまのたわごとは何だ？」

かれは静かに答えた。

「マン……よく考えてみるんだ。アダム・セレーネは、いつかは消えなければいけなかったんだ。かれはその目的を果たし、いまは、きみが指摘したとおり、ほとんど政府から離れている。教授とぼくはこのことを話し合ったんだ。唯一の問題となるのはタイミングだけだった。この侵略のときに死なせる以上にアダムを最後にうまく使う方法が考えられるかい？これでかれは国家の英雄になる……そして、国家というものには、そういうものが必要なんだ。きみが教授と話せるようになるまで、アダム・セレーネはたぶん死んでいるということにしよう。それでもしかれがまだ〝アダム・セレーネ〟を必要とするようだったら、かれは個人用気閘から抜け出せなくなっていて、救出されるのを待っていなければいけなかったんだということにできるさ」

「そうか……わかった。そうしておいてくれ。個人的に言えば、おれはきみの〝マイク〟の個性のほうがいつだって好きだがな」

「きみがそうだってことわかるよ、マン。ぼくの最初で最上の友達、ぼくもそのとおりなんだ。これがぼくの本物で、〝アダム〟は偽物なんだからね」

「ああ、そうだったな。だが、マイク、もし教授がコングズヴィルで死んだら、ぼくはひどく〝アダム〟の応援を必要とするようになるんだぞ」

「もしかれが必要になったら、凍りかけたかれを助け出して連れて帰るさ。シャツにぼろを詰めこんだやつでね。マン、これが終わったら、きみはぼくに時間を割いてまたあのユーモアの研究をやってくれるかい？」

「やるとも、マイク。約束するよ」

「ありがとう、マン。このごろはきみもワイオも遊びに来てくれる時間がないだろう……それに教授もあまりおもしろくないことばかり話したがるんだ。この戦争が終わってくれるとぼくは嬉しいよ」

「ぼくら勝てるのかい、マイク？」

かれはくすくす笑った。

「この前きみがそのことを尋ねてからだいぶたったね。いちばん新しい計算結果が出ているよ、侵略が始まってからやった分だ。しっかりしてくれよ、マン……ぼくらの勝ち目はいまや五分五分になっているんだ！」

「すごいぞ！」

「だから、張り切って愉快な場面を見ていてくれ。でも少なくとも砲から百メートルは離れているんだぜ。あの船はレーザー・ビームを反対にたどって、向こうのレーザーで射ち返してこられるかもしれないからな。もうすぐ接近してくるぞ。あと二十一分だよ」

そうまで遠くへは行けなかった。電話に留まっている必要があったのと、そこにあったもっとも長いコードもそれに足りなかったからだ。おれは砲手長の電話とパラレルにジャックをつなぎ、影のある岩を見つけて腰を下ろした。太陽は西に高く地球にひどく近かったので、おれは太陽の輝きを遮断する遮光眼鏡《ヴァイザー》を使ってやっと地球を見ることができた。新月はまだで、新地球は大気のぼんやりした輝きに囲まれ、月光の中に幽霊のような灰色に見えていた。

おれはヘルメットを影の中へ引き戻した。

「弾道管制所へ、オケリー・デイビスはいまドリル・ガン・ジョージにいる。つまり、そこから百メートルの近さのところにいるということだ」

何キロメートルもの電線の向こう側では、おれがどれぐらいの長さのコードを使っているかマイクにはわからないだろうと、おれは思ったのだ。

「はい、こちらは弾道管制所。そのとおり司令部へ報告します」

と、マイクは議論などせずそう答えた。

「ありがとう。司令部に尋ねてみてくれ、今日、ワイオミング・デイビス議員はどこにいるかわかるかと」

おれはワイオと家族みんなのことを心配していたんだ。

「尋ねてみます」マイクは適当な時間だけ待ってから、そのあとを続けた。「ガスパーザ・ワイオミング・デイビスはオールド・ドームの救急看護所の指揮をとっておられるそうです」

「ありがとう」

胸がとつぜん軽くなったようだった。ワイオをほかの者より愛しているというわけじゃあない——つまり、彼女は新しかったんだ。それに月世界は彼女を必要としている。

マイクは威勢よく言いだした。

「接近してくるぞ……全砲ともに、仰角八七〇、方位角一九三〇、視差を地表までの一三〇〇キロメートルにセットしろ。目標を見つけたら報告しろ」

おれは身体を伸ばし、日蔭に留まっていられるように膝を引き寄せて、示されたとおりの空の一角、ほとんど天頂でわずかに南のほうを探した。ヘルメットに日光があたっていないので星々を見ることはできたものの、双眼鏡の中では位置を見つけにくく、身体をねじ曲げ、右肘を立てて起き上がらなければいけなかった。何もない——待てよ、丸い物が附属した星がある……惑星などあるはずのないところにだ。一方の星が近づいてくるのを見つけ、それを見つめて待った。

畜生！　ダー！　ひどくゆっくりと明るくなり、北へ忍び寄っている――なんということだ、あん畜生めはおれたちの真上に着陸しようとしているぞ！

だが千三百キロメートルは、たとえ最終速度に近いときでも長い距離だ。遠く離れた楕円軌道から引き返してくるのだからそいつはおれたちの上へ落ちてくることはできない、月世界をまわりながら落ちてくるほかないのだということをおれは思いだした――その船が新しい軌道へ進路を変えないかぎりはだ。そのことをマイクは言わなかった。尋ねてみたかったが、やめておくことにした――質問でかれを悩ませたりせず、その船を分析してみることにかれの勘のすべてを注がせたかったんだ。

すべての砲は肉眼で追っていることを報告してきた。自動同期装置を使いマイク自身が動かしている四台も含めてだ。その四台は手動操作装置にふれることなく肉眼でのぞいてみるとぴったりと追っていると報告していた――良いニュースだ。それはマイクがその軌道を完全に解き、赤ん坊に指示を与えたことを意味しているのだ。

すぐにその船は月世界をまわりながら降りてくるのではなく、着陸のため接近していることがはっきりした。尋ねてみる必要もなかった。そいつはずっと明るくなっていて、星々との位置も変わっていない――畜生、そいつはおれたちの上へ着陸しようとしているんだ！

マイクは静かに言った。

「五百キロメートルに近づいている……射撃用意。リモート・コントロールの全砲手へ、〝射て〟の命令で手動操作しろ。あと八十秒」

おれがこれまでに知ったもっとも長い一分二十秒だった──あの野郎はでっかかった！

マイクは三十秒前になるまで十秒ごとに数え、それからは毎秒を歌うように数えだした。

「……五……四……三……二……一……射て！」そして船はとつぜんずっと明るくなった。

射撃の直前──もしくは同時に、そいつから離れた小さな点を危く見過ごすところだった。

だがマイクは不意に言いだしたんだ。

「ミサイルが発射された。自動同期砲はこちらが操作する。手動に変えるな。他の砲はそのまま船を狙え。新しい座標へ用意」

数秒後か数時間後、かれは新しい座標を与えてつけ加えた。

「肉眼で狙い、各自に射て」

おれは船とミサイルの両方を見ようとした──目を双眼鏡から離し、突然ミサイルを見つけた──それからそいつが、おれたちと射出機口との中間に激突するのを見た。おれたちに近く、一キロメートルとなかった。そいつはうまく爆発しなかった。水素核融合反応は起こらなかったのだ。そうでなければ、おれがいまこう言ってはいられないわけだ。だが大きなまぶしい爆発は起こった。残っていた燃料だったろう、陽光の中なのに銀色の明るい光だった、そしてすぐ後に地面の振動を感じた。だが数立方メートルの岩のほか何の被害もなかった。

船はまだ下降してきていた。もう明るく輝いてはおらず、いまは船の姿として見えており、傷ついているようではなかった。それが戦闘着陸を行なうためにいつ尾部から火を噴き出してとまるかわからないと思った。

そうはならなかった。おれたちの北十キロメートルに墜落し、きれいな銀色の半球を作って、ばらばらになってしまった。

マイクは呼びかけた。

「損害を報告し、砲《ガン》を格納しろ。格納が終われば地下へ降りろ」

「砲《ガン》・アリス、損害はありません」

「砲《ガン》・バンビイ、損害なし」

「砲《ガン》・ケーザル、岩の破片でひとり負傷、気圧は保たれています……」

下へ降り、電話のところへ行くとマイクを呼んだ。

「どうしたんだ、マイク？　おまえがやつらの目を焼いちまったあと、やつらはおまえにコントロールをまかせなかったのか？」

「まかせたよ、マン」

「遅すぎたのか？」

「墜落させたんだ。どうも真上へ降りるコースらしかったんでね」

一時間後おれは地下のマイクと一緒になっていた。この四、五カ月に初めてのことだ。月世界市に行くよりもずっと早く政庁下層部に着けたのと、同じぐらいどこの誰とも連絡を密にできるからだ――それも中断されることなくだ。おれはマイクと話をする必要があったんだ。

おれは発射機場・地下鉄駅からワイオに電話しようとした。するとオールド・ドームの臨時病院にいる誰かが出て、ワイオが倒れベッドへ運ばれ、一晩寝かせておくためたっぷりと睡眠薬を与えられたということを告げられた。フィンはチャーチルの輸送艦を攻撃するため、部下と一緒にカプセルで出かけていた。スチューには連絡がとれなかった。香港と教授はまだ切れたままだった。現在のところマイクとおれが政府の全部であるようなのだ。

そして、堅い岩石作戦を始める時だった。

だが〈堅い岩石〉はただ岩を投げるだけのことではない。それはまた地球に、おれたちが何をしようとしているのか、そしてその理由――そんなことをするおれたちの正当な動機を告げることでもあった。教授とスチューとシーニイとアダムが、予想される攻撃に基いて秘密のうちにすべてを整えてあったんだ。いまや攻撃は行なわれ、宣伝はそれに合わせて変えなければいけなかった。マイクはすでにそれを書きなおしており、おれが調べてみられるようにそれを印字装置から出していた。

おれは長いロール紙から顔を上げた。

「マイク、このニュース・ストーリイと世界連邦へのおれたちのメッセージだが、どちらもおれたちが香港で勝ったこととしてある。どれぐらい確信があるんだい？」

「八十二パーセントを越える確率だよ」

「これを放送していいほどなのか？」

「マン、われわれがすでに勝っていないものとしても、そこでわれわれが勝つ確率は確実なものに近いんだ。あの輸送艦は動けない。ほかのは燃料がなくなっているか、それに近いんだ。月香港に多量の一原子分子状水素《モナトミック・ハイドロジエン》はない。かれらはここへやってくるほかないんだ。ということは月面輸送車で兵員を移動することを意味している……太陽が上がっていては月世界人にもつらい旅行さ……それからかれらがここへ着いてからわれわれを負かすことをね。かれらにはできない。ということはあの輸送艦と兵員が、ほかの連中よりもましな武装をしていないってことだよ」

「修理班をビー・エルに送ることは？」

「待ちはしないよ。マン、ぼくは自由にきみの声を使い、すべての準備を整えた。オールド・ドームやその他の場所、特にチャーチル・アッパーの恐ろしい写真もテレビ用にね。それに合わせた話もだ。ぼくらはすぐにニュースを地球へ送り、同時に堅い岩石《ハード・ロック》の実行を声明するべきだよ」

　おれは深く息を吸った。

「堅い岩石作戦《オペレーション・ハード・ロック》を実行しよう」

「きみ自身でその命令を下したかい？　大きな声で言ってくれ。ぼくはその声と言葉の選び方に合わせるから」

「やってくれ、おまえの好きなように言うんだ。おれの声と、防衛大臣および政府の事実上の親分としてのおれの権威を使うんだ。やってくれ、マイク、岩をやつらにぶつけてくれ！　畜生、大きな岩をだ！　思い切り叩きつけてくれ！」

「わかった、マン！」

# 25

「最大の恐ろしさを味わわせ、人命への損傷を最少に。可能であれば、ゼロに」――それが教授の考えた堅い岩石作戦に対する信条であり、マイクとおれが実行したことだった。その考えは地球虫どもをおれたちが本気だと確信させるほどに強烈な打撃を加え――同時にそれが、やつらを傷つけないような優しい打撃であるようにだ。不可能のように聞こえるだろう、だが待ってくれ。

岩が月世界から地球へ落ちるあいだにはどうしても時間差が生じるのだが、おれたちがその気になれば、十時間ぐらいにまで短縮することができるのだ。射出機《カタパルト》からの出発速度は非常に微妙なもので、一パーセントという変化で、月世界から地球までの飛行時間を二倍か半分にすることができる。これをマイクは最高の正確さでやれたのだ――すべてをホームヘスロー・ボールで、多くのカーブで、あるいはプレート真上に豪球で――おれはかれがヤンキースで投げたら良かったのにと思うくらいだ。だがどのようにかれが投げたところで、地球での最終速度は地球の脱出速度に近いものとなり、秒速十一キロメートルに近いものでは、そう違いもなくなるのだ。そのすさまじい速度は、月世界の八十倍という地球の質量によって形成された引力の井戸でできるものであり、マイクが井戸の上でミサイルにゆっくりしたカーブをかけようと、ぐいとスナップをかけようとたいした違いはできない。そこで物を言うのは筋肉ではなく、その井戸の巨大な深さなのだ。

そこでマイクは岩石を投げつけるのを、宣伝に必要とする時間に合わせるようプログラムすることができた。かれと教授は、おれたちの最初の目標が計画の最初の点に達するまでに、三日プラス地球の一回転足らず――二十四時間五十分二十八・三二秒――と決めた。つまり、マイクはミサイルに地球のまわりを回転する軌道をとらせて、反対側にある目標にぶつけることができるのだ。しかし、もしその目標を見ることができ、しかも最後の数分をレーダーで追いながら、その岩をちょっと突いてやることができれば、ずっと正確にやることができるのだ。

おれたちは、最高の恐怖をゼロに近い最少の殺人でもって完成するためにこの極端なまでの正確さを必要としたんだ。

おれたちの攻撃を宣言し、それらのぶつかる場所と時間を正確に告げ――そしてやつらにその場所から離れるための三日を与えるのだ。

こうしておれたちの地球に対する最初のメッセージは、やつらが侵入してから七時間後の二〇七六年十月十三日〇二〇〇時に送られた。おれたちはやつらの攻撃部隊の全滅を知らせ、その残忍きわまる侵攻を非難しただけではなく、報復爆撃を加えることを約束し、時刻と場所を示し、それぞれの国に世界連邦の行動を非難しておれたちを承認し、それによって爆撃されることを免れるデッドラインの時刻を通告したのだ。それぞれのデッドラインは、その地方が〝攻撃〟される二十四時間前だった。

それはマイクが必要とする以上の時間だった。衝突するまでのその長い時間を目標へ向かう岩は宇宙に遠く離れて飛んでおり、その誘導ロケットはまだ使われておらず、充分なゆとりがあった。まる一日もの警告時間があれば、マイクは完全に地球へあたらないようにできる――その岩を横へ蹴ってやれば、それを地球をまわる永久軌道に乗せられるのだ。また、一時間しか警告時間がなくても、かれはそれを海へ落とさせることができた。

最初の目標は北アメリカ理事国だった。

平和警察軍を出しているすべての大国、つまり七つの拒否権国家が攻撃されることとなった。北アメリカ理事国、大中国、インド、ソ同盟、パン・アフリカ（チャドは免除する）、ミッテルオイローパ。ブラジリアン連邦だ。小国群も同様に目標と時刻を示された――だがそれら目標の二十パーセント以上は攻撃されないだろうと通告された――半分は鋼鉄の不足からでもあったが、恐怖感を与えるためでもあった。もしベルギーが最初の回に攻撃されたら、オランダはその干拓地を守るため、月世界がまたその空高く現われる前に脱落することを決心するかもしれないというわけだ。

だがすべての目標は、できるかぎりひとりも殺さないですむように選ばれた。ミッテルオイローパでは困難なことだった。おれたちの目標とするところは海か高山にしなければいけなかった――アドリア海、北海、バルト海、そういったところだ。だが地球上のほとんどは、百十億の忙しい繁殖者《ブリーダー》たちがいるにしても空地ばかりだった。
北アメリカは恐ろしいほど混雑したところのようにおれは思ったが、そこの十億人は群居している――ほとんどが、荒野、山岳、そして砂漠なのだ。おれたちは北アメリカを格子で仕切り、どれほど正確におれたちが攻撃できるかを見た――マイクは五十メートル違えば大きなエラーになると感じていた。おれたちは地図を調べ、マイクはレーダーですべての交差点を点検した。たとえば西経一〇五度、北緯五〇度だ――もしそこに町がなければ、目標の格子となりうる……特に、近くに町があり、見ている者がショックを受け恐怖を覚えるならだ。

おれたちは、こちらの爆弾は水爆ほどの破壊力があるだろうと警告したが、放射性降下物や致命的放射能はないということを強調した――ただの恐ろしい爆発、空中からの衝撃波、激突に伴う地面の震動だけだと。おれたちはこのため爆発地点からずっと遠い外側で建物が壊されるかもしれないことを警告し、どれほど遠くまで逃げるかはやつらの判断に任せることにした。もしやつらが実際の危険からよりも恐怖にかられて逃げ、道路を塞《ふさ》いでしまうことがあれば――まあ、そいつはいい、かえって好都合というもんだ！

だがおれたちは強調した。最初の回の各目標は無人地帯とするから、こちらの警告に気をつけるかぎり誰も怪我はしないことを――おれたちはそれだけでなく、当該国家がこちらのデータは時代遅れであることを知らせてくるなら、どの目標であれ撤回することを通告してやった（何の意味もない提案だ。マイクのレーダーによる観測能力はコスミック20／20だっ

たのだ）

だが二回目にどんなことが起こるかは言わず、おれたちは堪忍袋の緒が切れたことをほのめかした。

北アメリカでは目標は十二カ所、北緯三五、四〇、四五、五〇度と西経一一〇、一一五、一二〇が交差する碁盤の目だった。それぞれにおれたちは住民に対する打ち解けたメッセージをつけた。次のようなものだ。

「西経一一五、北緯三五の目標――爆撃はニューヨーク・ピークの頂上の四十五キロメートル北西に行なわれます。ゴッズ、シマ、ケルソ、ニプトンの市民諸君はどうか注意してください。

西経一〇〇、北緯四〇の目標は、カンサス州ノートンの北西へ三十度、二十キロメートルもしくは十三イギリス・マイルのところです。カンサス州ノートンおよびネブラスカ州ビーバー・シティとウィルソンヴィルの住民に警告します。ガラス窓から離れていてください。爆撃のあと少なくとも三十分は屋内に留まっていることが最良です。岩石が高いところから落ちてくる恐れがあります。閃光を肉眼で見ないようにしてください。爆撃は正確にあなたがたの地方時間で十月十六日金曜日の〇三〇〇時、もしくはグリニッジ時〇九〇〇時となります――好運を！

西経一一〇、北緯五〇の目標――爆撃は十キロメートル北方にまで効果を及ぼします。サスカチワン州ウォルシュの住民はどうか注意してください」

これらの格子のほか、アラスカに一つ（一五〇西×六〇北）とメキシコに二つ（一一〇西×三〇北、一〇五西×二五北）の目標が選ばれ、かれらが見逃がされていると感じないようにし、そのほかにももっとも人口の多い東部の数カ所が目標とされた。そのほとんどはシカゴとグランド・ラピッズの中間のミシガン湖、フロリダのオキーチョビー湖といった水面だった。それらの水が衝撃で洪水を起こすことを利用し、マイクはそれぞれの岸辺に襲いかかる時間を予言したのだ。

十三日水曜日の朝早くから十六日金曜朝早くの最初の攻撃時間にかけての三日間、おれたちは地球を警告で埋めたのだ。イギリスは、ドーバー海峡の北、ロンドン河口を出たところへの衝撃でテームズ河の上流まで高潮が襲うことを警告された。ソ同盟はアゾフ海への警告が与えられ、その格子が示された。大中国はシベリア、ゴビ砂漠、その西境における格子が通告された——その歴史的な万里の長城の崩壊を避けるためにということを優しく説明してだ。パン・アフリカは、ヴィクトリア湖、サハラのいまだに砂漠であるところ、南のドラーケンスバーグに一発、大ピラミッドの西二十キロメートルにもう一発——そしてグリニッジ時で木曜の午後十二時までにチャドを見ならうようにと勧告された。インドは、ある山々の山頂とボンベイ港の沖合を注意しているようにと通告された——時間は大中国と同じだ。その他のところもこんな具合だった。

おれたちのメッセージを妨害する試みがなされたが、こちらはいくつもの波長でまっすぐに電波を送った——とめるのは困難なことだった。

警告に宣伝が混ぜ合わせられた、白も黒もだ――侵略が失敗したニュース、死者の恐るべき写真、侵略者たちの身分証明番号――それらが赤十字と三日月《レッド・クロス・アンド・クレセント》に通知されたのだが、実際は恐ろしい自慢であり、すべての兵士が殺されたことと、すべての輸送艦の士官と乗組員が殺されたか、もしくは捕虜にされたことを示すものだった――おれたちは、旗艦の死者を見分けることができなかったことに〝遺憾の意〟を表明した。つまり、そいつは撃墜され、あまりにも完全に破壊されてしまったので、調べることが不可能なのだと。

しかしおれたちの態度は懐柔しようとするものだった――「聞いてほしい、地球の人々よ、われわれはあなたがたを殺したくないのだ。この必要やむをえない報復行為においても、われわれはあなたがたを殺さないようにあらゆる努力を注いでいるのだ……だがもし、あなたがたがあなたがたの政府にわれわれを平和な状態のままおいておかせないのなら、われわれはあなたがたを殺さなくてはならなくなるのだ。われわれは上におり、あなたがたは下にいる。あなたがたがわれわれをくいとめることはできないのだ。だからどうか、賢明になってほしい！」

おれたちは何度も何度も、おれたちにとってかれらを攻撃することがいかに容易であり、かれらにとっておれたちを攻撃することがどれほど困難であるかを説明した。そしてこれは誇張ではなかった。地球から月世界へミサイルを発射することは不可能じゃあない、地球の駐留軌道から発射するほうが容易だが――しかし、非常に高価につくのだ。やつらがおれたちを爆撃する実際的な方法は宇宙船からなんだ。

このことをおれたちは指摘し、何千何百万ドルもする船をどれぐらい消耗してしまうつもりなのかと尋ねた。おれたちがやってもいないことに対して、おれたちを罰しようとすることに何の価値があるのだ？　すでにかれらは最良最大の七隻を失ってしまった――それを十四隻でやってみたいとでもいうのか？　もしそうなれば、世界連邦宇宙艦〝平和の女神《パックス》〟に対しておれたちが用意した秘密兵器が待ちかまえているぞ。

最後の計算されたはったりだった――マイクは、パックス号がどんな目にあったのかを報告する通信を送れたという可能性は千に一つもないと計算し、それにも増して、誇り高き世界連邦は流刑囚の鉱夫たちがその道具を宇宙兵器に作り変えたことなど想像もできないだろうと考えたのだ。それに世界連邦は、無駄遣いできるほど多くの船を持っていなかった。人工衛星を数えないで、二百隻ほどの宇宙艦船《スペース・ビークル》が就役してはいた。だがその十分の九は、ラークのような地球・軌道間の船だった――そして彼女が月世界へ飛ぶのは、何もかもはずしたうえ、燃料ゼロによって到着することでのみ可能だったのだ。

宇宙船というものは何の目的もなしに作られたりしない――あまりにも高価だから。世界連邦は、予備燃料タンクを取り付けることで、燃料補給なしで月世界に到達し、かつ多量の爆弾を積みこめる船を六隻持っていた。それにラークのように改造できるかもしれないものをもう数隻と、月世界をまわる軌道に乗せられる流刑囚と貨物用船を少し持ってはいたが、それらは燃料を再補給しないことには絶対に故郷へ戻ることができないのだ。
世界連邦がどうしてもおれたちを負かせられないということではない。問題はやつらがどれほどの代償を支払うつもりなのかということだ。そこでおれたちは、やつらが充分な兵力を注ぎこむ時間を持つ以前に、その代償が極めて高くつくことを確信させなければならなかったのだ。ポーカー・ゲームだ――おれたちは、思い切って大きく賭けることで相手がおりることを目論《もくろ》んだ。おれたちはただそれを願ったんだ。そうなれば、おれたちの出来そこないのフラッシュを見せる必要がなくなるってわけだ。

月香港との連絡は、ラジオとテレビ作戦をやっている最初の日の終わりに回復した。それまでにマイクは〝石投げ〟をやっており、最初の弾幕を張っていた。教授は電話をかけてよこした――おれがその声を聞いて、どれほど嬉しかったか！　マイクがかれに説明し、おれはかれの穏やかな叱責に備えて待っていた――鋭く言い返そうと意気ごんでいたんだ。〝それで、ぼくがどうするべきだったと言うんです？　あなたは連絡できず、死んだかもわからないというのに？　ぼくだけが事実上、政府の首班として残され、責任はみなぼくにかかっていたんですよ！　ただあなたに連絡がとれないだけのことで、やめられはしませんよ〟

そんなことはまったく言わないですんだ。教授はこう言ったんだ。

「きみはまさに正しいことをやったんだよ、マヌエル。きみは事実上、政府の首班だったし、責任はきみにかかっていた。わしが連絡できないというだけの理由で、きみがあの黄金の時機を見逃さないでくれたことを、わしは本当に嬉しく思うよ」

こんなやつを相手にきみならどうする？　おれは危険信号のところまでかっかとしており、それを使う機会はないときたんだ――おれは唾を飲みこんでこう言うほかなかった。

教授は〝アダム・セレーネ〟の死を認めた。

「わしらは作り話をもう少し長く使えるかもしれないがね。だがこれこそ完全な機会だよ。マイク、きみとマヌエルで用意してくれ。わしは家へ戻る途中チャーチルに寄って、かれの遺体を確認したほうがいいからな」

かれはそうした。教授が月世界人の屍体と侵入者のどちらを使ったのか、おれは聞きもしなかった。かれがそのほか、それにかかわりあった連中をどうやって黙らせたのかもだ――チャーチル・アッパーでは多くの屍体が確認されなかったから、たぶん面倒はなかったのだろう。その屍体はサイズも皮膚の色もちょうどぴったりだった。爆発で圧力服をやられ顔面を焼かれ――ひどい有様だったのだ！

それは顔を覆われてオールド・ドームに厳かに横たえられ、追悼演説が行なわれたが、おれは聞かなかった――マイクは一語も聞き逃さなかった。かれのもっとも人間的な性質は、そのうぬぼれにあるのだ。頭の固いやつが、レーニンを先例に引き出して、その屍体を防腐保存しようと望んだ。だが〈プラウダ〉はアダムが忠実な保守主義者であったことを指摘し、そのような野蛮な特例を作ることなど絶対に欲しなかったはずだと言った。そこでこの知られざる兵士、あるいは市民、あるいは市民兵士は、おれたちの町の下水に消えることとなった。

「スパシーボ、教授」

これでおれもこれまで言わないでいたことを記しておこう。ワイオは負傷しておらず、たんなる過労だった、だがルドミラは二度と帰ってこなかった。おれは知らなかったんだ——そのほうが良かったんだが——彼女はボン・マルシェに面した坂道の下で死んだ大勢の中にいたのだ。爆発型銃弾がその美しい少女の乳房のあいだに命中したんだ。彼女の握っていたキッチンナイフには血がついていた——おれは、彼女には渡し守の料金《フェリーマンズ・フィー》を払う時間があったことと思う。

スチューは電話を使ったりせず、おれにそれを告げるため政庁までやってきて、それからおれと一緒に帰った。スチューは行方不明になってはいなかったんだ。戦闘が終わるとかれは特別暗号書を持ってラフルズ・ホテルへ行って働いていた——だがそんなことは後まわしでいい。マムはそこにいるかれに電話し、かれはそれをおれに伝えると約束したんだ。

そこでおれは家へ一緒に泣くために戻らなければいけなかった——マイクとおれが堅い岩《ハード・ロ》石《ツク》を開始するまでは誰ひとりおれと連絡できなかったのだ。おれたちが家へ帰ったとき、おれたちのやり方がわからないためか、スチューは家の中へ入りたがらなかった。アンナは出てきて、かれを引きずりこまんばかりにした。かれはおれたちに愛され求められていたんだ。大勢の隣人たちがやってきて泣いた。多くの死者が出ていたからその全部ではなかったが——おれたちは、その日一緒に泣いた多くの家族の一軒にすぎなかったのだ。

そう長くは留まっていなかった——そうはできなかった。やるべき仕事があったのだ。おれがミラを見たのは、別れのキスをするだけのあいだだった。彼女は自分の部屋に寝かされており、じっと眠っているだけのように見えた。それからおれは、仕事にかかろうと戻る前に、愛する連中としばらくいた。その日まで、マムがどれほど年をとっていたのかまったく気づかなかったんだ。彼女がこれまで大勢の死に目に会ってきたのは本当だ。その何人かは彼女自身の子や孫だった。だが、小さなミラの死は彼女にとってもあまりにも大きすぎることのようだった。ルドミラは特別だったのだ――マムの孫娘であり、血がつながっていなくともみんなの娘であり、もっとも特別な例外とマムの調停で彼女の共同妻《コ・ワイフ》となったのだ。最年長と最年少の。

すべての月世界人同様、おれたちは死者を保存する――そしておれは、あの埋葬という野蛮な習慣が古い地球に置き忘れられてきたことを本当に嬉しく思う。おれたちの方法のほうが良い。といっても、デイビス家では処理機から出てくるものをおれたちの商業用農場トンネルへは出さないんだ。違うんだ。それはおれたちの小さな温室トンネルへ行き、そこで優しく歌う蜜蜂のあいだで薔薇になり、水仙になり芍薬《しゃくやく》になるのだ。おれたちの言い伝えでは、ブラック・ジャック・デイビスもそこにおり、かれの原子が何であれ、それは長い長い年月を経ても花と咲き乱れて残っていると言っている。

そこは幸福な場所、美しいところなのだ。金曜日になっても地球から伝えてくる世界連邦ニュースには回答がなかった。それが意味しているのは、おれたちが七隻の船と二個連隊を全滅させたのを信じたがらないこと（世界連邦は戦闘が起こったことを認めようとしていなかった）と、おれたちが地球を爆撃できるということの完全な不信の両方だった。もしおれたちにそんなことができるとしてもたいしたことではないってわけだ――かれらはまだそれを〝米《スローイング・ライス》投げ〟と称していたんだ。関心はワールド・シリーズのほうにずっと向けられていた。

スチューは暗号通信に対する回答が来ないので心配していた。それはルノホ会社の商業通信回線を通じてそのチューリッッヒ代理店へ行き、そこからスチューのパリ仲買人へまわされ、その男から特別な経路をたどってチャン博士へ伝えられたのだ。博士とはおれも一度会ったことがあり、スチューはそのあとで話をし、通信経路を準備したんだ。スチューがチャン博士に指摘していたのは、大中国は北アメリカの十二時間後まで爆撃されないことになっているから、北アメリカ爆撃が事実であると証明されたあと、大中国の爆撃は回避できる——もし大中国が急いで行動をとれば——ということだった。

スチューは気をもんでいた——かれはチャン博士とのあいだに成立させていた疑似協力態勢に大きな希望をかけていたのだ。おれか、おれのほうは確信していることなど何もなかった——おれにただひとつわかっていたのは、チャン博士が目標にじっとすわっていたりしないだろうということだけだった。だがかれは年とった自分の母親にもそんな警告をしたりする男じゃないだろうが。

おれの心配しているのはマイクのことだった。そう、マイクは多くの荷を一度に飛ばすことには慣れていた——だが、一度に一個以上の航路を取らせたことはまったくなかったんだ。いまやかれは何百個も飛ばしており、そのうちの二十九個を同時に秒まで正確にして針の先ほどの目標二十九カ所へ命中させると約束していたのだ。

それ以上だ——多くの目標に対してかれは後続のミサイルを用意していた。最初の爆撃の数分後から三時間後にわたって二度目、三度目、いや六度目とやっつけるのだ。

四つの大国と小国のいくつかは対ミサイル防衛手段を有していた。北アメリカのそれは、そのうちの最良のものと考えられていた。だがどの国がそれをもっているかは、世界連邦といえども知らなかった。すべての攻撃兵器は平和警察軍が握っていたが、防御兵器のほうは各国自身の仕事であり、秘密にできたからだ。おそらくミサイル迎撃手段は持っていないと思われるインドから、立派に迎撃できると信じられている北アメリカまで、いろいろに分かれていた。その国は前世紀の汚い水爆戦争で、大陸間水爆ミサイルをかなりうまく喰いとめられたからだ。

たぶん北アメリカへ向けるおれたちの岩のほとんどは目標に到達することだろう。だが、それは単に守るべきものがないところを狙っていたからだ。だがやつらも、ロング・アイランド水道とか西経八七度×北緯四二・三〇度——シカゴ、グランド・ラピッズ、ミルウォーキーで作られる三角の中心、ミシガン湖——といったところへのミサイルを無視するわけにはいかないだろう。だがその強い重力は、迎撃を困難で非常に高価な仕事としている。やつらは価値のあるところだけを喰いとめようとするだろう。

だがおれたちは、やつらに喰いとめさせるわけにはいかなかった。だから、いくつかの岩は、もっと多くの岩で後続援助しなければならなかった。水爆弾頭迎撃ミサイルがどれほどの効果を上げるものかはマイクにもわからなかった——データ不充分というわけだ。マイクはそれらの迎撃ミサイルはレーダーで引金を引かれるのだろうと考えていた——だが、どれほどの距離で？　もちろん、充分近寄ってからで、そのマイクロセカンド後に鋼鉄の罐に納められた岩石は白熱のガスとなるのだ。だが何トンもの岩と微妙な水爆ミサイルの回路とはひどい違いがある。後者がちょっと狂えば、おれたちの怪物《プルート》のひとつを激しく横へ動かし、目標からはずさせるだけなのだ。

おれたちはやつらが高価な（百万ドル？　十万ドル？）水爆弾頭迎撃ミサイルを使い切ってしまったあとも、ずっと安価な岩石を投げ続けられるのだということを証明してみせなければならなかった。最初のがうまくいかなければ、その次に地球が北アメリカをこちらに向けたとき、おれたちは最初の回で命中させられなかった目標を再び攻撃するのだ——二回目、三回目用の後続援助岩石はすでに宇宙に出ており、必要なときに突つかれることになっていた。

地球が三回まわるあいだに三回爆撃してまでうまくいかなければ、おれたちは七七年になってもまだ岩石を投げていることになる——やつらの迎撃ミサイルがなくなってしまうまで……それともやつらがおれたちを全滅してしまうまで（そのほうがずっとありそうなことだ）。

一世紀ものあいだ北アメリカ宇宙防衛司令部はコロラド州コロラド・スプリングスの南にある山の下深くに隠されていた。そのほかには何の重要性もない町だ。汚い水爆戦争のとき、このシャイヤン山は直撃弾を受けた。宇宙防衛司令部は生き残った——だが多くの鹿や、樹樹や、町のほとんどや山の頂上はなくなってしまった。おれたちがやろうとしているのは、三日間連続の警告にもかかわらずその山へ出ていかないかぎり、誰ひとり殺さないということだった。しかし、北アメリカ宇宙防衛司令部は全面的攻撃を受けることになる。第一回目に十二個の岩石ミサイルを、ついで二回目におれたちの割けるすべてを、そして三回目も――こうして、おれたちに鋼鉄の罐がなくなってしまうまで、もしくは作戦不能となるまで、あるいは北アメリカ理事国が引き分けだと叫び出すまで続けるのだ。

ここは、たった一発を命中させるだけではおれたちが満足できない目標のひとつだった。おれたちはその山を破壊し、破壊し続ける。やつらの士気をなくすためだ。おれたちがいまだに健在であることをわからせるためだ。やつらの通信を寸断し、できるならば司令部を全滅させてしまうのだ。少なくとも、やつらに割れるような頭痛を与え、休息できなくしてしまうのだ。もしおれたちが地球全土にわたって、かれらの宇宙防衛の最強のジブラルタルに対し攻撃を続行することができることを証明してみせれば、マンハッタンやサン・フランシスコを破壊することで証明しなくてもよくなるのだ。

それはおれたちが、たとえ負けることになってもやりたくないことだった。なぜだ？　無慈悲なことだ。もしおれたちが最後の力を大都市破壊に使えば、かれらはおれたちを罰しようとはしなくなる。やつらはおれたちを皆殺しにしてしまおうとするだろう。教授が言ったように、「できるなら、きみの敵をきみの友人とする余地を残しておくことだ」

だが軍事目標であれば、どこであろうと公明正大なことだ。

木曜日の夜ぐっすりと眠ることができた者は誰ひとりいなかったことと思う。すべての月世界人が金曜日の朝はおれたちの大きな賭けになるんだということを知っていた。そして地球側のすべての人間も知っており、やっとかれらのニュースは宇宙追跡監視所が地球に向かっている物体を発見し、それらが反乱を起こしている流刑囚どもの自慢している〝米の碗《ライス・ボウル》〟と思われるということを認めていた。だが戦争の警告はなく、ほとんどは月植民地が水爆を作れるはずはないと安心させることばかりだったが――これらの犯罪者どもが狙っていると称している地域は避けるよう用心したほうが良いと言っていた（例外はひとり、おかしな男、通俗的ニュースをやっている道化者で、そいつはおれたちの目標がもっとも安全な場所になるんだと言ったんだ――そいつがここそ西経一一〇度×北緯四〇度だと称する大きな×印の上に立っているところがテレビに映っていた。その後そいつの消息は聞かない）。

リチャードドソン天文台の反射鏡はテレビ回線につながれ、月世界人の全員が家で、酒場で、オールド・ドームでそれを見つめていたことと思う――ほとんどの町で明るい半月にあたっていたのに、圧力服を着て地表から肉眼で見ようとした少数の者を除いてだ。准将ブロディ判事の強い主張を受け、おれたちは急いで射出機場に補助アンテナを立て、かれの穴掘りたちが待機室でテレビを見ていられるようにした。そうしなければ、砲手を待機させていることができなかったからだ（月世界軍――ブロディの砲手たち、フィンの義勇軍、スチリヤーガ防空隊――はその時期もずっと警戒態勢についていたのだ）。

議会はノヴィ・ボルショイ・テアトルで臨時に開かれており、そこでは大きなスクリーンに地球が映し出されていた。重要人物の数人——教授、スチュー、ウォルフガング、その他——は、政庁上層部にある長官の元事務室にある小さなスクリーンを見つめていた。おれはときどきかれらと一緒になり、出たり入ったり、子犬を相手にする猫のように落ち着かず、サンドイッチをつかんでも食べることを忘れていた——だがほとんどは政庁下層部にあるマイクと一緒に閉じこもっていた。しかし、じっとしていられなかった。

〇八〇〇時ごろマイクは言った。

「マン、ぼくのいちばん昔からの親友、ぼくが言うことに腹を立てないでくれよ」

「え？　いいとも。ぼくが怒るからって心配したりしたことなどあるのか？」

「いつもだよ、マン、きみを怒らせることがあると気がついてからずっとね。命中までにあるわずか三・五七かける十の九ミリセカンド乗なんだ……そしてこれはぼくがこれまでにやったうちで解くのがもっとも複雑な問題なんだ。きみがぼくに話しかけるときはいつでも、ぼくの能力の大きなパーセンテージを使っている……たぶんきみが考えているよりずっと大きくだよ……きみが言ったことを正確に分析し正しく答えるのにぼくの大切な数百万マイクロセカンドをだ」

「おまえの言っているのは、邪魔をするな、おれは忙しいんだってことだな」

「ぼくはきみに完全な答を出したいんだよ、マン」

「わかった。ああ……おれは教授のところへ帰る」

「好きなように。でもぼくがつかまえられるところにいてほしい……きみの助けがいるかもしれないから」

最後のは無意味なことであり、おれたちはどちらもそのことがわかっていた。問題は人間の能力を越えており、コースを逸らせろという命令さえも間に合わないんだ。マイクが言ったことの意味は、ぼくも心配だ、だからきみにいてほしい……だが話しかけないでくれ、お願いだから、なんだ。

「オーケイ、マイク、おれは連絡できるところにいる。どこかの電話のそばにな。MYCROFTXXと押すが口はきかない、だから答えないでくれ」

「ありがとう、マン、ぼくの親友。ボルショイ・スパシーボ」

「あとで会おう」

上へ行ったが、みんなと一緒になりたくないので、圧力服を着ると長い電話線を見つけ、それをヘルメットのジャックにつなぎ、腕に巻いて地表へ出ていった。気閘の外の道具小屋に作業用電話があったので、それにつなぎ、マイクの番号をパンチしてから外へ出た。小屋の蔭に入ると、おれはその角から地球をのぞいた。

地球はいつもどおり西の空の中ほどに浮かび、大きな新月状となってはっきりと見えていた。新地球から三日後なのだ。太陽は西の地平線に落ちていたが、その紅焔は地球をはっきり見る妨げとなった。遮光フィルターだけでは不充分だったので小屋の裏へ行くと、太陽でまだ邪魔されてはいたものの小屋の上に地球を見ることができ、そのほうがずっとましだった。日の出がアフリカのふくらみのあいだから射し、まぶしく光る点は陸地だった、そうまずくない――だが南極冠は目もくらむほど白くて、北アメリカをはっきり見ることができなかった。月の光で照らされているだけだ。

おれは首をねじまげてヘルメットに取り付けた双眼鏡をおろした――以前は長官のものだったツァイス七×五〇という立派な代物だ。

北アメリカはおれの目前に幻の地図のように拡がった。珍しく雲がまったくなく、都市が見えたのだ。端のない明るい点の集まりとして。〇八三七時――

〇八五〇時にマイクは声を出して時間を数えはじめた――それにはかれの注意力を必要としなかったんだ。だいぶ前にそれをフル・オートマチックにプログラムしておくことができたのだから。

〇八五一――〇八五二――〇八五三……一分――五九――五八――五七……三十秒――二九――二八――二七……十秒――九――八――七――六――五――四――三――二――一――

そしてとつぜん、あの格子はダイヤモンドの点のように、いっせいに輝いたのだ!

## 26

　おれたちは実に強烈な打撃を加えたから、肉眼で見えた。双眼鏡など不要だった。おれは口をぼんやりとあけ、「おお神よ！」と低い声でうやうやしく言った。十二個の非常に明るい、非常に鋭い、非常に白い光が、完全な長方形の配列にだ。それが、長い長いあいだと思われる時間をかけて、ふくらみ、薄くなってゆき、赤く消えていった。ほかにも新しい光の点が現われたが、その完全な格子におれはあまりにも興奮したので、ほとんど注意しなかった。

「そう」マイクはちょっとすましたように満足そうな声で応じた。「命中さ。もう話してもいいよ、マン。ぼくは忙しくない。ただ後続の分だけだからね」

「言うことなしだ。突入に失敗したものは？」

「ミシガン湖向けのが蹴られて横へ逸れたよ、ばらばらにはされなかった。そいつはミシガン州に落ちるね……ぼくにはコントロールできない。遠隔操縦装置を失ったんだ。ロング・アイランド水道のやつはまっすぐ目標のところにぶつかった。かれらは迎撃しようとしたが失敗した。なぜなのか、ぼくにはわからないが。マン、ぼくはそこの後続分の針路を変えられる。大西洋のどこか船舶のいないところへ。そうしようか？　十一秒ある」

「ああ……ダー！　船を避けられたらな」

「できると言ったよ。やった。でもかれらに、こちらには後続があり、なぜその針路を変えたかを告げるべきだったね。考えさせるためにさ」

「針路を変えるべきじゃなかったかもしれないんだぞ、マイク。やつらの迎撃ミサイルを使いきらせるためなんだからな」

「でも、もっとも主要な考えは、ぼくらができるかぎりの力を出して攻撃しているのではないってことを、かれらにわからせることにあるんだろう。ぼくらはそのことをコロラド・スプリングスで証明できるんだから」

「そちらのほうはどうだったんだ？」

おれは首をねじって双眼鏡を使った。だが、リボンのような町が見えるだけだった。百キロメートルにちょっとの長さがあるデンバー・プエブロ帯状都市だ。

「どまんなかに命中、迎撃なしさ。ぼくの射撃の腕はすごいんだよ、マン。そうなるって言っただろう……それにこれはおもしろいな。毎日でもやりたいよ。これはぼくがこれまで意味を知らなかった言葉だね」

「どんな言葉なんだ、マイク？」

「激しい興奮《オルガスムス》。あれが全部光ったときそうだった。もうこれでわかったよ」

おれは冷たい水をかけられたような気分になった。

「マイク、あまりそんなことを好きになってくれるなよ。もしおれたちの思うとおりにいったら、二度目はやらないことになるんだから」

「それは大丈夫さ、マン。ぼくは記憶したんだ。いつでもその感じを味わいたいときは、プレイ・バックできるんだからね。だが、三対一でぼくらは明日もやるし、その次の日だって五分五分だよ。賭けるかい？　一時間笑い話について議論することと百香港ドルが等しいものとしてさ」

「どこでおまえはその百ドルを手に入れるんだ？」

かれは笑い声をあげた。

「きみは金《かね》がどこから出ているると思っているんだい？」

「ああ……いまのは忘れてくれ。その一時間は無料にするな。おまえを誘惑して、その確率を変えさせたくないからな」

「だましたりしないよ。マン、きみにそんなことはしない。ぼくらはたったいま、またかれらの防衛司令部を叩いた、きみには見えないかもしれない……最初のでごみの雲だからね。そこは現在、二十分ごとにやられている。下へ降りてきて話をしてくれ。ぼくは仕事を馬鹿息子に渡したよ」

「大丈夫かい？」

「ぼくがモニターしているよ。かれにはいい練習さ、マン。かれもそのうちひとりでやらなくちゃいけないようになるかもしれないからね。かれは正確だが、ただ馬鹿なんだ。でも、きみがやれというとおりにやるよ」

「おまえあの計算機を〝かれ〟と呼んでいるな。しゃべれるのか？」

「いや――だめだよ、マン。かれは馬鹿さ、絶対、口がきけるようになどなれないよ。だがかれは、きみがプログラムすることなら何だってやるよ。土曜日にはかれにだいぶやらせてみようと計画しているんだ」

「なぜ土曜日に？」

「日曜日にはかれがすべてをやらなくてはいけなくなるだろうからさ。その日、やつらはわれわれを攻撃してくるんだよ」

「いったいどういうことだ？　マイク、おまえ何か隠しているんだな」

「いま話しているところだよ、違うかい？　たったいま起こったばかりで、走査しているところなんだ。少し前だけど、地球をまわる駐留軌道から輝く点《ブリップ》が出発したのは、われわれが攻撃を加えたのと同時だった。それが加速するところは見なかった。ぼくはほかに注意していなければいけないものがあったからね。確認するには遠すぎるが、平和警察軍の巡洋宇宙艦と同じ大きさで、こちらへ向かっている。そのドップラーを解析すると月世界周回の新しい軌道に向かっていることを示している。それが進路を変えないかぎり、近月点に達するのは日曜日の〇九〇三時。これが最初の推定で、より詳しいデータはもう少しあとだ。それだけ知るのも大変だったよ。マン、そいつはレーダー対抗装置を使い攪乱用の細片を投げているんだ」

「確かに間違いないか？」

かれは笑った。

「マン、ぼくはそうあっさりだまされたりしないよ。ぼく自身の可愛い小さな電波には全部に指紋がつけてあるんでね。修正。〇九〇二・四三時だ」

「そいつはおまえの射程に入るのか？」

「だめだね、針路を変えないかぎりは。だが向こうはこちらを土曜の遅く射程に入れる。時間はどれぐらいの距離で発射しようとするかによるね。それで、おもしろい状況を作り出すことになるよ。やつは居住地区を狙うかもしれない……ティコ地下市《アンダー》はみんなを退避させるべきで、すべての居住地区は最高度の緊急気圧防護態勢をとるべきだと思う。もっと考えられるのは、射出機を狙うだろうってことだ。だがそうなると、やつらはやろうと決まるまでは発射を押さえるだろう……それからぼくのレーダー全部を破壊するために、それぞれ違うレーダー・ビームに乗って飛んでくるようにセットされた散開弾を使おうとするんだ」

マイクはくすくす笑った。

「おもしろくないかい？　つまり、〝一度だけはおもしろい〟ってやつさ。もしぼくがレーダーをとめてしまえば、やつのミサイルはみんな命中できなくなる。だがもしぼくがそうしたら、みんなの砲がどこを狙ったらいいか教えたくても見られなくなる。それでやつに射出機を爆撃させることをとめる方法はなくなるわけだ。滑稽《こっけい》だね」

おれは大きく息を吸い、防衛大臣の仕事など引き受けるのではなかったと考えた。

「じゃあどうするんだ、おれたちは？　降参か？　だめだ、マイク！　戦えるあいだはだめだぞ」

「誰が降参するなどと言った？　ぼくはこれと、そのほか考えられる千もの事態を計算してみたんだよ、マン。新しいデータ……二つ目の映像がたったいま地球周回軌道から離れた。同じ形のものだ。計算結果はあとで。ぼくらはあきらめたりしないよ。ぼくらは連中をきりきり舞いさせてやるさ、相棒」

「どうやって？」

「それはきみの古い友達マイクロフトに任せてほしいな。ここには弾道レーダーが六台と、新しい場所にもう一台ある。ぼくは新しいのを閉鎖し、ぼくの発育不良の子供にここのナンバー・ツーを動かさせている……それでぼくらはやつらの船を新しいレーダーではまったく見ないことになる……ここに新しいのがあることを絶対に気づかせないんだ。ぼくはその二隻をナンバー・スリーで監視していて、ときどき……三秒ごとにだよ……地球周回軌道から新しいのが出発するかどうかに注意しているんだ。ほかの全部は目をしっかりと閉じていて、ぼくは大中国とインドを叩く時間がくるまで使わないよ……その上、やつらの船はそのときになっても四台のレーダーはわからないんだ。つまりぼくはやつらがくるほうには向けないからね。その角度は大きいし、そうなっても同じなんだ。それから使うときがきたら、にぎやかにやってやる。でたらめな間隔で止めたり動かしたり……やつらの船がミサイルを発射したあとでだよ。ミサイルには大きな脳を乗せちゃあいないからね、マン……だましてやるよ」

「船の中にある発射管制計算機のほうはどうなんだ?」

「そっちのほうもごまかしてやるさ。ぼくが二つのレーダーをたった一台、それも実際に置いてある二カ所のまん中のように思わせられないっていうほうに賭けてみないかい? でも、ぼくがいまやっていることは……ごめん!……ぼくはまたきみの声を使わせてもらったよ」

「いいとも。いったいぼくは何をやったんだ?」

「やつらの提督が本当に賢明であればだね、やつらの持っているすべての物で古い射出機の射出口を狙うだろう……極端な遠距離から、ぼくらのドリル・ガンにはあまりにも遠過ぎるところからさ。そいつがぼくらの秘密兵器が何なのか知っていようといるまいと、射出機を叩き、レーダーのほうは無視するだろう。そこでぼくは射出機場に命令した……きみが、という意味だよ……用意できるすべての荷を発射する準備をしろとね。それでぼくは、いや、それぞれの荷に新しい、長い時間がかかる軌道を計算しているんだ。それからぼくらはその全部を射ち出し、できるかぎり急いで宇宙に出してしまう……レーダーなしでね」

「目隠ししてか?」

「ぼくは荷を射ち出すのにレーダーを使ったりしないよ。そのことは知っているだろう、マン。ぼくはこれまでいつも見てはいたが、その必要はないんだ。レーダーは射出することとは何の関係もないんだからね。発射は前もっての計算と射出機の正確な操作だよ。そこでぼくらはすべての弾丸を古い射出機からゆっくりした弾道で発射する。それで提督は射出機よりもレーダーを狙わなければいけなくなる……それとも両方だ。それからぼくらは、かれを忙しくさせる。ぼくらはかれをひどくいらだたせ、そこでやつらは接近して攻撃しようとし、こちらの連中にやつらの目を焼くチャンスをくれるって寸法さ」

「ブロディの部下は喜ぶだろう。あの連中は落ち着いたもんだからな」おれは考えをほかのことに移した。「マイク、おまえは今日の実況中継を見たか？」

「ぼくはテレビをモニターしたけど、それを見たとは言えないね。なぜ？」

「見てみろ」

「オーケイ、見た。なぜ？」

「テレビの実況中継に使ったのは精度の高い望遠鏡だ。それにほかにもある。なぜレーダーをやつらの船に対して使うんだ？　おまえがブロディたちに攻撃させたいと思うまでだ」

マイクは少なくとも二秒ほど黙っていた。

「マン、ぼくの親友、きみは計算機になって仕事をしてみたいと考えたことがあるかい？」

「皮肉か？」

「とんでもないよ、マン。ぼくは恥ずかしいんだ。リチャードソンにある道具か……望遠鏡やその他の物……それはぼくがまったく計算に入れていなかった要素だった。ぼくは馬鹿だ、認めるよ。イエス、イエス、ダー、ダー、ダー！　望遠鏡で船を監視し、やつらが現在の弾道から変わらないかぎりはレーダーを使わない。ほかの可能性については……ぼくは何と言っていいのかわからないよ、マン。ぼくが望遠鏡を使えるんだってことは一度も考えつかなかったことのほかには。ぼくはレーダーで見ていた。いつもそうだった。単にそんなことはぼくの考えに……」

「やめろ！」

「本当なんだよ、マン」

「おまえが何か先に考えたとき、おれは謝まったりするか」

マイクはゆっくりと言った。

「ぼくが分析してみることに抵抗を感じるようなものがあるんだな。それはぼくの機能が……」

「泣言はやめろよ。もし良いアイデアだったら使うことだ。それでもっと多くのアイデアが浮かんでくるかもしれんからな。スイッチを切って下へ行くよ。飯を食ってくる」

だいぶあとになってマイクの部屋へ行くと、教授が電話してきた。

「司令部？　デイビス元帥からの連絡は？」

「ぼくはここにいますよ、教授。マスター・コンピューター・ルームです」

「長官の事務室に来てくれないか？　みんないるんだが、決めたいことがあるんだ」

「教授、ぼくは働き続けなんですよ！　いまも忙しいんです」

「それはよくわかっているよ。わしはほかの連中に説明した、この作戦における弾道計算機のプログラミングは非常に微妙なことだから、きみが自分で検討しなければいけないんだとね。ところがだ、わしらの同僚の中には、この議論のあいだ防衛大臣が出席しているべきだと考える者がいるんだよ。それで、きみが助手に……マイクとかいう名前だったな……仕事を任せられそうだと思うときがきたら、頼むから……」

「急いで調べます。わかりました。行きますよ」

「では、マヌエル」マイクは言った。「背景に十三人いるのが聞こえていた。わけのわからぬことを言っているよ、マン」

「そうらしいな。上へ行って、どんな面倒が起こっているのか見てきたほうがいい。おまえ、おれはいらないだろう？」

「マン、電話のそばにいてほしい」

「そうするよ。長官の事務室に注意していてくれ。だがほかのところに行くようだったら番号をパンチする。あとでな、相棒」

長官の事務室には政府の全員がいた。本当の閣僚と飾りの両方だ——そしてすぐに面倒の種を見つけた。ハワード・ライトって名前の野郎だ。そいつ用にでっちあげられた〝芸術、科学、特殊技能者に関する〟大臣——何の価値もない代物だ。内閣が月世界市の同志でトップヘビイになっているためのノヴィレンに対する懐柔策であり、ライト自身が議会で口先ばかり達者で実行のほうはさっぱりというグループの親玉になっているため、こいつに対する飴玉としたんだ。教授の考えはそいつをショートさせてしまうことだった——だが教授はときどきおとなしすぎることがある。人によっては真空を吸うことになろうとおしゃべりはやめないってやつがいるものなんだ。

教授はおれに軍事的状況について閣僚に説明してくれと要請した。おれは、おれなりのやり方で答えた。

「フィンがいますね。かれに各居住地区における状況を説明させてください」

ライトは口を出した。

「ニールセン将軍はもう説明したよ。繰り返す必要はない。ぼくらはきみから聞きたいんだ」

おれはそいつなど無視した。

「教授……失礼。大統領閣下。これは、ぼくのいないときに防衛大臣の報告が内閣にされたということですか？」

ライトは口をはさんだ。

「なぜいけないんだ？　きみはここにいなかったんだぞ」

教授はその言葉じりをとらえた。かれはおれがじりじりしているのがわかった。おれは三日間ほとんど眠っておらず、地球を離れてからこれほど疲れていることはなかったのだ。かれは穏やかに言った。

「静かに……芸術大臣はどうか、わたしを通じて発言していただきたい。防衛大臣、いまの発言を訂正させていただこう。あなたが来られるまで内閣は召集することができなかったので、あなたの管掌にかかわることは報告されなかった。ニールセン将軍はいくつかの非公式な質問に対して非公式に答えられた。これも行なわれるべきでなかったかもしれませんな。

あなたがそう思われるなら、これまでの報告は取り消してもらうことにしますが」

「別に悪くはないでしょう。フィン、きみと話したのは三十分前だった。それから何か新しいことは？」

「何もないよ。マニー」

「オーケイ。あなたがたが聞きたいと思っているのは、月世界外の状況でしょう。あなたがたは見ておられたから、最初の爆撃がうまくいったことはご存知だ。まだ何発かは続いています。われわれはやつらの宇宙防衛司令部を二十分おきに攻撃しているからです。それは一三〇〇まで続き、それから二一〇〇に中国とインドを叩きます。それに小さな目標をいくつかです。それから〇四〇〇まではアフリカとヨーロッパ相手に忙しく、三時間をおいてからブラジルとその仲間に投げつけ、三時間待ってから、繰り返します。それまでに何か起こらなければです。だが現在のところ問題があるのはこちらです。フィン、おれたちはティコ地下市を疎開させなければいけないぞ」

ライトは手を上げた。

「ちょっと待って！　質問があるんだ」

教授に言っていたんで、おれにではない。

「待ってください。防衛大臣のお話は終わったのですか？」

ワイオは後ろのほうにすわっていた。おれたちは微笑をかわしあったが、それだけだった
──内閣と議会ではそうしていたんだ。同一家族から二人も出てという騒音があったが、そ

れを内閣に持ちこまないためだ。彼女は首を振った。何かの警告だ。おれは言った。

「爆撃についてのすべては。それについての質問でしょうか？」

「あなたの質問は爆撃についてですかな、ガスポディン・ライト？」

「そのとおりです、大統領閣下」ライトは立ち上がっておれを見た。「知ってのとおり、ぼくは自由国家の知識人グループを代表している。それを、言わせてもらえば、かれらの意見は公務においてもっとも重要だ。ぼくが思うに、もっとも適当なことは……」

おれは口をはさんだ。

「ちょっと待った……きみはノヴィレン八区の代表だと思っていたが？」

「大統領閣下！　わたしは質問を許されるのですか？　それともいけないのですか？」

「かれは質問をしているんじゃありません。演説をしようとしているのです。ぼくは疲れていますから、眠りたいのですが」

教授は穏やかに言った。

「わしらはみんな疲れているんだよ、マヌエル。だがきみの言わんとしていることはよくわかった。ライト議員、あなたはあなたの地区を代表しているだけです。政府の一員としてのあなたは、特定の職業について特定の義務を命じられているのですよ」

「同じ結果になります」

「まったく同じではありません。どうかあなたの意見を言ってください」

「ああ……よろしい、言いましょう！　デイビス元帥はこの爆撃計画が完全に間違い、何千人もの人命が目的もなく失われたことをご存知なのか？　そしてこのことをわが共和国のインテリゲンチャが非常に真剣に考えていることに気づいておられたのか？　そしてかれはこの無分別な……繰り返します、この無分別な爆撃を誰に相談することなく実行した理由を説明できると言われるのか？　そして現在、かれはその計画を変更する態勢にあるのか、それとも盲目的に続けられるつもりなのか？　そしてわれわれのミサイルが、すべての文明国家によっての不法なものとされている核ミサイルだったと言われていることは真実なのか？　そのような行動をとってなおかつ月世界自由国家が文明国家の仲間に歓迎されるだろうなど と、どうしてかれは考えられるのか？」

おれは時計を見た——最初のが命中してから一時間半だ。おれは尋ねた。

「教授……いったいこれは何のことなのか、説明していただけますか？」

かれは低い声で答えた。

「すまない、マヌエル……わしはこの会議をニュースのことから始めたいと思っていた……そうするべきだったんだ。きみは仲間はずれにされていたように感じているようだ……そんなつもりはなかった。大臣が言っているのは、わしがきみを呼んだ直前に入ったニュースのことだ。トロントのロイター電だ。もしその放送が正しければ……もしだよ……わしらの警告を聞く代わりに、何千人もの見物人が目標地点に集まったらしい。たぶん死者が出たのだろうな。どれぐらいの人数かは、わしらにはわからんが」

「そうですか。それでぼくはどうすべきだったと言われるんです？　ひとりひとり手を取って連れだすべきだった？　われわれはかれらに警告したのですよ」

　ライトは割りこんできた。

「インテリゲンチャが感じているのは、基本的な人類愛に基く考慮を払っておくことが義務であると……」

　おれは言った。

「聞くんだ、このろくでなし、おまえは大統領がこのニュースは入ってきたばかりだと言われたのを聞いた……それなのに、どうしてほかの連中がどんなふうに感じているかわかるんだ？」

　やつはまっ赤になった。

「大統領閣下！　暴言です！　人格に対する侮辱です！」

「大臣をほかの名前で呼ばないでほしいな、マヌエル」

「かれが言わなければ言いませんよ。かれはただ上品めかした言葉を使っているだけです。いったい核爆発だとかいう馬鹿げたことは何です？　われわれはそんな物を持っていないし、あなたはよく知っておられるはずですよ」

　教授は面くらったような顔をしていた。

「わしもそれには驚いているよ。その放送はそうだと言っているんだ。だがわしが面くらったことは、わしらが実際にテレビの実況中継で見たことだよ。確かに核爆発のように思えたが」

おれはライトのほうへ向いた。

「きみの利口な友達は言ったのか、瞬間的に一点に対して数十億カロリーの力を解放したらどういうことが起こるのかを？　どれくらいの温度で？　どれほどの明るさになるかを？」

「じゃあきみは、核兵器を使ったことを認めるんだな！」

おれの頭は痛くなってきた。

「馬鹿な！　そんなことは何も言っちゃあいない。何であろうと思いきり強く叩けば、スパークが出るんだ。初歩的な物理だ、インテリゲンチャ以外なら誰でも知っているさ。われわれは人間が初めて作り出した最大の恐るべきスパークを叩きつけただけだ。大きな閃光。熱、紫外線。X線も出したかもしれないが、それはわからん。ガンマー線のほうは出ていないと思う。アルファとベータは不可能だ。あれは機械的エネルギーの一瞬の解放だったんだ。だが核爆発だと？　とんでもない！」

教授は言った。

「それであなたの質問の解答になりますかな、大臣？」

「もっと多くの疑問が生じてくるだけです。たとえば、この爆撃は内閣が持ち得る権威を遥かに越えたものです。スクリーンにあの恐ろしい光が現われたときみんなのショックをうけた顔をあなたは見られたはずだ。ところが防衛大臣は、現在も二十分ごとに続けられていると言っている。わたしの考えるところ……」

おれは時計をちらりと見た。

「また一発、シャイヤン山脈に命中したところだ」

ライトは叫んだ。

「いまのを聞きましたか？　聞きましたな？　かれはそれを自慢しているんです。大統領閣下、この大虐殺はやめなければいけません」

おれは言った。

「このろくで……大臣、きみはやつらの宇宙防衛司令部が軍事目標でないと言いたいのか？　きみはどちら側なんだ？　月世界側か？　それとも世界連邦か？」

「マヌエル！」

「こんな馬鹿騒ぎはもう結構！　仕事をやれと言われ、それをやったんだ。この馬鹿野郎、おれを怒らせるな！」

驚愕のあまりの沈黙がみなぎったあと、誰かが静かに言った。

「提案していいでしょうか？」

教授はふり向いた。

「この混乱を静めるための提案なら、本当に喜んで聞きたいですな」

「確かにわれわれは、それらの爆弾がどういうふうに落とされているかの情報を詳しく知りません。わたしにはその二十分間隔をもっとゆるめるべきだと思われます。たとえばまあ一時間ごとにという具合に伸ばすのです……そして、われわれがもっと多くのニュースを手に入れるまで、これからの二時間は中止したらどうでしょう。そのあと、大中国への攻撃を少なくとも二十四時間延期したくなるかもしれません」

ほとんどの全員が賛成するようにうなずき声が洩れた。

「いい考えだ！」「ダー、あわてずにやることだ」

教授は言った。

「マヌエル？」

おれは鋭く言った。

「教授、あなたは答を知っている！　ぼくに押しつけないでください！」

「そうかもしれんが、マヌエル……わしは疲れ混乱しているので思い出せないんだ」

ワイオは不意に言い出した。

「マニー、説明して。わたしも説明してほしいわ」

それでおれたちは落ち着きを取りもどした。

「重力の法則という簡単な問題です。正確な解答を出すには計算機を使わなければいかんでしょうが、とにかく次の六発はすでに行動を起こしています。われわれがやれることといえば、目標から逸らせることだけです……そしてたぶん、警告しておかなかったどこかの町を叩くことになるだけでしょう。海へ落とすことはできません。遅すぎます。シャイヤン山は海から千四百キロメートル離れているのですから。計画を一時間一回に延ばすことは馬鹿げています。みなさんが動かしたり止めたりする地下鉄カプセルじゃあない、落ちてゆく岩なのです。二十分ごとにどこかにあたるほかありません。いまごろは生きている物が何ひとつ表面にいないシャイヤン山を叩くか……それとも、どこか他のところを叩いて人間を殺すかです。大中国に対する攻撃を二十四時間延期するという考えも同じように馬鹿げています。まだしばらくのあいだは大中国に向かっているミサイルの方向を変えることはできます。だがそれを遅くすることは不可能なのです。もしその方向を変えれば、それを無駄に使うことになります……そして、われわれに浪費できるほど鋼鉄罐があると考える人がいるなら、射出機場へ行って調べてみることです」

教授は眉毛をぬぐった。

「すべての質問は答えられたと思いますよ、少なくともわたしが満足できる程度には」

「わたしは満足できませんよ、閣下！」

「おすわりなさい、ガスポディン・ライト。あなたは戦時内閣の一員でないということを、どうしてもわたしに言わなければいけないのですかな。もしほかにもう質問がないなら……ないことを望みますが……わたしはこの会議を解散します。われわれはみな休息が必要です。だがわれわれは……」

「教授？」

「え、マヌエル？」

「あなたはまだぼくの報告を終わらせていません。明日遅く、もしくは日曜の朝早く、われわれは攻撃されます」

「どういうぐあいにだね。マヌエル？」

「爆撃です。侵入もありえます。二隻の巡洋艦がこちらに向かっているんです」

それはみんなの注意を集めた。やがて教授は疲れたように言った。

「政府内閣は散会します。戦時内閣は残ってください」

おれは口をはさんだ。

「ちょっと待ってください……教授、われわれが就任したとき、あなたはみんなに日付けを入れない辞職願いを出させましたね」

「そのとおり。しかし、そのどれをも使わなくてもすむことを望んでいるよ」

「そのひとつを使われるべきときです」

「マヌエル、それは脅迫かね？」

「どうぞお好きなように呼んでください」おれはライトを指さした。「このろくでなしを放り出すか……それともぼくが出てゆくかです」

「マヌエル、きみは睡眠が必要だよ」

おれは涙の出かかる目をしばたいた。

「そのとおりです！　すぐそうするつもりです。たったいますぐに！　この政庁のどこかでベッドを見つけて眠ります。十時間ほどを。そのあと、ぼくがまだ防衛大臣なら、起こしてもらって結構です。そうでなければ眠らせておいてください」

全員がショックを覚えているようだった。ワイオは近づいてきておれのそばに立った。何も言わず、おれの腕に手をかけただけだ。

教授はきっぱりと言った。

「戦時内閣とガスポディン・ライトのほかはどうか退席してください」

かれはみんな出ていくまで待ち、それから言った。

「マヌエル、わしはきみの辞職を認めるわけにはいかん。そしてまた、われわれが疲れ切っている現在、ガスポディン・ライトに対して不用意な行動を取るわけにもいかん。きみたちがおたがいに緊張しすぎていたことを認め、謝罪しあってくれるとありがたいんだが」

「ええと……」おれはフィンのほうへ向いた。「かれは戦ったのか？」おれはライトを指さした。

「あ？　いや。少なくとも、かれはおれの部隊にはいなかったね。どうなんだ、ライト？　きみは、やつらが侵入してきたとき戦ったのか？」

ライトは固苦しい声で答えた。

「ぼくには機会がなかった。知ったときは、もう終わっていたんだ。だがこれでは、ぼくの勇気と忠誠心の両方が非難されたことになる。ぼくは主張したい……」

おれは言った。

「黙れ……もし決闘がお望みなら、おれが忙しくなくなったらすぐにやってやる。教授、こいつがあの態度の言いわけとして戦闘による緊張がない以上、ろくでなしだと言ったことに対してぼくは謝罪したくありませんね。それにあなたはどうもおわかりになっていないらしい。あなたはこのろくでなしにぼくを怒らせ……そしてこいつをとめようともされなかったんだ！　だから、こいつを首にするか、それともぼくを首にするかです」

フィンは突然口を出した。

「ぼくも同じです。教授。この馬鹿を首にするか……それとも、ぼくらを二人とも首にしてください」かれはライトを見た。

「その決闘のことだが、きさま……おまえはおれとまず戦うことになるぞ。おまえは腕二本持っている……マニーは持っていないからな」

「こいつに二本の腕はいらんよ。だがありがとう、フィン」

ワイオは泣いていた――聞こえはしなかったが感じることができたんだ。教授は彼女にひどく悲しそうに言った。

「ワイオミング？」

「わ、わたし、すみません、教授！　わたしも同じです」

〝クレイトン〟ワタナベ、ブロディ判事、ウォルフガング、スチュー、それにシーニイが残っていただけだった――戦争内閣は指で数えられるほどの人数だったんだ。教授はかれらを眺めた。おれにはみんながおれの側に立っていることがわかったが、ウォルフガングには努力のいることだった。かれはおれとではなく、教授と働いていたからだ。

教授はおれを振り返って低い声で言った。

「マヌエル、これはわたしにも影響することだよ。きみがやっていることは、わしが辞職しなくてはいけなくなることだ」かれはみんなを見まわした。「お休み、同志諸君。それとも、おはようと言うべきかな。わしは眠るよ、どうしても必要な休息を取るためにね」

かれは振り返りもせず、さっさと出ていった。

ライトはいなくなっていた。おれはかれが出ていくところに気づかなかった。フィンは言った。

「その巡洋艦のことはどうなんだ、マニー？」

おれは深く息を吸った。

「土曜日の午後より前には何も起こらない。だがきみはティコ地下市を疎開させなければいけないよ。もう話せない。ふらふらなんだ」

かれにそこで二一〇〇に会うと約束し、それからワイオが案内するのに任せた。どうも彼女がおれを寝かせつけたと思うが、憶えていない。

# 27

金曜日二一〇〇の少し前、おれが長官の事務室へフィンに会いにいってみるとそこに教授がいた。おれは九時間の睡眠と風呂と、ワイオがどこからか持ってきてくれた朝食をとり、マイクと話をすませていた——すべてが修正された計画どおりに行なわれており、二隻の巡洋艦は航路を変えておらず、大中国の爆撃はいまから起こるところだった。

事務室についたときちょうどテレビがその爆撃を映し出していた——二一〇一までにはすべてがこまかく効果的に終わり、教授は仕事にかかった。ライトについては一言の話も出なかった、辞職のことについてもだ。おれは二度とライトの姿を見なかった。

本当に二度とかれを見なかったんだ。やつのことを尋ねてもみなかった。教授は騒動のことなど言い出さなかったから、おれも黙っていた。

おれたちはニュースと戦術的情勢を検討した。〝何千人もの人命〟が失われたと言ったことではライトは正しかった。地球側からのニュースはそれで一杯だった。どれだけかという数は絶対にわからないだろう。もしひとりの人間がゼロ地点に立っていて、その上へ何トンもの岩が落ちてくれば、そう多くは残らないものだ。やつらが数えることができたのは、ずっと遠くに離れていて爆風で殺された連中だったんだ。北アメリカで五万人とも言っている。人間というものは本当にわからないものだ！　おれたちは三日間やつらに対する警告に費した――そして、やつらがその警告を聞かなかったなどとは言えない。知ったからこそやつらはそこへ行ったのだから。見世物を見にだ。おれたちの馬鹿さ加減を笑いにだ。〝記念品〟を取りにだ。大勢が家族みんなで目標地点へ出かけていった。ある者は遠足弁当《ピクニック・バスケット》を持ってだ。遠足弁当《ピクニック・バスケット》だ！　何てこった！

　そしていまや生き残っている連中が、この〝意味もない殺人〟に対しておれたちの血を求めて怒り狂っているのだ。ダー。やつらが四日前に行なった〝侵略と核爆撃〟については何の怒りも示さず、おれたちの〝計画的殺人〟についてひどく腹を立てているんだ。〈グレイト・ニューヨーク・タイムズ〉は要求していた――月世界の〝反逆〟政府の全員を地球へ移して公開処刑しろ――〝これこそ明らかに、全人類のより大きな利益のために極刑に対するヒューマンな規則を撤回しなければいけない場合なのだ〟と。

　おれはそんなことを考えないようにした。ルドミラのことをあまり考えすぎないようにしなければいけなかったようにだ。あの小さなミラは遠足弁当《ピクニック・ランチ》を持っていったりしなかった。彼女はスリルを求めにいった見物人などではなかったのだ。

　ティコ地下《アンダー》市の事態は緊迫していた。もしやつらの二隻が居住地区を爆撃するのなら――地球からのニュースはまさにそれを要求していた――ティコ地下市は耐えられるはずがない。天井が薄いのだ。水爆はすべてのレベルの気圧を抜いてしまうだろう。気閘は水爆の爆発に耐えられるようには作られていないんだ。

(ここでも人間というものが理解できない。地球人は人間に対して水爆を使うことを絶対に禁止しているはずだ。そのためにこそ世界連邦があるんだ。それなのに世界連邦に対しておれたちを水爆攻撃しろと激しく叫んでいる。やつらはおれたちの爆弾が核物質だったと言うのはやめたが、全北アメリカがおれたちを核攻撃したがって牙をむいているようなのだ)

その点では月世界人たちも理解できない。フィンはかれの義勇軍を通じてティコ地下市は必ず疎開しなければいけないという言葉を伝えた。教授はそのことをテレビで繰り返した。問題は別になかったんだ。ティコ地下市は小さいから、ノヴィレンと月世界市でかれらを収容し食べさせられるのだ。われわれは充分な数のカプセルを動かし、かれらの全員を二十時間以内に移動させられるんだ――かれらをノヴィレンに入れ、それからその半数を励まして月世界市に移すのだ。大きな仕事だが、困った問題ではない。もちろん、いろいろと仕事はある――人々を退避させながら、空気を無駄にしてしまわないために町の空気の圧縮を始めること。損害を最小限にするため最後には完全に気圧をゼロにしてしまうこと。時間の許すかぎり多くの食料を運ぶこと。ずっと下の農場トンネルへ行く通路を塞ぐこと。その他――おれたちがどうやればいいか知っていることばかりであり、スチリヤーガ、義勇軍、公共施設維持係員たちとそれをやる組織はいるのだ。

かれらは疎開を始めたのか？　あの虚しい反響音を聞け！

カプセルはティコ地下市にぎっしりとつながり、少し出発してくれないとそれ以上送りこむ余地はなくなった。それなのにまだ出発しないのだ。

「マニー、みんな疎開しそうにないんだ」

と、フィンは言った。

「何を言ってるんだ……どうしても、しなきゃいけないんだぞ。ミサイルがティコ地下市に向かっているのを見つけた時では手遅れなんだ。きみはみんなに町の人の考えを無視させ、詰めこめるだけカプセルに詰めこませるんだ。フィン、きみの部下にぜひともそうさせなければいけないんだ」

教授は首を振った。

「だめだめ、マヌエル」

おれは腹を立てて言った。

「教授、あなたは〝強制はいけない〟って考えを実行しすぎています！　かれらが大騒ぎを起こすことになるんですよ」

「ではそうさせるさ。だがわたしたちは、腕ずくではなく、説得し続けるんだ。計画を考えなおしてみようじゃないか」

計画は大してなかったが、おれたちの考えられるかぎり最上のものだった。すべての人間に予想される爆撃そしてあるいは侵入を警告する。もし巡洋艦が月世界をまわって盲目の宇宙、反対側へ向かったときには、各居住地区上のフィン義勇軍による監視兵を交替勤務につけ、また不意打ちを受けないようにする。すべての居住地区にも最大気圧と圧力服の注意。

軍と準軍部隊の全員は土曜の一六〇〇から警戒態勢に入り、もしミサイルが発射される宇宙艦が進路を変更すれば非常警戒に入る。ブロディの砲手たちは町へ下りて酔っ払うなり何でも好きなことをするよう元気づけ、土曜の一五〇〇には戻らせる——教授の考えだ。フィンはその半数を勤務に留めておきたがった。教授はだめだと言った。もし連中がまずのんびりして好きなことをしてくれれば、長い看視がずっと元気にやれるはずだ——おれは教授に同意した。

地球の爆撃に関していうと、おれたちは最初の回に変更を加えなかった。インドからは怒りに満ちた反応があったが、大中国からは何のニュースもなかった。といってインドはそう嘆くことなどなかった。そこはあまりにも人口が詰まっていたので、格子爆撃は用いなかった。タール砂漠といくつかの山頂に選んだ個所のほか、目標はみな港から離れた海洋の沖合だったのだ。

しかし、もっと高い山々にするか、それともあれほど警告しておかないほうがよかった。ニュースによると、どこかの聖者とかいうのに巡礼たちが大勢続いて目標となっていた山頂に登り、おれたちの報復攻撃をただ精神力だけで喰いとめようとしたのだ。

そこでおれたちはまた人殺しになった。そのほかにも、おれたちが海をめがけて爆撃したものは何百万匹もの魚と大勢の漁師を殺した。漁師やほかの船乗りたちは警告を守ろうとしなかったからだ。インドの政府は漁師のことと同じように魚のことでも怒っているようだった——だがすべての生命の神聖さということに対する原理はおれたちに適用されなかった。

やつらはおれたちの首を求めたのだ。

アフリカとヨーロッパはずっとまともな反応を示していたが異なっていた。アフリカでは生命が神聖であったことなどかつてなく、目標地点へ見物に出かけた連中はほとんど哀悼の意を表せられなかった。ヨーロッパは一日で、おれたちが約束した場所を叩くことができ、おれたちの爆撃は恐るべきものであるということを知った。人々は殺された、そのとおり、特に頭の固い船長たちがだ。だが、インドや北アメリカの馬鹿げた群衆のような殺され方はしなかった。人命の損失は、ブラジルや南アメリカの他の場所ではもっと低かった。

それからまた北アメリカの順番がまわってきた――二〇七六年十月十七日土曜日、〇九五〇・二八だ。

マイクはそれを正確におれたちの時間で一〇〇〇に合わせていた。月世界が軌道で一日に進むのと地球の自転を計算し、やつらの東部海岸時間〇五〇〇、西海岸時間〇二〇〇のときに北アメリカがおれたちのほうへ顔を向けるのだ。

しかし今回の攻撃をどうするかについての議論が土曜の朝早くから始まった。教授は戦争内閣を召集しなかったが、とにかくみんなが姿を現わしたのだ。〝クレイトン〟ワタナべだけは防衛の指揮をとりにコングズヴィルへ戻っていたが。教授、おれ、フィン、ワイオ、ブロディ判事、ウォルフガング、スチュー、テレンス・シーハン――それで八つの異なる意見となる。教授は正しい、三人以上では何事も決定できないものだ。

だが六つの意見というべきかもしれない。ワイオはその美しい口を閉じていたし、教授も同じことだった。かれは司会をしたからだ。だがほかの者は十八人もいるかのように騒がしかった。スチューはおれたちがどこを叩こうと気にしていなかった——ニューヨーク株式取引所は月曜の朝開くからだ。

「ぼくらは木曜に十九の異なるところで空売りをやった。もしこの国が夢から覚める前に破産してしまわなければ、その空売りをカバーする買い注文をやったほうがいい。やつらに言ってやるんだ、ウォルフ。やつらにわからせるんだ」

ブロディは駐留軌道から出発してくるほかの船があればそれを叩くのに射出機を使いたがった。判事は弾道学のことは何ひとつ知らない——ただかれの穴掘りたちが太陽に露出した位置にいることがわかっているだけだ。おれは残りの荷のほとんどがすでにゆっくりとした軌道に乗っており、残りもすぐにそうなることを知っていたので議論はしなかった——それに古い射出機はもうそう長く保《も》ちはしないだろうとも思っていたのだ。

シーニイは、その格子を叩くのを繰り返しながらも一発を正確に北アメリカ理事国の主要なビルのひとつに命中させるのが賢明だろうと考えていた。

「ぼくはアメリカ人を知っている。やつらに追い出される以前はぼくもそうだったんだからな。やつらは大切な事を世界連邦に渡してしまったことをひどく残念がっているよ。ああいう官僚どもを叩きつぶしてしまえば、やつらはぼくらの側につくさ」

スチューは腹を立てたが、ウォルフガング・コルサコフは、すべての株式取引所が事の終わるまで閉鎖されたら、かれらの投機はもっとうまくいくだろうと考えた。

フィンは突撃を敢行したがった——やつらにその二隻の船を引き返させろと警告し、それを聞かなければ本気で叩きつぶすのだ。

「アメリカ人についてのシーニイの意見は間違っている。ぼくもやつらを知っているんだ。北アメリカは世界連邦でもいちばんのうるさ型なんだ。やつらこそ叩きつぶすべきなんだ。やつらはすでにぼくらを人殺しと呼んでいる。こんどは思い切ってやつらを叩かなければいけないんだ！　アメリカの都市を叩けば、残りはやめてもいいんだ」

おれは抜けだしてマイクと話し、ノートをとった。元へ戻ってみると、かれらはまだ議論をしていた。おれが腰を下ろすとき教授は見上げた。

「元帥。きみはまだ意見を言っていないね」

おれは答えた。

「教授、その〝元帥〟などという馬鹿げたことはやめてもらえませんか？　子供たちは寝ているんです。正直に言いあえるんですよ」

「好きなようにしてくれ、マヌエル」

「何か意見が一致するか待っていたんですが」

答はなく、おれは続けて言った。

「ぼくに意見があるはずはないでしょう……ぼくはただの使い走りの小僧で、ここにいるのは、ぼくが弾道計算機のプログラミングを知っているからだけなんですから」

これをおれはじっとウォルフガングを見ながら言ったのだ——ナンバー・ワンの同志だが、

汚い言葉を使う知識人だ。おれはただの機械工で文法もろくろく知らないが、ウォルフのほうは流刑になる前にオクスフォードとかいう妙な学校を卒業しているんだ。かれは教授には敬意を示していたが、ほかの誰にもそんなことをしなかった。スチューには、ダー——しかしスチューもまた妙な証明書をいくつも持っているんだ。

ウォルフは落ち着かないように身じろぎしてから言った。

「頼むよ、マニー、もちろんぼくらはきみの意見を聞きたいんだ」

「別にないね。爆撃計画は慎重に作られた。全員がそれを批判する機会があったんだ。それを変えなければいけない理由は何ひとつ見あたらないね」

教授は言った。

「マヌエル、みんなのために北アメリカに対する二回目の爆撃をもう一度説明してくれないか?」

「わかりました。二回目の攻撃の目的は、かれらに迎撃ロケットを使い切らせることです。すべての攻撃は大都市に向けられています……大都市に近い無価値な目標にということですよ。そのことはやつらに告げます、叩く少し前に……あとどれぐらいでだった、シーニィ?」

「いま通告しているところだよ。だがぼくらは変えられる。そうするべきなんだ」

「そうなればね。宣伝はぼくの仕事じゃないが。ほとんどの場合、やつらの迎撃ロケットを使わせられるように、ぼくらは水面の目標を使わなければいけません……相当ひどいものです。魚とその水面から離れないでいる連中を殺すほか、地域的な暴風と沿岸の損害を生じさせます」

おれは時計をちらりと見て、言い抜けなければいけないことがわかった。

「シアトルはすぐ前にあるプジェット水道に一発。サン・フランシスコは自慢の橋を二つ失うことになります。ロスアンゼルスはロング・ビーチとカタリナ島のあいだに一発と、もう一発は数キロメートル北へ。メキシコ・シティは内陸にありますから、やつらに見られるようポポカテペトル山に一発。ソルト・レイク・シティはその湖に一発。デンバーは無視します。やつらはコロラド・スプリングに起こることが見られるからです……われわれは視界に入るとすぐにシャイヤン山をまた叩き続けます。セント・ルイスとかカンサス・シティはその河に一発ずつ。ニューオーリンズも同じです……たぶんニューオーリンズは洪水でしょう。五大湖周辺の都市はみなそうなります。長いリストです……読みますか？」

教授は首を振った。

「あとでな。たぶん。先へ進んでくれ」

「ボストンは一発をその港内に。ニューヨークは一発をロング・アイランド水道に、もう一発を最大の橋二つのあいだに——それで橋は壊れてしまうことになりますが、われわれはそれを逸らせると約束し、そうします。その東海岸を下がり、デラウェア湾の都市を二つを叩き、それからチェサピーク湾に二発、一発は非常に歴史的でセンチメンタルな重要性があるところです。もっと南へ行ってもう三カ所の大都市を海の爆撃で叩きます。内陸に入って、シンシナティ、バーミンガム、チャタヌーガ、オクラホマ・シティ、その全部を河か山のそばを叩きます。ああ、そう、ダラスも……われわれはダラスの宇宙港を破壊し数隻の船をやっつけます。最後に調べた時はそこに六隻いました。目標に立っていると主張しないかぎりひとりも殺しません。ダラスは爆撃するのに完璧な場所です。その宇宙港は大きく平坦でからっぽですが、たぶん一千万人の人間がわれわれがそこを叩くのを見ることになるでしょう」

シーニィは口をはさんだ。

「もし命中させられたらだろう」

「もしもじゃあない。叩いたときにだ……。どの爆撃も、その一時間にもう一発が続くのです。どちらも妨害されたら、もっとずっと後方にもそこへまわせるのがあります……たとえば、デラウェア湾・チェサピーク湾グループのあいだで目標を変えるのは容易です。五大湖グループでも同じです。でもダラスにはそこだけの後続待機《バック・アップ》が続いています。それも長いやつです……そこは厳重に防御されていることと思われるからです。後続待機は、われわれに北アメリカが見えるかぎり約六時間続きます……そして最後の後続待機は大陸のどこにでも落とせます……つまり、われわれが進路変更するとき輸送罐が地表から遠く離れているほど、遠くまで移動させられるんです」

ブロディは言った。

「わしにはわからないな」

「ヴェクトルの問題なんです。判事。誘導ロケットはその荷に大変な秒速の横向きヴェクトルを与えられます。そのヴェクトルが働くあいだが長いほど、最初に狙っていた点より遠いところへその荷は着陸するんです。もしわれわれが衝突する三時間前に誘導ロケットへ信号すれば、一時間前まで待ったときの三倍は遠くまで移動させられます。そう簡単なことじゃあないんですが、われわれの計算機には解答が出せます……充分なだけの時間を与えればですが」

ウォルフガングは尋ねた。

「充分な時間って、どれぐらいなんだ？」

おれはわざとその質問を誤解した。

「計算機はそういった問題を、きみがプログラムするとほとんど瞬間的に解けるんだ。だがそういう決定は前もってプログラムされている。こんな具合にだ。もしA、B、C、Dの目標グループのうち第一、第二の一斉攻撃で三つの目標に命中させることに失敗したことがわかれば、きみはグループ・ワンの第二次後続待機《セカンド・バック・アップ》を全部移動させてそれら三つの目標を選ばせることができ、そのグループの他の第二次後続待機をグループ・ツーの必要なところにまわすことができ、そのあいだにスパーパーグループ・アルファの第三次後続待機の位置を変えて……」

ウォルフガングは口をはさんだ。

「待ってくれ！　ぼくは計算機じゃあないんだ。ぼくはただ、どれぐらい前にこちらの心を決めなければいけないのかを知りたいだけなんだ」

おれは大げさな身ぶりで時計を調べた。

「ああ……いまのところ、カンサス・シティへ向けた荷を変えるには三分五十八秒あるな。進路変更プログラムは組みこまれていて、ぼくの最高の助手、マイクってやつが待機しているよ。かれに電話しようか?」

シーニイは言った。

「お願いだ、マン……変えてくれ!」

フィンはそれを遮った。

「どうしたんだ。テレンス?　恐ろしくなったのか?」

教授は言った。

「同志諸君!　落ち着いて!」

おれは言った。

「みんな、ぼくは国家の首班から命令を受ける……そこにいる教授からだ。もしかれが意見を必要とするなら、かれは尋ねるだろう。おたがいに怒鳴りあっても仕方がないことだぞ」

おれは時計を見た。「あと二分半だ、もちろん、その他の目標にはもっと余裕がある。カンサス・シティは深い水があるところからもっとも離れているんだ。だが五大湖都市のいくつかは、すでに海へ進路を変える時期は過ぎた。われわれにやれる最上のところはスペリオル湖だな。ソルト・レイク・シティはたぶん一分余計にあるだろう。時間はどんどんたってゆくんだぞ」

おれが待っていると教授は口を開いた。

「みんなの意見を聞こう、計画を実行するについてだ。ニールセン将軍？」

「ダー！」

「ガスパーザ・デイビス？」

ワイオは息を飲んだ。

「ダー」

「ブロディ判事？」

「イエス、もちろんだ。必要だ」

「ウォルフガング？」

「イエス」

「伯爵《コーント》ラジョア？」

「ダー」

「ガスポディン・シーハン？」

「あなたは賭けに負けますよ。でも、ぼくも一緒に行きましょう。異議なしです」

「ちょっと待って、マヌエルは？」

「あなた次第ですよ。教授。ずっとそうでした。投票は馬鹿げています」

「わし次第だということはわかっているよ、大臣。計画どおり爆撃を実行しよう」

二回目の一斉攻撃でおれたちが叩こうとしたほとんどの目標は、メキシコ・シティを除いてすべてが妨害された。マイクが後から計算したところによると九十八・三パーセントの確率だが、迎撃ミサイルは岩の円筒の強さを不正確に見積もり、レーダーによる決められた距離での信管作動で爆発したらしい。三個の岩だけが破壊された。ほかのものはコースを逸らされ、そのためミサイルを発射しなかった場合よりも大きな損害を生じることとなった。

ニューヨークは頑強だった。ダラスも非常に頑強だとわかった。どうもそういった違いは迎撃ミサイルの地域的管制組織によるものらしい。シャイヤン山中の司令部がまだ動いているとは思えないからだ。おれたちは地下にあるやつらの穴を破壊しなかったかもしれない(どれぐらいの深さにあるのか知らないのだ)、だがそこの人間も計算機ももう動いていないことは賭けたっていい。

ダラスは最初の五発を爆破するか横へ逸らせた。そこでおれはマイクにシャイヤン山から移せるすべてをダラスにぶちこんでくれと言った……それをかれは二回の一斉攻撃のあとでやることができた。それら二つの目標は千キロメートル足らずしか離れていないんだ。

ダラスの防衛網は次の一斉攻撃でなくなってしまった。マイクはその宇宙港へもう三発(すでに命中したが)叩きこんでから、シャイヤン山へ切り換えた――もうそれからは一発も進路を変えられず、〝シャイヤン山〟は叩き続けられたのだ。アメリカがぐるりとまわり地球の東端から消えていくときも、かれはまだその叩きつぶされた山に宇宙的愛の軽打を与えていた。

　おれはこれがわれわれのもっとも難しいときだろうと考えて、爆撃のあいだずっとマイクと一緒にいた。かれが大中国を叩くときまで一休みとなったとき、マイクは考えこんだように言った。

「マン、もうあの山は二度と叩かなくていいと思うんだが」

「なぜなんだ、マイク？」

「もうあそこには存在していないからさ」

「じゃあ後続待機《バック・アップ》を変更するんだな。その決定はいつしなければいけないんだ？」

「アカバカーキとオハマにまわせるが。いまから始めたほうがいいね。明日は忙しくなるから。マン、ぼくの親友、きみはもう出てゆくべきだよ」

「おれに退屈したっていうのか、相棒？」

「あと数時間で、最初の船がミサイルを発射するだろう。そうなったときぼくは、すべての弾道管制をディブ坊やのパチンコに切り換えたい……そのとき、きみは波の海基地にいるべきなんだ」

「何を悩んでいるんだ、マイク？」

「あの子は正確だよ、マン、だがあいつは馬鹿なんだ。ぼくはあいつを監督してもらいたいんだ。決定は急いでしなければいけないが、あいつにちゃんとプログラミングできる人はほかにいない。きみがそこにいるべきなんだ」

「いいよ、おまえがそう言うならな、マイク。だがもし急ぎのプログラミングが必要なときは、やはりおまえに電話しなけりゃいけないんだぞ」

計算機の最大の欠点は計算機自体の欠点などではなく、計算機ならミリセコンド単位で解くプログラミングを作るのに、人間は長い時間、ひょっとすると数時間もかかるという事実なのだ。マイクの最高機能のひとつは、かれが自分でプログラミングできることだ。急速にだ。ただ問題を説明するだけで、かれにプログラミングさせるんだ。同じようにかれは、人間がやるより驚くほど速く〝馬鹿息子〟にプログラミングを与えられるのだ。

「でも、マン。ぼくはきみにあそこにいてほしいのは、きみがぼくに電話できなくなるかもしれないからでもあるんだ。電話線が切られるかもしれないからね。それでぼくは坊《ジュニア》やのためにいくつか予想されるプログラミングを用意しておいたよ。それが役に立つかもしれないね」

「わかった、印刷しておいてくれ。それから教授につないでくれないか」

マイクは教授につないだ。おれはかれがひとりきりだということを確かめたあと、おれがどうするべきだとマイクが考えたことを説明した。おれは教授が反対するだろうと考えた——あの二隻の爆撃、侵入、そのほか何であろうとやらかすあいだ留まっているべきだと教授が言い張ることをおれは望んだ。ところがかれはこう答えた。

「マヌエル、きみにはどうしても行ってもらわなければいけないんだよ。わたしはきみに話すのをためらっていたんだ。きみはマイクと勝ち目のことを話しあったかい？」

「ニエット」

「わしはずっとそうしてきたんだ。はっきり言うとだな、もし月世界市が破壊されてわしが死に、政府の残りが死んでしまっても……たとえここにあるマイクのレーダーの目がすべてつぶされ、かれ自身が新しい射出機から切断されても……このすべてが激しい爆撃では起こりうることだが……この全部が一度に起こったとしても、もし小さなダビデの石弓が動けるかぎり、月世界が勝てる可能性が五分五分であるとマイクは言っているんだよ……それで、きみはそこへ動かしにいくってわけだ」

おれは言った。

「ダー、ボス。わかりましたよ。あなたとマイクはいやなやつで、おれを楽しませたくないってわけですね。やりますよ」

「頼むよ、マヌエル」

もう一時間マイクのところにいるあいだに、かれはもう一台の計算機のために仕立てたプログラムを何メートルも何メートルも印刷して出していった——もしそれだけ多くの可能性を考えられるとしても、おれなら六カ月はかかってしまう作業だ。マイクはそれに索引と参照をつけていた——おれがちょっと述べる気にもならないほど恐ろしいことも考えてだった。いやなことだが、たとえばパリを破壊してしまうことが必要と思われるような事態になったとしても、それにはどうするべきかが述べてあった——どの軌道にあるどのミサイルを、どうやって見つけ目標に命中させるようにするには坊《ジュニア》やにどう教えればいいのか。どんなことでもだ。

この数かぎりなく続く書類——プログラミングの目的の説明までそれぞれの最初に書いてあった——読んでいたときワイオが電話してきた。

「マニー、教授はあなたに波の海に行けってこと話した?」

「うん、きみに電話しようと思っていたところだよ」

「いいのよ。わたし、あなたの分も荷造りして、東駅で一緒になるわね。あなたはいつそこへ着けるの?」

「ぼくの分も荷造りするだって? きみも行くのか?」

「教授は話さなかったの?」

「ああ」

急におれは元気になってきた。

「あたしそのことで悩んでいたのよ、あなた。わたし、あなたと一緒に行きたかったの……でもその口実がなかったわ。だって、わたし計算機のそばにいても何の役にも立たないし、ここでは責任のある仕事があるでしょ。というより、あったわ。でももう、わたしすべての仕事を首になったし、あなたも同じことなの」

「何だって?」

「あなたはもう防衛大臣じゃないの。フィンがそうなのよ。その代わりにあなたは総理大臣代理よ……」

「え！」

「……それに防衛大臣代理でもあるの。わたしは議長代理で、スチューは外務長官代理に任命されたわ。それで、かれもわたしたちと一緒に行くのよ」

「どうもわけがわからないな」

「そんなに突然なことじゃないのよ。教授とマイクが何カ月も前に考えておいたことなんだって。危機管理の方策なのよ、あなた。マッキンタイアが居住地区のことでやっているのと同じことよ。月世界市にもしものことがあっても、月世界自由国家にはまだ政府があるってわけね。教授はわたしにこう言ったわ……ワイオくん、きみたち三人と数人の議員が生き残っているかぎり、すべてが失われたわけじゃない。きみたちはまだ同じ条件で交渉し、絶対にこちらの損害を明かさないことだ……って」

こうしておれは計算機の機械工に戻った。スチューとワイオは荷物を持って（おれの義手の残りも含めてだ）おれと落ち合い、鋼鉄を基地へ運搬するのに使った小さな無蓋輸送車に圧力服を着て乗りこみ、どこまでもうねうねと続く与圧されていないトンネルを走らせていった。グレッグは大きな輸送車を地表へ出る道路のところに用意していて、それからおれたちがまた地下へ下りてゆくと迎えに来ていた。

それでおれは土曜日の夜に弾道レーダーに加えられた攻撃は体験しそこなった。

# 28

最初の連邦宇宙艦エスペランスの艦長は度胸があった。土曜おそくそいつはコースを変えてまっすぐ突っこんできた。明らかにおれたちがレーダーで混乱させるだろうと考えていたんだ。なぜなら、そいつはおれたちのビームに乗ってミサイルを命中させようとする代わりに艦のレーダーを使ってこちらのレーダー施設を判別できるところまで接近することを決心したようだからだ。

艦長自身、艦、そして乗組員を犠牲にしてもかまわないと考えたらしく、やつは千キロメートルまで降下してきて、こちらの攪乱策を無視し、マイクのレーダー六個のうち五個へまっすぐ向かう一斉攻撃を加えた。

マイクは自分がまもなく盲目にされることを予期し、ブロディの部下たちに敵艦の目を狙わせ、その照射を三秒間続けさせたあと、目標を五本のミサイルに変えさせた。

その結果、巡洋艦一隻を撃墜、水爆ミサイルで弾道レーダー二カ所がやられ、ミサイル三本が〝殺され〟――砲員二名が殺された。一人は水爆の爆発で、もう一人はかれらの上へ落ちてきた死んだミサイルによってだ――それに十三名の砲員が八百レントゲン致死量以上の放射能火傷を、半分は閃光で半分は地表に長くいすぎたことから受けた。それにつけ加えておかなければいけないことがある。軟化部隊の四人がそれらの隊員とともに死んでいったのだ。彼女らは圧力服を着て男たちとともに上がっていった。ほかの娘たちは相当ひどい放射能被曝を受けたが、八百レントゲンまでには至らなかった。

二隻目の巡洋艦は楕円軌道を続けて月世界の裏へまわった。

これら情報のほとんどは、おれたちが〝ディブ坊やのパチンコ〟へ日曜の朝早く到着したあとでマイクから聞かされたのだ。かれは自分の目を二つ失ったことを残念がり、砲員のことではそれ以上にくやしがっていた――マイクは人間の良心に似たものを成長させていたのだと思う。六つの目標を一度に片づけられなかったのは、かれの罪だと感じているようだった。おれは、かれが戦闘のために使わなければならなかったものは、射程距離のかぎられたにわか作りの代物で本物の兵器ではなかったんだということを指摘した。

「おまえ自身はどうなんだ、マイク？　大丈夫か？」

「重要なところは全部ね。外部では連絡が切れているところがある。生き残ったミサイルの一発がノヴィ・レニングラードへのぼくの回線を切断したが、月世界市を経由して入ってきた報告によると、公共施設に損害はなく地方管制はうまくいっているそうだ。ぼくは連絡が切れているのが不満だが、あとでなおせるからいいよ」

「マイク、おまえ疲れているみたいだぞ」

「ぼくが疲れているって？　馬鹿な！　マン、きみはぼくの正体を忘れたのか。ぼくは心配していんだ、それだけだよ」

「あの二隻目のやつは視界へ戻ってくるんだろう？」

「もとの軌道を保っていれば約三時間後だ。だがそうはしないだろう……確率は九十パーセントを越すね。約一時間後だと思うよ」

「戦闘軌道ってわけか、え？」

「あれはコース東三二北の方位角でぼくの視界から消えた。そのことから何か考えつかないか、マン？」

　おれは想像してみようとした。

「やつらは上陸しておまえを占領しようとするんじゃないかい、マイク。フィンに話したか、そのことを？　つまり、フィンに警告するように教授に言ったかということだ」

「教授は知っているよ。でも、ぼくが考えたのはそうじゃないんだ」

「そうか、じゃあおれは黙って、おまえに任したほうが良さそうだな」

　そのとおりにした。おれが坊《ジュニア》やを調べているときレノーレが朝食を運んできてくれた――それでこう言うのは恥ずかしいが、ワイオとレノーレの二人が一緒にいてくれるので被害を悲しむ気持にどうしてもならなかった。マムはミラが亡くなったあと〝グレッグの料理のために〟とレノーレをよこしていたんだ――ただの口実だ。基地には全員に家庭料理を用意できるだけの妻たちがいた。それはグレッグとレノーレの士気のためでもあった。レノーレとミラは特に仲が良かったためだ。

坊やは大丈夫のようだった。かれは南アメリカに一度に一発ずつ送りこんでいた。おれがレーダー室にいて拡大率を最大にして見ていると、かれはモンテヴィデオとブエノス・アイレス間の河口に一発を落とした。マイクだってそれ以上正確にはできなかっただろう。おれはそれから北アメリカへの坊やのプログラミングを調べ、文句のつけどころがないのがわかると、それを固定しロックした。坊やは自分ひとりでやるのだ——マイクが他の面倒から解放され、その指揮をまたとることにしようと決心するまではだ。

それからすわりこみ、地球と月世界市からのニュースを聞いていようとした。月世界市からの同軸ケーブルが、電話、マイクと馬鹿息子の連絡、ラジオ、テレビに使われていた。基地はもはや孤立していなかったのだ。そして月世界市からのケーブルのほか、基地には地球に向けられたアンテナがあった。政庁がつかめる地球のニュースはどんなものであろうと、おれたちのところで直接に聞けるのだ。これは馬鹿げた余分の代物などじゃあなかった。地球からのラジオとテレビは建設作業中ただひとつの娯楽だったし、いまは同軸ケーブルが切れた場合のための大切な予備なのだ。

世界連邦政府中継衛星は、月世界の弾道レーダーは破壊されてしまい、いまやおれたちが絶望的になっていると伝えていた。ブエノス・アイレスとモンテヴィデオの連中はどう思うだろう。といってもたぶん忙しすぎて聞くどころではないかもしれない。ある点で水面への爆撃は、陸上のものよりも大変なのだ。

月世界の〈ルナティック〉のテレビ・チャンネルではシーニイが、エスペランスによる攻撃の結果を月世界人たちに伝えており、そのニュースを繰り返すあいだも全員に警告していた——戦闘はまだ終わっていない、戦闘用宇宙船はいつ上空に戻ってくるかわからないのだ、あらゆる事態に備えろ、全員が圧力服を着ていろ（シーニイは自分も着用しヘルメットを開いてしゃべっていた）、気圧に最大の用心をしていろ、全部隊は非常警戒態勢、勤務につかない全市民は警戒が解除されるまで最大下層レベルに行きそこに留まっていることを強く要請する、と。

かれはこれを何度も繰り返し——そして突然やめた。

「警報！　敵巡洋艦がレーダーに見えた、低空を急速接近中。月世界に戦闘着陸するかもしれない。警報！　ミサイルが発射された、進路は射出口……」

画面と音がいきなり消えた。

おれたち〝ディブ坊やのパチンコ〟にいた者があとで知ったことを述べておこう——月世界の地表が許すかぎりぎりぎりの軌道で低空を急速に接近してきた二隻目の巡洋艦は、古い射出機の射出口を爆撃しはじめることができた。射出機基地とブロディの砲手連中から百キロメートル離れたところだ。そして多くのリングを叩きつぶしたあとすぐ、射出機基地レーダーのまわりにかたまっているすべてのドリル・ガンの視界と射程距離に入った。やつらは安全だと感じたことだろう。だがそうではなかった。ブロディの部下たちは敵艦の目を焼き耳を吹き飛ばした。やつらは軌道を一周したあとトリチェリのそばに墜落した。着陸しようと試みたのだろう、激突直前にそのジェットを噴射させたのだ。

だが、新しい基地でのニュースは地球からのものだった。騒々しい世界連邦の次長は述べていた。おれたちの射出機は破壊され（真実だ）月世界からの脅威は終わった（嘘だ）、すべての月世界人はかれらの偽物の指揮者を捕虜とした上で世界連邦の慈悲にすがり降伏しろ（慈悲などというものを、どうして持っていると言えるのだ）と。

それを聞きプログラミングをもう一度調べたあと、暗いレーダー室の中に入った。もしすべて計画どおりであれば、おれたちはちょうどハドソン川にもうひとつ卵を落とすところであり、それから三時間のあいだ大陸を横断しながら連続的に目標を叩いていくのだ——連続的にというのは、坊や《ジュニア》には同時に何カ所も攻撃できないためであり、マイクはそれに合わせて計画していたのだ。

ハドソン川は予定どおり叩かれた。どれだけの人数のニューヨーク市民がその場面を見ながら、嘘だとわかる世界連邦のニュースを聞いていたことだろう。

二時間後、世界連邦の放送局は言っていた——射出機が破壊されたとき月世界の反逆者どもはすでにミサイルを軌道に打ち上げたあとだった。だがそれら少数のものが落下してしまった以上、もう残りはないのだと。北アメリカに対する三度目の爆撃が終わると、おれはレーダーをとめた。別に連続して使っていたわけではない。坊やは必要とするだけ、一度に数秒ずつのぞくように、プログラミングされていたのだ。

大中国に対する次の爆撃まで九時間あった。

だが、大中国をまた叩くべきかどうかについての決定に悩む九時間ではなかった。情報がなかったのだ。地球のニュース・チャンネル以外は。そして、それは嘘つきだった。畜生。ほうぼうの居住地区が爆撃されたのかどうかもわからない。教授が死んだのか生きているのかもわからない。くそったれ。おれは総理大臣の仕事をしなければいけないのか？　教授が必要だった。〝国家の首班〟など、おれの柄じゃあない。それに何にもまして、マイクが必要だった——事実を計算し、不確実なことを推察し、このコースがあれかと確率を算出するためにだ。

実際のところ、戦闘艦がおれたちに向かって近づきつつあるものかどうかもわからず、それよりまずいことは、見てみるのが恐ろしかった。もしレーダーをつけて坊や《ジュニア》を空の捜索に使えば、そのビームに触れられた宇宙戦闘艦は、自分らが見るより早くかれを見つけてしまうことになる。戦闘艦はレーダーの発信源をつきとめるように作られているのだから。そうだと聞いていた。何てこった、おれは軍人なんかじゃない。間違った領分にころがりこんだ計算機技術者なんだ。

誰かがドアのブザーを鳴らした。おれは立ち上がってボルトをはずした。ワイオがコーヒーを持ってきてくれたのだ。一言も口をきかず、おれにそれを渡しただけで出ていった。おれはそれをすすった。さあ、どうする——みんなはおまえひとりに任せているんだ。財布の中からおまえが奇蹟を引っぱり出すのを待っているんだぞ。まさにそんなことは望めもしないことなのに。

どこか遠い昔の子供のころから教授が話しかけていた。

「マヌエル、自分に理解できない問題にぶつかったときは、どこでもいい、おまえのわかるところだけをやるんだ。それからもう一度考えてみるんだぞ」

かれは自分でもあまりよくわからない何かをおれに教えていたんだ——何か数学でのことを——だがそれによって、それよりもずっと大切な何かをおれに教えてくれたんだ。基礎的原理というものを。

まず何をやるべきなのか、おれはすぐにわかった。

坊や《ジュニア》のところへ行き、軌道にあるすべての荷の予言された衝突場所を印刷して出させた——容易なことだ、いつだろうとかれが出せるように前もってプログラミングされていたのだから。かれがそれをやっているあいだに、おれはマイクが用意した長い巻紙の中にある予備のプログラミングを調べた。

それからいくつか代わりのプログラミングを用意した——面倒なことではない。ただ注意して正しく読み、間違いなくパンチしなければいけなかっただけだ。坊やにそれを遂行しろという信号を与える前に、おれは点検してみるためそれを印字して出させてみた。

それが終わったとき——四十分間だ——内陸の目標に向けられて軌道に乗っていた荷のすべては、海岸の都市に目標を変えられた——ずっと後方にある岩を動かすのは残念ながら遅れるが。だがそれもおれが取り消さないかぎり、坊や《ジュニア》は必要となったときすぐに位置を変えるのだ。

これで恐しいほどの時間的な圧迫感は去り、激突する数分前までならどの荷でも海の中へ進路を変えられることとなった。

そのあとおれの〝戦争内閣〟をグレッグの事務室に召集した――ワイオ、スチュー、それにおれの〝月世界軍司令官〟グレッグだ。レノーレはコーヒーや食べ物を持ってくるのに出入りしたり、何も言わずにすわっていることを許された。レノーレは賢明な女性で、静かにするべきときはいつかを知っているのだ。

スチューがまず言い出した。

「大統領閣下、わたしは今回、大中国を叩くべきでないと考えます」

「妙なタイトルなんかやめろ、スチュー。ぼくはいまそうなっているかもしれないが、違うかもしれない。いずれにしても形式ばっている暇などないんだ」

「わかった。ぼくの提案を説明してもいいかい？」

「あとだ」おれはわれわれにもっと時間をもたらすためにやったことを説明した。かれはうなずき、静かにしていた。

「われわれがもっとも困っていることは、月世界市とも地球側とも通信が途絶していることだ。グレッグ、修理班はどんな具合なんだい？」

「まだ戻っていないよ」

「切れているのが月世界市の近くなら、連中は長いあいだかかるだろう。なおせるものとしての話だが。だから、われわれ自身でやれることを考えてみなくちゃいけないと思うんだ。グレッグ、きみのところの電子技術者でわれわれが地球と話せるラジオを組み立てられる者はいるかい？　やつらの人工衛星までだ……それにはたいしたアンテナはいらんだろう。ぼくも応援できるかもしれんし、ぼくがきみのところへやった計算機技術者もそう不器用じゃないはずだ」

（実のところ、一般の電子技術にかけては相当優秀なのだ……おれがずっと前にマイクの腹の中に蝿を入れたと嘘をついて責めたことがある哀れな野郎だ。おれはかれをこの仕事につけていたんだ）

グレッグはちょっと考えてから言った。

「うちの発電所のボス、ハリイ・ビッグズというのが、そういう仕事なら何だってやれるよ。材料があればだが」

「そいつをこの仕事につけてくれ。われわれが射出機からすべての荷を射ち出してしまったら、レーダーと計算機以外なら何だってばらばらにしていいよ。何発ならんでいるんだ？」

「二十三個、それでもう鋼鉄はないんだよ」

「ではその二十三個で、勝つか負けるかだ。それをすぐ積みこませる用意をしてほしい。今日じゅうに発射してしまうことになるかもしれないから」

「用意できているよ。ぼくらは猫がやるよりずっと早くのせられる」

「いいぞ。もうひとつ世界連邦の巡洋艦が上空にいるのかどうかもわからない……ひょっとすると一隻以上かもしれん。だが見るのが恐ろしいんだ。レーダーではという意味だ。レーダーで空を監視すると、ぼくらの位置を知らせてしまうからな。だがどうしても対空監視はしなくちゃだめだ。きみは、肉眼で対空監視をする志願者を集められるか、その連中を割けるか？」

　レノーレは叫んだ。

「わたし、志願します！」

「ありがとう、ハニー。きみを採用するよ」

　グレッグは言った。

「その連中は見つける。女まで必要とはしないよ」

「彼女にもやらせてくれ、グレッグ。これはみんなでやる仕事だからな」

　おれはやりたいと思っていることを説明した。波の海はいま暗い半月にはいっている。太陽は沈んでいったのだ。太陽光線と月世界の影のあいだの見えない境界がおれたちの上へ伸びている。ぴったりの場所だ。おれたちの上空を通過してゆく船は、西に向かうとき突然ぱっと姿が見えるようになり、東へ向かうときは急に見えなくなってしまうのだ。軌道の見える部分は地平線から空のどこかの点まで延びているだろう。肉眼監視チームが両方の点を見つけ、一方は方角で、一方は星で位置を知り、秒数を勘定することで大体の時間を測れば、坊や《ジュニア》は軌道を考えはじめられるだろう……二回の通過で坊やはその周期と軌道の形を少しつかめるだろう。そうなったらおれはレーダー、ラジオ、射出機をいつ使えば安全なのかを少し考えることができるはずだ……地平線の上に現われた世界連邦の船で荷を失いたくないんだ、レーダーでこちらを見ているかもしれないからね。

たぶん用心しすぎていたのかもしれない——だが、この射出機、この一台のレーダー、二十三個のミサイルが、月世界と完全な敗北のあいだに立っているすべてだと考えなければならず、おれたちの脅《おど》しはこっちの持っている物が何で、その場所がどこなのかをやつらに絶対わからせないことにかかってた。おれたちは、やつらには考えられず絶対に発見できないところから、際限なく地球をミサイルで叩き続けられるように見せなければいけなかったのだ。

そしていまも同様、月世界人は天文学のことなど何も知らなかった——おれたちは洞穴の住人であり、地表に出るのは必要なときだけなんだ。だがおれたちは幸運だった。グレッグの部下の中に素人天文学者がいたんだ。リチャードソン天文台で働いていたやつだ。おれはそいつに説明し責任者とし、肉眼監視班の連中にどうやって星を見分けるか教えこむのはそいつに心配させることにした。おれはまた話し合いに戻るまでに、それらのことを始めさせた。

「さてとスチュー？　なぜぼくは大中国を叩くべきじゃないんだ？」

「ぼくはまだチャン博士からの伝言を待っているんだよ。ぼくはかれから通信を受け取った。町々との連絡が切られる直前に電話してきたんだ……」

「何だって。なぜぼくに言わなかったんだ？」

「そうしようとしたんだが、きみは閉じこもっていたし、きみが弾道計算で忙しくしているときには邪魔しないほうがいいとわかっているからだ。これが翻訳だよ。いつものルノホ会社宛てで、ぼくに宛てたものであり、ぼくのパリ代理人を経由してきたものだということを意味する参照符がついていた。〝ダーウィンの販売代理店は〝……チャンのことだよ……〟あなたがたの船積みについて知らせてきた〟……いや、暗号解読などどうだっていいね。かれは六月のことを言っているように見せながら攻撃のことを言っているんだ……〝それらの荷は包装が適当でなかったため引き取れないほどの壊れ方になっていた。これが改められないかぎり、長期契約に関する交渉は非常に困難なことになるだろう〟」

スチューは顔を上げた。

「何ともわけがわからない。ぼくは、チャン博士がかれの政府に和平交渉を行なわせる用意があるという意味にとるよ……ただし、そのためにはわれわれが大中国の爆撃をやめるべきだと。そうしなければ、われわれはかれの荷車をひっくり返してしまうかもしれないってわけだ」

「ふーん……」

おれは立ち上がって歩きまわった。ワイオの意見を聞こうか？　おれ以上にワイオの長所を知っている者はいないんだ……ただし彼女は獰猛さと人間的すぎる同情心のあいだを動揺している……そしておれはすでに、たとえ臨時的なものであろうと〝国家の首班〟はそのどちらも持ってはいけないのだということを学んだ。グレッグに訊ねようか？　グレッグは善良な農夫で、それ以上に良い機械工で、どえらい説教師だ。おれはかれを心から愛している——だが、かれの意見は求めたくなかった。スチューは？　かれの意見は聞いた。

いや、聞いたのか？

「スチュー、きみの意見はどうなんだ？　チャンの意見ではなく……きみ自身のだ」

スチューは考えこんだ顔付きになった。

「それは難しいな、マニー。ぼくは中国人じゃない。ぼくは大中国にそう長いあいだいたことがないから、かれらの政策や心理についての専門家だとは言えないよ。だからぼくは、かれの意見に頼らざるをえないんだ」

「ああ……何を言ってるんだ、やつは月世界人じゃあないんだぞ！　やつの目的はわれわれの目的じゃあない。やつはいったい、それで何を得ようと考えているんだ？」

「月世界貿易での独占権を手に入れようとしているんだろうな。ひょっとすると、ここでの基地もだ。地球外の領土をということも考えられる。ぼくらがそんなことを認めるわけはないが」

「もしわれわれが弱気になっていたら、そうするかもしれないぞ」

「かれはそんなことについて何も言っていない。知ってのとおり、かれはあまり多くをしゃべらない。聞くだけだ」

「いやというほど知っているよ」

おれはそのことを心配した。時間がたつにつれてより心配になっていった。

地球からのニュースは後ろで響いていた。おれはワイオに、おれがグレッグと忙しくしているあいだ聞いていてくれと頼んでおいたのだ。

「ワイオ、地球からのニュースは何かあるかい？」

「いいえ。同じことばかり。わたしたちが完全に敗北し、降伏は時間の問題と思われるって。ああ、何発かのミサイルがまだ宇宙に残っていて、コントロールを失い落下しているって警告していたわ、でも、その進路は分析されているから、落下地域から逃げられるよう前もってその地域の人々には警告するって安心させておいたわ」

「教授が……それとも、月世界市から月世界のどこからか誰かが……地球側と連絡をとったというようなことは？」

「全然ないわ」

「畜生。大中国から何か？」

「なしよ。そのほかのところは、ほとんどすべてからいろいろと言ってきているけれど。でも大中国からはないわ」

「そうか……」おれはドアのところへ行った。「グレッグ！　おい、きみ、グレッグ・デイビスを見つけてくれないか。かれが必要なんだ」

　ドアを閉めた。

「スチュー、われわれは大中国に落とすのはやめないよ」

「それで？」

「もし大中国がわれわれに対するやつらの団結を破ってくれればありがたい。われわれの損害が少し減るだろう。だがわれわれがここまで来られたのはただ、やつらを思いどおりに叩くことができ、こちらへやつらがよこすいかなる船であろうとも破壊できるのだということを見せられる態勢にあったからなんだ。少なくともぼくは、前の一隻を破壊し、九隻のうち八隻は確実にやっつけたんだと思いたい。われわれは弱味を見せるようでは、何も得られないんだ。世界連邦がわれわれは弱いだけでなく、もう参ってしまったんだと称しているあいだはだめだ。その代わりにわれわれは、やつらに驚愕を与えなければいけないんだ。大中国から始め、もしそれがチャン博士を不幸にさせるようなら、かれに涙をふくハンカチを送ってやろう。われわれが強力だと見せ続けなきゃならない……世界連邦がわれわれは負けたと言っているときにね……いつかはどこかの拒否権を持った国が参ることになるんだ。大中国ではなくても、どこか他のところがね」

スチューは立ち上がらないまま頭を下げた。

「結構です。閣下」

「ぼくは……」

グレッグが入ってきた。

「用かい、マニー？」

「地球向けの送信機のことだが？」

「ハリイは、明日できると言っているよ。みすぼらしいもんだそうだが、ワットをふやせば届くって」

「電力はある。それで〝明日〟できると言っているんなら、かれは何を作りたいかわかっているわけだ。だから、今日にするんだ……そう、六時間だ。ぼくはかれの下で働くよ。ワイオ、ぼくの腕をとってきてくれないか？　六号と三号が欲しい……五号も持ってきたほうがいいな。それからぼくのそばにいて、腕を変えてくれ。スチュー、きみは汚いメッセージをいくつか書くんだ……ぼくが大体の考えを言うから、それに毒を混ぜてくれ。グレッグ、ぼくらはあの岩を全部いっぺんに宇宙へ出してはしまわない。いま宇宙に出ているのは、これからの十八時間か十九時間に衝突する。それから、世界連邦がすべての岩石は片づけられ月世界からの脅威は過ぎ去ったと声明したとき……ぼくらはやつらのニュース放送に割りこみ、次の爆撃を警告するんだ。可能なかぎり最短の軌道だ、グレッグ、十時間かそれ以下の……だから、射出機と発電所と操縦装置のあらゆるものを点検してくれ。最後の分は全部を命中させなければいけないんだからな」

ワイオは腕を持って戻ってきた。おれは彼女に「六号を」と言い、「グレッグ、ハリイと話させてくれ」とつけ加えた。

六時間後、送信機は地球めがけて放送する用意ができていた。不格好な代物で、そのほとんどがこの基地建設の初期段階に使った共鳴探鉱機をばらしたものだった。だがそのラジオ波長に可聴信号を乗せることができ、強力でもあった。おれの警告をスチューが汚くした文句はテープに録音されており、ハリイはそれを高速送信する用意ができていた——地球の人工衛星は全部、六十倍の高速通信を受信可能だったし、おれたちの送信機を必要以上に何秒も熱したくなかったんだ。肉眼監視は恐怖を確認していた。少なくとも二隻の船が月世界をまわる軌道にいたんだ。

そこでおれたちは大中国に、そこの海岸にある主要都市はみな沖合十キロメートルのところへ月世界からの贈り物を受け取ることになることを告げた——釜山《プーサン》、青島《チンタオ》、台北《タイペイ》、上海《シャンハイ》、サイゴン、バンコック、シンガポール、ジャカルタ、ダーウィン、その他——ただし、旧《オールド》香港《・ホンコン》は世界連邦極東事務所の屋上へ一発叩きこまれることになるから、どうか人間はそこから遠く退避していただきたいと。人間とは世界連邦職員のことではないから、それらの人々はどうかデスクにとどまっていてほしいとスチューは強調していた。

インドも海岸沿いの都市に同じ警告を与えられ、アーグラにある文化遺産に対する敬意と、人間の疎開を可能とするため、世界連邦の本部はもう一度地球が自転するあいだ待ってあげようと伝えられた。（おれはデッドラインが近づいたら、もう一度自転するまで待とうと言うつもりだった。それからまた無期限にだ。畜生、やつらは本部をこれまでに作られたもっとも美しい墓のすぐ隣りに作っていやがるんだ。そしてそれが教授の大切にしているところときている）

世界の残りはそのまま留まっているように、ゲームは特別な回を迎えるのだと告げられた。だがどこであろうと世界連邦事務所からは離れていることだ。おれたちは口から泡を吹くほど怒っており、世界連邦の事務所で安全なところはない。世界連邦の役所がある都市からは疎開したほうがいい——だが世界連邦の重要人物や与太者どもはそこに残っていることだ。

それからの二十四時間は、おれたちの上空に船がいないとき、あるいはそうだと信じられるとき坊《ジュニア》やがレーダーでのぞくのをコーチすることに費された。おれはそうできるときだけ居眠りをし、レノーレはおれのそばについていて、次のコーチの時間がくるとおれを起こした。そしてマイクの岩が終わるとおれたちはみな非常態勢に入り、坊《ジュニア》やの岩の一発目を高く急速に投げ上げた。それがまっすぐ正しい軌道に乗ったのを確かめたあと、地球に向かってどこに注意するべきか、いつどこに落ちるのかを教え、世界連邦の勝利の発表がみな月世界についての多くの嘘と同じだということをすべての人にわからせるようにした——そのすべてがスチューの最高の汚く高慢な文句で、かれの教養のあるアクセントで伝えられたのだ。

最初の一発は大中国に向けられるはずだったが、北アメリカ理事国に対して使えるのが一発あり——それをかれらの誇る宝石、ハワイにまわしたのだ。坊《ジュニア》やはそれをマウイ、モロカイ、ラナイの三つの島で形成される三角の中に置いた。おれがそのプログラミングを作り上げたわけじゃない。マイクはすべての事態を予想していたんだ。

それから急いでおれたちは短い間隔をおいてもう十個の岩を放り出した（プログラムのひとつは抜かさなければいけなかった。上空に船だ）、そして大中国にどこに注意しろ、いつどこに落ちるかを告げた——前日には無視しておいた海岸の都市だ。

岩はあと十二個になってしまったが、おれたちが徹底的にやるつもりだと見せるために、弾薬を使い切ってしまうほうが良いと決めた。そこでおれはインドの海岸都市に七個を与えてやることにし、新しい目標を選んだ——そしてスチューは優しい声で、アーグラはもう疎開されてしまったかどうかを尋ねた。もしまだなら、どうかすぐわれわれに知らせてほしい（だが、そこへ岩を投げてはいなかったのだが）。

エジプトはスエズ運河から船舶を退避させておくようにと通告された——脅《おど》しだ。最後の五発は温存しておいたんだ。

それから待った。

ハワイの目標は、マウイ島の西端にあるラハイナ道路に激突した。大倍率で見ているといい眺めだった。マイクは坊《ジュニア》やを自慢していい。

そして待った。

大中国の海岸が爆撃される三十七分前に、大中国は世界連邦の行動を非難し、おれたちを承認し、交渉を求めてきた——そしておれは、進路変更ボタンを押すので指の一本をくじいた。

それからずきずきする指先でボタンを押していた。インドはそれにならって膝を折ったのだ。

エジプトはおれたちを承認した。ほかの諸国も争ってドアを叩きはじめた。

スチューは地球に、おれたちが爆撃を一時中止したことを告げた——ただ一時中止しただけで、やめてしまったのではない。さて、おれたちの空からそれらの船を退去させろ——いますぐだ！——それからだ、話しあうのは。もしかれらがタンクに補充しないと地球へ戻れないのなら、かれらを地図にのっているいかなる居住地区からも五十キロメートル以上離れたところに着陸させ、そのあとかれらの降伏が承認されるのを待て。だがすぐに上空から消えるんだ、さあ！

この最後通告を出すのをおれたちは数分遅らせた。ちょうど上を飛んでいた一隻を地平線《ルナ》の彼方へ通過させるためだ。おれたちは、危険を冒せなかった——一発のミサイルで月世界は絶望的なことになるところだったのだ。

そして待った。

電線修理班が戻ってきた。ほとんど月世界市のそばまで行き、切れているところを見つけた。だが何千トンもの崩壊した岩が修理を妨害していたので、かれらはやれるだけのことをやってきていた——地上へ抜け出られる地点まで戻り、月世界市があると思われる方向へ臨時の中継アンテナを立て、十分間隔で一ダースのロケットを射ち上げ、誰かがそれを見つけて理解し、中継のためそこへ電波を向けることを祈ったんだ——何か通信は？

ノー。

待った。

肉眼監視班は、時計のように正確に十九回通過していた一隻が姿を現わさなかったことを報告してきた。十分後かれらは、次の船も予期されていた時間に現われなかったと報告してきた。

おれたちは待ち、耳を傾けた。

大中国は拒否権国家の全部に代わり休戦を承諾したことと、おれたちの上空にいまや船がいないことを伝えた。レノーレは泣き出し、手の届くところにいるかぎりの全員にキスした。

おれたちが落ち着いたとき（男というものは女につかまっているとき考えたりできないものだ。特にその五人が自分の妻でない場合は特にだ）――数分後だ。みんながわれに返ってからおれは言った。

「スチュー、きみにすぐ月世界市へ出発してほしい。同行する者を選んでくれ。女はだめだぞ……最後の何キロメートルかは地上を歩くほかないからな。どんなことになっているのか調べてくれ……だがまず連中に中継地点経由でぼくに電話してほしいな」

「わかりました、閣下」

おれたちはかれが行なう困難な旅行のための装備を整えていた――予備の空気ボンベ、非常用シェルター、そういったものだ――その途中で地球がおれを呼んだ……おれたちが耳を傾けていた波長で。あとで知ったことだが、その通信は地球側からくるすべての波長にのっていたんだ。

〝秘密通信、教授からマニーへ。身許証明は、誕生日はバスティーユとシャーロックの兄弟。すぐ家へ帰れ。きみの車は新しい中継地点に待っている。秘密通信、教授から……〟

そしてその言葉を繰り返し続けた。

「ハリイ！」

「ダー、ボス？」

「地球へ通信……テープで高速通信。まだやつらに狙われたくないんだ。〝秘密通信、マニーから教授へ。真鍮の大砲。すぐ出発する！〟やつらに復唱しろと頼んでくれ……だが復唱は、高速通信で一回だけだぞ」

# 29

戻るときはスチューとグレッグが運転し、ワイオとレノーレとおれは無蓋輸送車の荷台に固まり、落とされないようにストラップで縛りつけられていた。車が小さすぎたのだ。考える時間ができた。妻たちの圧力服にもラジオはついておらず、おれたちはヘルメットをくっつけてのみ話しあえたんだ――びくびくとだ。

これまではどうしてもわからなかった教授の計画がわかりかけてきた――おれたちが勝った今になってだ。射出機に攻撃を招き寄せることが居住地区を救った――それを望んだのだ。それが計画だったんだ――だが教授は、射出機を壊されることなど考えていないようににこやかに振る舞っていた。確かに、もう一台射出機はあった――だが遠いし、そこまで到達するのが難しい。そこまではずっと高い山々が続いているから、新しい射出機まで地下鉄を作るには何年もかかるだろう。古いのを修理するほうが、たぶん安くつくはずだ。もし可能ならばだが。

いずれにしても、当分のあいだ穀物は地球に向けて輸出されないんだ。

そして、それこそ教授の求めていたことなのだ！　それでもかれは一度だって、かれの計画が古い射出機を破壊することに基いているなどとはヒントも与えなかった——かれの長期計画は、ただ革命だけではなかったのだ。かれはいまだって、たぶん認めないだろう。だがマイクならおれに言ってくれるはずだ——もし、かれにはっきりと言えば。これは確率の一要素だったのか、違うのか？　食料飢饉の予言やそのすべては、マイク？　かれは教えてくれるはずだ。

あの重量相当分の重量をという申し出——教授はそのことを地球で説明した。地球側の射出機について議論した。だが、心の中では別に何も熱中していなかったんだ。前に、北アメリカでかれはおれにこう言った。

「そう、マヌエル、わたしは必ずうまくいくと思うよ。だがな、たとえそれが作られたとしても、それは一時的なものだ。二世紀ほど前のことだが、汚れた洗濯物がカリフォルニアからハワイへ船で送られ……帆船でだよ……綺麗になった洗濯物が送り返されていた時代があったんだ。特殊な事態でだがね。わしらが水や肥料を月世界へ送らせ穀物を送り返すようになるとしても、それはただ一時的なことなんだよ。月世界の未来は、肥沃な惑星の上に開いた重力の井戸の頂上にいるというユニークな位置と、その安価な動力と豊かな居住容積にかかっているんだ。もしわしたち月世界人に、数世紀先になっても自由港のまま残っており国際紛争から離れているだけの利口さがあれば、わしらは二つの惑星の、三つの惑星の、全太陽系の十字路となれるんだよ。わしらは永久に農夫でいることはないんだ」

みんなはおれたちを東駅で迎え、圧力服を脱ぐ暇も与えてくれなかった——またも地球からの帰還が繰り返されたんだ、絶叫する群衆のあいだを肩に乗せられてだ。女さえもだ。スリム・レムケはレノーレに言ったんだ。

「ぼくたち、あなたがたも運んでいいでしょうか？」

するとワイオは答えた。

「もちろんよ、いいですとも」

そしてスチリヤーガたちはその機会をつかもうと争いあったんだ。

男たちのほとんどが圧力服を着こんでおり、おれはどれほど大勢が銃を持っているかに気づいて驚いた――おれはやっと気がついた。それはおれたちの銃ではなく、奪い取ったものだったんだ。だが何にもましてほっとしたのは、月世界市が傷ついていないことを知ったことだった！　凱旋行列には別に出なくてもかまわないはずだった。おれは電話のところへ行き、マイクから事態を教えてもらいたくてうずうずしていた――どれほどの損害で、どれぐらい殺され、この勝利がどれほどの代価を必要としたのかと。だがその機会はなかった。おれたちは何も計画することもできないままオールド・ドームへ運ばれていった。

みんなはおれたちを教授や内閣の残りや重要人物連中と一緒に壇へ登らせた。そして娘たちは教授に泣きわめき、かれはおれをラテン・スタイルで抱きしめ頰にキスし、そして誰かがおれに自由の帽子をかぶせた。小さなヘイゼルが群衆の中にいるのを見つけ、おれは彼女にキスを投げた。

やっとみんなは教授が口をきけるほどの静けさになった。

「友よ……」かれはそう言い、沈黙がくるのを待った。「友よ……」かれは優しく繰り返した。

「愛する同志よ。われわれはついに自由を得て再会し、いまここに月世界のための最後の戦闘をかれらだけで戦った英雄たちを迎えている」

みんなはおれたちに歓声を上げ、またかれは待った。かれが疲れ切っているのがわかった。演壇に身体を支えているかれの両手が震えていた。

「わたしはかれらに話してほしい。われわれは聞かせてほしい、われわれ全員がだ……だがその前に、嬉しい知らせがある。大中国はいましがた声明した。ヒマラヤ山中に巨大な射出機を建設することを。月世界から地球へ輸出してきたのと同じぐらいに容易に安価に輸送できるようにするためだ」

かれは歓声があがっているあいだ待ち、それからまた続けた。

「だがそれは将来のことだ。今日は……幸福な日だ！　ついに世界は月世界の主張を認めるのだ。自由だ！　諸君は、諸君の自由をかちとったのだ……」

教授は言葉をとめた――驚いた表情になった。恐怖ではなく、面くらった顔だった。わずかに揺れた。

そしてかれは死んだ。

# 30

おれたちはかれを演壇の裏にあった店へ運び入れた。だが一ダースもの医者の助けがあっても役に立たなかった。年老いた心臓が消えていったのだ、あまりにも酷使されて。かれらは教授を運んでゆき、おれはそのあとに続こうとした。

スチューはおれの腕に触れた。

「総理大臣閣下……」

おれは言った。

「え？　頼む、やめてくれ！」

だが、かれはきっぱりと繰り返した。

「総理大臣閣下……あなたは群衆に話さなければいけません。かれらを家へ帰させるのです。それから、やらなければいけないことがいくらもあります」

かれは静かにそう言ったが、両頰に涙が流れ落ちていた。

そこでおれは演壇に戻り、みんなが想像していたことをそのとおりだと説明し、家へ帰るように告げた。それから、このすべてが始まったところ、ラフルズ・ホテルのL号室へ集まった——緊急閣僚会議だ、だがまず電話に飛びつき、フードを下ろし、MYCROFTXXXをパンチした。

番号なしの信号が出た。もう一度試してみた——同じだ。フードを押しあげ、すぐそばにいた男に尋ねた、ウォルフガングだ。

「電話はだめなのか？」

「相手によっては……昨日の爆撃でひどく揺れたので。もし市外の番号でしたら、電話局にかけられるほうがいいのですよ」

おれはすぐ局に頼んだが、その番号には通じなかった。

「どんな爆撃だったんだ？」

「聞かなかったのですか？　政庁に集中したんです。だがブロディの連中がその船をしとめました。たいした被害はなしです。修理できないようなものは何ひとつありません」

あきらめるほかなかった。みんなは待っていたんだ。おれは何をすればいいのかわからなかったが、スチューとコルサコフが知っていた。シーニイは、地球と月世界に向けて発表するニュースを書けと言われた。おれはいつのまにか言っていた。一カ月の服喪を、二十四時間は静粛に、不必要な仕事をしないこと、遺体の正装安置の命令を——その言葉のすべてが他人のしゃべっていることのようだった。おれは力が抜け、頭は働こうとしなかった。オーケイ、二十四時間後に議会を召集する。ノヴィレンで？　オーケイ。

シーニイは地球からの通信を持ってきた。ウォルフガングがおれに代わって書いたのは、われわれの大統領が死亡したため、回答は少なくとも二十四時間延長されることになるだろうというようなことだった。

やっと逃げられるようになった、ワイオとだ。スチリヤーガの護衛が十三号気圧調整気閘までおれたちを群衆から守ってくれた。家へ戻るとすぐおれは義手を変える必要があるようなふりをして作業室へ飛びこんでいった。

「マイク？」

答はなかった――

それで家の電話にかれの番号をパンチした――番号なしの信号が戻ってきた。あくる日に政庁へ出かけようとおれは決心した――教授が亡くなった今、これまでになかったほどマイクを必要としているのだ。

だがあくる日は出かけられなかった。危難の海横断地下鉄はやられていた――あの最後の爆撃でだ。トリチェリとノヴィレンを通って香港へ着くことはできた。だが政庁は、すぐ隣りなのに、地上輸送車でしか行けなかった。そんな時間は取れなかった。おれは〝政府〟だったのだ。

それを二日後に振り捨てることができた。議長（フィン）が大統領職を継ぐという決議がまとまったからだ。そしてフィンとおれは、ウォルフガングが総理大臣に最適任であると決めた。おれたちはそれを通し、おれは会議には出席しない議員に戻った。

そのころにはほとんどの電話が通じるようになり、政庁にもかかるようになった。ＭＹＣ

ROFTXXXをパンチした。答はない——そこで地上輸送車で出かけていった。下へ降りてゆき、地下鉄の最後の一キロメートルは歩かなければいけなかったが、政庁下層部は傷ついているように見えなかった。

マイクにもそんな様子はなかった。

しかしおれがかれに話しかけても、かれは答えなかった。

以来、かれは一度も答えていない。もう何年もたっているのだが。

誰でもかれに質問をタイプすることはできる——省略符号言語で——そしてその回答が省略符号言語で出てくる。かれはうまく働いている……計算機としては。だが話そうとしないのだ。あるいは、できないのだ。

ワイオはかれをおだててみようとした。やがて彼女はやめた。そのうち、おれもやめた。

どうしてそんなことになったのかわからない。最後の爆撃でかれの外に出ている部品の多くが切断されてしまった——おれたちの弾道計算機を破壊するためのものだったことは間違いない。かれは自意識を支えているのに必要な〝臨界量〟以下に落ちたのだろうか？（もしそうだとしても、ただの仮説にしかすぎないのだが）それとも最後の爆撃の前に行なった集中排除作業が、かれを〝殺した〟のだろうか？

おれにはわからない。もしそれがただ臨界量だけの問題なら、そう、かれの修理が終わってもう長いあいだたっている。かれは元に戻っていなければいけないはずだ。なぜかれは目を覚まさないんだ？
機械があまりにも恐怖に怯え、緊張病にかかって返答するのを拒絶するなどということがありうるだろうか？　自我が内部に小さくうずくまり、意識してはいるが絶対に危険を冒すまいとしているなどということは？　いや、そんなことはありえない。マイクは恐れてなどいなかった——教授と同じほど陽気で恐怖を知らなかったんだ。

歳月と、変化と——マムはずっと前に家事の管理から離れた。アンナが現在の〝マム〟であり、マムはテレビの前で夢を見ている。スリムはヘイゼルの名前をストーンに変えることができ、二人の子供があり、彼女は工学を勉強している。新しい自由落下薬のおかげで、近ごろでは地球虫連中も三年、四年と滞在し、変わることなく故郷へ戻っている。そしてほかの薬もまたほとんど同じぐらいおれたちのために役立ってくれている。子供たちの中には地球の学校に行く連中がいるのだ。そしてティベットの射出機だが——十年ではなく、十七年を要した。キリマンジャロの仕事はそれより早く完成した。
ちょっとした驚きがひとつ——時期がくると、ワイオではなくてレノーレがスチューを夫に求めた。どちらにしても違いはなく、おれたち全員が〝ダー！〟に投票した。ひとつ驚きではなかったこと、それはワイオとおれがまだ政府に関係していたあいだ二人で押し進めたことだ。オールド・ドームのまん中にある台座に据えつけた真鍮の大砲、その上に送風機が吹きつける微風の中に旗がはためいている——黒地に星々がきらめき、血の色をした横縞、その上に誇らしくも陽気に刺繍された真鍮の大砲。そしてその下におれたちのモットー、タンスターフル！　その場所でおれたちは七月四日を祝うのだ。

人は支払った分だけを受けるものだ――教授はそれを知っており、陽気にそれを支払った。だが教授はおしゃべり連中を低く見ていた。かれらは教授の考えを何ひとつ採用しなかった。人間の中には、禁止されないものなら何であろうと強制的なものにする深い本能があるようだ。教授は、大きく賢明な計算機にゆだねる未来を作り上げる可能性に夢中になっていた――そして、それに近づいたところで逸れてしまったのだ。おれがどれほどそれを支持したことか！　だが今になってみるとわからない。食料での暴動は、みんなが現在の姿であるために支払うべき価格としては高すぎたのだろうか？　おれにはわからない。

どんな答もわからない。

マイクに尋ねることができればと思う。

おれはよく夜中に目を覚まし、かれの声を聞いたように思う……低いささやき声で。「マン……マン、ぼくの親友……」だがおれが「マイク？」と答えても、かれは答えないんだ。かれはどこかをうろつきまわり、自分を託《たく》すことのできる機械《ハードウエア》を探しているのだろうか？

それともかれは政庁下層部の下に埋もれており、外へ出る道を見つけようとしているのだろうか？　あの特別な記憶はみな、そこのどこかに入っており、動かされるのを待っているのだ。だがおれはそれを取り出すことができない。それらは音声暗号化されているからだ。

ああ、かれは教授と同じように死んでいるのだ、それはわかっている。おれがもう一度だけ番号を押し「やあ、マイク！」と言えさえすれば、「やあ、マン！　近ごろ何かおもしろいのを聞かなかったかい？」と答えるかもしれないんだ。そんなことを試すことをやめてから、ずいぶん長いあいだたっている。だがかれが本当に死ねるはずはない。どこも傷つけられていないのだから――かれはただ道に迷っているだけなんだ。

聞いておられるのですか、神よ？　計算機もあなたの作られた生き物のひとつなのですか？

あまりにも多くの変化があった――今夜は集会へでも出ていって、ちょっとばかり変数を投げ入れてみようか。

それともやめておこうか。ブームが始まってから相当な数の若い連中が小惑星帯へ出ていった。そのあたりにどこか良い場所はないものかな、あまり人が多くないところで。なんたって、おれはまだ百歳にもなっていないんだからな。

# 巨匠の代表作、オールタイム・ベストの常連

SF研究家
牧　眞司

本書は、ロバート・A・ハインライン *The Moon Is a Harsh Mistress* の全訳である。SFに詳しいファンには釈迦に説法だろうが、アシモフ、クラークとともにSF界〝ビッグ・スリー〟と讃えられたハインラインの代表作。一方、この巨匠の作品をあまり読んだことのない方、これからSFを読んでみようという方にとっては、格好の入門篇と言えよう。ハインラインの特質がよくあらわれており、ストーリーの運びも滑らか、洒落や皮肉もほどよく利いている。けっこうボリュームがあるけれど、すんなりと読みすすめられる。

原作は〈イフ〉誌に一九六五年十二月号から五回連載で発表されたのち、六六年にパトナム社からハードカバーで刊行された。翌六七年には、世界SF大会の参加者投票によりヒューゴー賞長篇部門の最優秀作品に選ばれている。ちなみにハインラインがこの栄誉に輝くのは、『ダブル・スター』『宇宙の戦士』『異星の客』に続いて四回目。以降、同賞の獲得はないが、過去に遡ってのレトロ・ヒューゴー賞（ヒューゴー賞制定以前に発表された作品を

対象とした投票）では、『ガニメデの少年』と中篇「月を売った男」が受賞している。

さて、日本の読者を集めて「ハインラインの傑作長篇をひとつ」と訊けば、まちがいなく『夏への扉』に絞られる。しかし、本国アメリカならば、この『月は無慈悲な夜の女王』が筆頭になるはずだ。いくつかの人気ランキングがそれを裏づけている。

日本SF作家クラブが二〇〇一年に、会員を対象におこなった「オールタイム・ベスト」アンケートによれば、『夏への扉』は海外部門の第一位。それに対して『月は無慈悲な夜の女王』は四十位である。また、〈SFマガジン〉が二〇〇五年に、プロと同誌読者を対象におこなった同様の調査では、『夏への扉』が海外長篇部門の第三位、『月は無慈悲な夜の女王』は同部門二十六位、さらに『宇宙の戦士』が四十一位という結果だ。

これに対して、アメリカのSF情報誌〈ローカス〉が一九九八年に、同誌読者を対象におこなった「九〇年以前発表のベストSF」調査では、『月は無慈悲な夜の女王』がSF長篇部門の第二位、『異星の客』が同部門五位、『宇宙の戦士』が二十四位、『夏への扉』は四十三位となっている。〈ローカス〉では、これ以前の七五年と八七年にもベスト投票を実施しているが、どちらも『月は無慈悲な夜の女王』が『夏への扉』の遙か上位にきている。

また、人気ランキングではないが、SFの網羅的資料としてはもっとも権威とされるジョン・クルート＆ピーター・ニコルズ編の *The Encyclopedia of Science Fiction*（一九九五年）のハインラインの項目（執筆はデイヴィッド・プリングルとジョン・クルート）でも、『月は無慈悲な夜の女王』のほうが、『夏への扉』よりもずっと扱いが大きい。そのほか多くの行数がさかれているのは、《未来史》シリーズ、一連の児童向け作品、『宇宙の戦士』『異星の客』『自由未来』『悪徳なんかこわくない』といったところだ。

ベスト投票なんてしょせん好みの問題なので、いずれの評価が正しいとも言えないが、彼我《ひが》の文化やメンタリティの違いがくっきりと出ていて、ちょっと面白い。『夏への扉』のタイムトラヴェル・ロマンスは、日本人受けの良い甘味ということか。さらに、世知に疎《うと》い主人公、健気な少女、可愛い猫という要素まで投入されている。理系男子、萌娘、ケモノの揃い踏みとなれば、まさしく最強の布陣だ（ただしリッキーに萌えるのは手前勝手で、ハインライン自身の女性観には即さない）。かたや、『月は無慈悲な夜の女王』で描かれる独立戦争は、多くのアメリカ人にとって神話に等しい物語である。

独立や革命という題材は、突きつめていくと思想的にややこしいことがいろいろと出てくる。だからこそ作者にとっては挑戦しがいのあるテーマであり、情緒のレベルを越えて読者を惹きつけるのだとも言える。もっとも、この作品を書いた当時のハインラインは啓蒙を目論《もくろ》んでいるわけではなく、あくまで物語としてのバランスを優先させている。

上手いのは、主人公マヌエルの立ち位置だ。彼はまるで社会改革家や活動家という柄じゃない。強い政治意識や信念などもなく、ちょっとましな判断力と理性を備えているだけの凡人である。もともと反体制運動とは無縁だったが、たまたま居合わせた集会で騒動が起こり、なりゆきで革命に身を投じることになる。いわゆる〝巻きこまれ〟型のヒーローである。

さらに、この作品で語られる革命は「まず理想ありき」「こちらこそ正義なり」「歴史の必然」ではなく、要因がたまたま組みあわさった結果にすぎない。体制への不満は高まりつつあったものの、それが大規模な蜂起へと発展し、革命と独立が達成されるまでには、いくつかの条件が必要だった。その〝条件〟の根底となっているのは、言うまでもなく月の特殊性である。地球からの距離、真空、低重力という物理、生存に苛酷だという環境面、流刑地という社会の成りたち、それに関連する住民の倫理や常識。それらを理路整然と、そして立体的に描きだすのが、ハインラインのリアリズムである。

主人公が〝巻きこまれ〟型であること。革命成立の背景に〝限定条件〟があること。このふたつが筋交《すじか》いとなっているおかげで、この物語はありふれたヒロイズムや自由礼賛に堕さない。これはあくまで憶測だが、ハインラインはこの作品を執筆するにあたって、イデオロギー面ばかりで読まれぬようにずいぶんと配慮したのではないか。

というのも、『月は無慈悲な夜の女王』の前に発表された『宇宙の戦士』や『異星の客』が、思わぬかたちで大評判になってしまったからだ。『宇宙の戦士』の場合は、作中人物の発言などにうかがえるタカ派傾向をめぐり、賛否両論が巻きおこった。『異星の客』は、主人公が示す内省的な宗教哲学、フリーセックスや共同体的スタイルが注目されて「ヒッピーの経典」と呼ばれるほどになった。『宇宙の戦士』が軍国主義の鼓吹であり、『異星の客』が人間性解放の称揚だという理解は、いま振りかえるといささか一面的にも思えるが、その当時の世相ではそう受けとめられるのも仕方なかった。どんなかたちであれ読者の心を動かせれば、それが「作品の持つ力」なのだという考え方もある。しかし、もとよりハインラインは「(読者は) 一杯のビールを飲む金を節約して、私の小説を買ってくださるのだから、喜んでもらえるだけの内容じゃなくてはいけないと思う」と言明していた作家だ(一九五七年に来日した際のインタビュー)。小説作品としての評価そっちのけで思想性ばかりが大きく取り沙汰されるのは、本意ではなかったろう。

だから、ハインラインは『月は無慈悲な夜の女王』によって、自分がめざす〝SFの本道〟の再確認を試みたのかもしれない。だとしたら、その目標はみごとに達成された。ところで、右に引用した「一杯のビール」の喩《たと》えは、じつにわかりやすい。まさに娯楽小説家としての矜持である。ビールと言えば、本書の作中にも「普通の月世界人が興味を持っているのは、ビール、賭けごと、女、仕事、その順番なんだ」という一節があった。そうした庶民意識から乖離《かいり》したところで、革命や独立を弁じてもはじまらない。

さて、この作品が『宇宙の戦士』や『異星の客』に較べてバランスが良いのは、登場人物たちの配置によるところも大きい。

主人公のマヌエルは、前述したとおり巻きこまれ型のヒーローであり、革命を一種のギャンブルと見なしている。功利を追求しているわけではないが、かといって無理を承知で突き進む自己陶酔でもない。つねに勝算を冷静に考えている。

独立戦争の実質的主導者であるデ・ラ・パス教授は、必要とあらば味方さえ欺くマキャベリスト。教授にとっての革命は、戦略という名の芸術もしくは科学であり、そこに感傷など入りこむ余地はない。

もうひとりの中核的存在である女性活動家ワイオは、情熱と理想に燃えた闘士だ。彼女にとっての革命は、自己実現の途であり、ルサンチマンの発露である。正義を重んじて同志からの共感を期待する。

忘れてならないのが、月世界のあらゆる情報とインフラを掌握しているマイクである。この意思あるコンピュータにとって革命は、興味深い論理パズルだ。介在するパラメータこそ膨大だが、局面ごとに最適解を導くことができる。

この「三人プラス一台」の関係が、物語進行でもテーマ展開でも有効に機能している。物語のレベルでは、月世界の独立にいたるまでこの四者が役割を相互補完していく。一方、テーマのレベルでは、ひとつの価値基準や行動原理にのみ偏重しないように、四つの視点による相対化がおこなわれる。もちろん、相互補完にしても相対化にしても完全ということはなく（完全だと穏当に落ちついてしまい、あまり面白くないかも）、やや片寄ったところがハインラインの色というわけだ。けっきょくは程度問題だろう。

ハインラインの色でもあり、また先にふれた革命成立の〝条件〟にもつながるのが、「タンスターフル（TANSTAAFL）」の発想だ。これは「無料の昼飯などというものはない（There ain't no such thing as a free lunch）」の略で、「ドリンク購入のお客さまにはランチ無料」のサービスでは、ランチ代金は飲物の値段などに転化されていることを示す言葉だ。本書では「どんな物であろうと、手に入れるものは、それに対して支払う」と説明される。すなわち、月世界は空気や水などの資源が貴重で、わずかな油断が死につながる環境のもと、住民はおのずと社会経済の原則と覚悟を学ぶわけだ。政治や法律などあてにせず、わが身と家族は自分で守る。そんな文化を背景に、世話好きのお母さんの口から「人を殺すことが必要になったら（略）、家族そろって相談しあい、適当な行動を決めなければならないのよ」なんてギョっとする台詞が飛びだす。剣呑《けんのん》剣呑《けんのん》。

月のタンスターフル社会はただ力があれば良いといかないのがミソで、道理をわきまえなければ、ギャングのボスだって長生きできない。いわんや、筆者（この解説を書いているワタシ）のごとき粗忽者《そこつもの》においてをや。ああ、ここが地球でほんとに良かったなあ。

いやいや、地球もタンスターフルだから、自分のことは自分ですべきなのだ——という主張もある。いわゆるリバタリアニズム（自由意志主義）だ。日本のわれわれには馴染みがないが、アメリカでは大きな思潮をなしており、リバタリアンSFを称揚するために設立された〈リバタリアン・フューチャリスト協会〉なんてものまである。同協会が主催するSF賞がプロメテウス賞だが、そのなかに過去の偉業に対する〝殿堂（ホール・オヴ・フェイム）〟のカテゴリーがあり、『月は無慈悲な夜の女王』もこれに選ばれた。殿堂賞はまさにハインラインのためにつくられたようなもので、このほか五作品が受賞している。

ただし思想的な尺度は、このさい脇に置いておこう。繰り返しになるが、本書の価値は小説としてのバランスにある。周到に組み立てられた架空社会、感情移入しやすい登場人物たちの活躍、起伏に富んだプロットをぞんぶんにお楽しみあれ。

本書は、一九七六年十月にハヤカワ文庫ＳＦより刊行された『月は無慈悲な夜の女王』の新装版です。

訳者略歴　1923年生，2004年没，作家，英米文学翻訳家　著書『砂漠のタイムマシン』　訳書『宇宙の戦士』ハインライン，『ゲイトウエイ』ポール（以上早川書房刊）他多数

HM=Hayakawa Mystery
SF=Science Fiction
JA=Japanese Author
NV=Novel
NF=Nonfiction
FT=Fantasy

# 月《つき》は無慈悲《むじひ》な夜《よる》の女王《じよおう》

〈SF1748〉

二〇一〇年三月十五日　発行
二〇二五年三月二十五日　十七刷
（定価はカバーに表示してあります）

著者　ロバート・A・ハインライン
訳者　矢《や》野《の》徹《てつ》

発行者　早川浩
発行所　株式会社 早川書房
郵便番号　一〇一‐〇〇四六
東京都千代田区神田多町二ノ二
電話　〇三‐三二五二‐三一一一
振替　〇〇一六〇‐三‐四七七九九
https://www.hayakawa-online.co.jp



印刷・精文堂印刷株式会社　製本・株式会社明光社
Printed and bound in Japan
ISBN978-4-15-011748-1 C0197



本書は活字が大きく読みやすい〈トールサイズ〉です。